Das Buch

»Dieses Buch kann einen Mann aus den Angeln heben«, kommentierte die Frankfurter Allgemeine Zeitung John le Carrés Roman *Der wachsame Träumer,* in dem der berühmte Autor die Welt des Spionagethrillers erstmals verläßt. Auch die Hauptfigur des Romans selbst wird aus den Angeln gehoben: Aldo Cassidy, 38, geschäftlich erfolgreicher Kinderwagenfabrikant, ist etwas neureich und höchst unausgefüllt, was die Sinnfrage seines Lebens angeht. Seine frigide Frau, die beiden Kinder, der Bentley und sein Unternehmen langweilen ihn zusehends. Um seinem Leben die ersehnte Erfüllung zu geben, will er einen standesgemäßen Landsitz erwerben, in der Hoffnung, daß ein herrschaftliches Gebäude mit entsprechender Tradition seinen jahrhundertealten hehren Geist auf ihn - und seine Familie? - überträgt. Als er irgendwo in Somerset ein passendes Objekt besichtigt, begegnet Aldo, ganz und gar unerwartet, seinem Schicksal - in Gestalt eines seltsamen Boheme-Ehepaares, das ihn aus seiner gewohnten Lebensbahn wirft, ihn verzaubert, ihn in doppelte Liebe verstrickt. Shamus und Helen, die ein von jeglichen Konventionen freies Künstlerleben führen und scheinbar sorglos in den Tag hinein leben, faszinieren den von der Macht des Geldes desillusionierten Aldo so sehr, daß er kurzerhand aussteigt aus seinem vom materiellen und gesellschaftlichen Erfolg gekrönten Leben, um sich mit ihnen den Traum von Glück und Freiheit zu erfüllen.

Der Autor

John le Carré, geboren 1931, absolvierte sein Studium in Bern und Oxford und arbeitete zunächst als Lehrer an der renommierten Privatschule in Eton. Danach war er mehrere Jahre für den britischen Geheimdienst tätig., ehe er schließlich zu schreiben begann. Mit seinem dritten Roman *Der Spion, der aus der Kälte kam* gelang ihm der Durchbruch. Seine zahlreichen Spionagethriller erreichten ein Millionenpublikum.

Die Bücher von John le Carré sind bei Heyne im Taschenbuch erschienen.

JOHN LE CARRÉ

DER WACHSAME TRÄUMER

Roman

Aus dem Englischen
von Rolf und Hedda Soeller

WILHELM HEYNE VERLAG
MÜNCHEN

HEYNE ALLGEMEINE REIHE
Nr. 01/13176

Titel der Originalausgabe
THE NAIVE AND SENTIMENTAL LOVER

Umwelthinweis:
Dieses Buch wurde auf
chlor- und säurefreiem Papier gedruckt.

Genehmigte, ungekürtzte Taschenbuchausgabe

Printed in Germany 2000
Umschlaggestaltung: Nele Schütz Design, München
Umschlagillustration: ZEFA Visual Media/Picture Book,
Düsseldorf
Druck und Bindung: Elsnerdruck, Berlin

ISBN: 3-453-17327-9

http://www.heyne.de

In Liebe
für Michael Truscott
und John Miller

Haverdown

1

Cassidy fuhr wohlgemut durch den abendlichen Sonnenschein, sein Gesicht war so nah an der Windschutzscheibe, wie der Sicherheitsgurt es zuließ, der Fuß wechselte rastlos zwischen Gaspedal und Bremse, der Blick spähte die schmale Straße entlang nach verborgenen Gefahren. Auf dem Nebensitz lag, säuberlich in einer Plastikhülle verwahrt, eine Generalstabskarte von Mittel-Somerset. Ein Ölbasis-Kompaß neuesten Typs war mittels einer Saugvorrichtung am Walnußpaneel befestigt. In einer Ecke der Windschutzscheibe, gerade noch innerhalb seines Blickfeldes, steckte ein Exemplar des Angebots der Maklerfirma mit dem klingenden Briefkopf Firma Grimble & Outhwaite, Mount Street W., in einer von Cassidy selber erfundenen Aluminium-Halterung. Er fuhr, wie immer, mit größter Konzentration, und von Zeit zu Zeit summte er mit der verschämten Treuherzigkeit vor sich hin, die unmusikalischen Personen zu eigen ist.

Er fuhr jetzt über ein Moor. Dünner Bodennebel zog über Gräben und Weidenbäume, glitt in kleinen Schwaden über die funkelnde Kühlerhaube seines Wagens, doch der Himmel über ihm war hell und wolkenlos, und die Frühlingssonne verwandelte die nahenden Hügel in Smaragde. Durch einen Hebeldruck ließ er das elektrisch gesteuerte Fenster herab und lehnte die eine Kopfhälfte in den Luftstrom. Sofort stieg ihm kräftiger Torf- und Silogeruch in die Nase. Über das beflissene Schnurren des Motors hinweg hörte er Geräusche von weidenden Herden und den Ruf eines Hirten, der seine Tiere freundschaftlich schmähte.

»Eine Idylle«, erklärte er laut. »Eine perfekte Idylle.« Mehr als das, es war eine sichere Idylle, denn in der ganzen schönen weiten Welt war Aldo Cassidy der einzige Mensch, der wußte, wo Aldo Cassidy sich aufhielt.

Jenseits seines akustischen Bewußtseins antwortete in einer abgeschlossenen Kammer seiner Erinnerung ein Echo auf die unbeholfenen Akkorde eines angehenden Pianisten. Sandra, Aldos Ehefrau, pflegt ihre künstlerischen Ambitionen.

»Gute Nachricht aus Bristol«, sagte Cassidy in die Musik hinein. »Sie haben vielleicht ein passendes Grundstück für uns. Wir werden es natürlich erst planieren lassen müssen.«

»Gut«, sagte Sandra und korrigierte sorgfältig ihre Handhaltung über den Tasten.

»Liegt eine Viertelmeile von der größten Grundschule und sechshundert Meter von der höheren Schule entfernt. Die Gemeinde sagt, wenn wir die Planierung übernehmen und die Umkleidekabinen stiften, würden sie höchstwahrscheinlich einen Fußgängerübergang über die Umgehungsstraße errichten.«

Sie spielte einen abgerissenen Akkord.

»Hoffentlich keinen häßlichen, Aldo. Stadtplanung ist etwas *unendlich* Wichtiges, Aldo.«

»Ich weiß.«

»Kann ich mitkommen?«

»Du hast doch deine Anstalt«, erinnerte er sie mit einem Versuch zur Strenge.

Ein weiterer Akkord.

»Ja. Ja, ich habe meine Anstalt«, pflichtete sie bei, und ihre Stimme trällerte leicht kontrapunktisch. »Also mußt du allein hin, nicht wahr? Armer Pailthorpe.«

Sie hatte ihm den Namen Pailthorpe gegeben, es war ihm entfallen, warum. Pailthorpe der Bär, vermutlich; ihre Fauna beschränkte sich vorwiegend auf Bären.

»Tut mir leid«, sagte Cassidy.

»*Du* kannst ja nichts dafür«, sagte Sandra. »Es hängt vom Bürgermeister ab, nicht wahr?«

»Vom bösen Bürgermeister«, sagte Cassidy. »Sie sollten ihn absägen.«

»Absägen, absägen«, sagte Sandra vergnügt und versuchte, die Schatten aus ihrem Gesicht zu verscheuchen.

Er war blond, achtunddreißig, und in entsprechendem Licht betrachtet ein gutaussehender Mann. Wie sein Wagen, war er mit liebevoller Eleganz ausstaffiert. Vom linken Re-
versknopfloch bis zur Brusttasche seines tadellosen Jacketts zog sich eine dünne Goldkette, die offensichtlich einem be-
stimmten, jedoch nicht bestimmbaren Zweck diente. Ästhe-
tisch harmonierte sie vollendet mit dem dezenten Nadelstrei-
fen des darunterliegenden Stoffes; als Teil der Takelage ver-
band sie den Knopf des Mannes mit dem Herzen, wobei of-
fenblieb, welchem Ende der Vorrang gebührte. In Bau und Aussehen hätte er als architektonischer Prototyp des gutbür-
gerlichen Engländers dienen können, der zwischen den bei-
den Weltkriegen eine Privatschul-Erziehung genossen hatte; der gerade noch den Pulvergeruch, nie aber den Kugelregen kennenlernte. Er war gedrungen, kurzbeinig, ganz auf Land-
junker angelegt, und die knabenhaft trotzigen Züge, die zu-
gleich reif und zurückgeblieben wirkten, ließen noch immer einen Rest von Hoffnung zu, daß der Herr Papa für die Ver-
gnügungen des Herrn Sohnes aufkommen werde. Nicht daß er weibisch gewirkt hätte. Zugegeben, der Mund schob sich deutlich aus dem Gesicht vor, und die Unterlippe war beson-
ders ausgeprägt. Zugegeben auch, daß er sich beim Fahren gewisse Manieriertheiten erlaubte, die in die weibliche Rich-
tung wiesen, zum Beispiel eine Haarsträhne aus der Stirn streichen oder den Kopf zurücklehnen und die Augen schlie-
ßen, als hätte ein Migräneanfall einen brillanten Gedanken-
gang jäh unterbrochen. Doch wenn diese Mätzchen über-
haupt etwas bedeuteten, so spiegelten sie eine sympathische Empfindlichkeit gegenüber einer Welt, die gelegentlich zu schrill für ihn war, ein ebenso väterliches wie kindliches Ein-
fühlungsvermögen und nicht irgendwelche unerfreulichen Neigungen, die aus der Internatszeit übriggeblieben waren.

Spesenlokale kannte er sichtlich nicht nur von außen. Eine schwer abzuschätzende Fülligkeit zeigte sich an der Gürtelli
nie (er hatte zur größeren Sicherheit und Bequemlichkeit den obersten Hosenknopf geöffnet) und zwischen den weißen Manschetten, die seine Hände von jeglicher manuellen Tä-
tigkeit ausschlossen; Nacken und Teint strahlten bereits je-

nen glatten und satten Glanz aus, fast eine Politur, eher *flambé* als sonnenverbrannt, wie ihn nur Ballongläser, Rechauds und der Rauch von *crêpes suzettes* naturgetreu wiederzugeben vermögen. Trotz dieses evidenten körperlichen Wohlbefindens oder vielleicht als Ausgleich dazu besaß der äußere Cassidy auf rätselhafte Weise die geradezu gebieterische Fähigkeit, andere aufzuscheuchen. Obgleich er nicht im geringsten hilflos wirkte, hatte er etwas an sich, das Aufmerksamkeit erregte und Beistand heischte. Irgendwie vermochte er die Überzeugung zu wecken, daß die wuchernden Pfunde noch nicht die Macht des Geistes erdrückt hatten.

Als hätte auch der Wagen die Beschützerrolle akzeptiert, die Cassidy unbewußt seiner Umgebung aufdrängte, war das Innere mit zahlreichen wichtigen Extras ausgestattet, die ihm die verhängnisvollen Folgen eines Zusammenstoßes ersparen sollten. Nicht nur, daß Wände, Dach und Türen üppig mit mehreren Schichten Steppbezug ausgekleidet waren; das Steuerrad, die ohnehin tief in köstlichen Filzmulden versenkten Türgriffe mit Sicherungsklinke, das Handschuhfach, die Handbremse, sogar der diskret verborgene Feuerlöscher, alles war noch eigens in handgestepptes Leder verpackt und mit einer molligen fleischartigen Masse gepolstert, die auch den härtesten Aufprall zu einem bloßen Streicheln dämpfen mußte. Am Rückfenster hing ein elektrisch zu bedienendes und mit kleinen Seidenpompons gesäumtes Rollo, jederzeit bereit, den Nacken des braven Mannes vor einer übereifrigen Sonne oder seine Augen vor der Blendung durch fremde Scheinwerfer zu schützen. Und das Armaturenbrett war eine wahre Reiseapotheke voll technischer Vorbeugungsmittel: von Signal-Lampen bis zum Glatteis-Detektor, von der Reservebatterie bis zum Reserve-Ölvorrat, vom Safari-Tank bis zu einem zusätzlichen Kühlungssystem fanden sich dort Schalter zur Verhütung jeglicher der Natur und den einschlägigen Firmen bekannten Katastrophe. In Cassidys Wagen fuhr man nicht, man wurde getragen; wie in einem Mutterleib, aus dessen gepolsterter, geglätteter Höhlung der Insasse erst noch seinen Weg in eine härtere Welt würde antreten müssen.

»Wie weit ist's noch bis Haverdown, bitte?«

»Was?«

»*Haverdown.*« Sollte er es buchstabieren? Höchstwahrscheinlich war der Bursche Analphabet. »Haverdown. Das große Haus. Das Gut.«

Der blöde Mund öffnete sich, schloß sich teilweise, als er lautlos den Namen nachformte; ein schmutziger Arm wies nach dem Hügel. »Geradeaus rauf und drüben runter.«

»Und wie weit noch, so ungefähr?« fragte Cassidy laut, als spräche er zu einem Schwerhörigen.

»Keine fünf Minuten nicht mehr, in *dem* da.«

»Tausend Dank. Mach's gut, mein Sohn.«

Im Spiegel starrte ihm das braune Gesicht des Dorfdeppen mit einem Ausdruck komischer Ungläubigkeit nach, bis er außer Sicht war. Nun, dachte Cassidy, heute hat der Junge ein Stück von der Welt gesehen, und von den zwei Shilling wird er sich nicht betrinken. Alles Lebende schien aufgeboten, um an seiner Durchreise Anteil zu nehmen. In Bauerngärtchen ließen umhertollende Kinder ihre uralten Spiele sein und drehten sich um, um ihn anzuglotzen, als er vorüberglitt. Wie *pastoral,* dachte er; wie ursprünglich, wie vital. Aus Bäumen und Hecken brachen mit jahreszeitlich bedingter Kraft Knospen in verschiedenen Grüntönen, während sich auf den Feldern wilde Narzissen mit anderen Blumen mischten, die er nicht identifizieren konnte. Er verließ das Dorf und fuhr hügelan. Der steile Hang wich sanft abfallenden lichten Wäldern. Unter ihm entschwanden Gehöfte, Felder, Kirchen und Flüsse am fernen Horizont. Von solch reizender Aussicht besänftigt, gab er sich dem Nachsinnen über sein Streben hin.

›Streben wonach?‹ quengelte eine Stimme in seinem Innern. ›Ein *Hin*streben oder ein *Weg*streben?‹

Mit einer lässigen Bewegung des Kopfes schüttelte Cassidy solche Pedanterien ab. Unsinn, belehrte er sein inwendiges Publikum, ich bin hier, um ein Haus zu kaufen. Zu besichtigen, zu prüfen, zu kaufen. Und wenn ich es meiner Frau nicht mitgeteilt habe, so ist das allein meine Sache.

»Wirst du die Nacht über wegbleiben?« warf Sandra ganz beiläufig ein. Die Klavierübungen waren vorübergehend eingestellt, und sie beendeten ihr Abendessen.

»Es kann vielleicht erst gegen fünf losgehen«, erwiderte Cassidy und umging eine direkte Antwort. »Kommt darauf an, wann der Bürgermeister Zeit hat.« Eine versöhnliche Geste: »Ich denke, ich nehme mir etwas zum Lesen mit. Wenn du mir ein Buch aussuchen könntest.«

Langsam, Hand in Hand mit seiner Beraterin in kulturellen Lebensfragen, schritt Cassidy, der angehende Leser, die Reihen von Sandras Bücherregal ab.

»Also«, überlegte sie sehr ernsthaft. »Was liest ein Pailthorpe, wenn er nach Bristol auf galante Abenteuer auszieht?«

»Muß etwas sein, was ich auch noch mit ein paar Promille bewältigen kann«, warnte er. Sie lachten beide. »Und nicht«, – er spielte auf eine frühere Auswahl an – »*nicht* Jane Austen.«

Sie einigten sich auf ein Sachbuch, ohne Schnörkel, das Richtige für einen müden Pailthorpe mit wenig Fantasie.

»Manchmal«, sagte Sandra scherzend, »frage ich mich, ob du diese Leute überhaupt wirklich aufsuchst.«

»Natürlich nicht«, sagte Cassidy und warf den Ball geschickt zurück. »Sie ist eine Blondine und mißt zwei Meter vierzig.«

»*Sexy*«, sagte Sandra und küßte ihn. »Wie heißt sie?«

Haverdown.

Hoffentlich hatte er es richtig ausgesprochen. Auf solche Dinge kann es ankommen, wenn man in eine neue Nachbarschaft zieht. *Haverdown.*

War das *a* lang oder kurz? von ›have‹ oder von ›haver‹?

Eine Taube versperrte ihm die Zufahrt. Er hupte. Sie zog sich bedächtig zurück.

Und das *down:* was bedeutete down? Ein Landjunker sollte seine Wortstämme kennen. Down wie die Abwärtsbewegung oder down wie in den rollenden Dünen Englands? Dann kam ihm ein glücklicher Einfall, als mit der übertriebenen Gestik derer, die ihre eigene Gesellschaft genießen, der Schlagfertige seine Brauen hob und in stiller akademischer Überlegenheit lächelte. Oder down wie *Daunen*, Flaum? Antworten Sie gefälligst, sehr geehrte Firma Grimble & Outhwaite in Mount Street W.

Haverdown.

Es war unleugbar ein hübscher Name, obwohl Namen in solchen Fällen natürlich nichts bedeuten. Auch ein stolzer Name. Nicht Hall oder Court oder Grange, nicht einmal Gut Haverdown. Nur Haverdown: ein souveräner Begriff, wie sein Lehrer in Oxford gesagt haben würde, der keines Attributes bedurfte. *Haverdown.* Könnte man gut als Adelstitel wählen, falls man so etwas je von ihm verlangen sollte. »Kennen Sie den jungen Cassidy von Haverdown? Bemerkenswerter Bursche. Blühende Firma in London. Gibt alles auf und zieht hier heraus. Nach zwei Jahren hat er ein Mustergut. Dabei hat er zu Anfang keinen Deut von Landwirtschaft verstanden, glatte Null. Es heißt allgemein, er hat den goldenen Daumen. Die Leute hier vergöttern ihn. Fast kriminell großzügig.«

Cassidy wollte in den Spiegel blicken und seinem adeligen Abbild frivol eine Grimasse schneiden, als er scharf abschwenkte. *Die Einfahrt wird markiert durch zwei elegant proportionierte Steinpfosten, die Wappentiere aus dem 16. Jahrhundert tragen.* Direkt vor ihm ragten zwei bröckelige Greife, grimmig den Wappenschild umkrallend, ins grüne Dunkel einer Birke. Ihre Füße waren an die Säulenplatte geschmiedet und ihre Schultern eingesunken vor Müdigkeit. Aufmerksam studierte Cassidy die eingerollten Wappenschilde. Ein verwaschenes Schrägkreuz bildete die Zentralfigur, Federn oder liegende Schlangen füllten das obere Dreieck. Verwundert runzelte er die Stirn. Federn bedeuten Wales, soviel wußte er; aber war das nicht ein Andreas-Kreuz? Und bedeutete Sankt Andreas nicht Schottland, daher die Schraffierung für ›rot‹?

Er legte den Gang ein und startete die Einfahrt entlang. Geduld. Zu gegebener Zeit würde er die Sache genauer untersuchen, es würde eine Beschäftigung für die Wintermonate abgeben. Er hatte sich schon immer gern als eine Art Lokalhistoriker gesehen, der die Gemeindebüchereien abgraste, Ausgrabungen anregte und an gebildete Dorfvikare Postkarten schrieb.

»Vielleicht«, sagte Sandra, als sie sich zum Schlafengehen anschickten, »kann ich das *nächste* Mal mitkommen?«

»Aber natürlich«, sagte Cassidy. »Wir machen eine Extrafahrt.«

»Eine gewöhnliche Fahrt reicht aus«, sagte Sandra und löschte das Licht.

Für kurze Zeit schloß sich das Unterholz um ihn. Über einen Teppich aus Glockenblumen hinweg sah er zwischen den Bäumen Wasser aufblitzen. Der Fahrweg führte ihn wieder ins Sonnenlicht, an einem unbewohnten Holzhaus vorbei, einen rostigen Eisenzaun entlang. Dann teilte ein zerbrochener Wegweiser mit Schlagseite die Anfahrt. Händler links, Besucher rechts. Ich bin beides, dachte Cassidy vergnügt und schlug die rechte Piste ein. Tulpen säumten den Wegrand, reckten die Köpfe zwischen den Nesseln. Gute Bestände hier, wenn er dem Unkraut rechtzeitig beikommen könnte. Der Teich war überwachsen. Libellen flitzten über die geschlossene Fläche der Seerosen, das Bootshaus verschwand fast unter dem Schilf. Wie flink die Natur das Ihre zurückforderte, überlegte Cassidy mit wachsendem Glücksgefühl, wie unerbittlich, wie mütterlich war ihr Wille!

Auf seinem Rasenplateau, zwischen einer zerfallenen Kapelle und dem kahlen Gerippe eines Treibhauses ragte plötzlich Haverdown vor ihm auf.

Als historisches und unter Denkmalschutz stehendes BURGARTIGES HERRENHAUS MIT BERGFRIED *dreißig Meilen von Bath (von Paddington eine Stunde vierzig Minuten) entfernt, ist Haverdown ein* HERRSCHAFTLICHER WOHNSITZ SOFORT VOLL BEZUGSFERTIG MIT FÜNF JAGDHÜTTEN UND VIERZIG MORGEN GUTEN WEIDELANDS. *Teils im Tudorstil, teils noch früher errichtet, die Umbauten stammen zumeist aus der Georgianischen Zeit, in welcher auch der ur-*

sprüngliche Bergfried nach den Angaben LORD *Alfred de Waldeberes vollständig restauriert wurde. Zu den zahlreichen vorteilhaften Neuerungen gehören ein schön geschwungenes Treppenhaus im Adam-Stil und eine Anzahl schöner und sehr wertvoller* ITALIENISCHER BÜSTEN, *die im Verkaufspreis inbegriffen sind. Haverdown war von alters her Stammsitz und Festung der de-Waldebere-Familie.*

DER GEORGIANISCHE TRAKT. *Einmalig schön auf einer natürlichen Erhebung gelegen, beherrscht die elegante Südfassade aufs glücklichste eine der reizvollsten Landschaften Somsersets. Die Mauern bestehen aus alten Ziegeln, denen Zeit und Witterung eine elegante rostbraune Tönung verliehen haben. Den Mittelbau krönt ein Flachgiebel aus Putzstein, acht Sandsteinstufen, vom Fuß der Zeit abgetreten, führen zu einem imposanten halbrunden, von sechs aparten Säulen getragenen Portikus. Im Westen, zwischen der Kapelle und dem Treibhaus, sorgt eine herrliche, leicht reparaturbedürftige Familiengruft für die Wahrung der Symmetrie. Das unverändert erhalten gebliebene Taubenhaus bietet reichlich Platz für eine Heizungsanlage, ein Gästehaus oder eine* EREMITAGE. *Der gußeiserne Cupido (in traditioneller Pose) im rückwärtigen* GARTEN *ist getrennt veranschlagt (s. Anlage).*

DIE ÄLTEREN GEBÄUDE *bestehen aus dem reich gezinnten* TURM *mit Stufen und Glockenstube aus der Zeit, nebst einer Reihe von Armenhäuschen im Tudorstil. In ihrer Mitte erhebt sich, unterkellert und von* ALTEM WASSERGRABEN UMZOGEN, *die türmchen- und zinnenbewehrte Great Hall mit dem Refektorium. Hauptanziehungspunkt der Great Hall, sicherlich einer der schönsten in West-England, ist eine aus der Regierungszeit Edwards I. stammende Spielmanns-Empore. Dort entrichteten, wie die Heimatforschung zu vermelden weiß, fahrende Sänger ihren Tribut an* SIR *Hugo de Waldebere, den ersten uns bekannten Besitzer von Haverdown, der im Jahre 1261 wegen Bruchs der Lehenstreue des Landes verwiesen wurde. Das Haus ging an seinen jüngeren Sohn über, nach welchem uns kein Besitzer vermeldet wird, bis im Jahre 1760 Lord* ALFRED *aus der Fremde heimkehrte, um das Haus seiner Väter wieder aufzubauen, die vermutlich durch die Katholikenverfolgungen für lange Zeit in alle Winde zerstreut waren: Die Gärten sind nach* KLASSISCHEM *englischen Muster angelegt, das die Natur ohne*

übertriebene Beschneidung erhalten wissen will, und bedürfen der Pflege.
Anfragen
AUSSCHLIESSLICH AN OBIGE FIRMA
Z. HD. Jun./P. Mr. GRIMBLE

Nachdem er den Prospekt sorgfältig wieder in den Halter gesteckt und einen leichten Kaschmir-Mantel von einem Patent-Haken neben dem Rückfenster genommen hatte, warf Cassidy zufällig einen Blick nach hinten, über den Baby-Sitz und die seidenen Troddeln an dem Vorhang hinweg, und erlag einer interessanten Halluzination. Die Auffahrt war verschwunden. Dicke Wände aus Grün, von dunklen Tunnels durchstoßen, hatten sich über seiner Spur geschlossen und ihn von der Außenwelt isoliert. Er war allein in einer Zauberhöhle aus dunklem Grün; im Märchentheater mit seinem Vater; in der Kindheit, vor dreißig Jahren...

Später konnte er diese optische Täuschung ohne weiteres erklären. Ein Nebelstreif, so versicherte er sich selber, ein Nebelstreif, wie sie über dem Moor lagen, hatte sich unterhalb seines unmittelbaren Gesichtsfelds abgelagert und durch irgendeine Lichteinwirkung die Farbe des Blattwerks angenommen. Es mußte geregnet haben (es hatte tatsächlich geregnet), und die Feuchtigkeit des Weges zusammen mit der tiefstehenden Sonne hatte einen grünen Schimmer erzeugt, der die Straße wie hohes Gras erscheinen ließ. Oder er selbst hatte durch die rasche Kopfbewegung nach der langen Fahrt frühere optische Eindrücke auf das reale Bild projiziert... ergo ein Zusammentreffen natürlicher Gegebenheiten, genau wie bei einer Fata Morgana.

Dennoch hatte er den Zeitraum eines Augenblicks lang – der im Aldo Cassidyschen Innenleben beträchtlich länger währen mochte – das Gefühl, in einer Welt eingeschlossen zu sein, die weniger kontrollierbar war als die Welt, die er kannte: kurz, eine Welt, die bestürzende metaphysische Sprünge machen konnte, und wenn auch ein zweiter Rückblick die Auffahrt alsbald wieder an ihren vorgegebenen Platz in der Ordnung der Dinge schob, so veranlaßte ihn doch diese Beweglichkeit, oder vielmehr die Erinnerung daran, noch eine Weile sitzen zu bleiben und sich zu sammeln. Und nur mit einigem Mißtrauen und dem unabweisbaren Gefühl des Ausgeschlossenseins öffnete er schließlich die Wagentür und setzte vorsichtig einen wohlbeschuhten Fuß auf die launenhafte Oberfläche der Erde.

»Und viel Spaß«, hatte Sandra ihm beim Frühstück in ihrem Truppenbetreuungston empfohlen. »Laß dich von denen nicht *überfahren*. Vergiß nicht, *du* bist der gebende Teil.«

»Will's versuchen«, versprach Cassidy und grinste wie ein englischer Kriegsheld.

Sein erster Eindruck war alles andere als angenehm, er glaubte, mitten in einen Luftangriff geraten zu sein. Von Osten her war ein scharfer Abendwind aufgekommen, der seine Ohren unter Beschuß nahm und wie Trommelfeuer in die Ulmen einschlug. Tollkühn über ihm wirbelnde Saatkrähen ließen sich kreischend auf den Eindringling herabstürzen. Das Haus selbst hatte bereits einen Treffer abbekommen. Es ächzte in allen Fugen und Angeln, schwenkte empört die unnützen Glieder, ließ sie im Todeskampf gegen die eigenen schutzlosen Wände klatschen. Zu seinen Füßen lagen die Trümmer von Mauerwerk und Ziegeln. Ein gerissenes Kabel lief dicht über Cassidys Kopf hinweg den ganzen Garten entlang. Einen gräßlichen Augenblick lang bildete er sich ein, er sähe daran eine tote Taube an ihrem durchgescheuerten Bindfaden hängen, es war jedoch nur ein altes Hemd, das von einem achtlosen Zigeuner hängengelassen und von einem achtlosen Wind um sich selber gewickelt worden war. Komisch, dachte er und faßte sich wieder: sieht aus wie eins von den meinen, denen, die man vor ein paar Jahren trug, gestreift mit steifem Kragen und reichlich weiten Manschetten. Er fror ungemein. Das Wetter, das vom Wageninneren aus so freundlich und einladend gewirkt hatte, sprang ihn nun mit ganz unnatürlicher Bosheit an, blähte seinen dünnen Mantel mit barbarischen Böen und peitschte die Aufschläge seines superleichten Maßanzugs. Ja, dieser erste Ansturm der Wirklichkeit auf seine inneren Träumereien war so jäh und so wild, daß Cassidy in Versuchung geriet, sofort und auf der Stelle in die Geborgenheit seines Wagens zurückzukehren, und nur eine verspätete Trotzreaktion hielt ihn davor zurück. Schließlich, wenn er hier den Rest seines Lebens verbringen sollte, so gewöhnte er sich am besten gleich jetzt an das Klima. Er hatte, nach seinen Maßstäben, eine lange Fahrt zurückgelegt, um die dreißig Meilen; wollte er wahrhaftig wieder umkehren, nur wegen einer kleinen Brise? Entschlossen knöpfte er den Kragen zu und schritt allen Ernstes zur ersten Etappe seiner Inspektion.

Er nannte dieses Verfahren *die Atmosphäre auf sich wirken lassen*. Er hatte es oft geübt: Es galt, viele unwägbare Details zu testen. Die ganze Anlage zum Beispiel, ist sie feindselig oder freundlich? Bietet sie liebsame Abgeschlossenheit oder unliebsames Abgeschnittensein? Umhegt sie den Bewohner oder setzt sie ihn aus? Könnte man sich vorstellen – eine entscheidende Frage –, daß er hier geboren wäre?

Trotz der Kälte waren seine ersten Eindrücke nicht unvorteilhaft. Der Park, der die Aussicht von den Vorderfenstern des Hauses bilden müßte, hatte eine üppige ländliche Note, etwas entschieden Beruhigendes. Die Bäume waren Laubbäume (ein ausgesprochener Glücksfall, denn insgeheim fand er Nadelbäume zu düster), und ihr hohes Alter verlieh ihnen väterliche Milde.

Er lauschte.

Der Wind hatte nachgelassen, und die Saatkrähen beruhigten sich allmählich. Vom Moor herüber, auf dem immer noch der Meeresnebel haftete, wetteiferte das Raspeln einer Handsäge mit dem Muhen des Viehs. Er musterte die Weiden. Gute Umzäunung, reichlich Platz für Ponys, vorausgesetzt, daß hier keine Eiben wuchsen und sie vergifteten. Er hatte irgendwo gelesen, vermutlich bei William Cobbett, dessen Buch *Rural Rides* er für sein Abschlußexamen durchgearbeitet hatte, daß diese Bäume für Ponys Gift seien, und diese sinnlose Grausamkeit der Natur hatte sich seinem Gedächtnis eingeprägt.

Palaminos, so hießen sie.

Ich werde Palaminos halten. Brauchen kein Dach über dem Kopf, die Kastanienbäume liefern das Dach. Die Waliser sind die besten: zähe Biester, hieß es allgemein, genügsam und billig in der Haltung. Auch von der richtigen Gemütsart: Stadtleute konnten mit ihnen umgehen, ohne daß Vergeltungsmaßnahmen zu befürchten waren. Er schnupperte.

Holzrauch, feuchte Tannennadeln und der undefinierbare dumpfe Geruch, den Vernachlässigung erzeugt. Er hatte nichts daran auszusetzen.

Und schließlich wandte er – äußerlich ganz kühl – sich und sein kritisches Augenmerk dem Hause zu. Tiefes Schweigen hatte sich über den Hügelkamm gesenkt. In den Bäumen regte sich nichts. Das Hemd hing träge von seinem Kabel. Minutenlang blieb er stehen wie im Gebet, die behandschuhten Hände lose über dem Magen gefaltet, die Schultern stramm zurückgezogen, den blonden Kopf leicht zur Seite geneigt, der Überlebende am Grabe der gefallenen Kameraden.

Im Abendlicht seines neununddreißigsten Lenzes blickte Aldo Cassidy auf ein geballtes Dutzend englischer Generationen.

Noch während er dort stand, schwand das Licht. Rote Pfeile blitzten von der verbogenen Wetterfahne herab, strichen über die Glasreste in den Schiebefenstern und waren verschwunden. Ein Fels, dachte er, mit einem Schwall stolzen viktorianischen Purpurs. Ein Berggipfel vor dem Abendhimmel, unbezwinglich, unvergänglich, zu lebendigem Stein gewordene englische Geschichte. Ein Fels, wiederholte er, und sein romantisches Herz hämmerte halbvergessene Verse aus der englischen Heldenlyrik; ein Stück des Herzens, dessen Name England ist. Ein Fels, gemeißelt von der Hand der Zeiten, von Gottes Mauerleuten zubehauen, bewacht von seinen Scharen.

Wieviel gäbe ich darum, in einem solchen Haus geboren zu sein! Um wieviel größer, wieviel tapferer könnte ich dann sein! Von einem solchen Denkmal heroischer Zeitalter Namen, Glauben, Ahnenreihe, ja sogar den Beruf herzuleiten: noch immer Kreuzritter sein, nicht nur durch Mut, durch Demut vielmehr einer Sache dienen, die über allen Worten steht? In meinem eigenen Burggraben schwimmen, in meinem eigenen Küchentrakt kochen, in meiner eigenen großen Halle speisen, meiner eigenen Zelle meditieren? In meiner eigenen Gruft herumspazieren, unter den bleizerfetzten Fahnen meiner Ahnherren; Landpächtern Brot geben, widerspenstiges Gesinde zur Räson bringen, und dies in wohlig abgetragenem Tweed bis an mein kühles Grab?

Vor dem inneren Auge des Träumers baute sich ein Bild auf:

Ein Weihnachtsabend, kahl stehen die Bäume vor dem frühen Sonnenuntergang. Die einsame Gestalt, kein Jüngling mehr, in teueren, aber unauffälligen Kleidern, reitet durch die langen Schatten der Kastanienallee. Das Pferd, wohl wissend, welch kostbare Last es trägt, ist lammfromm sogar noch angesichts des heimatlichen Stalls. Eine Laterne winkt unter dem Portal, freudig eilt die Dienerschaft zum Tor. ›Ein guter Ritt gewesen, Mister Aldo?‹ ›Nicht übel, Giles, nicht übel. Nein, nein, ich reib' ihn selber trocken, vielen Dank. Schönen guten Abend, Mistress Hopcroft. Die Feier schon im Gange, nehm' ich an?‹

Und drinnen, was erwartet ihn drinnen? Keine Kinder, keine Enkel, die nach seiner Hand fassen? Keine liebenswerte Lady im langen hausgewobenen Tweedrock, die über die elegant geschwungene Treppe im Adam-Stil herabschreitet, eine Schale mit aromatischen Kräutern in der lilienweißen Hand? Keine Sandra, um ein Dutzend Jahre jünger, pianolos, frei von ihrem inneren Dünkel, die Aldos männliche Überlegenheit nicht in Frage stellt? Zu einem anmutvollen Dasein geboren, neu für ihn, witzig, schillernd und bewundernd? ›Mein armer Liebster, du mußt ganz durchfroren sein. Ich mache Feuer im Kamin der Bibliothek. Komm, laß mich dir mit deinen Stiefeln helfen.‹

Es gab kein Drinnen. In solchen Fällen warf Cassidy sich entschlossen auf das Draußen.

Um so überraschter war er, als er bei einem zufälligen ärgerlichen Blick nach oben, nach einem Taubenschwarm, dessen rastloses Flattern seine Gedanken unterbrochen hatte, einen dünnen, aber unübersehbaren Rauchkringel aus dem westlichen Schornstein aufsteigen und ein wirkliches Licht, sehr gelb, wie eine Öllampe, unter dem gleichen Portal leise hin und her schwingen sah, das er vor wenigen Augenblikken in seiner Fantasie durchschritten hatte.

»Hallo, Lover«, sagte eine angenehme Stimme. »Wir suchen wohl jemand, ja?«

2

Cassidy tat sich einiges auf seine Kaltblütigkeit in kritischen Situationen zugute. In Geschäftskreisen genoß er den, wie er fand, wohlverdienten Ruf eines schnellen Denkers. ›Gewitzt‹ hatten ihn *The Times Business News* im Zusammenhang mit einer unlängst stattgefundenen Fusions-Verhandlung genannt. ›Der sanfte Knacker harter Nüsse.‹ Diese Fähigkeit entsprang nicht zuletzt der Weigerung, das Ausmaß einer Gefahr zu erkennen, und sie wurde gestützt durch ein solides Wissen von der Nützlichkeit des Geldes. Cassidys erste Reaktion bestand daher darin, das Befremdliche der Anrede zu ignorieren und dem Mann einen guten Abend zu wünschen.

»Himmel«, sagte die Stimme. »Schon so spät?«

Die zweite Reaktion bestand darin, daß er beiläufig zu seinem Wagen schlenderte, keineswegs um zu fliehen, sondern um sich als dessen Besitzer auszuweisen und dementsprechend als kapitalkräftiger, potentieller Käufer. Außerdem dachte er an das detaillierte Verkaufsangebot in einer Aluminiumhalterung, das im Bedarfsfalle den Beweis lieferte, daß er kein unbefugter Eindringling war. Er war sehr ärgerlich über die Agentur. Schließlich hatte sie ihn hierhergeschickt, ihm eindeutig versichert, daß das Haus unbewohnt sei, und sie würden ihren Fehler morgen auch teuer bezahlen müssen. »Es ist ein Zwangsverkauf, mein Lieber«, hatte Outhwaite ihm am Telefon in jenem albernen Verschwörerton zugekrächzt, den man offenbar ausschließlich im Immobiliengeschäft erwirbt. »Bieten Sie ihnen die Hälfte, und sie werden Sie vor Dankbarkeit in Stücke reißen.« Nun, es würde sich herausstellen, wer nach diesem Streich in Stücke gerissen wurde. Nachdem er rücklings aus dem Wagen aufgetaucht war, die vervielfältigten Blätter deutlich sichtbar in der freien Hand, fiel ihm unangenehm auf, wie starr der Blick seines Befragers, verkörpert durch den unbeweglichen Lichtstrahl der Laterne, auf ihn gerichtet war.

»Das ist doch *Haverdown*, nicht wahr?« fragte er zu den Stufen hinauf und benutzte das kurze a. Der Tonfall war genau berechnet. Verwirrt, aber nicht bestürzt, mit einem Schuß Entrüstung, um seine Autorität zu wahren: Der ehrenwerte Bürger, der bei der Abwicklung seiner legalen Geschäfte behindert wird.

»Würde ich fast annehmen, Lover«, erwiderte die Laterne nicht unbedingt scherzhaft. »Wir möchten's wohl kaufen, was?«

Die Züge des Sprechenden waren noch immer hinter dem Lampenlicht verborgen, doch vom Höhenabstand zwischen Kopf und Türsturz konnte Cassidy errechnen, daß der Mann etwa die gleiche Größe wie er selber haben mußte; und den gleichen Körperbau, nach der Schulterbreite, die sich vor dem dunklen Hausinneren abhob. Alle übrigen Auskünfte lieferte ihm, während er die acht vom Fuß der Zeit abgetretenen Sandsteinstufen erklomm, sein Gehör. Der andere war auch in seinem Alter, aber selbstsicherer, der rechte Mann, um die Truppen anzufeuern und mit den Toten fertig zu werden. Die Stimme war überdies bemerkenswert zwingend. Sogar dramatisch, würde er sagen. Intensiv eindringlich. Ein sanft überredender Klang schwang mit. Cassidy entdeckte ferner – er hatte ein feines Ohr für soziale Untertöne – eine gewisse regional bedingte Abweichung, möglicherweise in Richtung aufs Gälische, eine Mundart, kein Akzent, die in keiner Weise seine positive Meinung über den guten Stall des Unbekannten schmälerte. *Das Andreaskreuz und die Federn von Wales:* Nun, das hier war, wenn er nicht irrte, die Harfe Irlands. Er war auf der obersten Stufe angelangt.

»Nun, natürlich möchte ich es gern besichtigen. Ihre Makler haben mich geschickt, *Grimble & Outhwaite*«, er wedelte leicht mit den abgezogenen Blättern, um zu zeigen, daß er den Beweis in Händen halte. »Die haben sich wohl mit Ihnen in Verbindung gesetzt?«

»Keine Spur«, erwiderte die Laterne gleichmütig. »Kein Ton, kein Sterbenswörtchen.«

»Aber ich habe den Termin vor beinah einer Woche verabredet! Ich möchte doch meinen, sie hätten bei Ihnen anrufen können oder so. Meinen Sie nicht auch?«

»Anschluß ist gesperrt, Lover. Hier draußen ist das Ende der Welt. Nur die Kuhlemuhle und die Kohlmeisen. Und natürlich wilde Saatkrähen, die suchen, wen sie verschlingen können, diese Galgenvögel.«

Es schien Cassidy nötiger denn je, die Verhandlungslinie strikt einzuhalten.

»Auf jeden Fall hätten sie *schreiben* können«, protestierte er, in dem Bestreben, zwischen sich und dem anderen das Gespenst eines gemeinsamen Gegners heraufzubeschwören. »Also wirklich, diese Leute sind das Letzte.«

Die Antwort ließ eine ganze Weile auf sich warten.

»Vielleicht wissen sie nicht, daß wir hier sind.«

Während des ganzen Wortwechsels war Cassidy der Gegenstand eingehender Betrachtung gewesen. Die Lampe, die langsam über seinen ganzen Körper spielte, hatte zuerst die handgearbeiteten Schuhe begutachtet, dann seinen Anzug, und nun verharrte sie bei der Entschlüsselung des Emblems auf seiner dunkelblauen Krawatte.

»Herr im Himmel, was ist das?« fragte die sanfte Stimme. »Indien?«

»Ach, nur ein Dining Club«, gestand Cassidy, der dankbar war für die Frage. »Nennt sich die *Nondescripts*.«

Lange Pause.

»O *nein*«, protestierte die Stimme schließlich echt erschüttert. »Mein Gott, was für ein verdammt gräßlicher Name: die ›Unbeschreiblichen‹, die ›Untermenschen‹. Ich meine, was würde Nietzsche dazu sagen, um Gottes willen? Nächstens werdet ihr euch noch die krätzigen Kameltreiber nennen.«

Cassidy war an solche Behandlung in keiner Weise gewöhnt. Dort, wo er sein Geld ausgab, war sogar seine Unterschrift eine überflüssige Formalität, und unter gewöhnlichen Umständen hätte er energisch gegen jede bloße Andeutung protestiert, die seinen Kredit oder seine Person – ganz zu schweigen von seinem Dining Club – in Zweifel gezogen hätte. Doch hier waren die Umstände nicht gewöhnlich: Anstatt von einer entrüsteten Aufwallung wurde Cassidy aufs neue von jenem unangenehmen Gefühl des Gespaltenseins ergriffen. Es war, als wäre die Gestalt hinter der Laterne kein Fremder, sondern er selbst, der auf geheimnisvolle Weise von den Tiefen des flüssigen Zwielichts reflektiert wurde; als musterte sein beschwingteres, freieres Ich im Licht dieser ungewöhnlichen Laterne die Züge seiner erdgebundenen anderen Hälfte. Und genau besehen waren die *Nondescripts* wirklich ein schäbiger Haufen; in letzter Zeit war dieser Gedanke ihm mehr als einmal gekommen. Schließlich gelang es ihm, solche bizarren Hirngespinste beiseite zu schieben und sich in einen fast hitzigen Ton hineinzusteigern.

»Hören Sie«, sagte er entschieden, »ich will nicht lästig fallen, ich kann durchaus ein anderes Mal wiederkommen. Vorausgesetzt, daß Sie verkaufen wollen«, fügte er hinzu, um der Sache Nachdruck zu verleihen.

Die Stimme ließ sich Zeit, ehe sie ihn beruhigte.

»Sie fallen nicht lästig, Lover«, sagte sie schließlich, als spräche sie ein wohlerwogenes Urteil. »Sie sind *klasse,* das seh' ich. Erstrangig. Kein Witz. Seit Jahren haben wir hier keinen Bourgeois zu sehen gekriegt.«

Der Strahl senkte sich. Im gleichen Moment flammte ein Schimmer roten Sonnenlichts, den das Oberfenster der Kapelle zurückwarf, wie ein winziges Morgenrot über das Innere des Vorbaus und verschaffte Cassidy zum erstenmal einen Blick auf seinen Inquisitor. Er war, wie Cassidy bereits vermutet hatte, ein sehr gut aussehender Mann. Wo Cassidy sich wölbte, war der andere glatt. Wo Cassidy schwach war, war der andere resolut; hier kompromißbereit, dort feurig;

wo Cassidy Flüssigkeit war, war der andere Fels, und wo er blaß und blond war, war sein Widerpart dunkel und jäh und eifrig. Aus einem gutgeschnittenen Gesicht leuchteten dunkle Augen von großer Lebhaftigkeit; ein gälisches Lächeln, zerstörerisch und wissend zugleich, erhellte seine Züge.

So weit, so gut. Indes gab Cassidy den Versuch nicht auf, den Mann einer der sozialen gesellschaftlichen Kategorien zuzuordnen, in die unsere Welt natürlicherweise eingeteilt ist, und er lenkte sein Augenmerk nun auf die Kleidung. Der Mann trug ein schwarzes Jackett von der Machart, wie sie von ehemaligen Indien-Offizieren bevorzugt wird, ein Mitteldings zwischen Smoking und Waffenrock, jedoch mit einer deutlichen orientalischen Note im Zuschnitt. Er war barfuß, und die untere Körperhälfte war in ein rockähnliches Gebilde gehüllt.

»Herrje«, sagte Cassidy unwillkürlich, und er war drauf und dran, eine weitere Entschuldigung vorzubringen, etwa: ›Mein Gott, Sie saßen gerade in der Badewanne‹; oder ›Wirklich unverzeihlich von mir, ich hab' Sie aus dem Bett geholt‹, als die Laterne abrupt von ihm abschwenkte und sich auf den Wagen richtete.

Hier war die Lampe höchst überflüssig. Die helle Karosserie hob sich deutlich gegen das Dämmerlicht ab – ein Sicherheitsfaktor, der Cassidy natürlich bekannt war –, doch der Inquisitor benutzte die Lampe dennoch, vielleicht weniger zum Sehen, als vielmehr um die reinen Konturen mit langsamem, liebevollem Strahl abzustreichen, genau wie er kurz zuvor den Eigentümer studiert hatte.

»Gehört Ihnen, Lover?«

»Ganz recht, mir.«

»Gehört Ihnen richtiggehend? Ganz und gar?«

Cassidy lachte heiter, er witterte eine zarte Anspielung auf einen Ratenkauf, eine Zahlungsform, die er (da er sie nicht nötig hatte) als eine Krankheit seiner Generation betrachtete.

»Aber ja. Alles andere hat doch keinen Sinn, meinen Sie nicht auch?«

Eine Weile antwortete der Inquisitor nicht, sondern verharrte in tiefster Konzentration, sein Körper war regungslos, die Laterne schwang leise in seiner Hand, die Augen starrten auf den Wagen.

»O Gott«, flüsterte er schließlich. »O Gott. Ein Leichenwagen für einen ›Unbeschreiblichen‹.«

Cassidy hatte schon öfter Leute beobachtet, die seinen Wagen bewunderten. Er hatte sie sogar dazu ermuntert. Wenn er zum Beispiel an einem Sonnabendvormittag von einem Einkauf oder einer anderen halbfreizeitlichen Erledigung zurückkam und ein Grüppchen von Autofans um die elegante langgestreckte Karosserie geschart fand, so konnte es ihm einfallen, einen Abriß der Geschichte und Qualitäten des Wagens zum besten zu geben und einige seiner ausgefalleneren Verbesserungen im Stand vorzuführen. Diese demokratische Aufgeschlossenheit empfand er als eine seiner liebenswertesten Gaben. Wohl hatte das Leben einiges davon abgeschliffen, doch wenn es um die Kameradschaft der Landstraße ging, so schätzte Cassidy sich wenig höher ein als seinen Nächsten. Das Interesse seines Gastgebers war jedoch ganz anderer Art. Auch hier schien es sich um ein prinzipielles Problem zu handeln, die Grundfrage nach gewissen noch nicht erfaßten Werten, die untrennbar mit der Existenz des Wagens verbunden waren, und Cassidys Unbehagen wuchs. Fand er ihn ordinär? War er weniger gut als sein eigener? Die oberen Zehntausend hatten, wie er sehr wohl wußte, strenge Ansichten über die Zurschaustellung des Wohlstands, indessen war der Wagen doch wohl aufgrund seiner *Besonderheit* über solche summarischen Beschuldigungen erhaben? Irgend jemandem mußte er schließlich gehören. Genau wie Haverdown irgend jemandem gehören mußte, ha, ha. Vielleicht sollte er etwas sagen, eine bescheidene Abwehr äußern? Unter anderen Umständen hätte er verschiedene Versionen vorbringen können: ›Im Grunde nur ein Spielzeug... Ich betrachte ihn immer als eine Art Nerzcape für Männer... natürlich hätte ich ihn mir zu Anfang nicht rein privat leisten können... Geschenk der Steuerzahler, wie ich fürchte...‹ Er erwog noch immer einen derartigen Schachzug, als eine überraschend kräftige Hand seinen Arm packte. »Los, Lover«, sagte die Stimme überredend, »kommen Sie schon zu Stuhl, mich friert.«

»Also, wenn ich Ihnen bestimmt nicht ungelegen komme«, begann Cassidy, während er fast über die morsche Schwelle gestolpert wäre. Er sollte nie erfahren, ob er ungelegen kam oder nicht. Die schwere Tür hatte sich hinter ihm geschlossen. Die Laterne war verschwunden. Er stand in der völligen Finsternis eines unbekannten Raumes, einzig gesteuert vom freundlichen Griff seines Gastgebers.

Während er wartete, daß seine Augen sich an die Beleuchtung gewöhnten, durchlitt Cassidy eine Reihe von Halluzinationen, wie sie den zeitweilig Erblindeten befallen. Als erstes glaubte er sich in den Scale-Lichtspielen in Oxford, wo er sich an einer Reihe unsichtbarer Knie vorbeizwängte und, Entschuldigungen murmelnd, auf unsichtbare Füße trat. Einige waren hart, andere weich; alle waren feindselig. Damals, als Cassidy die Ehre gehabt hatte, eine höhere Schulbildung zu genießen, gab es in Oxford sieben Kinos, die er Woche für Woche säuberlich abgraste. Bald, dachte er, wird sich das graue Rechteck vor mir auftun und ein dunkelhaariges, nach der damaligen Mode gekleidetes Mädchen wird zu den bewundernden Pfiffen der Jung-Akademiker auf französisch ihre Bluse aufknöpfen. Doch noch ehe er solcher Wonnen teilhaftig wurde, fand er sich jählings ins Naturhistorische Museum in South Kensington versetzt, dem er, wie eine seiner Stiefmütter ihm angedroht hatte, zur Strafe für Selbstbefriedigung übereignet werden sollte. »Du bist nicht besser als ein Tier«, hatte sie ihm zornerfüllt versichert. »Also sollst du auch zu den Tieren. Für immer.« Obgleich die Sicht sich nun erhellte, fand sich noch vieles, was den Alpträumen zur Nahrung dienen konnte: rauhe, nach Kino riechende Polsterung, der beißende Gestank nach räudigem Pelz und Formalin, die abgeschnittenen Köpfe von Elchen und Gnus, die mit dem verglasten Entsetzen ihrer letzten Agonie auf ihn herabstarrten, hochragende Mammutformen unter weißen Staubhüllen.

Zu seiner Erleichterung sprachen allmählich vertrautere

Bilder für eine menschliche Wohnstatt. Eine Standuhr, ein Eichenbüfett, ein Eßtisch aus der Zeit Jakobs I., ein steinerner Kamin mit gekreuzten Musketen auf dem Wappenschild, dem angenehm vertrauten Emblem der de Waldeberes.

»Du lieber Himmel«, sagte Cassidy schließlich und hoffte, daß es ehrfürchtig klänge.

»Hübsch, was?« fragte sein Begleiter. Er zauberte die Laterne von wer weiß wo herbei und ließ den Strahl nonchalant über die unebenen Quader flackern.

»Prächtig. Ganz prächtig.«

Sie standen in der großen Halle. Schmale Streifen grauen Lichts markierten die gewaltigen Ausmaße der mit Läden verschlossenen Fenster. Lanzen, Speere und Hirschgeweihe zierten die oberen Wandflächen; Versandkisten und zerfledderte Bücher waren über den Fußboden verstreut. Direkt vor ihnen hing eine Empore aus massiver schwarzer Eiche. Dahinter öffneten sich steinerne Bögen auf düstere Korridore. Der Geruch nach Trockenfäule war unverkennbar.

»Wollen Sie das übrige auch noch sehen?«

»Furchtbar gern.«

»Den ganzen Kasten? Mit sämtlichen Beulen?«

»Von oben bis unten. Ist fantastisch. Aus welcher Zeit stammt übrigens die Empore? Sollte ich eigentlich wissen, fällt mir aber nicht mehr ein.«

»Menschenskinder, ist zum Teil aus der Arche Noah geschnitzt. Ohne Witz. Jedenfalls hab' ich's gehört.«

Cassidy lachte pflichtschuldigst, konnte jedoch nicht umhin, über den vertrauten Antiquitätengeruch hinweg die Whiskyfahne seines Gastgebers zu bemerken.

Ha, ha, dachte er mit einem innerlichen Anerkennungsgrinsen. Die Aristos. Kratz ein bißchen an der Oberfläche, darunter sind sie alle gleich. Dekadent, gewissenlos ... aber eben doch fabelhaft nach den Maßstäben einer anderen Welt.

»Sagen Sie«, fragte er höflich, als sie um eine weitere Ecke ins Dunkel bogen, »steht das Mobiliar ebenfalls zum Verkauf?« Seine Stimme hatte sich hörbar verhochenglischt, als er sie der Begutachtung des Aristokraten anheimstellte.

»Erst wenn wir draußen sind, Lover. Müssen uns noch irgendwo draufsetzen können, nicht wahr?«

»Natürlich. Aber später?«

»Klar. Alles was Sie wollen.«

»Es würde sich nur um kleinere Gegenstände handeln«, sagte Cassidy vorsichtig. »Ich habe nämlich schon eine ganze Menge. Im Vorrat, sozusagen.«

»Sammler, wie?«

»Nun, wenn man so will. Aber nur, wenn der Preis vernünftig ist«, fügte er im gleichen defensiven Ton hinzu. *Wenn es eine Sache gibt, wovon ein englischer Gentleman etwas versteht, so ist es der Wert des Geldes.* »Bitte, könnten Sie vielleicht das Licht ein bißchen aufdrehen? Ich kann nichts sehen.«

Im Korridor reihten sich Porträts freundlicher Krieger und mörderischer Zivilisten aneinander. Der Lichtstrahl enthüllte sie nur sprunghaft, bedauerlicherweise, denn Cassidy war überzeugt, daß er in ihren mannigfaltigen Zügen Spuren seines exzentrischen Begleiters hätte identifizieren können: das strahlende unberechenbare Lächeln zum Beispiel, die von innen her leuchtenden Seeräuber-Augen, den schwarzen Haarschopf, der so stolz in die mächtige Stirn fiel. Die Lampe senkte sich, stieg anscheinend eine kurze Treppe hinab und ließ ihn aufs neue in tiefster Finsternis stehen.

»Nimmt kein Ende«, sagte Cassidy mit nervösem Lachen, und dann: »Allein hätte ich das nie geschafft. Ehrlich gesagt, die Dunkelheit ist mir ein bißchen unheimlich, war's schon immer. Manche Leute mögen keine großen Höhen, ich mag die Dunkelheit nicht.« Genau gesagt machte Cassidy sich auch nicht allzuviel aus großen Höhen, aber er wollte die Analogie nicht zerstören. »Sind Sie schon lange hier?« fragte er, als er keine Absolution auf seine Beichte erhielt.

»Zehn Tage.«

»Ich meine, Ihre Familie.«

Der Strahl streifte einen rostigen eisernen Kleiderhaken,

dann senkte er sich auf den Fußboden. »O Herrje... seit Urzeiten, Mann, seit Urzeiten.«

»Und hat Ihnen Ihr Vater...«

Einen peinlichen Augenblick lang fürchtete Cassidy, er habe sich wiederum auf zu dünnes Eis gewagt: ein kürzlich stattgehabter Todesfall ist schließlich kein Thema, das man im Dunkeln bespricht. Es verstrich eine ganze Weile, ehe er seine Antwort erhielt.

»Eigentlich mein Onkel«, gestand die sanfte Stimme und gab einen kleinen vielsagenden Seufzer von sich. »Aber wir standen einander sehr nah.«

»Mein Beileid«, murmelte Cassidy.

»Wurde von einem Stier aufgespießt«, fuhr sein Führer in heiterem Ton fort, der das Mundartliche hervorhob. »So ging's wenigstens schnell. Ich meine, kein langes Herumziehen mit Kamillentee und Haferschleim.«

»Nun, wenigstens ein Trost«, sagte Cassidy. »War er schon alt?«

»Sehr. Und ich meine, der Stier...«

»Ja?« sagte Cassidy verwirrt.

Die Laterne schien in einer Anwandlung plötzlichen Kummers zu zucken. »Ja, der Stier war auch schon *schrecklich* alt. Will sagen, es war eine Art Tod in Zeitlupe. Wenn ich so drüber nachdenke, dann frage ich mich, wie sie einander aufgegabelt haben.«

Die Komik hatte offenbar den Sieg über das Tragische davongetragen, denn jetzt stieg ein wildes Jungenlachen zum unsichtbaren Dach empor, der Strahl pendelte fröhlich im Takt mit dem Gelächter, und eine starke Hand fiel vergnügt auf Cassidys Schulter.

»Hören Sie, großartig, daß Sie hier sind. Großartig. Sie tun mir mächtig gut, so wahr ich hier stehe. Mensch, was hab' ich mich gelangweilt; den Kohlmeisen John Donne vorgelesen. Stellen Sie sich vor. Ein großer Dichter, aber was für ein Publikum. Wie sie einen anschauen! Menschenskinder. Hören Sie, ich hab' mir vorhin einen Kleinen genehmigt, es macht Ihnen hoffentlich nichts aus?«

Zu seiner großen Verwunderung spürte Cassidy ein deutliches Kneifen an der Stelle, die vor Gericht als die Verlängerung des Rückgrats bezeichnet wird.

»Kippen selber gern dann und wann einen, was?«

»Allerdings.«

»Besonders, wenn Sie einsam sind oder in einer kleinen Pechsträhne?«

»Und auch zwischendurch, das kann ich Ihnen versprechen!«

»Tun Sie das nicht«, sagte der Fremde kurz und in jäh umschwenkender Stimmung. »Niemals etwas versprechen.«

Sie stiegen zwei Stufen hinab.

»Mit wem kommt man hier schon zusammen?« fuhr er in seinem scherzenden Ton fort. »Nicht mal die verdammten Zigeuner wollen mit einem reden. Wissen Sie, zum Teufel, das ist Klassendenken, überall Klassendenken.«

»Du liebe Zeit«, sagte Cassidy.

Die Hand führte ihn noch immer an der Schulter. Im allgemeinen ließ Cassidy sich nicht gern anfassen, besonders nicht von Männern. Doch die Berührung störte ihn weniger, als er erwartet hätte.

»Und die vielen Morgen Land?« fragte er. »Geben *die* Ihnen nicht reichlich zu tun?«

Der Geruch nach Holzrauch, den Cassidy bislang wegen seiner ländlichen Note bewundert hatte, wurde plötzlich erstickend.

»Ach, scheiß auf die Morgen. Wer zum Teufel will heute noch Land? Papierkrieg... Tollwut... Seuchen... amerikanische Flugplätze. Damit ist's vorbei, glauben Sie mir. Außer natürlich, Sie machen in Nerz, Nerze sind die Masche.«

»Ja«, stimmte Cassidy zu; er war einigermaßen verwirrt über diese eigenwillige Darstellung der landwirtschaftlichen Problematik. »Ja, ich habe auch gehört, daß Nerze eine *Menge* Geld einbringen können.«

»Hören Sie mal. Sind Sie religiös?«

»Nun, so la la.«

»In County Cork wohnt nämlich ein Mensch, der sich der einzig wahre lebendige Gott nennt, Sie haben vielleicht über ihn gelesen? J. Flaherty of Hillside, Beohmin. War in allen Zeitungen. Glauben Sie, daß da was dran ist?«

»Ich weiß es wirklich nicht«, sagte Cassidy. Der Laune seines Begleiters gehorchend, ließ er sich zum Stillstand bringen. Das dunkle Gesicht schob sich dicht an das seine, und er empfand plötzliche Spannung.

»Weil ich ihm nämlich geschrieben habe, zum Duell gefordert. Dachte schon, Sie wären's.«

»Oh«, sagte Cassidy. »O nein, ich bin's leider nicht.«

»Trotzdem, Sie haben was von ihm, Sie haben entschieden etwas Göttliches an sich, das sehe ich auf jede Entfernung.«

»Oh.«

»O ja.«

Sie waren um eine zweite Ecke und in einen weiteren Korridor gebogen, der noch länger und öder war als der erste. Am anderen Ende spielte roter Flammenschein über eine Steinwand, und Rauchspiralen kringelten sich durch den offenen Zugang ihnen entgegen. Cassidy wurde von plötzlicher Müdigkeit erfaßt, von dem unheimlichen Gefühl, gegen eine Flut anzugehen. Die Dunkelheit zerrte an seinen Füßen wie eine warme Strömung. Der Rauch, dachte er, der Rauch hat mich schwindlig gemacht.

»Der verdammte Kamin ist verstopft. Wollten ihn schon reparieren lassen, aber diese Kerle kommen ja nicht, wie?«

»Ist in London der gleiche Jammer«, pflichtete Cassidy bei und erwärmte sich an seinem Lieblingsthema. »Man kann sie anrufen, anschreiben, bestellen, hilft alles nichts. Sie kommen, *wann* sie wollen, und berechnen, *was* sie wollen.«

»Dreckspack. Mein Großvater hätte sie allesamt ausgepeitscht.«

»So was kann man heute nicht mehr machen, fürchte ich«, sagte Cassidy laut, im Ton eines Mannes, der sich gleichfalls nach einer einfacheren Gesellschaftsordnung sehnt. »Die würden Ihnen schön aufs Dach steigen.«

»Ich will Ihnen mal was sagen, es ist Zeit für einen neuen verdammten Krieg. Hören Sie, angeblich soll er dreiundvierzig sein.«

»Wer?«

»Gott. Der Kerl in Cork. Verdammt komisches Alter hat er sich da ausgesucht, finden Sie nicht? Ich meine, soll er jung sein oder alt, das hab' ich ihm auch gesagt, hören Sie, wer zum Teufel soll ihm den Gott glauben, mit dreiundvierzig? Trotzdem, als ich den Wagen sah, und dann Sie... Sie können's mir nicht verübeln, oder? Ich meine, *falls* Gott einen Wagen fahren würde, dann würde Ihr Bentley da...«

»Wie steht's mit Dienstboten hier draußen?« unterbrach Cassidy seine Ausführungen.

»Verdammt mistig. Wollen bloß noch faulenzen, fernsehn und ficken.«

»Werden sich wohl einsam fühlen. Genau wie Sie.«

Cassidy hatte sich jetzt völlig von seiner anfänglichen Nervosität erholt. Die urwüchsigen Verlautbarungen seines Gefährten, die über ihm widerhallten, waren bei aller Absonderlichkeit angenehm beruhigend; der Feuerschein war entschieden nähergerückt, und sein Anblick nach ihrem Gang durch die immer dunkler werdenden Gemächer der weitläufigen Behausung heiterte ihn zusehends auf. Er hatte indessen sein Gleichgewicht kaum wiedererlangt, als es aufs neue von einem weiteren und gänzlich unerwarteten Ereignis heftig erschüttert wurde. Unvermittelt näherte sich aus einer Seitentür ein Hauch von dünner Musik, und ein Mädchen kreuzte ihren Weg.

Cassidy sah sie zweimal.

Einmal als Silhouette gegen den rauchigen Feuerschein am Ende des Korridors, und einmal im direkten Strahl der Laterne, als sie stehenblieb, den Kopf wandte und die beiden anblickte, zuerst Cassidy und dann, kühl und fragend, den Fackelträger. Ihr Blick war starr und in keiner Weise einladend. Sie trug ein Handtuch überm Arm und ein kleines Transistorradio in der Hand. Das üppige rötlich-braune Haar war auf dem Kopf getürmt, als sollte es vor Nässe geschützt werden, und Cassidy stellte während eines kurzen Blickwechsels fest, daß sie das gleiche Programm hörte, das er im Wagen eingestellt hatte, eine Auswahl von Frank-Sinatra-

Songs über das Thema der männlichen Einsamkeit. Diese Eindrücke folgten nicht unmittelbar aufeinander, sie wurden zerhackt durch den wandernden Lichtstrahl der Laterne, das Flackern des Feuerscheins und die Schwaden von Holzrauch. Die Erscheinung des Mädchens, ihr sekundenlanges Zögern, ihr doppelter Blick waren nur Streiflichter auf sein geschärftes Bewußtsein. Im nächsten Moment war sie weg, in einen weiteren Durchgang entschwunden, doch Cassidy hatte Zeit gehabt, mit der hilflosen Objektivität, die häufig eine völlig unerwartete Erfahrung begleitet, festzustellen, daß sie nicht nur schön war, sondern auch nackt. In der Tat war die Erscheinung so völlig unwahrscheinlich – zugleich vertraut und zutiefst erschreckend –, so unverträglich die Wirkung auf Cassidys strapazierte Einbildungskraft, daß er sie einfach abgeschrieben hätte – sie sofort seiner stets einsatzbereiten Zweifelverarbeitungsanlage eingefüttert –, wenn nicht der Strahl der Laterne ihm unerbittlich den Beweis ihrer irdischen Existenz aufgedrängt hätte.

Sie war auf Zehenspitzen gegangen. Sie mußte das Barfußgehen gewohnt sein, denn jeder Zehenabdruck zeichnete sich in einem eigenen runden Fleck auf den Quadern ab, wie die Fußspur eines kleinen Tieres im Schnee.

3

Vor langer Zeit hatte in einem großen Restaurant eine ältere Dame Cassidys Fisch gestohlen. Sie hatte neben ihm an einem angrenzenden Tisch gesessen, mit dem Gesicht zum Lokal, und sie hatte mit einer einzigen Bewegung den Fisch – Seezunge ›Walewska‹, reichlich mit Käse und allerlei Meeresgetier garniert – in ihren offenen Beutel befördert. Der Zeitpunkt war tadellos berechnet. Cassidy blickte gerade auf, einem inneren Anruf folgend – ein Mädchen wahrscheinlich, vielleicht aber auch ein Gericht, das vorbeigetragen wurde und das er beinah an Stelle der Walewska gewählt hätte –, und als er wieder auf den Tisch blickte, war der Fisch verschwunden, und nur eine rosafarbene Fährte quer über seinen Teller, eine Schneckenspur aus Maismehl, Käse und Garnelenpartikel, bezeichnete die Richtung, die er eingeschlagen hatte. Er hatte den Fisch gegessen und in seiner Zerstreutheit nichts geschmeckt. Aber *wie* hatte er ihn gegessen? fragte sich der Meisterdetektiv. Mit den Fingern? Messer und Gabel waren unbenutzt. Der Fisch war eine Fata Morgana gewesen: Der Kellner hatte ihn noch nicht gebracht, Cassidy starrte auf den schmutzigen Teller, den der letzte Gast vor ihm zurückgelassen hatte.

Dann sah er die Beuteltasche. Ihre Henkel waren fest aneinandergepreßt, doch ein verräterischer rosa Klecks war an der einen Messingkugel des Verschlusses deutlich zu sehen. Den Kellner rufen, dachte er: ›Diese Dame hat meinen Fisch gestohlen.‹ Die Diebin stellen, die Polizei holen, verlangen, daß sie die Tasche öffne.

Aber die Haltung altjüngferlicher Artigkeit, mit der sie an ihrem Aperitif nippte, eine Hand leicht in die Serviette geschmiegt, überwältigte ihn. Er unterschrieb die Rechnung und verließ still das Restaurant, um nie wieder hinzugehen.

Als Cassidy der Laterne in den raucherfüllten Salon folgte, zeigte er die gleichen Symptome psychischer Lähmung. Hatte das Mädchen wirklich existiert oder war sie eine Ausgeburt seiner lebhaften erotischen Fantasie? War sie ein Gespenst? Eine de Waldeberesche Erbin zum Beispiel, im Bade ermordet von dem ruchlosen Sir Hugo? Aber Familiengespenster hinterlassen weder Fußabdrücke noch tragen sie Transistorradios herum, und ganz gewiß sind sie nicht aus so eminent verführerischem Fleisch gestaltet. Angenommen also, das Mädchen war echt, und er hatte sie gesehen, gebot ihm dann der Anstand, daß er irgendeine beiläufige Bemerkung machte, aus der hervorginge, er hätte sie nicht gesehen? Durchblicken lassen, daß er genau im kritischen Augenblick ihres Erscheinens ein Porträt oder ein architektonisches Detail studiert habe? Seinen Gastgeber fragen, ob er ganz allein hier wohne oder wer ihm den Haushalt führe?

Er schlug sich immer noch mit diesem Problem herum, als

er hörte, wie er in einer ihm fremden Sprache angeredet wurde.

»Alk?«

Was für Cassidy den Zustand des Unwirklichen noch weiter komplizierte, war sein Eindruck, er sei durch Nebel von seiner Umwelt abgeschnitten, denn der riesige Kamin spie Wogen von Pulverdampf über den Steinboden, und von den Deckenbalken hingen bereits schwere Bahnen. Eben dieses Feuer, das ausschließlich aus Kienspänen zu bestehen schien, war auch die einzige Lichtquelle, denn die Laterne war nun gelöscht, und die Fenster waren wie in der großen Halle dicht verschlossen.

»Tut mir furchtbar leid, aber ich glaube, ich habe nicht verstanden.«

»*Alk*, Lover, Alkohol. Whisky.«

»Oh, vielen Dank. Alkohol. Alk.« Er lachte. »Ja? wahrhaftig, ich möchte gern einen Alk. Doch eine ganz schöne lange Fahrt von Bath. *Knifflig*, wissen Sie. Diese schmalen Straßen und engen Kurven. *Alk*. Ha, ha.«

Mätresse? Nymphomanisches Zimmermädchen? Inzestuöse Schwester? Eine Zigeunerhure, die aus den Wäldern hereingeschlichen war? Einen Fünfer pro Nummer und ein Gratisbad hinterher?

»Sie sollten's erst mal zu Fuß versuchen.« Hinter ihm ragte, das Glas in der Hand, die hochgewachsene Gestalt massig auf. Wenn wir die gleiche Größe haben, dachte Cassidy, wieso bist du dann größer? »Acht verdammte Stunden haben wir gebraucht, und die ganzen gottlosen Kutschen rasen vorbei und drücken uns ins Gebüsch. Da kann einer schon zum Trinker werden, das sag' ich Ihnen.« Der Dialekt verstärkte sich. »Aber *Sie* würden das nicht tun, wie, Lover? Uns in den Graben schubsen und nicht mal anhalten zum Knochensammeln?«

Ein Call-Girl vielleicht, von einer unreellen Agentur hier herausgeschickt? Frage: Wie kann man nach einem Call-Girl telefonieren, wenn das Telefon gesperrt ist?

»Bestimmt nicht. Ich bin ein entschiedener Anhänger des defensiven Fahrstils.«

»Tatsächlich?«

Die dunklen Augen schienen mit dieser Frage noch tiefer in Cassidys wehrloses Bewußtsein vorzustoßen.

»Ehm, mein Name ist Cassidy«, sagte er, mehr um es sich selber zu bestätigen, als um sich seinem Gastgeber vorzustellen.

»Cassidy? Himmel, was für ein reizend landesüblicher Name. He, waren Sie der, der die vielen Banken ausgeraubt hat? Stammt daher Ihr vieles Geld?«

»Leider nicht«, sagte Cassidy wendig. »Ich mußte schon ein bißchen schwerer dafür arbeiten.«

Seine eigene Schlagfertigkeit machte ihn kühn, und er unternahm nun eine ebenso unverhohlene Musterung seines Gastgebers, wie er sie selber vor kurzem über sich hatte ergehen lassen müssen. Das Gewand, das die dunklen Beine umhüllte, war weder ein Rock noch ein Badetuch, auch kein Kilt, sondern ein sehr alter Vorhang, mit verblichenen Schlangen bestickt und an den Kanten zerrissen, wie von zornigen Händen. Er trug ihn hüftfrei, vorn tiefer und im Rücken höher, wie ein Mann, der sich anschickt, im Ganges zu baden. Die Brust unter dem schwarzen Jackett war nackt, aber mit Büscheln üppigen schwarzen Haares geziert, das sich in einer schmalen Linie über den Magen hinunterzog, ehe es sich wieder zu einem deutlichen und dunklen Vlies verdichtete.

»Recht so?« erkundigte sich sein Gastgeber und reichte ihm ein Glas.

»Wie bitte?«

»Shamus mein Name, Lover. *Shamus.*«

Shamus. Shamus de Waldebere... Im Debrett nachschlagen.

Vom Korridor her hörte Cassidy Frank Sinatra ein Mädchen aus Denver besingen.

»Hei, Helen«, rief Shamus über Cassidys Schulter. »Es ist doch nicht Flaherty, sondern Cassidy. *Butch* Cassidy. Will das Haus kaufen, nun, nachdem der arme Onkel Charlie tot und begraben ist. Cassidy, Bruderherz, begrüßen Sie hier eine höchst liebreizende Dame, einstens von Troja, jetzt herabgestiegen in den niedern Stand...«

»Sehr angenehm«, sagte Helen.

»Der Ehe«, sagte Shamus.

Sie war bedeckt, wenn auch nicht vollständig bekleidet.

Ehefrau, dachte er mürrisch. Hätte ich mir gleich sagen können, Lady Helen de Waldebere, und aus der Traum.

Nicht einmal für einen Formalisten wie Cassidy gibt es feststehende Regeln dafür, wie man eine hochgeborene Dame begrüßt, die einem kurz vorher nackt in einem Korridor begegnet ist. Er brachte mit Mühe ein Grunzen zustande, dazu ein wässeriges akademisches Grinsen und ein Zusammenkneifen der Augen, das denen, die seine Zeichen zu deuten wußten, sagen sollte, hier steht ein stark kurzsichtiger Mensch mit minimaler Libido vor einer Person, die seiner Aufmerksamkeit bisher entgangen war. Helen hingegen, die Aussehen und guten Stall auf ihrer Seite und im Ankleidezimmer genügend Zeit zum Überlegen gehabt hatte, trug souveräne Gefaßtheit zur Schau. Sie trug einen Hausmantel von frommer Einfachheit. Ein hoher Kragen umschloß den edlen Hals, Spitzenmanschetten fielen um die schlanken Handgelenke. Das rotbraune Haar fiel lang herab wie Julias Flechten, und ihre Füße waren noch immer nackt. Die Brüste, die er ungeachtet seiner simulierten Kurzsichtigkeit nicht übersehen konnte, waren halterlos und bebten leise, wenn sie sich bewegte. Die Hüften waren gleichfalls ungegürtet, und bei jedem ihrer wiegenden Schritte lugte zaghaft ein weißes, marmorglattes Knie durch den Schlitz des Gewandes. Englisch bis ins Mark, dachte Cassidy mit Erleichterung, was für ein Auftritt; als Profi würde sie Furore machen. Mit einer knappen Bewegung von Daumen und Zeigefinger schaltete sie das Radio ab, stellte es auf den Couchtisch, glättete die Staubhülle, als wäre sie feinstes Linnen, gab ihm dann ernst die Hand und forderte ihn auf, Platz zu nehmen. Sie ließ sich ein Glas reichen und entschuldigte sich für die Unordnung mit leiser, fast demütiger Stimme. Cassidy sagte, er verstehe vollkommen, er wisse, was ein Umzug bedeute, er hatte das in den letzten Jahren ein paarmal durchexerziert. Irgendwie gelang es ihm mühelos, durchblicken zu lassen, daß jeder Umzug eine Verbesserung bedeutet habe.

»Mein Gott, sogar ein Wechsel der *Büroräume,* wenn man Sekretärinnen und Angestellte hat, sogar die eigenen Handwerker, ist eine Sache von Monaten. Sage und schreibe *Monaten.* Und erst hier...«

»Wo haben Sie Ihr Büro?« fragte Helen höflich.

Cassidys hohe Meinung von ihr stieg weiter.

»South Audley Street«, sagte er prompt. »West Eins. Gleich bei der Park Lane. Wir sind letztes Frühjahr eingezogen.« Gern hätte er hinzugefügt, sie habe es vielleicht in *The Times Business News* gelesen, doch die Bescheidenheit gebot ihm Einhalt.

»O wie *wunder*hübsch.« Sie ordnete züchtig ihre Röcke, so daß sie die unvergleichlichen Schenkel bedeckten, und setzte sich aufs Sofa.

Ihrem Ehemann gegenüber zeigte sie größere Zurückhaltung. Ihre Augen ließen nur selten von seinem Gesicht ab, und Cassidy verfehlte nicht, die Besorgtheit in ihrem Blick zur Kenntnis zu nehmen. Wie gut verstand er doch, seit eh und je, die Gefühle einer hübschen jungen Frau! Ein trunksüchtiger Ehemann war schon Last genug. Doch wer weiß, welche weiteren Schläge ihr Stolz in den letzten Monaten erlitten hatte, die Auseinandersetzungen mit Anwälten, die haushohen Kosten, die mit einem Todesfall verbunden waren, der schmerzliche Abschied von treuen Dienern, die zerschlissenen mürben Angebinde in verschwiegener Lade? Und wie viele Kauflustige hatten in diesen Tagen rücksichtslos die teuren Gemächer ihrer Jugend durcheilt, grobschlächtige Kritik geäußert und sich ohne ein Wort der Hoffnung wieder entfernt. Ich will ihr die Bürde erleichtern, beschloß er; ich will die Unterhaltung auf mich nehmen. Nachdem er in knappen Umrissen noch einmal die Gründe für seine unvermeldete Ankunft dargetan hatte, schob er die Schuld kurzerhand in die Schuhe von *Grimble & Outhwaite:*

»Ich habe nichts gegen sie, sehr ordentliche Leute, in ihrer Art. Ich mache schon seit Jahren Geschäfte mit ihnen und werde das wohl auch weiterhin tun, aber, wie alle diese alten

Firmen, sind sie lasch geworden.« Unter dem Samt kam der Stahl zum Vorschein. »Ich habe vor, diese Sache ziemlich deutlich zur Sprache zu bringen.« Shamus, der unter dem Vorhang die Beine gekreuzt hatte und sich in einer Haltung kritischen Überlegens zurücklehnte, nickte nur energisch seine Zustimmung und sagte: »Wackerer Cassidy«, doch Helen versicherte ihm, daß sein Besuch durchaus gelegen komme, er sei jederzeit willkommen, und es mache wirklich nichts aus:

»*Nicht* wahr, Shamus?«

»Ganz und gar nichts, Lover«, sagte Shamus herzlich. »Ist uns ein Fest.« Und er nahm mit einem sich fast bis zum Besitzerstolz steigernden Behagen sein Studium des unerwarteten Besuchers wieder auf.

»Tut mir so leid wegen des Rauchs«, sagte Helen.

»Oh, das macht gar nichts«, sagte Cassidy und hielt sich mit Mühe zurück, eine Träne abzuwischen. »Ich hab's sogar ganz gern. Ein Holzfeuer gehört zu den Dingen, die in London einfach nicht zu kaufen sind. Um keinen Preis, glaube ich.«

»Ist alles meine Schuld«, gestand Shamus. »Das Brennholz war ausgegangen, also habe ich den Tisch zersägt.«

Shamus und Cassidy lachten herzhaft über diesen guten Witz, und nach sekundenlangem Zögern stimmte Helen mit ein. Ihr Lachen war, wie er lobend feststellte, bescheiden und bewundernd: Im allgemeinen mochte er es nicht, wenn Frauen Humor hatten, er konnte zu leicht auf seine Kosten gehen, doch Helen war anders, das sah er: Sie kannte ihren Platz und lachte nur mit den Männern.

»Aber Mahagoni hat einen schrecklichen Nachteil.« Shamus sprang auf und nahm Kurs auf die Flasche. »Es will einfach verdammt nicht so brennen wie die schlichteren Holzarten. Verweigert entschieden den Opfertod. Also ich finde das höchst unmanierlich, Sie nicht? Ich meine, wenn es soweit ist, sollten wir klaglos in die gute Nacht eingehen, finden Sie nicht auch, Cassidy?«

Obwohl die Frage scherzhaft gemeint war, stellte Shamus

sie mit großem Ernst und wartete bewegungslos auf die Antwort.

»O doch«, sagte Cassidy.

»Er ist meiner Meinung«, sagte Shamus mit sichtlicher Genugtuung. »Helen, er ist meiner Meinung.«

»Natürlich«, sagte Helen. »Er ist ein höflicher Mann.« Sie beugte sich zu ihm. »Seit Wochen hat er mit keiner Menschenseele gesprochen«, vertraute sie ihm leise an. »Er ist wohl schon völlig verzweifelt.«

»Machen Sie sich keine Gedanken«, sagte Cassidy. »Mir gefällt es.«

»He, Cassidy, erzählen Sie ihr von Ihrem Bentley.« Shamus' Dialekt war nun in jedem Wort hörbar, der Alkohol hatte ihn zur vollen Blüte entwickelt. »Hast du gehört, Helen? Cassidy hat einen Bentley, einen unheimlich großen langen mit silbernem Dach, nicht wahr, Lover?«

»Wirklich?« sagte Helen über den Rand ihres Glases hinweg. »Toll.«

»Er ist natürlich nicht neu.«

»Aber das ist doch ein Vorzug? Ich meine, sind die alten nicht in vieler Hinsicht *besser*?«

»Absolut, zumindest meiner Erfahrung nach«, sagte Cassidy. »Die Modelle vor dreiundsechzig waren *ungleich* besser gearbeitet. Also meiner hat sich bewährt.«

Bevor er sich dessen selbst bewußt wurde, erzählte er ihr schon auf einen winzigen Fingerzeig Shamus' hin die ganze Geschichte, wie er eines Tages in seinem Mercedes durch Sevenoaks gefahren war – er hatte damals einen Merc gehabt, gewiß sehr funktionelle Wagen, aber ohne rechte Handschrift, wenn sie wußte, was er meinte – und im Ausstellungsraum bei Caffyns einen Bentley erblickt hatte.

»In Sevenoaks, hast du das gehört?« rief Shamus. »Irre, einen Bentley in *Sevenoaks* kaufen. Menschenskinder.«

»Aber das ist ja gerade der Witz an der Sache«, beharrte Cassidy. »Manche der schönsten Modelle kommen sogar aus Indien. Maharadschas haben sie für Safaris gekauft.«

»He, Lover.«

»Ja?«
»Sie sind nicht zufällig selber ein Maharadscha?«
»Leider nicht.«
»Nämlich, bei dieser Beleuchtung kann man die Hautfarbe der Leute nicht immer unterscheiden. Dann sind Sie Katholik?«
»Nein«, sagte Cassidy vergnügt. »Nochmals falsch geraten.«
»Aber Sie sind fromm?« Hartnäckig kam er auf ein früheres Thema zurück.
»Na ja«, sagte Cassidy zweifelnd. »Weihnachten und Ostern, Sie wissen, wie's so geht.«
»Würden Sie sich als Anhänger des Neuen Testaments bezeichnen?«
»Bitte so weiter«, sagte Helen. »Ich bin ganz Ohr.«
»Oder würden Sie sagen, daß die barbarischen und ungezähmten Alten Juden Ihnen mehr zusagen?«
»Nun ... keins von beiden oder beides, würde ich sagen.«
»Also sehen Sie, dieser Flaherty da in County Cork –.«
»Bitte«, sagte Helen und richtete einen zweiten strafenden Blick auf ihren Ehemann.

Cassidy hatte damals das bestimmte Gefühl gehabt, daß der Wagen das Richtige für ihn sei, er konnte es nicht genauer erklären, und so war er schließlich stehengeblieben, zurückgegangen und hatte einen zweiten Blick darauf geworfen. Und außerdem, um es kurz zu sagen, hatte der junge Verkäufer ihn überhaupt nicht gedrängt, sondern sozusagen seinen Pappenheimer erkannt, und in fünf Minuten war der Handel perfekt gewesen. Cassidy schrieb einen Scheck über fünftausend Pfund aus, auf den gleichen Tag datiert, und fuhr in dem Wagen davon.

»Himmel«, sagte Helen, »wie *schrecklich* tapfer.«
»Tapfer?« wiederholte Shamus. »Tapfer? Er ist ein Löwe. Du hättest ihn draußen auf der Terrasse sehen sollen. Er hat mir eine Höllenangst eingejagt, wenn ich dir sage.«
»Nun, natürlich hätte ich den Scheck übers Wochenende annullieren können«, räumte Cassidy ein wenig unbesonnen ein, und er hätte noch eine ganze Weile so weitergeredet –

zum Beispiel über den Kraftfahrzeugbrief, der eine einzige technische Lobeshymne war, die Genealogie des Wagens, auf die er erst nach Wochen nach dem Kauf zufällig gestoßen war –, hätte Shamus, der sich plötzlich langweilte, nicht vorgeschlagen, daß Helen ihm das Haus zeigen solle.

»Nachdem er ein so hemmungsloser Käufer ist, kauft er uns vielleicht gleich mit, äh, ich meine, Herrgott, eine solche Gelegenheit dürfen wir uns nicht entgehen lassen. Haben Sie Ihr Scheckheft dabei, Cassidy? Wenn Sie's nämlich nicht dabei haben, dann sollten Sie schleunigst in Ihre graue Wärmflasche steigen und zurückrasen nach West End und es holen, ich meine, wir zeigen das Haus nicht so einfach *jedem*, verstehen Sie. Schließlich, wenn Sie nicht Gott sind, wer zum Teufel sind Sie dann?«

Wiederum registrierte Cassidys seismographische Empfindlichkeit Helens Schweigen, und er verstand es. Der gleiche besorgte Blick trübte ihre aufrichtigen Augen, die gleiche angeborene Höflichkeit verbot ihr, diese Besorgnis in Worte zu fassen. »Wir können es ihm schwerlich im Dunkeln zeigen, Darling«, sagte sie gelassen.

»Und ob wir's ihm in dem verdammten Dunkeln zeigen können. Wir haben doch die Laterne, oder? Herrje, er könnte den ganzen Zimt per Braille kaufen, wenn er Lust dazu hätte, stimmt's, Lover? Ich meine, sieh mal, Cassidy ist offensichtlich ein *sehr einflußreicher Mann*, und *sehr einflußreiche Männer*, die in Sevenoaks herumspazieren und Schecks über fünftausend Pfund verteilen können, vertun verdammt ungern ihre Zeit, Helen, das mußt du endlich kapieren.«

Cassidy wußte, daß er jetzt etwas sagen mußte. »O nein, *bitte* machen Sie sich keine Umstände. Ich kann ebensogut ein anderes Mal kommen. Sie haben mir bereits so viel Freundlichkeit erwiesen –.« In dem Bestreben, seine Absicht in die Tat umzusetzen, stand er schwankend auf. Holzrauch und Whisky hatten ihm stärker zugesetzt, als er dachte. Sein Kopf schwindelte, und seine Augen schmerzten.

»Ich kann *ohne* weiteres ein anderes Mal kommen«, wiederholte er töricht. »Sie müssen todmüde sein, mit all dem Packen und Anordnen.« Shamus stand ebenfalls, er stützte die Hände auf Helens Schultern, und seine dunklen, nach innen blickenden Augen beobachteten Cassidy scharf.

»Können wir nicht gleich einen Tag in der nächsten Woche ausmachen?« schlug Cassidy vor.

»Sie wollen sagen, das Haus gefällt Ihnen nicht«, sagte Shamus in dumpfem, drohenden Ton, es war mehr Feststellung als Frage. Cassidy protestierte schleunigst, doch Shamus überfuhr ihn. »Ist wohl nicht genug für Sie, was? Keine Zentralheizung, keine Zimmer mit Bidet, keine Luxusnutten-Armaturen, wie Sie's in Londontown haben?«

»Keine Rede, es ist nur –«

»Was, um Gottes willen, wollen Sie eigentlich? Ein Bordell?«

Cassidy hatte schon ähnliche Situationen gemeistert. Aufgebrachte Gewerkschafter hatten auf seinen Rosenholz-Schreibtisch geschlagen, ausgeschaltete Konkurrenten hatten ihm mit der Faust gedroht, betrunkene Dienstmädchen hatten ihn als feist bezeichnet. Doch in diesen Fällen war er stets Herr der Lage gewesen, die Dinge ereigneten sich zumeist auf einem Gelände, das er bereits gekauft hatte, von Leuten, die noch auf ihre Bezahlung warteten. Der vorliegende Fall war gänzlich anders gelagert, und weder der Whisky noch seine vernebelte Optik waren dazu angetan, ihm das Spiel zu erleichtern.

»Selbstverständlich gefällt mir das Haus, ich dachte, das hätte ich bereits hinlänglich klargemacht, ehrlich gesagt, es ist das beste Objekt, das ich seit langem gesehen habe. Alles dran, was ich suche... Friede... Abgeschiedenheit... Parkraum.«

»Weiter«, drängte Shamus.

»Altertümlichkeit... was möchten Sie sonst noch von mir hören?«

»Auf geht's!«

Ein sonniges, ansteckendes Lächeln hatte das flüchtige Ärgerwölkchen ersetzt. Shamus faßte mit der einen Hand die Whiskyflasche, mit der anderen die Laterne und lotste sie strahlend die große Treppe hinauf. So fand Cassidy sich zum zweitenmal an diesem Abend, nicht ganz ungern, auf eine unfreiwillige Reise geschickt, die vor seinem schwindelnden Bewußtsein mit jedem neuen Schritt zwischen Vergangenheit und Zukunft, Illusion und Wirklichkeit, Rauch und Nüchternheit zu wechseln schien.

»Komm, Flaherty«, rief Shamus. »Gottes Haus hat viele Wohnungen, und ich und Helen werden Ihnen den ganzen verdammten Laden zeigen, nicht wahr, Helen?«

»Würden Sie mir bitte folgen?« fragte Helen mit dem bezaubernden Lächeln einer Stewardeß.

Sir Shamus und Lady Helen de Waldebere. Es war bezeichnend für Cassidys Verstörtheit, daß er sich kein einziges Mal mit der Überlegung aufhielt, wessen Erbe eigentlich zum Verkauf stand. Nachdem er Shamus die Rolle des gestrandeten Kavallerieoffiziers zugewiesen hatte, der die Demütigungen eines pferdelosen Daseins mit Alkohol abwusch, verlieh er Helen die Seelenstärke und würdige Resignation, die Rechtens den letzten Sproß einer großen Familie kennzeichnen: Und er fragte sich nie, wie es im Rahmen einer üblichen Verbindung hatte geschehen können, daß die beiden ihre Kindheit im gleichen Hause verbrachten. Selbst wenn er auf diese Frage gekommen wäre, so hätte Helens Verhalten nur zu seiner Ratlosigkeit beigetragen. Sie war in ihrem Element: Die junge Schloßherrin war leichtfüßig ihrem Porträt entstiegen und zeigte ihnen ihr Besitztum. Jegliche Hemmung, die sie im Salon empfunden haben mochte, wurde durch den offensichtlichen Eifer, mit dem sie bei der Sache war, hinweggefegt. Abwechselnd feierlich, wehmütig, belehrend führte sie ihn mit liebevoller Vertrautheit durch das Labyrinth baufälliger Korridore. Cassidy hielt sich dicht hinter ihr, der Geruch von Baby-Seife und die Gegenschwingungen ihrer Hüften wiesen ihm den Weg; Shamus folgte in einigem Abstand mit Flasche und Laterne, er bewegte sich am Rande ihrer Unterhaltung oder rief ihnen rüde ironische Scherze nach. »He, Cassidy, sie soll Ihnen die Geschichte erzählen, wie Nanny Higgins und der Vikar es beim Dienerball getrieben haben.« In der großen Halle fand er einen Spieß und focht ein Schattenduell mit dem Geist seines Vaters aus; im Gewächshaus bestand er darauf, Helen einen blühenden Kaktus zu überreichen, und als sie ihn annahm, küßte er sie lange auf den Nakken. Helen nahm in ihrer heiteren Stimmung alles mit guter Haltung hin.

»Es kommt vom Warten und der Ungewißheit«, erklärte sie Cassidy, während Shamus in der Krypta gregorianische Kirchengesänge psalmodierte. »Es frustriert ihn schrecklich.«

»Bitte«, sagte Cassidy, »ich verstehe vollkommen. Wirklich.«

»Ja, das glaube ich«, sagte sie und schenkte ihm einen Dankesblick.

»Was will er jetzt anfangen? Einen Job suchen?« fragte Cassidy in einem Ton, der bestätigte, daß eine Anstellung für einen Menschen wie Shamus die letzte Stufe der Erniedrigung bedeute.

»Wer sollte ihn haben wollen?« fragte Helen schlicht.

Sie führte ihn überallhin. Im herabhängenden Dämmerlicht unter den ersten aufgehenden Sternen patrouillierten sie durch die bröckeligen Wehrgänge und bestaunten den leeren Burggraben. Sie standen ehrfürchtig vor wurmstichigen Himmelbetten, schmiegten sich in staubgefüllte Wandverstecke, streichelten stockfleckige Bespannungen und klopften gegen Paneele, die von Bohrkäfern durchsiebt waren. Sie besprachen das Heizungsproblem, und Cassidy sagte, kleinkalibrige Rohre richteten den wenigsten Schaden an. Sie überlegten, welche Räume mit geringen Änderungen abgetrennt werden, wie die neuen Leitungen unter den Fußleisten verlegt werden könnten und wie ein elektrischer Stromkreis als Sperrbahn wirke.

»Macht aus dem Haus eine Trockenbatterie«, erklärte Cassidy. »Ist nicht billig, aber was ist heute noch billig?«

»Sie verstehen *schrecklich* viel davon«, sagte Helen. »Sind Sie vielleicht zufällig Architekt?«

»Ich liebe einfach die alten Dinge«, sagte Cassidy.

Hinter ihnen sang Shamus mit gefalteten Händen das *Magnifikat*.

4

»Sie sind ein reizender Mensch«, sagt Shamus gelassen und bietet ihm einen Schluck aus der Flasche an. »Sie sind wirklich ein ausgesprochen reizender Mensch. Sagen Sie uns, haben Sie irgendwelche allgemeine Theorien über das Wesen der Liebe?«

Die beiden Männer befinden sich auf der Spielmanns-Empore. Helen steht unter ihnen, sie blickt aus dem Fenster, die lange Flucht der Kastanienallee entlang.

»Ja, ich glaube, ich verstehe, wieviel Ihnen an dem Haus liegt. Wollen wir die Sache so fassen?« schlägt Cassidy vor.

»Oh, aber für sie ist es noch weitaus schlimmer.«

»Wirklich?«

»Wir Männer, wissen Sie, wir sind die geborenen Überlebenden. Werden buchstäblich mit allem fertig, was? Aber sie, ehem, sie.«

Sie wendet ihnen noch immer den Rücken zu: Das letzte Licht des Fensters scheint durch den dünnen Hausmantel und zeigt die Kontur ihrer Nacktheit.

»Eine Frau braucht ein Heim«, verkündet Shamus philosophisch. »Autos, Bankkonten, Kinder. Wer's ihnen wegnimmt, ist in meinen Augen ein Verbrecher. Ich meine, was sonst sollte sie ausfüllen? Sage ich immer.«

Eine schwarze Braue hat sich leicht gehoben, und Cassidy hat das allerdings nicht besonders ausgeprägte Gefühl, Shamus mache sich irgendwie über ihn lustig, wobei ihm das Wie noch nicht klar ist.

»Ich bin überzeugt, daß alles gut wird«, sagt Cassidy unverbindlich.

»Sagen Sie, haben Sie jemals zwei zu gleicher Zeit gehabt?«

»Zwei, was?«

»Frauen.«

»Leider nicht«, sagte Cassidy heftig schockiert; nicht wegen einer solchen Idee, die ihm schon recht häufig im Kopf umging, sondern weil sie in solchem Zusammenhang vorgebracht wird. Wie kann ein Mann, der Helen sein Eigen nennen darf, so niedrig denken?

»Oder drei?«

»Auch nicht drei.«

»Spielen Sie überhaupt Golf?«

»Dann und wann.«

»Und Squash? Sind Sie wenigstens Squash-Spieler?«

»Ja, warum?«

»Ich möchte gern, daß Sie fit bleiben, weiter nichts.«

»Sollten wir nicht hinuntergehen? Ich glaube, sie wartet auf uns.«

»O Lover«, sagt Shamus sanft, während er einen weiteren Zug aus der Flasche tut. »Ein Mädchen wie sie würde auf Männer wie dich und mich die ganze Nacht lang warten.«

»Könnten Sie es nicht in eine Stiftung verwandeln?« fragte Cassidy laut mit seiner Vorstandsstimme, als sie die wackelige Treppe hinunterstiegen. »Soviel ich weiß, gibt es die Möglichkeit, daß der Staat das Haus instand hält und Sie darin wohnen läßt, unter der Bedingung, daß sie es soundso viele Tage im Jahr für das Publikum öffnen.«

»Ah, dieses Pack würde alles vollstinken«, erwiderte Shamus. »Wir haben's einmal versucht. Die Bälger pißten auf den Aubusson, und die Eltern trieben's in der Orangerie.«

»Auch die Instandsetzung muß bezahlt werden«, erklärte Helen mit einem weiteren jener beschwichtigenden Blicke, die so beredt von ihrem Kummer zeugten.

Pinkel-Pause nannte es Shamus. Sie hatten Helen im Salon zurückgelassen, wo sie das qualmende Feuer schürte; nun standen sie Schulter an Schulter am Rande des Burggrabens und lauschten auf das Plätschern ihres eigenen Wassers über die trockenen Steine. Die Nacht war von alpiner Majestät. In zerklüfteter Pracht ragte das schwarze Haus mit seinen zahllosen Gipfeln zum blassen Himmel auf, wo staubfeine Sternenschwärme den mondlichten Wolkensäumen folgten wie Leuchtkäfer, die das ewige Eis gefangenhielt. Weißer Tau schimmerte im ungemähten Gras.

»Der Himmelsbaum der Sterne«, sagte Shamus, »behängt mit Nachtbaumfrüchten.«

»Wie schön«, sagte Cassidy ehrfurchtsvoll.

»Joyce. Alte Freundin. Geht mir nicht aus dem Sinn. He, Lover. Frostgefahr, ich warne Sie. Stecken Sie'n nur flugs wieder weg.«

»Vielen Dank«, sagte Cassidy mit lautem Lachen. »Tu ich.«

Shamus rückte näher heran. »Äh... sagen Sie«, forschte er vertraulich – »Äh, glauben Sie, es geht an? Das Haus, meine ich... ist es überhaupt das richtige für Sie?«

»Ich weiß nicht. Hoffentlich, ich muß natürlich erst ein Gutachten einholen. Wahrscheinlich einen Bausachverständigen zuziehen. Wird ein Bombengeld kosten, alles herzurichten.«

»He, Lover, hören Sie mal.«

»Ich höre.«

Lange Pause.

»Wozu wollen Sie es?«

»Ich sehne mich wohl nach einem Stück Tradition. Mein Vater war ein Selfmademan.«

»Du *lieber* Gott«, sagte Shamus affektiert, und als ob er zeigen wollte, daß die Enthüllung ihn schwer getroffen hatte, brachte er sich schnell außer Reichweite. »Immerhin ziemlich große Sache, nicht wahr, für ein Wochenend-Nestchen? Zwanzig Schlafzimmer oder noch mehr...«

»Da können Sie recht haben.«

»Nicht, daß ich neugierig wäre, verstehen Sie. Tun Sie damit, was Sie wollen, soweit es uns betrifft, vorausgesetzt, Sie bezahlen den Preis. Sie können ja zum Beispiel auch ein paar Stockwerke vermieten.«

»Wenn es sein muß, ja.«

»Auch Land verpachten, was? Die Bauern hier herum würden es Ihnen abnehmen, kein Zweifel.«

»Ja, vermutlich.«

»Ich habe immer gedacht, es könnte sich gut für eine Schule eignen.«

»Ja, eine Schule.«

»Oder auch für ein Hotel.«

»Möglich.«

»He, wie wär's mit einem Kasino? Also das wäre ein Gedanke. Ein paar von diesen scharfen Londoner Hostessen, was? Etliche fromme Väter könnte man immer für eine Tour reinkriegen.«

»Das möchte ich nicht«, sagte Cassidy kurz. Er war völlig nüchtern, aber der Whisky schien seine Beweglichkeit zu hemmen.

»Zum Teufel, warum denn nicht?«

»Einfach weil ich es nicht möchte.«

»Grundgütiger Himmel«, rief Shamus im Ton der Verzweiflung, »sagen Sie nur nicht, Sie wären ein verdammter Puritaner. Ich meine, hören Sie, den Ironsides geben wir das Haus nicht, und wenn wir um ein Stück hartes Brot betteln müßten.«

»Ich glaube, Sie haben mich nicht ganz verstanden«, sagte Cassidy und hörte seine eigene Stimme wie von fern.

Sicher zugeknöpft, blickte er sich um nach dem großen Haus und dem einen rosa Fenster, hinter dem der Flammenschein zuckte. Während er Ausschau hielt, sah er Helens vollendete Silhouette lautlos hin und her gleiten, in ernster Erfüllung ihrer häuslichen Obliegenheiten.

»Es scheint, daß wir in diesen Dingen recht unterschiedlich sind. Natürlich möchte ich den Besitz wieder in die Höhe bringen. Und ich möchte ihn so erhalten, wie er war.«

Wiederum spürte er, daß Shamus' Augen ihn im Dunkeln scharf beobachteten, und er sprach um eine Nuance lauter, um die wachsende Sentimentalität zu verscheuchen.

»Ich will damit sagen, ich möchte einiges von dem tun, was Sie getan hätten, wenn ... nun, wenn es Ihnen möglich gewesen wäre. Das hört sich für Sie wohl ziemlich albern an, aber es ist nun einmal meine Absicht.«

»Horch«, sagte Shamus plötzlich. »Psst.«

Sie standen ganz still, während Cassidy sich bemühte, ein ungewöhnliches ländliches Geräusch zu erlauschen – das Brüllen einer Rohrdommel zum Beispiel oder das Knurren eines vierbeinigen Räubers –, doch er konnte nichts hören als das Knarren des Hauses und das schläfrige Rascheln der Baumgipfel.

»Dachte, ich hörte jemanden singen«, sagte Shamus leise.

»Ist ja nicht so wichtig, wie? Vielleicht waren's nur Sirenen.« Er stand völlig regungslos, und die Aggressivität war aus seiner Stimme verschwunden. »Wo waren Sie stehengeblieben?«

»Unwichtig.«

»Nein, sprechen Sie weiter, mir gefällt's.«

»Ich habe nur versucht, Ihnen klarzumachen«, sagte Cassidy, »daß ich an die Kontinuität glaube. Daß die Qualität des Lebens erhalten bleiben solle. Was mich vermutlich in Ihren Augen zum Narren stempelt, wie?«

»Sie Wucht von einem geliebten Lover«, flüsterte Shamus nach einer langen Weile; er starrte noch immer in die Nacht.

»Ich kann Ihnen nicht folgen«, sagte Cassidy.

»Ach, scheiß drauf. Helen! He, Helen!« Er hob die Schöße seines schwarzen Rocks an und schwirrte wie eine Fledermaus in ausholendem Zickzack über den Rasen, bis sie das Portal erreichten.

»Helen«, schrie er, als er in den Salon platzte. »Hör dir das an! Das fantastischste, unglaublichste, epochalste Ereignis ist eingetreten! Wir sind *gerettet*. Butch Cassidy hat sich in uns verliebt. Wir sind sein *erstes* Ehepaar!«

Helen kniete am Kamin, die Hände im Schoß gefaltet, den Rücken gereckt, und sie sah aus wie jemand, der während Cassidys und Shamus' Abwesenheit einen Entschluß gefaßt hatte.

»Der Frost hat ihn auch nicht erwischt«, fügte Shamus hinzu, als wäre das der zweite Teil seiner Freudenbotschaft. »Ich hab' hingesehen.«

»Shamus.« Helen sprach in die Flammen. »Ich glaube, Mister Cassidy sollte jetzt gehen.«

»Quatsch. Cassidy ist viel zu voll, um einen Bentley zu fahren. Denk an den Skandal.«

»Laß ihn gehen, Shamus«, sagte Helen.

»Sagen Sie's ihr«, sagte er zu Cassidy und keuchte noch immer von seinem Lauf. »Sagen Sie ihr das, was Sie mir gesagt haben. Draußen, als wir unsern Piß machten. Helen, er *will* nicht gehen oder, Lover? Sie möchten bleiben und mitspielen, das weiß ich! Und er *ist* Flaherty, das weiß ich auch, ich liebe ihn, Helen, auf Ehre!«

»Ich will nichts mehr hören«, sagte Helen.

»Sagen Sie's ihr! Es ist nichts Unanständiges, ich schwör's dir, Helen. Es ist Cassidys Schöner-Wohnen-Bekenntnis. Sagen Sie's ihr, *los.*«

Schweiß hatte sich auf seiner Stirn gebildet, und sein Gesicht war rot von der Anstrengung des Laufens.

»Nichts Geringeres als ein päpstlicher Segen«, beharrte er, noch immer heftig atmend. »Cassidy bewundert uns. Cassidy ist *zutiefst bewegt.* Du und ich sind das Rückgrat seiner Welt. Die schönsten Blüten Engellands, jungfräuliche Rosen, Beaux Sabreurs. Buchanisten. Er ist Flaherty, Helen, und er ist gekommen, um das Paradies zu kaufen. *Es ist wahr!* Sagen Sie's ihr doch um Gottes willen, Cassidy, nehmen Sie den Schnuller raus und *sagen* Sie's ihr!«

Er packte Cassidy bei den Schultern und schob ihn mit Gewalt in die Mitte des Zimmers. »Sagen Sie ihr, was Sie mit dem Haus machen wollen, wenn Sie es gekauft haben!«

»Auf Wiedersehen, Cassidy«, sagte Helen schnell. »Fahren Sie vorsichtig.«

»Sagen Sie's ihr!« gebot Shamus keuchend. *»Sagen Sie ihr, was Sie mit dem Haus machen wollen! Verdammt noch mal, Mann, Sie sind hierhergekommen, um es zu kaufen, oder?«*

Ernsthaft bedrängt, um nicht zu sagen, bedroht durch die Heftigkeit von Shamus' Forderung, versuchte Cassidy, seine These in großen Zügen zu wiederholen.

»Na schön«, begann er. »Wenn ich das Haus kaufe, so verspreche ich Ihnen, daß ich versuchen werde, es in Ihrem Sinne zu führen. Wie für eine große englische Familie mit Vergangenheit... Es zu ehren. Ich würde versuchen, all das zu machen, was Sie gemacht hätten mit entsprechend viel Geld...«

Bis auf das langgezogene Rasseln von Shamus' Atem war die Stille vollkommen. Sogar die Wassertropfen von der Decke fielen lautlos in ihr Emaillegefäß. Helens Augen waren noch immer gesenkt. Cassidy sah nur den goldenen Schein des Feuers auf ihrer Wange und die einzige rasche Schulterbewegung, als sie aufstand, auf ihren Mann zueilte und den Kopf an seiner Brust barg.

»Bitte«, flüsterte sie. *»Bitte.«*

»Das war wunderschön, Lover«, versicherte Shamus ihm mit einem strahlenden Nicken zur Seite hin. »Wirklich wunderschön gesagt. Ich will dir noch was sagen. Der Maharadscha ist ein James-Joyce-Fan. Hat mir dort draußen einen ganzen Riemen vorzitiert, das hättest du hören sollen.«

»Das waren doch Sie!« protestierte Cassidy. »Das war nicht ich, das waren Sie.«

»Und er hat Sirenen singen hören, Helen, und er kennt die englischen Lyriker von rückwärts auswendig –«

»Shamus«, flehte Helen. *»Shamus.«*

»Cassidy, passen Sie auf, ich habe eine großartige Idee. Kommen Sie übers Wochenende zu uns! Zur Jagd! Wir können Ihnen ein Pferd geben.«

»Leider bin ich kein Reiter. Andernfalls recht gern.«

»Macht nichts! Hören Sie, wir lieben Sie, solche Kleinigkeiten stören uns nicht, und das Pferd noch weniger! Und außerdem haben Sie ein großartiges Stiefelbein, nicht wahr, Helen? Ehrlich.«

»Sag's ihm, Shamus«, sagte Helen schnell. »Sag's ihm, oder ich werd's ihm sagen.«

»Und am Abend« – seine Begeisterung für den neuen Freund steigerte sich mit jedem Plan – »abends wollen wir Mah-Jong spielen, und Sie sollen uns Gedichte vorlesen und uns alles über den Bentley erzählen. Kein Frackzwang, schwarzer Schlips genügt. Und dann tanzen wir. Nichts Bedeutendes, nur zwanzig Paare oder so, der Landadel und ein paar Earls, damit die Sache ein Gesicht bekommt, und wenn dann endlich die letzte Kutsche trunken schwankend die Auffahrt hinaus –«

»Shamus!«

Im nächsten Augenblick hatte sie das Zimmer durchquert und stand nun vor Cassidy, mit hängenden Armen und offenem Haar, wie ein Kind, das gute Nacht sagen soll.

»Und wir werden die Montmerencys einladen!« schrie Shamus.

»Cassidy wird begeistert sein von den Montmerencys. Die haben gleich *zwei* Scheiß-Bentleys!«

Helens haselbraune Augen blickten tapfer in die seinen, und sie begann sehr leise zu sprechen.

»Cassidy, ich muß Ihnen etwas sagen. Wir sind Schwarzmieter«, sagte sie. »Freiwillige Clochards. Shamus hält nichts von Eigentum, er sagt, es sei eine Flucht aus der Wirklichkeit, also ziehen wir von einem leeren Haus ins andere. Er ist nicht einmal Ire, er hört nur komische Stimmen, und er hat diesen Spleen, daß Gott in County Cork lebe, als dreiundvierzigjähriger Taxichauffeur verkleidet. Er ist Schriftsteller, ein fabelhaft großartiger Schriftsteller. Er verändert den Lauf der Weltliteratur, und ich liebe ihn. Und was Sie betrifft«, sie reckte sich auf die Zehenspitzen, legte die Arme um seine Schultern und lehnte sich mit dem ganzen Körper an ihn. »Was Cassidy betrifft, so ist er der reizendste Mensch auf der Welt, egal, woran er glaubt.«

»Was, um Himmels willen, *tut* er?« brüllte Shamus. »Frag ihn, woher er den Zaster hat!«

»Ich mache Einzelteile für Kinderwagen«, erwiderte Cassidy. »Fußbremsen, Verdeck und Fahrgestell.«

Sein Mund war völlig ausgetrocknet, und sein Magen verkrampft. Musik, dachte er; jemand muß Musik machen. Sie hält mich wie zum Tanzen, und die Kapelle will nicht spielen, und alle schauen uns an und sagen, wir sind verliebt.

»*Cassidys General Fastenings.* Wir werden an der Börse notiert, achtundfünfzigeinhalb für die Einpfund-Aktie.«

Er hält Helen in den Armen, und das Sichankuscheln ihrer Brüste verrät ihm, daß sie entweder lacht oder weint. Shamus öffnet die Whiskyflasche. Alle Arten von Visionen überstürzen sich in Cassidys wirrem Hirn. Der Tanzboden hat nachgegeben. Ihr seidiges Hügelhaar liebkost ihn durch den dünnen Stoff des Hausmantels. Schweizer Wasserfälle wechseln mit einstürzenden Schlössern und bröckelnden Börsenkursen. Bentleys liegen paarweise schrottreif am Straßenrand. Er ist in der Carey Street auf den Stufen zum Konkursgericht, wütende Gläubiger dringen auf ihn ein, und Helen gebietet ihnen Einhalt. Er steht nackt auf einer Cocktail-Party, und sein Schamhaar sprießt bis über den Nabel, doch Helen bedeckt seine Blöße mit ihrem Ballkleid. Durch alle diese Anzeichen von Katastrophe und Bloßstellung hindurch signalisiert ein Instinkt ihm wie ein Leuchtturm: Sie ist warm und bebend in seinen Armen.

»Ich möchte Sie gern beide zum Diner einladen«, sagt Cassidy.

»Wenn Sie versprechen, normale Kleider zu tragen. Oder ist das gegen Ihre Religion?«

Plötzlich wird Helen seiner Umarmung entrissen, und statt ihrer fühlt Cassidy Shamus' ungestümes Herz durch das blaue Jackett hämmern: riecht den Schweiß und Holzrauch und Whiskydunst, der in dem weichen Stoff lagert, hört die dunkle Stimme ihm voll Liebe zuhauchen:

»Nie und nimmer hast du dieses Scheißhaus kaufen wollen, wie? Du hast ein wenig geträumt, nicht wahr, Lover? Stimmt's?«

»Stimmt«, gestand Cassidy und errötete tief. »Ich wollte es überhaupt nicht kaufen.« Vom gleichen Impuls bewegt, drehten sie sich nach Helen um, doch sie war fort und hatte ihr Radio mitgenommen. Seine fernen Klänge erreichten sie gerade noch aus dem Korridor.

»Ich vermute, sie zieht ihre Schuhe an«, sagte Cassidy.

»Los. Fahren wir sie im Bentley spazieren.«

»Ja«, sagte Cassidy. »Würde ihr Spaß machen, nicht wahr?«

5

Als er früh am nächsten Morgen in der Euphorie eines schmerzlosen Katzenjammers nach London unterwegs war, rief Cassidy sich alle Ereignisse jener wundersamen Nacht ins Gedächtnis zurück.

Als erstes tranken sie, um eine gewisse allgemeine Befangenheit zu überwinden, noch mehr Whisky. Gott allein wußte, wo Shamus ihn herhatte. Er schien in jeder Kleidertasche Flaschen zu haben und sie wie ein Zauberer hervorzuziehen, sobald eine Flaute eintrat. Zunächst zögernd, dann mit wachsender Begeisterung spielten sie nochmals die lichteren Augenblicke ihres, wie Cassidy es nannte, kleinen Mißverständnisses durch, und sie veranlaßten Shamus, waschechtes Irisch von sich zu geben, was er bereitwillig tat, und Helen sagte, es sei erstaunlich, er sei im Leben nie in Irland gewesen, aber er könne sich Akzente zulegen wie man Kleider anzieht. Dann mußte Cassidy die Hosenträger ausziehen, und sie spielten alle drei Billard bei Kerzenschein. Es war nur ein Queue vorhanden, in den sie sich teilten, und eine Kugel und eine Kerze, daher erfand Shamus ein Spiel, das sie *Motte* nannten. Cassidy mochte Spiele gern, und sie fanden alle, es sei sehr tüchtig von Shamus, daß er sofort eines erfunden hatte. Shamus gab die Spielregeln bekannt, wozu er sich des Tonfalls eines Feldwebels bediente, an den Cassidy (der selber häufig Stimmen imitierte) sich noch genau erinnerte.

»Für das Motten-Spiel wird die Kerze genau in der Mitte aufgestellt, *hirr*. Dann wirrd die Kugel im Urrzeigersinn um die Kerrze geschickt, und zwarr nurr im Urrzeigersinn. Derr Spielstand wirrd folgenderrmaßen berrechnet: ein Punkt fürr jede komplette Rrunde um die Kerrze, fünf Strrafpunkte, sooft die Kugel überr den Tischrrand hinausrrollt. Helen, Aaan-Stosss!«

Es gab eine Herren-Wertung für Shamus und Cassidy und eine Damen-Wertung für Helen. Helen gewann mit sechs Punkten, doch insgeheim betrachtete Cassidy sich als Sieger, weil Helen die Kugel zweimal vom Tisch gestoßen hatte, und sie hatten es ihr nicht angerechnet; aber er ließ es gelten, weil es ja nur Spaß war. Außerdem war es ein Männerspiel; ein weiblicher Sieg war nur eine chevalereske Geste.

Nach dem *Motte* ging Shamus sich umziehen, und Helen und Cassidy blieben allein auf dem Sofa sitzen und tranken ihren Whisky aus. Sie trug ein schwarzes Kleid und schwarze Lederstiefel, und Cassidy dachte, sie sehe aus wie Anna Karenina im gleichnamigen Film.

»Ich finde, Sie sind ein wundervoll ritterlicher Mann«, eröffnete ihm Helen. »Und Shamus war ausgesprochen *gräßlich.*«

»Ich habe nie Menschen wie Sie beide gesehen«, versicherte Cassidy ihr wahrheitsgetreu. »Wenn Sie gesagt hätten, Sie seien die Königin von England, ich wäre nicht die *Bohne* überrascht gewesen.«

Dann kam Shamus zurück; er sah wirklich sehr schmuck aus und sagte im Tonfall des Wilden Westens *Hände weg von meinem Girl,* und sie stiegen alle in den Bentley und fuhren zu ›Vogel und Baby‹, was Shamus' Name für ›Adler und Kind‹ war. Es war vorgesehen, daß sie dort essen sollten, aber Helen erklärte Cassidy unter vier Augen, sie würden höchstwahrscheinlich nicht dort essen, denn Shamus bleibe nie in dem erstbesten Lokal hängen.

»Er will sich in einen Abend hineinarbeiten«, sagte sie.

Shamus wollte fahren, aber Cassidy sagte, leider sei der Wagen nur auf ihn selber versichert, was nicht ganz wahr, aber eine verständige Vorsichtsmaßnahme war, also setzte Shamus sich auf den Vordersitz neben Cassidy, und sooft Cassidy schaltete, bediente Shamus für ihn die Kupplung, so daß er als Kopilot fungierte. ›Weib-Austauschen‹ nannte es Shamus. Beim ersten Versuch gerieten sie in den Rückwärtsgang, aber Cassidy konnte gerade noch selber den Fuß auf das Kupplungspedal setzen und einen Getriebeschaden vermeiden. Shamus hatte kein Gefühl für Fahren, aber er genoß es sehr.

»Himmel«, sagte er immer wieder, »das ist das wahre Leben, he, Helen, kannst du mich da hinten hören?... Zum Teufel mit der Schreiberei, von Stund an bin ich der dicke fette rassereine Bourgeois... Haben Sie denn Ihr Scheckbuch dabei, Cassidy?... He, wo sind die Zigarren?«

Das alles in einem Nonstop-Monolog atemloser Bewunderung, so daß Cassidy sich fragte, wie ein Mann, den so deutlich nach Eigentum gelüstete, je den Mut aufgebracht hatte, darauf zu verzichten.

Und tatsächlich waren sie noch keine zehn Minuten im Lokal, als Shamus nach der Tür strebte.

»Diese Kneipe stinkt«, sagte er sehr lautstark.

»Stinkt entschieden«, sekundierte Helen.

»Der Wirt stinkt ebenfalls«, sagte Shamus, und ein paar Köpfe wandten sich erstaunt nach ihnen um.

»Der Wirt ist ein Prolet«, sekundierte Helen.

»Herr Wirt, Sie sind ein Hinterweltler und Ziegenficker, und Sie kommen aus Gerrards Cross. Gute Nacht.«

»Halten Sie ihn nur nie zurück«, sagte Helen. Sie gingen zum Wagen voraus, in der Hoffnung, daß Shamus folgen würde. »Versprechen Sie's.«

»Käme mir nie in den Sinn«, versicherte Cassidy. »Wäre ja geradezu ein Verbrechen.«

»Sie können sich gut in andere einfühlen, nicht wahr?« sagte Helen. »Ich beobachte Sie schon die ganze Zeit dabei.«

»Warum *Gerrards Cross*?« fragte Cassidy, der diesen Ort nur als eine höchst komfortable halb ländliche Schlafstadt an der westlichen Bannmeile von Groß-London kannte.

»Von daher kommen die übelsten Proleten«, sagte sie. »Er war dort, er weiß es.«

»Chippenham«, rief Shamus hinter ihnen.

Am Bahnhofsbüfett von Chippenham tranken sie wiederum Whisky. Shamus hatte eine Leidenschaft für Bahnhöfe: Wie Helen sagte, betrachtete er das ganze Leben als Ankunft und Aufbruch, als Reisen zu nicht genannten Zielen.

»Wir müssen in Bewegung bleiben«, sagte sie. »Ich meine, finden Sie nicht auch, Cassidy?«

»Aber ja«, sagte Cassidy und dachte – der Analytiker in ihm dachte –, ja, das ist das Aufregende an den beiden, dieses gemeinsame Verlangen nach Abwechslung.

»Die gewöhnlichen Stunden reichen für ihn nicht aus«, sagte Helen. »Er muß noch die Nacht dazu haben.«

»Ich weiß«, sagte Cassidy. »Ich kann es nachfühlen.«

Der Automat für Bahnsteigkarten funktionierte nicht, aber der Schaffner war Schotte und ließ sie umsonst durch, weil Shamus sagte, er komme von der Insel Skye, und Talisker sei der beste Whisky auf der Welt und er habe einen Freund namens Flaherty, der möglicherweise der liebe Gott sei. Shamus taufte den Schaffner Alastair und nahm ihn mit ans Büfett.

»Er ist völlig klassenlos«, erklärte Helen, während Shamus und Alastair am anderen Ende der Theke in reichen schottischen Lauten über die Gemeinsamkeiten ihrer Berufe diskutierten. »Er ist wirklich eine Art Kommunist. Jude.«

»Fantastisch«, sagte Cassidy. »Vermutlich prädestiniert ihn das zum Schriftsteller.«

»Aber Sie sind ähnlich, nicht wahr?« sagte Helen. »Tief drinnen? Müssen Sie nicht mit Ihren Arbeitern und dergleichen auskommen? *Die* lassen sich doch bestimmt von keinem was gefallen.«

»Daran habe ich noch nicht gedacht«, sagte Cassidy.

Der Zug fuhr ein, während sie noch tranken, nächste Station Bath, und plötzlich standen sie alle drei in einem Abteil erster Klasse und winkten Alastair durchs Fenster zu.

»Leb wohl, Alastair, wiedersehen, lieber Gott, schaut ihn an«, beschwor Helen sie. »Dieses Gesicht im Lampenschein, unsterblich.«

»Fantastisch«, pflichtete Cassidy bei.

»Armer Teufel«, sagte Shamus.

»Weißt du«, sagte Helen später, als sie das Fenster geschlossen hatten, »Cassidy hat die Gabe der *Wahrnehmung.*« Sie nahm die Arme zu Hilfe, um ihre langen Beine auf die Polster zu schwingen. »Er hat ein *Auge* für die Dinge, wenn er es nur benutzen wollte«, fügte sie schläfrig hinzu und war alsbald entschlummert.

Die beiden Männer saßen auf der Bank gegenüber, reichten einander die Flasche zu und betrachteten Helen im Lichte ihrer jeweiligen Erfahrung. Sie lag auf der Seite, in einer ebenso klassischen wie zwanglosen Pose, die Knie angezogen und übereinander, Goyas Maja, nackt und völlig bekleidet.

»Das schönste Weib, das ich je gesehen habe«, sagte Cassidy.

»Sie ist blau«, sagte Shamus. »Stockbesoffen.«

»*Shamus* sagt«, sagte Helen schlaftrunken, »ich würde auf den Strich gehen, wenn er mich jemals von der Leine ließe.«

»Ach Gott«, sagte Cassidy, als wäre das ein höchst oberflächliches Urteil.

»Das würde ich nie tun, oder, Cassidy?«

»Niemals.«

»Doch«, sagte Helen und drehte sich um. »Außerdem schlägt er mich, nicht wahr, Shamus? Ich wünsche mir so sehr einen *liebevollen* Mann«, sagte sie nachdenklich zu den Polstern gewandt. »Wie Cassidy oder Mr. Heath.«

»Wissen Sie«, sagte Cassidy, der noch immer in die Betrachtung ihres langen Körpers versunken war. »Es ist mir egal, ob Sie die Besitzer von Haverdown sind oder nicht. Dieses Haus wird in Ewigkeit Ihnen gehören.«

»Die Ewigkeit ist jetzt«, sagte Shamus und genehmigte sich noch einen Whisky.

»Shamus«, begann Cassidy, da Träume und Gesichte ihn bedrängten.

»Was ist, Lover?«

»Nichts«, sagte Cassidy, denn die Liebe hat keine Worte.

Auf dem Bahnhof von Bath, wo die frische Luft Cassidy daran gemahnte, daß er ziemlich viel puren Whisky getrunken hatte, erlitt Shamus einen jener jähen Stimmungsumschwünge, die ihn in Haverdown so schwer erträglich gemacht hatten. Sie standen auf dem Bahnsteig, und Helen blickte auf einen Stapel Postsäcke und weinte still in Cassidys Taschentuch.

»Was ist denn los?« fragte Cassidy eindringlich und keineswegs zum erstenmal. »Sie *müssen* es uns sagen, Helen, nicht wahr, Shamus?«

»Sie wurden von Sträflingen genäht«, rief sie schließlich und begann von neuem zu weinen.

»Verfickt noch mal«, schrie Shamus wütend und wirbelte zu Cassidy herum. »Und Sie: Hören Sie auf, Ihre Finger um die Manschette zu zwirbeln. Christopher Robin ist tot, oder? Hast du gehört, Helen? *Tot.*«

»Entschuldigung«, sagte Cassidy, und der Zwischenfall war vergessen.

Die Mahlzeiten waren in Cassidys Welt eine geheiligte Sache. Sie waren eine Art Waffenstillstand zugunsten der Geselligkeit oder Stille, Schonzeit, während der weder Leidenschaften noch Feindseligkeiten die fromme Speisung stören durften.

Sie aßen in dem an einem Abhang gelegenen Lokal namens *Bruno's*, weil Shamus in italienischer Stimmung war und nicht englisch sprechen wollte, und weil Abhänge (wie Helen erklärte) Spannung besitzen, eine Ansicht, die Cassidy äußerst tiefschürfend fand. Bath stinkt, sagte Shamus, Bath ist die lausigste Stadt der Welt. Bath ist eine Spielzeugstadt, ein Mittelding zwischen Vatikan und dem *Wind in the Willows*, von Beatrix Potter für Proleten vom Lande gemalt.

»Shamus ist im Grunde schrecklich unschuldig«, erklärte ihm Helen. »Natürlich ist jeder, der die ganze Zeit nach der Liebe Ausschau hält, schrecklich unschuldig, finden Sie nicht auch?«

Erstaunt über die Tiefe, ganz zu schweigen von der Feinsinnigkeit dieser Bemerkung, fand Cassidy es auch.

»Talmi ist ihm verhaßt. Mehr als alles in der Welt.«

»Genau das ist mir auch verhaßt«, sagte Cassidy mannhaft, blickte zum soundso vielten Mal auf die Uhr und dachte: Ich muß Sandra bald anrufen, sonst macht sie sich Gedanken.

Bei *Bruno's* spielten sie ebenfalls eines von Shamus' Spielen, genannt *Hosenknopf*, das er speziell zu dem Zweck erfunden hatte, Proleten vom Lande zu verwirren und Talmi zu entlarven. Shamus wählte das Opfer, sobald es eintrat. Er suchte zumeist die jüngeren Managertypen aus, die er sogleich in bestimmte willkürliche Kategorien einordnete: Gerrards Crossers, Bischöfe, Verleger und, als Herausforderung an Cassidy, Kinderwagenfabrikanten. Letztere, sagte er, bildeten den Großteil der viel zu vielen, diese Kompromißler, für die Freiheit ein Schreckgespenst sei; sie seien der Bühnenhintergrund für das reale Trauerspiel des Lebens. Das Spiel sollte die Uniformität ihrer Reaktionen demonstrieren. Sobald Shamus das Stichwort gab, mußten sie alle drei auf den Hosenstall des Proleten starren, Shamus beharrlich, Helen mit liderflatternder Verschämtheit und Cassidy mit einer gekonnten Verlegenheit, die besonders wirkungsvoll war. Die Resultate waren verschieden, aber zufriedenstellend; ein zorniges Erröten, ein hastiges Hinunterschnellen des rechten Daumens am verräterischen Saum entlang, ein eiliges Raffen des Jacketts. In einem Fall – ein deklassierter Homo, erklärte Shamus, typisch für die Kinderwagenbranche heutzutage, *echte* Homos seien nicht deklassiert – machte das Opfer glatt wieder kehrt, wobei es eine vage Entschuldigung über Autoscheinwerfer murmelte, um ein paar Minuten später nach einer zweifellos erschöpfenden Ausschau wieder aufzutauchen.

»Was würden *Sie* tun, Lover?« fragte Shamus gelassen Cassidy, »wenn wir *Ihnen* die Kur verpaßten?«

Da er nicht wußte, welche Antwort Shamus wünschte, flüchtete Cassidy sich in die Wahrheit.

»Oh, ich würde mich verziehen«, sagte er. »Schleunigst.«

Es entstand eine kleine Pause, während der Helen mit ihrem Löffel spielte.

»Aber was *sollte* ich denn tun?« fragte Cassidy, plötzlich verwirrt. »Was würden Sie von mir *erwarten*?«

»Blankziehen«, sagte Helen prompt, sehr zu Cassidys Bestürzung, denn an Witz war er bei Frauen nicht gewöhnt, auch nicht an unweibliche Derbheit, selbst wenn sie von der harmlosen Sorte war.

»Das heißt also, daß Sie es einfach nicht besser verstehen, wie?« sagte Shamus schließlich und faßte liebevoll seine Hand über dem Tisch. »Sie haben noch nie das verdammte Licht der Welt erblickt, nicht wahr, Lover? Gott, jetzt fällt's mir wieder ein, Sie sind Flaherty.«

»O nein, bestimmt nicht«, versicherte Cassidy ihm bescheiden.

»Er denkt ständig nach«, sagte Helen, »das weiß ich.«

»Wer *sind* Sie?« fragte Shamus. Er hielt noch immer Cassidys Hand und beobachtete sein Gesicht mit einem Ausdruck großer Ratlosigkeit. »Was haben Sie mitgekriegt?«

»Ich weiß nicht«, sagte Cassidy und setzte eine schüchterne Miene auf. »Ich glaube, ich warte darauf, daß es mir klar wird.«

»Das Warten macht einen fertig, Lover. Man müßte es sich nehmen, nur dann kriegt man's.«

»Schauen Sie sich Alastair an«, mahnte Helen. »Alastair wartet schon sein ganzes Leben lang auf einen Zug. Sie kommen und fahren ab, aber er springt nicht auf, nicht wahr, Shamus?«

»Vielleicht ist er insofern *wirklich* Gott«, sagte Shamus und musterte seinen neuen Freund.

»Nicht alt genug«, erinnerte Helen ihn. »Gott ist dreiundvierzig. Cassidy ist viel jünger, nicht wahr, Cassidy?«

Da er keine passende Antwort fand, speiste Cassidy die Frager achselzuckend mit einem melancholischen, weltmüden Lächeln ab, das andeuten sollte, seine Probleme säßen zu tief, um in einer einzigen Sitzung gelöst zu werden.

»Wie dem auch sei, ich bin sehr stolz auf Ihre Gesellschaft.«

»Wir sind sehr stolz auf Cassidys Gesellschaft«, sagte Helen nach einer geringfügigen Pause. »Nicht wahr, Shamus?«

»*Ecstatica*«, sagte Shamus und küßte ihn.

6

Und es war immer noch bei *Bruno's*, kurz vor ihrem Aufbruch zu weiteren Genüssen, als sie zum erstenmal auf die Themen von Shamus' neuem Roman zu sprechen kamen und auf Shamus' Ruf als Autor. Dieser Augenblick war in Cassidys Erinnerung noch höchst lebendig. Helen spricht.

»Ich meine, ehrlich, Cassidy, es ist tatsächlich so, *so* fantastisch, Sie haben keine Ahnung. Ich meine, Gott, wenn man den Mist sieht, der die guten Kritiken bekommt, und dann liest man *das*, liest es einfach nur kulinarisch, dann ist es lächerlich, daß er sich überhaupt Sorgen macht. Ich meine, ich *weiß* es.«

»Wovon handelt er?« fragte Cassidy.

»Ach Gott, von *allem*, nicht wahr, Shamus?«

Shamus' Aufmerksamkeit ist auf den Nebentisch gerichtet, wo eine blonde Dame aus Gerrards Cross den Worten eines verkleideten Bischofs über den Mülleimer der Ideen – Shamus Metapher für Politik – lauscht.

»Klar«, sagt er zerstreut. »Totale Weltsicht«, und rückt seinen Stuhl in den Zwischengang, um seine Beute besser im Auge zu haben.

Helen fährt fort.

»Ich meine, er bringt sein ganzes Leben darin: mich und ... nun, eben alles. Ich meine, das ganze Dilemma des Künstlers, daß er nämlich *echte* Menschen braucht wie Sie und mich, damit er sich zu ihnen in Gegensatz stellen kann.«

»Bitte weiter«, drängt Cassidy. »Ich bin völlig fasziniert, ehrlich. Noch nie habe ich mich damit... auseinandergesetzt.«

»Sie wissen doch, was Henry James sagte, nicht wahr?«

»Welche Stelle meinen Sie genau?«

»Unser Zweifel ist unsere Leidenschaft, und unsere Leidenschaft ist unser Zweifel. Der Rest ist der Wahnsinn der Kunst.«

»Genau wie bei Shamus, ehrlich, nicht wahr, Shamus? Shamus, ich sprach über Henry James.«

»Nie von den Leuten gehört«, sagt Shamus.

Der Bischof hat Madame Gerrard Crossers Hand ergriffen und sammelt offenbar Mut zu einem Kuß.

»Und dann die Sache mit der Identität«, fährt Helen, nun wieder an Cassidy gewandt, fort. »Sie wissen, das Wer-*sind-Wir*? *Dieser* Teil des Buches hat im Grunde viel von Dostojewskij, natürlich kein Plagiat, nur ähnlich in der *Konzeption*, nicht wahr, Shamus?«

Shamus ist anderweitig interessiert, er ignoriert sie. »Ich meine, der Symbolismus, allein auf dieser einen Ebene, ist unerhört, und das Buch hat so viele Ebenen, ich habe es ein halbes dutzendmal gelesen und noch nicht alle mitgekriegt.«

»Können Sie folgen, Cassidy?« erkundigt Shamus sich über die Schulter. »Des Pudels Kern erfaßt, Lover?«

Schließlich hatte er genug von den Brunstriten der viel zu vielen, er zieht seinen Stuhl wieder an den Tisch und angelt nach der Speisekarte, liest sie und bewegt dabei die Lippen in einem zärtlichen italienischen Flüstern. »Himmel«, murmelt er einmal, »*cacciatori* hab' ich immer für einen Papagei gehalten.«

Helen senkt die Stimme.

»Das gleiche gilt für das Leiden. Schauen Sie Pascal an, schauen Sie nur an, wen Sie wollen... wir *müssen* zutiefst leiden. Tun wir es nicht, wie *in aller Welt* können wir das Leiden überwinden? Wie in aller Welt können wir schöpferisch werden? Wie? Und darum haßt er den Mittelstand. Und ich meine, kann man es ihm verübeln? Sie schließen immerzu Kompromisse. Mit dem Leben, mit der Leidenschaft, mit... nun, eben mit allem.«

Sie wird von Shamus' Applaus unterbrochen. Er klatscht laut, und eine Menge Leute sehen her, also wechselt Cassidy das Thema und spricht von Politik: Daß er vorhabe, sich als Kandidat aufstellen zu lassen, daß sein Vater mit Leib und Seele Parlamentarier war, jetzt natürlich im Ruhestand, aber nach wie vor leidenschaftlich der Sache verbunden, daß Cassidy an eine aufgeklärte Form von Selbsthilfe glaube, nicht, wie die Liberalen alten Stils...

»Miau«, sagt Shamus, er hat das Interesse verloren und fängt an, die Rückseite der Speisenkarte zu beschreiben.

»Er schreibt auf *allem*«, flüsterte Helen. »Kuverts, alten Rechnungen, es ist fantastisch.«

»Ich habe früher selbst geschrieben«, gesteht Cassidy, »allerdings nur Werbetexte.«

»Dann wissen Sie, wie es ist«, sagt Helen. »Sie sind hinabgestiegen in die Hölle.«

Sie schauen ihm zu, wie er gesenkten Kopfes weiter auf die Speisenkarte schreibt.

»Wie lange braucht er, bis er ein Buch fertig hat?« fragt Cassidy, der ihm noch immer zuschaut.

»Ach Gott, Jahre... mit *Moon* war es natürlich etwas anderes, weil es sein erstes war. Er hat es praktisch in vier Monaten heruntergeschrieben. Jetzt schreibt er... verantwortungsbewußt. Er verlangt mehr von sich. Er weiß, was er sich schuldig ist, um... seinen Erfolg zu rechtfertigen. Daher dauert es natürlich länger.«

»Moon?« wiederholte Cassidy verwirrt, und da war's geschehen.

Ehe sie zu Cassidys Ketzerei Stellung nahm, warf Helen einen ängstlichen Blick über den Tisch hinweg, um sicherzugehen, daß Shamus noch immer mit der Speisenkarte beschäftigt war. Ihre Stimme senkte sich zu einem Flüstern:

»Wollen Sie sagen, daß Sie es nicht *wußten*?«

»Was nicht wußte?«

»*The Moon By Day*. Das war Shamus' erster Roman. Shamus ist der *Autor*.«

»Großer Gott.«

»Warum?«

»Aber das war ein *Film*. Ich erinnere mich daran!« Cassidy war sehr aufgeregt. »Ein Film!« wiederholte er. »Über die Universitätszeit und wie wir in der Blüte unseres Lebens stehen und was für eine Schande es ist, daß wir ins Geschäftsleben eintreten müssen... und von diesem Studenten und seiner Liebe zu diesem Mädchen, das alle seine Träume verkörperte, und –.«

Helen wartete, ihr feierlicher Blick spiegelte Stolz und Erleichterung zugleich.

»Ich war seine große Liebe«, sagte sie. »Ich war das Mädchen.«

»Großer Gott«, wiederholte Cassidy mit wachsender Heiterkeit. »Er kann wahrhaftig schreiben! Großer Gott! Und es war auch er?«

Er starrte Shamus an, studierte sein Profil im Kerzenlicht und verfolgte mit neuer Ehrfurcht, wie der Stift des Meisters behend über die Speisenkarte eilte.

»Großer Gott«, sagte er noch einmal. »Wie großartig.«

Die Enthüllung bedeutete für Cassidy sehr viel. Wenn bis jetzt auch nur der Hauch eines Vorbehalts gegenüber seinem neuen Freund sein Gemüt überschattet hatte, so wegen dieses Mangels an Referenzen; denn obgleich Cassidy durchaus kein Snob war, fühlte er sich schon seit Jahren nicht mehr recht wohl in Gesellschaft der Erfolglosen. Und ohne Zyniker zu sein, hatte er sich nie ganz des Vorurteils entledigen können, wonach der Verzicht auf das Eigentum nur von denjenigen praktiziert wurde, die auf nichts zu verzichten hatten. Als er daher mit einem einzigen Schlage erfuhr, daß Shamus nicht nur ein alltäglicher Name war – der Titel war während Cassidys letztem Jahr in Oxford sehr populär gewesen, und er entsann sich sogar des nagenden Neidgefühls gegenüber einem Gleichaltrigen, der sich so früh einen Namen gemacht hatte – und daß hinter seinem exzentrischen Wesen eine solide Leistung stand, bereitete dies Cassidy eine große und erlesene Freude, die er unverzüglich Helen mitteilen mußte:

»Aber wir *alle* haben ihn gekannt! Er war brillant, das sagte jeder. Ich erinnere mich, daß mein Lehrer geradezu von ihm schwärmte...«

»Ja«, sagte Helen, »das taten alle.«

An dieser Stelle fiel Cassidy ein, daß er vor nunmehr achtzehn Jahren Oxford verlassen hatte.

»Was hat er seitdem gemacht?«

»Ach, das Übliche. Drehbücher, Fernsehen... einmal sogar ein gräßliches Festspiel. Für Abingdon, bitte sehr.«

»Romane?«

»Die Ganeffs von Verlegern wollten, daß er immer wieder *Moon* schreibe«, sagte sie. »*Son of Moon, Moon at Easter, Moon Rides Out*... Das wollte er natürlich nicht. Er wollte sich nicht *wiederholen*.«

»Nein«, sagte Cassidy unsicher.

»Er will einfach nicht gewöhnlich sein, er weigert sich *um jeden Preis*. Er besitzt diese Art von Unbestechlichkeit. Tugend«, fügte sie hinzu, und Cassidy wußte irgendwie, daß Tugend, das Wort und der Begriff, einen Teil ihrer tiefen Gemeinsamkeit bildete.

»Davon bin ich überzeugt«, sagte er bewundernd.

»Und so hat er schließlich reinen Tisch gemacht.« Mit einer Gebärde der Heiterkeit öffnete Helen beide Hände, demonstrierte die auf der Hand liegende Lösung. »Einfach ausgerissen. Wie Gauguin, nur daß ich natürlich mit ihm ging. Das war... vor drei Jahren.«

»Aber was, um Gottes willen, taten die Verleger und die Leute, die Ganeffs... haben sie ihn nicht zurückgeholt?«

Helen erledigte die Frage kurz und bündig.

»Ach, ich sagte ihnen, er sei tot«, sagte sie leichthin.

Es war in Ordnung, daß Cassidy zahlte; Mäzenatentum nahm einen breiten Raum in seiner aufstrebenden Seele ein, es bot seinem Wohlstand Schutz und Rechtfertigung und zum anderen die Genugtuung eines öffentlich dargebrachten Opfers.

Nachdem er mit der eingefleischten Geste der Reichen – die darin besteht, daß man einen imaginären Stift über einen imaginären Schreibblock führt – zu verstehen gegeben hatte, daß er bezahlen wolle, förderte er diskret sein Scheckheft aus einer Innentasche zutage und wartete in leicht geduckter Haltung, um sich sogleich auf die Rechnung zu stürzen und die Endsumme zu verbergen, ehe Shamus (falls er sich als eine solche Art von Gast erweisen sollte) Einspruch erheben könnte.

»Gott, ich beneide ihn«, sagte er, ließ jedoch den Kellner nicht aus den Augen.

»Anfangs braucht es natürlich Mut«, sagte Helen. »Das Freisein. Aber Mut hat er. Und mit der Zeit... stellt man fest, daß man eigentlich kein Geld nötig hat, daß niemand Geld nötig hat. Es ist ganz einfach nur ein Trick.«

Cassidy, noch immer wartend, schüttelte den Kopf über seine eigene Lächerlichkeit.

»Was hat es mir je eingebracht?« fragte er.

»Wir haben sogar unsere Wohnung in Dulwich aufgegeben.«

»Was?« sagte Cassidy scharf. »Das alles, um frei zu sein?«

»Wird wohl so sein«, gab Helen ein wenig zögernd zu. »Aber natürlich werden wir's wieder dicke haben, sobald das neue Buch erscheint. Es ist fabelhaft, wirklich fabelhaft.«

Die Rechnung kam, und Cassidy bezahlte sie. Shamus, der weit davon entfernt war, Cassidy die Rolle des Gastgebers streitig zu machen, schien den Vorgang nicht einmal bemerkt zu haben. Er schrieb noch immer emsig auf der Speisenkarte.

Sie saßen da und beobachteten ihn, diskret, um den Gedankenflug nicht zu stören.

»Es handelt wahrscheinlich von Schiller«, sagte Helen in leisem *beiseite*.

»Von wem?«

Während sie geduldig wartete, daß die Inspiration von ihrem Ehemann ablassen möge, erklärte Helen es ihm.

Shamus habe eine *Theorie* entwickelt, sagte sie, die er in seinem jüngsten Buch verarbeitet habe. Sie stütze sich auf einen Menschen namens Schiller, einen schrecklich berühmten deutschen Dramatiker, aber da die Engländer nun einmal so insular seien, hätten sie nie von ihm gehört, und wie dem auch sei, Schiller habe die Welt in zwei Teile gespalten.

»Man ist entweder *naiv*«, sagte sie, »oder *sentimentalisch*. Es sind zwei verschiedene Dinge, und sie stehen in einer Wechselbeziehung.«

Cassidy wußte, daß sie es möglichst einfach ausdrückte, damit er es verstehen könne.

»Wozu gehöre ich?« fragte er.

»Also, Shamus ist *naiv*«, erwiderte sie vorsichtig, als erinnerte sie sich einer mühsam gelernten Lektion, »weil er das Leben lebt und nicht imitiert. Fühlen ist Wissen«, fügte sie versuchsweise hinzu.

»Also bin ich das andere.«

»Ja. Sie sind *sentimental*. Das bedeutet, sie möchten gern sein *wie* Shamus. Sie haben den natürlichen Zustand hinter sich gelassen und wurden... nun, ein Teil der Zivilisation, sozusagen... verdorben.«

»Und *er* ist das nicht?«

»Nein«, sagte Helen entschieden.

»Oh«, sagte Cassidy.

»Sie haben das verloren, was Nietzsche die Unschuld nennt. Das Alte Testament ist schrecklich unschuldig, wissen Sie. Aber das Neue Testament ist durch und durch korrupt und wischiwaschi, und darum hassen es Nietzsche und Shamus, und darum ist Flaherty ein so wichtiges Symbol. Man muß *in Frage stellen*.«

»Was in Frage stellen?«

»Übereinkunft, Moral, Verhaltensweisen, das Leben, Gott. Oh, ich meine alles. Ganz einfach alles. Flaherty ist wichtig, weil er *bestreitet.* Deshalb hat Shamus ihn zum Duell gefordert, verstehen Sie *jetzt*?«

»Sagt Schiller das alles?« fragte Cassidy nochmals und jetzt völlig verwirrt. »Oder der andere?«

»Und Shamus«, fuhr Helen fort und ignorierte seine Frage, »da er naiv *ist,* also ein Teil der Natur, möchte er gern so sein wie *Sie.* Es ist die Anziehungskraft der Gegensätze. Er ist natürlich, Sie sind verdorben. Deshalb liebt er Sie.«

»Wirklich?«

»Ich weiß es«, sagte Helen schlicht. »Sie haben eine Eroberung gemacht, Cassidy, daran gibt's nichts zu rütteln.«

»Und wie ist das dann mit Ihnen?« forschte Cassidy, dem es nur teilweise gelang, seine Genugtuung zu verbergen. »Zu welcher Seite gehören Sie? Zu Shamus oder zu mir?«

»Ich glaube nicht, daß es auf Frauen anwendbar ist«, erwiderte Helen nach einer Weile. »Ich glaube, sie sind ganz einfach sie selber.«

»Frauen sind ewig«, bestätigte Cassidy, als sie endlich aufbrachen.

Dafür erzählte er ihr später in der Kneipe von seinen Zubehörteilen. Rückblickend hätte allein schon dieses Gespräch ihm den Abend unvergeßlich gemacht.

Selbst wenn er Helen noch nie gesehen hätte, ehe er die Bar betrat; selbst wenn er sie nie wieder gesehen hätte, nachdem er sie verließ, wenn er ihr nur einen doppelten Whisky bestellt und im Garten mit ihr geplaudert hätte, so hätte er seinen Aufenthalt in Bath – diese zehn Minuten, die eine Unendlichkeit darstellten – zu den erstaunlichsten Erfahrungen seines Lebens gezählt.

Die Kneipe lag ein Stück hügelan – der Spannungshang, wie Cassidy es nun für sich nannte –, eine belaubte Anlage mit einer Veranda und einem weiten Blick auf die Lichter des Tals. Die Lichter reichten bis an den Rand der Welt, wo sie in einen tiefen Golddunst zerflossen, ehe sie mit den herabhängenden Sternen eins wurden. Shamus war stracks in das Lokal marschiert und spielte nun mit den naiven Klassen Domino, und die beiden anderen saßen draußen und blickten mit wissensweiten Augen in die Nacht, teilten stumm den unendlichen Ausblick. Und eine Sekunde lang schien es Cassidy, daß eine Art Ehebund geschlossen worden sei. Eine Sekunde lang, das hätte er geschworen, ehe noch eines von ihnen ein Wort gesprochen hatte, entdeckten Cassidy und Helen insgeheim in der regungslosen Nachtluft ein Zusammenfließen ihrer Geschicke und ihrer Sehnsüchte, ihrer Träume und ihrer Wonnen. Dieses Gefühl war sogar so ausgeprägt, daß er sich ihr zugewandt hatte in der Hoffnung, in ihrem hingegebenen Ausdruck einen Beweis für das gemeinsame Erleben zu erhaschen, als ein Schwall derben Gelächters, der aus der Kneipe brach, sie an ihren Gefährten erinnerte.

»Shamus«, seufzte Helen, aber nicht tadelnd. »Er hat so gern ein Publikum. Wie wir alle, nicht wahr? Im Grunde nur die Wärme menschlichen Kontakts, wenn man's bedenkt.«

»Wahrscheinlich, im Grunde«, sagte Cassidy, der bis dato nie auf die Idee gekommen wäre, daß es für auffälliges Benehmen eine Entschuldigung geben könne.

»Seit ich ihn kenne«, sagte sie verträumt, »war er immer der perfekte Bezauberer. Als wir reich waren, war es das Hausmädchen, die Tankwarte, der Milchmann. Und als wir beschlossen, wieder arm zu sein, war es... einfach jeder. Proleten, Gerrards Crossers, er schlägt alle in seinen Bann. Das ist das Allernetteste an ihm.«

»Aber immer sind *Sie* es gewesen«, gab Cassidy zu bedenken. »Reich oder arm, immer waren Sie sein wahres Publikum, nicht wahr, Helen?«

Sie akzeptierte diese Vorstellung nicht sofort, sondern schien darüber nachzusinnen, als wäre sie neu und vielleicht eine Spur zu seicht für ihre tiefschürfende Art.

»Nicht immer. Nein. Nur manchmal. *Manchmal* war ich es. Anfangs vielleicht.« Sie nahm einen kräftigen Schluck. »Anfangs«, wiederholte sie tapfer.

»Aber Sie müssen ihm *enorm* bei seiner Arbeit helfen«, sagte Cassidy. »Stützt er sich nicht gewaltig auf Sie, auf Ihr Wissen, Helen? Auf Ihre *Bildung*?«

»Ein bißchen«, sagte Helen in dem gleichen unverbindlichen Ton. »Dann und wann schon.«

»Sagen Sie: Was haben Sie in Oxford *studiert*? Ich wette, Sie haben *jede Menge* akademische Grade.«

»Sprechen wir lieber von Ihnen«, schlug Helen bescheiden vor.

»Ja?«

Und so passierte es.

Zunächst hatte er mit voller Überlegung den menschlichen Aspekt seiner Fabrikate herausgestellt, den *mother appeal*, wie sie es in der Branche nannten. Schließlich hatte sie wirklich keinen Grund, sich für die technische Seite zu interessieren: Das tat keiner seiner weiblichen Kunden. C-Federung, Aufhängung, Arretiermechanismus: Genausogut könnte man einer Frau alles über Pfeifentabak erzählen. So hatte er damit angefangen, ihr in schlichten erzählenden, wenn auch nicht fachgerechten Ausdrücken zu berichten, wie ihm zum erstenmal die Idee gekommen war. Er hatte an einem Samstagvormittag einen Spaziergang gemacht, in jenen Tagen, als Spaziergänge ungefähr die einzige Erholung waren, die er sich leisten konnte – er hatte gerade in der Werbebranche begonnen, obwohl er schon immer gern über den Zaun geguckt habe, wenn sie wisse, was er damit meine, Bastler sozusagen, geschickt mit dem Schraubenzieher, wenn sie ihm folgen könne –, und er überlegte sich gerade, ob er vor dem Lunch etwas trinken solle (»Vielen Dank«, sagte Helen, »nur einen einfachen, wäre herrlich«), als er sah, wie eine Mutter versuchte, die Fahrbahn zu überqueren.

»Eine *junge* Mutter«, verbesserte Helen.

»Woher wissen Sie das?«

»Ich habe nur geraten.«

Cassidy lächelte ein bißchen verschämt. »Ja, Sie haben recht«, gestand er. »Sie war wirklich jung.«

»Und hübsch«, sagte Helen. »Eine *hübsche* Mutter.«

»Großer Gott, wie konnten Sie –.«

»Weiter«, sagte Helen.

Also natürlich, sagte Cassidy, habe es damals noch keine

Zebrastreifen gegeben, nur die genagelten Übergänge mit den Blinklichtern an beiden Enden, und der Fahrzeugstrom sei praktisch nicht abgerissen.

»Also hat sie sich einfach hineingeworfen.«

»Mitsamt dem Kinderwagen«, sagte Helen sofort.

»Ja. Genau. Sie stand am Bordstein und tauchte gewissermaßen probehalber einen Fuß ins Wasser, fuhr den Wagen mit dem Baby hinunter auf die Fahrbahn und zog ihn wieder hoch, während sie wartete, bis der Verkehr stockte. Und zwischen diesem Kind und den Fahrzeugen war weiter nichts als diese ... *diese eine Fußbremse*. Nur eine spindige Stange mit einem Gummigriff am Ende«, sagte er und meinte noch immer die Fußbremse.

»Spindig?« wiederholte Helen, der dieses Wort unvertraut war.

»Mindere Legierung«, erwiderte Cassidy. »Praktisch kein Zugwiderstand. Metallbeanspruchungsfaktor Null.«

»O mein Gott«, sagte Helen.

»Genau das dachte ich auch.«

»Ich meine, Herrgott noch mal, man kann sich selber in Gefahr bringen, wenn's sein muß, aber doch nicht, zum Teufel, nicht ein Kind.«

»Sie haben völlig recht. *Genau* was ich sage, ich war entsetzt.«

»Sie fühlten sich verantwortlich«, sagte Helen ernst.

Ja, genau das war es gewesen. Noch nie hatte es ihm jemand so erklärt, aber es stimmte: Er hatte sich *verantwortlich* gefühlt. Also genehmigte er sich kein Glas, sondern ging nach Hause und stellte Überlegungen an. Verantwortliche Überlegungen.

»Wo war das Zuhause?« fragte Helen.

»Ach herrje«, sagte Cassidy und deutete damit lange Wege und geheime Mühen an. »Wo war damals irgend etwas?«

Und Helen nickte, um zu zeigen, daß auch sie die Wechselfälle des Lebens kannte.

»Im ersten Moment dachte ich schon, diese junge Mutter sei Ihre eigene Frau gewesen«, sagte sie beiläufig, keineswegs im Ton eines Menschen, der ihn der Ehe *bezichtigte*, sondern lediglich als Feststellung und Berücksichtigung seines Familienstandes.

»Großer Gott, nein«, sagte Cassidy, wie um auszudrükken, daß er, selbst wenn er eine Frau hätte und diese Frau einen Kinderwagen, gewiß nicht seine Zeit damit vertun würde, sie zu beobachten; und stürzte sich wieder in seine Geschichte. Kurzum, er hatte folgende Idee: Wenn er eine Bremse konstruieren könnte, eine wirklich unschlagbare Universalbremse, die an jedem Kinderwagen funktionierte – eine Bremse, die auf die Radnabe wirkte und nicht nur, Herrgott, es muß einmal gesagt werden, *am Boden entlangschleifte* wie diese alte Karrenbremse.

»Eine *Scheibenbremse*«, rief Helen. »Sie haben die Scheibenbremse erfunden! Cassidy!«

»Eine außerordentlich treffende *Analogie*«, sagte Cassidy nach einer kleinen Pause, da er nicht ganz sicher war, ob Analogie wirklich das richtige Wort sei.

»Es war *Ihre* Idee«, sagte Helen, »nicht meine.«

»Natürlich waren es nur Kinderwagen«, erinnerte er sie. »Keine ausgewachsenen.«

»Sind Kinder wichtiger?« fragte Helen, »oder Erwachsene?«

»Ja«, sagte Cassidy sehr erstaunt, »so habe ich es noch gar nicht betrachtet, offen gestanden.«

»Ich schon«, sagte Helen.

Nachdem er an der Theke nachgetankt hatte, setzte Cassidy seine Erzählung fort.

Also: In den nächsten Tagen hatte er einige Nachforschungen angestellt. Nichts Bestimmtes natürlich, nichts, was seinen Plan verraten hätte, nur ein paar Sondierungen bei zuverlässigen Leuten, die er kannte. Elementare Frage: Würde eine Spezial-Fußbremse allgemeine Anwendung finden? Ein Dualsystem zum Beispiel, etwas, das man an den Radnaben befestigen könnte?

»Sie haben sich früh einen Namen gemacht, nicht wahr?« sagte Helen. »Wie Shamus.«

»Ja, das dürfte stimmen«, räumte Cassidy ein.

Wie dem auch sei, er hatte schon bald die Antwort. Wenn

er eine Bremse konstruieren könnte, die *wirklich* hielte, eine hundertprozentige Sicherheitsbremse, die nach dem Prinzip der Naben-Arretierung arbeitete, dann würde er so viel Publicity bekommen, so viel Unterstützung seitens der Straßenwacht, des Vereins für Verkehrssicherheit, ganz zu schweigen von den Massenmedien, *Woman's Hour* und all den anderen Idiotensendungen, daß er die Finanzierung ermöglichen und über Nacht ein Vermögen einstreichen könnte – allein für das Patent.

»Und der menschlichen Gesellschaft einen unbezahlbaren Dienst erweisen«, erinnerte Helen ihn.

»Ja«, sagte Cassidy fromm, »das vor allem. Und sobald die Sache angelaufen war, stellte ich natürlich Leute ein, wir vergrößerten uns, wuchsen, verzweigten uns. Eine *Menge* Leute kamen mit ihren Problemen zu uns, und binnen kurzem... Hören Sie, gehe ich Ihnen auf die Nerven?«

Helen antwortete nicht sofort. Sie blickte auf ihr Glas und dann quer durch das Lokal zu Shamus, und schließlich schenkte sie Cassidy den langen, offenen, furchtlosen Blick einer Frau, die mit sich einig ist.

»Ich sage nur«, sagte sie, »falls ich jemals einen Kinderwagen benötigen sollte, was nie der Fall sein wird, solange Shamus im Spiel ist, muß es einer von den Ihren sein.«

Eine Weile sprachen sie nicht.

»Wollen Sie wirklich sagen: nie?« fragte Cassidy, verlegen, aber in der Überzeugung, er kenne sie gut genug.

»Ja, *wirklich*«, sagte sie lachend. »Können Sie sich Shamus vorstellen, mit dem allen auf dem Hals? Mit Kind und Kegel, wie man so schön sagt. Mein Gott, er würde innerhalb einer Woche verrückt sein! Wie kann man einem Künstler so etwas zumuten?«

»Mein Gott, Sie haben ja so recht«, sagte Cassidy und blickte wieder einmal verstohlen auf die Uhr.

Zehn Minuten noch, und danach rufe ich an.

Von da aus war es nur noch ein Schritt bis zur technischen Ausführung. Wie sie sich erweitert hatten, um ihre eigenen Kunden zu werden. (*Was für eine glänzende Idee,* sagte Helen,

Sie kassieren den Gewinn zweimal!) Wie sie zu wiederholten Malen Gewinne wieder in die Entwicklungsarbeiten gesteckt und die Anwendungsmöglichkeiten dieser gleichen Sicherheitsprinzipien immer weiter erforscht hatten, bis Cassidys Name in aller Munde war, von den großen Krankenhäusern bis zu den Hausfrauen, sobald von Bequemlichkeit und Sicherheit im Bereich des Kindertransports die Rede war. Der Himmel weiß, daß er ihr nichts erspart hatte. Von der hydraulischen Kupplung und dem Dualbremssystem sprang er in einem Atemzug auf die Feinheiten eines doppelt verlaschten Schubstabes und der regulierbaren Federung über. Helen hielt sich tadellos. Er sah an der Unverwandtheit der dunklen Augen, daß sie jedes Wort in sich aufnahm; nichts, nicht einmal das Kardan-Gelenk trübte ihr gegenseitiges lückenloses Verständnis. Er fertigte Zeichnungen für sie an, skizzierte auf Papierservietten, bis die Theke wie ein Reißbrett aussah: Ernst nippte sie an ihrem Glas, und ernst nickte sie ihre Billigung.

»Ja«, sagte sie, »Sie haben an alles gedacht.«

Oder: »Und wie hat die Konkurrenz reagiert?«

»Oh. Die Japse haben versucht, uns zu kopieren, wie üblich.«

»Aber sie konnten's nicht«, sagte Helen, und es war keine Frage, sondern eine positive Feststellung, daran gab es nichts zu rütteln.

»Bedauere«, erwiderte Cassidy verbindlich, und er zog den Geist der Wahrheit der Wahrheit selber vor. »Sie setzten ihre besten Leute darauf an. Kompletter Fehlschlag.«

»Und wie reagierten *Sie* darauf?«

»Ich?«

»Der plötzliche Reichtum, die Berühmtheit, die Anerkennung Ihrer Fähigkeiten... ist es Ihnen nicht ein *bißchen* zu Kopf gestiegen, Cassidy?«

Cassidy war dieser Frage häufig begegnet, und er hatte sie seinerzeit auf die verschiedensten Arten beantwortet, je nach seiner Stimmung und den Erfordernissen des Publikums. Manchmal, grundsätzlich immer, wenn seine Frau in Hörweite war, behauptete er, er sei immun, ein natürliches Wertegefühl sei ein zu starkes Gegengewicht zu rein materialistischen Versuchungen, die Tätigkeit des Geldverdienens habe ihm zugleich dessen Flüchtigkeit aufgezeigt, es pralle an ihm ab. Bei anderen Gelegenheiten gestand er – guten männlichen Bekannten gegenüber oder Fremden in einem Zugabteil – eine tiefe und tragische Veränderung ein, einen erschrekkend abnehmenden Appetit auf das Leben.

»Nichts mehr macht richtig *Spaß*«, sagte er dann. »Geld haben verdirbt die Freude am Erreichten.«

Und gelegentlich, in Augenblicken großen Weltschmerzes, verleugnete er sein Geld kurzerhand. Das britische Besteuerungssystem sei Straßenraub; kein ehrlicher Mensch könne mehr als einen Bruchteil dessen behalten, was er verdiente, wer es dennoch tue, sei ein Betrüger, es müsse schärfer kontrolliert werden. Doch aus Helens Mund war die Frage neu und wesentlich für ihre Beziehung. Daher zuckte er nach blitzschneller Erwägung mehrerer Alternativen nur leicht die Achseln und sagte in einem Augenblick der schönsten Inspiration: »Ein Mann wird nach dem beurteilt, wonach er sucht, Helen, nicht nach dem, was er findet.«

»Himmel«, sagte Helen leise.

Lange Zeit blickte sie ihn mit einem Ausdruck größter Intensität an. Cassidy hatte tatsächlich Schwierigkeiten, diesem Blick standzuhalten; seine Augen schweiften ab oder schlossen sich vor dem Rauch ihrer Zigarette. Bis sie einen Schluck Whisky nahm und den Zauber brach.

»Egal«, sagte sie, und es hörte sich an, als überspränge sie geflissentlich die Antwort auf einen unausgesprochenen Vorschlag. »Wie hat Ihre Frau es aufgenommen?«

Auch dieser Frage hatte er sich schon mehr als einmal gegenübergesehen. Wo kauft sie *jetzt* ein? Haben Sie ihr einen Pelzmantel geschenkt? Und wieder fand er die Antwort äußerst schwierig. Du mußt sie loswerden, war sein erster Gedanke. Ich bin geschieden; ich bin Witwer. Meine Frau starb eines langwierigen und tragischen Todes; sie ist vor kurzem mit einem berühmten Pianisten durchgebrannt. Das Auftauchen Shamus' ersparte ihm gnädig die Entscheidung.

Es war nun einige Zeit her, seit Shamus ihnen zuletzt seine Aufmerksamkeit gewidmet hatte. Bereits beim Abendessen war sein erstes überschwengliches Interesse an Cassidy einem mehr allgemeinen Interesse an seinem Mitmenschen gewichen, und Helen hatte erklärt, da er in der Regel sehr wenig ausgehe, wenn er an einer Arbeit sei, müsse er möglichst viel Erleben in eine sehr kurze Zeitspanne pressen.

»Das kommt davon, wenn man Künstler ist«, sagte sie. »Er muß schrecklich intensiv leben, alles andere bedeutet Stillstand.«

»Was hoffnungslos wäre«, pflichtete Cassidy bei.

Was immer Shamus inzwischen getan haben mochte, er hatte nicht still gestanden. Er brachte ein Mädchen mit, und sein Arm umfaßte ihre Taille, genau gesagt, ihre obere Taille, seine Hand rundete sich behaglich um ihre linke Brust, und er war ganz und gar nicht sicher auf den Beinen.

»He, Cassidy«, sagte er. »Sehen Sie mal, was ich Ihnen mitgebracht habe.«

Doch ach, das Angebot wird, kaum gemacht, bereits hinfällig. Zwei Männer erscheinen von irgendwoher und lösen das nette Mädchen gelassen aus seinem Griff, jemand erklärt mit großer Bestimmtheit, daß sie ein wenig frische Luft schöpfen sollten, und plötzlich spielen sie alle zusammen auf einem Rasenrund Bockspringen über Pfosten unter dem staunenden Blick eines konsternierten jungen Polizisten.

»Egal«, sagte Helen, als sie unterwegs waren zur nächsten Kneipe, »sie war ohnehin meilenweit zu jung für Cassidy.«

»Ja«, sagte Cassidy ergeben, da er *niemandem* mit seinen privaten Gelüsten zu nahetreten wollte. »Viel zu jung.«

Die Abfolge der Ereignisse trübte sich von nun an in Cassidys Erinnerung. Sie blieb für den Rest des Abends getrübt. Die Fahrt nach Bristol zum Beispiel hinterließ keine klare Spur in seinem Gedächtnis. Er nahm als sicher an, daß sie per Anhalter gereist waren – ein Lastwagenfahrer namens Aston spielte eine unklare Rolle, und am nächsten Morgen roch Cassidys Anzug intensiv nach Dieselöl. Sie waren hingefahren, so viel wußte er noch, weil Shamus unbedingt ans Wasser mußte und aus zuverlässigen Quellen erfahren hatte, daß Bristol ein Hafen sei.

»Er kann nicht ohne Meer leben«, erklärte Helen.

»Es ist das Rauschen«, sagte Cassidy.

»*Und* das Unendliche«, erinnerte Helen ihn. »Denken Sie nur an die Wellen.«

Shamus beleidigte Aston und nannte ihn einen Hundsfott, vermutlich, weil Aston Methodist war und Alkohol ablehnte. Aus welchem Grund auch immer, die Fahrt endete mit einem Mißklang, und Cassidy distanzierte sich davon. Das Bierlokal hingegen hinterließ einen lebhaften Eindruck. Er entsann sich genau jeder einzelnen weißen Umrißlinie des Dekolletés der Barfrau – sie trug ein bayerisches Dirndl, das die milchigen Kugeln fast bis an den Hals hochschob – und er erinnerte sich an das Erstaunen des Akkordeonspielers, als Shamus, zum großen Ergötzen der Menge, sämtliche Strophen des Horst-Wessel-Liedes in getragenem, schmachtendem Rhythmus vortrug.

Doch erst von Bath aus, nicht von Bristol, startete Cassidy nach einem letzten Blick auf seine teure goldene Uhr schließlich zu jenem kurzen Sprung in eine Welt, die er in jeder anderen Hinsicht ein paar Stunden lang rigoros aus seinen Gedanken verbannt hatte.

7

Eine neue Kneipe, nicht an einem Abhang, sondern Teil eines vatikanischen Nebengebäudes; das Lokal, weil die Bar voll war von Gerrards Crossers.

Helen und Shamus spielten Dart, Stadtfräcke gegen Mistkratzer, die Mistkratzer waren o. k., weil sie noch immer eins waren mit der Natur.

Shamus hatte auf eine Seite der Tafel ein Schwein gemalt und auf die andere einen Bowlerhut.

»Lovers, ich will mich nicht von euch wählen lassen«, versicherte er ihnen, »ich will euch das Lesen beibringen.«

Helen war an der Reihe. Sie verfehlte das Brett und schickte den Wurf in die Wandtäfelung. Brausendes Gelächter erschütterte das Lokal.

»Entschuldigen Sie«, sagte Cassidy leise zum Wirt, »kann ich Ihr Telefon benutzen?«

»Sind das da Ihre Freunde?«

»Nun ja, gewissermaßen.«

»Ich will keine Scherereien. Spaß muß sein, aber ich will keine Scherereien.«

»Geht in Ordnung«, sagte Cassidy. »Ich bezahle, was zu Bruch geht.«

»Hören Sie. Er ist ein reizender Bursche. Solche wie er kommen nicht oft. Und sie ist ein reizendes Mädel. Ein so nettes Paar hab' ich schon lange nicht mehr gesehen.«

»Er ist ein sehr berühmter Fernseh-Autor«, erklärte Cassidy und wies intuitiv Shamus' Talent in die Kategorie der Massenmedien. »Hat zur Zeit drei Fortsetzungssendungen laufen. Einen Bombenerfolg hat der Junge.«

»Tatsächlich?«

»Sie sollten nur seinen Bentley sehen, viertüriges Modell, taubengrau mit elektrischen Fenstern.«

»Gottverdammich«, sagte der Wirt. »Von denen fahren nicht viele rum, wie?«

»Er ist einmalig. Hätten Sie vielleicht gern selber einen? Alles, was Sie wollen. Wie wär's mit einer goldenen Uhr?« schlug er vor und mischte sich unter die Männer.

»Einer *was*?«

»Einem Scotch«, sagte Cassidy leiser.

»In Ordnung, mein Sohn. Ich trinke für einen Shilling auf Ihre Rechnung, vielen Dank, Wohlsein.«

»Wohlsein«, sagte Cassidy. »Hier geht's wohl durch, ja?«

Von Bath aus kann er direkt wählen.

»Hei«, fragt er. »Wie war's in der Anstalt?«

Sandra, die Ehefrau Aldos (von *Cassidys General Fastenings*), ist kein Blitzmädchen. Der Schall braucht länger, bis er sie erreicht, besonders übers Telefon.

»Alles in Ordnung. Wo bist du?«

»Nur in der Kneipe. Wird Heather durchhalten?«

Es kann natürlich auch umgekehrt sein: Daß ihre Stimme länger braucht, um die Entfernung zu durchlaufen. Daß sie mir bereits geantwortet hat, aber die Wörter stecken noch im Draht. *Tut mir leid, Söhr, die Leitung M4 ist überlastet. Wollen Sie's später versuchen?* Daß zu viele Ehemänner sich bei zu vielen Ehefrauen zu verbilligtem Tarif entschuldigen, kurz vor Sperrstunde. Oder daß eine Atombombe abgeworfen wurde, nie unmöglich; nichts wie heim und die Kinder erschießen. Als Gegenschlag haben die Russen...

»Mit wem?« fragt plötzlich die Hörmuschel.

Sie hat den militärischen Instinkt ihres Vaters für einsilbige Wörter geerbt. Montgomerys fünf Grundfragen, wer, was, wann, wo, wie? Und weiß *Gott*, die Jungens verehrten ihn.

»Gemeinderat«, sagte Cassidy. *Der Gemeinderat ist bei mir, in Ganzperücke, Pelz und Kette, wir haben dem Rattenfänger gerade einen Fünf-Jahres-Vertrag gegeben.* »Der Gemeinderat, die Leute, die den Ort verwalten. Großartige Burschen, würden dir gefallen. Wir sind erst vor einer Stunde fertig geworden.«

Geflügelte Worte, sie fliegen, aber sie kommen nicht an. Er führt noch größeren Enthusiasmus ins Gefecht.

»Hör zu, es trifft sich alles fabelhaft. Das Ding ist absolut zentral gelegen, man muß *sehr* wenig planieren, und die Jungens vom Gemeinderat haben mir versprochen, sobald wir die ersten zwanzigtausend anbringen, rücken sie mit der Brücke heraus. Gratis. Sie *glauben* wirklich daran, ich bin überrascht.«

Schweigen. Glaubt *sie* mir? Um Christi willen, Sandra, hier ist unser Berührungspunkt, was macht es schon aus, ob es wahr ist oder nicht? Sag *ja,* bewundere die Leistung, was ist denn los zum Teufel?

»Einer ist dabei, ein Bauunternehmer, Baumaschinen und so weiter. Er wird das Gelände gratis nivellieren und uns einen Kostenvoranschlag für den Bau der Umkleideräume machen.«

»Sie ziehen wirklich *großartig* mit.« Nicht so Sandra. Sandra wurde getrennt. Sandra wurde taub. Ihre Mutter hat mich auf einen Nebenanschluß umgelegt.

»Sandra?«

Im Lokal spielt die Musikbox eine gedämpfte Weise. In der Hörmuschel bellt ein Rassehund. Sandra hat mehrere Hunde, alle groß, mit klassischem Stammbaum. Ermutigt durch dieses Lebenszeichen reißt Cassidy sich zusammen.

»Sie haben mir sogar eine Zeichnung gezeigt, mein Herz ... nun, ziemlich ungefähr, weißt du. Übern Daumen natürlich, aber großartig, wirklich. Genau das richtige für Kinder. Eine Kinderbrücke.«

»Halt den Mund, Mummy«, sagte Sandra. »Entschuldige, es war Mummy, sie regt sich auf wegen der Hunde.«

»Sandra, freust du dich nicht?«

»Worüber?«

»Über die Brücke. Den Spielplatz, um Gottes willen ... *Hallo?*«

»Schrei nicht so.«

»Sprechen Sie noch?« erkundigte sich die Vermittlung.

»War Hugo bei dem Spezialisten?« fragte Cassidy plötzlich. In seinem Ärger stürzt er sich auf einen strittigen Punkt.

Ein Rascheln in der Hörmuschel. Ihr Ungedulds-Seufzer klingt nicht so scharf wie ihr Frustrations-Seufzer. Der Ungedulds-Seufzer beginnt mit einem feuchten Schnalzen am Gaumen, und dann folgt der Entschluß, nicht zu atmen, es ist wie ein Hungerstreik, nur daß nicht die Nahrung verweigert wird, sondern die Luft.

»Nur weil jemand sich eine Praxis in Harley Street leisten kann«, beginnt sie schrill, doch mit großer Emphase zugunsten der Rechtlosen, »nur weil es Leute gibt, die willens sind, *zwanzig Guineas* zu zahlen, damit sie nicht lang warten müssen, heißt das noch *nicht*, daß ein Spezialist einen Deut besser ist als ein *ganz* gewöhnlicher praktischer Arzt, der nicht auf Geld aus ist.«

»Du hast ihn also nicht hingebracht?« sagte Cassidy. Die Befragte hat sich selber das Urteil gesprochen.

»Piaster, Piaster«, sagte Shamus.

Er stand unter der Tür, hatte eine braune Schirmmütze auf und trug einen Beo auf einem Finger. Er lehnte am Türrahmen, hatte ein Bein unter das schwarze Jackett hochgezogen und behauptete, Long John Silver zu sein. »Piaster, Piaster«, sagte er dem Vogel vor.

»Sperrstunde«, rief der Wirt aus dem Lokal und läutete eine Schiffsglocke, dong dong.

»Gute Nacht«, sagte Cassidy ins Telefon.

»Ist das alles, was du zu sagen hast?« fragte Sandra. »Dann war der Anruf nicht der Mühe wert.«

»Gute Nacht, ich habe Ihnen zu danken«, sagte Shamus, nahm ihm den Hörer weg und sprach mit seinem italienischen Akzent hinein. »Allo, allo, allo?«

Cassidy schnappte sich den Hörer wieder, aber die Leitung war tot. Er legte ihn auf die Gabel zurück.

»Hallo, Shamus«, sagte er schließlich und lächelte. »Noch ein Bier?«

Sie waren immer noch im Hinterzimmer. Von allen Seiten hörte man den Lärm der Zecher, doch das Hinterzimmer war ruhig; auf dem moltonbezogenen Tisch befanden sich eine Rechenmaschine und ein Stapel Großpackungen mit Süßigkeiten.

»War das die Leitkuh?«

»Die *was*?«

»Ihre Frau. Leitkuh. Königin der Herde.«

»Oh, verstehe. War nur ein Kontrollanruf«, sagte Cassidy. »Kann sie schließlich nicht mit dem Untermieter losziehen lassen, was?«

Der Lärm im Lokal wurde plötzlich betäubend, aber keiner von ihnen hob die Stimme.

»Was ist los?«

Der Beo glotzte Cassidy ebenfalls an. Sein Gefieder hob sich kaum von Shamus' schwarzem Jackett ab, aber die Augen glänzten wie Jett.

»Mein kleiner Junge«, sagte Cassidy. »Hugo. Brach sich beim Skifahren ein Bein. Der Knochen will anscheinend nicht heilen.«

»Armer kleiner Kerl«, sagte Shamus, ohne sich vom Fleck zu rühren.

»Nun, er ist bei einem Spezialisten in Behandlung.«

»Ist es bestimmt nicht Ihr Bein?« fragte Shamus.

In der Bar spielte jemand Klavier, ließ eine Melodie in einem Zug herunterrauschen.

»Ich verstehe nicht ganz.«

»Nachdenken, Lover, dann werden Sie's verstehen.«

»Was ich noch sagen wollte«, sagte Cassidy leichthin und versuchte, sich in Bewegung zu setzen. »Ich habe ein Haus in der Schweiz, ein Chalet. Ganz bescheiden, aber erstaunlich bequem für zwei Personen. Der Ort heißt Sainte-Angèle. Es steht fast das ganze Jahr leer. Wenn Sie spannungsreiche Hänge lieben, so könnten Sie's einmal damit versuchen.«

Kein Lachen.

»Ich meine nur, wenn Sie je einen Ort zum Arbeiten brauchen, einmal von allem weg sein, würde ich es Ihnen liebend gern zur Verfügung stellen, gratis. Nehmen Sie Helen mit.«

»Oder einen Ersatz«, schlug Shamus vor. »Lover.«

»Ja?«

»Eigentlich müßten Sie böse auf mich sein. Weil ich in dieses Telefongespräch hineingeplatzt bin und es versaut habe. Das war *sehr* unverschämt.«

»Böse sein?«

»Sie hätten mir eine *runterhauen* müssen, Lover. Disziplin muß sein. Ich glaube daran. Dazu ist die Scheißbourgeoisie da: um unverschämten Hundsföttern wie mir das Handwerk zu legen.«

Cassidy lachte unbeholfen. »Sie sind uns über«, sagte er. Er grabschte in seiner Tasche nach Kleingeld und strebte zur Tür.

»He, Lover.«

»Ja.«

»Schon mal einen umgebracht?«

»Nein.«

»Nicht einmal im psychischen Sinn?«

»Ich weiß nicht, was Sie meinen«, sagte Cassidy.

»Wetten, daß die Leitkuh es wüßte«, sagte Shamus. »He, Lover.«

»Bitte?« Gereizt, wie es einem müden Mann mit einem verkrüppelten Sohn zusteht.

Shamus breitete die Arme aus. »Sei lieb zu uns, Lover. Ich *verhungere.*«

»Ich muß das Gespräch bezahlen«, sagte Cassidy.

Shamus blieb mit ausgestreckten Armen unter der Tür stehen und starrte Cassidy an, der an der Theke seine Rechnung beglich; bis er schließlich, ohne auf die versprochene Umarmung zu warten, kehrtmachte und sich dem gemeinen Haufen entgegenwarf.

»Aufgepaßt, ihr lausigen schäbigen stinkigen Bauernfünfer«, brüllte er, »knöpft eure groben Kittel zu, Butch Cassidy ist im Land!«

»Sperrstunde«, sagte der Wirt hastig, »und zwar endgültig.«

Nach der Kneipe das Taxi. Oh, Gott, das Taxi.

Sie hatten den letzten Zug aus Bristol verpaßt, und Shamus bestellte mit seinem italienischen Akzent ein Funktaxi, während sie sich alle drei in die Telefonzelle quetschten. Shamus saß vorn, so daß er mit dem Fahrer sprechen konnte, einem alten Mann, der es ziemlich aufregend fand, betrunkenen Landadel zu befördern. Bald schon ist Shamus' schöpferische Fantasie durch die Funksprechanlage angeregt.

»Hört sie euch an«, drängt er und dreht lauter.

Alle lauschten gespannt.

»Peter Eins kommen... Zentrale... Peter Zwo... Gruppe von vier Personen am Bahnhof, kein Gepäck, drei können auf den Rücksitz. Fahrgäste warten auf Peter Drei. Peter Eins, bitte kommen, Zentrale...«

Für Cassidy klingt sie so kuhdumm und unbeholfen und schrill und hölzern wie alle Ansagerinnen, doch Shamus ist hingerissen.

»Ist sie vielleicht Ihre Tochter?« fragt er den Fahrer ehrerbietig.

»Unwahrscheinlich. Sie ist fünfzig im Schatten.«

»Sie ist fabelhaft«, sagte Shamus. »Diese Dame ist erste Klasse. Glauben Sie mir.«

»Ist sie«, pflichtete Cassidy schon halb schlafend bei. Helens Kopf ist auf seine Schulter gefallen, und sie hat ihre Finger zwischen die seinen geschlungen, und er pflichtet mit Freuden allem bei, als sie plötzlich hören, wie Shamus mit seiner Italienerstimme ins Mikrophon spricht.

»Ich dich haben wollen«, flüstert er leidenschaftlich. *»Ich dich lieben und ich dich haben wollen. Ich Sehnsucht nach dir.«* »Ist sie schwarzhaarig?« fragt er den Fahrer.

»Schwärzlich.«

»Du mit mir schlafen«, keucht Shamus wieder ins Mikrophon. »Ficki-ficki.«

»Sie ruft bereits die Polizei«, sagt Cassidy.

»Sie packt bereits ihre Koffer«, sagt Helen.

»Ein Prachtweib«, sagt Shamus.

Es klingt nach einem heraufziehenden hysterischen Anfall, als das Funkgerät wieder spricht. »Peter Eins... Peter Eins... wer ist das?«

»Nicht Peter Eins. Peter Eins ist tot. Mein Name ist Dostojewskij«, meldet sich wieder Shamus, der geschickt auf die tieferen russischen Töne umgeschaltet hat. »Ich ermordete soeben Peter Eins ohne einen Funken Schuldgefühl. Es war ein *crime passionnel*. Ich will Sie ganz für mich allein haben, ich liebe Sie. Eine Nacht mit Ihnen wiegt lebenslänglich in Sibirien auf.« Das Radio blubbert, findet aber keine Worte. »Achtung, ich bin auch Nietzsche. Ich bin kein Mensch. Ich bin Dynamit. Verstehen Sie nicht« – knüppeldickes Russisch –, »daß die Immoralität eine notwendige Vorbedingung zu neuen Werten darstellt? Hören Sie, wir wollen gemeinsam eine neue Klasse begründen. Wir wollen eine Welt von unschuldigen, mörderischen, schönen Knaben zeugen! Wir –«

Der Fahrer nimmt ihm behutsam das Mikrophon weg. »Alles in Ordnung, meine Liebe«, sagt er freundlich. »Ich hab' einen Spaßvogel hier drin, weiter nichts.«

»Spaßvogel?« kreischt das Radio durch die Störgeräusche. »Verdammter Ausländer, der meine Fahrer umbringt, mitten in der...«

Der Fahrer schaltet sie ab. »Morgen früh wird sie *mich* umbringen«, sagt er ohne große Beunruhigung.

Shamus ist eingeschlafen. »Tolle Weiber hier, Boy«, murmelt er.

»Ich würde so gern wieder *Motte* spielen«, sagt Cassidy.

»Motte war super«, sagt Helen, und Cassidys Hand empfängt einen weiteren freundschaftlichen Druck.

Auf dem endgültigen Nachhauseweg ließen sie den Bentley vor einer Telefonzelle halten und versuchten, Flaherty anzurufen, damit Shamus nochmals die Aufrichtigkeit seiner Überzeugung nachprüfen könnte. »Ein Mensch ist das, was er zu sein *glaubt*«, erklärte Helen mit den Worten des Meisters. »Das versteht Shamus unter Glauben.«

»Er hat hundertprozentig recht«, sagte Cassidy.

Cassidy meldete das Gespräch an, weil er eine Kreditkarte der Post besaß, und Shamus hatte erstaunlicherweise die Nummer säuberlich an den Rand eines Zeitungsausschnittes aus der *Daily Mail* notiert. »Die Dorfkneipe von Beohmin«, erklärte er. »Abends ist er meistens dort.« Sie quetschten sich alle drei hinein und schlossen die Tür, damit es gemütlicher sei. Doch ach, Flaherty war nicht erreichbar. Etwa fünf Minuten lang horchten sie auf das Freizeichen. Cassidy war insgeheim heilfroh – schließlich hätte es recht peinlich werden können –, aber Shamus war gekränkt und enttäuscht, er ging vor ihnen zum Wagen zurück und kletterte wortlos auf den Rücksitz. Lange fuhren sie schweigend dahin; während Helen, die nun neben ihrem Mann saß, ihn mit Küssen und kleinen Aufmerksamkeiten tröstete.

»Der Hundsfott!« erklärte Shamus schließlich mit brüchiger Stimme. »Sollte nicht mal ein Scheißtelefon *nötig* haben.«

»Natürlich nicht«, pflichtete Helen zärtlich bei.

»He, schaut mal«, sagte Shamus, richtete sich steil auf und beobachtete, wie das unnatürliche Mondlicht über die Hekken rieselte. »Kolynos Scheinwerfer!«

»Jod-Quarz«, sagte Cassidy. »Halogen. Das Allerneueste.«

»Miiau«, sagte Shamus und kehrte zu Helen zurück.

Als sie wieder in Haverdown waren, veranstalteten sie – nach einer Erfrischungspause – ein Pferderennen. Shamus war Nijinsky, Cassidy war Dobbin. Der Start war ihm entfallen, und er wußte nicht mehr, wer gewonnen hatte, aber er erinnerte sich deutlich an das Donnern ihrer sechs Füße, als sie teppichlose Hintertreppen hinuntergaloppierten, und an Shamus' Butlerton, während er eine versperrte Tür einrannte.

»Das Schlafzimmer meiner Herrin!« Wieder rannte er dagegen. »Merry bloody England, erschlagt den Schuft!«

»Helen...«, flüsterte Cassidy, »er wird in Stücke gehen.«

Was jedoch in Stücke ging, war die Tür, und plötzlich flogen sie alle durch die Luft und sausten auf blanke Matratzen, die nach Lavendel und Mottenkugeln rochen.

»Shamus, bist du in Ordnung?« fragte Helen.

Keine Antwort.

»Shamus ist tot«, erklärte sie ungerührt.

Shamus lag unter ihnen, er ächzte.

»Klingt wie ein gebrochenes Genick«, sagte sie.

»Es ist ein gebrochenes Herz, du Närrin«, sagte Shamus.

Sie war schon dabei, ihn auszuziehen, als Cassidy das Zimmer verließ, um sich auf dem Kanapee ein Bett zu richten. Eine Zeitlang lag er wach und lauschte auf das Rumpeln des Betts, als Helen und Shamus noch einmal ihre perfekte Verbindung vollzogen. Im nächsten Augenblick weckte Helen ihn mit sanftem Rütteln an der Schulter, und er hörte wiederum das Transistor-Radio aus der Tasche ihres hochgeschlossenen Hausmantels Krematoriumsmusik spielen.

»Nein«, sagte Helen ruhig. »Sie können ihm nicht auf Wiedersehen sagen, morgens arbeitet er.«

Sie hatte ihm auf einem Perlmutt-Tablett ein vollständiges Frühstück gebracht: ein weiches Ei und Toast und Kaffee, und sie trug die Laterne, weil es noch dunkel war. Sie war sehr adrett und hatte kein Make-up aufgelegt. Sie sah aus, als hätte sie zwölf Stunden Schlaf und einen Waldspaziergang hinter sich.

»Wie geht es ihm?«

»Er hat ein steifes Genick«, sagte sie fröhlich, »aber ein bißchen Schmerz hat er gern.«

»Fürs Schreiben?« sagte Cassidy, denn jetzt war er vom Fach, und Helen nickte bejahend.

»War es warm genug?«

»Prächtig.«

Er setzte sich auf, bedeckte den bloßen Bauch mit den Mänteln, die auf seinem Schoß lagen, und Helen setzte sich zu ihm und betrachtete ihn mit mütterlicher Milde.

»Sie werden ihn nicht im Stich lassen, nicht wahr, Cassidy? Es ist Zeit, daß er wieder einen Freund hat.«

»Was ist mit den anderen passiert?« sagte Cassidy mit einem Mund voller Toast, und sie lachten beide und blickten nicht auf seinen Magen. »Ich meine, warum gerade *ich*? Ich meine, *ich* kann ihm nicht viel nützen.«

»Shamus ist *sehr* religiös«, erklärte Helen nach einer Pause. »Er glaubt, Sie könnten noch erlöst werden. Sind Sie erlösbar, Cassidy?«

»Ich weiß nicht, was er meint.« Helen wartete, also fuhr er fort. »Erlösen wovon?«

»Shamus sagt: Jeder Narr kann *geben*, es kommt darauf an, was wir uns vom Leben nehmen. Dadurch erreichen wir unser Format.«

»Oh.«

»Will heißen... unsere Identität... unsere Leidenschaft.«

»Und unsere Kunst«, sagte Cassidy eingedenk seiner jüngsten Erfahrungen.

»Er mag keine Leute, die den Kampf aufgeben, ob sie nun Flaherty heißen oder Christus oder Cassidy. Aber *Sie* haben den Kampf nicht aufgegeben, nicht wahr?«

»Nein. Ich nicht. Manchmal habe ich das Gefühl... als sei ich erst am Anfang.«

Sehr ruhig sagte Helen: »Diese Botschaft haben auch wir empfangen.« Sie trug das Tablett auf die andere Seite des Zimmers, und die Schiffslaterne beleuchtete von unten ihr Gesicht. *Caravaggio,* dachte Cassidy und dachte an Marks Postkarte aus Rom; mein Gott, wie er die Malerei liebte.

»Ich habe ihm Ihren Ausspruch über das Geld erzählt.«

»Oh...«, sagte Cassidy. Er wußte nicht, welchen Ausspruch, fragte sich jedoch einigermaßen nervös, ob er ihm wohl zur Ehre gereiche. »Ein Mensch wird nach dem beurteilt, wonach er sucht, nicht nach dem, was er findet.«

»Was hält er davon?«

»Er verwendet ihn«, sagte sie schlicht, als gäbe es keine höhere Auszeichnung. »Wissen Sie, daß Shamus seinen eigenen Epitaph geschrieben hat?« fuhr sie strahlend fort. »*Shamus, der viel zu nehmen hatte.* Ich finde, es ist der großartigste Epitaph, der jemals geschrieben wurde, finden Sie nicht?«

»Wundervoll«, sagte Cassidy. »Ich bin ganz Ihrer Meinung. Wunderschön.« Und dann: »Ich möchte ihn für mich selber.«

»Wissen Sie, Shamus *liebt* die Menschen. Wirklich. Er ist der Unterschied zwischen Planschen und Schwimmen. Er ist wie Gatsby. Er glaubt an das Licht am Ende des Landestegs.«

»Ich glaube, daran glaube ich auch«, sagte Cassidy und versuchte sich zu erinnern, wer Gatsby war.

»Deshalb gefiel ihm Ihr Ausspruch über das Geld so gut«, erklärte Helen.

Sie begleitete ihn zum Wagen.

»Er wird sogar an Flaherty glauben, wenn Flaherty ihm nur eine Chance dazu gibt.«

»Ich dachte, er wolle ihn umbringen.«

»Ist das nicht das gleiche?« sagte Helen und schenkte ihm einen sehr tiefen Blick.

»Vermutlich ja«, räumte Cassidy ein.

»Grüßen Sie London von mir.«

»Gern. Helen.«

»Ja?«

»Kann ich Ihnen ein bißchen Geld hierlassen?«

»Nein. Shamus sagte, Sie würden fragen. Trotzdem vielen Dank.« Sie küßte ihn, kein Abschiedskuß, sondern ein Dankeskuß, leicht und präzise auf den glatten Fleck seiner Wange. »Er sagt, Sie sollten Dostojewskij lesen. Nicht die Werke, die Vita.«

»Tue ich. Fange noch heute abend an.« Er fügte hinzu: »Ich lese nicht viel, aber wenn ich lese, dann nehme ich mir Zeit dazu.«

»Er wird in ein, zwei Wochen rauffahren. Sobald er das Buch fertig hat, wird er in die Stadt kommen und sämtliche

Manager und Agenten und Leute aufsuchen. Dabei will er lieber allein sein.« Sie lachte resigniert. »Er nennt es, seine Batterien aufladen.«

»Die Ganeffs«, sagte Cassidy.

»Die Ganeffs«, sagte Helen.

Die Morgensonne sprang plötzlich durch die Araukarienbäume und erhellte die Ziegel des Hauses zu einem warmen fleischfarbenen Rosa.

»Bestellen Sie ihm, er soll mich in der Firma anrufen«, sagte Cassidy. »Steht im Telefonbuch. Jederzeit, ich bin immer für ihn zu sprechen.«

»Keine Sorge, er ruft an.« Sie zögerte. »Übrigens, erinnern Sie sich, gestern abend boten Sie Shamus ein Schweizerhaus zum Arbeiten an.«

»Ach, das Chalet. Ja. Ja, natürlich. Spannungsreicher Hang. Ha.«

»Er sagt, er werde sie vielleicht beim Wort nehmen.«

»Du meine Güte«, sagte Cassidy dankbar, »das wäre wunderbar.«

»Er kann es nicht versprechen.«

»Nein, natürlich nicht.«

Ein kurzes schweigendes Flehen: »Cassidy.«

»Ja?«

»Sie werden nicht abspringen, nein?«

»Natürlich nicht.«

Wieder küßte sie ihn, ohne Hast, diesmal auf den Mund, so wie Schwestern ihre Brüder küssen, wenn sie sich keine Gedanken mehr wegen Inzests machen.

So verließ Cassidy Haverdown, den Geschmack ihrer Zahncreme auf den Lippen und den Geruch ihres einfachen Talkumpuders in der Nase.

8

Bohème.

Das war sein erster Gedanke und hielt ihn auf dem ganzen Weg bis Bath in gehobener Stimmung. Ich habe das Land der Bohemiens besucht und bin heil davongekommen. Es war Jahre her, seit er zuletzt einem Künstler begegnet war. In Oxford stand seinerzeit ein altes Haus nah an der Foley-Brücke, von dem es hieß, es beherberge einige, und manchmal, wenn er auf dem Weg zu den Scala-Lichtspielen daran vorbeikam, hatte er ihre Kleider vom Eisenbalkon hängen oder eine Batterie leerer Flaschen aus den Mülleimern quellen sehen.

Sonntags, hatte er gehört, versammelten sie sich in der George Bar, die Männer trugen Ohrringe, und die Frauen rauchten Zigarren, und er stellte sich vor, daß sie miteinander über die erstaunlichsten Dinge aus ihrer Intimsphäre sprachen. Im Internat hatte er einen Zeichenlehrer gehabt, den sie Tüncher nannten, einen sanftmütigen Mann mittleren Alters, der Umlegekragen trug und die Jungen füreinander in der Turnhose Modell sitzen ließ. An einem Mittwoch war Cassidy einmal allein bei ihm zum Tee gewesen, aber der Lehrer hatte kaum ein Wort gesprochen, nur melancholisch gelächelt und zugesehen, wie Cassidy heiße Hefekuchen aß. Abgesehen von diesen dürftigen Erfahrungen war seine Kenntnis der Spezies gleich Null, obwohl er sich lange Zeit als Ehrenmitglied betrachtet hatte.

In Bath machte er halt, ging in sein Hotel, um sein Gepäck zu holen und die Rechnung zu bezahlen, und sah mit flüchtiger Erregung die Stätten ihrer nächtlichen Ausschweifungen im hellen Tageslicht. Mieses Städtchen, dachte er. Ein Vatikan der Proleten. Und schwor sich, nie mehr herzukommen.

Er hatte sich im Hotel als Viscount Cassidy of Mull eingetragen.

»Haben Mylord einen angenehmen Aufenthalt gehabt?« erkundigte der Kassierer sich mit größerer Vertraulichkeit, als Cassidy angemessen fand.

»Durchaus, vielen Dank«, sagte er und gab dem Portier zwei Pfund.

Der Prozeß des Abspringens, den Helen so genau vorhergesagt hatte, setzte daher erst in der Gegend von Devizes ein. Während der ersten Fahrtstunde, ehe sein Katzenjammer die Form einer wohlverdienten Strafe annahm, blieb Cassidy zwar verwirrt, aber immer noch freudig erregt über seine Begegnung mit Helen und Shamus; es war ihm nicht recht klar, was er empfand; seine Stimmung schien mit der Landschaft zu wechseln. Auf der Autostraße nach Frome, wo blaue Ebenen sich rechts und links von ihm erstreckten, vergoldete kindliche Unschuld alles, was er sah. Die ganze Zukunft war ein einziges langes Abenteuer mit seinen neuen Freunden: Gemeinsam würden sie die Welt durchstreifen, auf fernen Meeren segeln, auf Flügeln des Gelächters den Himmel ersteigen. In Devizes, wo der Regen einsetzte und dumpfe Übelkeit sein gastrisches System ergriff, war er zwar noch immer mäßig euphorisiert, doch der Anblick der einkaufenden Hausfrauen und der Mütter mit Kinderwagen gab ihm zu denken. Bis er Reading erreichte, hatte er fürchterliche Kopfschmerzen und war zu der Überzeugung gelangt, Helen und Shamus müßten entweder ein Traum sein oder ein Paar Schwindler, die sich als Berühmtheiten ausgaben.

»Schließlich«, argumentierte er, »wenn sie das sind, was sie vorgeben zu sein, warum sollten sie sich für mich interessieren?«

Und später: »Ich bin ein Durchschnittsmensch. Leute wie ich haben keinen Anteil am Leben eines Künstlers.«

Er rekonstruierte Helens *tour d'horizon* von Shamus' These über die Beziehung zwischen Künstler und Bourgeois und fand sie schwach, wirr, äußerst anfechtbar.

Wäre es meine Meinung gewesen, dachte er, ich hätte sie besser formuliert: alles nur Schaumschlägerei.

Bei der Einfahrt in die Londoner Vororte war er zu gewissen nützlichen Schlüssen gelangt. Er würde nie wieder von Helen oder Shamus hören; sie waren vermutlich Hochstapler, und er konnte von Glück sagen, daß er noch seine Brieftasche hatte, und ob sie nun wieder auftauchten oder nicht, sie gehörten in jedem Falle, zusammen mit anderen Erscheinungen, zu jenem Teil von Cassidys Welt, den man um des allgemeinen Friedens willen am besten nie wieder betrat.

Er hätte sie an dieser Stelle in der Tat abgeschrieben, wenn ein kleiner Zwischenfall ihn nicht gewaltsam an Shamus' unangenehm persönliche Bemerkungen erinnert hätte.

Er hielt in einer Parkbucht und durchsuchte die Taschen seines Wagens nach verräterischen Souvenirs, als er in einer Handschuhtasche ein zerknülltes Blatt Papier fand. Es war die Speisekarte aus Brunos Restaurant in Bath, worauf Shamus, wie er in seiner Einfalt glaubte, unsterbliche Prosa geschrieben hatte. Auf der Rückseite, links, befand sich in Bleistift Cassidys Porträt, von Shamus gezeichnet, und am Rand standen Wörter, mit Pfeilen versehen, die zeigten, auf welches Detail die Wörter sich bezogen. ›Babybäckchen, zum Erröten geeignet; edle Stirn, von vagen Seelenqualen gefurcht; Augen, braunüberwuchert und sehr, sehr unstet.‹ Über dem Kopf stand in Großbuchstaben das Wort GESUCHT und darunter eine weitere Beschreibung Cassidys.

NAME: Cassidy, Butch. Auch bekannt als Hopalong, Christopher Robin und Paul Getty.

VERBRECHEN: Unschuld (s. Greene: ein Aussätziger ohne Schelle).

RELIGION: Erste Kirche vom Pessimistischen Christus.

URTEIL: Zu lebenslänglichem Leben.

Die andere Hälfte der Speisekarte enthielt einen Brief, adressiert an den LOVER.

Liebster Lover,
ich hoffe, es geht Euch gut, mir auch. Vielen Dank für die reizende Party. Ein paarmal schon hatte ich Euch geliebt, noch ehe mir Euer Gesicht und Name bekannt. Verzeiht also die häßliche Zeichnung, das Aug ist unbestechlich, doch das Herz ist Euer.

In Liebe, in Liebe, in Liebe
P. Scardanelli, alias Flaherty, alias Shamus.

Was für ein *typischer* Studentenulk, dachte Cassidy entrüstet; wie peinlich. Seufzend warf er die Karte weg. Und so was spricht von verelendeten Homos...

›Schon mal jemanden umgebracht, Lover?‹ fragte eine Stimme aus seinem Inneren. Er stellte das Radio an und fuhr südwärts in Richtung Acton. Kunst ist recht und schön, dachte er, aber manchmal geht sie entschieden zu weit.

Sein Geschäft in Acton erledigte er kurz und erfolgreich. Ein Großhändler namens Dobbs, ein notorischer Querulant, aber wichtiger Kunde, hatte Einwände gegen die neuen Sitz-Liegewagen im Leder-Look und liebäugelte mit der Konkurrenz. Cassidy hatte nie viel von Sitz-Liegewagen gehalten, die er für eine mißglückte Kreuzung zwischen dem einfachen Sportwagen und dem vollwertigen Kinderwagen hielt, aber sie bildeten eine nützliche Reserve im Frühjahr, wenn die Nachfrage unberechenbar war. Er vermutete zu Recht, daß ein persönlicher Besuch die Unstimmigkeiten beilegen werde.

»Na, den Chef höchstpersönlich habe ich nicht erwartet«, gestand Dobbs nervös. »Was ist denn mit dem Vertreter los, Meister?«

Er hat viel Haare gelassen, stellte Cassidy fest; die zweite Ehe macht ihn fertig. Er war ein Mensch, der sich sehr verausgabte, immer schwitzte und in Skandale verwickelt wurde.

»Ich möchte nur gern selber nachsehen, was los ist, weiter gar nichts. Wenn ein geschätzter Kunde sich beklagt«, sagte Cassidy nicht ohne eine gewisse Strenge, »will ich der Sache selber auf den Grund gehen.«

»Na hören Sie, von beklagen ist keine Rede, Mister Cassidy. Der Sitz-Liegewagen ist ein eleganter Artikel, und Ihr Chassis haut hin, kein Zweifel. Hervorragende Ausführung. Ich verkaufe eine Menge davon, ich schwöre auf sie, kein Zweifel, Meister.«

»Eine Beschwerde ist eine Beschwerde, Andy, sobald sie einmal läuft.«

»Was sie nicht mögen, ist nur die Klappvorrichtung, Mister Cassidy«, protestierte Dobbs, aber ohne rechte Überzeugung. »Sie zerreißen sich die Strümpfe an den Scharnieren.«

»Schauen wir uns doch die Sache an, ja, Andy?«

Sie stiegen die Holztreppe zum Lager hinauf und inspizierten Scharniere.

»Ja«, sagte Cassidy und kniete nieder, um ein besonders wohlgearbeitetes Exemplar zu streicheln. »Ich sehe schon, was Sie meinen.«

»Geben Sie acht auf Ihre Hose«, riefs Dobbs. »Der Boden hier ist dreckig.«

Doch Cassidy tat, als hörte er nicht. Er streckte sich in voller Länge auf den ungefegten Bodenbrettern aus und ließ eine hingebungsvolle Hand das Unterteil des Kinderwagens entlangstreichen, berührte mit den Fingerspitzen die Nippel, Drähte und Gestänge seines ersten und ergiebigsten Patents.

»Ich bin Ihnen sehr dankbar, Andy«, sagte er, als sie ins Büro zurückgingen. »Ich werde sofort veranlassen, daß der Sache nachgegangen wird.«

»Es ist nur, weil sie ihre Nylonstrümpfe daran zerreißen«, wiederholte Dobbs hilflos, als er Cassidys Anzug abbürstete. »Jedenfalls war es bei der letzten Lieferung so.«

»Wissen Sie, was einmal ein Nylonstrumpf zum anderen sagte, Andy?« fragte Cassidy nebenbei, als er die Kiste Sherry auslud, die er im Kofferraum bereitstehen hatte. Sherry, hieß es, trinkt er am liebsten.

»Na was denn?«

»Ich spüre ein freundschaftliches Fühlen zwischen uns«, sagte Cassidy. Ihr Lachen übertönte die hastige Transaktion. »Ein Ostergeschenk«, erklärte Cassidy. »Wir schütten einen Teil unserer letztjährigen Gewinne aus.«

»Sehr anständig, das muß ich sagen«, sagte Dobbs.

»Aber ich bitte Sie! Vielen Dank, daß Sie uns auf das Scharnier aufmerksam machten.«

»Manchmal mache ich mir Gedanken«, gestand Dobbs, als er Cassidy zum Bentley zurückbegleitete. »Ich bilde mir ein, man hat mich vergessen.«

»Verstehe«, sagte Cassidy. »Und wie geht's der Frau Gemahlin?«

»Na, Sie wissen ja«, sagte Dobbs.

»Ich weiß«, sagte Cassidy.

Er änderte sein Programm und ging ins Kino. Am liebsten sah er Filme, die Britanniens Kriegstaten rühmten oder mit schonungsloser Offenheit das intime Sexualleben skandinavischer Teenager darstellten. In diesem Fall hatte er Glück, es wurde beides geboten.

Sandra war ausgegangen. Auf dem Küchentisch hatte sie eine *quiche lorraine* und einen Zettel zurückgelassen, des Inhalts, daß sie in ihrer Trinkerheilanstalt sei. Die Diele roch nach Leinöl. Staubhüllen und Malerleitern erinnerten ihn unangenehm an Haverdown. Kam etwas weg oder hinzu? Er versuchte sich zu erinnern. Die Stuckleisten waren, wie er wußte, kitschig und mußten herunter. Vielleicht der Kamin? Vor ein paar Monaten hatten sie bei Malett einen gekauft, in Kiefer, achtzehntes Jahrhundert, dreihundert Pfund und rundum herrlich geschnitzt. Der Kamin gab der ganzen Einrichtung erst ein *Gesicht,* hatte ihr Architekt ihnen versichert, und ihr Haus hatte, weiß Gott, ein Gesicht dringend nötig.

Ihre Mutter war in ihrem Zimmer. Von oben, mehrere Stockwerke darüber, hörte er die honigsüßen Laute von John Gielguds, der auf ihrem Plattenspieler *Abaelard und Heloise* für die Blinden las. Die Stimme versetzte ihn augenblicklich in bebende Wut. *Idiot, blökender Idiot,* sie sieht ganz vorzüglich, wenn sie will.

Sehr behutsam ging er zum Kinderzimmer und schlich beim Lichtschimmer, der durch das unverhängte Zimmer fiel, auf Zehenspitzen, zwischen Schallplatten lavierend, an Hugos Bett. Warum hatte er kein Nachtlicht? Cassidy war überzeugt, daß er sich im Dunkeln fürchtete. Der Junge schlief wie tot auf den Decken, das Gipsbein leuchtete blaß in der orangefarbenen Beleuchtung, und seine Pyjamajacke war bis zur Mitte offen. Auf dem Boden neben ihm lag der Schneeschläger, mit dem er sein Schaumbad quirlte. Cassidy schloß die Pyjamaknöpfe, einen nach dem anderen, dann legte er sanft die flache Hand auf die trockene Stirn des Kindes. Na, wenigstens war ihm nicht zu heiß. Er lauschte und betrachtete ihn aufmerksam im gesprenkelten Zwielicht. Vor der Geräuschkulisse des nie schlafenden Verkehrs kam und ging der Atem des Jungen in kleinen regelmäßigen Zügen. Soweit war offenbar alles in Ordnung, aber warum lutschte er am Daumen? Ein Siebenjähriger lutscht nicht am Daumen, außer wenn es ihm an Liebe gebricht. Cassidy seufzte im stillen. Hugo, dachte er, o Hugo, glaube mir, mein Sohn, das gilt für uns alle. Er kniete nieder und inspizierte eingehend die Außenflächen des Gipsverbandes, forschte nach den verräterischen Furchen, die auf eine zweite Fraktur hindeuten mochten; doch das Licht von draußen reichte nicht aus, und er konnte nichts anderes sehen als Sgraffiti und mit Filzstift aufgemalte Häuschen.

Ein Lastwagen klomm den Hügel hinan. Im Nu war er auf den Füßen, zog die Gardine und schloß das Fenster vor den Abgasen. Der Junge regte sich, er legte den Unterarm über die Augen.

Soviel Unschuld, dachte Cassidy hoffnungslos, soviel tragische Unschuld soll es mit dem grausamen Strom des Lebens aufnehmen.

Ein Schlüssel drehte sich in der Vordertür.

»Hei, Reiseonkel«, rief Sandra.

Ein vorbereiteter Gruß, der modernen Humor ausdrücken sollte.

»Hallo«, sagte Cassidy.

Ihre Schritte blieben stehen.

»Ist das alles, was du zu sagen hast?« fragte sie aus der Diele.

»Was sollte ich denn sonst sagen? Du sagst ›hei‹, ich sage ›hallo‹. Ich finde, er müßte zu einem Spezialisten gebracht werden, du findest es nicht.«

Er wartete. Sie brachte es fertig, minutenlang so stehenzubleiben; wer sich zuerst bewegte, hatte verloren. Sie verlor, langsam ging sie die Treppe hinauf zu ihrer Mutter.

London 1

9

Lieber Mark
Der Brief klebte an ihm wie ein feuchter Schwaden. Platt, unanschaulich; ein Nachtisch-Brief, ein Griff nach einer Stärkung, die er gar nicht wollte. Ein Brief, der nicht von Herzen kam, sondern von der Leber.

Der Briefkopf lautete 12 Abalone Crescent, aber er schrieb aus der South Audley Street, wo er mehr Ruhe fand. Cassidys Büro hatte Ähnlichkeit mit Cassidys Wagen: ein Mahagoni-Bollwerk gegen die unkalkulierbaren Risiken des Erdendaseins. In der Audley Street war er nicht Aldo oder Cassidy, sondern Mister *Aldo*, ein christlicher Vorname, dem man mit christlicher Ehrfurcht begegnete. In Audley Street betrat kein Fuß den Boden, keine Tür schnappte in ihren Rahmen, denn Polsterungen aller Art dämpften jeden Aufprall. Sogar die verschiedenen Telefone auf seinem Queen-Ann-Schreibtisch waren entschärft worden: Anstatt des heiseren Weiberkreischens, das ihn schon als Kind nervös gemacht hatte, gaben die Apparate nur ein zufriedenes, ja befriedigtes Schnurren von sich, womit sie nicht Ärger oder Panik erwirken wollten, sondern eine Liebkosung ihres weißen, unterwürfigen Rückgrats.

Also, mein Sohn, wie geht's Dir? Ich beneide Dich, ich möchte selber gern in der ländlichen Stille von Dorset sein anstatt in diesem Getriebe und hektischen Gehetze, das im Konkurrenzkampf unserer Tage immer mehr das Los des redlichen Geschäftsmannes zu sein scheint, der um sein Brot ringt! Wenigstens ist das Wetter auch weiterhin mild, alles übrige aber ist Arbeit, Papierkrieg und immer noch härterer Kampf mit der ausländischen Konkurrenz.

Manchmal ist man wahrhaftig drauf und dran, sich zu fragen, ob die Sache überhaupt noch der Mühe wert sei. Sogar meine bescheidenen Bemühungen, einiges für unsere weniger vom Glück begünstig-

ten Gemeindemitglieder zu tun, scheinen zum Scheitern verurteilt zu sein – Du würdest entsetzt sein über den Geiz und den Egoismus der alteingesessenen Kreise, wenn es gilt, an einem Projekt zur Unterstützung und Förderung der Jugend mitzuarbeiten. Sogar die Bristol Corporation, auf die ich die größte Hoffnung gesetzt hatte, hat plötzlich kalte Füße bekommen, und nun stehen wir wieder am Anfang. Trotzdem, keine Müdigkeit vorschützen, wie das Schulmotto heißt. Wir bereiten uns sehr sorgfältig auf die Pariser Messe vor, apropos, falls Du jemals in die Firma eintreten solltest, wozu ich Dich, wie Du weißt, nicht zwingen will, so könnte die Exportabteilung durchaus ein attraktiver Einstieg für Dich sein, immer vorausgesetzt, daß Dein Französisch sich sehen lassen kann…

Sein Blick fiel auf ein Bündel grüngerandeter und rosabebändelter Anwaltsschriftstücke. Ohne innezuhalten, begann er einen neuen Absatz und schrieb:

Lieber Mark, Du hast wahrscheinlich gelesen, daß wir Geschäftsleute hier alle sehr besorgt sind wegen der inflationären Entwicklung. Vielleicht beruhigt es Dich, wenn ich Dir mitteile, daß der Children's Trust, dessen Anteile Dir und Hugo zu gleichen Teilen gehören, sich aus breit gestreuten Aktien-Standardwerten und mündelsicheren Papieren zusammensetzt und daher gegen diese Zeitkrankheit immun sein dürfte. Dies nur nebenbei.

Nachdem er das Geschriebene durchgelesen hatte, seufzte Cassidy, legte die Goldfeder nieder und starrte geistesabwesend durch die Spitzengardinen auf das Gepränge elegant gekleideter Menschen und funkelnder Limousinen. *Interessierte* Mark sich für Standardwerte? Wußte er, was das war? Sollte man es sich überhaupt wünschen? Cassidy hatte in bezug auf Einzelheiten aus seiner Jugend kein besonders gutes Gedächtnis, und er versuchte nun, sich zu erinnern, ob er selber im Alter von elf Jahren über solche Dinge Bescheid gewußt hatte. Als Elfjähriger hatte er wahrscheinlich noch bei einer gewissen Tante Nell gelebt, einer geräuschvollen Dame mit einem Bungalow in der Nähe von Pendeen Sands. Hatte *dieses* Kind den Wirtschaftsteil der Zeitungen studiert? Hatte die Dame je Miene gemacht, ihn zu solchem Studium anzuhalten? Er entsann sich nur noch ihrer Unterkleidung, wenn sie ins Meer hinauswatete und ihn hinter sich herzerrte in den sicheren Tod: schmutzige schwarz-rosa Blütenblätter, die über sonnenlosen Schenkeln flatterten. Wenn er nicht bei Tante Nell gewesen sein sollte, dann bei der Spinne, einer abgelegten Mätresse seines Vaters, die ihn im Bett hielt, um ihn vor Bakterien zu schützen.

Nein. Sein Fall bot Mark keine beispielhafte Stütze.

Tiefes Unbehagen erfüllt das ganze Volk. Jeder schert sein eigenes Schäfchen, während die Politiker den Geist von Dünkirchen zitieren. Gestern abend beschwor der Ministerpräsident die Nation, mehr für ihr Geld zu leisten. Nur wenige glauben, daß diese Rede etwas ausrichten könne. Die Gewerkschaften machen eisern Front gegen ein Übereinkommen. Man muß es auf eine Kraftprobe ankommen lassen.

Er legte die Feder nieder.

Lächerlich.

Den Brief zerreißen.

Hier sitze ich, zu Tode gelangweilt, und was tue ich? Ich fasse die Leitartikel der *Financial Times* zusammen. Das Geschäft hat mich verdorben: Ich habe keine Beziehung zu meinem Sohn.

Vor ein paar Jahren hatte er ihm Bären und Schweinchen gemalt – er hatte zu diesem Zweck eigens eine Garnitur Buntstifte in seinem Schreibtisch. Aber Mark war schon zu groß für Schweinchen, und es war sehr schwierig zu wissen, was ihm jetzt Spaß machen würde. Möglicherweise Geld, war schließlich die Antwort. Das Versprechen finanzieller Sicherheit kam nie ungelegen. Selbst wenn er es nicht im einzelnen versteht, so wird er doch die *gute Absicht* begreifen; sie wird ihn trösten in dunklen Nächten, wenn die Welt der Großen ihm zum Alptraum wird.

Mummy hat dir wohl geschrieben, daß sie und Heather Ast versuchen, ein zweites Nachtasyl für Hilfsbedürftige zu gründen. Heather hat ein leerstehendes Lagerhaus in Oxfam ausfindig gemacht, am Südrand der Hamstead Heuth, wo viele dieser armen Teufel recht und schlecht unter alten Zeitungen nächtigen. Heather mußte, wie Du weißt, Schweres durchmachen, nachdem ihr Mann sie ohne stichhaltigen Grund verlassen hat. Deine Mutter tut alles, um ihr wieder auf die Beine zu helfen.

Er hörte einen leichten Schritt auf dem molligen Bodenbelag und blickte wiederum hoffnungsvoll auf, doch seine Wachsamkeit wurde mit dem Erscheinen einer Rothaarigen belohnt, und Rothaarige beunruhigten ihn. Zudem hatte sie einen entschlossenen Gang; wenn man ihn hörte, wußte man schon, daß sie nicht leicht von etwas abzubringen war. Ein Ferse-Zehen-Gang, der ein energisches Ellbogenkreisen und einen rachsüchtig moralischen Zweck erforderte.

Cassidy seufzte. Sandras Gang.

Sollte er sie anklingeln?

Ein Großteil ihrer Beziehung wurde über das Telefon abgewickelt. Ja, Cassidy bildete sich allen Ernstes ein, mit der Zeit würden sie für ein erfolgreiches Eheleben nichts weiter benötigen als zwei gut funktionierende Telefone...

Nein, das war nicht der Augenblick für das Telefon.

Also Blumen schicken?

›Liebes Herz, bitte verzeih mir, es war gut gemeint, ich will nur Dein Glück. Aldo.‹

Oder der Befehlston: ›Lächle oder raus mit Dir.‹

Oder kniefällig bitten:

›Sandra, Du brichst mir das Herz. Bitte, bitte, bitte...‹

Worum bitten? Was könnte sie noch tun, damit ich ihr dafür danken würde?

Was mich betrifft, nun, so muß ich gestehen, daß ich nicht viel Zeit für irgend etwas erübrigen konnte, aber die Papiere auf meinem Schreibtisch und dieser Fluch der Menschheit, das Telefon...

Was betraf ihn eigentlich?

Finster, den unvollendeten Brief vor sich, machte er Zwischenbilanz. Vier Wochen waren seit dem Besuch in Haverdown vergangen. Er hatte Sitzungen geleitet, die Fachpresse gelesen, *ein Grußwort ihres Präsidenten* zur bevorstehenden Pariser Messe verfaßt, weitere Versicherungen abgeschlossen für Privatbehandlung, Altersvorsorge und plötzlichen Tod, mit Buchprüfern über den Aprilzahlen für das auslaufende Geschäftsjahr gesessen, Reden aufgesetzt für die Hauptversammlung der Aktionäre. Er hatte mit hohen Funktionären gewisser Wohlfahrtseinrichtungen zu Mittag gegessen, denen er – unverbindlich – große Summen zu obskuren Bedingungen angeboten hatte. Er hatte mit den *Nondescripts* zu Abend gegessen und mit beträchtlichem Erfolg seinen *Witz von den beiden* Nylonstrümpfen wiederholt. Er hatte einen Vorarbeiter unter dem Verdacht der Werkspionage entlassen und durch diplomatisches Geschick einen Ausstand verhindert. Er hatte ein Sparkonto in Amsterdam eröffnet und einen erbitterten Kampf mit dem *Export Credit Guarantee Department* ausgefochten und gewonnen. Er hatte eine Matinee in einem der kleineren Theater in Soho besucht und seine lange und kostspielige Korrespondenz mit Somerset House über seinen Stammbaum fortgeführt. Zur Zeit ging es um einen Cassidy, der bei Marston Moore mitgekämpft hatte, in Cromwells berühmter Schlacht gegen Prinz Ruperts Reiterei; doch offenbar hatte die Anstrengung ihn erschöpft, denn seitdem war er restlos verschollen. Cassidy gewann allmählich, nach sechs Jahren, den Eindruck, die Korrespondenz drohe ebenso lang und fruchtlos zu werden wie der Bürgerkrieg selber. Er hatte den Bentley zu Park Ward's gebracht und ihn dort gelassen, während die Mechaniker ehrfürchtig einem angeblichen Rattern der linken Vordertür auf die Spur zu kommen suchten. Er hatte mit seinem Konkurrenten Golf gespielt und mit seinen akademisch ausgebildeten Nachwuchskräften Squash. Die Konkurrenten hatten die Nasen gerümpft über die Anzahl seiner Schläger, und die Nachwuchskräfte sagten »Sorry Sir« und berichteten ihm, wie sehr Oxford sich verändert habe. Er hatte seiner Sekretärin, Miß Mawdray, Briefe diktiert und über den Rand seiner unnötigen Brille hinweg ihre jugendliche Gestalt gemustert. (Seine Brille hatte nichts gemein mit der Brille von Sandras Mutter. Cassidys Brille verschaffte ihm Ansehen; Mrs. Groats Brille kündete von ihrer Hilflosigkeit.)

Sein Stirnrunzeln vertiefte sich.

An dieser Stelle, das gab er zu, hatte der Cassidysche Seismograph gewisse angenehme Beben verzeichnet. Miß Mawdray war ein hübsches begehrenswertes Mädchen, dunkel wie Sandra, aber größer, hatte die Figur einer Schwimmerin und eine Schwäche für Griechenland. Freitags trug sie einen Poncho mit Schafwollquasten, und dienstags las sie ihm sein Horoskop vor, ihre Knie waren dabei wie kleine Popobäckchen zusammengepreßt, die Ohrspitzen lugten durch das lange braune Haar.

»Welches finstere Schicksal haben Sie diese Woche für mich in petto, Angie?« hatte er sie gestern vormittag gefragt und seine Gelüste hinter einer Fassade väterlicher Nachsicht versteckt, während er aufmerksam den kühnen Prophezeiungen lauschte, die sie einer unter seinem Niveau liegenden Zeitschrift entnahm. Sie war unlängst mit einem Verlobungsring erschienen, verweigerte jedoch jede Auskunft über dessen Herkunft. Wahrscheinlich ist der Bursche verheiratet, schloß Cassidy mit hochmütiger Mißbilligung; diese Mädchen sind heute alle gleich.

Schlimmer noch, sie hatte den Tag freigenommen.

Bei einer anderen Gelegenheit während dieses ganzen Zeitraumes hatte Cassidy einen ausgesprochenen Stoß bekommen. Bei einer Routineversammlung seines Fachverbandes hatte das verdienstvolle Mitglied aus einem Grund, den er bis heute nicht benennen konnte, einen ätzenden und unverdienten Ausfall gegen das Handelsministerium vom Stapel gelassen. Die Rede wurde weithin als deplaciert betrachtet, und ein paar Tage lang hatte er mit dem Gedanken an Selbstmord gespielt. Zum Glück überwog die Vernunft, und er leistete sich statt dessen einen großartigen Lunch. Er hatte ein neues Restaurant in der Lisle Street entdeckt, wo es *mille feuilles* mit Schokoladencreme gab, und er aß zwei Portionen zum Kaffee.

Was habe ich empfunden? fragte er sich und starrte mürrisch aus dem Fenster. Was habe ich *gelernt*? Was hatte er der Menschheit Gutes getan? Wichtiger noch, was hat die Menschheit mir Gutes getan? Antwort: nichts. Ein Vakuum. Cassidy lebt in einem Vakuum. Armer Cassidy. Armer Bär. Armer Bär *Pailthorpe*.

Und wahrscheinlich geschah es, um dieses Vakuum zu füllen, überlegte Cassidy, wenn ich jetzt gesündigt habe. Schwer gesündigt. Mutter, gegen den Himmel und gegen

Dich. Gegen Sandra und (das wollte er eingestehen) auch gegen sein eigenes Fleisch und Blut...

Es war zuviel für ihn. Cassidy wies die beschämende Erinnerung an seinen jüngsten und provozierendsten Seitensprung von sich und machte sich wieder daran, seinen Tribut an väterlicher Weisheit zu entrichten.

Hugo geht's prächtig, er freut sich natürlich schon sehr darauf, nächstes Jahr zu Dir nach Hearst Leigh zu kommen. Neulich war ich mit ihm im Kino. Wir riefen zuvor den Geschäftsführer an, und er war sehr freundlich und sorgte dafür, daß ein Rollstuhl im Gang abgestellt werden konnte. Wir sahen High Noon. *Die Schießereien haben Hugo Spaß gemacht, bei den Liebesszenen wurde er aber ungeduldig.*

Hugo: »Bringt er sie um?«

Ich: »Nein, er umarmt sie.«

Hugo: »Warum schießen sie nicht lieber?«

Ich: »Das kommt noch, sobald sie sich umarmt haben.«

Alle Umsitzenden lachen schallend.

Er hat sich wahrhaftig gut an sein Gipsbein gewöhnt, ich glaube beinah, er wird bitter enttäuscht sein, wenn es aufgeschnitten wird! Zuweilen wird er natürlich trotz allem ein bißchen quengelig, besonders wenn das Wetter so schön ist wie jetzt und die Elderman-Mädchen draußen auf der Heide spielen dürfen, dann muß Vater kommen und den wilden Mann markieren...

»Herein!«

Ein Klopfen an der Tür. Sein Magen gefror in Panik. Telegramm von Sandra? HABE DICH FÜR IMMER VERLASSEN ABENDESSEN IM KÜHLSCHRANK SANDRA?

Besuch eines Steuerinspektors: Eine Stichprobe, Sir, bitte sehr, hier ist meine Vollmacht.

Ihre Mutter, Mrs. Groat, hat angerufen, sie ist an ihrem falschen weißen Stock durch den Korridor getappt. Hallo, Darling, hihi, hihi, sie ist tot, fürchte ich, nicht wahr?

Es war Meale, ein hochqualifizierter Nachwuchsmann, der auf der Schwelle erschien. Ein verklemmter, unappetitlicher Bursche, den sie von Bee-Line, ihrer Konkurrenz, abgeworben hatten. Ausarbeiter endloser Plantabellen, kein bißchen

Charme, aber groß auf dem Gebiet der Marktforschung. Neu. Nun, Cassidy würde fair zu ihm sein. Meale war vom Leben stiefmütterlich behandelt worden, und Cassidy mußte Nachsicht üben. Auch die Verbesserungssucht nahm er Meale nicht übel. Wo würde Cassidy heute sein, wenn er nicht gewagt hätte, den Markt bis an die Grenzen des Möglichen auszunutzen? Zudem war der Junge eine Ablenkung, und genau das hatte Cassidy nötig.

Mit einer kleinen, gut gespielten *moue* der Überraschung erwachte der Herr Vorstandsvorsitzende und Generaldirektor aus seinen schwerwiegenden Überlegungen.

»Ah, sieh mal an, Meale! Guten Morgen. Meale, nehmen Sie Platz. Nicht dort, hier. Kaffee?«

»Nein, vielen Dank, Sir.«

»*Ich* trinke eine Tasse.«

»Ja, dann vielen Dank. Ich hätte nur gern gewußt, ob Sie schon Gelegenheit hatten, mein Planungsprogramm zu lesen, Sir.«

Manieren, Meale, vor allem Manieren. Sie sollen mit mir Kaffee trinken.

»Zucker?« erkundigte Cassidy sich freundlich.

»Ja, Sir.«

»Und Milch?«

»Wenn ich bitten darf, Sir.«

In die Sprechanlage: »Kaffee bitte, Miß Orton, Milch und Zucker, und für mich wie immer.«

Abschalten. Brille zurechtrücken. In vertraulichen Papieren blättern. Nach dem kostbaren imitierten Leuchter blinzeln. Und es nicht übers Herz bringen, einen Menschen zu enttäuschen, der um Rat fragt.

»Es *gefällt* mir, Meale. Ich finde es *gut*, und ich finde es *richtig*.«

»Wirklich, Sir?«

»Ja. *Mächtig* gut. Sie können *mächtig* stolz auf sich sein. Ich jedenfalls bin's. Ich meine, stolz auf Sie, ha, ha, nicht auf *mich*.«

Kleine Pause; ein Schatten von Unzufriedenheit, von Argwohn. »Da fällt mir ein« – neuerlicher Griff nach Miß Ortons herausforderndem Knöpfchen –, »vielleicht möchten Sie lieber Tee, wie?«

»O *nein*, Sir.«

»Ah.«

Die Hände wiederum in kritisch-wohlwollender Pose arrangiert, siehe unser Foto in *The Times* vom 8. März dieses Jahres: *Flink aber gründlich. Aldo Cassidy en poste in seinen Räumen in der Audley Street.*

»Also, fangen wir an, einverstanden, Meale?«

Die Tür schloß sich.

Nichts.

Nicht einmal eine Kuhle auf dem schwarzen fellbezogenen Sessel, die bezeichnen würde, wo der dankbare Junge gesessen hat. Oder – hm hm – hat er vielleicht nicht dort gesessen? Nicht vorgesprochen, nicht gesprochen?

Mit einem eben nur angedeuteten Lächeln sympathischer Überlegenheit warf Dr. Aldo Cassidy, Dr. phil. Fellow von All Souls und innigster Vertrauter des Herrn Generaldirektors das Problem vom Nichtbesuch des Mannes Meale auf:

Es gibt Philosophen, lieber Junge, und zweifellos auch Psychiater und Mystiker, die das Bestehen einer jeden strengen Grenze zwischen unseren Wünschen und ihren äußeren Gegenstücken rundweg verwerfen. Wenn dem so ist, lieber Junge: Erstreckt ihre Doktrin sich dann auch auf den Menschen? Ergo: Wenn Menschen, die wir kennenlernen, durch einen Akt des Vergessens zu Unbekannten werden, folgt dann nicht, lieber Junge, daß diejenigen, an die wir uns erinnern, existent bleiben eben durch den Akt des Erinnerns? Unseres Erinnerns? Und wenn wiederum dem so ist – überziehe ich am Ende die These? – und wenn wiederum dem so ist, erlegt ein solches System nicht jedem von uns eine höchst drükkende Verantwortung für seine Schopfungen auf? Hm? Hm? Ich meine, was passiert, wenn du *Sandra* vergessen würdest, würde sie *existieren?* Hier verlor Cassidy den Faden, trank seinen kalten Kaffee aus und setzte, in seiner literarischen *persona*, seinen *tour d'horizon* des häuslichen Lebens fort.

Lieber Mark, die Renovierungsarbeiten hier zu Hause gehen langsam, aber sicher voran. Der Marmorkamin für die Halle ist glücklich in situ (vierte lateinische Deklination oder ist es die fünfte?), und Mr. Mud, dem Maurer, ist es, nicht ohne energischen Beistand von Mummy, gelungen, den Sims waagerecht anzubringen, ohne die Stützen darunter zu ruinieren. Er wollte, stell Dir vor, ein Stück aus der wunderbar geschnitzten Säule herausschneiden, buchstäblich herausschneiden, aber Mummy ertappte ihn auf frischer Tat, und er war angemessen zerknirscht!

Hier zu Hause.

Er warf einen stumpfen Blick rund um das Zimmer. Einst war *hier* sein Zuhause gewesen. Mein *dulce domum*, meine Freistatt, mein Refugium. Seine Entschädigung für alle die unerfreulichen Räume seiner Kindheit. Hier amtierte ich, hier zelebrierte ich, hier jubilierte ich; lobte ich den Herrn; und hier empfing er zum Lohn jenen Abglanz mütterlicher Geborgenheit, die keine von Cassidys weiblichen Bekanntschaften ihm jemals auch nur annähernd hatte bieten können. Einst hatte er den Frieden schon empfunden, wenn er sich dem Haus nur näherte. Die Ziegelmauern mit ihrem trüben dunklen Innereien-Rot, die gebogten, beige gestrichenen hölzernen Giebelwände, gleich anonymen hochgeschürzten Unterröcken, die auf sein Eindringen warteten; das funkelnde Messingschild an der Rosenholztür, strahlender als jedes Frauenlächeln, all das hatte ihn mit dem prickelnden Gefühl erfüllt, das Kauf, Eroberung und Expansion hervorrufen. ›Sie haben so *viel* erreicht‹, wurde ihm gesagt, ›und Sie verstehen so *gut*, es zu halten.‹ Während Miß Mawdrays gemurmeltes ›Guten Morgen, Mister Aldo‹, das aus den Tiefen ihrer jugendlichen Brüste zu kommen schien, ihn an die vielen Schätze erinnerte, die er noch zu heben hatte. Hier – was immer er in Abalone Crescent Nummer 12 zurückließ –, *hier* in diesem köstlich tiefen Schrein hatte er sieben Stunden im Tag und fünf Tage in der Woche seinen Frieden. Er konnte sich zurücklehnen oder aufrecht sitzen. Er konnte die Stirn runzeln, lächeln, ein Glas trinken oder ein Bad nehmen, alles gleich ungestört, und so gehätschelt seine vielen gottgegebenen Talente, Überlegenheit, Dynamik und Charme, frei entfalten.

Und jetzt ist es mein Gefängnis. Bedauernswerter Cassidy. *Widerlicher* Wurm. *Armer* Pailthorpe.

Wir hätten in Acton bleiben sollen, dachte er und gähnte nach dem schweren Mittagessen – *Boulestin* war wirklich nicht schlecht, er mußte öfter hingehen, eines der wenigen Restaurants, wo man gut bedient wurde, wenn man allein kam –, wir hätten nie eine Aktiengesellschaft werden sollen. Damals waren wir Pioniere; wagemutige Kaufleute, Träumer, Kämpfer. Lemming, der Stoßtruppführer, jetzt ein wohlbeleibter Mann, war damals ein Windhund gewesen, wendig, schnell und unermüdlich. Faulk, sein Werbechef, heute ein fast kahlköpfiger stadtbekannter Homo, war in jenen Tagen der scharfzüngige Schleuderer unwahrscheinlichster Slogans gewesen. Heute hatte, mit den Erfolgen, die hinter ihnen, und den Buchprüfungen, die vor ihnen lagen, ein Nachlassen des Tempos, gewissermaßen eine Beruhigung des kommerziellen Verdauungsvorgangs ihren jugendlichen Feuereifer ersetzt. Noch vor einem halben Jahr hatte er selber als erster diese Abgeklärtheit begrüßt. *Einigeln*, hatte er es in einem längeren Interview genannt; *zur Ruhe kommen*, und bestimmte durch sein eigenes Verhalten den neuen Ton. *Die Schlacht ist geschlagen, wir sind in die stilleren Gewässer eines langen und gedeihlichen Friedens eingefahren*, hatte er seinen Aktionären bei der letzten Jahresversammlung versichert. Großartig. Und wenn man sich eingeigelt hat? Und wenn man zur Ruhe gekommen ist? Was hat man dann? Die Erinnerung, und das ist verdammt alles. »Erinnerst du dich noch an die Nacht, in der wir unseren ersten Prototyp zusammenschweißten?« sagte Cassidy auf jeder Christmas-Party zu Lemming. »In dem alten Fahrradschuppen hinter dem Spielzeugladen? Erinnerst du dich noch, wie uns die Flaschen ausgegangen sind und wir deine Missus aus dem Bett klingeln mußten, he, Arthur?«

»Himmlischer Vater«, erwiderte Lemming dann und zog an seiner Zigarre, während die Jungen an seinen Lippen hingen, »und sie war vielleicht wütend, was?«

Ach, wie sie über das Gestern lachten.

Muß mich jetzt sputen. Versprach, Großpapa meinen vierzehntäglichen Besuch zu machen, dann heim zu Mummy. Bin schon neugierig, was sie zum Abendessen gerichtet hat, Du nicht? He, Mark, da fällt mir etwas ein: Ist der Gedanke nicht spaßig, daß eines Tages Du, hier an diesem Schreibtisch, vielleicht diese selben Worte an Deinen geliebten Sohn schreiben wirst? Nun also, leb wohl. Bedenke, das Leben ist keine Bürde, sondern ein Geschenk, und Du bist gerade erst dabei, die Verpackung zu öffnen.

Dad.

PS Übrigens, hast Du von dem außerordentlichen Fall dieses Iren namens Flaherty in County Cork gelesen, der überall behauptet, er sei der Liebe Gott? Ich bin überzeugt, daß nichts daran ist, aber wissen kann man es nie. Wahrscheinlich hast Du es nicht mitgekriegt, ich weiß, daß Du dort unten nur den Telegraph bekommst, trotz des Briefes, den Deine Mutter an Mr. Grey schrieb.

»Lassen Sie sich Zeit«, sagte er zu dem Fahrer.

Cassidys Einstellung zu seinem Vater wechselte. Old Hugo bewohnte ein Penthouse in Maida Vale, das Firmenbesitz war und ihm mietfrei überlassen wurde als Entgelt für nicht genauer bezeichnete Beratungsleistungen. Durch die vielen großen Fenster verfolgte er, so schien es Cassidy, die Fortschritte seines Sohnes durch die ganze Welt, wie einst das Auge Gottes Kain durch die Wüste gefolgt war. Vor ihm konnte man sich nicht verstecken; sein Spionagenetz war weit gespannt, und wo es versagte, sprang seine Intuition ein. In schlechten Tagen betrachtete Cassidy ihn als unerwünscht und machte detaillierte Pläne, ihn zu ermorden. In guten Zeiten bewunderte er ihn sehr, besonders wegen seines Riechers. In seinen jüngeren Jahren hatte Cassidy gründliche Recherchen über Old Hugo angestellt, einstige Bekannte in Clubs ausgeholt und sich durch Veröffentlichungen aller Art gewühlt; doch an Tatsachen über ihn kam man, wie an Tatsachen über Gott, schwer heran. In Cassidys Kindheit hatte Old Hugo anscheinend ein Priesteramt bekleidet, vermutlich in einer nonkonformistischen Glaubensgemeinschaft. Auf dem Ermittlungswege konnte Cassidy die Verbindung zu Cromwell zutage fördern sowie gewisse Erinnerungen an eine Fichtenholz-Kanzel an einem kalten Tag, darin eingezwängt Old Hugo, wie ein Ei in einem Eierbecher, und das zarte Kind allein auf einem vorderen Kirchenstuhl, wie Christus unter den Schriftgelehrten. Jedoch war nach einiger Zeit – eine sehr variable Größe in Old Hugos Inkarnationen – der Herr seinem Hirten im Traum erschienen und hatte ihm offenbart, daß es sich besser bezahlt mache, die Leiber zu nähren als die Seelen, und der gute Mann hatte dementsprechend das geistliche Gewand abgetan und sich dem Hotelgewerbe zugetan. Die Quelle dieser Information war, ganz natürlich, Old Hugo selber, denn niemand außer Gott hatte an seinem Traum teilgehabt. Oft, so sagte er immer wieder, habe er diese gottbefohlene Entscheidung bedauert, dann wieder wollte er rückblickend darin eine mutige Tat sehen; und zuweilen, wenn er über seine Mißgeschicke lamentierte, bereute er zutiefst die Jahre, die er an das Wort Gottes verschwendet hatte.

»Da stand ich und versuchte, diese Nassauer die Weisheit zu lehren, und was war der Erfolg? Vier alte Vetteln und ein Schwachkopf.« In einem Abschnitt seines Lebens war er auch Parlamentsmitglied gewesen, allerdings hatten Cassidys Anfragen bei der Schriftführung des Unterhauses keine Bestätigung der Behauptung ergeben; und er hatte auch bei keiner Wahl kandidiert, an die irgendeine Parteileitung sich erinnern konnte. Desungeachtet folgten die Buchstaben M. P. ihm auf Schritt und Tritt, sogar auf seinen Rechnungen; und standen fett gedruckt auf dem Namensschild unter seiner Türklingel.

Heute war der Tag, an dem man das *Savoy* kaufen mußte.

»Es kann nicht schiefgehen«, drängte Old Hugo. »Was ist denn ein Hotel schon, kannst du mir das sagen?«

»Du kannst es mir sagen«, erwiderte Cassidy bewundernd, denn er kannte die Antwort nur allzu gut.

»Ziegel und Zement, Essen und Trinken, das ist ein Hotel. Die Grundelemente, die Grundtatsachen des Lebens. Schutz und Nahrung; was will man mehr?«

»Vollständig richtig«, sagte Cassidy und fragte sich im stillen wie immer bei diesen Gesprächen, wieso sein Vater, wenn er so gut in geschäftlichen Dingen Bescheid wußte, seit zwanzig Jahren ohne einen Penny dastehen konnte. »Was du da sagst, hat eine Menge für sich«, fügte er mit pflichtschuldiger Begeisterung hinzu.

»Laß die Patentbremsen sausen. Die Patentbremsen sind tot. Kinderwagen ebenfalls. Alles tot. Denk an die Pille. Denk an Vietnam. Willst du vielleicht behaupten, mein Sohn, daß dies eine Welt ist, in der Eltern ihre Babys so aufziehen werden, wie deine Mutter und ich das taten?«

»Nein«, stimmte Cassidy liebenswürdig zu, »wahrscheinlich nicht«, und schrieb ihm einen Scheck über hundert Pfund aus.

»Wird das für ein Weilchen reichen?« fragte er.

»Vergiß nie«, bemerkte sein Vater, während er die Wörter und die Zahlen nachlas, »welche Opfer ich für dich gebracht habe.«

»Könnte ich nie«, versicherte ihm Cassidy. »Ehrlich.«

Old Hugo drapierte sorgfältig den Morgenmantel um die nackten weißen Knie, schlurfte zum Fenster und blickte über die nebelverhangenen Dachfirste des Dickensschen London.

»Trinkgeld«, brach es in plötzlicher Erbitterung aus ihm hervor – vielleicht sah er zwischen den Schornsteinkappen Generationen unbezahlter Kellner herabsteigen, Zyprioten aus dem *Waldorf* in Yarmouth, Angelsachsen im *Grand Pier* in Pinner. »Trinkgelder gibt man aus Schiß. Ich hab's oft genug gesehen. Jeder verdammte Narr kann Trinkgelder geben, wenn er zehn Shilling und eine Westentasche hat.«

»Nun, ich weiß doch, daß du dann und wann einen kleinen Zuschuß brauchen kannst.«

»Du wirst mich *nie* auszahlen können. Niemals. Du hast Gaben, die kein Mensch hoch genug einschätzen kann, du am allerwenigsten. Und woher hast du sie? Von deinem Alten. Und wenn ich einst gerichtet werde, wie es sicher der Fall sein wird, so sicher wie die Nacht auf den Tag folgt, mein Sohn, dann täusche dich nicht, ich werde *einzig und allein* nach den vielen wunderbaren Talenten und Eigenschaften gerichtet werden, die ich an dich weitergab, obwohl du es nicht wert bist.«

»Ganz bestimmt«, sagt Cassidy.

»Deine Erziehung, dein Scharfsinn, dein Erfindergeist, alles. Denk an deine Moral, denk an deine Religion. Wo wären *sie*, wenn ich dich nicht rechtschaffen erzogen hätte.«

»Inexistent.«

»Kriminell wärest du. Hoffnungslos kriminell wie deine Mutter, wenn ich diesen Burschen in Sherborne nicht ein verdammtes Vermögen gezahlt hätte, damit sie dir Anstand und Vaterlandsliebe beibringen. Du hast jede nur mögliche Chance bekommen. Wie ist dein Französisch?«

»So gut wie eh und je«, sagte Cassidy.

»Das kommt daher, daß deine Mutter Französin war. Ohne mich hättest du nie im Leben eine französische Mutter gehabt.«

»Ich weiß«, sagte Cassidy. »Übrigens, du weißt nicht zufällig, wo sie ist, wie?«

»Nur nicht aufgeben«, beschwor ihn Old Hugo. Die blutlose Hand beschrieb einen ausholenden Bogen, als wollte sie die Sonne in ihrem Lauf bremsen. »Mit Sprachen kommt man durch die ganze Welt«, belehrte er das All. »Die ganze Welt. Betest du auch immer noch?«

»Natürlich.«

»Kniest immer noch nieder und faltest die Hände wie ein kleines Kind?«

»Jeden Abend.«

»Den Teufel tust du«, erwiderte Old Hugo scharf. »Sag die Gebete auf, die ich dich gelehrt habe.«

»Nicht jetzt«, sagte Cassidy.

»Warum nicht?«

»Ich habe keine Lust dazu.«

»Hat keine Lust dazu. Herrje. Hat keine Lust dazu.«

Er hielt sich am Fensterrahmen fest und trank einen Schluck.

»Hotels«, wiederholte er. »*Die* Sache für dich. Genau wie damals für mich; allein deine Manieren sind fünftausend im Jahr wert, frag Hunter. Hat keine Lust dazu!«

Hunter war eine jetzt tote Quelle. Cassidy hatte ihn heimlich im *National Liberal Club* getroffen, aber nichts von ihm erfahren. Vater und Sohn hatten gemeinsam an seinem Begräbnis teilgenommen.

»Es sind *deine* Manieren«, sagte Cassidy artig.

Der alte Mann nickte zustimmend, und eine Zeitlang schien er seinen Sohn völlig vergessen zu haben und ganz in seine tiefsinnige Betrachtung der Londoner Skyline versunken zu sein.

»In County Cork lebt ein Mann, der behauptet, er sei Gott«, sagte Cassidy und lächelte plötzlich.

»Schwindel«, erwiderte Old Hugo mit jener spontanen Bestimmtheit, die Cassidy an ihm bewunderte. »Der älteste Schwindel der Welt.«

Kurt pflichtete ihm bei.

Er entdeckte den Scheck, den er noch immer in der Hand hielt, und las ihn nochmals. Das ist alles, was er liest, dachte Cassidy, alles, was er je gelesen hat; Abendzeitungen und Schecks und ein paar Briefe, diagonal, um den Sinn zu entnehmen.

»Du bleibst bei der Stange«, sagte Old Hugo nach einer Weile und las noch immer den Scheck. »Du wärst kriminell geworden, wenn du nicht dieses Aas geheiratet hättest.«

»Aber sie *mag* mich nicht«, wandte Cassidy ein.

»Warum zum Teufel sollte sie dich mögen? Du bist ein noch größerer elender Lügner, als ich es war. *Du* hast die Ehrsamkeit geheiratet, nicht ich. Jetzt lebe mit ihr und halt die Klappe.«

»Oh, ich halt' sie schon lange«, sagte Cassidy schlagfertig, »wir haben seit einer Woche nicht miteinander gesprochen.«

Der alte Mann wirbelte herum.

»Was soll das schon heißen, *du hast seit einer Woche nicht mit ihr gesprochen?* Himmel, ich habe Monate mit deiner miesen Mutter gelebt. *Monate.* Alles dir Nichtsnutz zuliebe, weil sie dich zur Welt gebracht hat. Ohne mich würdest du nicht *existieren.* Hörst du?« Er kehrte zum Fenster zurück. »Egal, du hättest es nicht tun sollen.«

»Gut«, sagte Cassidy, »ich hätte es nicht tun sollen.«

»Dieses Aas«, erklärte Old Hugo schließlich dumpf, aber ob er Sandra meinte oder eine andere Dame, konnte Cassidy nicht sagen. »Dieses Aas«, murmelte er noch einmal, beugte den breiten lila Oberkörper so weit zurück, wie es gehen wollte, und goß den restlichen Cognac hinein, als füllte er eine Lampe.

»Und halt dich von den Schwulen fern«, warnte er, als ob auch sie ihn enttäuscht hätten.

Kurt war Schweizer, ein neutraler freundlicher Mann in vorsichtigem Grau. Seine Krawatte war von stumpfem Braun und sein Haar von stumpfer Honigfarbe, und er trug einen pastellfarbenen Rubin an seiner blassen Ärztehand, doch alles übrige an ihm war aus schieferfarbigem altmodischen Stoff geschnitten, und seine Schuhe waren aus mattem grauen Leder geflochten.

Sie saßen in einem Plastikbüro neben einem Plastikglobus, besprachen die großen Besteigungen, die sie in diesem Sommer machen wollten, und studierten Prospekte über Rucksäcke, Steigeisen und Nylonseile. Cassidy hatte Angst vor Höhen, aber er fand, als Besitzer eines Chalets müsse er es nun mit den Bergen aufnehmen. »Sie sind dafür gebaut, das sehe ich an Ihren Schultern, wissen Sie«, sagte er, und seine Augen maßen sie mit mattem Wohlgefallen ab. Kurt und Cassidy würden mit den kleineren beginnen und sich hocharbeiten. »Und eines Tages werden Sie vielleicht den Eiger besteigen.«

»Ja«, sagte Cassidy, »das wäre fein.«

Cassidy sagte, er werde bezahlen, wenn Kurt die Vorbereitungen übernehme.

Ein kurzes Schweigen trat ein. Zeit fürs Geschäft?

Kurts Job war Cassidy nie recht klargeworden, seine Funktion jedoch war unbestritten. Er handelte mit Geld. Geld als solches, als Artikel, als Ware. Er erhielt es in England und gab es im Ausland zurück, und irgendwo jenseits des Kanals kassierte er eine kleine Provision für die Umgehung irgendwelcher lästiger englischer Gesetze.

Zeit für einen Drink.

»Möchten Sie einen Kirsch?«

»Nein, danke.«

»Sie fangen schon mit dem Training an.«

»Ja«, sagte Cassidy. Und lachte verlegen, versuchte sich den alpinen Teil der Veranstaltung vorzustellen. Er kann es nicht auf *mich* abgesehen haben, dachte er; er ist nur ganz *allgemein* andersartig, bestimmt nichts Gezieltes.

»Wie steht's?« erkundigte Kurt sich und senkte die Stimme bei dieser intimen Frage.

»Na ja... Sie wissen ja. Auf und ab. Zur Zeit eher ab. Sie lernt wieder Klavierspielen.«

»Ah«, sagte Kurt. Ein kurzes tadelndes *Ah*. Ein Hündchen hat auf meinen Plüschteppich gemacht. »Ist sie begabt?«

»Nicht sehr.«

»Ah.«

Ein winziges Schweizer Licht blinkte von seinem Schreibtisch. Er blies es aus.

»Es ist nur...« fuhr Cassidy fort, »es ist nur, wir sprechen nicht miteinander. Höchstens über wohltätige Stiftungen und so. Wie steht's mit *meiner* wohltätigen Stiftung... Sie wissen doch.«

»Klar«, sagte Kurt. Das Lächeln schlitzte die bleichen Polster seiner Wangen. »Mein Gott«, bemerkte er gleichmütig. »Das Klavier, was?«

»Das Klavier«, echote Cassidy. »Und Sie, Kurt?«

»Ich?« Die Frage kam ihm überraschend.

In der Schweiz, dachte Cassidy, gibt es viele Selbstmorde und Ehescheidungen; manchmal schien Kurt die Erklärung für beides zu sein. Kurt hatte einen silbernen Kugelschreiber. Er lag wie ein silbernes Geschoß auf seinem Glasfiber-Schreibtisch. Nun hob er ihn auf, beäugte lange Zeit die Spitze, suchte nach Fabrikationsfehlern.

»Danke, mir geht's gut.«

»Großartig.«

»Kann ich sonst noch irgend etwas für Sie tun, Cassidy?«

»Ja, wenn Sie fünfhundert hinkriegen könnten?«

»Kein Problem. Zu zehn für ein Pfund, okay? Wir machen Sie um ein paar Centimes leichter.«

»Ich gebe Ihnen einen Scheck«, sagte Cassidy und stellte mit Kurts Kugelschreiber einen Barscheck aus.

»Verstehen Sie«, sagte Kurt, »ich möchte keine Kritik an Ihrer Regierung üben, aber diese Verordnungen sind irre.«

»Ich weiß.«

Old Hugo ließ sie offen zur sofortigen Vorlage, Kurt hingegen faltete alle seine Schecks, er hielt sie, wie ein Spieler seine Karten hält, sammelte sie in der einen Hand und zog sie mit Daumen und Zeigefinger heraus.

»Warum ändert ihr sie dann nicht?« fragte er.

»Ja, das sollten wir tun, nicht wahr? Ein typisch englischer Unfug, leider. Vorschriften gehören zu unserer Tradition. Wir machen sie, dann verlieben wir uns in sie.«

Der Ausdruck lähmte Kurt für mehrere chronometrische Sekunden.

»Verlieben?« wiederholte er.

»Bildlich gesprochen.«

Kurt begleitete ihn zur Tür. »Bitte grüßen Sie sie von mir.«

»Gern. Vielen Dank. Übrigens, ich weiß nicht, ob Sie die englischen Zeitungen lesen, aber da ist ein Süd-Ire, der behauptet hat, er sei Gott. Nicht der neue Christus, wie es scheint, sondern Gott.«

Kurts Stirnrunzeln war so unmerklich wie ein ausradierter Bleistiftstrich.

»Süd-Irland ist katholisch«, sagte er.

»Das stimmt.«

»Ich bin leider evangelisch.«

»Gute Nacht«, sagte Cassidy.

»Gute Nacht«, sagte Kurt.

Eine Stunde lang oder länger fuhr er in Taxis dahin und dorthin. Manche rochen nach Old Hugos Zigarren, andere nach dem Duft von Frauen, die er liebte, aber nie gesehen hatte. Es war dämmerig, als er nach Abalone Crescent kam, und in den Nachbarhäusern rechts und links brannten die Lampen. Er ließ das Taxi halten und ging die letzten hundert Meter zu Fuß, und Abalone Crescent sah aus wie an jenem Abend, als sie es zum erstenmal gesehen hatten, ein Schatzkästlein voll pastellfarbener Türen und altmodischer Kutschenlaternen, gebundener Bücher, Schaukelstühle und glücklicher Paare.

Du kannst jedes von diesen dreien haben. Das da, das da, das da. »Wir wollen sie alle nehmen«, sagte Sandra und hielt seine Hand, während sie im Regen standen. »Lorks, Pailthorpe« – sie gebrauchte ihre Spielnamen und drückte seine Hand – »mit wem sollen wir denn all die vielen Zimmer füllen?«

»Wir werden eine Dynastie gründen«, sagte Cassidy stolz. »Wir werden die Griechen sein, die Minoer, die Römer. Mengen kleiner Pailthorpes, fett wie Butter. Jawoll.«

Wollhandschuhe trug sie und ein Wolltuch auf dem Kopf, das ganz durchnäßt war, und der Regen lief ihr übers Gesicht wie Hoffnungstränen.

Dann werden die Zimmer nie ausreichen, sagte sie stolz, *weil ich nämlich ganze Würfe in die Welt setzen werde, zehn Stück auf einmal, wie Sal-Sal. Bis man auf den Treppen über sie stolpert. Jawoll.* Sal-Sal war eine Labradorhündin gewesen, ihre erste, und jetzt tot. Sie hatte die Gardinen früh zugezogen, als fürchtete sie sich vor dem Sterben eines jeden Tages. Als sie jung gewesen waren, hatte sie die Abendstunden geliebt, aber nun machten die Gardinen den Abend zur frühen Nacht, und das Dämmerlicht blieb draußen. Das Haus stand im Dunkeln, eine dunkelgrüne Säule, sechs Stockwerke hoch, eine Ecke ragte wie ein Schiffsschnabel in den Gehsteig und war in Lenkstangenhöhe abgestoßen, wo die Lieferjungen vorbeifuhren. Das Gerüst bemerkte er kaum noch, so lange stand es schon. Er sah das Haus wie ein Gesicht unter seinem Haar, es veränderte sich dort, wo die Maurer es veränderten, indem sie die hölzernen Fensterstürze durch handbehauenen Stein ersetzten.

Wir machen es einmalig schön. Wir machen es genauso, wie es im achtzehnten Jahrhundert gewesen wäre.

Und falls du dich doch entschließen solltest, in den Dienst der Kirche zu treten, sagte Sandra, *überlassen wir es für ein Ei und ein Butterbrot einem Jugendklub.*

Ja, sagte Cassidy, *das tun wir. Jawoll.*

Er schlüpfte unter dem Gerüst hindurch, schloß die Haustür auf und ging hinein. Kleiderbündel für Oxfam in der Diele, ein Rettungsboot aus Plastik mit einem Schlitz für Pennys.

Musik.

Sie übte einen schlichten Hymnus; nur die Melodie, kein Versuch zu Wohlklang.

Der Tag, Herr, den Du gabst, hat sich geneigt.

Er blickte sich nach Heathers Mantel um. Fort.

Herrje, dachte er; kein einziger Zeuge, kein Schiedsrichter. Sie werden einen Monat brauchen, bis sie unsere Leichen finden.

»Hei«, rief er treppauf.

Die Musik tönte weiter.

Sandra hatte ihr eigenes Wohnzimmer, und der Flügel war zu groß dafür. Er stand zwischen ihrer Puppenküche und einer Kiste mit Nippes, die sie bei *Sothebys* gekauft und noch nicht ausgepackt hatte, und es sah aus, als hätte man es von oben heruntergelassen wie ein Rettungsboot, und niemand wußte, wohin man damit segeln sollte. Sie saß sehr aufrecht davor, bemannte es allein, ein SOS-Licht brannte, und das Metronom morste ein Signal. An seinem Bug, dort, wo es endlich einlief, ragte ein Stapel staubiger Zirkulare über Biafra. Unter den Worten ›Tatsachen über Biafra‹ schrie lautlos ein entsetzlich abgezehrtes schwarzes Baby in den Kristall-Leuchter. Sandra trug einen Hausmantel, und ihre Mutter hatte ihr das Haar so hoch gesteckt, als wolle sie sagen, heute abend wird es ohnehin nicht mehr gebraucht. Hinter ihr in der Wand klaffte ein Loch, ausgezackt wie der Einschlag einer Granate. Bauplanen bedeckten den Boden, und eine sehr große Afghanenhündin beobachtete sie aus den Tiefen eines Queen-Anne-Lehnstuhles.

»Hei«, sagte er nochmals. »Was gibt's?«

Ihre Konzentration vertiefte sich noch. Sie war eine schlanke junge Frau mit einem harten Körper, Männeraugen, und wie das Haus machte sie einen wehmütigen und unbewohnten Eindruck, der den Eindringling abschreckte und zugleich die eigene Einsamkeit beklagte. Irgend etwas war hier gepflanzt worden und verdorrt. Als er sie betrachtete und auf das Losbrechen des Gewitters wartete, hatte Cassidy das unbehagliche Gefühl, daß dieses Etwas er selber sei. Jahre hindurch hatte er versucht, das zu wollen, was sie wollte, und keinen äußeren Grund gefunden, etwas anderes zu wollen. Doch in all diesen Jahren hatte er nie ganz herausgefunden, was sie wollte. Unlängst hatte sie verschiedene kleine Anschaffungen getätigt, aber nicht für sich selber, sondern um sie an ihre Kinder weiterzugeben, ehe sie sterben würde. Dennoch waren die Kinder ihr lästig, und sie behandelte sie oft unfreundlich mit kleinen Sticheleien, wie Kinder sie einander versetzen.

Das Dunkel sinkt auf Dein Geheiß.

»Du machst Fortschritte«, sagte Cassidy gutwillig. »Wer gibt dir Unterricht?«

»Niemand«, sagte sie.

»Wie war der Umsatz?«

»Umsatz?«

»Drüben in der Anstalt. Viel Zulauf?«

»Du nennst das Umsatz?« fragte sie.

Der Tag, Herr, den Du gabst, hat sich geneigt.

»Niemand ist uns zugelaufen«, sagte sie.

»Vielleicht sind sie geheilt«, schlug er vor und paßte seine Stimme dem langsamen Rhythmus der Musik an.

Das Dunkel sinkt auf Dein Geheiß.

»Nein, sie sind draußen. Irgendwo.«

Das Metronom tickte langsamer und stand still.

»Soll ich es dir aufziehen?«

»Nein, danke«, sagte sie.

Der Tag, Herr, den Du gabst, hat sich geneigt.

Ungeschickt – er wollte den Afghanen nicht stören – plazierte er zwei Buchstaben auf den Lehnstuhl. Er war sehr unbequem, und die Original-Stickerei piekte seine zarte Haut.

»Was hast du denn gemacht?«

»Babysitter.«

»Oh. Bei wem?«

Das Dunkel sinkt auf Dein Geheiß.

»Bei den Eldermans.«

Sie sprach mit unendlicher Geduld, melancholischer Hinnahme eines unergründlichen Mysteriums. Die Eldermans waren der Arzt und seine Frau, muntere perfide Leute und Sandras beste Verbündete.

»Das war aber nett«, sagte Cassidy herzlich. »Sind wohl ins Kino gegangen. Was haben sie sich angesehen?«

»Ich weiß nicht. Sie wollten nur zusammen sein.«

Sehr steif spielte sie eine absteigende Tonleiter. Sie endete sehr tief und der Afghane knurrte unbehaglich.

»Entschuldige«, sagte Cassidy.

»Weswegen?«

»Wegen Hugo. Ich war so beunruhigt.«

»Worüber beunruhigt?« fragte sie stirnrunzelnd. »Ich verstehe wirklich nicht.«

Der Tag, Herr, den Du gabst, hat sich geneigt.

Im Herzen war Cassidy bereit, sich in allem schuldig zu bekennen – menschliche Verbrechen standen für ihn außerhalb jeder Logik, und er ließ bereitwillig gelten, daß er sie alle begangen hatte. Ein lautes Bekenntnis hingegen war ihm peinlich und widersprach seinen Ansichten über gutes Benehmen.

»Also«, begann er zögernd, »ich habe dich hintergangen. Ich war mit ihm bei einem Facharzt.« Da er nicht einmal eine Antwort erhielt, geschweige eine Absolution, fuhr er ein wenig entschiedener fort: »Ich dachte, wir hätten uns die letzten acht Tage ausschließlich darüber gezankt.«

Das Dunkel sinkt auf Dein Geheiß.

Mit einem Geräusch wie von überschwappendem Wasser begann der Afghane an der Vorderpfote zu kauen und versuchte, an etwas heranzukommen, das tief in der Haut steckte.

»Laß das!« bellte Sandra; und zu Cassidy: »Zanken wir uns? Das kann ich nicht glauben.«

Der Afghane hörte nicht auf sie.

»Na, das ist ja fein«, sagte Cassidy. Und da er aufkeimenden Ärger fühlte, ließ er sich von dem Hymnus beschwichtigen, von beiden Zeilen.

»Wo ist Heather?« fragte er.

»Mit einem Freund ausgegangen.«
»Ich wußte gar nicht, daß sie einen hat.«
»O doch.«
Der Tag, Herr, den Du gabst, hat sich geneigt.
»Ist er nett?«
»Er tut alles für sie.«
»Na, das ist ja fein.«
Das Loch in der Wand führte in einen Raum, der einst ein Studierzimmer gewesen war. Es war geplant, die beiden Räume zu verbinden, was, wie sie übereinstimmend meinten, der ursprünglichen Absicht des Architekten entsprach.
»Was hat der Facharzt gesagt?« erkundigte sie sich.
»Er hat nochmals eine Serie von Röntgenaufnahmen gemacht. Er will mich morgen anrufen.«
»Gib mir dann Bescheid, ja?«
»Tut mir leid, daß ich dich hinterging. Es war... die Aufregung. Ich mache mir große Sorgen um ihn.«
Sie spielte eine weitere langsame Tonleiter. »Natürlich«, sagte sie, als schicke sie sich ins Unvermeidliche. »Du hast deine Kinder sehr gern. Das weiß ich. Und das ist ganz natürlich, warum entschuldigst du dich? Hast du ein gutes Jahr hinter dir?« fragte sie höflich. »Im Frühling zählst du doch immer dein Geld, nicht wahr?«
»Annehmbar«, erwiderte Cassidy vorsichtig.
»Das heißt, du hast große Gewinne gemacht?«
»Nun ja, vor Abzug der Steuern, weißt du.«
Sie klappte ihr Instrument zu, ging zu dem hohen Fenster und starrte auf Dinge, die er nicht sehen konnte.
»Gute Nacht, Darling«, rief ihre Mutter vorwurfsvoll von oben.
»Ich komme gleich hinauf«, sagte Sandra. »Hast du eine Abendzeitung gekauft?«
»Nein, nein leider nicht.«
»Oder zufällig Nachrichten gehört?«
Er überlegte, ob er ihr von Flaherty erzählen solle, entschied sich aber dagegen. Religion gehörte zu den Themen, über die sie vereinbarungsgemäß nicht sprachen.
»Nein«, sagte er.

Sie sagte nichts mehr, sondern seufzte nur, also fragte er schließlich:

»Was für Nachrichten?«

»Die Chinesen haben ihren eigenen Satelliten gestartet.«

»Ach du lieber Gott«, sagte Cassidy.

Die Welt der Politik bedeutete keinem von ihnen etwas, davon war Cassidy überzeugt. Wie eine tote Sprache bot sie die Gelegenheit, auf einer bestimmten Lernstufe die Bedeutung der eigenen zu studieren. Sprach sie über Amerika, so zog sie gegen sein Geld zu Felde, und Cassidy gab ihr dann in gleicher Münze, will heißen mit einer Bemerkung über die Entwertung des Pfundes heraus; sprach sie über die Armut in der Welt, so spielte sie auf die ersten Jahre ihrer Ehe an, als ein schlankes Budget sie zu selbstloser Einfachheit angehalten hatte. Sprach sie über Rußland, ein Land, für welches sie tiefste Bewunderung kundtat, so wußte er, daß sie sich nach den schlichteren leidenschaftlichen Gesetzen eines kernigeren Sexuallebens sehnte, nach einem Niemandsland, wo Cassidys Raffinessen aufs neue einer Inbrunst weichen müßten, die er nicht mehr für sie empfand.

Erst in jüngster Zeit jedoch hatte sie sich auf das Gebiet der Landesverteidigung geworfen. Da er nicht recht wußte, worauf sie hinauswollte, wählte er einen jovialen Ton.

»War er gelb?«

»Welche Farbe er hat, weiß ich leider nicht.«

»Na, ich wette, es war eine Pleite«, sagte er.

»Es war ein voller Erfolg. Jodrell Bank hat das chinesische Bulletin bestätigt.«

»O Gott, das wird allerhand Staub aufwirbeln, was?«

»Ja. Ich vergesse immer wieder, wieviel du für Sensationen übrig hast.«

Sie hatte sich dem Fenster genähert. Ihr Gesicht, das ganz nah an der Scheibe war, schien von der Dunkelheit erhellt, und ihre Stimme war so einsam, als spräche sie von verlorener Liebe. Als habe sich der Tag, den Du ihr gabst, Herr, schon geneigt.

»Es ist dir doch bekannt, nicht wahr, daß das Pentagon in

seiner Einschätzung eines Kriegsrisikos einen jährlichen Zuwachs von zwei Prozent vorsieht?« Mit der Spitze ihres kleinen Fingers zeichnete sie ein Dreieck und kreuzte es aus. »Das gibt uns höchstens noch fünfzig Jahre.«

»*Uns* nicht«, sagte er und bemühte sich noch immer um einen heiteren Ton.

»Ich meinte die gesamte zivilisierte Menschheit. Unsere Kinder, falls du sie vergessen haben solltest. Nicht sehr komisch, oder doch?«

Unter dem Flügel erwachten zwei Katzen, die bis jetzt in friedlicher Umarmung geschlummert hatten, und begannen zu fauchen.

»Vielleicht ändert sie sich«, schlug er vor. »Vielleicht sinkt sie wieder; wäre möglich. Wie die Börsenkurse.«

Mit einem Schütteln ihres dunklen Haares verwarf sie jegliche Chance eines Überlebens.

»Und selbst wenn sie nicht sinkt, können wir wenig daran ändern, oder?« fügte er unbesonnen hinzu.

»Dann wollen wir nur immer weiter Geld machen. Es wird nett sein für die Kinder, wenn sie reich sterben. Sie werden uns dafür dankbar sein, meinst du nicht?« Ihre Stimme war um einen Ton schriller geworden.

»O *nein*«, sagte Cassidy, »das meine ich natürlich nicht. Mein Gott, du stellst mich als eine Art Unmenschen hin...«

»Aber du willst dich nicht bereit finden, etwas zu *tun*, nicht wahr? Keiner von uns will es.«

»Nun ja... die Jugendklubs... die Spielplätze... der Cassidy Trust... ich meine, leider ist das alles noch nicht *verwirklicht*, aber das wird kommen, ganz bestimmt.«

»Bestimmt?«

»Selbstverständlich! Wenn ich weiter so schwer dafür arbeite. Und du mich dazu ermutigst. Schließlich waren wir in Bristol hübsch nahe dran.«

Wenn du an Gott glaubst, so argumentierte er, dann kannst du wohl auch ein paar simple kleine Lügen wie die meinen glauben! Sandra, du *brauchst* den Glauben. Der Zweifel steht dir schlecht an. »Wie dem auch sei«, sagte sie, »der Krieg wird kaum abgewendet werden können durch einen Spielplatz. Nun ja.«

»Und wie steht's mit dir? Biafra ... die Wermut-Brüder ... Vietnam ... Oxfam ... Denk an die Griechenland-Petition, die du unterschrieben hast ... Du *mußt* doch einiges Gute tun ...«

»Wirklich?« fragte sie vom nebelverschleierten Fenster her, während die Tränen über ihre kindlichen Wangen liefen. »Du nennst das *tun? Tun* nennst du das?«

Unwillkürlich hatte er sich in Bewegung gesetzt, sich am Flügel vorbeigequetscht und ihren unvertrauten Körper in die Arme genommen. Ratlos hielt er sie fest, während sie weinte, er empfand nichts als Traurigkeit, an der er nichts ändern, und Leere, die er nicht ausfüllen konnte, ähnlich dem Hunger des schreienden Kindes auf dem Flügel.

»Bring ihn nur zu einem Spezialisten«, sagte sie schließlich und ließ ihren Kopf auf seine Schulter rollen, und die Tränen liefen immer noch, »es macht mir nichts aus. Bring ihn zu so vielen, wie du willst. Du bist der Kranke, nicht er.«

»Schon gut«, flüsterte Cassidy und tätschelte sie. »Der Spezialist war um kein Haar besser als John Elderman. Ehrlich. Nur ein alberner alter Quasselgreis, mehr war nicht dran. John wird ihn behandeln. Ja, John. Und er wird es erstklassig machen, du wirst schon sehen.«

Er hielt sie noch eine Weile fest, bis sie sich sanft loswand und aus dem Zimmer ging und ihren langen Rock nachschleifte wie Ketten. Als sie die Tür öffnete, strömten hinter ihr die Töne aus dem Radio ihrer Mutter herein, Tanzmusik aus der Zeit zwischen den Kriegen. Die Tiere blickten ihr nach.

Am nächsten Morgen beim Frühstück versuchte er, die Schatten aus Sandras Augen zu verscheuchen: Er lud sie ein, ihn zur Messe nach Paris zu begleiten.

»Nur eine Geschäftsreise«, sagte er, »aber ein *bißchen* Spaß könnte dabei herausschauen.«

»Spaß muß sein«, sagte Sandra und küßte ihn zerstreut.

10

WARTEN.

Eine Zeit für Blumen.

»Im *Prinzip* bin ich durchaus dafür«, wiederholt Lemming scheinheilig. »Mehr als jeder andere, möchte ich behaupten. Aber. Die Details machen mir zu schaffen, offen gesagt, die Details.«

Und gegen eben diese Details schickte er sich mit der Schläue eines alten Kämpen an, Sturm zu laufen.

Ein Montag, womöglich noch balsamischer als der vergangene Montag, balsamischer als der vorvergangene Montag; Mister Aldos Andachtsstunde, alles vollzählig und korrekt; ein Tag, an dem Warten zum Traum wird, zum Glauben an Nietzsche und J. Flaherty.

»Hübsche Knopflochblume, Mister Aldo«, sagte Faulk.

»Danke, Clarence.«

»Von einem Leichenwagen geklaut?« frage Lemming rüde.

»Moyses Stevens«, sagte Cassidy und erinnerte damit Lemming an seine Zugehörigkeit zu den Viel-zu-vielen. »Berkeley Square, falls du schon mal davon gehört hast.«

Das Thema lautet jedoch nicht Blumen, sondern Pariser Industriemesse, in nunmehr vierzehn Tagen. Lemming verabscheut Franzosen mehr als alles andere auf der Welt, und fast so sehr wie die Franzosen verabscheut er den Export, den er mit den übelsten Geschäftsunpraktiken gleichsetzt. Goldenes Sonnenlicht fällt in schmalen Streifen über die wasserklare Fläche des Tisches aus dem achtzehnten Jahrhundert, und der Staub steigt in winzigen Sternen darüber auf. Miß Mawdray, wie eine Sommerblume gekleidet, serviert Kaffee und Rosinenkuchen, und Lemmings Leichenbittermonolog ist eine Sünde wider die Schönheit des Tages.

»Nehmen wir nur das neue Standard-Ganz-Aluminium-Chassis, ja? Persönlich finde ich es fabelhaft. Wenn man es richtig anpackt, so glaube ich, daß dieses Chassis den Inlandsmarkt erobern wird. Aber ich *betone:* Es wird überhaupt keinen Markt erobern, solange es in Einzelteilen über den ganzen Boden der Werkshalle verstreut liegt.« Und klatscht auf den Tisch, nicht allzu heftig, und hinterläßt Schweißabdrücke auf Mrs. Grofts Hochglanzpolitur.

»Na hör mal«, protestiert Cassidy, »natürlich wird es fertig werden, sie basteln jetzt seit Monaten an dem Ding herum; sei doch nicht albern.«

Lemmings Ergebenheit, Lemmings Objektivität, Lemmings Status nehmen eine solche Zurechtweisung nicht willig hin, er zieht das Kinn ein und schlägt einen Gewerkschaftsführerton an.

»*Sowohl* die Fertigung *wie* die Techniker versichern mir *übereinstimmend*«, verkündet er in aggressiver Rede, der vierzehn Komitees applaudieren, »daß sie im derzeitigen Stadium *keinerlei* Hoffnung sehen, dieses Chassis noch vor dem letztmöglichen Versanddatum zusammenzubauen. Danke, meine Liebe.«

Und nimmt noch ein Stück Rosinenkuchen von Miß Mawdrays reichhaltigem Angebot.

Die Rose in Cassidys Knopfloch riecht nach dem Paradies und nach sommersprossigen Mädchen in baumgrünen ranken Overalls. *»Und das werfen Sie bitte für mich ein«, sagt Gaylord Cassidy, der wohlbekannte Westend-Beau, und unterzeichnet einen Scheck für weitere gute Zwecke. »Ich hole Ihnen eine Nadel«, sagt das sommersprossige Mädchen in Grün.*

»Damit wäre der Fall erledigt«, piepst der schwule Clarence Faulk, der zur Zeit stark unter Lemmings Einfluß steht, und mit seinem Haar, wie er zu sagen pflegt, *etwas anstellt*. Kurts Etwas, eine plötzliche Korrektur aus dem Handgelenk an eine Kapillaranordnung, die nur im Spiegel existiert.

»Oh, *entschuldigen* Sie, Mister Aldo, ich habe Sie unterbrochen.«

»Wirklich?« sagt Cassidy. »Ich glaube nicht. Mister Meale, was haben *Sie* da Schönes?«

»Leider nur einen ziemlich deprimierenden Bericht über den Vakuum-Stoßdämpfer, Mister Aldo. Wie es scheint, hat er auf dem Prüfstand ebenfalls schlecht abgeschnitten.«

»Na, schießen Sie trotzdem los«, sagt Cassidy mit ermutigendem Lächeln. »Und lassen Sie sich Zeit.« Denn Meale neigt noch immer dazu, bei Besprechungen mit den großen Tieren hastig zu plappern und den Faden zu verlieren.

Meale holt tief Atem.

»Der Cassidy Easy Clean Shock Absorber«, beginnt er, und die ausführliche Markenbezeichnung klingt recht drollig, »in einem eigenen Spezial-PVC-Gehäuse eingebaut und für sämtliche Sportwagen und kleineren Modelle gedacht. Patentaufhängung, fünfzig Shilling, nur an Wiederverkäufer.« Er hält inne. »Soll ich das *Ganze* vorlesen?« fragt er einigermaßen verlegen.

»Wir bitten darum, Meale.«

Wir bitten darum, Meale. Ihre Stimme, Meale, ist nicht halb so beleidigend, wie Sie annehmen, und weitaus sympathischer als die Stimme des Proleten Lemming oder dieses Scheißkerls Faulk. Es liegt Hoffnung darin, wissen Sie, Meale. Sie hat Leben, sie hat Zukunft, Meale. Fahren Sie fort, unseren Segen haben Sie.

»Der Federmechanismus, der in einem luftdichten Behälter arbeitet, hat Überhitzung erzeugt und in einem Fall sogar Verbrennung. Bei einer simulierten Geschwindigkeit, die fünf Meilen pro Stunde entspricht – das ist das maximal zu veranschlagende Fußgängertempo –, wurde beobachtet, daß die Feder den Behälter *durchbrach*, woraufhin sich eine rasche Beschädigung auch der Plastikschicht ergab...«

Woraufhin, Meale, die Feder eine freie Feder war, und wie Sie so richtig sagten, aus ihrem unnatürlichen Gehäuse ausbrach. Eine springlebendige, pulsierende Feder, die ein Leben zu führen und ein Herz zu vergeben hat.

»Miß Mawdray.«

»Ja, Mister Aldo.«

Hab' ich dich, du Aas.

Sie fährt so abrupt herum, als hätte Cassidy sie gezwickt. Sie hatte ihm den Rücken zugewandt. Sich vorgebeugt, weit vorgebeugt, Gott segne das liebe Kind, um Meales Tasse neu zu füllen, glatter Verrat in Anbetracht der Tatsache, daß seine eigene Tasse ebenfalls leer war, und ihre Brüste hatten sich gefährlich seinem Nacken genähert, ihn fast gestupst, als Cassidys Anruf sie zur Ordnung ruft. Ist das der Grund für ihre Überraschung? Macht sie deswegen Front gegen ihn, Auge in Auge, Brust an Brust, den Rock straff über das Bekken gespannt, die Augenbraue unmerklich gehoben, die Zunge locker auf der Lippe? Schwang in seiner Stimme ein unbewußt drängender Ton, eine nicht gebändigte Eifersucht, als er den Sonnenstrahl schmaler werden sah zwischen den beiden üppigen Kuppeln und der harten Schulter des unerfahrenen Jungen? *Doch nur Spaß, Mister Aldo.*

»Miß Mawdray – Verzeihung, Meale –, Miß Mawdray, die Post. Das war die *ganze* Post? Sind Sie sicher?«

»Ja, Mister Aldo.«

»Es war nichts... Persönliches dabei? Keine persönlichen Sendungen? Wie eine Rose, zum Beispiel?«

»Nein.«

»Haben Sie im Packraum nachgesehen?«

»Ja, Mister Aldo.«

Zurück. Zurück zum Warten. Wir haben Zeit zu warten, Zeit zu warten.

»Nun, damit wäre die Feder erledigt, oder?« sagte Lemming voll Genugtuung und stach mit einem überbezahlten Finger nach Meales Bericht.

»Nicht unbedingt«, sagte Cassidy. »Meale, würden sie bitte weiterlesen. Langsam, Meale, wir haben unendlich viel Zeit.«

Warten. Er wartete und schmachtete wie ein Mädchen zur Zeit der Eduards in den Blumengärten seiner Erinnerung. Wandelte in morgendlichen Parks und sah die ersten Tulpen sich der ungeduldigen Sonne öffnen; trug neue Rosen in seinem Knopfloch, schlief im *Savoy* unter dem Vorwand, eine Wohltätigkeitsmission zu erfüllen, kaufte Sandra verschiedene teuere Geschenke, einschließlich eines Paares hoher schwarzer Anna-Karenina-Stiefel und eines schlichten gegürteten Morgenrocks, der ihr einigermaßen stand, aber nicht mehr. Wartend trieb er sich schuldbewußt vor Buchläden herum, trat von einem Fuß auf den anderen und wagte keinen über die Schwelle zu setzen; bis er eines Tages Angie ausschickte, um ein Exemplar zu kaufen, und es in eine Lade seines Schreibtisches legte und die Lade gegen seinen eigenen Zugriff abschloß.

Wartend führte er Hugo in den Zoo.

»Wo wohnt denn Heather?« fragte Hugo, als sie unter den Hängebirken auf dem Flußdampfer fuhren. Er saß auf Heathers Schoß, sein gebrochenes Bein baumelte lässig zwischen ihren breiten Schenkeln.

»In Hampstead«, sagte Heather. »In einer winzig kleinen Wohnung neben einem Milchgeschäft.«

»Du solltest zu *uns* ziehen«, sagte Hugo vorwurfsvoll, »weil du meine Freundin bist, nicht wahr, Heather?«

»Ich wohne doch praktisch schon bei euch«, sagte Heather und kuschelte ihn näher an ihren weichen, schlaffen Körper, während sie einen roten Apfel aus einer Tüte kaute.

Sie war ein warmes, blondes Wesen, um die vierzig, einst mit einem Verleger verheiratet. Jetzt war sie geschieden und spielte Patentante in anderen Ehen. Hugo schien sie lieber zu haben als Sandra, und in gewisser Weise ging es Cassidy ebenso, denn sie besaß das, was er als Gelassenheit bezeichnete, eine pastorale Beschaulichkeit des breiten, gemütlichen Körpers. Sandra sagte, die Scheidung habe ihr das Herz gebrochen, sie weine viel und leide an Ausbrüchen großen Unmuts, besonders gegen Männer, doch Cassidy konnte in ihrer Gesellschaft keine derartigen Anzeichen erblicken.

»Schau«, sagte Heather, »Reiher.«

»Reiher gefallen mir«, sagte Hugo. »Dir nicht, Daddy?«

»Doch, sehr«, sagte Cassidy.

Heather lächelte, und wiederum zog das Sonnenlicht eine goldene flaumige Linie an ihren Wangenknochen entlang.

»Sie sind so *gut*, Aldo«, sagte sie. »Nicht wahr, Hugo?«

»Er ist der beste Daddy auf der Welt«, pflichtete Hugo bei.

»Sie tun soviel für andere. Wenn wir *nur* auch etwas für Sie tun könnten.«

»Ich möchte Menschen glücklich machen«, sagte Cassidy. »Nur darum geht's mir.«

Aus einer Telefonzelle in Sichtweite der Gibbons fragte er bei der Vermittlung an. Nichts, hieß es. Nichts außer Geschäftlichem. »Sie haben die Anweisungen?«

»Ja, Mister Aldo, wir alle haben sie.«

»Die Exportkampagne«, erklärte er Heather, als er aus der Kabine auftauchte. »Wir erwarten eine wichtige Sendung.«

»Sie arbeiten so hart«, sagte Heather, deren Lächeln so offen strahlte wie die Sonne.

Und noch immer wartend fuhr er nach Sherborne, wo Old Hugo ihm Schliff und Bildung gekauft hatte.

Saß in der Klosterkirche unter den kugelzerfetzten Fahnen einstiger Landesregimenter und las die Namen der großen Schlachten, Alma, Ägypten, Sewastopol und Plassey, und liebte leidenschaftlich das Erbe, das nie sein gewesen war.

Und saß dort und betete.

Lieber Gott, hier spricht Aldo Cassidy, der zum letzten Mal als Fünfzehnjähriger unter diesen gleichen Fahnen zu Dir gebetet hat. Damals war ich ein Schuljunge und nicht glücklich. Es war anläßlich des Heldengedenktages; meine Wangen waren, dies sei erwähnt, benetzt von Liebe, als das Letzte Signal erklang, und ich bat Dich ausdrücklich um einen raschen nützlichen Tod im Kampf gegen eine erdrückende Übermacht. Heute möchte ich meine Bitte revidieren. Ich wünsche mir nicht mehr den Tod; ich wünsche mir das Leben, und nur Du, o Herr, kannst es geben. Bitte, laß mich nicht zu lange warten, Amen.

Und besuchte ein Rugbymatch auf dem Sportplatz und jubelte seiner alten Schule zu, dachte an Sandra und fragte sich, ob er gegen sie gesündigt habe, fürchtete die Antwort Ja. Dann, als er zerstreut in der Heimmannschaft nach der Art von Jungen suchte, der er selber gewesen sein könnte, traf er Mrs. Harabee, ein Mitglied der kleinen weiblichen Armee, die versucht hatte, ihn in Musik zu unterweisen.

»Na so was, das ist doch unser Dubiosus«, rief Mrs. Harabee, eine kleine braune Dame mit kurzem Haar und Baskenmütze. »Mit einer Rose im Knopfloch! Dubiosus, wie in aller Welt geht es Ihnen?«

Dubiosus, weil er in der Musik ein dubioser Kantonist gewesen und es auch geblieben war, bis sie alle Hoffnung aufgegeben hatte. Dubiosus, weil Old Hugo ihnen einen Handel wegen des Schulgeldes vorgeschlagen und beim Schatzmeister Anstoß erregt hatte. Der Handel hatte in einer zweiten Hypothek auf ein zweitklassiges Hotel in Henley bestanden, doch der Schatzmeister war kein Freund solcher Machenschaften. Dubiosus, weil…

»Hallo, Mrs. Harabee«, sagte Cassidy. »Wie geht es *Ihnen*?«

Schon mal von Flaherty gehört, Mrs. Harabee?

Und er entsann sich wieder, daß sie auch Mutterstelle an ihm vertreten, ihn im Schlafzimmer eines Ziegelbaus an der Yeovil Road beherbergt hatte, zu einer Zeit, als er mit Old Hugo in tödlicher Fehde gelegen hatte.

»Wie ist es Ihnen ergangen im Leben?« fragte sie, als begegneten sie einander im Himmel.

»Nicht allzu schlecht, Mrs. Harabee. Zuerst war ich in der Werbung tätig, dann habe ich Erfindungen gemacht und eine Firma gegründet.«

»Bravo«, sagte Mrs. Harabee in einem Ton, in dem sie eine leichte Musikübung lobte. »Und was ist aus Ihrem sauberen Herrn Vater geworden?«

»Gestorben«, sagte Cassidy, weil er fand, es sei leichter, Old Hugo zu töten als ihr zu erklären. »Kam ins Gefängnis und ist gestorben.«

»Das arme Schaf«, sagte Mrs. Harabee. »Ich hatte immer eine *sehr* große Schwäche für ihn.«

Langsam wanderten sie den Weg entlang, mitten im Strom schiefsitzender Strohhüte.

»Sie können zum Tee kommen, wenn Sie wollen«, sagte Mrs. Harabee.

Aber Cassidy wußte, daß er zu alt für sie war.

»Ich muß leider wieder zurück«, sagte er. »Wir haben eine große Sache mit Amerika laufen. Ich muß mich ans Telefon hängen.«

Ehe sie sich trennten, wurde sie sehr streng.

»Dubiosus, haben Sie selber Jungens?«

»Ja, Mrs. Harabee. Zwei.«

»Haben Sie sie in Sherborne angemeldet?«

»Noch nicht, Mrs. Harabee.«

»Sollten Sie aber.«

»Ja, ich tu's.«

»Wie sollen wir andernfalls weitermachen? Wenn die alten Schüler uns nicht die Treue halten, wer sonst sollte es tun? Und schließlich, Sie können es sich ganz offensichtlich leisten.«

»Ich werde es nächste Woche tun«, sagte Cassidy.

»Tun Sie's *jetzt*. Laufen Sie zur Pforte und tun Sie es jetzt, ehe Sie es vergessen.«

»Tu' ich«, versprach Cassidy und schaute ihr nach, wie sie hügelan stieg, stetigen Schritts und rüstig ausgreifend.

Wieder wanderte er, als der Abend kam, er fand die engen Gassen hinter dem Digby und roch den Holzrauch und den feuchten einhüllenden Dunst englischer Steine; erhaschte aus den Fenstern der Schulgebäude Fetzen von Holzbläsermusik aus halbgeübten Mündern; erinnerte sich an die Pein des Liebens, ohne einen Menschen, den man lieben konnte; und beneidete Mrs. Harabee, deren Liebe zugleich so einzig und diffus sein konnte.

Und forschte in den verdämmernden Gesichtern nach der Tochter des Polizisten.

Bella? Nelli? Ella? Er wußte es nicht mehr. Sie war fünfzehn gewesen, Cassidy sechzehn; und seitdem hatte sein Geschmack sich nie ernstlich weiterentwickelt, weder über ihr Alter noch über die Erfahrung hinaus, die sie ihm geboten hatte. Ihre Brüste waren nicht zu bändigen, ihre Hüften schwer wie Bauernbrot und ihr Haar lang und blond. Er hatte sie im Sommer an Wochentagen nach dem Kricket besessen, in den entlegeneren Sandlöchern des Golfplatzes von Sherborne, wo sie beieinander lagen, ausschließlich Handarbeit. Sie hatte ihm nie erlaubt, in sie einzudringen. Soweit er wußte, war sie bis dato Jungfrau gewesen, denn sie hatte eine Todesangst vor Schwangerschaft und die übertriebensten Ansichten über die Beweglichkeit des Samens.

»Sie wandern«, versicherte sie ihm einmal, als sie in ihrer winzigen Düne lagen, und ihre grünen Augen waren weit vor Ernsthaftigkeit. »Sie finden ihren Weg nach dem Geruch und wandern hin.«

Trotz dieser Einschränkungen hatte er nie eine Frau so voll und ganz besessen oder so heftig begehrt. Sie befriedigte ihn so kunstvoll, wie er sich selber befriedigte; dafür konnte er sie berühren, wie er wollte, stundenlang bei den Verheißungen ihres Fleisches verweilen. Ihr voller, glatter Körper war mädchenhaft und mütterlich zugleich; ihre feuchten, durch Membrane aus billiger Seide dringenden Glutherde waren die Inkubatoren seines Lebens und seiner Lust; und ihre schreckerfüllte Empfindlichkeit gegen seinen zeugenden Samen vertiefte nur die gegenseitige Bindung. So wie sie ihn geboren hatte, konnte sie auch von ihm empfangen: Mutter und Tochter hatten gleichermaßen von ihm Besitz ergriffen.

Und dachte wiederum an Sandra, und ob er sie jemals auf diese Art geliebt hatte, vielleicht ja, vielleicht auch nicht.

In der Kneipe warf das Fernsehgerät seinen blauen Feuerschein, und ein kleiner Hund bellte nach Schinken-Chips.

»Null«, sagte Angie am Telefon. »Nicht ein Wort.«

»Nicht die geringste Hoffnung«, erklärte er Sandra, als er sie vorgeblich aus Reading anrief, wohin er vorgegeben hatte, in vorgeblicher Wohltätigkeitsmission zu fahren; denn Vorwände waren seine einzige Chance, sich Billigung und Alleinsein zu verschaffen. »Nicht die geringste Hoffnung«, wiederholte er voll Überzeugung. »Die *National Playing Fields Association* hat sich das einzige in Frage kommende Gelände geschnappt.«

Und trank sechs Whisky, Marke Talisker, neuerdings seine Lieblingsmarke. Und kaufte eine halbe Flasche Malzverschnitt, das flache Format, damit sie in seine Tasche paßte.

11

Lieber Mark (er schrieb an jenem Abend in seinem Hotelbett in Marlborough auf die imaginären Seiten seiner betrunkenen Fantasie). Damit du dich nie fragen mußt, wer deine Eltern sind oder wie du zu deinem Leben kamst, will ich dir hiermit kurz umreißen, wie alles passiert ist, und dann kannst du selber entscheiden, wieviel du der Welt schuldest und wieviel die Welt dir schuldet.

Mummy und Daddy lernten sich in Dublin auf einem Ball kennen, Daddy trug seinen ersten Smoking, und Opa Cassidy war der Oberkellner...

Er fing neu an. Nicht Dublin: Oxford. Wie, zum Teufel, war er auf Dublin verfallen? *Kein Tropfen irischen Blutes in uns, mein Sohn, die Cassidys sind englisch bis ins Mark.* Oxford, Oxford, weil Sandra Hauswirtschaftslehre studierte, in einem dunklen Gebäude in Woodstock. Ja, es war in Oxford gewesen, ein Maitanz, fünf Guineas Eintritt pro Person. Old Hugo war nicht einmal am Horizont zu sehen.

Mummy war ein schwieriges spindeldürres Mädchen, aber sehr hübsch auf ihre todessüchtige Art, und sie trug ein Aschenputtelkleid, das manchmal wie Silber aussah und manchmal mit Asche bestreut schien...

(Sie haßte ihre Eltern, und sie preßte ihren Kopf an seine gefältete Hemdbrust, während sie sich zu den Weisen ihrer Eltern bewegten.) Daddy ließ Mummy großzügig in den Genuß seiner Konversation kommen, und sie lauschte mit melancholischer Aufmerksamkeit, und später, als Daddy sie verließ, um mit einer Amüsanteren zu tanzen, saß sie auf einem Stuhl und lehnte alle anderen Aufforderungen ab. Als Daddy wiederkam, stand Mummy in ernstem Gehorsam vor ihm auf. Am frühen Morgen führte Daddy, teils aus Höflichkeit und teils, weil er Gelegenheiten nicht gern versäumte, und vielleicht auch, um eine so evidente Unberührtheit herauszufordern, Mummy mit auf ein Punt (ein längeres flaches Boot, das man mit einer Stange vorwärtsstakt) und erklärte in einer Abfolge scherzhaft rechtfertigender Sätze, daß er sich in sie verliebt habe. Er wählte einen abbittenden Ton nach dem Vorbild eines sehr romantischen französischen Filmstars namens Jean Gabin, den er unlängst im Scala-Kino gesehen hatte; einen Ton, der mehr mit Resignation als mit Siegessicherheit arbeitete. Es sei nichts, weswegen sie sich Sorgen zu machen brauche, versicherte er ihr, sie solle weder Schuldgefühle noch Verpflichtung empfinden, schließlich sei er ein Mann und werde auf die eine oder andere Art damit fertig werden. Ehe Daddy ganz zu Ende war, hatte Mummy ihn wie eine Ertrinkende umklammert und gesagt, auch sie liebe ihn, und so lagen sie in dem Punt und tauschten Küsse, sahen die Sonne über der Magdalenenkapelle aufgehen und spitzten die Ohren, um den Turmchor singen zu hören. Denn weißt du, an jedem ersten Mai steht der ganze Chor oben auf dem Turm und singt ein Lied, aber Daddy hörte nur die ersten Lastwagen über die Brücke rumpeln und das Lachen der unteren Semester aus den oberen Zehntausend, die Flaschen ins Wasser warfen.

Ein Lastwagen schaltete; die Decke schaukelte im Halbdunkel. Laß diesen Himmel nicht aus den Augen, Flaherty.

»Ich liebe dich«, sagte Mummy, schloß die Augen und inhalierte die Worte wie Rauschgift.

»Ich liebe *dich*«, versicherte Daddy ihr, »ich habe das noch nie zu einer anderen gesagt«, was man aus irgendeinem unerfindlichen Grund für eine Bekräftigung der Wahrheit hält. Als er die Hand unter das Aschenputtelkleid schob, fühlte Daddy die gefrorenen Spitzen von Mummys Brüsten, und es war, als berührte man eine Waise, als berührte man sich selber, nur eben als Dame. Dann sah er das Licht der Ewigkeit in ihrem jungfräulichen Auge leuchten und war *sehr* angetan von dem Gedanken, daß soviel Sinnlichkeit ausschließlich für ihn reserviert war.

Flaherty schwebte im Zimmer umher und sang mit feuchtschimmernden Säuferlippen alttestamentarische Slogans.

Cassidy wimmelte ihn erfolgreich ab, indem er die Augen weit öffnete.

Während des Semesters trafen wir uns, soweit ich mich erinnere, regelmäßig. Mummy schien es zu erwarten, und Daddy (natürlich ein sehr höflicher Mensch) war selbstverständlich wie wir alle und wenn es seine Zeit erlaubte, gern bereit, jemandes Bewunderung entgegenzunehmen. So trafen wir uns Sonntag morgens an der Dingsdaschleuse nach Mummys Kirchenbesuch und Mittwoch abends im Dingsdarestaurant nach Daddys Kinobesuch. Manchmal brachte Mummy eines ihrer leckeren Picknicks mit, die sie in der Küche des Hauswirtschaftsinstituts herstellten. Daddy sagte Mummy nicht, daß er ins Kino ging, weil er dachte, sie könne es mißbilligen, statt dessen erzählte er ihr, es gehe ins *All Souls* zu Rowse zum Tee. A. L. Rowse ist nämlich ein sehr bedeutender Historiker mit einem in weiten Kreisen bekannten Namen, daher fühlte Daddy sich unter seinem Schutz so sicher. Rowse sei auf ihn aufmerksam geworden, erklärte er, nachdem er ein paar Essays geschrieben hatte, und es sei sehr wohl möglich, daß er ihn für eine *Fellowship vorschlage, der Traum eines jeden Studenten.*

Jetzt möchtest du vielleicht gern wissen, worüber Mummy und Daddy gesprochen haben. Nun, sie sprachen über *ihre* Mummys und *ihre* Daddys. Opa Groat war in Afghanistan (und dort ist er noch) und wartete das Ende seiner Dienstzeit ab. Bei der bloßen Erwähnung seines Namens wurde Mummy sehr ärgerlich. »Er ist so *dumm*«, sagte sie und stampfte mit dem Fuß auf den Treidelweg. »Und Mummy ist auch dumm«, womit sie Omi meinte. Am meisten verachtete sie den Besitz. Opa Groat, sagte sie, denke nur an seine Pension und Omi Groat nur an ihre Dienstboten, und keiner von ihnen habe sich je Zeit genommen, zu überlegen, worum es im Leben wirklich gehe. Mummy hoffte, sie blieben für immer in Afghanistan, es würde ihnen recht geschehen, allein schon, weil sie überhaupt hingegangen waren.

Daddy, um nicht zurückzustehen, erzählte Mummy von Opa Cassidy, wie Daddy sein ganzes Leben lang in Wohnungen kampiert und nie gewohnt hatte, immer auf der Flucht vor Opas zornschnaubenden Gläubigern; wie sein Schulvorsteher in Sherborne zu ihm gesagt habe, Opa Cassidy sei der Teufel, und wie Opa Cassidy genau das gleiche über den Schulvorsteher gesagt habe; und wie Daddy es sehr schwierig gefunden habe, herauszubringen, wem von beiden, wenn überhaupt einem von beiden, er glauben dürfe.

»Ich meine, mein *Gott*, wie kann man ein Kind so aufziehen«, protestierte Daddy.

»Besonders dich«, sagte Mummy, und sie kamen überein, daß ihre eigenen Kinder eine bessere Chance bekommen sollten, also du und Hugo. Du siehst also, Mummy und Daddy waren die kindlichen Märtyrer einer erwachsenen Welt, und das sollst du nie und nimmer werden, wenn ich es verhindern kann, das verspreche ich. Sie wollten *besser* sein, und das wollen sie eigentlich noch immer. Die Sache ist nur, daß sie nie dahinterkamen, wie, denn man kann niemals wirklich viel Liebe um sich verbreiten, wenn man nicht, so komisch es klingt, auch sich selber liebhat. Verzeih die Predigt, aber es ist so.

Und so beobachteten Mummy und Daddy einander sehr, sehr scharf, und jeder wartete darauf, daß im anderen die Narrheiten seiner Eltern zum Vorschein kämen, und am Ende kamen sie bei uns beiden zum Vorschein, weil wir Erben sind wie alle Menschen, und weil man manchmal die Eltern nur auf eine Weise bestrafen kann: indem man es ihnen nachtut. Aber das alles kam erst später.

Weiter im Text.

Also, eines Tages kam Omi Groat mit einem Riesenkoffer den ganzen weiten Weg aus irgendwelchen dunkelsten Fernen angereist, und sie sah überhaupt nicht der kleinen alten Dame in den Babarbüchern ähnlich, so wie heute; o nein. Sie erschien in dieser stillen, müden Schönheit, die Daddy immer fälschlich für große Intelligenz gehalten hat, und Daddy liebte Omi Groat auf der Stelle, liebte sie sogar mehr, als er Mummy liebte, weil sie nicht böse war, und ernannte sie zur Mutter seines Lebens, was sehr, sehr unklug war. Mummy wußte, daß es unklug war, aber Daddy wollte nicht auf sie hören, weil er Liebe um sich haben wollte, auch wenn sie noch so entfernt war. Und natürlich war Omi ganz hingerissen, denn sie hatte nie einen Sohn gehabt, und sie war *besonders* angetan, daß Daddy blond war, nach all den schwarzen Kindern, die sie so lange hatte ansehen müssen.

»Sind Sie ganz *sicher*, daß Sie sie heiraten wollen?« fragte sie ihn mit einem schrecklich intelligenten Kichern. »Sie ist ein so *komisches* kleines Ding.«

»Ich liebe sie«, sagte Daddy, was bei einem jungen Mann eine Art Großspurigkeit ist und ihm ein sicheres Gefühl gibt, besonders, wenn er seiner Sache durchaus nicht sicher ist.

»Raus hier, Flaherty.«

Flaherty rührte sich nicht vom Fleck.

»*Raus* hier!« Cassidy setzte sich mit einem Ruck auf. Jemand schlug mit der Faust gegen die Wand.

»Raus hier!« schrie er ein drittes Mal, und die Gestalt verschwand.

Mark, entgegen allem, was du darüber gehört haben magst, war die Hochzeit kein Erfolg.

Mummy wollte in der Sankt-Soundso-von-Dingsda-Kirche getraut werden, an dem Weg, auf dem sie und Daddy soviel von Liebe gesprochen hatten. Sie wollte niemanden von ihrer Seite dabei haben, nur einen Samenhändler namens Bacon, der in Bagshot wohnte und in ihrer Kindheit ihr Gärtner gewesen war, und sie wollte auch für Daddy niemanden außer A. L. Rowse und nur gewöhnliche Zeugen, die man von den Feldern hereinrufen würde. Schließlich heirateten wir in Bournemouth, wo Omi Groat eine Wohnung gemietet hatte, in einer maurischen Backsteinkirche, noch größer als Sherborne Abbey, mit einem uralten Organisten, der *So nimm denn meine Hände* spielte. Mr. Bacon tauchte leider nie auf. Vielleicht konnte er seine Samen nicht allein lassen, vielleicht war er tot, wir haben es nie erfahren.

Oder vielleicht, überlegte Cassidy, während er die Drucke mit verunstalteten Rennpferden anstarrte, hatte er überhaupt nie existiert, außer in den traurigen imaginären Häusern ihrer Kindheit.

Auch A. L. Rowse tauchte nicht auf. Er war in Amerika auf einer Vorlesungstournee. Er schickte kein Geschenk, aber Daddy (der die Einladung abgefangen hatte) erklärte, sie kennten einander viel zu gut für derart alberne Formalitäten. Brautjungfer war dein Tantchen Snaps, Mummys Schwester, fünfzehn Jahre alt und viel älter wirkend in ihrem weitausgeschnittenen roten Samtkleid, und Tantchen Snaps schmollte während der ganzen Feier. Ein paar Wochen später, als sie wieder in ihrem Internat war, schenkte sie ihre Jungfernschaft einem Tagelöhner im Gartenschuppen. »*Du* tust es doch auch«, sagte sie zu Mummy, »warum, zum Teufel, sollte ich es nicht tun?«

Die kirchliche Zeremonie erinnerte Daddy an seine Konfirmation: ein furchterregender Vertrag mit jemandem, den er nicht kannte. Und als die Melodie des Hochzeitsmarsches ihn hinaus ins Tageslicht schwemmte, konnte er sich des Wunsches nicht erwehren, er hätte nicht ganz so sehr Jean Gabin nachgeeifert.

Aber Mark, sag mir eins. Ist das Liebe? Schließlich bist *du* unschuldig, *du* solltest es wissen. Mag ja sein, daß mehr nicht dahinter ist; das beste, was die Welt zu bieten hat, und der ganze Rest ist Warten, wie Daddy jetzt warten muß.

Gute Nacht, Mrs. Harabee.
Gute Nacht, Flaherty.
Gute Nacht, Sandra.
Liebe, gute Nacht.

12

So unglaublich es war, auch nach seiner Rückkehr nach London wartete er noch immer.

»Sie haben ein geradezu umwerfendes Horoskop«, sagte Miß Mawdray.

Brüste wie Täubchen, dachte er, als er sie in seinem müßigen Sinn lüstern betrachtete, kleine Schnäbelchen, die an der Angorawolle picken. Knabenbeine, Hurenhüften, Haxen und Hüften, Gott weiß, was sie da oben tragen mag. Kein Weiß oder Schwarz, um die Stelle zu bezeichnen; nur den undeutlichen braunen Nebel einer vergilbten Fotografie, ein Vaginalphantom, das erst noch festzuhalten ist... Ha! Sieh nur, wie sie die Schenkel schließt, um das unsichtbare Glied zu umfangen!

»Ich hab' ein neues Buch«, erklärte Angie, womit sie ein Romanheft meinte.

Er stand an dem vertrauten Fenster. Sein Schreibtisch widerte ihn an, dieses Symbol des Sitzengelassenseins. Miß Mawdray, die keine derartigen Hemmungen hatte, balancierte geschickt auf ihrem Babystühlchen.

»Ein bißchen Glück könnte ich gebrauchen«, gestand Cassidy.

Sie fing an, ihm eine lange Prophezeiung vorzulesen; es muß eine halbe Seite gewesen sein. Er hörte es aus der Ferne, glaubte kein Wort. Sein Sternzeichen werde ausführlich behandelt, sagte sie: Sonderteil für Waagemenschen. Geschäftliche Erfolge würden ihm lächeln, versprach sie, Freundschaften würden blühen; immer mutig, feuerte sie ihn an, vorwärts, weiter, mit fliegenden Fahnen zum Angriff. Lassen Sie sich durch kein Hindernis aufhalten, durch keinen Aufenthalt behindern, durch kein Hemmnis hemmen: Eine ausgezeichnete Konstellation werde alle Initiativen fördern.

»*Alle?*« wiederholte Cassidy, der Spaßvogel. »Na, dann muß ich ein paar neue ausprobieren.«

»Und in der Liebe«, las sie, hielt den Kopf tief gesenkt und fuhr die Zeile mit dem Finger nach, während ihre

Stimme ein wenig lauter wurde, »werden Venus und Aphrodite gemeinsam ihren kühnsten Abenteuern hold sein.«

»Fein«, sagte Cassidy. »Sehr fein. Warum kommen diese Gardinen nicht zur Reinigung?« fragte er und zerrte an dem Gewebe.

»Sie wurden vor kurzem gereinigt«, sagte Angie lebhaft. »Das wissen Sie ganz genau. Erst letzte Woche haben Sie sich beklagt, weil man sie abgenommen hatte.«

Cassidy lag nichts an dieser Art Antwort.

»Sagen Sie mal«, sagte er beiläufig und wandte ihr noch immer den Rücken, »was ist eigentlich aus Ihrem Verlobungsring geworden?«

Er fragte ausschließlich, um ihren Gegenschlag herauszufordern. »Ihr Verlobungsring«, wiederholte er, drehte sich jetzt um und wies auf die paar zusätzlichen Millimeter nackter Haut. »Sie haben ihn doch nicht *verloren*, wie, Angie? Das wäre sehr schlimm.«

»Ich trage ihn einfach heute nicht«, sagte sie kleinlaut, und obwohl sie wissen mußte, daß er sie noch immer anblickte, hob sie den Kopf nicht.

»Entschuldigung«, sagte er, »ich wollte nicht aufdringlich sein.«

Mit hängenden Ohren schlich er wieder ans Fenster. Eine Szene, dachte er, es wird eine Szene geben. Ich habe mich wieder blöd benommen, und jetzt ist sie beleidigt. In die letzte Szene war Meale hineingezogen worden, fiel ihm ein; Angie hatte verlangt, daß Cassidy ihr eine Ausrede verschaffte, damit sie eine Einladung Meales nicht annehmen müsse, und er hatte sich geweigert.

»Sie müssen sich schon selber aus der Affäre ziehen«, hatte er ihr erwidert, Cassidy, der Meister im Schaffen klarer Verhältnisse. »Wenn Sie ihn nicht mögen, sagen Sie's ihm. Sonst wird er Sie immer wieder einladen.« Und nun hatte er einen zweiten, ebenso unglücklichen Eingriff in ihr Privatleben getan und würde jetzt den Preis dafür bezahlen.

Er wartete.

»Ich trage ihn, wenn mir danach ist«, sagte Angie schließlich zu seinem Rücken. Ihre Stimme war noch beherrscht, aber bereits heiser vor Zorn. »Und wenn mir nicht danach ist, dann kann er mir gestohlen bleiben, also Schnauze.«

»Ich habe mich entschuldigt«, erinnerte sie der Herr Direktor.

»Das ist mir ganz egal. Ich bin nicht scharf auf Entschuldigungen, oder? Ich hab' Schluß gemacht, das ist alles, und Sie geht das gar nichts an.«

»Bestimmt nur ein kleines Mißverständnis«, tröstete Cassidy sie. »Das wird sich wieder einrenken, Sie werden sehen.«

»Wird es *nicht*«, versicherte sie wütend. »Und es soll sich auch gar nicht wieder einrenken. Er ist eine Niete im Bett und eine Niete rundum, also warum sollte ich ihn unbedingt heiraten, wenn's mir keinen Spaß macht?«

Cassidy, der nicht recht wußte, ob er seinen Ohren trauen dürfe, verhielt sich schweigend.

»Die Kerle sind zu jung«, sagte Angie und klatschte mit ihrem Buch aufs Knie. »Hängen mir zum Hals raus. Kommen sich großartig vor und sind bloße *Babys*. Verschissene, egoistische, alberne *Babys*.«

»*Das*«, sagte Cassidy und flüchtete sich in den sicheren Hort seines Schreibtisches, »kann ich nicht beurteilen«, und lachte, als wäre diese Ignoranz ein guter Witz. »Angie, fluchen Sie oft so greulich?«

Mit einem Ruck sprang sie auf, nahm mit der einen Hand seine Tasse und zog mit der anderen am Saum ihres Rockes. »Nur, wenn man mich reizt.«

»Wie war der Zahnarzt?« fragte er, in der Hoffnung, durch höfliches Geplauder wieder eine gewisse Distanz herzustellen.

»Toll«, sagte sie mit plötzlich sehr zärtlichem Lächeln, »hätte ihn mit Haut und Haaren auffressen können, ehrlich.«

Cassidys Zahnarzt; gehörte zu seinem privaten Gesundheitsdienst für die Mitarbeiter. Ein Mann von fünfundvierzig; verheiratet.

»Gut.«

Seine nächste Frage kam noch beiläufiger: »Irgendwelche Mitteilungen eingegangen... nichts Ungewöhnliches?«

»Ein verrückter Pfarrer hat angerufen, das war alles. Wollte Gratiskinderwagen für Waisen. Ich habe Ihnen einen Zettel auf den Schreibtisch gelegt. Ein Ire.«

»Ein Ire? Woher wissen Sie das?«

»Weil er gesprochen hat wie ein Ire, Schlaukopf.«

»Hat er nichts hinterlassen?«

»Nein.«

Eifriger: »Er hat keine Telefonnummer hinterlassen?«

»Ich sage doch, er war verrückt! Geben Sie's auf.«

Ihre Hand lag auf der Türklinke, und sie blickte ihn an, ein ratlos-mitfühlender Unschuldsengel.

»Wenn Sie mir sagen würden, worum es geht, Aldo«, sagte sie schließlich sehr ruhig, »dann würde ich wissen, wonach ich Ausschau halten muß, oder?«

Alle Ressentiments, alle Aggressivität waren fort. Nur kindliches Flehen blieb übrig. »Ich schweige wie ein Grab, ehrlich, Aldo. Sie können mir *alles* erzählen, sie würden's mir nicht mit glühenden Zangen rausziehen. Nicht wenn es um Sie geht.«

»Es ist privat«, sagte Cassidy schließlich, und seine Zunge schnalzte verlegen gegen seinen trockenen Gaumen. »Etwas ganz Privates. Vielen Dank.«

»Oh«, sagte Angie.

»Entschuldigung«, sagte Cassidy und kehrte zu seinem Fenster zurück, dessen Gardinen eine gefühllose Welt ausschlossen.

Und wartete immer noch und ging zu einem aufreibenden Abendessen im prunklosen Hause von Doktor John und Soundso Elderman.

Mrs. Elderman war eine vergeistigte Akademikerin und Vorsitzende der Laienspieltruppe; während ihrem Ehemann die wichtige Rolle von Cassidys Hausarzt zufiel. Die Cassidys hatten sich den Eldermans nicht eigentlich angeschlossen, sie hatten sich vielmehr zu ihnen herabgelassen, waren auf sie zurückgekommen, als stolzere gesellschaftliche Ambitionen gescheitert waren. John Elderman war ein Mann von geringer Körpergröße, der zwar seine allgemeine Praxis mit äußerster Gewissenhaftigkeit ausübte, jedoch bekanntermaßen ausgedehnte Studien auf psychischem Gebiet anstellte. Vor ein paar Jahren hatte er einen Aufsatz mit dem Titel *Positive Ehescheidung* geschrieben, und die losen Seiten lagen noch immer massenhaft in jedem avantgardistischen Wartezimmer aus. Seitdem wurden die Eldermans in Abalone Crescent häufig zu Rate gezogen, nicht nur von den Cassidys, und sie genossen einen weitverbreiteten Ruf auf dem Gebiet der Eheberatung und in allem, was mit Liebe zu tun hat. Ihr Prinzip war, soweit Cassidy dies herausgebracht hatte, Selbstäußerung zu fördern im Interesse der Selbstdisziplin; niemand, so behaupteten sie immer wieder, sei *gezwungen*, unglücklich zu sein; die Liebe sei ein Geschenk und entspringe aus Blumen und Fels.

Das Unergründliche dieses Ratschlags wurde noch vertieft durch die Person Mrs. Eldermans, einer sehr stattlichen Dame, die braune Rupfenkleider trug und einen verstrubbelten, nach Rudolf Steinerschen Richtlinien angelegten Garten besaß. Ihr Haar war größtenteils grau und von ähnlichem Wachstum. Es war mehr halbiert als gescheitelt, und die beiden Seitenstränge mit Bast abgeschnürt, so daß sie aussahen wie zwei riesige Eieruhren aus Stahlwolle. Cassidy haßte sie so sehr, daß er dauernd ihren Vornamen vergaß.

Noch ehe sie dort angekommen waren, hatte der Abend für Cassidy alptraumartige Dimensionen angenommen. Er war, auf dem Umweg über Audley Arms und nach einer langen und sehr ermüdenden Sitzung seiner *Export Ginger Group*, spät nach Hause gekommen, und Sandra hatte ihn bezichtigt, er rieche nach Alkohol.

»Wie viele hast du getrunken?«

»Einen. Aber es war Methylalkohol.«

»Wie *kannst* du nur so ordinär sein?«

»Trink doch auch einen. Jede Menge im Besenschrank.«

»Du bist wohl nicht in der Lage, nicht wahr, mir zu sagen, was, in aller *Welt*, dich so bösartig macht?«

»Der Frühling«, sagte Cassidy, der sich die Zähne putzte. Aus dem großen Wohnzimmer kam jähes Knattern einer Maschinengewehrsalve. »Was, zum Teufel, ist das?«

»Was?«

»Das Hämmern. Wer, zum Teufel, ist am Tor?« Er wußte ganz genau, was es war.

»Die Handwerker bringen einen Sims an, einen Sims aus dem achtzehnten Jahrhundert, den Heather und ich vor zwei Monaten in einem Abbruchgeschäft für zehn Shilling gekauft haben. Ich habe es dir schon fünfzigmal erzählt; nun ja.«

»Zehn Batzen!« Er benutzte seine jüdische Lumpensammlerstimme. »Zehn Batzen für'n Sims, na schön. Zehn Batzen kann ich mir leisten. Aber Gott der Gerechte, wie ist's mit'm *Lohn*?«

»Möchtest du gefälligst ordentlich sprechen?«

»Es ist acht Uhr abends, die Burschen kriegen ungefähr zwanzig Guineas pro Stunde!«

Sandra zog es vor zu schweigen. Er fuhr, wiederum in seinem East-End-Jüdisch, fort:

»Will mir jemand erzählen, was mir ein Sims aus dem achtzehnten Jahrhundert soll in einem Haus aus dem neunzehnten? Jeder außer uns weiß, daß das hier viktorianisch ist, frag nur 'nen Rabbi.«

Noch immer zog sie es vor zu schweigen.

»Herrgott noch mal«, fragte Cassidy in den Badezimmerspiegel, worin Sandra wie eine weibliche Schildwache vor der Tür von Downing Street bolzengerade und regungslos stand.

»Herrgott«, wiederholte er mit einem irischen Akzent, den er seit Tagen einübte, »ich versteh' nicht, warum, zum Teufel, wir nicht zur Abwechslung im *zwanzigsten* Jahrhundert leben können.«

»Weil das nichts für kleine Jungens ist«, schnappte sie bissig zurück, und Cassidy erkannte ihr insgeheim Sieg und Spiel zu. »Und es ist keine Post gekommen«, fügte sie boshaft hinzu, »falls es das ist, was dir zu schaffen macht.«

Cassidy trug beflissen noch mehr Schaum auf und gab keine Antwort.

»Übrigens, warum ist Hugo nicht im Bett?« fragte er und kannte die Antwort.

»Er ist eingeladen.«

»Bei wem?«

»Bei den Eldermans. *Wie* wir auch. *Wie* du weißt. Falls es überhaupt noch sinnvoll ist, hinzugehen«, fügte sie hinzu und schaute auf ihre Uhr.

Die Eldermans hatten Scharen von Kindern und aßen früh zu Abend, damit ihre Gäste noch in den Genuß der lieben Kleinen kommen konnten.

»*Verdammt* albern. Abendessen für einen Siebenjährigen! *Ihn unnötigen Gefahren aussetzen:* Genau das ist es. Ein Arzt, hat man noch Worte. Ein voll ausgewachsener, vollbezahlter Medikus, wenn er auch aus Gerrards Cross kommt. Und wenn Hugo hinfällt? Und wenn er sich die Zehe prellt? Und wenn er gestoßen wird? Hugo haßt diese Kinder, das weißt du genau. Und ich hasse sie auch. Unnützes kleines Pack«, sagte er.

»Wißt ihr, was ich glaube?« Sandras Mutter, die am Eingang des Schlafzimmers auftauchte, dünn, mit blaugetönter Brille und einem Kleid in Kleinmädchengelb, und ein Kichern hartgeprüften Wohlwollens ausstieß. »Ich glaube, Gnade und Wahrheit bilden ein Paar.«

»Hör doch auf, Mummy«, sagte Sandra.

»*Kommt,* ihr Lieben«, drängte ihre Mutter, »*küßt euch.* Das hätte ich in eurem Alter getan.«

»Mummy«, sagte Sandra.

»Darling, solltest du nicht den Handwerkern etwas geben?«

»Hat *er* schon«, versetzte Sandra. »Er hat ihnen fünf Pfund gegeben. Er ist wahrsinnig gewöhnlich.«

Sie verließen das Haus in einer Prozession, mit jeweils drei Metern Abstand voneinander zogen sie den Straßenrand entlang. Cassidy trug Hugo auf den Armen wie einen verwundeten Kameraden, und Sandras Mutter bildete die Nachhut unter dem gefährlichen Klimpern ihres Klunkerschmucks.

»Wenigstens ist er Arzt, Darling«, rief sie Cassidy über den Kopf ihrer Tochter hinweg verheißungsvoll zu.

»Aldo *haßt* Ärzte«, gab Sandra zurück, »das weißt du doch. Ausgenommen natürlich Spezialisten«, fügte sie boshaft hinzu. »*Spezialisten* können keinen Fehler machen, nicht wahr? Spezialisten sind absolut unfehlbar, auch wenn sie fünfzig Guineas für eine Röntgenaufnahme berechnen.«

»Warum ist Mummy böse?« fragte Hugo aus seiner Decke.

»Weil Daddy getrunken hat«, höhnte Sandra.

»Sie ist nicht böse«, sagte Cassidy. »Nur, Omi geht ihr auf die Nerven«, und drückte auf den Klingelknopf mit dem Vermerk ›Haus‹.

»Wetten, daß du den falschen Abend erwischt hast«, sagte Sandra.

»Willkommen, Alter!« rief John Elderman. Er trug, vielleicht um größer zu wirken, eine Kochmütze. Darunter betrachteten rosa gesäumte Augen vom blassesten Blau Cassidy mit naivem Scharfblick. Er stand sehr gerade da, die Schultern gereckt, aber die ganze Mühe half wenig.

»Entschuldigt, daß wir so spät kommen«, sagte Cassidy.

»Tolle Knopflochblume«, sagte Elderman.

»Er trägt schon die ganze Woche welche«, sagte Sandra, als lieferte sie ihn der Polizei aus.

Sie hat sich mit ihnen besprochen, dachte Cassidy; und jetzt werden sie mich beobachten.

Heather Ast war bereits da. Er sah sie unter der Tür knien, den angenehmen Rumpf zu ihm aufgerichtet, während sie mit den widerlichen Eldermankindern spielte.

»Hei, Heather!« rief er fröhlich.

»Oh, hallo Sandra«, sagte Heather und nahm keine Notiz von ihm.

»Hei Ast«, sagte Cassidy, fand jedoch kein Gehör.

Er war, wie er sich sagte, in einer Menagerie menschlicher Affen. Dressierter hirnloser Affen. Noch nie hatte er die Eldermans in diesem Licht gesehen, doch jetzt wurde ihm klar, daß sie überhaupt keine Menschen waren, sondern Gibbons, und ihre Kinder waren heranwachsende Gibbons, die schnell groß wurden. Einzig die Niesthals wurden von diesem Urteil ausgenommen. Sie waren ein altes gravitätisches Ehepaar in Schwarz und gaben musikalische Soireen für befreundete Arier in einem sehr teuren Haus in St. John's

Wood. Cassidy mochte sie, weil sie hoffnungslos und liebenswürdig waren. Die Niesthals waren ein bißchen später gekommen, weil der alte Herr seine Galerie Alter Meister erst um sieben Uhr schloß; und sie standen vor den sich balgenden Kindern wie Wohltäter beim Besuch eines Arbeitshauses.

»Wer ist das da?« rief Mrs. Niesthal und griff sich beherzt einen jungen Elderman. »Ach *natürlich*, ein Cassidy, schau, Friedl, man sieht es an den *Augen*, es ist ein Cassidy.«

»Hör dir das an, John, alter Junge«, sagte Cassidy.

»Ja, Alter.«

»Die Niesthals mögen keine Kinder, weißt du.«

»Macht nichts. Wir füttern sie ab, und dann rauf mit der ganzen Bande.«

Aber ohne Hugo, du Schlächter.

»Wir haben uns ein wenig erfrischt, wie ich höre«, sagte Heather boshaft aus dem Mundwinkel. »Übrigens, wem ist die Knopflochblume gewidmet?«

»Miiau«, sagte Cassidy, weitaus hörbarer, als er beabsichtigt hatte; und zwei Eldermanmädchen nahmen das Stichwort auf und wiederholten es lautstark, *miiau, miiau*.

»Wie eine Katze«, erklärte Mrs. Niesthal ihrem Mann, und sie marschierten, über mehrere herrenlose Hunde hinweg, die an der Tür auf Abfälle lauerten, ins Eßzimmer.

Cassidy fühlte sich elend, und niemand nahm Notiz davon. Er war überzeugt, daß er blaß aussah, und er wußte, daß er Fieber hatte, aber niemand tröstete ihn, niemand senkte die Stimme in seiner Gegenwart.

Er hatte gekochte Zunge gegessen, die ihn ans Militär erinnerte, und er hatte hausgemachten Wein getrunken, der ihn an nichts erinnerte, was er je im Leben auf der Zunge gehabt hatte. Sauerampfer, sie mußten ihn aus Sauerampfer gekeltert haben, den sie in Burnham Beeches ausgerupft und in ihrem klapprigen Lastwagen hergeschafft hatten.

»Mein *Gott*, ist der stark«, sagte eine Frau. »Ehrlich, John, ich kriege einen Schwips.«

»Ist Zimt darin?« fragte eine andere – genau gesagt, Mrs. Groat, die etwas gegen Zimt hatte, er schwache den Magen.

»Nein«, sagte Cassidy und erntete verlegenes Schweigen.

Am Rechaud goß John Elderman Marc de Bourgogne über einen Pudding, den niemand wollte.

Cassidy saß zwischen zwei geschiedenen Frauen, eine Spezies, die die Eldermans protegierten. Zu meiner Linken Heather Ast, normalerweise sympathisch, heute abend jedoch widerlich, die *Abalone Women's Liberation Front* hat sie verdorben. Zu meiner Rechten, mit fünfunddreißig Kilo Lebendgewicht, eine spindeldürre Meeralge namens Felicity, gleichfalls Weinpantscherin, gleichfalls geschieden, gleichfalls von der Unabhängigen Linken, Star des Laientheaters und berühmt in Vamprollen. Das Gespräch haben jedoch ein Mann vom *Foreign Office* und seine Frau an sich gerissen; sie wurden von einem Kind mitgebracht, das nur portugiesisch spricht, es sitzt neben Hugo und trägt Ohrringe und Nationaltracht. Die Frau ist eine schwadronierende Veteranin entlegener Unruheherde und sehr vom Leben enttäuscht. »Wer wird Libby English lehren?« greint sie. Es war der Preis für eine Eingeborenenerziehung; die englische Schule in Angola war zu reaktionär gewesen.

»Oh, sie wird es einfach aufschnappen«, sagte Mrs. Niesthal zuversichtlich. »Wir hatten nämlich das gleiche Problem.« Die Niesthals lachen einander zu, und wir übrigen sind viel zu fortschrittlich, um uns einzugestehen, daß europäische Juden nicht von Oliver Cromwell abstammen.

»Es macht wirklich Spaß«, sagte Ast und himmelte Elderman an, »einen Mann zu sehen, der *wirklich* kochen kann.«

»So viele sind nur falsche Fünfziger«, pflichtete die Meeralge an seiner anderen Seite zu und wiegte sich in einer leichten Strömung.

»Das sind wir alle«, sagte Cassidy.

»Falsche Fünfziger?« rief der alte Niesthal und zog es ins Scherzhafte. »Mein Gott, sprechen Sie mir nicht von falsch, ich kauf' jeden Tag zwei Dutzend Fälschungen.«

Ein wohlwollendes Lachen stieg auf, angeführt von John Elderman.

»Friedl sagt *schreckliche* Sachen«, erklärte Mrs. Niesthal heiter.

»Genau wie Heather«, sagte Cassidy und hätte sich die Zunge abbeißen mögen.

Die Kinder waren am Tischende installiert, und Hugo saß dort, den Daumen in den Mund geklemmt wie eine Pfeife, und las den *Evening Standard*. Zwei vollgefressene Eldermanmädchen klammerten sich in grimmiger Umarmung aneinander.

»Warschau«, schleuderte John Elderman durch den Dampf seines Gebräus und knüpfte an ein vorhergegangenes Gespräch über den freien Osten an. »Einmalig. Auf medizinischem Gebiet nie etwas Vergleichbares gesehen.« Er trug ein kurzärmeliges Hemd, und seine Arme waren dünn und seidig wie Mädchenarme. »Tüchtig trinken«, empfahl er und warf den Kopf zurück. »Tüchtig trinken. Fröhlich sein.«

»Ja«, sagte Mrs. Groat in ihrem ständigen Bestreben zu zeigen, daß sie auch noch da war. »Ja, aber nicht *zu* tüchtig«, und kicherte durch die blauen Fenster ihrer überflüssigen Brille.

»Ja, *ja*«, sagte Cassidy, und Sandra warf ihm einen haßerfüllten Blick zu. »Ja, ja, ja, ja, *ja*.«

Die Eldermansche sagte, wenn es nach ihr ginge, würden Privatärzte abgeschafft. Sie saß nicht am Tisch, sondern halb liegend auf dem Fußboden, ein Todesopfer der eheherrlichen Kochkünste, und beim Sprechen zog sie an ihrem langen, krausen Haar, als spielte sie eine mittelalterliche Prinzessin. Sie trug eine Spange aus unpoliertem Blei.

»Besonders Spezialisten«, fügte sie hinzu und blickte Cassidy nicht an. »Ich finde, es ist eine Schande, daß jeder hingehen und die Dienste eines Spezialisten ohne weiteres *kaufen* kann, vorausgesetzt, daß er reich ist. Es ist völlig gegen den Sinn der Sache. Völlig *unorganisch*. Schließlich, wenn es eine natürliche Auslese wirklich geben sollte, so sollte sie nicht vom Geld abhängig sein, nicht wahr?«

Ihr Gesicht war vom Sauerampfer stark gerötet.

»Ganz richtig«, sagte Sandra und schloß schnell wieder den Mund, um für die nächste Runde startbereit zu sein.

»Darling, glaubst du wirklich?« fragte ihre Mutter und ließ

erschrocken den Unterkiefer fallen. »In Afrika wären wir *nie* ohne sie fertig geworden.«

»O Mummy«, sagte Sandra wütend.

»Sandra ist dort geboren«, sagte Cassidy ermunternd. »Nicht wahr, Sandra? Erzähl uns doch ein bißchen darüber, es wird allen Spaß machen. Erzähl von dem Arzt, der sich zu Tode gesoffen hat.« Hugo blätterte seine Zeitung um und prustete in die hohle Hand.

»Wir waren in *Nebar*«, erläuterte Mrs. Groat unverzüglich der Meeralge. »Früher hieß es Goldküste und dann Liberia – es heißt doch Liberia, Darling, ich kann diese neuen Namen nie behalten? – oder ist Liberia der *alte* Name? Also, natürlich gab es zu unserer Zeit kein Liberia!« – etwa so als hätte es auch kein Penicillin gegeben – »also *muß* es die Goldküste gewesen sein, nicht wahr? Es gab damals kein Liberia«, erklärte sie laut mit schelmischem Lächeln, um den Witz deutlich zu machen. »Dafür gab es damals die Armee.«

»Du siehst doch«, zischte Sandra triumphierend ihrer Mutter zu, »daß *niemand* es komisch findet. *Aldo,* hör auf.«

Zu spät. Cassidy klatschte bereits Beifall. Es war keine willentliche Provokation. Eher als hätten seine beiden Hände, denen es auf dem Tisch zu langweilig geworden war, beschlossen, sich Bewegung zu verschaffen; und erst später, als er die Szene aufs unerfreulichste mit Sandra nochmals durchspielte, entsann sich Cassidy im stillen eines ganz anderen Händepaares, das Helen im Restaurant in Bath applaudiert hatte.

»Sie lachen, wenn ihr Vater es befiehlt«, erwiderte ihre Mutter, als der Applaus geendet hatte; und errötete.

»Er ist soweit«, sagte John Elderman, als eine Rauchsäule aus der überhitzten Pfanne hochschoß. »Wer kommt als erster?«

Ohne ihn zu beachten, rollte sein namenloses Eheweib sich auf der massiven Hüfte herum, rammte eine Flasche in den Mund eines nahe liegenden Babys und schnitt das Thema Südostasien an. Hatten sie alle die Nachrichten gehört? fragte sie und erwähnte ein Land, von dem Cassidy nie gehört hatte. Sie hatten die Nachrichten nicht gehört. Nun, sagte sie, die Amerikaner seien dort eingefallen. Sie seien heute um fünf Uhr früh einmarschiert, und die Russen drohten mit Gegenmaßnahmen.

»Freiwillige vor«, sagte Cassidy, aber diesmal nicht laut genug, so daß niemand außer Heather es hörte.

»He, Sie«, sagte Heather sanft und legte eine warnende Hand auf seine Knie, »piano, Sie verscheuchen das Wild.«

In diesem Augenblick stellte Hugo seine Frage. Bis jetzt hatte er sich nicht an der Handlung beteiligt, so daß seine Einmischung zumindest einen Überraschungseffekt erzielte.

»Warum mögt ihr den Schnee nicht?«

Sein Daumen war noch immer in den Mund geklemmt, und die Brauen zogen sich dicht über den unverwandt blikkenden grauen Augen zusammen. Konzentriertes Schweigen, dann kam die Salve: »Weil er schmilzt!« schrie Prunella Elderman. »Weil er zu kalt ist, weil er ganz weiß und ganz naß ist.«

Die übrigen Schwestern fielen mit ein. Ein Baby brüllte. Ein Kind trommelte mit dem Löffel auf den Tisch, ein anderes sprang auf einem Stuhl auf und ab. Cassidy ergriff die Karaffe mit dem Sauerampfer und füllte sein Glas.

»Weil er nicht lebendig ist!« kreischten die samtbekleideten Schwestern. »Weil man ihn nicht essen kann! Warum denn? Warum, warum, warum?«

Hugo ließ sich Zeit, er verlagerte sein Gipsbein, blätterte seine Zeitung um. »Weil ihr ihn nicht heiraten könnt«, verkündete er ernsthaft.

Im allgemeinen Stimmengewirr machte Shamus seinen Auftritt.

Cassidy hätte nicht weniger auf ihn gefaßt sein können. Seine Gedanken waren, wie er sich später deutlich erinnerte, in diesem Augenblick zu dem quälenden Hintersinn von Hugos Rätselfrage abgeschweift; ob sie eine versteckte Auseinandersetzung mit häuslichen Spannungen bedeutete, ob die Schmerzen des gebrochenen Beins den Verstand des sensiblen Kindes vorübergehend verwirrt hatten. Wenn noch irgend etwas anderes ihn zu diesem Zeitpunkt beschäftigte, so war es die Hand von Heather Ast: eine beschwichtigende Hand? Wußte Heather, daß die Hand noch immer auf seinem Knie lag? Hatte sie sie vergessen wie eine Handtasche? War sie ein Olivenzweig nach ihrer vorherigen unbegründeten Reizbarkeit? Auf der Suche nach dem Beistand durch einen männlichen Verbündeten in diesem Augenblick sexueller Ungewißheit übertrug Cassidy seine Aufmerksamkeit auf John Elderman und wählte dabei im stillen ein Thema von beiderseitigem Interesse, ein Fußballmatch, Johns interessanten alten Lastwagen; und war daher überrascht, an seiner Stelle Shamus vorzufinden, der, nicht stehend, sondern im Dampf schwebend, mit Eldermans Kochlöffel den übelriechenden Pudding umrührte, die schwarzen Augen durch das Kerzenlicht hindurch auf Cassidy geheftet, das feuchte Gesicht strahlend in koboldhaftem Verschwörergrinsen.

»He, Lover«, sagte er. »Ist das nicht stinklangweilig? Vorstadtproleten bei einem Ringelpietz mit Anfassen?«

Gleichzeitig oder vielleicht den Bruchteil einer Sekunde früher, denn psychische Erlebnisse besitzen keinen Zeitwert, hörte er Shamus' Namen, sowohl Vor- wie Familiennamen, unbekümmert zu seiner Linken ausgesprochen.

»Ein *Jammer*, daß er so jung gestorben ist«, erklärte Ast, und ihre Hand rückte ein wenig an seinem Bein hoch. »Wer bleibt an *modernen* Autoren noch übrig?«

Dann reichte John Elderman ihm seinen Pudding, und er verbrannte sich den Mund.

Rückblickend vermochte Cassidy natürlich besser zu verstehen, was passiert war. Seine Sinne waren so in Anspruch genommen von Hugos Rätsel und Asts verständnisvoller Hand, daß ihm eine parallellaufende Unterhaltung zwischen den rechts und links von ihm sitzenden Frauen entgangen war: also zwischen Ast und der Meeralge. Schon eine Weile hatten sie, wie ihm nachträglich bewußt wurde, im Flüsterton intellektuelle Gemeinplätze aus Sonntagszeitungen ausgetauscht, offenbar über das Thema ›Moderner Roman‹. Und so schlug die unvermittelte, unangekündigte Erwähnung von Shamus' Namen mit voller Wucht in eine ungedeckte Ecke seines Bewußtseins ein und ließ ihn in seiner

Verwirrung im lebendigen Rahmen John Eldermans das Bild des verbannten Freundes erblicken. Dazu kam noch, daß die vier großen Whiskys im Audley Arms – ganz abgesehen von einem Abstecher auf die Toilette, wo der Bär sich einen Kleinen aus einer Geheimflasche genehmigt hatte – zusammen mit der Langweiligkeit des Abends ihre Wirkung nicht verfehlt hatten.

Außerdem hatte er eine Menge Sauerampfer getrunken.

Doch alle diese Einsichten kamen ihm zu spät, denn während sein natürliches Taktgefühl ihm dringend anriet, zu schweigen, hatte er bereits die erste Begegnung mit einem Gespenst überwunden und sich in eine ebenso lebhafte wie unbesonnene Diskussion über den großen Schriftsteller gestürzt.

»Tot?« echote er, sobald er sein Glas geleert hatte. »Tot? Er ist nicht *tot*. Er ist nur so viel herumgezerrt worden, daß er sich aus dem Staub gemacht hat. Kann ihm schließlich keiner übelnehmen. Zufällig weiß ich aus erster Hand, daß er in Kürze ein neues Buch vorlegen wird –.«

»Dieser Pudding *widert* mich an«, warf Hugo laut dazwischen, aber niemand nahm Notiz von ihm.

Asts Hand hatte einen Punkt erreicht, an dem keine Frau, und wäre sie noch so zerstreut, unbewußt anlangen kann. Nun wurde sie brüsk weggezogen.

»– das ohne jeden Zweifel«, schloß er zuversichtlich, »alle seine anderen Bücher in den Arsch treten wird. *Moon* eingeschlossen.«

Wie Cassidy, so kurz nach dem Schock von Shamus' gespenstischem Erscheinen – oder, wie es jetzt möglich schien, seiner Reinkarnation – den Mut fand, solch kühne Reden aufzutischen, war ein Rätsel, das er niemals löste, obgleich er sich in seinen launigeren Momenten fragte, ob Shamus wohl zu einer, nur ihm selber bekannten kleinen Elite von Gespenstern gehöre, denen die Gabe zu eigen war, Zutrauen statt Schrecken einzuflößen.

»Er ist *ein*undsechzig ge*storben*«, sagte Ast und artikulierte so deutlich wie für Schwerhörige. Ihr ausladender Busen schwoll ihr vor Ärger bis an den Hals.

»Er hat sich versteckt gehalten«, sagte Cassidy.

»Woher willst *du* das wissen?« fragte Sandra. »Du hast in deinem ganzen Leben keinen Roman gelesen.«

»Da ist Petroleum drin«, sagte Hugo und schob seinen Teller geräuschvoll in die Mitte des Tisches.

»Halt den Mund«, sagte Sandra.

»Mir *schmeckt* er«, sagte Prunella Elderman und streckte der Angloportugiesin die Zunge heraus.

An diesem Punkt mußte Cassidy an Heather Asts Ehemann denken, einen dürren, Künstlerkrawatten tragenden Menschen, der, so sagte sie, eines Morgens aufwachte und beschloß, daß er ein Homo sei. Er sah ihn ganz speziell in Pyjama und Nachtmütze vor sich, wie er sich mit einem Ruck aufrichtete, als der Tee gebracht wurde. »Heather«, sagt er, »ich muß dir etwas sagen. Ich bin ein warmer Bruder.« Dieses fantasievolle Porträt brachte ihn dazu, daß er eine ganze Weile vor sich hin kicherte, so daß Sandra außer sich vor Wut war.

»Ich weiß es eben«, sagte er, als er endlich seine Fassung wiedererlangt hatte. »Halte immer einen Finger am Puls der Literatur.«

»Ooh«, sagte Sandra mit geballten Fäusten.

»Ich möchte noch Pudding«, sagte Prunella Elderman unerschütterlich.

»Dann iß Hugos Teller leer«, plärrte Soundso Elderman vom sicheren Boden aus.

»Er starb in Frankreich«, fuhr Ast mit der leisen zitternden Stimme einer Frau fort, die übermenschliche Geduld aufbringen muß, legte die irrende Hand fest auf den unordentlichen Tisch und hielt sie mit der anderen fest.

»Und woran ist er gestorben?« fragte Cassidy mit deutlich nachsichtigem Lächeln. »Wie lautet die Diagnose, he, Johnny Boy?«

»Bestimmt an Tb«, fauchte Ast. »Daran sterben sie doch alle.«

»Miiau«, sagte Cassidy, und die Kinder fielen sogleich mit ein: »Miiau, miiau, miiau.«

Asts prekäre Beherrschtheit hielt nicht lange an. Ihr von zielloser Intelligenz ausgemergeltes Gesicht unter dem Zelt blonden Haares verdüsterte sich plötzlich.

»Sie haben überhaupt keine *Ahnung*, was diese Menschen durchmachen. Sie sind so verdammt reich, daß Sie sich gar nicht vorstellen können, was das bedeutet: in der Fremde sterben, ohne einen Penny... ohne ein anständiges Begräbnis, weil ein idiotischer katholischer Priester es verweigert... *faulen* in einem seichten Massengrab...«

»Nein«, gab Cassidy aufgeräumt zu. »Es stimmt, diese Erfahrung ist mir fremd.« – »Trotzdem«, fuhr er fort und glitt in seinen verbindlichsten Sitzungszimmerton, »sind Sie leider im Irrtum. Meine Information ist unwiderleglich. Es mag stimmen, daß er für tot galt. Es ist auch möglich, daß er selber das Gerücht schürte. Der Grund ist einfach –«, er ließ die Runde eine Weile warten, »er wurde von den Verlegern zum Wahnsinn getrieben.« Aus einem Augenwinkel sah er das einst begehrte Gesicht Asts sich bewegen und dann stillhalten. »Die er als Ganeffs und Gerrard Crossers bezeichnet und als alles, was ihm sonst noch einfällt. Sie jagten ihn, bis er kaum noch klar denken konnte, geschweige denn schreiben. Er war ihre goldene Gans, und wie üblich versuchten sie, ihn umzubringen. Flucht war die einzige Antwort« – er goß sich wiederum Sauerampfer ein – »und Gott sei Dank hat er sie ergriffen, jawohl«, fügte er hinzu und leerte sein Glas. »Auf die Königin, Gott segne sie.« Nur Niesthals schlossen sich dem Toast an.

»Auf die Königin«, murmelte der Alte. Sie tranken gesenkten Blicks, ein privates Abendmahl.

Cassidy ließ seinen Blick angemessen verschwimmen und sah Soundso Eldermans dicke Finger sich um ihre Perlen schließen, die braun und schrumpelig waren wie Nüsse, und ihr Mann setzte den Marc de Bourgogne nieder. Im gleichen Augenblick begann Sandras Mutter über den Regen in Afrika zu sprechen, daß er in Mengen fiel, die man sich gar nicht vorstellen konnte, und doch nichts reinwusch.

»Alle möglichen Gerüche scheinen mit herunterzukommen. Ich weiß nicht, warum.« Nur auf den Hügeln ging es einigermaßen, aber ihr Mann, der Brigadekommandeur, liebte keine Höhen. »Also war ich ganz allein mit ihr«, sagte sie. »Nur ein Kindermädchen und dieser gräßliche trunksüchtige Arzt, den der *Commissioner* heraufgeschickt hatte. Ich erinnere mich, daß er Hunde hielt, seine Ärmel waren immer voller ausgefallener Haare. Sie würden das nicht tun, nicht wahr, John? Sie war ein so komisches kleines Ding«, fügte sie hinzu, als niemand sprach. »Ganz rot und rabiat. Hugo war genauso, nicht wahr, Hug?«

»Nein«, sagte Hugo.

Sandra hatte offenbar beschlossen, daß es Zeit sei, Hugo zu Bett zu bringen. Sie packte ihn am Handgelenk und marschierte mit ihm zur Tür.

»Geben Sie acht auf ihn«, riet John Elderman, während er sie in der schützenden Umarmung festhielt, die er allen betrübten Weiblichkeiten zuteil werden ließ, »er scheint ein bißchen überreizt zu sein.« Er sprach von Cassidy, nicht von Hugo. »Geben Sie ihm von Zeit zu Zeit ein wenig von Ihrem Valium, damit er zur Ruhe kommt. Das Trinken schadet ihm nicht.«

»Knochenflicker«, sagte Cassidy, »hält sich für einen großen, mächtigen Messerspezialisten, ist aber bloß ein mieser kleiner Blutegel.«

»Schlafen Sie sich aus«, sagte Elderman und lachte sportsmännisch. »Das würde ich an Ihrer Stelle tun, Alter.«

»Flaherty ist Gott«, sagte Cassidy mit heroischer Bekennergebärde. »Flaherty regiert die Welt. Ein Mann ist das, wofür er sich hält.«

Und warf Ast seine Knopflochblume zu.

13

Auch das Kinderzimmer war voller Blumen: Er schlief häufig unter ihnen, wenn er wegen schlechter Führung ausquartiert wurde. Schlappe blaue Blumen in verschiedenen Pastelltönen. Marks Bett war sehr schmal, nur eine Matratze, die auf dem Linoleum lag und mit einer weichen Wolldecke umhüllt war: mönchisch, dachte er gern, fördert düstere Gedanken.

Marks Spielkiste war verschlossen, und darin verwahrte Cassidy alle seine Paperbacks, Wege zur heimlichen Fortbildung. Einige handelten vom alten Griechenland, einige vom deutschen Oberkommando; ein paar vermittelten Kenntnisse, deren Erwerb er sich für die Zukunft vorgenommen hatte. Wie werde ich Segler. Wie koche ich für eine Person. Wie pflege ich meinen Wagen selber. Wie führe ich eine ideale Ehe. Wohl verschanzt zwischen den engen Wällen des Betts, die Decke hochgezogen, wählte Cassidy *The Prophet* von Kahlil Gibran und schlug die Stelle über die Liebe auf.

»Daddy«, sagte Hugo schläfrig aus seiner Koje.

»Ja.«

»Daddy.«

»*Ja*, Hug.«

»Wenn Mummy von hier fortgeht, gehe ich dann mit dir oder mit ihr?«

Eine sehr praktische Frage.

»Niemand geht von hier fort.«

Von droben hörten sie, wie sie Tantchen Snaps in Newcastle anrief und ihr das Fahrgeld nach London anbot.

›*Gut so*‹, dachte er, ›*hol dir nur Verstärkung.*‹

»Daddy.«

»Ja.«

»Spiel jetzt Shane.«

Cassidy sprach mit seiner Wildwest-Stimme: »Ich bin hier der Sheriff, und die Jungs da sind meine Gehilfen.«

Unsinn, sagte Sandra. Er hat nicht einmal von dem Mann gehört. Und ganz bestimmt nichts von ihm gelesen. Er könnte es gar nicht, er ist viel zu faul, um ein Buch zu lesen... Unsinn, er ist nicht überanstrengt. Seine Parasiten sorgen dafür, daß der Laden läuft, ich sorge dafür, daß der Haushalt läuft, und sooft er Lust hat wegzulaufen, erfindet er irgendeine alberne Lüge über seine Wohltätigkeitsprojekte. Er hat es nur gesagt, um Heather zu kränken, und Beth und Mary und ... Natürlich haßt er die Frauen, er kann nichts dafür, es liegt an seiner Erziehung, das ist mir durchaus klar, nun ja.

»Daddy.«

»Ja, Hug.«

»Du *hast* aber von ihm gehört, nicht wahr?«

»Ja.«

»Ehrenwort?«

»Ehrenwort.«

»Ich hab's gewußt. Gute Nacht, Dad.«

»Gute Nacht, altes Haus.«

»Dad.«

»Ja, Hug.«

»Spiel jetzt Sturrock.«

Wiederum Western: »Okay, Sturrock, du dreckiger verlogener Yankee, mach daß du wegkommst von meiner Plantage.«

»Peng«, sagte Hugo.

»Peng«, sagte Cassidy.

Das Telefon machte aufs neue ›ping‹.

»John, es tut mir furchtbar leid«, sagte Sandra, *»ich weiß wirklich nicht, was ich sagen soll ...«*

Ja, auch die Wirklichkeit ist ein Problem. Nicht für dich natürlich. Für mich. Die Eldermans. Die Eldermans können mich. Wer hat ihnen sechstausend zinsfrei geborgt, damit sie ihre aufsässigen Mieter loswerden konnten? Wer hat ihnen letztes Jahr das Chalet überlassen, damit ihre widerliche Brut alles kurz und klein schlagen konnte? Wer –

Kriegerische Schritte nähern sich.

»Mummy kommt«, erklärte Hugo, stand auf und sammelte seine wenigen Habseligkeiten.

Pogrom, dachte Cassidy und tauchte unter die Bettdecke.

»Komm mit, Darling«, sagte Sandra, »dein Vater ist betrunken.« Und auf der Türschwelle, von der aus sie stets ihre Rückzugsgefechte lieferte: »Wie, in aller *Welt*, kannst du den *Nerv* haben und *behaupten*, du sorgtest dich um deine Kinder, wenn du nichts tust, als dich vor ihnen betrinken, fluchen und schmutzige Reden gegen Leute führen, die für sie Respektspersonen sind...« Sie hielt inne, der Ausbruch hatte sie erschöpft.

»Los weiter«, feuerte Cassidy sie durch die Schottendecke an. »Es fehlt noch ein starkes Verbum. Was in diesem Hause fehlt, ist eine Portion Scheißgrammatik, los! Den Kindern ein Beispiel geben, los!«

Sandra seufzte und zog die Tür wie einen Schild näher an sich heran.

»Jetzt mußt du sagen, daß ich noch schlimmer bin als mein Vater«, soufflierte er.

»Wenn sein Bein nicht heilt«, sagte sie schließlich, »dann ist es einzig deine Schuld.«

»Nacht, Sturrock«, sagte Hugo.

»Nacht, Shane«, sagte Cassidy herzlich.

»Und morgen früh«, sagte Sandra, »verlasse ich dich.«

Nach und nach fiel das Haus in Schlaf. Eine Treppe nach der anderen knarrte und lag still. Ihre Mutter ging auf die Toilette. Lange lag er wach, zählte die Stunden nach Hugos Kuckucksuhr und wartete, ob sie nicht käme. Einmal, immer noch zwischen Schlaf und Wachen, glaubte er, wieder das rhythmische Schüttern des Himmelbetts und Helens langen durchdringenden Lustschrei durch das schön geschnitzte Treppenhaus im Adamstil hallen zu hören. Und einmal, als er mit den letzten Nachwirkungen des Sauerampfers kämpfte, entdeckte er, daß Shamus' starke Arme wie beim Rugbyspiel seine schmerzenden Rippen umklammerten und Helen, von außerhalb des Bildes, den Überfall erklärte.

»Weißt du, Shamus *liebt* die Menschen. Das ist der Unterschied zwischen Planschen und Schwimmen.«

›Wenn die Liebe dir winkt‹, schrieb der Prophet, ›folge ihr. Auch wenn ihre Pfade steil und mühsam sind. Und wenn ihre Schwingen dich umfangen, überlaß dich ihr. Auch wenn das Schwert, das ihre Federn bergen, dich durchbohren mag.‹

Er schlief ein, er träumte von der Hölle und von Old Hugo, der über Cassidys Schädel wegschritt.

»Auf keinen Fall«, sagte Sandra am nächsten Morgen, »fahre ich mit dir nach Paris.«

»Ausgezeichnet«, sagte Cassidy.

»Nur damit du es weißt«, sagte Sandra.

»Ich weiß es«, sagte Cassidy.

»Keine Angst«, sagte Hugo. »Du fährst doch, nicht wahr, Mummy?«

Hugo ist die unbeschriebene Tafel, dachte er; Hugo ist ich, ehe ich beschrieben wurde.

Er war bereits nahe an neunzig auf der Autobahn, ehe die Polizei ihn einholte. Aus irgendeinem Grund glaubten sie ihm, als er sagte, er sei noch nie so schnell gefahren.

»Ich muß zu meiner Mutter«, sagte er. »Sie liegt im Sterben.« Auch das glaubten sie.

»Sie ist im Krankenhaus in Bristol«, sagte er. »Sie ist in England geboren, hat aber immer im Ausland gelebt – sie spricht nicht einmal englisch. Sie fürchtet sich sehr.«

»Trotzdem, Sir, Sie sind nicht allein auf der Straße«, erwiderte der ältere Polizist verlegen.

»Was spricht sie denn?« fragte der jüngere.

»Französisch. Sie hat ihr ganzes Leben drüben verbracht. Sterben wollte sie zu Hause.«

»Also, fahren Sie in Zukunft vorsichtiger«, sagte der Ältere und bemühte sich tapfer, keine Rührung zu zeigen.

»Ganz bestimmt«, sagte Cassidy.

»Was ist denn das für eine Skala«, fragte der Jüngere. »Die mit dem orangefarbenen Licht?«

»Ein Glatteis-Detektor«, sagte Cassidy und wollte ihnen schon zeigen, wie er funktionierte, als der Sergeant sich einschaltete.

»Laß ihn weiterfahren, Syd«, sagte er gedämpft.

»Selbstverständlich. Verzeihung«, sagte der Konstabler und errötete.

Noch ehe er das Haus erreichte, wußte er, daß sie weg waren. Das Hemd hing nicht mehr am Leitungsdraht, und die Tauben flatterten in der Hoffnung auf Futter rastlos um das Portal. Ein Landstreicher hatte ein Kreidezeichen an der Tür hinterlassen, einen nach unten gerichteten Pfeil und zwei Kreuze nebeneinander. Er zog an der eisernen Klingel, hörte das Gebimmel in der großen Halle. Er wartete, aber niemand kam. Nur die Ställe wußten von ihnen zu berichten. Eine Batterie Whiskyflaschen lag auf dem nassen Stroh, Schulter an Schulter, von Helens ordnungsliebender Hand arrangiert. Er hob eine davon auf. Der Flaschenhals klebte von Kerzenwachs; eine Schicht bedeckte die Öffnung; in der Mitte erinnerte ein schwarzer Rußpunkt wie ein winziges Einschußloch an die erloschene Flamme.

Seine Blumen lagen an der Hintertür. »Wenn niemand öffnet«, hatte er zu dem Mädchen im grünen Overall gesagt, »legen Sie sie vor die Tür.« Und dort lagen sie, eine Fontäne aus verschüttetem Rot, in Cellophan gehüllt, mit dem Etikett von Moyses Stevens, groß genug als Gedenkbukett für ein ganzes Infanterieregiment, gestiftet von den hinten gebliebenen Kameraden. Sie mußten seit vollen zwei Wochen hier liegen, und der Regen hatte sie am Leben erhalten. Rosen, hatte er zu ihr gesagt; schöne feste Knospen, drei Dutzend von ihren allerbesten – ein Dutzend für jeden von uns. Hatte mit ihrer kratzenden, widerspenstigen Feder die Begleitadresse geschrieben.

Als er das Kärtchen aus dem durchnäßten Umschlag zog, las er seine eigenen Worte:

Für Shamus und Helen. Auf daß der Spaß ewig währe, bitte kommt zurück, Cassidy. Danach seine Londoner Telefonnummer. *Bitte Anruf per R-Gespräch.*

Er kannte ein Plätzchen, einen grünen Hügel weit hinten in Kensal Rise, das er vor fünf Jahren entdeckt hatte, als er auf Nachricht über Marks Operation wartete. Es lag zwischen einem Friedhof und einem Kindergarten und nannte sich Walhalla. Kein bestimmter Impuls hatte ihm den Weg gewiesen, nur ein Gefühl der Leere, der inhaltlosen, kontaktlosen

Muße hatte mit Gottes Hilfe die Schritte des ruhelosen Vaters gelenkt. Er hatte von Marble Arch aus die Klinik angerufen: Fragen Sie um sieben Uhr nochmals nach, dann würde man wissen, ob die Operation gelungen war.

Auf seiner Wanderung war er auf einen Friedhof geraten, gebückt von Stein zu Stein gegangen und hatte nach begrabenen Cassidys geforscht. Und war auf dieser Suche einer Bewegung, sogar einer gezielten Strömung in der Menge gewahr geworden. Junge Männer in Sonntagsuniform, die bislang planlos in Gruppen herumgestanden hatten, blickten auf ihre Uhren, formierten sich in Reihen und entfernten sich. Nicht lange danach stieg ein würdiger Mann im violetten Smoking aus einem Taxi und eilte ihnen nach; er trug etwas, das aussah wie eine Donnerbüchse in einer Art Kunstlederkoffer.

Dann geschah ein Wunder.

Der lila Frack war kaum durch das schmale Gittertürchen verschwunden, als ein Schwarm junger Mädchen, auf unsicheren langen Beinen tanzend und schwankend, bunt wie tropische Vögel in ihren dünnen Blusen und Glockenröcken, strumpflos, vielleicht höschenlos, aus dem offenen Himmel herabpurzelten, zu seinen Füßen landeten und auf dem gleichen geheimnisvollen Pfad an ihm vorbeihuschten. Gebannt folgte Cassidy ihnen, seine Fantasie schweifte zwischen den wildesten Visionen. Welches Ritual, welche Zeremonie wurde hier vollzogen? Eine Hinrichtung? Ein Prophet? Oder eine Orgie nach dem Muster skandinavischer Teenager? Zeit, Ort, sogar Vorsicht waren außer Kraft. Er empfand nur die nahe Erfüllung, die seine Zunge austrocknete und seine Lenden quälte. Er schwebte. Ein orgastischer Taumel trug ihn über den städtischen Makadam. Bäume, Teiche, Zäune, Mütter; in einer einzigen Wolke streiften sie die äußersten Kanten seines Blickfelds, geleiteten ihn die geheime Grenze entlang.

Die Bauchfellentzündung war vergesssen. Mark war genesen.

Er lebte nur da vorne, in dem bunten Geschwader, in den hochfliegenden Kruppen und gefiederten Hüften, im Hauch von Babypuder, der hinter ihnen herwehte. Einmal stolperte er, einmal hörte er, wie ein Hund ihn anbellte, einmal schrie ein alter Mann: »He, passen Sie doch auf«, aber da war er schon drinnen, das Billett zu drei Shilling lag wie eine Hostie in seiner Hand. Rund um ihn jagten farbige Sterne durch die fensterlose Kirche. Von einem Hochaltar herab donnerten schwankende Priester eine Musik, die er beinah mitsummen konnte.

Er tanzte.

Tanzte auf Armlänge mit stummen Mädchen. In engem Reigen rund um ihre auf dem Boden liegenden Handtaschen. Scharrte Zauberkreise in den Speckstein. Ihre Namen erfuhr er nie. Wie Nonnen, die Schweigen gelobt hatten, nahmen sie ihn, trösteten sie ihn mit der Leidenschaftslosigkeit einer höheren Hingabe und wandten sich von ihm ab zu anderen Beladenen. Ein paar, nicht viele, lehnten ihn aus Altersgründen ab; einige verließen ihn, weil er schwerfällig war oder weil ein begehrterer Partner dazwischenkam. Doch er wehrte sich nicht: Ihre Ablehnung war eine Disziplin, die ihn noch enger an ihre undurchdringliche Gemeinschaft band.

»Na«, sagte eine Brünette, »wer wird denn ein solches Gesicht ziehen!«

»Verzeihung«, sagte Cassidy und lächelte.

Das waren die Mädchen, die er lieben konnte. Die Mädchen, die in Autobussen an ihm vorbeigingen und Schaufenster dekorierten, für ihn als Sekretärinnen arbeiteten, ihn vom Bürgersteig aus anlugten, wenn er in Taxis saß, das waren seine Kindermädchen, seine Galionsfiguren, alterslos schön auf wetterwendischer See.

»Sie können mich nach Hause bringen, wenn Sie wollen«, sagte eine Blonde, »wenn Sie mir ein hübsches Geschenk machen!«

Aber Cassidy lehnte ab. In der Welt, die sie für ihn bewohnten, hatten solche Mädchen kein anderes Zuhause als dieses.

Er fuhr von Haverdown aus direkt hin, viereinhalb Stunden

lang starrte er durch die Windschutzscheibe. Diesmal fuhr er hin, um sich selber zu kurieren, mit der gleichen Kur, die Mark geheilt hatte. Er fuhr ohne eine Pause, ohne Mahlzeit, dachte an nichts, denn es gab nichts mehr. Er parkte an einer Parkuhr und ging die letzten zweihundert Meter zu Fuß. Ein Unbekannter, auch für sich selber. Die Walhalla war verschwunden. Nicht beschlagnahmt. Nicht von einer Universität oder einem Supermarkt gekauft. Zerbombt. Ausradiert. Von einer Abbruchfirma bis auf den letzten Ziegel weggeputzt, wie Fleisch vom Knochen weggenagt von den gelben Zerstörungsmaschinen, nicht einmal eine Türschwelle für Rosensträuße war geblieben.

14

Der Tag der unverbindlichen Aktionärsversammlung dämmerte mit der ganzen drohenden Hochspannung einer Premiere herauf, für die die Hälfte aller Kostüme noch beim Verleih sind. Diese Treffen waren einst Cassidys brillante Erfindung gewesen, ein völlig neues Konzept in der Firmenpolitik, das die Beziehung zwischen Aktionären und Firmenleitung verbessern sollte. Einst hatte der geschickte Generaldirektor wie von der Kanzel seines Vaters aus zu seinen getreuen Kirchenältesten gesprochen: hatte anfangs vierteljährlich, dann alle sechs Monate den Zweifel aus ihren Seelen gefegt und sie mit neuem Glauben erfüllt. Andere Aktiengesellschaften, so betonte er, erteilten so wenig Information wie irgend möglich; die Firma Cassidy würde den umgekehrten Weg einschlagen. Doch wie so oft hatte die Zeit aus der Revolution eine Institution gemacht: Jetzt fand die Versammlung einmal jährlich statt, eine sperrige Mischung zwischen Vorstandssitzung und Jahreshauptversammlung und nach Cassidys revidierter Meinung mit mehr Schwierigkeiten verbunden als die beiden zusammen.

Gegen drei Uhr waren die ersten Eindringlinge im Bereich des Sitzungssaales im Erdgeschoß gesichtet und Cassidy durch eine Stafette shakespearescher Unglücksboten gemeldet worden. Der Earl des Unternehmens, ein abgedankter Stahlmagnat, der aus Schottland heruntergeflogen war, hatte eine halbe Stunde lang im Warteraum gesessen, ehe ihn jemand erkannt hatte, und war jetzt im Konferenzzimmer und trank Wasser aus der Karaffe. Meale (gut für seinen Schliff, dieser ekelhafte Pinscher) war losgeschickt worden, um zwanglos mit ihm zu plaudern. Ein pensionierter Gewerkschafter namens Aldebout, den man sich zur Beschwichtigung von Betriebsratsauseinandersetzungen hielt, war gesichtet worden, wie er den Tee in der Kantine kostete.

»Hab' ihm gesagt, er geht auf Firmenrechnung«, sagte Lemming stolz. »Für eine Tasse Tee tun solche Kerle rein alles.«

Zwei braunbemäntelten Damen aus Shepton Mallet war ihr Kleinwagen von der Polizei abgeschleppt worden.

»Die vordere Stoßstange haben sie auch abgerissen«, sagte Angie Mawdray, die von ihrem Fenster aus das Manöver verfolgt hatte. Ein Lagerist erhielt Befehl, den Wagen zurückzuholen und die Strafe zu zahlen.

Hinter den Kulissen herrschte notdürftig gebändigtes Chaos. Heute war Freitag. Die Messe wurde Montag eröffnet. Die neuen Z-Feder-Chassis, die trotz Lemmings Sabotageversuchen schließlich doch noch zusammengebaut worden waren, waren per Luftfracht nach Le Bourget vorausgeschickt worden, doch der französische Spediteur rief an, um mitzuteilen, daß sie nach Orly umgeleitet worden seien. Eine Stunde später rief er abermals an. Das Chassis war vom französischen Zoll beschlagnahmt worden unter dem Verdacht, wie der Spediteur vermutete, es könne sich um Waffenteile handeln.

»Schmieren Sie sie! Herrgott noch mal, schmieren Sie sie!« brüllte Cassidy ins Telefon, und sein mütterliches Französisch war wie weggeblasen. »Sch...« und zu Angie, die mit einem Wörterbuch daneben stand: »Was, zum Teufel, heißt schmieren auf französisch?«

»Shmirer«, schlug Angie prompt vor.

»Korrumpieren!« plärrte Cassidy. *»Corruptez!«* aber der Spediteur sagte, sie seien bereits korrupt.

Bald darauf wurde die Verbindung getrennt. Ein verzweifelter Anruf bei Bloburg, dem Pariser Vertreter, blieb erfolglos. Es war das Fest des heiligen Antonius; Monsieur Bloburg respektierte die Landessitte. Als die Versammlung um vier Uhr eröffnet wurde, war noch immer keine weitere Meldung von der Krisenfront eingegangen. In einer anderen Ecke des Gebäudes war eine Schlacht um die revidierte Werbeschrift im Gange. Die erste Ausgabe, die nach endlosem Geplänkel zwischen Export und Werbung in letzter Minute in Druck gegangen war, wimmelte von verschobenen Zeilen und mußte zurückgeschickt werden. Während die zweite Ausgabe noch mit Hangen und Bangen erwartet wurde, entdeckte Cassidy zu seinem Zorn, daß sie keinen deutschen Text enthielt.

»Um Himmels willen!« brüllte er. »Muß ich mich denn um alles selber kümmern?«

Wer sprach deutsch? Lemming hatte im Krieg gegen die Deutschen gekämpft und dachte nur in finsterem Haß an sie. Er verweigerte seine Mitarbeit. Faulk war zwar verzweifelt guten Willens, jedoch des Deutschen nicht mächtig. Ob ein bißchen Italienisch von Nutzen sein könne? Ein Übersetzungsbüro in Soho schickte eine Dame mit blauem Haar und ohne ein Wort Englisch, die nun im Schreibzimmer in Klausur saß, während Angie Mawdray, die solche Krisen entzückten, in der Werksbücherei nach einem deutsch-englischen technischen Wörterbuch stöberte.

Zu niemands Überraschung fing daher die Veranstaltung mit Verspätung an. Um eine ruhigere Atmosphäre zu schaffen, begann Cassidy mit kleineren Routinesachen. Mrs. Aldo Cassidy ließ sich entschuldigen. Entschuldigen ließ sich ferner General Hearst-Maundy in Jamaika. Die Nachricht vom vorzeitigen Hinscheiden Mrs. Bannisters, eines langjährigen und treuen Aufsichtsratsmitgliedes, war mit allgemeiner Trauer zur Kenntnis genommen worden. Mrs. Allan hatte nach siebenjähriger Dienstzeit einen führenden Posten bei einer anderen Firma angenommen; Cassidy schlug für sie die übliche Gratifikation in Höhe eines Monatsgehalts für jedes volle Dienstjahr vor. Der Vorschlag wurde kommentarlos angenommen. Nur Lemming, der nach monatelangem bösartigem Intrigieren ihre Entlassung bewerkstelligt hatte, murmelte: »Großer Verlust für uns alle, beherztes Frauchen«, und schien eine Träne fortzuwischen.

Es war daher fast halb vier, ehe Aldo Cassidy, Sohn des bekannten Hoteliers, des Hochwürden Hugo Cassidy, M. P., damit beginnen konnte, seine lang erwartete Festansprache über das Thema Export vom Stapel zu lassen. Seine flüssige und freie Rede klang wie ein Schlachtruf, der Prinz Ruperts Herz zu Eis hätte erstarren lassen. »Ideale sind wie die Sterne«, belehrte er sie – ein Lieblingswort des großen Hoteliers –. »Wir können sie nicht erreichen, aber wir richten uns an ihnen auf. Der Gemeinsame Markt« – dem Applaus schenkte er fast gar keine Beachtung – »der Gemeinsame Markt – vielen Dank! – der Gemeinsame Markt ist heute eine Tatsache. Wir müssen mitmachen oder es besser machen. Meine Damen und Herren, liebe Alt- und Jungaktionäre, die Firma Cassidy ist zu beidem bereit.«

Nachdem er ein einigermaßen paradoxes Bild eines Europa gemalt hatte, das unter dem Ansturm der Cassidyschen Produkte in Trümmer fiel, jedoch auf geheimnisvolle Weise von den Patentklammern der gleichen Firma zusammengehalten wurde, kam er schließlich speziell auf die Messe zu sprechen.

»Und ich werde mich nicht scheuen, eine starke, eine sehr starke Verkaufstruppe nach Paris mitzunehmen. Wir haben die Kanonen und die Munition dazu!«

Weiterer Beifall. Cassidy senkt die Stimme.

»Und wir werden Ihr Geld ausgeben, und zwar eine ganze Menge. Mit einem schmutzigen Hemd hat noch nie jemand gute Abschlüsse gemacht. Wir werden in zwei Teams arbeiten. Ich nenne sie Team A und Team B. Team B, angeführt von unserem bewährten Mr. Faulk, dessen glänzende Erfahrungen auf dem Gebiet der Verkaufsförderung uns sehr zustatten kommen werden« – lauter Applaus –, »wird heute abend in See stechen. Es ist ein junges Team« – ein unfreundlicher Blick auf Meale, der seit einiger Zeit angefangen hatte, spitze Schuhe zu tragen und in den Korridoren zu trällern –, »es ist ein hartes Team. Es soll verkaufen. Im Zelt Dienst tun, den Standardtyp vorführen, Interesse wecken, auch das. Aber vor allem wird es *verkaufen*. Und ich hoffe, daß bis zur offiziellen Eröffnung der Messe am Montag ein paar Auftragsbücher nicht mehr ganz so unschuldig sein werden wie in diesem Augenblick. Die Sache ist die: Viele ausländische Käufer verfügen nur über beschränkte Mittel. Sie kommen mit einer bestimmten Summe, und wenn sie diese Summe ausgegeben haben, reisen sie wieder ab.« Er nahm ein gefaltetes Blatt leeren Papiers auf und wedelte damit vor ihren hypnotisierten Blicken.

»Außerdem haben wir ein bißchen Spionage getrieben. Hier habe ich eine Liste aller wichtigen Einkäufer, die auf der Messe erscheinen werden, zusammen mit ihren Hoteladressen in Paris. Denn mir scheint, wenn diese Leute schon nur begrenzt Geld ausgeben können« – eine wohlberechnete Pause –, »dann geben sie es am besten bei Cassidy aus, und das bedeutet, noch *ehe* sie es anderswo ausgeben können.«

Während Lachen und Beifall langsam abebbten, war zu beobachten, wie die Züge des Generaldirektors sich verhärteten und seine Stimme einen ernsteren Ton annahm.

»Mitaktionäre, Damen und Herren des Vorstands, lassen Sie mich mit folgenden Worten schließen.« Langsam hob sich eine Hand mit halb geöffneten Fingern wie zum Segen. »Ein Mensch wird gerichtet – wie wir alle einst gerichtet werden, Freunde – nach dem, was er sucht, nicht nach dem, was er findet. Niemals soll es vom Hause Cassidy heißen, es habe ihm an Unternehmungsgeist gefehlt. Wir werden suchen, und wir werden finden. Ich danke Ihnen.«

Er setzte sich.

Während der Teepause nahm der Earl – ganz älterer Staatsmann – ihn beiseite. Er war ein gebrechlicher silberhaariger Mann und hatte seinen Lunch auf Firmenkosten bei Connaught eingenommen.

»Hören Sie auf den Rat eines alten Mannes«, sagte er sehr

langsam durch den Dunst eines erlesenen Whiskys. »Ich hab's beim Stahl gesehen, ich hab's auf der Jagd gesehen. Sich nur nicht zu früh verausgaben. Nicht versuchen, das ganze Rennen schon vor dem Frühstück zu laufen.«

»Bestimmt nicht«, versicherte Cassidy ihm und legte ihm eine beschwichtigende Hand auf die Schulter. »Ganz bestimmt nicht.«

»Was man in seinen Zwanzigern übertreibt, muß man in den Dreißigern büßen, was man in den Dreißigern treibt, muß man in den Vierzigern...«

»Stimmt, aber« – sie hatten die Direktorentoilette erreicht – »ich hab's fertiggebracht, daß *sie* alle sich jetzt Gedanken machen, nicht wahr, Sir?«

»Sie haben nicht zufällig getrunken, wie?« erkundigte sich der Earl.

»Großer Gott, nein!«

»Wissen Sie«, fuhr der Earl fort und stützte den Kopf bequem gegen den Wasserbehälter, »ich habe Sie beobachtet. Sie sind der abgefeimteste Schwindler. Äh, sagen Sie doch mal«, sagte der Earl, schob sich näher und wusch sich angelegentlich die Hände. »Sie scheinen einen Mordsprofit zu machen. Brauchen Sie zufällig einen Schuß zusätzliches Betriebskapital? Unterderhand, versteht sich? Damit wir die Steuermännchen nicht bemühen müssen, na, *Sie* wissen ja.«

Das unverbindliche Publikum hatte sich nach dem Tee ein wenig gelichtet, und Cassidys Schwung war gleichfalls abgeflaut. Nachdem er die Funktion des B-Teams (Zuständigkeit für die *Logistik der zweiten Phase*) im einzelnen nur kurz umrissen hatte, bewegte er sich eine Weile etwas lustlos um die Probleme der Schaffung neuer Verteilerstellen und der Eröffnung von Ersatzteillagern herum.

»Es besteht sogar die Möglichkeit«, sagte er, »wobei es sich natürlich um Pläne auf lange Sicht handelt, um hier kein Mißverständnis aufkommen zu lassen, daß die Firma Cassidy gegebenenfalls – und hier spreche ich von einer ferneren Zukunft – Nachbaulizenzen für die lokale, sogar *regionale* Herkunft ihrer Erzeugnisse auf der Basis einer Gewinnbeteiligung vergibt.«

Diesmal erhob sich kein Beifall, nicht einmal auf unverbindlicher Basis.

»Übrigens soll das Team A gesondert in der Innenstadt untergebracht werden, wo es die Vorteile größerer Beweglichkeit, eigener Verbindungsmöglichkeiten und dergleichen mehr nutzen kann, und dieses Team besteht fast ausschließlich« – dies hatte er als Scherz gedacht, sogar als Scherz geprobt, das Timing eingeübt, Rhythmus und Tonfall immer wieder überarbeitet – »aus mir selber. Ich sage *fast*, denn ich freue mich, Ihnen mitteilen zu können, daß meine Frau mich begleiten wird.«

Nur mit einem ausgesprochen gedämpften Murmeln wurde dieser unverbindliche Einblick in den Familienzusammenhalt begrüßt.

»Möchten Sie noch weitere geschäftliche Dinge erörtern?« fragte Lemming laut. »Ich glaube, es reicht ihnen allmählich.«

Vom Korridor hörten sie das Trappeln von Füßen, als jemand zum Telefon des Generaldirektors rannte.

»Das wird Paris sein«, sagte Faulk und stand auf.

»Bitte behalten Sie Platz, Mr. Faulk, meine Sekretärin wird mich rufen, wenn es nötig sein sollte.«

Wütend, aber nur innerlich, griff Cassidy nach einem Blatt mit der Tagesordnung und suchte den nächsten Punkt.

»Betriebskantine«, las er laut, mit einem inneren Schauder des Unbehagens.

Old Hugos Taschengeld. Behutsam vorgehen, Ton nebensächlich, aber bestimmt, überall hinsehen, nur nicht zum Earl, der sich immer gegen diesen unbequemen Eintrag ins Hauptbuch sträubt.

»Betriebskantine. In Anbetracht der günstigen Ertragslage schlage ich eine rückwirkende einmalige Ex-gratia-Zahlung vor an« – hier holte er kurz Atem und blickte auf, als wäre ihm der Name momentan entfallen – »unseren geschätzten Bevorratungsexperten Mr. *Hugo* Cassidy, dessen sachkundiger und kluger Rat unserer Werkskantine einen soviel erfreulicheren Anstrich verliehen hat.« Jemand klopfte an die Tür. »Darf ich den Antrag als akzeptiert betrachten?«

»Wieviel?« fragte Aldebout.

Die Tür ging auf, und Angie Mawdray lugte herein.

»Eintausend Pfund«, erwiderte Cassidy. »Einwände?«

»Absolut keinen«, sagte Larry Faulk.

Aus dem Augenwinkel sah er, wie der weiße Kopf des Earl sich hob und die weißen Brauen sich mißbilligend zusammenschoben und eine weiße Hand zu verspätetem Einspruch hochging.

»Mister Aldo, Paris am Apparat«, sagte Angie.

»Würden Sie mich bitte einen Augenblick entschuldigen?« fragte er verbindlich. »Zufällig weiß ich, daß diese Angelegenheit mein persönliches Ohrenmerk erfordert.«

Ehrerbietige Pause.

»Darf ich annehmen, meine Damen und Herren, daß wir inzwischen zum nächsten Punkt der Tagesordnung übergehen können? Mr. Lemming, Sie haben alles in Ihren Unterlagen? Mr. Faulk, würden Sie mich vertreten, bis ich zurückkomme? Sie sollten vielleicht ein paar Worte über unsere Verkaufsförderungsmaßnahmen in Schottland sagen. Mr. Meale, ich brauche Sie vielleicht.«

Lemming hielt ihnen die Tür auf. »Die Franzmänner haben gekniffen«, zischte er, als Cassidy hindurchfegte. »Eins zu hundert, daß sie gekniffen haben.«

»Ein *Franzose* ist am Apparat«, sagte Angie Mawdray triumphierend. »Er klingt *schrecklich* aufgeregt.«

»Haben Sie ein technisches Wörterbuch gefunden?«

»Nein.«

»Schade.« Meale reichte ihm den Hörer. »Hallo?«

»'Allo, 'allo, 'allo?«

»Hallo! Können Sie mich hören? Meale, rufen Sie die Vermittlung an. Sie sollen uns eine andere Leitung geben.«

Meale hob das zweite Telefon ab.

»Cass*idii?«*

»Oui?«

»Comment ça va?«

»Hören Sie, *écoutez, avez-vous le pram?«*

»Oui, oui, oui, oui, tous les prams.«

»Wo ist er? *Où?*« Und zu Meale, nun ebenfalls aufgeregt: »Alles o. k. Er hat ihn gekriegt.«

»Cassidii?«

»Oui?«

»Comment ça va?«

»Ausgezeichnet. Hören Sie, *wo-ist-der-Kinderwagen?«*

»Ici Shamus.«

»Wer?«

»Jesus, Lover, sagen Sie nicht, Sie haben uns schon abgeschrieben.«

Lemming war ihm nach oben gefolgt und stand unter der Tür.

»Nun?« sagte er und hoffte auf schlechte Nachricht.

Cassidy starrte Lemming an und dann das Telefon. Er legte die Hand über die Sprechmuschel.

»Entschuldige«, sagte er entschieden. »Würdest du bitte still sein. Ich kann nicht zwei Gespräche gleichzeitig führen. Ich bin gleich wieder unten. Geh und halte die Stellung. Mach dich nützlich.« Lemming verzog sich grollend. Meale trabte hinter ihm drein.

»Shamus«, flüsterte er, »wo sind Sie?«

Eine kurze Pause entstand, ehe die Antwort kam, und er glaubte, eine zweite Stimme im Hintergrund zu hören, als berate Shamus mit einer neben ihm stehenden Person.

»Im Bett«, sagte er schließlich. »In einem Bett in Ladbroke Grove.«

»Ist Helen bei Ihnen?«

»Nein, Lover, diesmal ist es nur Daddy. Kommen Sie doch zu uns.« Weitere Besprechung im Hintergrund, der ein seltsam schmeichelndes Zureden wie zwischen Herrn und Hund folgte: »Sag schön guten Tag zu Butch... los... sag *hallo* zu Butch.« Und viel lauter: »*Butch,* sag hallo zu Elsie.« Ein schwaches Rascheln, als der Hörer in eine andere Hand überging. Das schüchterne Kichern eines Mädchens, haardünn.

»Hallo, Butch«, sagte Elsie.

»Hallo Elsie. Elsie... ist alles in Ordnung mit ihm?«

»Natürlich ist alles in Ordnung mit mir«, sagte Shamus. »Komm rüber.«

»Ich bin mitten in einer Sitzung.«

»Ich auch.«

»Einer Vorstandssitzung«, sagte Cassidy. »Sollte mein großer Tag sein, sie warten alle drunten auf mich.«

Shamus war unbeeindruckt. »Ich versuche schon die ganze Woche, Sie anzurufen«, protestierte er. »Hat Ihnen niemand was gesagt? He, und hören Sie: Wer war die Sexbombe, mit der ich gesprochen habe?«

»Meine Sekretärin«, sagte Cassidy.

»Nicht die, die andere.«

»Meine Frau«, sagte Cassidy und schickte Stoßgebete zum Himmel.

»Menge Weiber. Sehr naiv. Fallen auf Russen rein. Auge auf sie haben.«

»Shamus, hören Sie, ich wollte Ihnen gerade schreiben... wann kann ich Sie sehen?«

»Heute abend.«

»Heute abend geht's nicht. Ich fahre Montag nach Paris zu einer Veranstaltung. Wir haben gräßliche Geschichten mit Druckereien und allem möglichen.«

»Wohin?«

»Paris.«

»Nach *Paristown?*«

»Am Montag.«

»Kinderwagen verkaufen?«

»Ja.«

»Ich fahre mit. Und nehmen Sie den Bentley mit, wir werden den Rücksitz brauchen.«

15

Das Haus lag im Dunkeln, als er zurückkam. Es erinnerte ihn, während er sich die Treppen hinauftastete, an die Tage, als Old Hugos Vater gestorben war und die Tanten das Haus in Tieftrauer versetzt hatten. Sie hatten noch nie einen Todesfall gehabt, aber sie wußten genau, wie sie sich und das Haus einzukleiden hatten, wo sich schwarze Sachen fanden und wie weit man die Gardinen zuziehen mußte, auf welcher Wellenlänge religiöse Programme gesendet wurden und was mit all den lächelnden Illustrierten zu tun war.

Die Schlafzimmertür war versperrt.

»Ich fürchte, sie schläft schon«, rief Mrs. Groat aus der Küche.

»Ah-ha.«

Auf dem Kinderbett war ein Handtuch bereitgelegt und daneben seine Zahnbürste. Hugo schlief. Cassidy zog sich langsam aus, glaubte noch immer, daß sie hereinkommen werde, dann beschloß er, sich zu rasieren, um seine Schwiegermutter zu ärgern. Die Verbitterung ging auf Marks Geburt zurück, den Sandra zu Hause zur Welt gebracht hatte. Sandra hatte gesagt, es werde nicht weh tun – sie hatte Bücher gelesen, die jeden Schmerz in Acht und Bann taten –, indes erwies ihr Vertrauen sich als ungerechtfertigt. Bald war das Haus von ihren schrillen Schreien erfüllt gewesen, da sie Penthotal hartnäckig ablehnte, und ihre Mutter hatte in der Küche geschluchzt und sich der eigenen Kämpfe erinnert, wie ein Boxer, der sich aus dem aktiven Sport zurückgezogen hat. »*O Gott*, ihr Männer!« hatte sie Cassidy angeschrien, als er für Zwecke, die er sich nicht vorzustellen wagte, Wasser heiß machte. »Gott, wenn ihr nur wüßtet...« Schuldgequält, aber wütend über diese, wie ihm schien, widerliche Zurschaustellung weiblichen Sichgehenlassens, hatte Cassidy die einzige männliche Prärogative ausgeübt, die ihm noch geblieben war. Er hatte sich rasiert.

Aus ähnlichen Gründen überkam ihn jetzt der gleiche Impuls. Er knöpfte sein Hemd auf, schwenkte den Rasierapparat in heißem Wasser, ließ den Pinsel auf die Glaskonsole klirren und rasierte dann unnötigerweise sein erstaunlich jugendliches Gesicht.

Sie ließ ihn lange warten.

»Ich weiß, daß du wach bist«, sagte sie. »Ich höre es an deinem Atem.«

Sie stand unter der Tür des Kinderzimmers, ihre Silhouette hob sich gegen das Treppenlicht ab, und er stellte sich ihr Gesicht vor, das von verständnislosem Groll verkrampft war. Sie mußte schon eine ganze Weile dort stehen, denn er hatte ihren ersten Seufzer vor zehn Minuten gehört.

»Du hast keine Spur von Anstand«, fuhr sie ruhig in ihrem Opheliaton fort. »Du hast nicht einen Fetzen Takt oder moralisches Rückgrat oder menschliches Mitgefühl. Du hast keinen einzigen Instinkt, der auch nur halbwegs ehrenhaft wäre. Ich weiß genau, daß du wieder lügst. Warum gibst du es nicht zu?«

Cassidy grunzte und bewegte einen Arm in ruhelosem Schlummer, doch sein Hirn arbeitete fieberhaft.

Ich lüge. Ja. Ich habe dich immer belogen und werde es immer tun, und so oft du mich auch erwischen magst, ich werde dir nie die Wahrheit sagen, denn du weißt mit ihr nicht mehr anzufangen als ich. Aber diesmal, ein Witz ist das, lüge ich, weil ich anfange, die Wahrheit zu entdecken, und die Wahrheit, mein Engel, liegt außerhalb unseres Ichs.

Er wartete.

Silentium.

Oder wie wär's mit einer akademischen Abhandlung der Frage, obwohl du kein Examen abgelegt hast? Wenn mir alle die von dir genannten Eigenschaften fehlen, und um der Diskussion willen will ich gern einräumen, daß dem so ist, wie sollte ich dann den Anstand, den Takt und das moralische Rückgrat besitzen, es zuzugeben?

Silentium.

»Ich nehme an, du nimmst A. L. Rowse«, schlug sie boshaft vor, »statt meiner.«

Cassidy zog die Decken hoch und vollführte seine Schwanennummer, ließ den Kopf über dem morastigen Wasser der Dingsdaschleuse schwanken.

»Wer war dieser Russe, der dich angerufen hat?«

Ich weiß nicht.

»Wer war dieser Russe, der dich angerufen hat?«

»Lenin.«

»Aldo!«

Ein Geschäftsfreund. Wie zum Teufel soll ich es wissen?

»Offen gesagt«, sagte Sandra traurig, »klang er sehr komisch.«

Offen gesagt, dachte Cassidy, *ist er es auch.*

Gehen. Wachsen. Bleiben.

»Du bist ein ausgesprochenes Kind. Was Homosexuelle immer sind. Du kannst dich nicht abfinden mit Menstruation, Babys, Tod oder sonst *irgend etwas*. Du hast absolut keinen Sinn für die Wirklichkeit. Du willst die Welt hübsch und adrett und erfüllt von Liebe zu Aldo.«

Sie wurde böse.

»Nun, die Welt ist nicht so, und *das*, mein Junge, wirst du lernen müssen. Egal wie. *Aldo?*«

Miiau.

»Die Welt ist ein grausamer, bitterer Ort«, fuhr sie im Tonfall ihres Vaters fort und spreizte Ellbogen und Füße. »Ein *verdammt* grausamer und bitterer Ort. Aldo, ich *weiß*, daß du wach bist.« *Ich glaube an Flaherty, den Vater, den Sohn und das Nesthäkchen.* »Ich werde dich verlassen, Aldo, mein Entschluß steht fest. Ich nehme die Kinder mit mir nach Shropshire. Mummy hat ein Haus bei Ludlow gefunden. Es ist einfach, aber es wird uns gefallen, wenn du nicht dort sein wirst. Wir leben alle sehr viel einfacher, wenn du nicht bei uns bist. Gewiß müssen die Kinder einen Vaterersatz haben. Ich werde mich in Ludlow danach umsehen. Thisbe und Gillian kommen in einen Zwinger, bis wir umgezogen sind.« Thisbe und Gillian waren die Afghanen. Hündinnen natürlich.

»Es tut mir sehr leid für dich«, fuhr sie fort. »Du verstehst nichts von der Liebe oder vom Leben und am allerwenigsten von Frauen. Nun ja...!«

Unter der Decke stimmte Cassidy ihr herzhaft zu.

Ja, und deshalb fahre ich nach Paris. Und deshalb nehme ich dich nicht mit. Ich werde mich nach dem umsehen, was du immer zu haben behauptest, also scheiß drauf. Nun ja!

»John Eldermann sagt, du habest unbewußt gelobt, dich an deiner Mutter zu rächen. Du haßt sie, weil sie mit deinem Vater geschlafen hat. Aus dem gleichen Grund haßt du auch *mich*. Nun ja!«

Himmel, sag nur nicht, du hast was mit Old Hugo gehabt. Ja, ja, ja, dies ist ein schmutziges Haus.

»Deshalb tut es mir sehr leid für dich«, wiederholte sie. »Es ist nicht deine Schuld, du kannst nicht dagegen an. Ich habe versucht, dir zu helfen, aber es ist mir nicht gelungen.«

Genau, dachte er und hob im Geist eine Hand. *Das ist der springende Punkt. Nichts ist dir gelungen. Es ist dir nicht gelungen, mich zu verstehen, meine Äußerungen und meine erdrückende Verzweiflung in deiner Gesellschaft. Du glaubst, in diesem Hause das metaphysische Gespür gepachtet zu haben, ich aber sage dir, Weib, du würdest selbst Gott nicht erkennen, und wenn* ER *dir höchstselbst eins in die Fresse hauen würde.*

Offenbar aus Ärger, weil er noch immer nicht gesprochen, geschweige ihr widersprochen hatte, wurde sie deutlicher.

»Deine Reaktionen sind *ausgesprochen* homosexuell«, erklärte sie und nahm einen früheren Anklagepunkt wieder auf. »Sowohl deinem Vater wie deinen Söhnen gegenüber. Du liebst sie nicht als Angehörige –«

Wem angehörig? Warum kannst du nicht Verwandte sagen? Warum beendest du jeden Satz mit ›nun ja!‹ Sehr bald, junge Frau, wirst du mich zu weit treiben, und ich werde gezwungen sein, in tiefen Schlaf zu fallen.

»Du liebst sie nicht als Angehörige, du liebst sie als Männer.«

Nun ja, dachte Cassidy, *trotzdem krallst du dich hier ein, oder?*

»Und die ganze Zeit kommst du mir mit diesen Lügen von deinen albernen Wohltätigkeitsprojekten. *Ich* weiß, daß du lügst. *Mummy* weiß, daß du lügst, *jeder* weiß es. Sie sind nur eine alberne Ausrede. *Bristol!* Glaubst du wirklich, *Bristol* sei auf deinen Sportplatz angewiesen? Sie würden ihn nicht einmal *geschenkt* wollen. *Fußgängerbrücke. Pavillon. Planieren. Ha!*«

Sie ging zurück in ihr Zimmer.

Leer, wiederholte er. Leer, leer, leer, leer, leer. Gehirnwäsche machen. Cassidy wäscht am leersten. Keine Lügen, keine Wahrheiten, nur ein Zustand, nur Überleben, nur Glauben. Flaherty, wir brauchen dich. ›Wenn ich nicht leer wäre‹, dachte er und schirmte die Augen vor der Dunkelheit mit den hohlen Händen, ›würde ich dich eine unerbittliche Langweilerin nennen. Du blockierst mich. Ich könnte Schriftsteller sein, wenn du nicht wärst. Deinetwegen bin ich in meinen verdammten Kinderwagen steckengeblieben.‹

Da waren die Tränen wieder, sie glitten durch seine Finger. Er benannte jede einzelne; Reue, Zorn, Hilflosigkeit, die Heilige Dreifaltigkeit. Ich taufe dich im Namen der Apathie. Er hatte gute Lust, zu Sandra zu gehen und sie ihr zu zeigen, schließlich war genau das ihr alter Trick, sie wartete, bis sie genügend Dampf angesammelt hatte, dann ließ sie es ihn ausbaden, tropf, tropf, buh-buh. ›Schluß mit deinen Scheißtränen‹, würde er brüllen. ›Schau dir *meine* an.‹

»Gute Nacht, Daddy«, sagte Hugo.

Beim Frühstück benahm Sandra sich, wie immer nach solchen Szenen, besonders reizend. Sie küßte ihn mütterlich, schenkte ihm Blicke tiefsten Einverständnisses, hielt ihre Mutter im Bett und gab ihm Tee anstatt Kaffee, was sie normalerweise für ordinär hielt. »Wegen John Eldermans Diagnose«, warf er hin, als sie ihn von hinten umfing.

»Ach, nimm es nicht ernst, ich war nur so schlecht gelaunt«, erwiderte sie leichthin und küßte ihn auf den Kopf.

»Und im übrigen hast du gut geschlafen?«

»Großartig, du auch?«

»Entschuldige wegen Paristown.«

»Paristown«, echote sie lächelnd. »Du bist doch ein Baby.« Weitere Küsse. »Es wird ein richtiger Kampf für dich werden, nicht wahr?«

»Ja, kann sein.«

»Sei nicht albern. Ich weiß es. Mir kannst du doch nichts vormachen.« Sie küßte ihn wieder. »Frauen *lieben* Kämpfer«, sagte sie. Aber Cassidy war noch nicht mit John Elderman fertig.

»Weißt du, Sandra, ich habe wirklich keinerlei Motive.«

»Ich weiß, ich weiß.«

Weitere Küsse. Cassidy stieß nach. »Ich meine, nicht einmal unbewußt. Ich meine, ich könnte alle diese Argumente so drehen, daß sie genau das Gegenteil bedeuten würden.«

»Natürlich könntest du das«, sagte sie. »John macht sich nur wichtig. Und du bist *viel* intelligenter als John, wie er ganz genau weiß. Nun ja!«

»Ich werde in die Enge getrieben, und ich wehre mich. Es hat nichts mit Andersrum-Sein zu tun.«

»Natürlich nicht, und es war reizend von dir, daß du ihm das ganze Geld geborgt hast«, fügte sie großmütig hinzu. »Ich verstehe nur eben *manchmal* deine Motive nicht. Und natürlich glaube ich an deine Fußballplätze. Nur, ich wünsche mir eben, diese widerlichen Leute würden ein einziges Mal *ja* sagen.«

»Aber Sandra, sie sind so *korrupt*.«

»Ich weiß, ich weiß.«

»Es dauert Jahre, bis man sie mürbe gemacht hat...«

Geschickt baute er seine Verteidigungslinie auf. Ich werde Tag und Nacht unterwegs sein... Die Botschaft schickt mir einen Wagen zum Flugplatz... In diesem Stadium ist alles möglich... ruf mich nicht an, laß mich *dich* anrufen, es geht auf Firmenkosten...

»Sollen sie einen Wagen schicken«, sagte sie. »Alle ihre Wagen. Eine ganze Wagenkolonne nur für Aldo.«

Als er das Haus verließ, kamen bereits die Putzfrauen angerückt, einige per Taxi, andere wurden von ihren Männern hergefahren. In der Halle bellten Hunde, das Telefon klingelte auf mehreren Stockwerken. Die Handwerker hatten bereits angefangen; der Maurer kochte Tee.

»Ich läute an, ob es sich machen läßt«, versprach er. »Dann steigst du ins nächste Flugzeug. Nicht ins übernächste, ins nächste.«

»Gute Reise, Pailthorpe«, sagte sie. »Lover.«

Als er sich von ihr abwandte, erblickte er ihre Mutter, die hinter ihr bereitstand wie ein greises Kindermädchen, bereit, sie aufzufangen, falls sie fiele. Er war nahe daran, umzukehren. Nahe daran, sie von einer Telefonzelle aus anzurufen. Nahe daran, sein Flugzeug zu verpassen. Doch Cassidy war sein ganzes Leben lang nahe an den Dingen daran gewesen, und dieses Mal wollte er sie, komme was da wolle, zu fassen kriegen.

In Paristown.

Paris

16

Liebesgeschichten, das hatte Cassidy schon immer gewußt, sind zeitlos und daher der historischen Abfolge entzogen. Sie spielen, wenn überhaupt, weit über den Zweigen unserer Alltagsbäume, im Halblicht der Wolken, zu denen Taggeschöpfe keinen Zugang haben; sie spielen in Augenblicken, in denen die Seele auf unergründliche Weise erhabener ist als alles, was sie umgibt, und was immer das Auge erblickt, bebildert eine innere Welt.

So war es mit Paris.

Haverdown war eine Nacht gewesen, die Pariser Messe (laut Verband der Kinderwagenfabrikanten, Cassidy war es nie gelungen, eine objektive Bestätigung zu bekommen) dauerte vier Tage. Und doch besaßen für Cassidy beide den gleichen zwingenden Rhythmus: das gleiche tastende Kennenlernen, die gleiche blind zurückgelegte Wanderung vom Vorhersehbaren zum Ungeahnten; eine Seelenwanderung zu den versteckten Winkeln seines Herzens; eine Körperwanderung zu den versteckten Winkeln einer Stadt. Jede war zunächst von dem instinktiven Gefühl des Scheiterns begleitet; jede war vom gleichen triumphalen Höhepunkt gekrönt; jede belehrte ihn und gab ihm Neues zu lernen.

Sie hatten sich in der Abflughalle bei Ausgang 2 verabredet. Die Viel-zu-vielen waren überall, doch Shamus hatte einen separaten Platz gefunden, eine Ecke, die für Rollstühle reserviert war. Es dauerte eine Weile, bis Cassidy ihn entdeckte und sofort in Panik geriet. Shamus kauerte gebückt in dem Stahlrahmen, wie von einem furchtbaren Leiden verkrümmt, und er trug dunkle Gläser und eine Baskenmütze. Seine mächtigen Schultern waren in dem vertrauten schwarzen Jackett nach vorn gesunken, und er hatte nichts bei sich als eine Orange, die er geduldig von einer Hand in die andere rollen ließ, als wollte er die tauben Gelenke beleben. Er sprach mit gebrochenem Flüstern. Es war Elsie, sagte er; Elsie sei zu anspruchsvoll gewesen. Auch habe sie Formaldehyd getrunken, das die Stimmritzen zerfresse und Wirbelsäulenkrämpfe verursache. Cassidy sah ihn zum erstenmal bei Tageslicht.

»Was macht das Buch?«

»Welches Buch?«

»Der Roman. Sie wollten ihn nach London bringen. Fanden die ihn gut?«

Shamus wußte von keinem Roman. Er wollte Kaffee, und er wollte in der Halle herumgeschoben werden, um gesunde Menschen zu sehen und Kinderlachen zu hören. Beim Kaffee – die Kellner zeigten sich beflissen, säuberten den Tisch, entfernten störende Stühle – erkundigte Cassidy sich nach Alastair, dem Eisenbahner, und anderen Figuren dieses großartigen Abends, aber Shamus war nicht mitteilsam. Nein, er und Helen seien nicht wieder nach Chippenham gezogen; der Taxichauffeur sei aus ihrem Gesichtskreis entschwunden. Nein, er könne sich nicht erinnern, wann sie Haverdown verlassen hatten. Die Sauhunde hatten das Wasser abgesperrt, also hatten sie sich ins Londoner East End verzogen, zu zwei Freunden namens Hall und Sal, Hall sei Boxer, das Brot des Lebens.

»Er schlägt mich«, fügte er hinzu, als sei dies eine Empfehlung. Und das war alles.

»Ich hab's nicht mit der Vergangenheit, Lover. Nie gehabt. Die Vergangenheit stinkt.«

Mit zitternden Händen zog er die warme Tasse näher an seine Brust. Nur die Erwähnung Flahertys ließ seine leblosen Augen aufleuchten. Der Briefwechsel blühe, sagte er; er habe kaum noch Zweifel, daß Flahertys Anspruch gerechtfertigt sei. Schweigend aßen sie die Orange, jeder die Hälfte.

Im Flugzeug, in das Shamus von stämmigen Stewards geschafft worden war, schob er die Baskenmütze als Kissen auf die Fensterseite und schlief, und in Orly gab es einen kleinen Wirbel. Erstens wegen eines anderen Rollstuhls – die Franzosen hatten einen an die Landebahn gebracht, aber Shamus wies ihn entrüstet zurück – und zweitens wegen des Gepäcks. Cassidy hatte eine neue schweinslederne Handtasche erworben, die zu seinem Globetrotter-Kamelhaarmantel paßte, und er beobachtete besorgt das Förderband mit dem Gepäck, denn er kannte die Franzosen. Nachdem er seine Tasche wiedererobert hatte, fand er Shamus bereits an der Schranke, mit leeren Händen.

»Wo ist Ihres?«

»Haben wir verfressen«, erwiderte Shamus. Eine Stewardeß, der seine unwiderstehliche Erscheinung aufgefallen war, blickte ihn finster an. »Schlampe«, brüllte er sie an, und sie errötete und ging weg.

»He, nicht so hitzig«, sagte Cassidy verlegen, und Shamus miaute: »Ich hasse Stewardessen«, sagte er.

Eine Limousine holte sie ab, und eine Weile schwiegen sie beide vor der Schönheit der Stadt. Sie war in strahlendes Sonnenlicht gebadet. Es setzte den Fluß in Flammen, überglänzte rosig die Straßen und verwandelte die goldenen Adler in Phönixe täglich neugeborener Freude. Shamus saß auf seinem Lieblingsplatz neben dem Fahrer, winkte gravitätisch der Menge zu und lüftete von Zeit zu Zeit die Baskenmütze. Einige Leute winkten zurück, und ein hübsches Mädchen warf ihm eine Kußhand zu, was Cassidy im ganzen Leben nicht passiert war. Im *St. Jacques* wurden sie mit der ganzen demonstrativen Nachsicht empfangen, die französische Hotels Homosexuellen und unverheirateten Paaren zuteil werden lassen. Dem Personal war sofort klar, daß Shamus freigehalten wurde. Cassidy hatte ein Apartment mit Doppelbett genommen, für alle Fälle, und der Manager hatte eine Obstschale heraufgeschickt. *Pour Monsieur et Madame* stand auf der Karte, *avec mes compliments les plus sincères*. Shamus bestellte telefonisch Champagner, auf französisch, er sagte ›Schampuh‹, und die Telefonistin lachte herzhaft. *Ah, c'est vous,* sagte sie, als habe sie bereits von ihm gehört. Sie tranken den Champagner warm, denn bis er heraufkam, war das Eis geschmolzen, und danach spazierten sie die Rue de Rivoli entlang, wo sie für Shamus einen Anzug kauften und drei Hemden und ein paar hübsche Lackschuhe.

»Wie geht's dem Bentley?«

»Bestens.«

»Leitkuh blüht und gedeiht?«

»O ja.«

»Die Ableger?«

»Auch ja.«

»Bein?«

»Bein bestens. Fast geheilt.«

Und eine Zahnbürste, erinnerte Shamus ihn, also kauften sie auch eine Zahnbürste, denn Shamus hatte die seine bei Elsie gelassen, falls der heimkommende Ehemann sie benötigte.

»Wie geht's Helen«, fragte Cassidy.

»Bestens, bestens.«

Als sie in einem winzigen Blumenladen zwei Nelken kauften, küßte Shamus das Mädchen in den Nacken, eine Huldigung, die sie nicht aus der Fassung brachte. Er schien mit Frauen umgehen zu können wie Sandra mit Hunden, sie fraßen ihm aus der Hand.

»Bezaubere die weiblichen Käufer auf der Messe«, erklärte er, als sie ihnen die Blumen ins Knopfloch steckte. »Goldeswert.«

Um sechs Uhr stapfte Bloburg, Cassidys Pariser Vertreter, in die Halle, überströmend von blödsinnigen Komplimenten, noch ehe er durch die Schwingtür war, und Shamus zog sich ins Schlafzimmer zurück, um über Kinderwagen zu lesen.

»Aldo, mein Gott, Sie sind um zweihundert Jahre jünger gewörden, wie stellen Sie das nur an, mein Junge, schauen Sie mich an, mit mir geht's zu Ende! Aldo, wie geht's, hören Sie, morgen lade ich Sie zu einem fantastischen Abendessen ein, ein Lokal, das nur die Franzosen kennen, das beste Lokal, Cassidy, einsame Spitze.«

Bloburgs Gastfreundschaft sollte stets morgen genossen werden. Er war ein trauriger lärmender Mensch, der im Krieg alles verloren hatte, Kinder, Häuser, Eltern. Bei früheren Besuchen hatte Cassidy viel für ihn getan, ihn sogar in seinem glücklosen Liebesleben beraten.

»Cassidy, Sie sind Nummer eins. *Tout Paris* spricht von Ihnen, wenn ich's Ihnen sage! Sie sind ein *Künstler*, Cassidy! *Tout Paris* ist fantastisch für einen *Künstler*!«

Paris ist fantastisch, Künstler sind fantastisch, Cassidy ist fantastisch; doch nicht einmal Cassidy, der eine Menge Schmeicheleien vertragen konnte, glaubte noch an den tristen Bloburg als seinen Champion. »Trinken wir ein Glas«, schlug er vor.

»Cassidy, Sie sind so großzügig. *Tout Paris* sagt...«

Er zögerte seinen Aufbruch in der Hoffnung auf ein Abendessen so weit wie möglich hinaus, aber Cassidy blieb hart. Er wollte mit Shamus essen, und seine Zeit war ihm wertvoll.

Während des Diners im Hotel versuchten sie, den Weg zueinander zu finden, und fanden doch nicht den rechten Ton; sie tranken auf das Buch.

»Wessen Buch?« sagte Shamus und setzte sein Glas ab.

»Ihr Buch. Ihr neues, Sie Esel. Möge es ein Riesenerfolg werden.«

»He, Lover.«

»Ja.«

»Großartige Prospekte. Schmissig, überzeugt und überzeugend. Habe jedes Wort genossen.«

»Vielen Dank.«

»Selber geschrieben?«

»Weitgehend.«

»Viel Talent drin, Lover. Sollten es ausbauen.«

»Danke«, sagte Cassidy wieder und kehrte zu seinem Hummer zurück. Sie bereiten ihn vorzüglich, dachte er, in Knoblauchbutter mit einer Spur Rosmarin.

»Wie lang ist es her, seit Sie dieses Bremssystem erfunden haben?« fragte Shamus.

»Oh, zehn Jahre... vielleicht auch länger.«

»Und seither?«

»Nun ja, die Auswertung, nicht wahr. Herstellung, Marketing, Verkauf. Wir haben sogar angefangen, selber Karosserien zu bauen. In kleinen Serien zunächst.«

»Gewiß, gewiß.«

Als er sein eigenes Bild im Spiegel erblickte, hielt Shamus inne, um seinen neuen Anzug zu bewundern, hob das Glas und trank sich zu, dann hob er abermals das Glas, um den Toast zu erwidern. »Aber keine neuen umwälzenden Erfindungen?« begann er wieder und setzte sich auf seinem Stuhl zurück. »He? He?«

»Nicht eigentlich.«

»Und was ist mit diesem neuen Klappchassis?«

Cassidy lachte geständig. »Es trägt meinen Namen, aber ich muß gestehen, daß es meine Konstrukteure ausgedacht haben.«

»Herrje«, sagte Shamus. »Sie haben's wirklich geschafft.«

Cassidy erwähnte Helen. Helen gehe es ausgezeichnet, sagte Shamus. Sie halte sich bei ihrer Mutter auf, Prinzessinnen müsse man in Türme sperren.

»Zeit, daß ihr die Flügel gestutzt werden«, erklärte er. »War schon zu frech geworden.«

»Hat es ihr in London gefallen? Bei Hall und...«

Da er auf diesem Gebiet nicht sehr zu Hause war, hätte er beinahe gesagt, Hall und Saul, fing sich aber noch.

»Sicher, sicher«, sagte Shamus, schob Helen beiseite und stürzte sich in eine ziemlich sprunghafte Erkundigung über die Gefahren der Auslandskonkurrenz in der Kinderwagenbranche. War ein französischer Kinderwagen sexbetonter? Ein deutscher solider? Wie machten sich die Russen? Während er diese Fragen stellte, schweifte Shamus' Aufmerksamkeit zu einem Mädchen in der Ecke des Saales. Sie war nicht älter als zwölf Jahre. Sie saß allein unter einem Kerzenleuchter und trug Sandras Silberkleid vom Maitanz in Oxford. Sie hatte irgendein *flambé* bestellt, das Obst und einiges an Spirituosen erforderte. Zwei junge Kellner bedienten sie unter dem Auge des *maître d'hôtel* von einem Servierwagen.

»Christus hat niemals von uns gesprochen, oder?« bemerkte er plötzlich. »Kein Wort im gesamten Manifest. Wir sind nur da, um den Spielstand festzuhalten.«

In seiner Überraschung stotterte Cassidy:

»Wir?«

»Schriftsteller. Wer sonst?«

Er beobachtete noch immer das Mädchen, aber sein Gesichtsausdruck war weder freundlich noch neugierig, und als er weitersprach, hatte seine Stimme eine Spur der vertrauten irischen Färbung.

»Ja doch, ich meine die Kinderwagenverkäufer: Ihr müßt euch auf die Hinterbeine stellen. Schwerer Stand, aber ihr wißt, wo ihr steht. Ihr kriegt's in dieser Welt, also seid ihr in der nächsten fein raus.« Das Mädchen wählte Flaschen aus. Sie deutete mit der kleinen behandschuhten Hand: nicht diese, die andere. Sie trug ein schwarzes Band um den Hals, ein einzelner Billant funkelte in der Mitte. »Die Friedfertigen lachen: Sie sind Gottes Kinder, und bessere Eltern kann man sich nicht wünschen. Aber ich bin *nicht* scheiß-friedfertig, oder?«

»Ganz sicher nicht«, sagte Cassidy, der Shamus' Themawechsel noch nicht ganz mitgekriegt hatte, herzlich.

»Ich bin streitfertig. Einer, der seine Meinung sagt.«

»Und ein Mann des Alten Testaments«, erinnerte Cassidy ihn, »wie Hall.«

Hatte Shamus *wirklich* geboxt? Cassidy hatte in Sherborne geboxt. Er hatte den Fehler begangen, vor dem Match ein Bad zu nehmen, seinem Schulvorstand zuliebe, der eine hohe Meinung von seiner religiösen Durchschlagskraft hatte. Obwohl er eine Weile stehengeblieben war und sich hatte schlagen lassen, mußte er sich in der dritten Runde doch hinlegen, und noch nach Jahren verursachten lederne Autositze ihm Übelkeit.

»Schnauze«, sagte Shamus.

»Wie?«

»Schnauze. Hör auf mit Hall.«

»Verzeihung«, sagte Cassidy verständnislos.

Noch immer hielt das Mädchen Shamus' ganze Aufmerksamkeit gefangen. Der *maître d'hôtel* goß ein wenig Limonade in ihr Weinglas. ›Genug‹, sagte die schmale Hand, und die Flasche verschwand.

»Und das kleine Miststück ist fein raus, weil sie ein Kind ist«, fuhr Shamus, immer noch beim Thema der Seligen fort,

»und Kinder genießen vollen Schutz. Durchaus richtig und in Ordnung. Ich bin selber ein glühender Verteidiger des Nachwuchses, obgleich ich der Meinung bin, die Altersgrenze könnte ein bißchen herabgesetzt werden. Aber was kriegen die Schriftsteller? Ich sage Ihnen eins: Wir sind nicht sanftmütig, nein danke, also werden wir das Erdreich nicht besitzen. Und wir sind auch nicht arm im Geiste, also können wir nicht mit dem Himmelreich rechnen, zum Beispiel.«

Sein Gesichtsausdruck näherte sich grimmigem Ärger. Er nahm Cassidys Hand und streichelte sie liebevoll, redete sich selber gut zu. »Ruhig, Lover, ruhig... nicht böse werden... ruhig...« Entspannt lächelte er. »Sie sehen, Lover«, erklärte er mit sanfterer Stimme, »man wird einfach *nicht ausreichend informiert,* das ist meine Meinung. Ich sagte es Flaherty erst letzte Woche. Flaherty, was wollen Sie für die Schriftsteller tun? sagte ich: Kriegen sie's jetzt oder später? Sie verstehen mich doch, Lover, nicht wahr? Sie sind schließlich der Boß. Sie zahlen.«

»Nun, sie haben ihre *Freiheit*«, schlug Cassidy behutsam vor.

Shamus fuhr auf ihn los. »Freiheit wovon, Himmel, Scheiße noch mal? Freiheit von all dem schönen Geld? *Diese* Freiheit? Oder sollten Sie womöglich an die unerträgliche Sklaverei öffentlicher Anerkennung gedacht haben?« Zu spät nahm Cassidy Zuflucht zu seiner Sitzungsstimme. »Ich habe wohl eher an die Freiheit von der Banalität gedacht«, sagte er leichthin und benutzte das Vorüberkommen eines Kellners, um Cognac zu bestellen.

»Ach wirklich?« sagte Shamus verbindlich, und der irische Akzent gelangte zu voller Blüte. »Damit mögen Sie recht haben. Ich will zugeben, daß Freiheit von der Banalität ein Privileg ist, das ich vielleicht übersehen habe. Denn schließlich könnte ich den ganzen Tag schlafen, das stimmt, und kein Aas würde sich darum scheren. Nicht jeder kann *das* von sich sagen, wie? Ich meine, es würde kein Gefängniswärter kommen und an die Tür donnern oder mir befehlen, ich solle meinen Eimer leeren, und ich würde nur die Laute von Gelächter hören, sonst nichts, und die Burschen, die ihre Freiübungen in der frischen Luft machen, vielleicht mit ihren Mädchen. Der einzige Haken sind die Nächte, meinen Sie nicht auch?«

»Ja, gewiß«, stimmte Cassidy zu.

Mit kindlicher Faszination beobachtete Shamus, wie er dem Kellner Trinkgeld gab. Es war ein sehr großzügiges Trinkgeld, aber der im Ausland weilende Cassidy war stets bestrebt, starke Barrieren gegen Respektlosigkeiten zu errichten.

»Was werden Sie neunzehnhundertachtzig machen?« fragte Shamus, als die Transaktion abgeschlossen war.

»Verzeihung?«

»Die Weltbevölkerung wächst jährlich um siebzig Millionen, Lover. Verdammt viele Leute, denen man Trinkgeld geben muß, nicht wahr? Sogar für Sie.«

Ihr Abschied war gleicherweise rätselhaft.

»Geht es Ihnen *gut?*« fragte Cassidy zweifelnd, als er Shamus in die Halle begleitete.

»Keine Angst, Lover. Bis zur Nacht werde ich in Ordnung sein.«

»Bißchen zuviel von Elsie erwischt, nehme ich an.«

»Von wem?«

»Elsie.«

»Klar – Lover.«

»Ja?«

»Sie lassen's mich mit diesen Kinderwagen versuchen, nicht wahr?« Seltsame Hilflosigkeit hatte die frühere Angriffigkeit ersetzt. »Nur ... nun, *Sie* wissen, daß ich deshalb hierhergekommen bin. Ich weiß, daß ich es *kann*. Verkaufen. Ich glaube, ich könnte sogar eine echte Berufung daraus machen. He Lover.«

»Ja.«

»Danke für den Anzug.«

»Schon gut.«

»Der Hummer war fabelhaft.«

»Freut mich, wenn er Ihnen geschmeckt hat.«

»Fabelhaftes Brot auch. Knusprig außen, mollig in der Mitte. – Sie haben so viel, was ich brauchen könnte«, bemerkte Shamus plötzlich und legte die Hände auf Cassidys Schultern. »He, hören Sie zu...« Cassidy hörte zu. »Wir müssen einander lieben. Das große Experiment, wie Schwarze und Weiße und der ganze Mist. Aber wenn ich Sie nicht *ganz* habe, dann habe ich gar nichts von Ihnen. Sie sind ein so großer glitschiger Fisch. Ich kann Sie anfassen, aber ich weiß nicht, wo Sie zu Ende sind... Sie sind *gräßlich*, Ehrenwort...«

Cassidy lachte verlegen. »Vielleicht ist es ganz gut, daß Sie es nicht wissen«, sagte er und machte sich los für den Fall, daß Shamus eine öffentliche Umarmung im Sinne hätte. »Übrigens, Sie haben nicht ein Exemplar des Buches dabei, wie?«

Irgendwo im braunen Dunkel von Shamus' Augen glomm ein Warnlicht auf und blieb brennen.

»Und wenn ja?«

»Ich würde es nur gern lesen, weiter nichts. Falls Sie es dabei haben. In welchem Stadium ist es eigentlich?« fügte er hinzu. Als er keine Antwort erhielt, versuchte er es mit einer Reihe anregender Fragen. »Wird es verfilmt wie *Moon*? Möchte wetten, daß einiges dabei herauskommt. Ganz abgesehen vom Buchverkauf... Auch Paperback vermutlich?« Während er noch immer redete, zog Shamus sich in den Lift zurück. »Wissen Sie«, sagte Shamus, als seine Füße im Liftschacht hochschwebten, »wenn ich Flaherty wäre, könnte ich dieses Ding aus eigener Kraft hochhieven.«

Es war Mitternacht, als Cassidy zu ihm zurückkam. Er hatte geschäftliche Besprechungen in der Bar des *Bristol* gehabt und ein weiteres Treffen mit Bloburg, und um elf hatte eine Public-Relations-Dame angerufen, um den Text von Waschzetteln durchzugehen. Shamus lag wie ein toter Zwiebelverkäufer flach auf dem Bauch auf der Bettdecke, wieder in seinem schwarzen Rock, das Gesicht in der Baskenmütze. Der neue Anzug hing ordentlich im Schrank, und am Revers steckte ein Ausstellerabzeichen. Die Prospekte lagen neben ihm auf dem Boden verstreut. Ein liniierter Briefblock stand auf dem Kaminsims.

›Sehr geehrte Herren‹, lautete die Mitteilung. ›Haben Sie

die Güte, Endunterzeichnenden morgen früh pünktlich für die Messe wecken zu wollen, Ihr gehorsamer untertänigster Diener Shamus P. Scardanelli (Verkäufer).‹ Das Postskriptum hieß: ›*Bitte,* Lover, *bitte.* Hoch verbindlich. Lebenswichtig. Und Lover, verzeih, bitte verzeih.‹

Ein Lastwagen parkte unter dem Fenster, und Arbeiter luden Kisten auf dem Kopfsteinpflaster ab und riefen sich Scherze zu, die er nicht verstand.

Ich hätte ihm auch einen Schlafanzug kaufen sollen, dachte Cassidy. Warum muß er sich in diesen Rock wickeln?

Er schläft wie Hugo, nur ruhiger, die Wange an den Unterarm gepreßt und die Lippen vorgeschoben.

Drunten auf der Straße rief eine Frau, eine Hure nach dem Klang ihrer Stimme und betrunken dazu. Ist es das, was ich von ihm erwarte: den Kuppler für mich spielen? *Verzeih, Lover, verzeih.* Du bist so voller Wahrheit, dachte Cassidy, als er ihn wiederum anblickte, was gibt es da zu verzeihen?

»Dale?«

Shamus murmelte etwas, aber Cassidy konnte die Worte nicht verstehen. Du träumst, dachte er, und drehte sich um, um ihn nochmals anzuschauen, du träumst von Elsie und vom Kinderwagenverkaufen. Warum nicht von Helen träumen?

Plötzlich schrie Shamus auf, ein kurzer harter Aufschrei: »Dreck« oder »weg« und rollte die Schultern in zorniger Abwehr.

»Shamus«, sagte Cassidy ruhig, streckte die Hand aus und berührte ihn. »Shamus, alles in Ordnung, ich bin's; Cassidy. Ich bin da, Shamus.«

Nein, dachte er, als Shamus sich wieder beruhigt hatte, besser nur wir beide. Von Helen träumen wir ein anderes Mal.

»Dale, du gemeines Aas.«

»Ich bin nicht Dale. Ich bin Cassidy.«

Langes Schweigen.
»Darf ich mit zur Messe?«
»Ja, Sie dürfen mit.«
»In meinem neuen Anzug?«
»In Ihrem neuen Anzug.«
Minuten später erwachte Shamus wiederum jäh.
»Wo ist meine Nelke?«
»Hab' sie ins Zahnglas gestellt.«
»Ist nämlich für die Damenkundschaft auf der Messe.«
»Ich weiß. Wird sie umhauen.«
»Gute Nacht, Lover.«
»Gute Nacht, Shamus.«

17

Für Cassidy war der Tag langweilig, für Shamus die reine Wonne. Der Kinderwagenverkäufer erhob sich ohne Hast, seine Ohren hallten bereits von den beutegierigen leeren Klischees der Branche; doch der große Schriftsteller war bereits angekleidet, bis auf die Füße; schritt im Zimmer auf und ab in der Hochform des jungen Managers, der versessen darauf ist, seine Verkaufszahlen zu steigern. Seine Lackschuhe waren draußen beim Putzen; in den Nähten war Staub gesichtet worden. Cassidy hatte vorgehabt, spät aufzubrechen, doch davon wollte Shamus nichts wissen. Große Siege lägen in der Luft, behauptete er; Cassidy und Shamus müßten zeitig auf dem Schlachtfeld sein und die Truppen anfeuern.

Sie kamen bei Nieselregen an; die Zelte hingen trübselig auf ihren Pflöcken und rochen nach Rugby und Umkleideraum.

»Bee-Line?« rief Shamus entrüstet. *»Bee-Line?* Nie davon gehört.«

»Unser Hauptkonkurrent«, sagte Cassidy.

Zwei Beefeaters bewachten den Eingang; Hellebardiere reichten Faßbier in Zinnkrügen.

»Soll das heißen, daß Sie zusammen mit dem Feind kampieren? Herrgott, Lover, Sie müssen sie niederbrennen! Ihre Weiber schänden, spießen, die ganze Brut!«

»Nicht so stürmisch«, sagte Cassidy. »Hallo, Mr. Stiles.«

»Oh, *hallo*, Mr. Cassidy. Wie gehen die Geschäfte? Macht sich, wie?«

»Nicht besonders; soll hübsch ruhig sein.«

»Ich glaube, es ist überall das gleiche«, sagte Stiles voll Genugtuung. »Ich glaube nicht, daß die Abwertung den gewünschten Effekt hat, was meinen Sie?«

»Ganz bestimmt nicht«, sagte Cassidy.

»Arschkriecher«, sagte Shamus, als sie weggingen. »Widerling.«

»Man muß mit ihnen auskommen«, erklärte Cassidy. »Schließlich müssen wir hier gegen das Ausland zusammenhalten.«

Das Cassidyzelt gab ihm seine frohe Laune wieder. Shamus, der als ›wichtiger Verbindungsmann zum Direktor‹ vorgestellt worden war, testete die Chassis, fuhr in einem Sportwägelchen, flirtete mit den Mädchen und unterhielt sich mit Meale, der in jüngster Zeit außerordentlich mürrisch geworden war und den Wunsch geäußert hatte, die Ordensgelübde abzulegen, über den Heiligen Franz von Assisi. Sie alle *akzeptieren* ihn, dachte Cassidy verwundert; sie akzeptieren ihn alle. Würde *ich* hier herumlungern, sie hätten mich im Handumdrehen draußen. Ein Besucherschwarm hatte soeben das Zelt betreten, zumeist Skandinavierinnen, Frauen mittleren Alters. Beim Lunch betreute Shamus ein Frøken Svenson aus Stavanger und verkaufte ihr hundert Chassis zum Preis von einem Dutzend pro dreizehn Stück. Sie solle bezahlen, wann immer es ihr passe, sagte er, die Firma Cassidy sei in Geldsachen nicht kleinlich.

»Treiben Sie Lemming auf«, sagte Cassidy leise zu Meale. »Sagen Sie, er soll den Abschluß stornieren.«

»Was?« sagte Meale aggressiv.

»Meale, was ist nur mit Ihnen los?«

»Nichts, ich finde ihn bloß fabelhaft, weiter nichts; ich finde ihn aufrichtig und großartig.«

»Sie sollen den Auftrag streichen, verstanden? Unterm

Tisch verschwinden lassen. Sie hat nichts unterschrieben, und wir auch nicht. Wir haben im ganzen Leben noch nie dreizehn für ein Dutzend abgegeben, und wir werden jetzt nicht damit anfangen.«

Shamus lag in der Badewanne, spielte mit den Nelken und gab seine persönliche und bizarre Einschätzung der Markttendenz zum besten: »He, Lover, wie steht's jetzt mit Paisley? Ich meine, wenn der Bursche uns zeugungsfähige Katholiken samt und sonders umlegen wird, dann gibt's auch keine verdammten Babys mehr.«

»Fragen Sie Flaherty.«

»Wissen Sie, wenn man's recht bedenkt, so ist die Arbeit in der Kinderwagenbranche wirklich sinnvoll. Ich meine, Kinderwagen sind die Pflugscharen, nicht wahr, für die Welt von morgen. Ich meine, es gibt Kerle, die millionenweise Schwerter schmieden, aber Sie und ich, wir sind hundertprozentig im pazifistischen Lager, finden Sie nicht auch, Lover?«

»Wir sehen uns nach der Party«, sagte Cassidy wohlwollend.

»Kann ich denn nicht mitkommen?« fragte er schmollend. »Ich habe die Kinderwagen verkauft, nicht Sie.«

»Nur für Firmenchefs«, sagte Cassidy. »Tut mir leid.«

»Miiau«, sagte Shamus. »Die Leute mochten mich gern«, fuhr er nachdenklich fort, »und *ich* mochte *sie*. Eine ideale Ehe. Gutes Omen für die Zukunft.« Er sang einige Takte einer irischen Weise. »He, Lover, Sie haben meine Frage noch immer nicht beantwortet.«

»Welche Frage?«

»Ich habe Sie einmal gefragt: Ihre Ansicht über die Bedeutung der Liebe?«

»Ich muß schon sagen, Sie wählen immer den rechten Augenblick«, sagte Cassidy lachend.

Mit der Zehe lenkte Shamus eine Nelke weg vom Strahl des Wasserhahns. »Du darfst nicht sterben«, rezitierte er, offenbar an die Adresse der Blume, »denn alle Frauen werd' ich hassen nur, bist du dahin. Chippie, chippie, Lover.«

»Chippie, chippie«, sagte Cassidy.

Ein letzter Blick zeigte ihm Shamus in der Badewanne, die schwarze Baskenmütze auf dem Kopf, in das Studium der Aktienkurse der *Herald Tribune* vertieft. Er mußte die ganze Flasche von Cassidys Badezusatz verbraucht haben; das Wasser war dunkelgrün, und die Nelken schwammen darauf wie Lilien auf einem moosigen Teich.

Der britische Minister (Wirtschaft) war einer jener langweiligen, kleinen, sehr reichen und weltfremden Männer, die das *Foreign Office* nach Cassidys Erfahrung unweigerlich mit der Wahrnehmung merkantiler Belange betraut. Er stand geduckt am Ende eines langgestreckten Raumes, im Schutz einer imposanten Gattin, neben einem mit rotem Celluloid ausgestopften Marmorkamin und empfing seine Gäste einen nach dem anderen, nachdem ein Butler sie an der Tür vordosiert hatte. Cassidy kam früh, als zweiter nach McKechnie von Bee-Line, und der Minister schüttelte ihnen sehr getrennt voneinander die Hand, als wolle er ihren Kampf schiedsrichten.

»Wir kennen Cassidys in Aldeburgh«, sagte die Ministergattin, die aufmerksam seiner Stimme gelauscht und sie für lautlich akzeptabel befunden hatte. »Ich nehme nicht an, daß sie mit Ihnen verwandt sind?«

»Nun, wir sind ein ziemlich großer Stamm«, gab Cassidy zu. »Wir scheinen alle irgendwie miteinander verwandt zu sein.«

»Was *bedeutet* es?« quäkte der Minister.

»Soviel ich weiß, ist es ein normannischer Name«, sagte Cassidy. McKechnie, der nicht solcher Vertraulichkeit gewürdigt worden war, stand finsteren Blicks abseits. Er hatte seine Frau mitgebracht. Cassidy hatte sie am Vormittag im Zelt kennengelernt, eine sommersprossige rothaarige Dame in Gelb und Grün, und sie sah aus wie alle Ehefrauen, die er seit seinen Anfängen in der Kinderwagenbranche kennengelernt hatte. »Sie haben unseren Meale entführt«, hatte sie zu ihm gesagt, und sie machte Anstalten, es nochmals zu sagen. Sie hatte ihr Haar aufgesteckt und eine Schulter entblößt. Ihre Handtasche hing an einer Goldkette, die lang genug für zumindest einen Gefangenen gewesen wäre, und sie hielt den Ellbogen abgespreizt, falls sie ihn irgend jemandem würde in die Rippen stoßen müssen.

»Wie macht sich die Messe?« fragte der Minister. »Zur Zeit findet eine *Messe* statt«, informierte er seine Gattin, »draußen bei Orsay, wo die arme Jenny Malloy immer ihren Hund spazierengeführt hat.«

»Wir haben zehntausend Pfund in acht Stunden kassiert«, sagte Mrs. McKechnie in Richtung Cassidy. Sie stammte aus der Nähe von Manchester und hielt nichts von Diplomatie. »Wir haben keinen Akademiker in unserem Laden, was, Mac?«

»Ich dachte, sie würden alle zusammen kommen«, sagte der Minister verzweifelt. »In einem Omnibus oder so. Ganz außerordentlich. Wie steht's mit einem Drink?«

»Wieder zwei«, warnte seine Gattin. Der Butler meldete Sanders und Meyer von Everton-Soundsleep.

»*Normannisch,* sagten Sie?« erkundigte sich der Minister. »*Franko-Normannisch*, diese Sorte?«

»Es scheint so«, sagte Cassidy.

»Sie sollten es ihnen sagen. Würde ihnen imponieren. *Wir* kommen hier nur deshalb einigermaßen durch, weil sie eine halbe Lamey ist. Alle anderen von uns *hassen* sie wie die Pest, haben sie schon immer gehaßt. Natürlich hassen sie auch *uns,* nur daß sie eben eine halbe Lamey ist.«

Eine Horde Nachwuchsdiplomaten kam durch eine andere Tür herein.

»Können wir Sie zu einem Drink verführen?« fragten sie Mrs. McKechnie, indem sie sich laut Instruktion an die häßlichste der anwesenden Damen hielten. Einer offerierte Canapès auf einem Tablett, und ein anderer fragte, ob sie wohl auch Zeit für Privatvergnügungen haben werde.

»Sie trägt ein bißchen dick auf mit den zehntausend«, sagte McKechnie abseits zu Cassidy. »Es sind eher zwei.«

»Es ist Platz genug für uns beide«, sagte Cassidy.

»Sie ist fair, hören Sie.«

»Davon bin ich überzeugt. Wo wohnen Sie?«

»Imperial. Übrigens, waren die Japse bei Ihnen?«

»Ja, heute vormittag.«

»Das muß abgestellt werden«, sagte McKechnie, und zu Sanders, der zu ihnen getreten war, »ich sage gerade zum jungen Cassidy da, wir müssen etwas unternehmen wegen der Japse.«

»Japse?« sagte Sanders verständnislos. »Was für Japse?«

McKechnie blickte Cassidy an, und Cassidy blickte McKechnie an, und beide blickten Sanders an, diesmal voll Mitleid.

»Vermutlich suchen sie nur die großen Firmen heim«, sagte McKechnie.

»Ganz bestimmt sogar«, sagte Cassidy und entfernte sich, als folgte er einem Ruf.

Sie waren ungefähr zwölf Personen, vielleicht vierzehn, einschließlich der Gastgeber, doch es traf laufend Verstärkung ein. Das Thema waren Transportmittel. Bland und Cowdry hatten gemeinsam ein Taxi genommen; Crosse war zu Fuß gegangen, und die Nutten hatten ihn fast aufgefressen: »Einige waren ganz reizend, halbe Kinder, neunzehn oder zwanzig, eine Schande.« Martenson hatte schon fast beschlossen, nicht zu kommen, als Protest gegen den Botschafter, der seiner Ansicht nach der Eröffnung hätte beiwohnen müssen. Sobald er wieder zu Hause in Leeds sein werde, sagte er, werde er bei seinem Abgeordneten eine Beschwerde einreichen.

»Verdammter Pfau, dem werd' ich den Schwanz stutzen. Wir verdienen's, er gibt's aus. Schaut euch nur mal diesen Riesensaal an. *Einen Mann* aus der Wirtschaft: mehr braucht man nicht. *Einen Mann*. Die ganze verdammte Botschaft könnte man nach Hause schicken, bis auf diesen einen.«

Während er dieser aufschlußreichen Rede lauschte, hörte Cassidy den Butler einen ungewöhnlichen Namen melden. Er bekam ihn nicht genau mit, aber es klang wie Zola; sicher waren es Conte *et* Contessa, und er drehte sich um, um sie eintreten zu sehen. Später sagte er, ein Instinkt habe in ihm gesprochen: Nur aus einem Instinkt lasse sich erklären, warum er sich von Crosse und Cowdry getrennt habe und einen großen Schritt zurückgetreten sei, um deutlicher zu sehen, wie Shamus sich galant über die Hand seiner Gastgeberin beugte.

Er trug seinen Anzug aus der Rue de Rivoli und ein blaßlachsrosa Hemd, das Cassidy gehörte, ein heißgeliebtes Kleidungsstück, das er für eine besondere Gelegenheit reserviert hatte. Ein dunkelhaariges Mädchen stand ihm zur Seite und hatte eine Hand leicht auf seinen Arm gelegt. Es war heiter und sehr schön und stand direkt unter dem Licht. Von seiner günstigen Warte aus bemerkte Cassidy mit der Scharfsichtigkeit, die häufig einen jähen Schock begleitet, die kühne Spur eines Liebesbisses unten an ihrem Hals.

»Er macht Ihnen keine Scherereien?« fragte McKechnie, der sich wieder zu ihm gesellt hatte. »Meine Frau sagt, er ist andersrum wie eine umgestülpte Socke.«

»Wer?«

»Meale.«

»Bestimmt nicht«, sagte Cassidy. »Ich glaube eher, wenn überhaupt, so übertreibt er in der anderen Richtung.«

»*Wahnsinnig* wagemutig von Ihnen«, knautschte die Ministersgattin, »daß Sie einen eigenen Vertreter in Warschau halten. Was *tut* er die ganze Zeit?«

»Ach, wir haben eigentlich beachtliche Geschäfte da drüben«, gestand Cassidy bescheiden. »Sie würden sich wundern.«

»Halten Sie ihn nie zurück«, flüsterte Helen. »Versprechen Sie, *daß Sie das nie tun werden.*«

Shamus bezauberte sie alle. Würdevoll und gesetzt bewegte er sich artig von Tisch zu Tisch, redete hier, lauschte dort und beugte sich leutselig zu den Damen, wenn er ihnen Canapès und Whisky anbot. Wer ihn kannte, mochte seine Bewegungen ein wenig vage finden; sein polnischer Akzent, soweit Cassidy ihn hören konnte, bekam gelegentlich einen leicht irischen Einschlag, doch sein Zauber war nie zwingender gewesen.

Der Minister war besonders beeindruckt.

»Wenn nur *mehr* Leute wie Sie sich um den Osten kümmern wollten«, quäkte er. »Wer ist sie?«

»Sehr würdig«, lobte die Ministergattin. »Gäbe eine *fabelhafte* Diplomatenfrau ab, sogar in Paris.«

»Sie ist sternhagelvoll«, warnte Shamus ihn, *en vol* zwischen zwei bewundernden Ehefrauen. »Wenn wir sie nicht rausschaffen, knallt sie auf den Hintern.«

»Geben Sie sie mir«, sagte Cassidy.

Ihr gesamtes Lebendgewicht lastete auf ihm, als er stracks aus dem Saal marschierte.

»Da«, hörte er McKechnie sagen, »das ist der Kerl, der meinen Stand umgetreten hat. Glatt umgetreten und zum jungen Stiles gesagt, unsere Faltdächer wären Scheißdreck. Er ist kein Ausländer, er ist Ire!«

»*Tour d'Argent*«, sagte Shamus. Sie standen auf dem Bürgersteig und blickten dem abfahrenden Taxi des Mädchens nach. Shamus wirkte leicht zerzaust, als wäre er von mehreren Personen zugleich herumgestoßen worden.

»Shamus, *muß* das sein?«

»Lover«, sagte Shamus und hielt seinen Unterarm mit eisernem Griff fest, »ich bin nie im Leben hungriger gewesen.«

»Auf den Anzug«, sagte Shamus.

»Auf den Anzug«, sagte Cassidy.

»Gott segne ihn und alle, die darin schiffen.«

»Amen.«

Wieder einmal hatte das Unvorhersehbare sich als die Regel erwiesen. Cassidy hatte mit den düstersten Ahnungen um seinen Ecktisch gebeten. Er wußte nicht, wieviel Shamus getrunken hatte, aber er wußte, daß es eine Menge gewesen war, und er fragte sich ernstlich, ob er ohne Helens Hilfe mit ihm fertig werden würde. Er wußte nicht, ob im *Tour d'Argent* schon einmal jemand ›Hosenknopf‹ gespielt hatte, aber er konnte sich ziemlich genau vorstellen, was passieren würde, wenn sie es versuchten. Im Taxi hatte Shamus eines seiner kurzen Nickerchen gehalten, und Cassidy hatte ihn vor den Augen des Portiers wecken müssen.

Nun waren sie wider alles Erwarten im Paradies: Old Hugos Paradies, mit Speisen und Kellnern, mit dem Wohlgeruch von Engeln und himmlischen Blumen.

Brillanten umgaben sie: hingen in Riesentrauben in den Fensterscheiben, sprenkelten den orangefarbenen Nachthimmel, schmückten die Augen von Liebenden und die braune Seide von Frauenhaaren. Cassidy hörte nur noch die Töne von Kampf und Liebe, das Flüstern schmachtender Paare und das ferne Wetzen eines Messers. Schwindel ergriff ihn, stärker als in Haverdown, stärker als in Kensal Rise. Von allen Orten, die er je besucht hatte, war dies der erregendste, der berauschendste. Und das schönste war Shamus' Gesellschaft. Etwas – der Drink, das Mädchen, seine Eroberung der Gesandtschaft, der Zauber der Stadt –, etwas hatte Shamus befreit, beruhigt und besänftigt und jung gemacht. Er war entflammt und doch friedvoll, er war unwahrscheinlich nüchtern.

»Shamus.«

»Was gibt's, Lover?«

»Das«, sagte Cassidy.

Shamus' Augen lagen im Schatten hinter dem Kerzenlicht, doch Cassidy konnte sehen, daß er lächelte.

»Shamus, was Sie getan haben, war wunderbar. Einfach fantastisch. Sie glaubten wirklich an Sie ... mehr als an mich. Sie hätten ihnen alles erzählen können, einfach alles, was Sie wollten. Sie könnten meinen ganzen Laden mit der linken Hand schmeißen.«

»Großartig. Und Sie meine Bücher schreiben.« Auch darauf tranken sie.

»Ich wollte, Helen wäre hier«, sagte Cassidy.

»Macht nichts, Lover, wir finden eine andere.«

»Wie ist das, wenn man mit jemandem wie Helen verheiratet ist? Mit jemandem, den man *wirklich* liebt?«

»Raten Sie mal«, sagte Shamus, aber Cassidy, der für solche Dinge ein Ohr hatte, fühlte, daß er es besser unterließe.

Shamus sprach.

Über Kerzen, Kelche und Schüsseln hinweg sprach er, von der Welt und ihren Reichtümern. Er sprach von der Liebe und von Helen und der Suche nach Glück und dem Geschenk des Lebens, und Cassidy lauschte wie ein Lieblingsjünger jedem Wort und erinnerte sich an fast nichts als an sein Lächeln und die berückende Zärtlichkeit seiner Stimme. Helen ist unsere Kraft; wir reden, aber Helen handelt. Helen ist unsere Kostante; wir kreisen, aber sie steht still.

»Ich habe nie eine Frau wie sie gesehen«, gestand Cassidy. »Sie könnte sein... sie könnte sein...«

»Sie *ist*«, korrigierte Shamus ihn. Helen hat keine Möglichkeitsform; Helen ist Erfüllung.

»Ist sie *böse* wegen... Elsie und so, Shamus?«

»Nicht, solange Sie Elsie heißen«, sagte Shamus.

Von der Verpflichtung, romantisch zu leben und tief zu empfinden. Er sprach vom Schreiben, und was für eine mindere Aufgabe es sei neben der Berufung zur Tat.

»Ein Buch... Himmel. Etwas so *Kleines,* nur eine Handvoll Tage. *Hinlängliches,* daraus besteht ein Buch. Man ist hinlänglich besoffen, hat ein hinlänglich schlechtes Gewissen, ist hinlänglich verschroben, und plötzlich... es ist ein Naturvorgang. Ehrenwort, Lover.«

Schöpfung sei ein Akt der Mäßigung, aber das Leben: *Das Leben,* sagte Shamus, sei nur möglich im Überschwang. Wer möchte *hinlänglich* haben, um Himmels willen? Wer will das Zwielicht, wenn er die Sonne haben kann?

»Niemand«, sagte Cassidy ergeben und glaubte, die Wahrheit gesagt zu haben.

Er sprach über Inspiration, daß sie großenteils echt ist, aber nutzlos, man ließe seine Seele draußen bei jedem Wetter, die Vögel schissen drauf, der Regen wusch sie, und doch mußte man sie draußen lassen, kneifen gab es nicht, also scheiß drauf. Über Gleichheit, nämlich daß es keine gab, und Freiheit, genausowenig, alles Scheißdreck, und der Schöpfungsakt war der größte Scheißdreck von allem, sei es Gottes oder Shamus' Schöpfung. Denn Freiheit bedeutete die Erfüllung des Genies, und die Existenz des Genies schloß Gleichheit aus. Daher war das Geplärr nach Freiheit lauter neutestamentarischer Scheißdreck, und das Gezeter nach Gleichheit war das Gezeter der Viel-zu-vielen, Shamus schiß auf sie alle. Wie er die Jugend haßte, sie machte aus jedem kleinen Pinscher, der sich einen Malpinsel kaufen konnte, gleich einen Künstler; wie er das Alter haßte, es hemmte das Genie der Jugend; wie die Welt existierte, weil Shamus sie mit eigenen Augen sah, mit Sicherheit würde sie ohne ihn sterben.

Und als Shamus ihm vom Leben erzählt hatte, erzählte er ihm auch von der Kunst. Nicht der vatikanischen Kunst, nicht der aus den Kunstgeschichtsbüchern, nichts für ein Schulzeugnis, man brauche sich nur an diese beiden Fragen heranzuwagen.

Die Kunst als Schicksal. Als eine Aufforderung und eine holde Agonie.

Und aus der Luft, aus den fließenden Konturen von Shamus' magischer Rede überkam Cassidy die Erkenntnis, daß Shamus erwählt war.

Schicksalhaft, wunderbar erwählt.

Daß er zu einer Körperschaft von Menschen gehörte, die sich nie versammelten; der Elite der Jungverstorbenen; und er hatte bereits ihren Bruderkuß empfangen.

Die von den Kellnern geliebt wurden, obgleich sie niemals Trinkgeld gaben.

Daß er ein einzelner von einem Rudel war, ein Weniger gegen die Viel-zu-vielen, doch jeder jagte allein, und keiner fand Hilfe in Notzeiten, nur den Trost des Wissens.

»*Was* wissen, Shamus?«

Daß man gehörte, und sonst nichts.

Daß man der Beste sei und nur sich selber erwählen könne. Daß Flaherty der einzig wahre und lebendige Gott sei, denn Flaherty hatte sich selber ernannt, und der Selber-Ernannte war göttlich und grenzenlos und zeitlos wie die Liebe.

Was nun, genau gesagt, Shamus mit den anderen verband, das war, wie Cassidys Lehrer gesagt haben würde, ein Konzept, kein Faktum. Das Konzept bestand darin, sich selber schon sehr früh zu wählen und lange vor der Zeit mit dem Tod vertraut zu sein: mit dem vorzeitigen Tod, dem romantischen Tod, der jäh kommt und alles Fleisch zerstört. Im Leben dauernd die äußersten Grenzen der eigenen Existenz erproben, die vorgeschobene Linie der eigenen Identität. Wasser brauchen, nicht Luft; das Wasser definierte die Persönlichkeit, es gab einen deutschen Dichter, der stets in Brunnen badete; der Mensch ist gestaltlos, bis die eisigen Wasser der Erfahrung ihm zeigen, wer er ist, folglich heißt es: totales Untertauchen, Gewalt, mit Hall boxen, die Baptistenkirche, und (irgendwie) wiederum Flaherty.

Allmählich und mit Hilfe einer dritten Flasche Wein und mehrerer von Shamus gelieferter Namen machte Cassidy sich ein Bild dieser wunderbaren Bruderschaft, dieser ›Wenigen‹: ein nicht-fliegendes Kampf-um-England-Geschwader, kommandiert von Keats und sekundiert von einer langen Liste junger Männer.

Nicht alle waren Engländer.

Eher waren sie ein Geschwader des Freien Europa, mit Piloten wie Novalis, Kleist, Byron, Puschkin und Scott Fitzgerald. Ihr Feind war die Bourgeoisie: die Gerrards Crossers wiederum, die scheißseelenfängerischen Bischöfe, die Doctores, Advokaten und Jaguarfahrer, die in schwarzen mechanischen Geschwadern auf sie zudonnerten; während sie irgendwo in England, auf den letzten Einsatz wartend, sinnlastige Elegien kritzelten und friedliebende Verse schmiedeten.

Solche Männer überlebten *per Definition* eher im Verheißenen als im Vollbrachten; und die Achtung der Nachwelt gilt dem, was sie ungetan ließen.

Und sie nahmen viel, denn bald schon wurden sie selber genommen. »Wer kann über das Leben schreiben und zugleich vor ihm fliehen?« wollte Shamus wissen.

»Niemand«, sagte Cassidy.

Von diesem Geschwader war Shamus in jener Nacht und in allen folgenden Nächten der einzige Überlebende. Cassidy glaubte es. Er wußte, er würde es immer glauben, denn auf irgendeinem Weg hatte Shamus sich in jener Nacht und für immer in seine Kindheit eingeschlichen und würde dort bleiben wie ein geliebtes Haus oder ein bewunderter Onkel. Und Cassidy selber war ihr Knappe, briet ihren Speck, trug ihnen die Helme und wichste ihre pelzgefütterten Stiefel blank; gab ihre letzten Briefe zur Post und brachte ihre Ringe den Helens zurück, wischte ihre Namen von der Tafel, wenn sie Bruch machten.

»Shamus«, sagte Cassidy viel lauter – sie ruderten irgendwo, jeder einen Riemen –, »ich werde immer da sein, wenn Sie mich brauchen.«

Er meinte es aufrichtig. Es war ein Versprechen, verbindlicher für ihn als die Ehre, denn es war eine Idee, und eine, die er mit Shamus' Hilfe in dieser Nacht selber gefunden hatte, in dieser Nacht, im *Tour d'Argent* in Paristown.

»Warum weinen Sie?« fragte Cassidy, als sie gingen.

»Aus Liebe«, sagte Shamus. »Sie sollten's mal probieren.«

»Wer ist Dale?«

»Wer?«

Sie hatten einen Wagen zum 7. Bezirk genommen, wo Shamus Freunde hatte.

»Dale. Sie sprachen im Schlaf von ihm. Nannten ihn ein gemeines Aas.«

»Er ist ein gemeines Aas.«

Shamus' Kopf hob sich regungslos vom Fenster ab, doch die Lichter der Straße spielten darüber wie Goldmünzen, hoben ihn und schoben ihn zurück, so daß seine Silhouette passiv wirkte wie die eines Mannes, der sich nicht gegen die Außenwelt wehren kann.

»Warum haun Sie ihn dann nicht in die Pfanne?«

»Weil er mich zuerst gehauen hat, und solche Leute sind nicht zu schlagen.«

»Hat er Sie geliebt?«

»Ich nehme es an.«

»Genausoviel wie...«

Shamus streckte beide Hände aus und ergriff Cassidys Hand. »Nein, Lover, nicht wie Sie«, versicherte er ihm zärtlich, drehte die Hand um und küßte die Innenfläche. »Nicht so, wie Sie es lernen werden. Sie werden der Beste sein. Nummer Eins. In der ersten Reihe. Ehrenwort.«

Ein Instinkt gebot ihm, es zu sagen. Ein Augenblick tiefster Einfühlung, prophetischer Angst.

»Shamus... Sie sind der größte Schriftsteller unserer Zeit. Das glaube ich. Ich bin sehr stolz.«

Das Gesicht war von ihm abgewandt, sehr schön und scharf vor der Nacht, vor dem glitzernden Band der Straße.

»Sie beurteilen mich falsch, Lover«, flüsterte Shamus und schob sanft seine Hand weg. »Ich bin nur ein verhinderter Geschäftsmann.«

Sie waren noch immer im Paradies, sie fuhren nach Paris.

Nicht Cassidys Paris aus zischenden Vakuumtüren und miserablem amerikanischem Akzent, sondern Shamus' Paris aus Hydranten und Kopfsteinpflaster und Gemüseabfällen und Türen ohne Namen; ein Paris, das Cassidy nicht einmal im Traum kannte, auch nicht erträumt hatte, denn es stillte Gelüste, von denen er nicht gewußt hatte, daß er sie besaß, und zeigte ihm Leute, die er sich nie hatte vorstellen können; entspannte, vergnügte Leute von überirdischer Weisheit, die ernsthaft Shamus' Hand schüttelten, ihn *maître* nannten und nach seiner Arbeit fragten. Sie gingen zu Saint Sulpice, zu einem Platz voller Buchläden, durch eine dunkle, mit lärmender Musik erfüllte Passage zu einer Tür, die direkt in einen Lift führte, und sie tauchten mitten in einem Meer von Geplapper und lachenden Mädchen auf und Männern mit offenen Hemden und Halsketten.

»Sie lieben Sie, Shamus«, flüsterte Cassidy ihm zu, während sie Whisky tranken und Fragen über London beantworteten. »Schauen Sie sich an«, sagte Cassidy immer wieder, »Sie sind *berühmt*.«

»Ja«, sagte Shamus ohne Bitterkeit. »Sie haben ein gutes Gedächtnis.«

Sie gingen zu einer Insel, zu einem hohen grauen Haus, das einem Amerikaner gehörte, und jemand gab Shamus sein eigenes Buch mit der Bitte um ein Autogramm. *Moon*, eine Erstausgabe, und er stand an einem Pult und las daraus vor schlafenden Paaren, die im Dunkeln atmeten. Inder, weiße Mädchen murmelten Beifall. Er las sehr leise, so daß Cassidy, selbst wenn er gewollt hätte, die Worte nicht hätte hören können, doch er wußte aus ihrem Rhythmus und ihrer Kadenz, daß es die schönsten Worte waren, die er je gehört hatte, schöner als Shakespeare oder Kahil Gibran oder das deutsche Oberkommando; und er saß allein mit halbgeschlossenen Augen und ließ sich von ihnen durchdringen wie von der Sprache der Liebe, und sein Stolz kannte keine Grenzen, sein Besitzerstolz, sein Schöpferstolz, sein Liebesstolz.

»Shamus, bleiben wir hier. Bitte bleiben wir hier.«

»Negativ.«

»Und was ist mit *ihr?*« – denn Shamus hatte eine junge Frau gefunden, und er streichelte zärtlich ihre Brust unter dem Kleid. »Nichts zu machen«, sagte Shamus. »Es ist *ihr* Haus. *Sein* Haus«, berichtigte er und wies auf ihren Mann.

Der Amerikaner gab beiden noch einen Whisky. Er war ein stattlicher, freundlicher Mann, sehr kampflustig in seiner Sympathie und ein scharfer Gegner jeglicher Aggression.

»Schert euch zum Teufel«, riet er ihnen. »Trinkt noch einen, und dann raus mit euch.« Und zu Cassidy: »Ich schlag' ihn zusammen. Ein großartiger Bursche, aber bringen Sie ihn weg.«

»Natürlich«, sagte Cassidy. »Sie waren sehr freundlich.«

In einer hellerleuchteten Kneipe, wo sie Chartreuse tranken, weil Shamus sagte, er töte am schnellsten, und ihre Augen vor dem Neonlicht schützten, fanden sie ihre erste Nutte.

»Shamus, warum leben Sie so allein, wenn alle Welt Sie so liebt?«

»Muß in Bewegung bleiben«, sagte Shamus vage. »Darf nicht stillstehen, Lover. Sie würden mich genau zwischen den Augen erwischen. Zwanzig Jahre her, seit ich dieses Buch geschrieben habe.« Sein Blick war zu dem Mädchen geschweift. Ein dunkles Mädchen, hübsch, aber herb; Angie Mawdray, die um Gehaltserhöhung nachsucht. Eine Weile studierte er sie schweigend, dann hob er langsam sein Glas in ihrer Richtung. Ohne zu lächeln kam sie zu ihm. Der Barmann blickte nicht einmal auf, als sie gingen.

18

Der treue Knappe saß auf dem Randstein und wartete, daß sein Herr vom Kreuzzug zurückkäme, er blickte auf den Fluß und träumte von der vollkommenen Liebe. Von großen Betten, die für ihn und Shamus bereitet wären, und von dem dunkeläugigen Mädchen, von lichterbehangenen Hausbooten voller nackter Körper, die niemals Fett ansetzten und nie müde wurden. Weißen Booten, die einem Hollywoodhimmel voll nie erlöschendem Morgenrot entgegentrieben, sich zur Musik Frank Sinatras wiegten.

Weißt du, Hug, für Shamus und die Franzosen ist das etwas anderes. Sie lieben die Menschen, weil sie an die Liebe glauben, nicht weil sie an die Menschen glauben. Ist das klug, Hug? Sie lieben aus Freude an der Liebe, nicht weil sie sich vor dem Alleinsein fürchten.

»Ich brauche Geld«, sagte Shamus.

Er schwankte ein wenig, und sein Gesicht strahlte.

»Wieviel?«

Shamus nahm hundert Franc entgegen.

»Das Aushändigen von Geld«, belehrte Cassidy ihn voll Genugtuung, »ist eine eminent sexuelle Transaktion.«

»Schnauze«, sagte Shamus.

»War das Liebe?« fragte Cassidy, als sie sehr langsam weitergingen.

»Die unsere währet ewiglich«, sagte Shamus mit seinem alten Lächeln und legte den Arm um Cassidys Schulter.

»Lover.«

»Ja.«

»Geh bald. Paris stinkt.«

»Okay«, sagte Cassidy lachend. »Wohin du willst.«

Schnell jetzt, und verärgert, mit großen Mengen Alkohol intus. Der junge Knappe müht sich, Schritt zu halten mit seinem suchenden, irrenden Gebieter. Seine Füße brennen in den dünnen Stadtschuhen, als die beiden Männer die lange steinerne Treppe hinaufeilen. Über ihnen reckt die weiße leuchtende Kuppel ihre einzige Brust in den sternhellen Himmel. Laternen, Fenster locken, doch der Gebieter strebt nur einem Hause zu, einem grünen Haus, es hat eine grüne Tür. Sie biegen um eine Ecke; die Stufen lenken sie um eine Ecke, und plötzlich sind überhaupt keine Häuser mehr da, nicht einmal ein Geländer für den schwindeligen Jünger, nur das tiefe Schwarz einer Höhle und darüber verstreut die Lichter von Paris über die Wände, die Decke und den Fußboden, wie die Schätze begrabener Könige. Doch Shamus hat keinen Blick für den Zauber, die Vergangenheit ist sein Feind, sein eigener neuer Vatikan liegt vor ihm. Er läuft fast, stürmt immer weiter die endlose Treppe hinauf, sein Gesicht ist naß, wenn die Straßenlaternen es erhaschen, seine Schultern drängen vorwärts, der übrige Körper folgt. »Shamus, wohin gehen wir?«

»Hinauf.«

Eines Tages besteigen wir vielleicht den Eiger; und auf dem Gipfel wird ein grünes Licht uns erwarten. Noch eine, sagte Shamus. Noch eine Nutte, und dann raus aus der Stadt.

Es war zu früh für dieses Gewerbe oder zu spät. Traumgleiche Stille hing im grünen Schein der Tischlampen, und die Mädchen aus Kensal Rise saßen schläfrig herum, als hätten sie den letzten Zug nach Hause verpaßt, und lauschten Sandras Spiel auf einem unsichtbaren Flügel. Shamus, der Bahnhöfe liebte, war vor Cassidy eingetreten, die Arme in Schulterhöhe angehoben, als wollte er seinen Mantel ausziehen. Die Mädchen regen sich, um ihn zu begrüßen, eine einzige Herde, die zu ihrem Hirten strebt.

»Monsieur ne veut pas? fragte höflich eine Dame mittleren Alters, nicht unähnlich der Ministergattin, doch mit deutlicherer Anteilnahme. *»Vous voulez quelque chose à boire?«* Nor-

mannisch, denkt Cassidy. Franko-Normannisch. Dieser Teil der Veranstaltung ereignet sich nicht wirklich; dieser Teil ist tatsächlich ein Traum.

»Shamus!«

Die Mädchen haben ihn umringt; Shamus, den Ritter ohne Tadel. Seine Arme sind hoch über den Kopf erhoben, und plötzlich ereignet es sich, der Gegenstand unzähliger Träume wird Wirklichkeit. Ihre Hände stehlen sich um ihn, nehmen ihn gefangen, erbrechen, durchstöbern sein ritterliches Hemd, kämpfen mit dem typisch englischen Verschluß seines französischen Hosenbundes, berauben ihn, entkleiden ihn, während die Musik anschwillt, werfen seine lächerlichen Männerkleider auf den Boden, teilen seinen Rock, es ist ein Martyrium. Einige sind häßlich, einige sind nackt, aber ein grünes Licht macht sie alle zu Jungfrauen, verhüllt die beschatteten Stellen und verleiht ihren Bewegungen kindlichen Eifer.

Plötzlich hat Shamus zum Donner von Sandras langsamem Klavierspiel das größte der Mädchen gepackt, eine dickarschige schwarzhaarige Feindin, klaffend und bärtig, breitschenkelig. Und ist über ihr. Hat sie niedergerungen, an den Armen gepackt und diese Arme auf den Rücken gezwungen, um sie zu fesseln. Nun verdreht sie die Hüften, um dem Schwert zu entgehen, doch Shamus kämpft wie ein Hai mit seinem Kopf, benutzt ihn als Hammer, um ihr weißes Fleisch zu bezwingen.

Wie dunkel er ist gegen ihre Brüste, ihren Bauch, sogar ihre höllischen Schlünde! Jetzt durchbohrt er sie. Bis sie sich windet, schreit, während sie ihn gehorsam in der Schere ihrer Schenkel festhält.

»Shamus!«

Cassidys Stimme. Wer hat das Licht berührt? *Foul*, Freistoß für England! Das Licht auf den verkeilten Leibern ist dunkler geworden. Das ist der Clinch, der Griff! Warten. Sie regt sich. Wimmert, zieht den Atem ein, das Schwert ist drinnen bis ans Heft. Wird sie sich wehren? Sie windet sich; bewegt die gespreizten Knie, doch nur, um ihn tiefer einzulassen.

Stille und Musik, einander überlagernd.

Die Zuschauer sind aus den Reihen ausgebrochen und näher getreten, um den Höhepunkt mitzuerleben. Die Besiegte läßt sich vernehmen.

Hört! Aha! Die Hure bekennt ihre Niedrigkeit! Gibt den Kampf auf, bettelt um Nachsicht, preist den ewigen König! Vergebens. Kein Beistand wird ihr gewährt. Kein Sekundant wirft das Handtuch; kein Ringrichter zählt die Schläge, stillt die Schreie, verabreicht das Morphium. Noch ein Schrei ist in ihr. Ein langgezogener Seufzer.

Begleitet von einem Stirnrunzeln; ein Gitterwerk sexueller Verwirrung, in tiefen dünnen Linien zwischen die gallischen Brauen gezeichnet. Mein Gott. Mein welscher Gott. Mein Flaherty.

Ist er fertig? Ist er nicht fertig? Kann man sich ihm gefahrlos nähern? Ein typisch französisches Durcheinander.

Entschuldigen Sie bitte, Madam, darf ich?

Bitte Licht. Licht.

Bitte, nur einen Augenblick.

»Ich gehe jetzt«, sagte Cassidy, tritt rasch vor und hilft dem kreuzlahmen Kreuzritter auf die Füße.

»Monsieur ne veut pas?« fragt Madame noch einmal und berührt durch das stramme Kammgarn des Knappen gezücktes, doch noch nicht erprobtes Schwert.

Er braucht ein Publikum, erklärt Helen. Als wir Geld hatten, war es das Dienstmädchen. Jetzt, da wir arm sind, ist es Cassidy.

Fünfhundert Franc, Reiseschecks werden angenommen. Grünes Licht für Fußgänger.

»Ich muß in eine Kirche, Lover«, flüsterte Shamus zu den Nachtlaternen der schlafenden Stadt. »Schnell! Ich muß Flaherty sprechen, und zwar sofort.«

Beim Hochamt in Sacré-Cœur, mit mehr Kerzen, als sie im *Tour d'Argent* um sich gehabt hatten, ja, mehr noch als in Sherborne Abbey, beobachteten Shamus und Cassidy die andächtigen Gebärden reiner Knaben, während sie heimlich die halbe Flasche Whisky hin und her gehen ließen.

Lieber Gott, hier spricht Aldo Cassidy, der zum letzten Mal zu Dir gebetet hat, als Helen und Shamus verschollen und tot gemeldet waren und ich mich für den Rest eines langen und langweiligen Lebens mit dem Verbrechen der Unschuld beladen glaubte. Nun, ich freue mich, Dir sagen zu können, daß meine Gebete inzwischen erhört wurden und daß ich Dir gegenüber in tiefer Dankesschuld stehe. Ich werde in der Tat geraume Zeit benötigen, um die vielen Erfahrungen auszuwerten, die diese Begegnung mir zu schenken verspricht, und wir werden uns nach gegebener Frist erneut mit Old Hugo, dem bekannten Parlamentsmitglied, zusammensetzen und gemeinsam die Frage klären müssen nach der Natur der Liebe, nach Gut und Böse und nach der Relevanz von dem allen für unseren gemeinsamen Lebensplan. Inzwischen nochmals ein vorläufiges ›Danke‹ dafür, daß Du mich so schnell mehrere Stufen auf der Leiter der Lebewesen hast erklimmen lassen, und noch dazu außerhalb von Sandras Hörweite.

»Ist für den Bau«, erklärte Cassidy. »Für die Restaurierung der Kirche – sie ist am Einstürzen!«

»Gott«, sagte Shamus und starrte auf das stumme Maul des Opferstockes. »Gott. Es muß doch *irgendwen* geben, den Du nicht bezahlst.«

Es ist nicht leicht, aus Paris herauszukommen, wenn man betrunken ist und müde und zu Fuß; wenn man durch Säulengänge aus gelb erleuchtetem Zement taumelt auf der Suche nach dem freien Feld; wenn keine Nutte den Weg kennt und die Taxichauffeure einen nicht als Fahrgast wollen. Zunächst versuchten sie, das Messegelände zu finden: Sie würden in das Zelt kriechen und in Kinderwagen schlafen. Aber die Messe war umgezogen. Zweimal erkannten sie die Straße, die zu ihr führte; jedesmal wurden sie in die Irre geführt. Also beschlossen sie, lieber einen Fluß zu suchen, der sie zum Meer bringen würde, doch der Uferpfad endete an einer Brücke, und jenseits der Brücke ragte ein Wald von scheußlichen Bauten und versperrte ihnen die Flucht. An einer Haltestelle fanden sie einen leeren Triebwagen, aber Cassidy konnte den Strom nicht einschalten, und Gebete halfen ihnen nicht weiter.

»Tanzen«, sagte Shamus. »Vielleicht sollten wir für ihn tanzen.«

In einer Kopfsteingasse tanzen zwei gleich große, nur in der Farbe verschiedene Männer. Einer von ihnen ist Shamus; einer von ihnen ist, wie der stets aufmerksame Cassidy richtig beobachtete, er selber.

Der Morgen dämmert, nicht der Abend, denn niemand achtet auf die beiden, niemand ist auf, niemand ist da. Von Zeit zu Zeit sprechen vom Himmel Stimmen in einer Muttersprache zu ihnen, vermutlich Flaherty oder sogar Mrs. Flaherty, sie sind inkognito hier, ein einwöchentlicher Aufenthalt, um die franko-irische Gemeinde zu inspizieren. Doch der Text der göttlichen Botschaft erreicht sie, ach, wie so oft, nur in verstümmelter Form, es wäre unbesonnen, danach zu handeln. Ihre Bewegungen sind für ein Publikum gedacht; schwierig, aber perfekt ausgeführt. Für ein göttliches Publikum, das sie wegbringen wird aus einer Stadt, die nicht mehr mit Shamus korrespondiert. Sie haben Schwanensee fertig, und jetzt spielen sie ›Schatten‹, jeder jagt das Bild des anderen auf dem feuchten Bewurf einer klagelosen Mauer, doch Shamus findet diese Nummer unergiebig und schlägt, nachdem er der Mauer einen ganz unvernünftigen Fußtritt versetzt hat, Cassidy vor, mit ihm einen selbsterfundenen Tanz aufzuführen. Beflissen versucht Cassidy im Rhythmus zu bleiben, während er viele herzliche Grüße an seine einstigen Musikpädagogen schickt, einschließlich Mrs. Harabee an der Sherborne School, Dorset.

Nachdenken, Dubiosus.

Ich denke ja nach, Mrs. Harabee.

Dann eben noch genauer nachdenken.

Ja, Mrs. Harabee.

Los, Pailthorpe, sagt Sandra, du kannst so gut die Stimmen der Leute nachmachen, jetzt machst du ganz einfach ihren Gesang nach.

Ich kann nicht.

Natürlich kannst du. Ich habe dich in der Kirche tadellos richtig singen hören.

Nun ja.

Aber das war zusammen mit anderen Leuten, Sandra.

Du willst sagen, mit mir allein kannst du es nicht? Das tut mir leid.

Dubiosus, ich werde dich dem Vorsteher melden.

»Dann, zum Teufel, hör zu.«

»Ja, Shamus.«

Shamus singt eine Verszeile, die Helens Brüste mit den Zwillingshügeln von Shameree vergleicht. Gehorsam versucht Cassidy, sie nachzusingen.

»Ich kann nicht«, sagt er und bricht ab. »Bei dir ist das etwas anderes, du bist musisch.

Von Cassidys musikalischer Inkompetenz gerührt, umarmt Shamus der Dunklere ihn, küßt ihn auf Wangen und Mund, flicht die Finger in Cassidys konventionell-heterosexuellen Haarschnitt. Cassidy hat keine besonderen Empfindungen anläßlich des oralen Kontakts, schämt sich jedoch seiner Unrasiertheit. Als der Oxford-Student sich gerade bei Shamus entschuldigen will, der an seiner Brust entschlummert zu sein scheint, wird er jäh von Glocken zur Ordnung gerufen. Nicht nur vom Geläut, wie Shamus später sagte, sondern von den Glocken selber, die, an Stelle der Donnerkeile von Flahertys erzürnter Hand geschleudert, über die Dächer herabgepoltert kommen und zuhauf in den Hof einschlagen, tonale Torturen zufügen, die normalerweise den Bewohnern Sodoms vorbehalten sind. Entsetzt hält Shamus sich die Ohren zu und schreit: »Aufhören! Aufhören! Wir bereuen. Homos Reue. Flaherty, laß ab von uns. Herrje, Lover, du verdammter Narr, schau nur, was du *angestellt hast!*«

»Du hast damit angefangen«, wehrte sich Cassidy, doch der große Autor hatte bereits die Flucht ergriffen, und sein Jünger folgt ihm nach.

Sie rennen also, Shamus, der sich noch immer die Ohren zuhält, voran, geduckt und im Zickzack, um den herabfallenden Glocken auszuweichen, und sein Rock bläht sich wie ein Rettungsring.

»Nicht zurückschauen, du Narr, laufen! Herrje, warum hast du uns in die Kirche geführt, du gottverdammter Idiot! Flaherty, du lebst! Lover! Zum Teufel!«

Cassidy liegt auf dem Boden.

Er fällt vermutlich der Länge nach hin, haut mit dem Knie an den Deckel einer Pariser Mülltonne und spürt deutlich, wie die Kniescheibe sich löst und in die gegnerische Hälfte rollt. Shamus zieht ihn wieder hoch. Das Pferd blickt sich nach ihnen um, als sie die Bremse lösen. Nicht mehr das jüngste, dieses Pferd, sein Gesicht ist grau, schwarze Ringe umziehen die Augen.

Die Glocken haben aufgehört.

»Was hab' ich dir gesagt?« sagt Shamus voll Genugtuung. »Gen Süden«, weist er das Pferd an. »*Sud*. Der Sonne entgegen.«

Er breitet die Decke über sie, wendet sich zu Cassidy und zieht ihn hinunter in die Lederpolster des *fiacre*.

»Los, Lover, gib uns einen Kuß.«

Salziger Schweiß mischt sich auf den Gesichtern der Liebenden, Old Hugos Stoppelbart beschwört eine lebenslange Suche.

»Menschenskind, ich hasse diese Stadt«, erklärte Shamus. »Ich weiß wahrhaftig nicht mehr, warum wir hierhergekommen sind.«

»Ich auch nicht«, sagte Cassidy. »Ewig lange her.«

»Benimmt er sich anständig?« fragte Shamus.

»Prima. Beide.«

»Man kann sie nicht mitnehmen, Lover, die kleinen Burschen werden größer. Dann möchten sie alles, was du möchtest. Ficken, lachen, saufen, Weiber...«

»Es wird besser für sie sein«, sagte Cassidy.

»Für uns war es allerdings nicht besser, wie, Lover?«

Keine Antwort. Cassidy war eingeschlafen. Keine Unterhaltung. Auch Shamus ist eingeschlafen. Nur in dem Pferd ist noch Leben, es trottet immer weiter südwärts.

In Wahrheit war Cassidy jedoch wach. Bewußt, schnelldenkend, klar. Sein Körper war steif und schmerzte, doch er wagte nicht, sich zu bewegen, weil Hugo in seinen Armen schlief, und nur der Schlaf würde die Kniescheibe des verletzten Kindes heilen.

Das ist eine *Kutsche,* erklärt er im Geiste; gezogen von einem grauen Superpferd, so wie in Sainte-Angèle, nur daß es dort ein Schlitten ist.

Eine Kutsche hat Räder, Hug. Hölzerne, schwankende Räder, und der Gaul ist das Jagdpferd, das sie mir in Haverdown gegeben haben, ein Vollblut, lammfromm, von Gott gesandt, um uns aus einer stinkenden Großstadt fortzubringen.

»Dad, wieviel Geld hast du?« fragte Hugo schläfrig. »Wieviel auf der ganzen Welt?«

»Hängt davon ab, wie das Geschäft geht«, sagte Cassidy. »Hinlänglich«, fügte er hinzu und dachte: Wer will schon das Hinlängliche?

Cassidy reckte sich – gleichzeitig ließ er das Knäblein Shamus aus seinen Armen –, rückte sich bequemer auf dem Sitz zurecht, rollte sein Hosenbein hoch und inspizierte vorsichtig das verletzte Knie. Es war noch immer an Ort und Stelle, und man sah kein Wundmal. Muß innerlich sein, dachte er und nahm die Flasche entgegen; die Blutung ist innerlich, und goß Whisky auf die betroffene Stelle.

»Steckt es alles in den Kinderwagen?« fragte Shamus und meinte noch immer das Geld.

»Lieber Gott, nein. Es ist gestreut.«

»Früher einmal war ich reich«, sagte Shamus. Sie fuhren den Reitweg in Haverdown entlang: eine endlose Allee hoher Bäume. Nicht nach Süden, sondern ostwärts: Rote Sonne lag über dem Ende des Weges, und der Makadam schwamm in Blut.

»Früher einmal war ich reich«, wiederholte Shamus und warf die leere Flasche auf den Weg.

»Miiau«, sagte Cassidy mit den Worten des Meisters. »Selbstmitleid kann mir gestohlen werden.«

»Gut gemacht«, lobte Shamus und stieß ihn hinaus auf den Weg. Aber Cassidy war auf den Angriff gefaßt gewesen und landete glatt, dank seinem militärischen Training.

»Lover.«

»Ja.«

»Ist Monte Carlo eine Sache?«

»Für eine Nacht oder so«, sagte Cassidy, der nie dort gewesen war.

»Großartig. Wir fahren nach Monte Carlo.«

Und er erteilte dem Pferd entsprechende Anweisung.

»Fürchtet sich vor allem im Leben, außer vor dessen Weitergabe«, las Shamus vor. »Wie findest du das? Habe ich über dich geschrieben. Ich werde ihm ewige Dauer verleihen.«

Verlaß dich auf deine hölzernen Räder. Schinderkarren. Aristos auf dem Weg zur Hinrichtung. Miß Mawdray, setzen Sie sich bitte sofort mit Park Ward's in Verbindung und sagen Sie, ich möchte die Räder repariert haben.

Cassidy war wieder eingedöst, und diesmal lag er neben Hugo senior, seinem Vater, in der Nacht, als sie mit der Bahn nach Torquay gefahren waren, um das Hotel *Imperial* zu kaufen. Old Hugo war damals noch nicht lange wieder da, einen Monat oder zwei vielleicht, und blieb immer noch vor den Türen stehen und wartete darauf, daß Cassidy sie für ihn aufhielt. Sie wollten zunächst nur rekogniszieren, später würden sie über die Finanzierung sprechen, womöglich sich mit einem der Großen in Verbindung setzen, mit Charles Clore oder dem Aga Khan, es kam darauf an, wem sie vertrauen könnten. Als sie im Zug auf den Essensgong warteten, fing der alte Mann zu weinen an. Cassidy, der diesen Laut noch nie vernommen hatte, glaubte zuerst, Old Hugo habe sich verschluckt, denn er schluchzte in hohen Würgetönen wie eine von Sandras Hündinnen, wenn ihr ein Knochen im Hals steckte.

»Da«, sagte er und reichte ihm ein Taschentuch, »nimm«, und wandte sich wieder seiner Zeitung zu.

Dann dämmerte ihm, daß Old Hugo keinen Knochen zu

nagen hatte, nichts, woran er würgen konnte, außer seiner Schande; und er ließ die Zeitung sinken und starrte ihn an, die gebrochene Gestalt, die sich zusammenkauerte, um auf so kleinem Raum Platz zu finden, und die massigen Schultern, die in Einsamkeit zuckten, und die rotfleckige Glatze.

Die Zeitung wieder hochhalten? Zu ihm hingehen?

»Ich hole dir etwas zu trinken«, sagte er und besorgte eine Miniflasche von der Bar, er rannte einfach hin und schob die Wartenden beiseite.

»Du hast dir Zeit gelassen«, sagte der alte Mann seelenruhig, als Cassidy zurückkam. Er las seinen *Standard*, die Windhundseite fesselte sein Interesse. »Was ist denn *das?*« Er beäugte die Miniflasche.

»Whisky.«

»Wenn du Whisky kaufst«, sagte der alte Mann und drehte das Fläschchen in seiner riesigen, völlig ruhigen Hand, »dann kauf eine anständige Marke oder gar keinen.«

»Entschuldige«, sagte Cassidy. »Ich hab' nicht dran gedacht.«

»Lover.«

»Ja, Shamus.«

Eine Stunde war vergangen, vielleicht ein Tag. Die Sonne war verschwunden, der Weg war fad und finster, und die Bäume waren schwarz vor dem leeren Himmel.

»Schau mir sehr nah ins Gesicht. Schaust du jetzt?«

»Sicher«, sagte Cassidy, dessen Kopf noch immer mit geschlossenen Augen an Old Hugos Schulter lag.

»Tief in die tiefsten Tiefen meiner unwiderstehlichen Augen?«

»Tiefer.«

»Während du dieses Bild betrachtest, Lover, sterben Tausende von Gehirnzellen an Altersschwäche. Schaust du immer noch?«

»Ja«, sagte Cassidy und dachte: Dieses Gespräch ist in Wirklichkeit zeitlich vorausgegangen. Es hat mich auf meinen Vater gebracht.

»Jetzt. Jetzt. Päng! Hast du gesehen? Tausende tot. Über

das zerebrale Schlachtfeld verstreut. Husten ihr winziges Leben aus.«

»Mach dir keine Sorgen«, sagte Cassidy tröstend, »du wirst ewig leben.«

Lange Umarmungen unter den warmen Decken.

»Ich habe nicht von *mir* gesprochen«, erklärte Shamus und küßte ihn. »Ich habe von dir gesprochen. *Meine* Zellen machen's hübsch lange. Deine machen uns Sorgen. Das will ich ebenfalls aufschreiben, wenn ich mich noch daran erinnere.«

Zum Teil, dachte Cassidy, ist dies eine innere Reise. Der erdgebundene Aldo Cassidy, *en route* nach Monte Carlo, lebt noch einmal sein Leben in der Gesellschaft seines Nomadenfreundes.

»Lover.«

»Hm.«

»Wir gehn nie mehr zurück nach Paristown, nicht, Lover?«

In Shamus' Stimme schwingt Angst. Nicht alles ist Spiel auf dieser Reise.

»Nie mehr.«

»Ehrenwort?«

»Ehrenwort.«

»Lügner.«

Ernüchtert betrachtete Cassidy noch einmal die Frage. »Sag, Shamus, *warum* willst du eigentlich nicht nach Paris zurück?«

»Ist doch egal, oder? Wir tun's nicht.«

Zum Teil jedoch, wie berichtet, eine äußere Reise; denn als er wieder aufwachte, erörterte die Polizei aufs lebhafteste die Frage nach dem Besitzer des Pferdes.

Sie befanden sich in der Nähe eines Privatflugplatzes, an einem *Liege*platz zwischen zwei blauen Transportern. Ein kleiner Doppeldecker setzte kreisend zur Landung an. Alle redeten durcheinander, aber der Kutscher, der per Fahrrad eingetroffen war, redete am lautesten. Er war ein alter grauhaariger Mann in Segeltuchhosen und einem langen Soldatenmantel, und er trat dem Grauen gegen die Vorderbeine und verwünschte ihn wegen seiner Fahnenflucht. Der Kutscher, der mit der Polizei übereinstimmte, daß Shamus keinerlei Verschulden treffe, wollte Cassidys Reiseschecks nicht annehmen, also gingen sie zu einer Bank, und die Polizei hielt Wache, während Cassidy zehnmal auf der punktierten Linie unterschrieb. Wie habe ich jemals im Morgengrauen einen Scheck kassiert?

»Shamus«, sagte Cassidy, als ihm Bloburg und Meale einfielen und die Briefe aus Abalone Crescent, »ist es nicht Zeit zum Zurückfahren?«

»Blasen«, sagte Shamus.

Sie bliesen. Aus dem Haufen Zweige stieg dünner Rauch auf, aber keine Flamme. Ihre Anzüge lagen neben ihnen auf dem Schotter, wie tote Kameraden; dahinter ein ausgetrockneter Flußlauf, nur ein dünnes Rinnsal, worin sie gebadet hatten, und sprüngiger Lehm, der aus dem Burggraben zu Haverdown stammte. Hinter dem Fluß die Felder, hinter den Feldern ein Wald, ein Bahngleis und ein Streifen flämischen Himmels, der ins Unendliche führte.

»Ohne Papier wirst du's *nie* schaffen«, gab Cassidy zu bedenken. Er fror und war ziemlich nüchtern. »Wenn du mich meine Kleider anziehen läßt, könnte ich nach einem Taxi telefonieren.«

Ein Zug fuhr über den Viadukt. Er war leer, aber in den Waggons brannten die Lampen.

»Ich *will* kein Taxi.«

»Warum nicht?«

»Darum, also Schnauze. Ich will nicht nach Paris, und ich will kein Taxi.« Wieder pustete er und schauderte. »Und wenn du versuchst, dich anzuziehen, bringe ich dich um.«

»Dann laß mich Papier suchen.«

»Nein.«

»Warum nicht?«

»Halt die Klappe! Du *Scheißkerl!* Halt die Klappe!«

»Miiau«, sagte Cassidy.

Die letzte Flasche war leer, sie stülpten sie auf einen Stock und zerschmetterten sie durch Artilleriebeschuß, jeder zehn Steine, die sie abwechselnd schleuderten. Und da tauchte der Junge auf, er war so alt wie Mark, sah aber jünger aus. Er trug eine Angel und einen Rucksack und saß auf einem holländischen Fahrrad der Marke, für die Cassidy die Konzession für das Vereinigte Königreich besaß. Zuerst verglich er ihre Genitalien, hier schwarz, dort blond, doch im übrigen wenig Unterschied, dann hob er einen Stein auf und warf ihn scharf und direkt nach dem Pfosten, wo die Flasche gewesen war.

Cassidy schrieb eine Einkaufsliste und gab ihm zwanzig durchnäßte Franc.

»Und paß auf an der Kreuzung«, warnte er ihn.

»Also, ich *persönlich* bin der Meinung«, sagte Cassidy vorsichtig und zog den Korken mit den Zähnen heraus – der Junge, ein begabtes Kind, hatte den Verkäufer überredet, ihn zu lockern –, »wenn wir ein *Taxi* rufen würden…«

»Lover«, unterbrach Shamus ihn.

»Ja.«

Ermuntert von mehreren Exemplaren der Pariser Blätter, hatten die Zweige endgültig Feuer gefangen. Ein Stück weiter am Ufer hatte der Junge seine Angel ausgeworfen.

»Lover, meinst du, hier handele es sich um einen Widerstreit von Egos?«

»Nein«, sagte Cassidy.

»Von Es'?«

»Nein.«

»Ego kontra Seele? Ibsen?«

»Überhaupt kein Widerstreit. *Ich* will zurück, *du* nicht. Ich möchte ein Bad und mich umkleiden, und du hast dich damit abgefunden, für den Rest deines Lebens wie ein Höhlenmensch zu hausen.«

Der Stein traf ihn seitlich am Kopf, links, direkt hinterm Ohr. Er hatte gewußt, daß es ein Stein war, hatte ihn kommen und fallen sehen, die Landkarte darauf gesehen, vor allem die Schweizer Alpen, das Angelhornmassiv in der Mitte. Die Entfernung zum Boden war viel weiter, als er gedacht hatte. Er hatte noch Zeit, die Flasche beiseite zu stoßen, ehe er landete, und Zeit, den Arm hochzureißen, ehe sein Kopf auf den Schotter schlug. Dann hielt Shamus ihn in den Armen, küßte ihn, goß ihm Wein zwischen die Zähne, verzeih, Lover, und weinte, würgte wie Old Hugo in der Bahn, und der Junge zog einen kleinen braunen Fisch aus dem Wasser, einen Kinderfisch für eine Kinderangel.

»Warum, zum Teufel, hast du das getan?« fragte Cassidy.

Shamus saß ein Stück von ihm weg in selbstgewählter Weltabgeschiedenheit, er hatte reuig die Baskenmütze über die Augen gezogen, sein nackter Rücken wurde vom schmutzigen Wasserspiegel des versiegenden Flusses quer entzweigeschnitten. Er sagte nichts. »Verdammt komisches Benehmen, das muß ich schon sagen. Zumal für einen Meister des Wortes.«

Der Junge warf den Fisch ins Wasser zurück. Er hat entweder den Vorfall nicht gesehen, oder er hatte schon so viele derartige Vorfälle gesehen, daß Blut ihn nicht mehr aufregte.

»Hör um Himmels willen auf, dich mit diesem Stein zu schlagen«, fuhr Cassidy gereizt fort. »Sag mir nur, warum du es getan hast, und Schluß. Wir haben alles getan, was du wolltest. In dem verdammten Fluß halb erfroren, um unsere Identität zu spüren, unsere neuen Anzüge ruiniert, uns Lungenentzündung geholt, und plötzlich steinigst du mich. *Warum?*«

Silentium. Fast unmerklich bewegte die Baskenmütze sich verneigend.

»Schön, du hast gesagt: Du willst nicht nach Paris zurück. Gut. Aber nicht einmal die größten Liebenden können ihr ganzes Leben lang an einem ausgetrockneten Fluß kampieren. Und *warum* willst du nicht nach Paris zurück? Paßt dir das Hotel nicht? Hast du plötzlich genug von den großen Städten?« Pause. »Hat es etwas mit Dale zu tun? Mit deinem Buch?«

Diesmal bewegt die Baskenmütze sich überhaupt nicht, weder verneinend noch bejahend; die Baskenmütze verhält sich so regungslos wie Sandra an der Tür, wenn sie böse mit ihm ist, weil er nicht komisch ist, weil er ihr nicht die Tragik verschafft, für die sie erzogen wurde.

»Shamus, um Gottes willen. Im einen Augenblick sind wir auf dem besten Weg zu warmen Brüdern, im nächsten versuchst du, mich zu töten. Was zum Henker ist mir dir los?«

Wie vom Wind geschüttelt, schwankt der nackte Rücken. Endlich hebt der Büßer die Flasche, trinkt.

»He«, sagte Cassidy und kroch zu ihm. »Ich will auch etwas.« Er streckte die Hand aus und erhielt nicht den Wein, sondern die verknautschte Nelke aus Shamus' Knopfloch. Cassidy hob sacht die Baskenmütze und sah, daß die Tränen sich am Rand gesammelt hatten.

»Laß gut sein«, sagte er sanft. »Es hat nicht weh getan, Ehrenwort. Ich glaube nicht einmal, daß du es getan hast. Schau, schau, keine Beule, kein Pochen, nichts. Fühl mal, komm, leg deine Hand darauf.«

Er hob Shamus' schmutzige Hand und legte sie an seinen Kopf.

»Du *mußt* mich lieben, Lover«, flüsterte Shamus, während die Tränen flossen. »Ich brauche es, wirklich. Das war noch nichts gegen das, was ich dir antue, wenn du mich nicht liebst.«

Seine Hand war wie eine zweite Firmung, leicht und voll Gefühl zitterte sie auf Cassidys Skalp.

»Mit Haut und Haar, du mußt dich mir mit Haut und Haar geben. Ich tue es. Ich habe dir einen Blankoscheck gegeben, Lover. Wirklich.«

»Ich versuche, dich zu verstehen«, versprach Cassidy. »Ich versuche es. Wenn du mir nur sagen würdest, was es war.«

»Du mieser kleiner Bourgeois«, sagte Shamus resigniert. »Du wirst es nie schaffen, Himmel!« rief er plötzlich. Er ließ Cassidys Hand los und sprang hoch. »Meine Identität! Sie ist kaputt!«

Er wies auf ein Büschel struppigen Grases, wo mit dem Rücken nach oben sein Paß lag. Ein toter Schmetterling, die Flügel, die nie wieder fliegen würden, weit ausgebreitet. Die blaue Farbe rann ins Gras.

»Sie verblutet«, flüsterte er und hob den Paß mit beiden Händen auf. »Lover, hol einen Krankenwagen.«

Im Postamt des Dorfes kauften sie, voll angekleidet, einen französischen Briefumschlag und schickten ihre Nelken an Helen. Die Gummierung schmeckte nach Pfefferminze, und die Nelken waren nicht mehr jung.

Und zwei Segelflieger, die sie näher zu Flaherty bringen sollten, und einen Drachen für die Beförderung der Gebete.

Und ein Schreibheft, denn auf dem Rückweg nach Paris würde Shamus einen neuen Roman anfangen, über das Thema David und Jonathan. Außerdem hatte er das alte im Fluß verloren, und die Vergangenheit konnte ihm gestohlen bleiben.

Die Straßen nach Paris, schrieb Cassidy in seinen privaten Baedecker, in jener blumenreichen Prosa, die ebenfalls zu Old Hugos unzähligen Zuwendungen gehörte, *sind lang und vielfältig* und führen oft wieder in die ursprüngliche Richtung zurück. Manche sind von grünen Hügeln gesäumt, von denen aus man Segelflieger und Drachen steigen lassen und irische Götter anrufen kann, manche von Fabriken voll trauriger Proleten und die Viel-zu-vielen auf bremsenlosen Fahrrädern; andere wieder von Wirtshäusern, wo aus der Stadt ausgewiesene Nutten einem großen Schriftsteller mediokre Einblicke in das Unendliche verschaffen. Aber alle diese Straßen sind Langsamstraßen, für schlurfende Füße gebaut; denn Paris ist nicht mehr anziehend, es wird überschattet vom Geheimnis eines gewissen Dale.

Als er im Barbierstuhl lag, in Chorknabenweiß gehüllt, fiel der müde Chronist während des Rasierens in Schlaf und träumte von einer nackten Helen, die am Strand von Dover stand, zwei tote Nelken an den Brüsten, während sie kleine Segelschiffe zu Regatten um die Welt ausschickte. Als er erwachte, schnitt der Friseur ihm die Haare.

»Shamus, ich *will* es nicht geschnitten!«

Shamus saß auf der Bank und schrieb in sein Heft.

»Es wird dir gut tun, Lover. Neues Leben, wie ein Mönch«, sagte er vage und ohne aufzublicken. »Unumgängliches Opfer, tut mir leid.«

»Nein«, sagte Cassidy und stieß den Mann weg. Gott im

Himmel, wie sollte er sich jetzt noch zu Trumper wagen? *»Non, non, non.«* Shamus schrieb weiter.

»Er will es länger«, erklärte er dem Friseur, mit dem er auf freundschaftlichstem Fuße stand. *»Il le veut plus long.«*

»Shamus, woran glaubst du?«

Am Ende der Welt ging die rote Sonne auf oder unter, hinter dem dickgezogenen Raster einer Fabrik. Lichter lagen auf den Feldern, und die Segelflugzeuge waren naß vom Tau. »Was ist das für ein Licht am Ende des Piers?«

»Einmal glaubte ich an eine Hure«, sagte Shamus nach langem Nachdenken. »Sie arbeitete im Revier von *Lord's Cricket Ground.* Habe nie jemanden gekannt, der das Spiel leidenschaftlicher liebte. Sie bewahrte sämtliche Punktwertungen in ihrer Handtasche auf.«

»Was weiter?«

Er hasse Geistliche, sagte er. Er hasse sie mit der Wildheit eines Zeloten.

»Was weiter?«

Er hasse die Vergangenheit, sagte er, er hasse Konventionen, er hasse die blinde Hinnahme von Beschränkungen und die willentliche Beschneidung der Seele.

»Ist das alles nicht ziemlich *negativ?«* sagte Cassidy schließlich.

»Das hasse ich auch«, versicherte Shamus ihm. »Wichtig, daß man positiv ist.«

Sie saßen auf gestohlenen Fahrrädern, eine Seite von Cassidys Kopf war jetzt viel kälter als die andere. Und *das,* sagte Shamus, sei Cassidys Problem. *Miiau.*

19

Wer mochte Shamus sein? fragte Cassidy sich, als er ihm im Wirtshaus beim Schreiben zuschaute.

Die Stadt war jetzt nicht mehr fern; vielleicht war das der Grund, warum er schrieb; um sich gegen das zu wappnen, was immer ihm in Paris drohen mochte. Rosiger Glanz wartete am Ende der Allee, und die Abendluft summte wie ein Wasserkessel. Sie saßen an einem Tisch an der Straße, unter einem Coca-Cola-Reklameschirm, und tranken Pernod, um einen klaren Kopf zu bekommen. Das Taxi wartete auf einem Parkplatz, der Chauffeur las Pornographie. Wer mochte mit seinem protokollführenden Engel neben sich leben, der Leben um Leben niederschrieb, verdrehte, geradebog und zusammenfaßte? Wer mochte Shamus sein, der täglich seine eigene Wirklichkeit aufzeichnete? Stets gegen das Leben anrannte, es nie akzeptierte; immer unterwegs war, nie zur Ruhe kam.

»Wird es wirklich ein Roman?« fragte er. »Ein richtiger langer Roman wie die anderen?«

»Vielleicht.«

»Worüber?«

»Habe ich dir gesagt. Freundschaft.«

»Lies vor«, sagte Cassidy.

»Geh zum Teufel«, sagte Shamus und las: *Die Wirklichkeit trennte sie, und die Wirklichkeit führte sie zusammen. Jonathan, der wußte, daß es sie gab, lief vor ihr davon; aber David war nie sicher und hielt alle Tage nach ihr Ausschau.*

»Ist es ein Märchen?« fragte Cassidy.

»Vielleicht.«

»Wer von uns ist David?«

Du, du blöder Hund, weil du hell bist. David war ein großer Skeptiker, denn er liebte die Welt des Augenblicks und alle ihre Reichtümer. Jonathan schmähte die Welt, und er war daher der Prophet einer besseren; aber David war zu stumpf, um das zu verstehen, und Jonathan zu stolz, um es ihm zu sagen. In Davids Welt wurden die Ideale der Herde verwirklicht, denn er war einer aus der Herde, der beste der Viel-zu-vielen. Jonathan besaß die Naivität des Herzens, David hingegen das Rokoko der Seele ...

»Aber was *bedeutet* es, Shamus?«
»Es bedeutet, daß du was zu trinken brauchst. Ehe ich dich nochmals steinige, weil du ein verfluchter Ketzer bist.«

Zum Bügeln eines Passes – dies ist eine Binsenweisheit, die Cassidy bisher noch nicht aufgegangen war – braucht man eine Nutte, Nutten haben das beste Fingerspitzengefühl.

»Sie sind die besten Plätterinnen der Welt«, erklärte Shamus. »Berühmt dafür. Und wenn sie den Paß geplättet hat«, fuhr er mit dem Stolz eines Experten für Leistungsanalysen fort, »dann kannst du sie ficken. Zeit, daß du deine Jungfernschaft verlierst.« Sie gingen also zur Gare du Nord, der Endstation attraktiver Züge, um ein Paar Hände aufzutreiben.

Ihre Rückkehr in die Stadt war nicht so triumphal, wie ihre Flucht gewesen war, konnte es vielleicht nicht sein. Cassidy hatte angenommen, sie würden direkt ins *St. Jacques* gehen. Er hatte sogar ein System erdacht, wie sie hineingelangen könnten, ohne die Halle zu durchqueren – den Portier bestechen und durch den Personaleingang hineinschlüpfen, das richtige für den Sohn eines Hoteliers – denn ihre Anzüge waren zwar einigermaßen trocken, aber eingelaufen und alles andere als adrett. Außerdem mußte er die Zügel wieder in die Hand bekommen; die Messe wurde allmählich zum Alptraum; und was war mit der Post und den Anrufen?

Shamus wollte davon nichts wissen. Die Stadt hatte ihn bereits düster gemacht; seine Stimmung war kritischer und weniger freundlich.

»Dieses beschissene ›St. Jacques‹ hängt mir zum Hals raus. Ein stinkiges Rattenloch. Voller verschissener Bischöfe, das weiß ich genau!«

»Aber Shamus, es hat dir doch gefallen –.«

»Ich hasse es. Scher dich zum Teufel.«

Er läuft weg, dachte Cassidy plötzlich: Diesen Blick kenne ich, es ist mein eigener.

»Wovor fürchtest du dich?« wollte er fragen; aber er war vorsichtig geworden und schwieg. Also suchten sie ein Hotel auf, das Shamus kannte, irgendwo in der Gegend der Rue du Bac, ein weißes Geviert in der Nähe einer Botschaft; die

Straße war von Diplomatenautos gesäumt. Vielleicht hatten diese Autos Shamus zu der Forderung inspiriert, daß sie sich als Burgess und Maclean eintragen sollten.

»Shamus, meinst du wirklich?«

Natürlich meinte er es wirklich, verdammt noch mal, Cassidy könne seinen verdammten Geschäften nachgehen oder sonst jemandem, ja?

Ja.

Gute Hände findet man nicht massenhaft an der Gare du Nord, nicht einmal zur Hauptverkehrszeit an einem sonnenhellen Abend. Man findet Hände, die Gepäckstücke halten, Hände, die Regenschirme halten, und zärtliche Hände, die Händchen halten und ach, nicht zu trennen sind. Müde von der anstrengenden Suche saßen die beiden Freunde auf einer Bank, leerten ihre zerknitterten Taschen und warfen französischen Tauben Brotkrumen vor. Shamus war grämlich und sprach kaum. Cassidy hatte quälende Kopfschmerzen, und seine bis vor kurzem friedliche Kniescheibe hatte nach der Fahrradtour wieder angefangen, ihn zu piesaken.

»Gut«, sagte Shamus, als er es ihm erzählte.

Um die heraufziehende Mißstimmung abzuwenden, fing Cassidy an zu singen. Nicht eigentlich singen: leiern. Ein Lied eigener Erfindung, in moduliertem französischem Einerlei vorgetragen, eine recht passable Imitation von Maurice Chevalier.

Und so fanden sie Elise, das bekannte Anagramm von Elsie.

Ze Leedle birds of Paris
Zey 'ave a lerv'ly time
Zey 'ave a lerv'ly time,
Until ze snow take all zeir
bread a – way...
Until ze snow take all zeir
bread a – way...

Shamus erwachte aus seinem Brüten und starrte Cassidy mit weit-

aufgerissenen Augen an. Es war das erste Mal, daß Cassidy für Shamus eine Stimme imitiert hatte, und Chevalier war eine seiner besten Nummern.

»Lover, sing *weiter*. Großartig. Erste Klasse, weiter! Himmel, großartig ist das, menschlich. Warum hast du mir das nicht gesagt?«

»Du machst Stimmen so viel besser nach.«

»Käse! Los, *weiter*, du Hundsfott, sing!«

Also fuhr Cassidy fort:

Zey wiggle zeir feathers...
Zey wiggle zeir pretty tails...
Zey hop, and lerve, and sing
zeir leedle song...
Until ze snow, ze cruel snow...
Take all zeir bread away...

»Noch weiter, Lover! Menschenskind, das ist großartig! He, hört mal alle zu, hört Cassidy zu!«

Shamus war aufgesprungen und drauf und dran, ein größeres Publikum zusammenzutrommeln, als sie das Mädchen sahen. Sie stand da und lächelte ihnen zu, sie trug einen schicken rehbraunen Mantel und eine glänzend rote Tasche wie die Schweizer Eisenbahnschaffner auf den Bähnchen, die das Angelhorn erklimmen.

Sie war jung und ziemlich groß, ihr Haar war kurzgeschnitten wie bei einem Jungen; ein schmuckes blondes Mädchen mit schöner Haut, die beim Lächeln winzige Sprünge bekam. Fußspitzen und Fersen waren geschlossen, und ihre Beine – die allerdings bei der Wiederherstellung von Shamus Identität keine Rolle spielten – waren sehr gerade, aber keineswegs dünn, genau gesagt Angie Mawdrays Beine, und in der gleichen großzügigen Weise sichtbar.

»Laß dir ihre Hände zeigen«, drängte Shamus.

Sie lächelte Cassidy zu, nicht Shamus; sie schien ihn mehr für ihren Typ zu halten.

»Sie trägt Handschuhe«, gab Cassidy zu bedenken.

»Dann sag ihr, sie soll sie ausziehen, du Affe.«
»Do you speak English?« fragte Cassidy.
Sie schüttelte den Kopf.
»No«, sagte sie.
»Herrgott noch mal, Lover, es ist wichtig!«
»*Vos mains*«, sagte Cassidy. »*Nous voulons voir*... Möchten Sie sich nicht setzen«, fragte er höflich und bot ihr seinen Platz an.

Zurückhaltend, immer noch lächelnd, setzte sie sich zwischen die beiden auf die Bank. Cassidy hob ihre rechte Hand und zog behutsam den Handschuh ab. Er war aus dünnem Nylon und glitt ganz leicht ab wie ein Strumpf. Die Hand darunter war weich und glatt und schmiegte sich wie selbstverständlich an Cassidys Hand.

»Jetzt frag sie, ob sie Pässe bügelt«, sagte Shamus.
»Tut sie bestimmt«, sagte Cassidy.
»Dann frag, was sie verlangt. Ein Paß, eine Nummer, Steuern, Bedienung, alles inklusive.«
»Ich möchte lieber einfach so zahlen, Shamus, bitte.« Und zu dem Mädchen: »*Je m'appelle Burgess*«, erklärte er, »*mon ami est l'ecrivain Maclean.*«
»Bonjour, Maclean«, sagte Elise höflich, während ihre Hände in Cassidys Hand flatterten wie Vögelchen. »*Et moi je m'appelle Elise.*«

Am Empfangspult des weißen Hotels lieh Cassidy ein Bügeleisen aus, ein schwarzes Eisen aus der Zeit um achtzehnhundertsiebzig. Sandra hatte so eines in der Küche, und es war ihr lieber als das vollautomatische. Der Portier war ein junger Algerier, ein sehr müder Genosse, doch der Anblick Elises schien ihm neue Hoffnung einzuflößen.

»Sie wird Löschpapier brauchen«, sagte Shamus. »Man muß Löschpapier zwischen die Seiten legen.«

Die gehobene Stimmung hatte ihn bereits wieder verlassen.

»Okay, okay«, sagte Cassidy.

Die Korridore waren sehr eng und dunkel. Durch die Trennwand hörte man ein Baby beharrlich quengeln. Cassidy nahm Elise den Mantel ab, setzte sie in einen Sessel, gab ihr ein Glas Wein, damit sie sich wie zu Hause fühlen sollte, und bald tauschten sie Gemeinplätze über das Wetter und das Hotel aus. Elise wohnte bei ihren Eltern, sagte sie; es war nicht immer praktisch, aber man sparte Geld und war nicht allein. Cassidy sagte, er wohne ebenfalls bei seiner Familie, sein Vater sei Hotelier, die Gäste seien manchmal lästig. Inzwischen war Shamus, der gegen solche Formalitäten war, ans Fenster gegangen und hatte den Tisch in die Zimmermitte geschoben. Er kippte den Heizofen auf den Rücken und stellte das Eisen flach obenauf.

»Ah, vous avez deux chambres!« sagte Elise, als Shamus mit einer Decke aus dem Schlafzimmer kam. *»Ça, c'est commode, alors!«*

Es sei eine ganze Suite, belehrte Cassidy sie und führte sie herum, damit sie die Ausmaße der Anlage sehen konnte. Im Innenhof waren ein weinumrankter Baum und ein Brunnen. Das Badezimmer war mit altem Marmor getäfelt. Elise fand es romantisch, fürchtete jedoch, die Heizung komme sehr teuer.

»Zum Kuckuck!« schrie Shamus. »Will sie das Hotel kaufen? Sag ihr, sie soll herkommen und meinen verdammten Paß aufbügeln.«

»Sie wäscht sich«, sagte Cassidy. »Shamus, *bitte* –.«

»Den Teufel wäscht sie sich. Sie desinfiziert sich. Spritzt ein bißchen Flit in den Hintern, das tun sie alle. Setzen dich unter Spiritus, eh du dich's versiehst. Da, nimm das Geld und hol das Löschpapier.«

»Warum so eilig?« fragte Cassidy, der jetzt ärgerlich wurde. »Was macht es schon aus? Das Eisen ist noch nicht einmal heiß. Beruhige dich.«

»Hol das Löschpapier!«

In plötzlichem Mißtrauen sagte Cassidy: »Ich kann sie doch mit dir allein lassen?«

»Natürlich kannst du. Was schwafelst du eigentlich? Ist dir klar, daß dieser Lichtengel in einem durchschnittlichen Arbeitstag etwa zehn von uns lebend verschlingt? Für sie gelten weder die Tabus noch die Vorrechte des englischen Mittelstandes, sie *erwartet* das auch gar nicht. Soweit es sie angeht«

– sie hörten das Geräusch der Wasserspülung; Elise kam aus dem Schlafzimmer –, »können wir beide sie dressieren, verschnüren und stopfen wie einen Truthahn und mit ihr Fußball spielen, wenn wir sie nur so rechtzeitig zurück auf die Straße werfen, daß sie wieder zwei wie uns aufgabeln kann.«

Er drückte dem Mädchen den Paß in die Hand.

»Aber Shamus, ich glaube nicht, daß sie *so* eine ist. Ich glaube, sie ist ganz einfach ein Mädchen.«

Wie Heather Ast, wollte er sagen; Hugo würde sie sehr gern haben. Vorsichtig wendete Elise die Seiten um. Ihre Finger waren schlank und geschickt und fanden ihren Weg überallhin.

»Mais vous ne vous appelez pas Maclean«, bemerkte sie und verglich Shamus mit der Fotografie.

»Maclean ist sein Pseudonym«, sagte Cassidy, der noch in der Tür stand, schleunigst.

Hol das Löschpapier!

Das Schreibwarengeschäft war über der Straße, und Cassidy rannte den ganzen Weg. Als er atemlos zurückkam, standen Shamus und Elise in entgegengesetzten Ecken des Zimmers und schauten einander nicht an. Ihr Haar war in Unordnung, und sie schien sehr ärgerlich zu sein.

»Na schön«, sagte Shamus und blickte von einem zum anderen, »spielt eure große Szene, Christopher Robin und Wendy turteln ein bißchen, und dann husch ins Bettchen. Aber wenn ich zurückkomme, ist sie *draußen*, und dieser Paß ist gebügelt.«

»Shamus –«, rief Cassidy, aber die Tür war bereits krachend hinter ihm zugefallen.

»Il n'est pas gentil, votre ami«, sagte Elise.

»Er hat Sorgen«, sagte Cassidy, und ich auch. Und erklärte in seinem besten mütterlichen Französisch, daß Shamus ein großer Schriftsteller sei, vielleicht der größte seiner Zeit, daß sie der erste Mensch auf der Welt sei, der ihn nicht unwiderstehlich finde, daß er soeben sein Meisterwerk vollendet habe und sich natürlich Sorgen mache, wie es aufgenommen würde. Seine Besorgnis beziehe sich genau gesagt (Cassidy fühlte, daß er ihr vertrauen könne) auf eine geschäftliche Angelegenheit. Auf die Filmrechte. Der Verkauf war getätigt, aber noch nicht bestätigt; solche Absprachen fielen gern ins Wasser. Hatte sie vielleicht *Doktor Schiwago* gesehen? Nun, Shamus hatte den Roman geschrieben; auch *Goodbye Mr. Chips*.

Elise lauschte diesen Erklärungen sehr ernsthaft, doch obwohl sie Macleans Werke bewunderte, genügten sie ihr nicht. Männern mit zwei Namen, sagte sie und öffnete abermals den Paß auf der ersten Seite, sei nicht zu trauen, und Maclean sei nicht nett.

»*Vous êtes aussi artiste, Burgess?*« fragte sie.

»*Un peu*«, sagte Cassidy. Sie lächelte in schüchternem Einverständnis.

»*Moi aussi*«, flüsterte sie und nickte leicht. »*Un peu artiste, mais pas... entièrement.*«

Sie war ein stilles Mädchen. Er hatte sofort gewußt, daß sie von taktvoller Stille war, aber jetzt, in der Abenddämmerung, erfüllte sie das Zimmer geradezu mit Stille. Sie bügelte langsam und konzentriert, hatte den Kopf ein wenig schief geneigt, als lauschte sie auf Shamus' Rückkehr, und als man im Korridor einen Fußball hörte, hielt sie inne und blickte in diese Richtung. Sandra stellte beim Bügeln die Füße weit auseinander und spreizte die Ellbogen wie ihr Vater, der Brigadegeneral, Elise dagegen hielt sich sehr aufrecht und dachte nur an ihre Arbeit.

»Ich habe gedacht, wir könnten zusammen Abendessen«, sagte er. »Nur Sie und ich.«

Ihr Kopf hob sich; er konnte ihren Gesichtsausdruck nicht sehen, aber er hielt ihn für unschlüssig.

»Wir könnten in den *Tour d'Argent* gehen, wenn Ihnen das Spaß machen würde.«

Sie bügelte eine weitere Seite.

»Nein, Burgess«, sagte sie ruhig. »*Pas de Tour d'Argent.*«

»Oh, aber ich kann es mir leisten. *Je suis riche, Elise... vraiment*. Aber ganz wie Sie wollen, vielleicht gehen Sie lieber ins Theater.«

»*Vous n'avez pas de théâtre à Londres, Burgess?*«

»Doch. Natürlich gibt's in London Theater. Massenhaft. Ich gehe allerdings nicht oft hin.«

Wiederum antwortete sie zunächst nicht. Schritte kamen die Treppe heraus, gingen jedoch, ohne anzuhalten, vorüber, und es fehlte ihnen Shamus Munterkeit. Elise klappte den Paß zu, stellte das Bügeleisen hochkant und faltete die Decke auf dem Tisch, dann ging sie langsam im Zimmer herum, sammelte die gebrauchten Gläser ein und leerte die Aschenbecher.

»Tu veux vraiment sortir, Burgess?« fragte sie vom Waschbecken her.

»Ich möchte Ihnen eine Freude machen«, sagte er. »Sie sollen einen schönen Abend verleben. Ich bin ganz ungefährlich, Ehrenwort.«

»Bon«, sagte sie und lächelte abwesend, als gehe sein Wunsch sie nichts mehr an. *»Bon, c'est comme vous voulez.«*

Dear Lover, schrieb er, *Du bist ein ekelhafter Scheißkerl. Elise nimmt mich mit ins Körbchen. Gegen halb elf zurück.* Und legte den Zettel neben den frisch gebügelten Reisepaß.

Als er ihr an der Tür in den Mantel half, küßte Elise ihn. Zuerst war es ein Kinderkuß, Mark unter dem Mistelzweig. Dann zog ihre Zunge wie ein winziger Malpinsel die Linie zwischen seinen Lippen nach, fuhr hinauf zu den Lidern.

»Wir können zu *Allard* gehen«, sagte er und trat vor ihr in den Korridor. Es war ein Lokal, das Bloburg empfohlen hatte.

»Burgess...« Sie hatte ihm die Hand auf den Arm gelegt.

»Oui?«

»Je n'ai pas faim.«

Cassidy lachte. »Macht nichts«, sagte er. »Bis wir hinkommen, werden Sie schon hungrig sein.« Und hinterließ am Empfang einen weiteren Zettel, praktisch ein Duplikat, doch diesmal schloß er mit ›Love‹.

Bei *Allard* bot er ihr eine Reise nach London an, wo sie das Hotelfach erlernen könne, worin, wie er sagte, sein Vater ungemein einflußreich sei. Elise war sehr dankbar, lehnte jedoch ab: Ihre Mutter, sagte sie, verbiete ihr, allein zu reisen. Danach sprachen sie nur wenig. Elise aß schneller als Cassidy, und als sie fertig war, bat sie um ein Taxi, das Cassidy im voraus bezahlte.

Sie wäre gern länger geblieben, erklärte sie ihm, aber sie müsse auf ihre Eltern Rücksicht nehmen.

Und doch, irgendwo in einem weißen Haus in Paris, in einem Dachgeschoß hoch über den warmen Straßen und einem Hof, der widerhallte von den Gewehrsalven der Teppichklopfer, in einer Stadt, die vibrierte vom Impuls der Liebe, in einem breiten Messingbett mit einer Daunendecke, die der Mond weiß wusch, irgendwo zwischen Abend- und Morgendämmerung, in jener Stunde, die nach großer Anstrengung der tiefen Müdigkeit vorangeht, endlich allein in der inneren Welt seiner romantischen Träume, lag Cassidy in Elisens Armen.

Sie kam durchs Fenster zu ihm, in langen Schritten ihrer bloßen Beine, beleuchtet vom gestreiften Mondlicht, das durch die Jalousien fiel, sie stand neben seinem Bett und flüsterte *Burgess*. Ihr Körper erstand wie eine weiße Kerze aus den abgefallenen Kleidern, die winzigen Brustwarzen waren rosa Flecken auf dem Wachs. *Burgess, bist du da?* Ja, Elise. *Burgess tu es tellement gentil: Willst du mich wirklich heiraten?* Ja, Elise. *Warum bist du angekleidet, Burgess?* Ich wollte mich auf die Suche nach dir machen, Elise. Ich wollte durch die Straßen laufen, bis ich dich gefunden hätte, dann mit dir nach Sacré-Cœur gehen, wo die hohe Geistlichkeit darauf wartet, die Zeremonie zu vollziehen. *Alles sehr vernünftig. Aber woher sollen wir Geld nehmen?* Ich habe zwanzigtausend Franc in der Banque Fédérale an den Champs Elysées beiseite gelegt. Ich habe es illegal bewerkstelligt, indem ich fiktive Zahlungen für französische Bauteile leistete. *Burgess,* hauchte sie.

Ernst entkleidete sie ihn, lockerte zuerst seine Krawatte und hob sie in einer weiten Schlaufe über seine Ohren, um die Seide nicht zu zerknittern. *Burgess, mon artiste, mein Erfin-*

der, mein Kind, mein Mann, mein Versorger, gibt es einen, der so reich ist wie du? Nein, sagte Cassidy. Doch was das beste ist, es hat meiner Redlichkeit nicht Abbruch getan. *Das stimmt,* sagte Elise. *Du bist von großer Natürlichkeit.* Manchmal mußte sie während des Auskleidens innehalten und ihn nach ihrer Laune zurechtlegen, seinen Kopf an ihre Brüste pressen oder in ihren Schoß, seine Wange in das seidige geruchlose Haar zwischen ihren langen geschlossenen Schenkeln, ihn im Mondlicht ausstellen wie eine geliebte Skulptur, seine Proportionen unsichtbaren Freundinnen rühmen, ihn lieb und männlich nennen, freundlich, tapfer und ehrenhaft. *Venez,* flüsterte sie schließlich und wandte ihm die lange Ebene ihres Rückens zu. *Halte dich an meinen unbefleckten und kecken Hintern, diese Zwillingsmelonen, die listig die Furt der verbotenen Liebe verbergen, die geheime Blume des ungehemmten Orients.* Elise, mein Selbst tut sich hervor und erigiert. Willst du mir beiwohnen? *Es ist mein höchstes Streben, Burgess.* Sie lenkt ihn vom Zentrum ab, umfaßte seine Männlichkeit mit ihren langen gefügigen Fingern, während sie über den Himmel von Paris hin und her schwebten. *Tu aimes ça, Burgess? Macht es dir Vergnügen? Soll ich es auch mit dem Mund machen? Ich fühle wie du, Burgess. Meine Reaktionen sind total homosexuell.* Nur die Finger, vielen Dank, erwiderte Cassidy. Die Finger reichen völlig aus. *Burgess, du bist so rein.* Elise, wer hilft da noch mit? fragte er nach einer Weile. Spüre ich noch andere Finger am Werk außer den deinen, Elise? Gewiß höre ich Frank Sinatra singen und rieche den Holzrauch in deinem Haar? *Niemand,* versicherte sie ihm. *Es sind nur meine Hände, du träumst von jemand anderem.* Mit diesen Worten öffnete sie seine Schenkel und zog mit scharfem Fingernagel den schmalen Saum nach, der sein Vorder- und sein Hinterteil verband, einmal, zweimal, dreimal: *Noch mehr, Burgess?* Ein bißchen, bitte. Das reicht, vielen Dank. *Und hier eine kleine Aufmerksamkeit?* fragte Elise und hätschelte die dankbaren Bällchen, ließ deren Haare scharfe kleine Brandsignale abgeben, die Haut straff und zärtlich werden. *Jetzt verlasse ich dich,* flüsterte sie, *und überlasse deine Männlichkeit dem Todeskampf im Dunkeln.* Du möchtest ihr nicht den Rest geben, wie, solange du noch hier bist? fragte Cassidy. *Du kennst die Regeln*, erwiderte Elise sanft und verschmolz mit dem Mondlicht. *Auf Wiedersehen in Sacré Cœur.*

Komm nicht zu spät, rief Cassidy. Komm nicht zu spät. Zu spät. Zu spät.

»Shamus?«

Wie konnte er sich dort draußen dieser Einsamkeit stellen? Was tat er so bis in die tiefe Nacht hinein. War er ausgegangen mit den Wenigen? Ich bin nicht gut genug für ihn. Er muß Schriftsteller um sich haben, Leute, die seine Bücher lesen.

Eine unechte Bronzeuhr, die im Mondlicht schimmerte, zeigte permanent auf halb drei. Unter dem Fenster das Teppichklopfen, Schläge ins Nichts, in langsamem Klatschen.

Shamus, komm zurück.

Und wäre es nur, um wiederum mein Inneres nach außen zu wenden; meine Hand von mir ab zu besserer Liebe zu wenden.

Darling, Cassidy schrieb in erschreckender Ausführlichkeit auf gewöhnliches Papier, das er im Schreibwarengeschäft erstanden hatte. Es war neun Uhr morgens, Shamus war nicht zurückgekommen. *Bis jetzt ist die Sache nicht so besonders gut gelaufen, und falls es Dir ein Trost sein sollte, was ich bezweifle, so bist Du fein raus, fern von der bösen großen Stadt und ihren Anfechtungen. Die Leute von der Botschaft haben, getreu der alten Sitte, unseren Stand komplett verpfuscht – keine Telefone, kein separates Cassidyzelt für Partys, alle wurden einfach zuhauf getrieben wie das liebe Vieh – und obwohl wir am ersten Tag einen großen Auftrag an Land zogen, war der Geschäftsgang im allgemeinen ziemlich schleppend. Mich dünkt, der Vietnamkrieg wirkt sich allmählich aus, wie Du es vorhergesagt hast – es ist einfach weniger Geld im Umlauf, die Leute sind zurückhaltend bei ihren Dispositionen und noch zurückhaltender bei der Bezahlung. Unser einziger großer Auftrag – dreihundert Chassis – kam von einer sehr verdächtigen Dame (mittleren Alters), die im vergangenen Jahr tausend Sportwagen von Bee-Line kaufte und noch immer nicht voll bezahlt hat. McKechnie mußte sich an die Leute von der Export-Kreditgarantie halten, und sie wollen sie nicht mehr decken (Verzeihung!). Indes war es Meales erster großer Sieg, und ich konnte die Annahme des Auftrags nicht gut ablehnen, ohne fürchten zu müssen, sein Selbstvertrauen, das gelinde gesagt ein zartes Pflänzchen ist, zu untergraben. Außerdem muß ich gestehen, daß nicht viel los ist mit mir, wenn ich allein bin, wie du wohl schon die ganze Zeit gewußt hast. Andererseits sind die Alternativen zu diesem Alleinsein auch nicht allzu verlokkend. Ich habe Lemming und Konsorten gemieden wie die Pest – der Gedanke, zusammen mit der Fachschaft ›Paris zu erleben‹, widerstrebt mir beinah körperlich.*

Und was Bloburg betrifft, so ist er eine Landplage. Ich weiß, wie sehr Du dafür bist, daß man auf ihn besondere Rücksicht nimmt. Aber auch die Duldsamkeit hat ihre Grenzen. Nachdem er mich mit einem erschöpfenden und zumeist miserablen sogenannten Vergnügungsprogramm hatte ködern wollen, versucht er nun dauernd, mich mit seinen Damenbekanntschaften ›zusammenzubringen‹, wie er es nennt. Eine davon, eine Mamsell Elise, erschien doch tatsächlich spät abends an meiner Schlafzimmertür mit einem Empfehlungsschreiben von ihm. Keine Angst – sie war ausgesprochen von der abschreckenden Sorte, hatte diese sehr braunen und starrblickenden Augen, denen Deine Mutter zu Recht mißtraut. Ich bin überzeugt, daß sie Rauschgift genommen hatte, und als ich sie wegschickte, segelte sie ganz einfach davon, als wäre es ihr völlig egal. Wenig schmeichelhaft! Soviel also über Laster und Untreue, doch da ich damals gerade den armen McKechnie bei mir hatte – er und seine Frau haben die größten Schwierigkeiten miteinander, und der arme Kerl war nah am Heulen –, konnte der Zwischenfall als harmloser Scherz gelten. Ich meine wirklich, wenn zwei Menschen an diesem Punkt angelangt sind, dann sollten sie Schluß machen und die Partie aufgeben, meinst du nicht auch?

Gestern abend rannte Meale nach einem lächerlichen Streit mit Lemming voll Zorn aus dem Hotel – es war irgendeine Geschichte mit einem Bügeleisen, stell Dir so was vor, wer es zuerst benutzen dürfe. Jedenfalls schoß er davon, und wenn er wiederkommt, dann werde ich wohl eingreifen und den beiden die Köpfe waschen müssen.

Ich rede, weil ich nichts zu sagen habe, dachte er und numerierte die vierte Seite; sie würde mich mehr lieben, wenn ich mit Elise ins Bett gegangen wäre.

In meinen wenigen freien Augenblicken habe ich versucht, mit den französischen Sportplatzleuten Kontakt aufzunehmen, aber es war kein Spaß. Gestern war es mir möglich, in einen der Vororte zu fahren und ein in Frage kommendes Gelände zu besichtigen, ausgerechnet in einem trockengelegten Flußbett – kannst Du Dir ein derartiges Projekt in England vorstellen? –, was fängt das Wasserbauamt mit seinen ausgetrockneten Flußbetten an? Aber vor allem hat die haarsträubende Hin- und Rückfahrt mich beeindruckt! Wir fuhren auf dem ganzen Weg an die neunzig – keine Bremsen und natürlich keine Sicherheitsgurte.

A propos, sowohl gestern abend wie heute morgen habe ich versucht, Dich anzurufen – nur ein Brr, Brr, Brr –, wo warst Du die ganze Zeit? Ich darf doch hoffen, daß Du Dich nicht für meine Abwesenheit schadlos hältst!! Ich wollte Dir vorschlagen, nach Messeschluß auf ein paar Tage herüberzukommen – zum Beispiel Montag oder Dienstag –, damit ich mich Dir dann vielleicht so widmen könnte, wie Du es schon längst verdient hättest, meine ziemlich mitgenommenen Nerven von dieser albernen, teuflischen Woche wieder auffrischen und Dir wieder so nahe sein, wie wir es früher waren. Wenn Du noch weißt, was ich meine… Bitte küsse Hugo von mir. Ich habe Euch beiden prima Geschenke gekauft. Kann es kaum erwarten, sie abzuliefern. Pailthorpe.

P S Apropos: gestern hielt mich jemand auf der Straße an und fragte mich, ob ich Guy Burgess sei: Kannst Du Dir das vorstellen? Es muß an meinem Schielen liegen. Was macht John E.?

Wieder das Warten, diesmal in echter Angst. Helen anrufen? Beim Wirtschaftsminister Nachforschungen einleiten?

Hier Cassidy, der Franko-Normanne, wir kennen uns aus friedlicheren Zeiten, erinnern Sie sich, haha. Also, die Sache ist die, er lebt unter dem Namen Maclean, schwierig zu erklären, warum. Und ich bin Burgess, ja. Nun ja, es ist ein Scherz, wissen Sie, wir haben Schwierigkeiten mit unserer Identität.

Während des Wartens pflegte Cassidy seine Verbindungen, eine Entschuldigung für große Aktivität.

20

Als er das weiße Hotel dankbar hinter sich gelassen hatte (Briefe an Shamus beim Boy hinterlegt, im Schlafzimmer, Salon und im hochfeinen Rokoko-Lokus), rückt der Präsident, Generaldirektor, Vorstandsvorsitzender und höchst aktiver Firmenchef von Cassidys Overseas Couplings, einer Gesellschaft, deren Aktien seit kurzem an der Börse gehandelt und in weiten Kreisen als gute Papiere auf lange Sicht für risikofreudige Anleger gelten, seine Krawatte zurecht, bringt seine Welt wieder in Ordnung und verstärkt jede ihrer bedrohten Nähte. Auf seinem Wege zum Hotel *St. Jacques*, einem Etablissement, das ihm von früheren Geschäftsreisen nach Paris bekannt ist, kauft er mit seinem letzten Reisescheck einen billigen, aber ordentlichen Regenmantel, der die fragwürdige Verfassung seines Anzugs kaschiert. Am Empfang, wo seine Rückkehr kommentarlos zur Kenntnis genommen wird, nimmt er Besitz von einigen nicht weiter wichtigen Geschäftsbriefen und erkundigt sich ganz nebenbei nach seinem Partner und Zimmergenossen, Monsieur (man beachte bitte den Namen) nicht Maclean, sondern Shamus.

Die Auskunft bringt keine Erleuchtung.

Monsieur Shamus kam gestern abend ins Hotel und holte seine Post ab. Ja, es war sehr viel Post da; natürlich. Monsieur Shamus ist schließlich eine sehr hochgestellte Persönlichkeit. Worauf Monsieur Shamus auf sein Zimmer ging und einen zweistündigen Telefonanruf nach London tätigte, der Manager hoffte, die Gebühren würden durch eine gesonderte und womöglich sofortige Zahlung beglichen werden, denn seines Wissens sei Monsieur Cassidy beauftragt, die Rechnungen seines Vorgesetzten zu erledigen. Auf diese Forderung ging der listige Verhandlungspartner bereitwillig ein, unter der Bedingung, daß ihm der Gebührenzettel vorgelegt werde. Der Zettel trug eine Telefonnummer in Temple Bar, die der bekannte Geheimagent Burgess heimlich auf der Rückseite der Rechnung notierte, später jedoch verlor. Er fuhr in Flahertys Lift hinauf, eilte stracks zum Liebesnest und setzte seine Suche nach dem verschollenen Autor fort.

Er befindet sich am Ort des Verbrechens. Das Zimmer ist in Unordnung. Cassidys Kleiderschrank ist durchstöbert worden, und die besten Stücke sind verschwunden.

Cassidy, nun sichtlich weniger um Shamus besorgt, wendet seine Aufmerksamkeit anderen Hinweisen zu. Shamus hatte auf seinem Bett gelegen, wohl um das Vierzig-Pfund-Gespräch zu führen. Drei getippte Mitteilungen der Hoteltelefonistin liefern identische Informationen: Ein Monsieur Dale habe angerufen, Shamus solle zurückrufen. Auf der Daunendecke mehrere Postkarten an Shamus, geschrieben und aufgegeben vom Empfänger vor dessen Abreise aus London und abwechselnd mit Keats, Scardanelli und Perseus unterzeichnet, mit allen guten Wünschen für einen erholsamen Aufenthalt und dem Ausdruck der Freude über seine wohlbeglaubigte Existenz. Diese Karten enthalten Aufstellungen von Örtlichkeiten, die er besuchen solle, dazu Einzelheiten über Flüsse, öffentliche Brunnen und die letzten Ruhestätten großer verstorbener Schriftsteller. Eine der Karten warnte ihn ausdrücklich vor sexuellen Ausschweifungen; eine andere, von Helen, mahnte ihn, eine *terrine* mitzubringen, und teilte ihm den Namen eines berühmten Delikatessengeschäftes mit.

Des weiteren auf dem Schauplatz der Entführung: ein Band (in deutscher Sprache) von Schillers *Über Naive und Sentimentalische Dichtung*, ein Essay von Flaherty über das Thema moderner Häresien, worin insbesonderheit der Papst und Erzbischof Ramsey genannt werden; eine Paperbackausgabe, betitelt *Fliegende Untertassen als Feindgeschosse* (mit 16 Seiten Fotografien und der unabhängigen Laboranalyse von UFO-Teilen), und ein Büchlein über Mystische Praktiken, niedergeschrieben von Meister Aethesius vom Planeten Venus, zur Erhaltung von Gesundheit und Wohlbefinden. Ferner: ein Band der Gedichte John Donnes, viel benutzt.

Ferner eine leere Whiskyflasche, Glen Grant 1953, von Berry Brothers and Rudd.

Cassidy ließ seine Suche nach Shamus für eine Weile ruhen und tätigte seinerseits mehrere Telefonanrufe, zumeist geschäftlicher Natur, einen an ein Fleuropgeschäft mit der Bitte, Blumen an Sandra zu schicken, einen an seine Bank mit der Bitte um eine weitere Geldanweisung. Wie es schien, war die Geschäftswelt während seiner Abwesenheit doch nicht aus den Fugen gegangen. Die Messeaufträge waren ansehnlich, wenn auch nicht überwältigend; McKechnies Frau war erzürnt nach Hause gereist. Indem er geschickt Bloburg gegen Lemming ausspielte und Fauls gegen Meale, erweckte Cassidy den Eindruck, als sähe er jedem von ihnen zu sehr auf die Finger, um sich um den anderen zu kümmern. Kurz vor dem Lunch und nachdem er gebadet, sich rasiert und einen großen Teller Eier gegessen hatte, fuhr er in der Tat mit einem Wagen zur Messe und schritt mit dem Ausdruck ernster Besorgnis seine Reihen ab. »Es ist lebenswichtig«, sagte er zu Meale. »Wichtiger, als Sie sich in diesem Stadium vorstellen können.«

Nachdem er an Hugo und Mark kostspielige Geschenke abgeschickt hatte, entsann er sich eines scherzhaften Versprechens, das er kurz vor seiner Abreise in South Adley Street gemacht hatte, und gab eine Blumensendung an Miß Mawdray in Auftrag – kein Hintergedanke, die gute Laune meiner Mitarbeiter ist von größter Wichtigkeit –, er achtete es dennoch für klug, bar zu bezahlen, um diskriminierende Unterlagen zu vermeiden.

Unterwegs erinnerte er sich noch an seinen Zank mit Heather Ast und schickte zu seiner eigenen Beruhigung ebenfalls Blumen. Es war nicht der rechte Augenblick, um einen alten Groll zu nähren.

Als er ins Hotel zurückkam, war die Nachmittagspost eingetroffen.

Lieber Aldo,
Du hast mich gebeten, Dir zu schreiben, was ich hiermit tue. Ich hoffe, daß es Dir gutgeht, und nehme an, Du möchtest mich doch lieber nicht nachkommen lassen, wie Du ursprünglich beabsichtigtest, nun ja. Ich schreibe Dir vor allem deshalb, weil Mummy und ich gestern abend das Kinderzimmer in Ordnung brachten und auf eine Sammlung pornographischer Bücher stießen, die vermutlich Dir ge-

hören. Berichtige mich bitte, falls dem nicht so sein sollte. Du kannst Dir vorstellen, was Mummy dazu sagte. Es wäre wenig sinnvoll, wenn ich Dir AN DIESER STELLE *wiederholte, daß es mir egal ist,* WAS *du tust, solange Du es mir sagst. Wenn ich* GEWUSST *hätte, daß Du eine Vorliebe für Pornographie hast, was bei manchen Leuten* DURCHAUS *normal ist, so hätte ich das Kinderzimmer allein aufgeräumt. Wenn Deine Seele sich in unserer Ehe beengt fühlt, dann geh. Obwohl ich sagen muß, ich möchte einmal sehen, was Du mit ihr anfängst, wenn sie nicht beengt ist. Natürlich habe ich nichts dagegen, wenn Du Dir eine Mätresse zulegst, falls Du nicht bereits eine hast. Ich möchte lieber* NICHT *wissen, wer sie ist, aber wenn ich es wissen sollte, so macht es auch nichts. Anbei Marks Zeugnis.*

Sandra.

Betragen

Mark zeigt eine unbekümmerte sorglose Einstellung dem Leben gegenüber, die typisch britische Haltung des laissez-faire, *die gegenwärtig die ganze Nation, besonders die Gewerkschaften erfaßt hat. Er fängt irgend etwas an und läßt es auf halbem Weg wieder fallen, ist nachtragend, wenn er gemaßregelt, geschlagen oder getadelt wird, er haßt die Disziplin.*

Diese Mitteilungen trieben ihn wieder hinaus auf die Straßen, und eine halbe Stunde ging er an der Seine entlang auf der Suche nach einer geeigneten Stelle zum Hineinspringen. Als er zurückkam, lag Shamus auf dem Bett, das Gesicht wieder in der Baskenmütze vergraben, die Beine gespreizt, als hätte er die Insel nie verlassen.

»Dein Paß liegt auf der Kommode«, sagte Cassidy.

Geplättet von liebender Hand.

»Eines Tages«, sagte Shamus zu der schwarzen Baskenmütze, »finde ich eine Hure, die mir gefällt.«

»Cassidy«, sagte Shamus ruhig, während sein Kopf wieder im Kissen steckte.

»Ja.«

»Erzähl weiter von deiner Mutter.«

»Ich habe nicht über meine Mutter gesprochen.«

»Nun, dann erzähle trotzdem weiter, ja?«

Die Todeszelle hatte keine Bronzeuhr, doch die Zeit stand schon seit geraumer Weile still. Sie hatten mit Sicherheit zwei Drinks gekippt – Shamus hatte sich auf Cognac und Perrier verlegt und gab keinen Grund für den Gesinnungswandel an –, doch dies war der erste Versuch zu sprechen, den einer von ihnen machte. Shamus bediente sich seiner Stimme aus Haverdown, nicht völlig irisch, aber leicht scherzhaft klingend. Gespannt, auf der Kippe, labilstes Gleichgewicht.

»Sie war Französin. Wohl eine Nutte, wie ich den Alten kenne.«

»Die Geschichte, wie sie dich verließ. Diesen Teil mag ich am liebsten.«

»Sie verließ mich, als ich sehr klein war. Sieben.«

»Vorhin sagtest du fünf.«

»Also dann fünf.«

»Welche Wirkung hatte das auf dich, Cassidy?«

»Nun... ich fühlte mich wohl sehr einsam... es hat mich, wie soll ich sagen... meiner Kindheit beraubt.«

»Was bedeutet das?« fragte Shamus und setzte sich mit einem Ruck auf.

»Was?« sagte Cassidy.

»Was meinst du damit: *Deiner Kindheit beraubt?*«

»Die normale Entwicklung verhindert, nehme ich an«, stammelte Cassidy, »ein komisches Gefühl... Ich hatte keine weibliche Beziehung, niemanden, der mir die Frauen... menschlich gemacht hätte.«

»Die normale Sexualentwicklung gehemmt, in anderen Worten.«

»Ja. Es hat mich auf mich selber zurückgeworfen. Was ist los mit dir?«

Shamus hatte die Baskenmütze übers Gesicht gezogen und seine liegende Stellung wieder eingenommen.

»Wir beschäftigen uns nicht mit *mir*, wir beschäftigen uns mit Cassidy. Wir beschäftigen uns mit einem Mann, in dem der Mangel an Mutterliebe gewisse negative Symptome hervorgerufen hat. Ich würde dieses, das Cassidy-Syndrom, folgendermaßen beschreiben: Nummer eins Schüchternheit, stimmt's?«

»Stimmt.«

»Nummer zwei Schuldgefühl. Schuldgefühl entspringend aus Cassidys geheimer Überzeugung, er habe seine Mutter aus dem Hause getrieben. Möglich?«

»O ja«, sagte Cassidy und war wie immer gewillt, wenn das Thema er selber war, die Stichhaltigkeit eines jeden Arguments einzusehen.

»Nummer drei Unsicherheit. Das weibliche Geschlecht, repräsentiert durch Mummy, verwarf ihn zu einem kritischen Zeitpunkt. Diese ihre Zurückweisung hat er nie verwunden und unter verschiedenen Vorwänden vergebens versucht, ihre Gunst wiederzuerlangen. Indem er zum Beispiel viel Geld verdiente und Kinder zeugte. Richtig?«

»Ich weiß nicht«, sagte Cassidy sehr verwirrt. »Ich weiß nicht genau.«

»Seine Beziehungen zu Frauen sind dementsprechend abbittender, morbider und häufig infantiler Natur. Zum Scheitern verurteilt. Das ist der eigentliche Inhalt, nicht wahr, deiner Klage? Wie war die Nutte?«

»Wer?«

»Elise?«

»Famos.«

»Du hast sie gefickt, ja?«

»Klar.«

»Und sie war zufriedenstellend? Sie hat für dich ein geheimnisvolles Ritual erfunden? Oder hast du dich von ihr mit Stacheldraht auspeitschen lassen?«

»Shamus, was ist los? Was ficht dich an?«

»Nichts *ficht mich an*. Ich versuche nur, eine Diagnose zu stellen.«

Er rollte sich auf den Rücken, hob die Cognacflasche an den Mund und trank lange. »Weiter nichts, Lover«, sagte er, jetzt auf irisch, und zeigte plötzlich ein strahlendes Lächeln. »Nur dem Teufel einen Namen geben, nichts Unrechtes. Wir können dir, weiß Gott, keine Therapie verschreiben, ehe wir die Symptome nicht diagnostiziert haben, oder?«

Cassidy hätte sehr gern nach dem zweistündigen Telefongespräch mit London gefragt, aber er hatte bereits gelernt, daß Shamus sich nicht gern verhören ließ, also hielt er klugerweise den Mund.

»Du bist meine Therapie«, sagte er leichthin. »Wo wollen wir essen?«

Nach dem Abendessen, das sie größtenteils schweigend einnahmen, kam Shamus wieder auf das Thema der französischen Mutter zurück.

Wie sie ausgesehen habe, wollte er wissen, während er zielbewußt an Cassidys Seite durch die dunkelnden Straßen schritt, welches seien Cassidys früheste Erinnerungen an sie, seine letzten? Wie sie geheißen habe, wenn er fragen dürfe; erinnere Cassidy sich an ihre sämtlichen Namen?

Ella, sagte Cassidy.

»Hatte Ella irgendein besonderes Kennzeichen, zum Beispiel ein Glasauge«, fragte er wohlwollend, aber immer noch im irischen Tonfall. »Hatte sie überhaupt ein Glasauge, die arme Seele?«

Sie bogen in eine Seitengasse ein.

»Nicht daß ich wüßte«, sagte Cassidy lachend.

»Dann irgendwelche Ticks? Weißt du, ich versuche mir ein Bild von ihr zu machen, schließlich bin ich ein Schriftsteller von einigen Graden, Cassidy, oder? Mein Thema ist schließlich der Mensch in seiner ganzen unerschöpflichen Varietät und Komplexität. Ich meine, hat sie in der Nase gebohrt oder sich im Bett den Hintern gekratzt?«

»Sie trug Kaschmirpullover«, sagte Cassidy. »Rosa war ihre Lieblingsfarbe, daran erinnere ich mich noch. Können wir jetzt das Thema abschließen, Shamus? Ich habe, ehrlich gesagt, ziemlich genug von ihr.«

Shamus schien nicht zu hören. Sie gingen jetzt schneller. Shamus beschleunigte das Tempo und blickte zu den Straßenschildern auf, während er vorausstrebte.

»Shamus, wohin gehen wir?«

Sie überquerten eine Hauptstraße und tauchten wieder in ein Gewirr von Gassen.

Ein Licht über der Tür verkündete ›Bar‹. Sie gingen hinein, Shamus voran.

Mädchen saßen auf einer hufeisenförmigen Bank, sie tranken und blickten nach innen in die Spiegel, studierten ihre Körper, ihre reflektierten Gespenster. Ein paar Kuppler, ein paar Kunden, ein Automat für Pillen gegen das Rauchen.

»Lassen Sie Mrs. Cassidy ausrufen«, rief Shamus und zog Cassidy am Handgelenk hinter sich her. Shamus' Hand war naß, aber sein Griff war so fest wie immer. »Ihr kleiner Sohn sucht sie.« Ein paar Gesichter an der Bar drehten sich um. »Ist *Mrs. Cassidy* im Lokal?« Er wandte sich zu Cassidy um. »Siehst du sie, Oedipus?« fragte er.

»Bitte, Shamus –.«

»Ist sie denn Chinesin, wäre das möglich?« – und wies auf eine Dame südostasiatischer Herkunft –. »Nicht vom Festland, natürlich, nur von den umliegenden Inseln, wissen Sie.«

»Shamus, ich möchte gehen.«

»Hättest früher daran denken sollen, nicht wahr? Ich bin kein Gast in deinem Leben, hörst du. Ich bleibe für immer. Ich habe dich gewarnt, Lover, sag nicht, daß ich's nicht getan hätte.«

»Um Gottes willen, Shamus, sie werden uns umbringen.«

»Kein chinesisches Blut. Eine Dame reinsten kaukasischen Wassers. Okay, ich will's dir glauben. Möchtest du jetzt bitte dieses Gezappel einstellen und aufpassen. Vielleicht solltest du etwas trinken?« schlug er vor und bog ihm die Hand gewaltsam zurück, während er ihn rückwärts in die Bar schob. Zwei große und recht hübsche ältere Damen boten den Leidtragenden Erfrischungen an. Cassidy überlegte, ob sie Schwestern seien. »Ich möchte nichts trinken.«

»Äh, zwei homosexuelle Whiskys bitte, Miß, einen mit Milch und Zucker.«

Einige Hocker waren frei, aber Shamus wollte lieber stehen.

»Sagen Sie bitte«, fuhr Shamus, noch immer an die Schwestern gewandt, fort, »haben Sie ein winziges grauköpfiges

Wesen hereinkommen sehen, etwa 1 Meter 54 groß und fünfundsechzig Jahre alt, zart gebaut, Arierin, trägt rosa Hemdchen und hört auf den Namen Ella?«

Die Schwestern standen Schulter an Schulter da und lächelten den beiden herzlich zu. Sie sammelten Miniaturen, stellte Cassidy fest; auf dem Regal hinter ihnen waren ein paar hundert; Old Hugo, selber ein Aficionado, würde entzückt sein.

»*Tu es hollandais?*« fragte die eine Cassidy.

»*Anglais*«, sagte Cassidy.

»*Ella!*« rief Shamus und hielt die Hände trichterförmig vor den Mund wie ein schiffbrüchiger Matrose. »*Ella!*«

»*Y a pas d'Ella*«, versicherte ihm die eine Schwester.

Mit seiner freien Hand bezahlte Cassidy die Drinks. Sie kosteten pro Stück zehn Franc, er legte nochmals zehn darauf, und nachdem er das getan hatte, zog Shamus ihn wieder nah zu sich heran.

»Glaub ihnen kein Wort«, rief Shamus ihm in Verschwörerton. »Sie haben sie droben versteckt.« Er trank. »*Mon ami s'appelle Rex*«, verkündete er stolz.

»*Il est très beau, Rex*«, versicherten ihm die Schwestern.

»*Il veut dormir avec sa mère.*«

»*Ah, bon*«, riefen die Schwestern erfreut. »*Elle est ici, sa mère?*« Und blickten sich im Raum nach einer möglichen Kandidatin um.

»Sie hat wohl nie eine Kneipe geführt, wie, Lover?« fragte Shamus nah an seinem Ohr. »Weißt du, diese beiden schwulen Schwestern da erinnern mich stark...«

»Hör auf«, sagte Cassidy. »Hör jetzt auf und laß mich gehen.« Der Doppelvorhang, der den Eingang bildete, teilte sich. Drei Männer, so dunkel wie Shamus, aber kleiner, kamen herein und setzten sich an den Tisch. Die Mädchen an der Bar rührten sich nicht. Die Schwestern lächelten herzlicher denn je.

»Ihr seid ein *reizendes* Paar«, versicherte Shamus ihnen, und nachdem er sorgfältig seinen Whisky ausgetrunken hatte, warf er sein Glas auf den Boden.

»Jetzt will ich dir sagen, was wir tun«, flüstere Shamus und zog ihn noch weiter heran, bis ihre Gesichter sich tatsächlich berührten. »Wir machen's in aller Ruhe, ja? Kein Hasten, kein Hüpfen, keine dramatischen Auftritte.«

»Könnten wir sie nicht mit Geld abfinden?« flüsterte Cassidy. »Wirklich, ich habe nichts dagegen, sie nehmen bestimmt ebenso gern Bargeld.«

»Nein, ich weiß verdammt genau, was sie vorhaben. Diese zwei schwulen Schwestern da: Schau nur ihre Gesichter an. Weißt du, was sie sind? *Kidnapper*. Und weißt du, was sie getan haben? Durch *plastische Chirurgie*, verstehst du, haben sie mit teuflischer Schläue unsere Ella in eine Frau von völlig anderem Aussehen *verwandelt*.«

»Shamus«, sagte Cassidy, und der Name klang wie ein Stoßgebet.

»Schon gut, nur keine Angst, wir werden sie schon überlisten. Es war nur ein schrecklicher Fehler, daß ich beim Hereinkommen sofort *gesagt* habe, was wir wollen. Jetzt kein Wort weiter, und immer in Bewegung bleiben.«

Mit beiden Händen, um den Druck zu verstärken, bog er Cassidys Handgelenk noch weiter und fing an, die Rückfront der Mädchen abzuschreiten, strich an jedem einzelnen der bloßen Rücken vorbei, während er die weißen Gesichter im Spiegel studierte.

»Gedopt«, erklärte Shamus im gleichen Verschwörerflüstern. »Sieh dir das an, vollgepumpt mit Rauschgift, jede einzelne.«

Er zog einen Kopf nach hinten, damit Cassidy sie besser sehe: vielleicht eine Deutsche, kräftige Zähne und blaue Augen. Ihre Lippen öffneten sich vor Schmerz, als Shamus sie an den Haaren festhielt. »Siehst du«, sagte er, als bestätige ihr Schweigen seine Behauptung. »Teilnahmslos. Voll bis oben.«

Er ließ den Kopf los. Sie beugte sich wieder nach vorn, zum Spiegel. »Typischer Fall von Dornröschenproblem.«

Ein Glas mit etwas Weißem, ein Cocktail vermutlich, vielleicht ein Advocaat, ein von Old Hugo in einem bestimmten Stadium seiner Entwicklung sehr geschätztes Getränk, stand vor ihr auf der Theke. Shamus trank es aus.

»Frauen«, dozierte er im Tonfall eines Dubliner Professors, »Frauen, deren natürliche Neigungen durch starke Toxine abgetötet wurden. Macht nichts, wir werden dennoch siegen. Welche Mutter auf der Welt würde nicht den Kuß des eigenen geliebten Sohnes erkennen? Würde nicht die Augen öffnen und ausrufen...« Für die weibliche Darstellung bediente er sich beachtlicher Lautstärke:

»Mein Rex! Mein kleiner Scheißer! Meine große Liebe!«

Er nahm die Hand des Mädchens, bot sie Cassidy dar, und das Mädchen, das versuchte, den Druck abzuschwächen, folgte hinterher.

»Hier, nimm sie«, forderte er ihn auf. »Willst nicht mit knorrigen Fingern fingern in den weiten Unterröcken, ein wenig herzen den vertrauten Schoß, he, Cassidy?«

Während er noch immer ihre Hand festhielt, schwang er sie abrupt auf dem Hocker herum. Zwei stumpfe, schwarz geliderte Augen wandten sich ausdruckslos ihnen zu, zuerst Cassidy um Hilfe, dann Shamus um Aufklärung.

»Tu veux?« fragte sie.

»Jetzt«, drängte Shamus. »Küß sie! Nenn sie Mutter! *Ella,* Aldo ist *hier!* Rex hat heimgefunden zu *Mrs. Oedipus.*«

Und mit einer jähen Bewegung begrub Shamus seinen Kopf an ihrer nackten Schulter. Schwarz auf Weiß wie ein Werbeplakat.

Einen Augenblick lang schien es, als wollte das Mädchen nachgeben. Nach vorn gebeugt, eine Hand erhoben, um ihn zu berühren, beobachtete sie ihn neugierig, als er ihr Fleisch abweidete. Plötzlich wurde ihr Körper steif. Sie riß sich von ihm los, stieß einen durchdringenden Schmerzensschrei aus, packte sein Haar und schlug ihn mit der anderen Hand – deren Fingernägel, wie Cassidy feststellte, völlig abgebissen waren –, daß seine Lippe platzte.

»Es hat geklappt!« rief Shamus. »Es haut hin. Sie hat reagiert!« Er trat zurück, legte einen Finger auf die blutende Lippe und blickte stolz auf seine Angreiferin. »Sie ist's! Sie ist Ella! Sie will *dich*, nicht mich. Ihren Aldo! Los, Lover. Nur ein kleines Schmätzchen, weiter nichts.«

Die Lichter gingen aus, drei Taschenlampen leuchteten sie an, und ein Mann sprach höflich auf französisch.

»Wir sollen den Taschenlampen folgen«, erklärte Cassidy.

Das Taxi wartete am Bordstein. Sie halfen zuerst Shamus hinein, Cassidy folgte. Er gab ihnen hundert Franc.

»Um Gottes willen!« schrie Shamus. »Warum haben sie uns nicht geschlagen?«

Ein sehr nettes Lokal, dachte Cassidy, das netteste Lokal, in dem ich jemals war, und wenn ich den Weg wiederfinde, dann gehe ich nochmals hin und entschuldige mich und lade diese Schwestern ins Chalet ein.

»Das Mädchen hat dich geschlagen«, sagte er tröstend.

»Menschenskind, was zählt schon eine Frau?«

»Shamus, um Himmels willen, sag mir, was mit dir los ist.«

»Es gibt ein Lokal namens Lipp«, sagte Shamus. »Dort werden sie mich bestimmt schlagen, es ist ein Schriftstellerparadies. Lipp«, sagte er zu dem Fahrer, und sein Blick wanderte bereits zum Sprechfunkgerät.

»Shamus, *bitte.*«

»Halt die Klappe.«

»Es hat mit Dale zu tun. Du hast stundenlang mit ihm telefoniert, ich habe die Zettel und alles gesehen.«

»Wenn ich wollte«, versprach Shamus ihm in seinem allerentspanntesten Tonfall und hielt sich Cassidys Taschentuch vor den Mund, »würde ich dich töten. Und das weißt du, nicht wahr, Lover?«

»Lipp«, wiederholte Cassidy resigniert dem Fahrer. *»Brasserie Lipp.«*

»Ich lasse dich nur aus einem einzigen Grund am Leben: Weil du ein Leser bist. Ich hoffe, das ist dir klar. In deiner Eigenschaft als Prolet bist du das kommerzielle Hinterland meines Genies. Weißt du, was Luther gesagt hat?«

»Was hat Luther gesagt?« fragte Cassidy müde.

»Er hat gesagt, wenn ich Christus wäre und die Welt hätte mir angetan, was sie ihm antat, ich würde den ganzen Saftladen in Trümmer hauen!«

»Aber Shamus«, fragte Cassidy milde, nachdem Shamus sich wieder ein wenig beruhigt hatte, »was hat die Welt *dir* angetan?«

Shamus schien etwas Ernsthaftes erwidern zu wollen. Er starrte Cassidy an, das Blut auf dem Taschentuch, die vorbeifliegenden Lichter, öffnete den aufgeplatzten Mund wie zum Sprechen, schloß ihn wieder und seufzte. »Heiliger Gott«, sagte er schließlich, »sie ist mit Halbblütlern wie du bis obenhin angefüllt.«

Sie hatten bereits schon einmal zu Abend gegessen, eine Tatsache, die Shamus offenbar entfallen war. Cassidy war nicht in der Stimmung, ihn daran zu erinnern. Der Sohn eines Hoteliers und zahlloser Mütter hatte schon vor langer Zeit gelernt, daß es kein besseres Beruhigungsmittel gibt als gutes, einfaches Essen, heiß serviert.

Während des Diners in der *Brasserie Lipp* war Shamus ruhig und versöhnlich.

Er streichelte Cassidys Arm, schenkte ihm dann und wann ein kleines vages Lächeln, gab dem Kellner zehn Franc aus Cassidys Brieftasche und zeigte ganz allgemein in Wort und Tat Anzeichen, daß er zu seiner leichteren und liebevolleren Gemütslage zurückfand. Als Cassidy dies gewahr wurde, fand er es ratsam, das Gespräch in Gang zu halten, bis der gute Burgunder und die beschwichtigende altmodische Atmosphäre des Restaurants den Genesungsprozeß vollendet haben würden.

»Ein Schriftstellerparadies, wie?« sagte er und blickte sich um. »Nun, das überrascht mich nicht. Genau das richtige Lokal, wenn man nicht erkannt werden will. Kannst du mir einen zeigen?« fragte er mit angemessener verschwörerischer Ehrerbietung. »Ein paar aus *deiner* Sparte hier, Shamus?«

Shamus blickte in die Runde. Ein gewichtiges Paar mittleren Alters, das langsam und anscheinend ohne Werkzeug aß, gab sein Starren zurück. Ein hübsches Mädchen, in Begleitung ihres Freundes, errötete, und der junge Mann blickte mißbilligend auf Shamus, der den Daumen an die Nase legte.

»Aus meiner *Sparte*«, wiederholte er. »Nein, ich glaube nicht. Da drüben in der Ecke sitzt Sartre« – er stand auf und verbeugte sich gemessen vor einem zwergenhaften leberflekkigen Greis von ungefähr fünfundachtzig –, »doch ich glaube, wir dürfen ruhig sagen, daß Jean Paul mir nicht das Wasser reichen kann. Ist Monsieur Homer schon gekommen?« fragte er den Kellner mit jener mühelosen Vertraulichkeit, an die Cassidy sich inzwischen gewöhnt hatte.

»Monsieur...?«

»Homer. *Omer.* Alter Grieche mit langem weißem Bart, sieht aus wie der Weihnachtsmann, Homo.«

»Non, Monsieur«, bedauerte der Kellner. *»Pas ce soir.«* Der Schatten eines Lächelns, zu flüchtig, um respektlos zu sein, belebte seine ältlichen Züge.

»Na, da kann man nichts machen«, sagte Shamus liebenswürdig mit resigniertem Kopfschütteln. »Ziemlich ruhiger Abend, fürchte ich. Jungens alle zu Hause.«

»Shamus«, sagte Cassidy, indem er mühsam seine Politik der unverbindlichen Konversation verfolgte, »wegen meiner Seele.«

»Ich denke, damit wärst du durch«, sagte Shamus.

Eine Lachsalve ertönte plötzlich aus der Küche.

»Nicht eigentlich. Hör zu, Lover. Ich glaube wirklich, daß ich erlösbar bin, was meinst du? Ich meine, jetzt. Seit ich dich kenne. Ich glaube nicht mehr, daß es ein hoffnungsloser Fall ist, oder? Ich weiß, daß ich widerborstig bin. Ich habe viele schlechte Gewohnheiten, aber, nun, du hast mir den rechten Weg gezeigt, oder?« Als er keine Ermutigung erhielt, fügte er hinzu. »Schließlich, *irgend etwas* muß zu machen sein.«

Shamus spielte mit dem Wasserkrug, er tauchte die Finger hinein und sah zu, wie die Tropfen fielen.

»Sag, glaubst du nicht? Sag.«

»Ich bin das Licht«, sagte Shamus. »Ich bin das Licht und der Weg. Folge mir nach, und du wirst auf deinem *Hintern* enden«, und er streckte die Hand aus, drehte Cassidys Gesicht nach oben und nach der Seite, rückte es zu genauerer Prüfung zurecht.

»Shamus, nicht...«, sagte Cassidy.

»Weißt du, was du ausstrahlst? Den verderblichen Reiz eines unentdeckten Absoluten. Jeder arme Narr, der dich aufgabelt, hält sich für deinen ersten Freund. Und merkt dabei nicht, daß du mit gekreuzten Beinen geboren bist. Eine Durchdringung«, schloß er und ließ Cassidy achtlos frei, »kann niemals stattfinden.«

Ein barmherziger Kellner brachte ihnen zu essen.

»Ich habe es dir nie erzählt«, sagte Cassidy und bediente Shamus mit Gemüsen, füllte sein Glas und versuchte mit allen Mitteln, ihn wieder von seiner Feindseligkeit abzubringen. »Aber ich habe schon immer für Schriftsteller geschwärmt, schon in meiner Schulzeit. Ich habe Kurzgeschichten geschrieben, im Bett, wenn das Licht gelöscht war. Ich habe sogar Preise gewonnen. He, was würdest du dazu sagen« – mit einem tapferen, wenngleich ein wenig synthetischen Anlauf zum Enthusiasmus –, »warum sollte ich nicht einen Versuch machen? Die Firma aufgeben, Sandra aufgeben, mein Geld aufgeben, in einer Dachkammer vergammeln... wie Renoir werden.«

»Das war nicht Renoir. Das war Gauguin.«

»Vielleicht würde ich es schaffen... mein Talent aus mir herauszuhungern.«

Shamus beschäftigte sich wieder mit dem Wasserkrug, schwenkte den Finger an der Oberfläche hin und her, so wie sie am Fluß mit den Stichlingen gespielt hatten. Ein wenig ärgerlich sagte Cassidy – ein Argument, das er vor nicht langer Zeit Sandra entgegengehalten hatte –, »nun, wenn ich wirklich eine so verdammte Niete bin, warum gibst du dich dann überhaupt mit mir ab?«

»Sag mir, Lover«, sagte Shamus sehr ernst und hob den Krug ein paar Zentimeter über den Tisch. »Ist dieses Lächeln wasserdicht?«

Er stand auf und begann das Wasser langsam über Cassidys Kopf zu gießen, zuerst in langsamen Tropfen auf das Schädeldach, dann in immer reichlicheren Mengen, je übler seine Laune wurde. Cassidy saß ganz still und dachte deutlich an nichts; denn auch nichts ist ein Konzept, es ist weder ein Ort noch eine Person, sondern eine Leere, ein Vakuum, und eine beträchtliche Hilfe in Zeiten der Verwirrung. Dennoch registrierte er, daß das Wasser über seinen Nacken und sein Rückgrat entlang rann. Er spürte auch, wie es über seine Brust lief, seinen Magen und bis in die Leisten. Auch seine Ohren waren voll Wasser, aber er wußte trotzdem, daß die Gespräche im Lokal verstummt waren, denn er konnte Shamus' Stimme hören und sonst keine, und der Akzent war sehr ausgeprägt.

»Butch Cassidy, Sohn des Dale, sintemalen du aufrichtig dein dümmliches Gehabe bereust und fest versprichst, allezeit den Pfaden der Wahrheit, der Erfahrung und der Liebe zu folgen, taufen wir dich hiermit im Namen des...«

Er hörte auf zu gießen. Da er glaubte, der Krug sei leer, hob Cassidy den Kopf, doch Shamus stand noch immer über ihm, und es war noch gut ein Viertelliter übrig.

»Los, Butch. Schlag mich mit deinem Handtäschchen.«

»Bitte, hör auf zu gießen«, sagte Cassidy.

Er wurde allmählich wirklich wütend, aber es war offenbar nichts zu machen. Indes versetzte der Einspruch Shamus unerklärlicherweise in hellen Zorn.

»Herrje«, schrie er und schüttete den Rest in einem einzigen langen Strahl aus, »wachsen sollst du, du kleines Unkraut, *wachsen!*«

Der Kellner war ein alter gütiger Mann, und er hatte die Rechnung schon bereit. Cassidy verwahrte sein Geld in der hinteren Hosentasche, und auf irgendeinem Wege war das Wasser auch dorthin gelangt, die Scheine waren sämtlich zusammengeklebt. Der Kellner hatte nichts dagegen, weil Cassidy ihm einen ganzen Packen gab.

In der Ecke stand eine Kupferurne für Stöcke und Schirme. Shamus nahm einen Stock mit Silberkrücke heraus und begann darauf zu flöten, wobei er sich in den Hüften wiegte wie ein Schlangenbeschwörer und einen leisen wimmernden Ton durch die Nase ausstieß. Alles wartete, aber keine Schlange erschien. Nun benutzte Shamus den Stock als Keule und hieb damit in jäher Wut auf die massive Ziselierarbeit.

»Na schön, du Hundsfott!« brüllte er in die Urne hinein, »mach nur so weiter. Trotze nur. Menschenskind, Lover«, keuchte er, als sie draußen waren, »o Gott, Lover, *verzeih, verzeih.*« Kopfschüttelnd ergriff er Cassidys Hand und hielt sie an seine tränenüberströmte Wange. »Lover, o Lover, verzeih!«

21

»Shamus, sag mir's! Bitte sag mir's. Was, zum Teufel, ist passiert? Was ist los mit dir? Wer, zum Teufel, ist Dale?«

»Der Kerl, der Hiroshima bombardiert hat«, erklärte Shamus.

Shamus war besoffen.

Nicht angeheitert oder angesäuselt oder sonst etwas Niedliches, sondern stink- und stockbesoffen. Er schwitzte furchtbar, klammerte sich schlingernd und stolpernd an Cassidy und weigerte sich, irgendein bestimmtes Ziel anzusteuern, sondern wollte ständig in Bewegung bleiben. Kotzte.

»Wandere, Jude, wandere«, sagte er immer wieder. *»Wandere, Jude.«*

Er hält Cassidys Nacken umschlungen, halb Würgegriff, halb Umarmung. Zweimal waren sie, von seinem eisernen Griff umgerissen, zu Boden gegangen, und Cassidys Hose ist vom Knie bis zum Fuß aufgeschlitzt. Auch die Nacht ist tot, und das Morgengrauen humpelt hinter ihnen her. Sie stehen wieder auf einem Platz, aber sie tanzen nicht mehr, der Tanz ist aus, auch kein Pferd ist mehr da, nur eine von Sandras längst verstorbenen Hündinnen beäugt sie aus einer Einfahrt.

Shamus übergibt sich wieder, er skandiert seine Krämpfe mit ärgerlichen Ausrufen.

»Scheißkadaver«, schreit er. »Tu, verdammt noch mal, was man dir sagt! Wie, zum Teufel, kann ich mein Wort halten, wenn mein Kadaver nicht spurt? Sag's ihm, Lover. Bitte, Lover. Shamus muß Wort halten. *Sag ihm, er soll mich aufrecht halten.*«

»Komm schön, Kadaver«, sagt Cassidy und versucht, das absackende Gewicht zu halten, »komm schön, Shamus muß einige Versprechen halten.«

»Denn ich muß einige Versprechen halten...«

Shamus versucht, die Worte in Musik zu setzen. Nach Cassidys unmusikalischer Meinung singt er recht gut, ein ausgesprochener Shamus-Song, halb gesprochen, halb gesummt, aber mit einer sehr schönen Stimme, auch wenn er (wie der aufmerksame Cassidy richtig argwöhnt) falsch singt.

»Dale«, sagt Shamus plötzlich. »O Gott.«

»Die Nacht ist lieblich, schwarz und tief – *sing,* du Schuft, Dale – die Nacht – ist – lieblich – schwarz und tief – sing!«

»Ich kenne den Text nicht, Shamus«, sagte Cassidy und fing ihn wieder ab, als er nach vorn kippte. »Ich bin nicht Dale, aber ich würde singen, wenn ich den Text kennte, Ehrenwort.«

Shamus blieb wie angewurzelt stehen.

»Wer würde das nicht?« sagte er schließlich. »Himmel, wer würde das nicht?« Er legte beide Hände um Cassidys Gesicht und zog es zu seinem eigenen empor. »Den verdammten Text nicht kennen und *trotzdem* singen, das zeigt, was in dir steckt, Lover.«

»Aber du *kennst* den Text, Shamus.«

»O nein, ich kenne ihn nicht. O nein, ich kenne ihn verdammt noch mal nicht. Dale, mein Süßer. Du *glaubst* es nur. Weshalb ich dich liebe: bewundernder Prolet. Was kann man mehr verlangen? Das Gebrüll der Proleten vor der Tür, verschwommene Gesichter... Kameras klicken... Das wünscht sich jeder. Die Königin, ich, Flaherty, wir alle.«

Shamus verlegte sein ganzes Gewicht auf Cassidys Schulter und zwang ihn nieder auf den Bordstein.

»Jetzt ruhst du dich hübsch gemütlich aus, Dale, mein Sohn«, sagte er auf irisch, »während dein armer Onkel Shamus dir das Geheimnis des Universums enthüllt«, und zog die Whiskyflasche aus Cassidys Rock. Nach einigen Schlukken wurde er ziemlich nüchtern, doch sein Arm blieb um Cassidy geschlungen, um jeden Fluchtversuch zu vereiteln.

»Ich bin nicht Dale«, wiederholte Cassidy geduldig. »Ich bin dein Lover. Cassidy.«

»Dann sag' ich's eben Cassidy. Was haben wir gemeinsam, du und ich, Cassidy, im Inneren? Rate.« Er schrie sehr laut: »*Rate,* Cassidy! Bevor ich dich wieder zu Dale mache, du erbärmlicher Wicht!« Auf der anderen Straßenseite wurde ein Fenster geöffnet.

»You American?« fragte eine Männerstimme mit amerikanischem Akzent.

»Scher dich zum Teufel«, brüllte Shamus, und wieder zu Cassidy: »Nun?«

»Nun, wir lieben einander, wenn das etwas nützt«, schlug Cassidy vor, indem er einen ihrer früheren Dialoge als Arbeitsgrundlage benutzte. »Wir haben unsere *Liebe* gemeinsam, Shamus.«

»Käse«, sagte Shamus und wischte eine Träne weg. »Schiere verdammte romantische Seelenblähung, wenn du mir den Ausdruck verzeihst, was du bestimmt tun wirst, wie üblich.«

Zwei Nutten standen ein paar Meter von ihnen entfernt. Eine trug ein langes Brot und brach Bissen davon ab.

»Die Verfressene sieht aus wie deine Mutter«, sagte Shamus.

»Ich dachte, damit wären wir durch«, sagte Cassidy müde.

»Etes-vous la mère de mon ami?« fragte Shamus.

Die Nutten blickten böse und gingen weg, der Spaß dauerte ihnen zu lange.

»Ja, vielleicht ist es das. Vielleicht sind wir warme Brüder«, sagte Cassidy, der noch immer unter der irrigen Voraussetzung zu Werke ging, daß er sich an Shamus' Themen halten und sie ihm als seine eigenen vorsetzen müsse.

»Negativ«, sagte Shamus. »Hab' ich je auch nur den kleinsten Finger unter deine Röcke riskiert? Nicht das allerwinzigste Fingergliedchen, oder?«

»Nein«, sagte Cassidy, als Shamus ihn brutal auf die Füße riß. Er war müder als je zuvor in seinem Leben. »Nein, hast du nicht.«

»Willst du mir dann gefälligst zuhören? Und willst du *gefälligst* mit deinen unwürdigen Argumenten aufhören?«

Cassidy hatte kaum eine Wahl, denn Shamus hielt ihn in unerbittlicher Umklammerung, und ihre Gesichter waren aneinandergepreßt, rauhe Wange an rauher Wange.

»Und würdest du mir gefälligst deine ungeteilte Aufmerksamkeit schenken, Dale? Was wir gemeinsam haben, das ist der schwärzeste, hoffnungsloseste, verschissenste Pessimismus. Stimmt's?«

»Okay, mir soll's recht sein.«

»Und das zweite, das wir gemeinsam haben, ist die schwärzeste, hoffnungsloseste, verschissenste... Mittelmäßigkeit.«

Echte Furcht erfaßte Cassidy; echte sinnlose und kopflose Furcht.

»Nein, Shamus, das ist nicht wahr, das ist ganz und gar nicht wahr. Du bist etwas *Besonderes*, Shamus, das wissen wir alle –.«

»Du weißt es, nicht wahr, Lover?«

Der Griff wurde noch härter.

»Ich *weiß* es. Helen weiß es. Wir *alle* wissen es...« Cassidy war jetzt nicht mehr zu halten, in heller Angst legte er los; er klammerte sich an, in dem verzweifelten Willen zu überleben. Der Bentley versank im Fluß, Abalone Crescent sank in Trümmer. »Herrgott, du Idiot, du brauchst nur in ein Zimmer zu kommen, ihnen eine Geschichte erzählen, sie mit deinen Rattenaugen anschauen, und sie *wissen*, wir *alle* wissen, daß du es bist, Shamus; deine Welt. Du bist unser Chronist, Shamus, unser Magier. Du hast all das, was uns fehlt, die Wahrheit, den Traum, den Mumm. Okay, du bist unmöglich. Aber du bist der Beste! Du bringst uns Wirklichkeit, wir *wissen*, wie gut du bist!«

»Weißt du's?«

Jetzt hatte Shamus Cassidys linken Arm gepackt; er hatte den Oberarm ins Schultergelenk geschraubt, und der

Schmerz war wie das Wasser bei *Lipp*, überströmend und kriechend und kreischend, alles zugleich.

»Shamus, du wirst ihn gleich brechen«, warnte Cassidy.

»Laß ihn brechen. Glaubst du wirklich den ganzen Dreck, den ich dir erzähle? Hör zu, ich bin der lausigste beschissenste Taschenspieler im ganzen Laden, und du fällst auf jeden faulen Trick herein. Nietzsche, Schiller, Flaherty. Nie im Leben habe ich eine Zeile von diesen Scheißkerlen gelesen. Sie sind Ausschuß, Mist. Müll. Ich hole sie zum Frühstück aus dem Abfallhaufen, und ihr armen Arschlöcher haltet sie für einen Festschmaus. *Ich bin ein Landstreicher.* Du willst mich rausschmeißen, du Kinderwagenhausierer: ja, das willst du. Ich arbeite nicht, ich schreibe nicht, ich existiere nicht! Das Scheißpublikum wirkt das Wunder, nicht ich. *Ich bin ein Betrüger.* Kapiert? Ein Schwindler. Ein ausrangierter Taschenspieler, und mein Publikum besteht aus *einem* Menschen.«

»Nein!« schrie Cassidy. »NEIN! NEIN! NEIN!«

»Du glaubst, ich sei dein Freund.« Shamus hatte einen Platz zum Hinlegen gefunden, und Cassidy war gezwungen, sich neben ihm niederzulassen, teils um seine Worte zu verstehen, teils um nicht den Arm zu verlieren. »Aber ich will gar keinen beschissenen Freund. Ich weiß nicht einmal, was ich mit einem Freund anfangen sollte. Was mir fehlt, ist ein Archäologe. Ich bin Troja, kein verschissener Bankgehilfe. Neun tote Städte liegen in mir begraben, und eine ist verfallener als die andere. Und was tust du? Du stehst da wie ein verdammter Tourist und blökst: ›*Nein! Nein! Shamus, nein.*‹ *Ja,* Cassidy. *Ja,* Shamus ist ein *Landstreicher.* Hier hängt ein abscheulicher Gestank in der Luft. Weißt du, wonach? Nach Durchfall.«

»Shamus«, sagte Cassidy ruhig. »Ich würde mein ganzes Vermögen für dein Talent herschenken.«

»Sehr schön«, flüsterte Shamus und ließ ihn los, als die Tränen kamen, »sehr schön, Lover. Wenn ich so verdammt wunderbar bin, warum hast du dann meinen Roman abgelehnt?«

Cassidys Welt drehte sich im Kreise und stand dann still.

»Okay, Lover«, flüsterte Shamus, ergriff wiederum seinen Arm und verdrehte ihn stärker. »Ich bin dein Freund, vergiß das nicht.«

Cassidy blickte in die wirren Augen, die so voll jäher Umschwünge und Chaos waren, blickte in sein ganzes eisernes, wildes Gesicht, auf die straffen Wangen und den lässigen Mund, und er stellte sich die beinah akademische Frage, wie ein Körper soviel enthalten und dabei zusammenhalten konnte. In seiner Selbstzerstörung schien, als er sich langsam noch immer Arm in Arm mit Cassidy hochrappelte, etwas Kosmisches enthalten zu sein; als hätte er in der Erkenntnis, daß das schöpferische Genie des Menschen auch die Ursache seines Untergangs ist, beschlossen, diese Wahrheit auf sich selber anzuwenden, sie zu seiner eigenen zu machen.

»Das letzte hat er auch abgelehnt«, sagte Shamus und grinste unter Tränen. Und er ließ Cassidys Arm los und fiel in ganzer Länge rücklings auf das Kopfsteinpflaster.

22

Aldo Cassidy, erzogen in Sherborne School und einem unbekannten Oxforder College, Bewahrer und Verehrer des Lebens, zuzeiten Leutnant Cassidy im Heeresdienst in einem unberühmten englischen Infanterieregiment, geheimer Unterhändler in Sachen Weltuntergang, heimlicher Inhaber ausländischer Banknoten, griff in diesem Augenblick auf Reserven an Tatkraft zurück, die er längst als tot abgeschrieben hatte.

Er packte seinen Freund Shamus rauh beim Kragen seines schwarzen Rocks – der für ihn von nun an geheimnisvoll der Leichenfrack wurde – und zerrte ihn zu einer Bank. Er drückte den nassen heißen Kopf zwischen die gespreizten Männerknie und hielt das nasse unrasierte Gesicht, während der kaltgestellte Autor wiederum auf das Pariser Kopfsteinpflaster spie. Er lockerte die Krawatte des kaltgestellten Autors, um einer Erstickung vorzubeugen, und nachdem er sich neben ihn gekauert hatte, ein Knie auf der Bank, um ein zweites Mal seinen Kopf hinunterzudrücken, betrat er eine Telefonzelle auf der anderen Seite des Platzes und fand die richtigen Münzen und die richtige Nummer, um ein Taxi herbeizurufen. Da das Telefon nicht funktionierte, ging er zu Shamus zurück, stellte seinen Korpus auf die Füße – die Lebenskraft des entmutigten Autors, wenn nicht überhaupt sein Leben, lag zu seinen Füßen wie die milchige Karte seines unheimatlichen Irland – und bugsierte ihn zu einem Brunnen, der sich jedoch als ausgetrocknet erwies. Auf der kurzen Wegstrecke machte er die Entdeckung, daß Shamus bewußtlos geworden war, und diagnostizierte flugs eine überhöhte Herztätigkeit und mutmaßliche Alkoholvergiftung. Mit Hilfe eines vorbeikommenden Polizisten, welchem er sogleich hundert Neue Franc gab – doch sicherlich von seinem großzügig gehandhabten Spesenkonto abzugsfähig –, erlangte der Generaldirektor und Gründer von *Cassidy's Universal Fastenings* schließlich eine Transportmöglichkeit in Form eines grünen Streifenwagens mit Blaulicht, das sich, wie es schien, sowohl innerhalb des Wagens wie auf dem Dach drehte. Im Fond ruhend, der vom Fahrersitz durch ein Juweliersgitter aus schwarzem Stahl abgetrennt war, wurde Shamus erneut von Übelkeit befallen, und es gelang Cassidy, während Shamus' kurzer Fähigkeit, zusammenhängend zu reden, von ihm den Namen des weißen Hotels zu erfahren, wo, wie der findige Second Lieutenant Cassidy sich findigerweise erinnerte, zwei vermißte britische Diplomaten ihre reservierten Zimmer weder bezahlt noch aufgegeben hatten.

Dem Fahrer und seinem Kollegen, der vorsichtshalber vorne geblieben war, aber keine Neigung zeigte, Shamus vorschnell zu kritisieren, gab Cassidy eine weitere Hundert-Franc-Note und entschuldigte sich wortreich für den Zustand auf dem Rücksitz. Sein Freund, sagte er, habe sich betrunken, um über einen großen persönlichen Verlust hinwegzukommen. Ein gebrochenes Herz auf dem Feld der Liebe vermutlich? erkundigten sie sich und musterten das gutaussehende Profil. Ja, gab Cassidy, der Retter, listig zu, so könne man es nennen. Auf dem Feld der Liebe. *Eh bien*, Cassidy solle gut auf seinen Freund achtgeben, seine Genesung überwachen; bei Männern wie ihm sei der Weg steil und langsam. Cassidy versprach, sein Bestes zu tun.

Der junge Algerier, der das Empfangspult durch die offene Tür eines fensterlosen Schlafraumes überwachte, wo er sich von nächtlichen Ausschweifungen mit einem Kollegen erholte, den er nicht vorstellte, erhielt weitere hundert Franc dafür, daß er seinen Pyjama anzog, die Tür aufschloß, einen Schlüssel herausgab und den Lift in Betrieb setzte, einen altmodischen rückwandlosen Kasten aus Rosenholz, in dem Shamus erfolglos versuchte, sich abermals zu übergeben. Im Salon ihrer Suite war der kleine Tisch wieder an seinen ursprünglichen Platz vor dem Fenster gerückt worden, doch ein Hauch von Elises billigem Parfüm haftete noch in der fadenscheinigen Anhäufung von Polstermöbeln aus dem *ancien régime*. Hier bestand Shamus darauf, da er nun wieder in die Reihen der gehfähigen Verwundeten gehörte, allein das Badezimmer aufzusuchen, wo Cassidy, der Retter, ihn wenig später schlafend auf dem Boden fand. Mit einer letzten heldenhaften Anstrengung zog Cassidy, der leidlich gute Rugbystürmer, ihm die besudelten Kleider aus, wusch den nackten Körper seines heterosexuellen Freundes mit einem Schwamm ab und beförderte, ja *trug* ihn auf das Doppelbett, wo er sich bald kräftig genug fühlte, um sich aufzusetzen und einen Schluck Whisky zu verlangen.

»Lover«, sagte Shamus strahlend und klatschte in die Hände, »was für ein *kluger* Junge. Hat alles ganz allein geschafft!«

Ein paar Stunden, ein paar Leben später widmete sich der gleiche Lebensretter gewissenhaft der dringlichen Aufgabe, die bekleckste, nackte Gestalt im Bett wieder mit den Idealen, Dimensionen und dem Ruhm seines gefallenen Freundes zu bekleiden.

Inzwischen hatte die Welt sich für Cassidy mehrmals gedreht. Das erste Mal erwachte er und hörte das Heulen eines

Sturms, und das Hotel krachte wie ein Schiff, und er stellte sich vor, daß das nasse Straßenpflaster sich im Taifun aufbäumte und die Mutterhuren sich, um ihr Leben bangend, an die Laternenpfosten klammerten. Der Sturm von shakespearescher Pünktlichkeit angesichts der äußersten Turbulenz in Cassidys unsterblicher Seele weckte auch Shamus, den Cassidy am Fenster entdeckte, wie er sich hinaus- und hinunterbeugte, über drei Stockwerke auf den Innenhof. Ohne Hast schritt Cassidy auf ihn zu und legte ihm den Arm um den mächtigen Rücken.

»Mein Stummel ist mir runtergefallen«, sagte Shamus.

Achtzehn Meter weiter unten glomm ein roter Funke wie durch ein Wunder im tanzenden Regen.

»Das ist alles, was wir sind«, sagte Shamus. »Verdammte kleine Fünkchen in einem großen tiefen Dunkel.«

Nachdem es ihm dank seiner latenten maschinenbautechnischen Geschicklichkeit gelungen war, den altmodischen Messinghebel herumzulegen, der mittels Stangen und Haken die dicken Fensterrahmen zusammenzwang, brachte Cassidy Shamus ins Bett zurück und kletterte nach ihm hinein.

Doch er schlief nicht.

Das Unwetter endete so plötzlich, wie es aufgekommen war, an seine Stelle trat eine sonntägliche Ruhe, die an das Haus in Abalone Crescent erinnerte, an den seltenen Tagen, an denen keine Handwerker um den Weg waren.

Quer über die nackten Glieder des Kinderwagenverkäufers hingestreckt war der Autor endlich eingeschlafen.

Friede, dachte Cassidy; Sandra ist nach oben gegangen.

»Großartige Nacht«, sagte Shamus und blickte ihn nicht an.

»Großartig.«

Das Doppelbett. Eier und Kaffee, vom Algerier heraufgebracht, Sonnenlicht auf der Bettdecke.

»Festlich, bildend, belehrend. Lover, gib mir einen Job.«

»Nein.«

»Hör zu, ich habe die Kinderwagen verkauft, oder? Ich

werde dir entzückende Prospekte schreiben. Lover, Ehrenwort.«

»Nein.«

»Schau, ich habe neulich nachts einen entworfen, soll ich ihn dir vorlesen?«

»Nein.«

»Ich werde deine rechte Hand sein. Dein Gepäck tragen, deine Anrufe beantworten... Ich bin ungleich besser als diese kneifärschige Sekretärin. Ich werde meinen Namen ändern, und sofort...«

»Iß deine Eier auf«, sagte Cassidy.

Während Shamus döste, tätigte Cassidy einige Anrufe an die Welt, in der er lebte. Zuweilen, wenn er ihn eine Zahl nennen hörte – fünf, zehntausend, frei Schiff, Deckung durch Kredit –, brummte Shamus oder bedeckte das Gesicht mit den Händen. Manchmal weinte er. Und am Nachmittag gab, noch immer im Bett liegend, ein zahmer, ausgeruhter und entschieden ganz gewöhnlicher Shamus seine persönliche und ausweichende Version des Höllenhundes Dale preis.

Wie Dale ein Spion sei, der sich als einer der Wenigen ausgebe, in Wahrheit jedoch ein verschworener Anhänger der Viel-zu-Vielen sei. Wie er im Schutz der Dunkelheit Bestechungsgelder von Bischöfen und Jaguarbesitzern annehme und seinem frustrierten Eheweib treu bleibe. Wie *Moon* Geld eingebracht habe, die anderen Bücher hingegen nicht; wie die Vorschüsse auf die gebundene Ausgabe immer weniger geworden und die Vorschüsse auf die Paperbacks ganz ausgeblieben seien; und er sprach ganz fachmännisch von Optionen und Copyrights und Dingen, die Cassidy, da er im Patentrecht versiert war, zumindest am Rande verstand. Wie Dale verlange, daß er den Mittelteil neu schreibe und dann nochmals eine ernstliche Prüfung in Erwägung ziehen wolle. Und wie Shamus schleunigst zurück müsse, um ihn zu erschießen, er wolle sich von Hall ein Gewehr ausborgen, es sei kein Tag zu verlieren.

»Als Alternative«, sagte Cassidy leichthin, »könntest du den Mittelteil neu schreiben.«

Langes Schweigen.
»Dich werde ich auch erschießen«, sagte Shamus.
»Ich habe natürlich den Mittelteil nicht gelesen. Aber wenn alles, was du schreibst, vollendet ist, dann ist das etwas anderes.«

Schmollend rollte Shamus sich auf die andere Bettseite. Als er sich später zum Ausgehen ankleidete, war er jedoch so weit wieder genesen, daß er Cassidy ein paar nützliche Winke zur Führung seines Privatlebens erteilen konnte.
»Die Leitkuh.«
»Ja, Shamus.«
»Weißt du, Lover, du verkennst diese Dame. Sie ist eine sehr konstante und wichtige Größe in deinem Leben. Du solltest sie wieder zurückholen ins Team.«
»Ich will's versuchen.«
Nicht versuchen, sagte Mrs. Harabee, tun sollst du's.
»*Ehrlich* sein, Lover, Du bist ein solcher Scheißkerl. *Aufrichtig* sein.«
»Okay.«
»Ein Haufen Weiber hier, Junge.«
»Klar.«
»Und nicht lesen. Schluß mit dem Lesen.«
»Kein Problem.«
»Und halte dich fern von Dostojewskij. Der Mann war ein Verbrecher.«
»Ein Irrer.«
»Ich brauche Konstante, Lover. Nicht diesen Treibsand. Wie kann ich schreiben, wenn jeder Prolet sich lange Haare wachsen läßt?«
»Ausgeschlossen«, sagte Cassidy.
»Hör zu, Lover, du mußt frustriert bleiben. Alle Ordnung liegt im Gleichgewicht. Versprich mir's.«
»Geht es dir jetzt besser?« fragte Cassidy, als sie gingen.
»Scheiß drauf«, sagte Shamus. »Auf *dein* Mitgefühl pfeife ich.«

Sie spazierten die Rue de Rivoli entlang, kauften eine zweite Garnitur Kleidung, *terrines* für Helen, eine Handtasche für Sandra, und Shamus beriet ihn über die Taktik, wie man Leitkühe zu einer großzügigen Geisteshaltung herlocken könne.

»Sag ihr, du bist pleite«, drängte er. »Wird sie aufheitern. Christopher Robin in der Carey Street. Alles, was mir geblieben ist, bist du.«

»Ja, gut«, sagte Cassidy.

»Die Überschwemmung, die Flut hat alles fortgerissen, kein Nerz, keine Brillanten, keine Breughels mehr...«

»Keine Simse«, warf Cassidy ein. »Keine Kamine aus dem achtzehnten Jahrhundert...«

»Es gibt *nichts*, was eine Dame schneller verjüngte, mehr bauchkitzelte, stimulierte, aufpulverte... als eine Katastrophe. Menschenskind, Lover, ich muß es wissen.«

»Und du wirst dich an den Mittelteil machen, ja?« sagte Cassidy. »Und du wirst ein *kleines* bißchen ruhiger werden?«

»Niemals«, sagte Shamus.

Für ihr letztes Abendessen wählte Cassidy wiederum *Allard*. Als er mit Elise dort gegessen hatte, war ihm aufgefallen, daß am Nebentisch eine Ente verzehrt worden war, und er hatte beschlossen, sie nächstens zu versuchen.

Shamus' Heilung war vollkommen.

»Also, das erste, was du tun mußt, Lover, ist Angie Mawdray vögeln, ja? Frisch, fromm, fröhlich, frei.«

»Richtig«, sagte Cassidy.

»Und dann diesen anderen Vogel, den du auf dem Korn hast.«

»Ast.«

»Stimmt. Phase zwei. Fall Ast.«

»Richtig.«

»Aber nicht *fragen*. Nehmen. Diese ganze Suche nach der Idealkuh. Hat keinen Sinn. Ein bißchen was davon ist in jeder, und in keiner sehr viel. Man muß überall die Einzelteile sammeln und sie selber zusammensetzen.«

»Ganz recht.«

»Und was dein Biest von einem Eheweib betrifft...«

»Ja?«

»Ich hasse sie, Lover.«

»Das weiß ich, Shamus.«

»Und sie haßt dich, warum, in drei Teufels Namen, stößt du sie nicht in ein Loch?«

»Ich weiß. Ich tu's. Ich tu's.«

»Ja. tu's. Nicht nur herumfingern. Richtig tun.«

»Ich tu's. Ehrenwort.«

»Weißt du, was wir vergessen haben?« sagte Cassidy im Bett im *St. Jacques.*

»Was?«

»Wir wollten Flaherty ein Grabdenkmal errichten. Haben wir aber nicht.«

»Ein andermal«, sagte Shamus.

»Gut«, sagte Cassidy.

»Gute Nacht, Lover.«

»Gute Nacht«, sagte Cassidy.

»Vielleicht mache ich doch statt dessen den Mittelteil.«

»Großartig.«

»Ich liebe dich«, sagte Shamus, ehe sie einschliefen. »Ich liebe dich. Und eines Tages werde ich dir deinen Glauben wiedergeben, wie du mir den meinen wiedergegeben hast.«

Cassidy lächelte im Dunkeln und faßte nach seiner Hand.

»Bourgeois«, sagte Shamus. »Vandale. Tucke.« Und fauchte wie ein Zug, tuck, tuck, tuck.

Sandra sah in der hellen Sonne sehr hübsch aus, und sie lächelte, als er zurückkam.

»Hallo, Leitkuh.«

»Armer Liebling. Du siehst abgespannt aus.«

»Kommt von den flinken Pariser Flittchen«, sagte Cassidy mit magerem Lächeln und sog den Duft des häuslichen Herdes ein.

»Wie war die Messe?«

»Eigentlich recht gut. Wir haben eine hübsche Anzahl von Aufträgen bekommen, verhältnismäßig.«

Der Mann einer Putzfrau tauchte aus der Küche auf und nahm seinen Koffer. »Weißt du«, fügte er pfiffig hinzu, schürzte die Lippen und senkte den Blick, »die Aufwertung der Mark hat uns viel geholfen. Die Deutschen sägen den Ast ab, auf dem sie sitzen.«

»Dumme Kerle«, sagte Sandra und führte ihn in den Salon. Der umstrittene Sims war montiert. Mit der Vergoldung sah er recht hübsch aus.

»Mit der anderen Wand fangen sie an, sobald der Gips trocken ist«, sagte sie.

»Fein.« Sie ist wie ausgewechselt, dachte er, so wie Babys, deren Blut man austauschen mußte. Nur die Außenseite belassen und alles andere ausgewechselt.

»Entschuldige den Brief«, sagte Sandra.

»Macht nichts«, sagte Cassidy mit taubem Hirn.

Schau! Schau! Schau!

Ein *schau* für jeden Treppenabsatz. Hugos Bein war aus dem Gips.

London 2

23

Ungewohnte Stille erfüllt das Haus, und keine Vögel singen.

Der Flügel ist versperrt. Der Schlüssel hängt weit außerhalb von Hugos Reichweite an einem Haken mit einem unbekannten Florentiner Meister, dessen Wert der alte Niesthal garantiert hat – er macht nur mit Freunden Geschäfte. Der geschnitzte Kamin aus dem achtzehnten Jahrhundert in der Diele, der fertig ist bis auf die Fugenfüllung, ist mit Haverdownschen Staublaken drapiert, ein Denkmal, das nie enthüllt werden soll. Der unvollendete Sims reicht nur bis hierher; die Stukkateure sind weggeschickt worden. Die Fenster an der Straßenfront sind vor dem Verkehrslärm geschlossen, und die Gardinen zur Trauer halb zugezogen. Die Nachbarn in Abalone Crescent wurden um Rücksicht gebeten. Sogar die Putzfrauen, die gewöhnlich ein wichtiges Element in Sandras Umwelt bilden, sind gezähmt. Sie schwirren wie ein Bienenschwarm hinter verschlossenen Türen, und der Tee wird lautlos eingenommen; ihre zahlreichen Kinder sind anderwärts untergebracht. Die österreichische Köchin hat Befehl, bei Strafe der Entlassung, nicht zu weinen, auch nicht, wenn Hugo sie kränkt.

Und Mrs. Groat spricht zu ihren Abgeschiedenen nur noch in einem Bühnenflüsterton, das in hochfrequenten Bändern in jeden Winkel des Hauses dringt. Um Mittag schrillt ihr Wecker, sie hat ihn in vierzig Jahren nicht davon abbringen können. Das Signal jagt sie im Galopp sechs Treppen hinunter. Einmal irrt sie sich im Anlaß und macht Wasser heiß, und Sandra schilt sie mit unterdrücktem Zorn. Auch das Licht ist rationiert. Ein wachsames Glimmen erhellt die Korridore, die nach Fleischbrühe und Farbe riechen. Hugo spielt im Keller. Popmusik ist verboten. Nur

John Elderman ist willkommen. Er kommt zweimal täglich rein privat, ohne Rücksicht auf Sozialismus oder Kostenpunkt.

Am antiken Schmiedeeisengitter (ebenfalls Sotheby's, die Kleinigkeit von vierhundert Pfund) wartet in scheuer Ehrfurcht die Presse.

»Bitte, seien Sie sehr still«, ermahnt Sandra sie würdevoll. »Sobald es etwas mitzuteilen gibt, wird ein ärztliches Bulletin ausgegeben.«

Aldo Cassidy liegt, von Fieber geschüttelt, allein im Krankentrakt seines teuren Londoner Hauses im Sterben.

Ein Virus, sagte Sandra; ein besonderer Virus, der überarbeitete Menschen befällt.

Ein *französischer* Virus, sagte Mrs. Groat, sie hatte ihn in Afrika gehabt, Bunny Sleegos Bruder war innerhalb einer Stunde daran gestorben. Es kam von den Chrysanthemen, sagte sie; sie hatte nie Chrysanthemen im Haus haben wollen, der Blütenstaub konnte tödlich sein. Zusätzlich beschuldigte sie das Londoner Wasser, das auch der Kommandeur mißbilligte.

»Obwohl er natürlich nicht hier ist und es nicht trinkt. *Wir* müssen es trinken«, klagte sie. ›Wir‹ war die weibliche Rasse, die abgeschoben wurde, wenn ihre Reize verblüht waren. »*Er* ist da drunten und trinkt *reines* Wasser, kein Wunder, daß er gesund ist.« Zur Bekräftigung dieser Theorie schlüpfte sie in Cassidys Krankenzimmer, als Sandra einkaufen gegangen war, und schüttete Chlor in den Ausguß des Waschbeckens.

»Sag Wiggie nichts, bitte Darling«, bat sie (Wiggie war ein Patronymikon für ihre Tochter), und nachdem sie ihn hastig mit den gefälteten Lippen geküßt hatte, führte sie die Hündinnen nach Primrose Hill spazieren, um sie ruhig und gesund zu erhalten.

»Völlig ausgelaugt«, sagte Snaps bewundernd, Sandras jüngere, aber in sexueller Hinsicht weit erfahrenere Schwester.

Sie war von Newcastle heruntergekommen und in die Gästeetage gezogen, wo sie bis spät in die Nacht provozierende

Schallplatten abspielte. Das kräftige und lustige Mädchen heiterte gelegentlich Cassidys schwindende Lebensgeister ein wenig auf. »Darling, du bist doch in *Ordnung,* wie?« pflegte ihre Mutter sie mit entsetztem Flüstern hinter halboffenen Türen zu fragen, was heißen sollte: »Bist du schwanger?« oder gleicherweise »Bist du nicht schwanger?« Denn obwohl Mrs. Groat keine spezielle Meinung darüber hatte, in welchem der beiden Umstände ihre jüngere Tochter sich befinden sollte, waren für sie beide aufs engste verbunden. In den letzten Jahren hatte Snaps mehrere Schwangerschaften durchgemacht; entweder sie läutete Cassidy an und borgte sich hundert Pfund, oder sie ging in ein Heim für ledige Mütter drunten in Bornemouth, wo es ihr gefiel, während Sandra eine inselweite Suche nach dem Vater einleitete. Diese Recherchen waren selten von Erfolg gekrönt; wenn ja, so war der Schuldige allzuoft nicht die Mühe wert gewesen.

»Du hast dich wohl richtig ausgetobt, was?« fragte Snaps ihn auf den Kopf zu, als sie auf seinem Bett saß und Comics las. »Klein Aldo stellt ganz Paris auf den Kopf, habe gar nicht gewußt, daß du's in dir hast. Nächstens werde ich an die Reihe kommen.«

»Nein, das nicht«, sagte Cassidy, der seit Jahren immer wieder darüber nachdachte, ob so etwas wohl Blutschande wäre.

Krebs, sagten die Reinigungsdamen; was wurde dann aus ihnen? Und die arme Mrs. Cassidy, wie würde sie zurechtkommen, ganz allein mit einem so großen Haus?

Bauchwehweh, sagte Hugo. Daddy hat Bauchwehweh und kann nicht zur Arbeit gehen.

»Ich *mag* das, wenn du Bauchwehweh hast, Dad.«

»Ich auch«, sagte Cassidy.

Sie spielten viel Domino, Hugo gewann immer.

»Er simuliert«, sagte Cassidys Vater, der aufgrund dringenden Geldmangels aus dem Penthouse anrief. »Er hat sein ganzes Leben lang simuliert, *'türlich* hat er das. Frag ihn nur nach seinen Krämpfen in Cheltenham. Frag ihn nach seinem Bruch in Aberdeen! Dem Jungen hat im ganzen Leben nie ernstlich etwas gefehlt, der ist so unecht wie eine Sieben-Pfund-Banknote –.«

»Sie müssen's ja wissen«, sagte Sandra und knallte den Hörer auf die Gabel.

Ganz im Vertrauen diagnostizierte John Elderman einen leichten Nervenzusammenbruch.

Er habe es kommen sehen, flüsterte er, aber es war aussichtslos, es verhindern zu wollen; und pumpte um Cassidys Oberarm Gummeschläuche auf.

»Nennen Sie's psychosomatisch, nennen Sie's, wie immer Sie wollen, es ist einfach soweit, daß die olle Seele den ollen Korpus aufs Kreuz legt, und der olle Korpus *muß* tun, was die olle Seele will.«

»Vermutlich haben Sie recht«, räumte Cassidy mit schwachem Lächeln ein.

»Irgendwelche *Geschichten,* alter Freund?« fragte der Arzt und las zum drittenmal ›normal‹ an drei aufeinanderfolgenden Tagen ab.

»Ein bißchen«, gestand Cassidy und deutete überstandene Anspannungen an, plötzliche Gedächtnisschwächen, wie sie glänzenden Geistern eigen sind.

Taktvoll nahm Elderman von weiteren Fragen Abstand.

»Nun«, sagte er statt dessen, »Sie haben ja Sandra, die sich um Sie kümmert, das ist ein Glück, alter Freund. *Sie* kennt ihren Aldo, wie?«

»Armer Pailthorpe«, seufzte Sandra, hielt seine Hand auf ihrem Schoß und betrachtete ihr erwachsenes Kind mit zeitloser Liebe. »Armer, dummer Pailthorpe, was *hast* du nur angestellt? *Du* mußtest doch nicht so dem Geld nachlaufen: *Wir* kommen schon durch.«

Es sei die Handelsbilanz, erklärte Cassidy; er habe so verzweifelt gewünscht, den Export zu fördern. Nicht für die Firma Cassidy. Für das Land.

»Britannien soll wieder oben schwimmen«, sagte er.

»Du *Lieber*«, sagte Sandra und küßte ihn nochmals zart, um ihn nicht zu erregen. »Du bist so *tüchtig*. Und ich bin so träge.«

Eine Stunde oder länger saß sie bei ihm und betrachtete seine ruhende Statue im gedämpften Licht. Ihr Stillhalten war sehr wohltuend, und Cassidy liebte sie dafür.

Die Krankheit hatte ihn überraschend angefallen. Hatte sich in der Nacht eingeschlichen und ihn mit Tagesanbruch überwältigt. Zuerst war er von einem Alpdruck, danach von Tagträumen heimgesucht worden; Halluzinationen, Dialoge zwischen seinen zahlreichen Charakterpersönlichkeiten. Ihr Thema war Vergeltung. Er schritt durch London, über grasbewachsene, abgeschiedene Plätze und zog gewichtlose Kinder hinter sich her; er schwamm im Bentley die Rue de Rivoli entlang, er steuerte vom Verdeck aus; er raste durch lärmende weibliche Straßen, und plötzlich – es konnte überall passieren – stand er vor einem hohen Berg bei Sainte-Angèle, dem Angelhorn. Zutritt verboten. Umfahren verboten. Ausgang verboten. Ein Berg mit gewundenen, fransigen Zacken. Wildes, auf dem Rücken liegendes Mutterschwein mit schwindelerregenden Pfaden und unberechenbaren Hindernissen, wo Huren, Hoteliers, Steuerprüfer, Polizeibeamte und Kutscher aus dampfenden Höhlen lugten und gestikulierten oder einander an halbtrockenen Flußbetten umarmten. Manchmal sah er sich, während er nervös die unteren Abhänge anpeilte und bereits das Zupacken des Schwindels fühlte, ein Exemplar des *Daily Expreß* aufschlagen und laut aus den wohlunterrichteten Seiten vorlesen: Ist der Kinderwagenbauer der vierte Mann? Linksradikaler Autor in den Fall verwickelt? Algerischer Portier berichtet von nächtlicher Orgie im Ungewitter; Hochzeitsreisende behaupten: Wir hörten sie durch dic Wand. Frau des Autors völlig unschuldig. Chapman Pincher, Exklusivbericht.

Auch über seinen eigenen Bankrott, auf den bordellgrün beleuchteten Seiten: *Ist Cassidy pleite? Ist* Fastenings *zahlungsunfähig? Sohn des Parlamentsmitgliedes antwortet auf die*

Frage des Konkursverwalters: »Es ist für Trinkgelder draufgegangen. Mein Verbrechen war Großzügigkeit.«

»Hilfe!« flehte der arme Sünder kläglich die Huren an. »Seht, was aus mir geworden ist.« Doch ehe er sich seiner Soutane entledigen konnte (ein mönchischer Sünder, dieser Cassidy), rannten sie weißärschig davon in die Lawinengräben, wo Shamus bereits mit blanker Waffe wartete, um sich an ihnen gütlich zu tun.

Diese Vision entstammte nicht völlig Cassidys eigener Fantasie. Ihr Prototyp hing in den ewig leuchtenden Kammern seiner Kindheit, in jenen Tagen, als es Gott noch gefallen hatte, Old Hugo die Seelen nähren zu lassen, in der Wohn- und Schlafküche seiner ersten Mutter, wo sie seufzte und von ihrem Mann entworfene Chorhemden plättete: ein Berg namens Hades, gemalt von einem frommen Künstler, in einem der frühesten Polychromverfahren gedruckt und in Feuerholz gerahmt. Zu seinen Füßen waren alle Greuel dargestellt, die kleine Jungen gern begehen möchten; Diebstahl und Brandstiftung; Glücksspiel und geheime Wollust. Auf dem furchterregenden Gipfel wurden die gleichen Missetäter von schwarzen Engeln verbrannt.

Ast, die gekommen war, um sich für die Blumen zu bedanken, entriß ihn dieser Pein.

Ast in reifem Erntegelb, loser Sitz an den loseren Stellen.

»Haben Sie das ernst gemeint«, fragte sie sanft, »was Sie geschrieben haben?«

Sandra war weggegangen, um Schweinsfüße zu kaufen, der Sud würde ihn kräftigen.

»In Liebe«, zitierte Heather, *»und mit aufrichtigem Bedauern.* Aldo, das *kann* doch einfach nicht wahr sein. Und aus *Paris* geschickt, bei all den Umtrieben.«

Auch sie hielt seine Hand; aber fest in die oberen Polster ihrer Schenkel geschmiegt; an dem Punkt ihrer eigenen Person, den sie bei ihm während des Essens bei den Eldermans erreicht hatte. Nachdem sie zuvor wohlweislich die Tür geschlossen hatte. »Sie hatten so recht, mich zu tadeln«, flüsterte sie. »Und ich war so schwülstig, nicht wahr?«

Diesen frühen Visionen hart auf den Fersen folgten ihre physischen Gegenstücke: jähe Schweißausbrüche, begleitet von Herzjagen, Entzündung von Hals und Ohren und eine heiße Trockenheit in den Augen; schriftliche Gleichungen von Sandra, Umrechnung von Fahrenheit in Celsius.

»Er hat *hundertundvier*«, berichtete sie John Elderman beim zweiten Besuch. »*Meilenweit* darunter«, meldete sie beim dritten. Später besprachen sie seinen Zustand bei abendlichen Mahlzeiten im Kellergeschoß, denn John Elderman kam am liebsten nach sieben Uhr, wenn die übrige Welt schon heil war.

Eine Zeitlang, während er noch immer zwischen Leben und Tod schwebte und laut seine Unschuld an den vielen Verbrechen beteuerte, deren er sich in seiner anderen Stimmung ständig bezichtigte, entschied Cassidy, daß Shamus ein Mythos sei. »Er hat nie existiert«, redete er sich selber ein, und er zog die Decken bis zur Nase und tat, als wäre er in einem Schlitten.

Verstört durch die Erinnerungen an ausländische Ketzereien in Sacré-Cœur, verschaffte er sich aus Sandras reichhaltiger Bücherei die Lebensbilder heiliger Männer und beschloß während schwelgerischer Stunden im Badezimmer, ihrem Beispiel zu folgen.

»Ich bin gereift«, erklärte er ihr. »Ich überlege mir, ob ich wieder in die Kirche eintreten soll, es scheint sich anzubieten.«

Und später: »Wir wollen für eine Weile heraus aus diesem Teufelstanz, irgendwohin fahren, wo wir *denken* können.«

Sandra schlug Oxford vor; dort seien sie glücklich gewesen. »Oder wir könnten's mit Schottland versuchen. Die Hunde wären begeistert.«

»Schottland wäre fein«, sagte Cassidy. Er benutzte das Telefon an seinem Bett, um bei Gleneagles zu buchen. Aber nur in seiner Fantasie, denn Schottland reizte ihn nicht. Dort fehlte die Gesellschaft, nach der er sich sehnte.

Auf die dringenden Bitten des Patienten hin erschien Angie Mawdray. Sie brachte die Post und zwölf Röschen in weißem Seidenpapier.

»Für Sie«, sagte sie leise. »Als Dank für die Blumen, die Sie mir aus Paris geschickt haben.«

Sie kramte in ihrer griechischen Tasche und zog einen Brief vom Lande heraus, den er unter dem Bettlaken versteckte. Während dieser Transaktion schaute sie ihn nicht an, und ihr Gesichtsausdruck ermutigte nicht zu einem Gespräch.

»Sie sind von Faulk«, sagte Cassidy zu Sandra, um die zarten Knospen zu erklären. »Genau gesagt, vom ganzen Büro, aber Faulk hat sie ausgewählt.«

»Die Leute *denken* wirklich an dich«, sagte Sandra großmütig und schnupperte an dem nicht vorhandenen Duft. »Die Leute mögen dich wirklich, nicht wahr?«

»Nun ja«, sagte Cassidy.

»Wir *alle* mögen dich«, bekräftigte Sandra. Und ließ sich nieder und nahm ihre unbeirrbar anbetende Wache wieder auf.

Während seiner Rekonvaleszenz trug Cassidy einen blauen Kaschmirschlafrock, den Sandra ihm eigens bei Harrods gekauft hatte; Krankheit war ein Ausnahmezustand, man durfte dafür Geld ausgeben. Anfangs aß er mittags im Bett und kam nur eine Stunde herunter, um mit Hugo zu spielen.

»Das ist kein richtiges Billard«, sagte Hugo verächtlich und verpetzte ihn bei Sandra wegen unlauterer Praktiken.

»Jetzt hör mir mal zu, Jung-Hugo«, sagte Sandra mit heiterer Nachsicht. »Wenn dein Daddy mit einer Kerze Billard spielen will, dann ist das eben seine Art, Billard zu spielen.«

»Und die *beste* Art, nicht wahr, Dad?« sagte Hugo stolz.

»Es heißt *Motte*«, erklärte Cassidy. »Wir haben's beim Militär zum Zeitvertreib gespielt.«

Als Sandra am nächsten Morgen den Filz inspizierte, wurde sie äußerst ungehalten.

»Wie, in aller Welt, soll ich das Wachs herausbringen?«

»Sie ist böse auf dich, weil du aufgestanden bist«, erklärte Hugo. »Im Bett bist du ihr lieber.«

»Unsinn«, sagte Cassidy.

Der Invalide setzte seine Rückkehr ins normale Leben mit größter Vorsicht fort und tat alles, um sich Konflikte zu ersparen. Um Helen auf dem Lande anzurufen, bediente er sich zum Beispiel seiner Kreditkarte, damit gefahrbringende Einträge auf der Fernsprechrechnung vermieden wurden; für Gespräche mit Miß Mawdray in der South Audley Street wählte er die Zeit, zu der Sandra einkaufen ging. Trotz dieser Umsicht mußte er einige harte Sträuße ausfechten.

»Aber *Cassidy*«, protestierte Helen, die zwar noch nicht fleischgeworden war, aber eine vorzügliche Telefonpräsenz bewies und zudem ein Engel war. »Das kann sich doch kein Mensch leisten!«

»Um Gottes willen, Helen, wozu ist Geld denn da?«

»Aber, Cassidy, bedenken Sie doch, was *Sie* das kosten wird.«

»Hören Sie zu, Helen. Was würden *Sie* tun, wenn *Sie* ich wären und ihn so liebten, wie *ich* es tue? Habe ich nicht recht?«

»Cassidy«, sagte Helen und streckte die Waffen.

Aus den gleichen Gründen hatte die Firma *Grimble and Outhwaite* in Mount Street W. strikte Order, ihn nicht in seiner Privatwohnung anzurufen. Setzen Sie sich ausschließlich mit Miß Mawdray in Verbindung, gebot er; Miß Mawdray weiß genau, was zu tun ist.

Desungeachtet mußte Cassidy persönlich eingreifen, damit die Sache vorankam.

»Wasser«, schärfte er dem alten Grimble ein. Er sprach unter der Bettdecke. Das Haus war zwar solide, hatte jedoch seine akkustischen Eigenheiten; besonders Kamine waren gefährliche Schalleiter von Stockwerk zu Stockwerk. »Es *muß* am Wasser sein. Gut, dann schalten Sie Unteragenten ein; ja, natürlich zahle ich die doppelte Provision. Lieber Himmel, es sind Firmenräume, oder? Zahlen Sie, was verlangt wird, und geben Sie Lemming die Rechnung. Also wirklich, *so* geht's nicht weiter.«

Solche Gespräche mahnten ihn daran, daß er noch nicht wieder ganz hergestellt war, denn sie veranlaßten ihn zu unbeherrschten Reaktionen, die er später bedauerte. Manchmal sank er in den Kissenstapel, sein Herz stotterte vor Ärger, sein Gesicht war von Zorn gerötet, und er weinte sich im Spiegel etwas vor. Kein einziger vernünftiger Mensch in der ganzen Stadt, sagte er zu sich selber. Ja, schlimmer: Alle sind gegen mich.

»Die Sache in Chiswick ist nicht schlecht«, sagte Angie müde, als sie ihn nach einem langen Suchtag anrief. »Wenn Sie nichts gegen Chiswick einzuwenden haben. Hat eine wunderbare Schwermut und liegt direkt am Fluß.«

»Ist es laut?«

»Kommt drauf an, nicht wahr. Kommt drauf an, was Sie unter laut verstehen.«

»Hören Sie: Könnten Sie dort arbeiten? Ich meine, schöpferisch arbeiten... eine Arbeit, zu der Sie Inspiration brauchten?«

Angie lief jetzt bereits den dritten Tag in der Gegend herum, und ihr Geduldsfaden verkürzte sich zusehends.

»Wie soll ich das wissen? Ich kann doch nicht die Phons zählen, wie? Sagen Sie ihr, sie soll selber hingehen und sich umhören, das würde ich tun.«

Schmollend zündete sie eine Zigarette aus einer dünnen Zehnerpackung an.

Sie? wiederholte Cassidy im stillen; was für eine lächerliche, schmähliche Idee! Großer Gott, sie glaubt, ich...

»Es ist keine *sie*«, sagte er sehr entschieden. »Es ist ein *er*. Ein Schriftsteller, wenn Sie's genau wissen wollen. Ein verheirateter Schriftsteller, der an einer kritischen Wende seiner Karriere Hilfe braucht. Nicht nur moralische Hilfe, sondern praktische Hilfe. Er hat einen beruflichen Rückschlag erlitten, der ernste Folgen für seine – worüber zum Teufel lachen Sie?«

Es war kein Lachen, sondern ein Lächeln; ein plötzliches, sehr hübsches Lächeln; wer es sah, mußte selber lächeln.

»Ich bin ganz einfach froh. Ich weiß, es ist albern; aber ich kann nichts dafür. Ich dachte, Sie wollten ein malendes Frauenzimmer installieren. Rotschopf in Leopard... Trockene Martinis...«

So groß war ihre Freude und ihr Glück, daß sie die Hand ihres Arbeitgebers fassen mußte, um sich zu beruhigen; und sein Taschentuch unter dem Kopfkissen ausborgen, um sich die Augen zu trocknen. Und es wieder an seinen Platz unter dem Kissen stecken. Und sich so zärtlich von ihm verabschieden, wie es der Zwanglosigkeit ihres Beisammenseins entsprach. Mit einem Kuß nämlich, einem netten, trockenen, sanften und sehr liebevollen Kuß, wie Töchter sie ihren Vätern verabreichen, vor ihrem ersten Ball.

»Ich mag die Dame«, sagte Hugo und meinte Angie, die noch immer schmachtend am Tor zögerte, als falle ihr der Abschied schwer. »Sie umarmt mich *jedes*mal, Dad.«

»Ja, Hugo.«

»Meinst du, sie ist netter als Heather?«

»Vielleicht.«

»Netter als Snaps?«

»Vielleicht.«

»Netter als Mummy?«

»Natürlich nicht«, sagte Cassidy.

»Das finde ich *auch*«, sagte Hugo loyal.

Früh am nächsten Morgen erfüllten laute Hammerschläge das Haus in Abalone Crescent. Aus Halle und Salon stieg bühnenunreifer Männergesang empor, oft mit improvisierten Librettos. Wiedereinzug der Handwerker zum Gekreisch elektrischer Bohrer.

24

Helens Erscheinung hatte sich nicht verändert.

Für das äußere Auge jedenfalls war sie gleich geblieben: Die Anna-Karenina-Stiefel waren ein bißchen mehr abgetreten, der lange braune Mantel ein bißchen fadenscheiniger, doch für Cassidy steigerten diese Zeichen von Armut nur ihren Wert. Sie kam als erste den Bahnsteig entlang, ein in Papier gewickeltes Paket in beiden Händen, als wäre es ein Geschenk für ihn, und sie hatte die gleiche Ernsthaftigkeit, die gleiche unbedingte Zuverlässigkeit an sich, die für Cassidy untrennbar zu Müttern und Schwestern gehörten. Auch ihr Haar war unverändert, ein besonders glücklicher Umstand, da alle Veränderungen Cassidy nervös machten; ja, er betrachtete sie geradezu als versuchten Betrug.

Gewiß, sie war einige Zentimeter kleiner, als er in Erinnerung hatte, und die neue Beleuchtung der Euston Station beraubte sie jenes engelhaften Glanzes, den Kerzen und Feuerschein verleihen. Gewiß, ihre Gestalt, die ihm in Haverdown unter dem schlichten Hausmantel fließend und edel erschienen war, wirkte um einiges irdischer unter den Viel-zu-Vielen, mit denen sie hatte reisen müssen. Doch in ihrer Stimme, in ihrer Umarmung, als sie ihn über das Paket hinweg küßte, in ihrem nervösen Lachen, als sie sich umblickte, entdeckte er sogleich eine neue Gefühlstiefe.

»Er verging vor Sehnsucht«, sagte sie.

»Sieh mal einer an«, sagte Shamus mit seiner Tantenstimme und schob Helen beiseite, so wie in Haverdown. »Nein, so was, trägt hautenge Lastexseide um diese Jahreszeit.«

»Gott«, sagte Cassidy kühn. »Ich wußte nicht, daß du kommen würdest.«

Bei dem kurzen Blick, den er vor der langen Umarmung auf ihn werfen konnte, dachte Cassidy, es sei der Kragen des Leichenfracks. Allerdings erinnerte er sich auch, daß er, als die starken Arme ihn näher zogen, noch gedacht hatte, der Leichenfrack hat keinen Kragen, keinen, den man so weit hochschlagen könnte. Dann dachte er, es sei ein Vogel, eine Gebirgsdohle, pechschwarz, die herabgestoßen war, um ihm die Augen auszuhacken. Dann stach ihn das Gestrüpp aus winzigen Nadeln und teilte sich vor ihm, und er dachte, *das ist Jonathan, weil er dunkel ist, er hat sich einen Vollbart wachsen lassen, um zu sein wie Gott.*

»Er fand, er habe ein schwaches Kinn«, sagte Helen, die wartete, bis sie fertig waren.

»Gefällt er dir, Lover?«

»Hinreißend. Wunderbar. Wie findet Helen ihn?«

Sie legten die kurze Fahrt im Taxi zurück. Der Bentley war zu versnobt, hatte Cassidy gefunden; am besten nahm man ein simples Londoner Taxi, das sie nicht in Verlegenheit setzen würde.

Es war unvermeidlich, daß nach Cassidys Aufregung über ihr Kommen, ganz zu schweigen von den zahllosen kleinen Vorbereitungen administrativer und häuslicher Art – würden die Gardinen rechtzeitig fertig werden, hatte Fortnum die Adresse gewechselt? –, wirklich unvermeidlich, daß dieser erste Tag eine Art Spannungsabfall brachte. Cassidy wußte, daß Helen ihm, nach den vielen heimlichen Telefongesprächen, die sie in Shamus' Interesse geführt hatten, eine Menge zu sagen haben würde; er wußte auch, daß seine erste Sorge Shamus zu gelten habe, dem Grund und der Triebkraft ihres Wiedersehens.

Doch Shamus stellte ihre Geduld auf eine harte Probe.

Er hatte Helen auf den Notsitz verwiesen, damit er und Cassidy bequem Händchen halten konnten, und zeigte Cassidy als erstes, wie man seinen Bart streicheln müsse, in dieser Richtung nämlich, von oben nach unten, niemals gegen den Strich. Als nächstes unterzog er Cassidy einer Art ärztlicher Untersuchung, tastete seine Arme und Beine nach irgendwelchen Zeichen von Verletzungen ab, strich ihm übers Haar und studierte seine Handflächen. Und nachdem er mit allem zufrieden war, wiederholte er seine Bewunderung für Cassidys Anzug, der aus Harris-Tweed und keineswegs hauteng war, graues Fischgrätenmuster für halboffizielle Anlässe. War er französisch? War er wasserdicht?

»Was macht die Arbeit?« fragte Cassidy, um auf ein anderes Thema überzulenken.

»Nie versucht«, sagte Shamus.

»Er kommt fabelhaft voran«, sagte Helen. »Überhaupt *nur* Famoses zu vermelden, nicht wahr, Shamus? Ehrlich, Cassidy, seit seiner Rückkehr arbeitet er wunderbar, nicht wahr, Shamus? Vier, fünf Stunden pro Tag. Manchmal mehr, es ist einfach fantastisch.«

Ihre Augen sagten mehr: Wir verdanken es Ihnen, Sie haben einen neuen Menschen aus ihm gemacht.

»Freut mich zu hören«, sagte Cassidy, während Shamus eine Ecke seines Taschentuchs anleckte und einen Schmutzfleck von Cassidys Backe rieb.

Und das beste von allem sei, verriet ihm Helen, daß Dale von London heruntergekommen sei und er und Shamus sich einen ganzen Tag lang fantastisch verstanden hätten.

»Großartig«, sagte Cassidy lächelnd und wehrte weitere intime Umarmungen freundschaftlich ab.

»Nicht eifersüchtig, Lover?« erkundigte Shamus sich besorgt. »Nicht verstimmt? Ehrlich, Lover? Ehrlich?«

»Ich denke, ich werd's überleben«, sagte Cassidy mit einem weiteren verständnisinnigen Blick zu Helen.

»Eigentlich«, sagte Helen, »heißt Dale gar nicht Dale, nicht wahr, Shamus? Er heißt Michaelowitsch, er ist Jude, *alle* guten Verleger sind Juden, nicht wahr, Shamus? Nun, natürlich ist das kein Wunder, sie haben einen fantastischen Geschmack in Kunst und Literatur, Shamus sagt das immer.«

»Das stimmt wirklich«, pflichtete Cassidy bei und dachte an Niesthals und an etwas, das Sandra vor kurzem gesagt hatte. »Das stimmt wirklich«, wiederholte er, dankbar für ein Gesprächsthema, bei dem er glänzen konnte. »Es ist historisch begründet: Die Juden durften nie ein eigenes Vaterland besitzen. Praktisch über ganz Europa hin verstreut, das ganze Mittelalter hindurch. Die Holländer waren wunderbar zu ihnen, nun sind die Holländer allerdings überhaupt wunderbare Leute, denken Sie nur, wie sie den Deutschen Widerstand leisteten. Was also ist die Folge? Die Juden mußten sich auf *internationale* Werte verlegen. Wie Diamanten und Gemälde und Musik und dergleichen, was sie überallhin mitnehmen konnten, wenn sie verfolgt wurden.«

»Lover«, sagte Shamus.

»Ja.«

»Halt's Maul.«

»Bitte erzählen Sie weiter von Dale«, sagte Cassidy zu Helen und versuchte nicht zu lachen. »Wann will er es *herausbringen*? Das ist der springende Punkt. Wann können wir anfangen, die Bestsellerlisten zu verfolgen?«

Ehe Helen antworten konnte, erfüllte ein so jähes und höllisches Kreischen das Taxi, daß sie und Cassidy erschreckt in die Höhe fuhren. Shamus hatte eine Lachmaschine in Gang gesetzt. Es war ein kleiner Zylinder aus Japanpapier mit Stahlrippen darin. Sooft er ihn drehte, gab er ein trockenes Kichern von sich, das sich bei entsprechender Einstellung zu einem würgenden, schwindsüchtigen Husten verlangsamte.

»Er nennt es Keats«, sagte Helen in einem Tonfall, der Cassidy nahelegte, daß selbst mütterliche Erzengel nicht über unbeschränkte Geduld verfügen.

»Fantastisch«, sagte Cassidy, nachdem er sich von seinem Schrecken erholt hatte. »Wirklich wahr. Fahren Sie weiter«, rief er dem Chauffeur zu. »Alles in Ordnung, wir haben nur gelacht.« Er schloß die Trennscheibe. »Wir werden bald dasein«, sagte er und lächelte Helen beruhigend zu.

Sie ist müde von der Reise, dachte er. Shamus hat ihr vermutlich sehr zugesetzt.

Niemand erwähnte Paris.

Es war eine abgeschlossene Etage über einem Lagerhaus, eine eiserne Außentreppe führte zu der roten Vordertür. Eine Seemannswohnung, direkt am Fluß, mit Blick auf zwei Kraftwerke und einem Sportplatz daneben. Cassidy hatte sie für viel Geld möbliert erworben und dann die Möbel ausgetauscht, weil sie zu gewöhnlich waren. Blumen standen in der Küche und Blumen neben dem Bett, und im Besenschrank war eine Kiste Talisker '54 von *Berry Brothers and Rudd.* An der Wand hing ein Steuerrad, und ein Tau diente als Treppengeländer, doch als erstes fiel einem das Licht auf, ein umgekipptes Licht, das vom Fluß heraufkam und die Decke erhellte, nicht den Fußboden.

Während er jede geschmackvoll ausgewählte Einzelheit vorführte – die neue Colston-Geschirrspülmaschine, die bescheiden getarnte Kühltruhe in ihrer unauffälligen Iroboverschalung, die Abzugsvorrichtung, die Warmluftheizung, das rostfreie skandinavische Stahlbesteck, ganz zu schweigen von den massiven Messingriegeln seiner eigenen Erfindung an den Fenstern –, empfand Cassidy den Stolz eines Vaters, der dem jungen Paar einen guten Start ins Leben schenkt. Das hätte Old Hugo für mich und Sandra getan, dachte Cassidy, wenn er nicht in eine geschäftliche Transaktion verstrickt gewesen wäre. Nun, wir wollen hoffen, daß sie sich des Geschenkes würdig erweisen.

»Cassidy, *schauen* Sie, hier ist sogar brauner Zucker zum Kaffee. Und Servietten, Shamus. Schau. Irisches Leinen. O mein *Gott*, o nein, o *nein*...«

»Stimmt etwas nicht?« fragte Cassidy.

»Er hat unser Monogramm draufmachen lassen«, sagte Helen und weinte fast, aus schierer Freude an ihrer Entdekkung.

Das Schlafzimmer sparte er bis zuletzt auf. Auf das Schlafzimmer war er ganz besonders stolz. Grün, hatte er angeordnet. Blau, hatte Angie Mawdray gedrängt. War blau nicht ziemlich *kalt*? konterte Cassidy und zitierte hiermit Sandra. Bei *Harrods* fanden sie die Lösung: verwischte blaue Blumen auf einem Grund von blassestem Grün, genau der gleiche Druck, der ihm seit Jahren in Hugos Kinderzimmer in Abalone Crescent so gut gefiel.

»Wir wollen auch die Decke damit tapezieren«, drängte Angie in weiblicher Sympathie für Helen, »dann haben sie etwas zum Anschauen, wenn sie auf dem Rücken liegen.«

Dazu passend hatten sie eine Bettdecke gekauft, das größte Exemplar, das zu haben war, für das größte Bett, das zu haben war. Und Laken mit hinreißendem blauem Muster und hinreißende Kissenbezüge im gleichen ausgefallenen Dessin. Und weiße Gardinen mit grünblauen Borten. Und um dem Ganzen die Krone aufzusetzen, hinreißende weißwollene Polsterbezüge.

»Cassidy«, hauchte Helen, »das ist das größte Bett, das wir je hatten.« Sie errötete, wie es ihrer Bescheidenheit geziemte.

»Ins Badezimmer hier durch«, sagte Cassidy, diesmal mehr zu Shamus und in sehr sachlichem Tonfall, als wären Badezimmer vorwiegend Männersache.

»Groß genug für drei«, sagte Shamus, der noch immer das Bett betrachtete.

Sie standen an dem langen Fenster und beobachteten die Lastkähne, Helen auf der einen Seite, Shamus auf der anderen.

»Es ist die entzückendste Wohnung, die ich je gesehen habe«, sagte Helen. »Es ist die entzückendste Wohnung, die wir je gehabt haben oder je haben werden.«

»Ich lege immer Wert auf die *Aussicht*«, sagte Cassidy und spielte das Lob herunter, um es ihnen leichter zu machen. »Das hat mich eigentlich zuerst dafür eingenommen.«

»Und das Wasser«, sagte Helen verständnisvoll.

Eine lange Kette von Schleppern zog vorüber, langsam und ungeordnet, sie überholten einander und reihten sich wieder ein, als sie verschwanden.

»Nun ja«, sagte Cassidy, »fürs nächste mag es hingehen.«

»Wir wollen nichts Hinlängliches, nicht wahr, Lover«, erinnerte Shamus ihn gelassen. Er hatte lange nicht gesprochen. »Haben wir noch nie gewollt. Wir wollen die Sonne, nicht das schisserige Zwielicht.«

»Ja, *hier* gibt's eine Menge Sonne«, sagte Helen strahlend und mit einem weiteren vertraulichen Blick zu Cassidy. »Ich liebe Panoramafenster. Sie sind so *modern.*«

»Und frei«, sagte Cassidy.

»Genau«, sagte Helen.

»Die Bewegung fehlt«, sagte Shamus.

In der Annahme, er meine den Fluß und habe sich mit einem ästhetischen Einwand ihrer Unterhaltung angeschlossen, legte Cassidy den Kopf schief und sagte:

»Oh... meinst du...?«

»Uns dreien«, sagte Shamus. »Oder wir versumpfen glatt.«

Er wandte sich Cassidy zu und umarmte ihn.

»Du lieber Lover«, sagte er sanft, »du hast hier etwas sehr Liebes und Unschuldiges getan. Gott segne dich. Liebe dich. Verzeihung.« Über Shamus Schulter hinweg sah er Helens Achselzucken. *Eine seiner Anwandlungen,* sagte ihr Lächeln, *wird bald vorbei sein.* Sie rückte näher und küßte ihn ebenfalls, dort wo er stand, in den Armen ihres Mannes.

Nach dem Schampuh, den Cassidy im Gaskühlschrank bereitgestellt hatte, entschuldigte er sich taktvoll und verließ sie, damit sie auspacken könnten. Mit demselben feinen Takt ließ Helen die beiden Freunde allein, damit sie sich verabschieden könnten. Shamus begleitete ihn die Treppe hinunter.

»Du weißt nicht, wo ich einen Fußball kaufen kann, wie?« fragte er und blickte hinüber zum Sportplatz.

Es war ein trüber, düsterer Tag, das Gras war sehr grün, und viel Rosa war hinter dem Kraftwerk zu sehen, als hätten die Ziegelmauern auf den Himmel abgefärbt. Eine Gruppe schwarzer Kinder spielte Himmel und Hölle.

»Du könntest es bei *Army and Navy* versuchen«, sagte Cassidy und war ein wenig enttäuscht, daß er etwas vergessen haben sollte. »Shamus, ist irgend etwas nicht richtig? Ist etwas *schlecht* ...«

»Moralisch gesehen?«

»Großer Gott, nein –« sagte Cassidy schleunigst, denn er kannte die Spielregeln.

Wiederum verharrte Shamus schweigend.

»Gott brauchte sechs Tage, Lover«, sagte er schließlich lächelnd. »Nicht einmal Butch schafft es an einem Vormittag.«

Ein Taxi kam.

»Und du bist wirklich fest drin in dem Mittelteil?« fragte Cassidy in dem Bestreben, mit einem optimistischen Ton zu schließen.

»Alles dir zuliebe. Ich bin in letzter Zeit ein sehr gehorsamer Lover. Kein Fusel, keine Nutten. Hinlänglich ist die Parole. Frag Helen.«

»Sie hat es mir erzählt«, sagte Cassidy vorschnell.

»Wiedersehen, Lover. Famoses Nestchen. Gott befohlen. He, wie geht's der Leitkuh? Dachte, ich will sie gelegentlich anrufen.«

»Leider verreist. Haust eine Weile bei ihrer Mama ...«

Helen schaute vom Balkon aus zu, wie sie einander umarmten, eine Prinzessin in ihrem neuen Turm, hinter ihr der breite Burggraben.

Ein letzter Blick zeigte ihm Shamus, der mit den Kindern

zum Himmel-und-Hölle-Spiel Schlange stand und wartete, bis er an die Reihe käme.

Zu Hause war indessen entgegen Cassidys kunstreicher kleiner Notlüge alles Jubel und Trubel. Cassidys Aktien waren beträchtlich gestiegen; seine Krankheit habe ihm gutgetan, hieß es; John Elderman sei ein Genie. Aldo ißt tüchtig. Aldos Auge glänzt wieder, er gewinnt an Entschlußkraft: Das Wort ging von Frauenmund zu Frauenmund, mit Abstufungen, je nach dem häuslichen Status. Die Putzfrauen steuerten zusammen und kauften ihm eine Rückenstütze für den Bentley; die Hunde erkannten ihn wieder, Hugo zeichnete ihm Jubelkarten und kolorierte sie mit Malstiften. Heather Ast kam fast täglich und verfolgte Aldos Genesung, während sie mit Sandra die Wiederaufrichtung menschlicher Wracks besprach. »Wir sollten ein Heim auf dem Land errichten«, sagten sie, weil der Sommer so schön war. »Ein Platz, wo sie richtig austrocknen könnten.«

Diese Aufheiterung von Cassidys häuslichem Himmel geschah nicht ohne Grund; denn Cassidy hatte endlich seine wahre Berufung erkannt, und insbesondere Sandra war entzückt darüber. Sportplätze seien ein glatter Verlust, sagte sie; man könne ganze Jahre darauf verschwenden und nichts erreichen; die Gemeinderäte seien unvorstellbar korrupt.

»Es ist genau das, was du brauchst«, sagte sie. »Es wird dir Auftrieb geben.«

Die ideale Lösung, sagte sie; der natürliche Kompromiß zwischen Kirche und Kommerz.

»Ich weiß gar nicht, *warum* du nicht früher darauf gekommen bist, nun ja.«

»Die Idee ist mir während meiner Krankheit gekommen«, gestand Cassidy. »Ich hatte dieses gräßliche Gefühl, einen so großen Teil meines Lebens vertan zu haben. Ich lag da, ich dachte, *wer bist du? – wofür lebst du? – was wird man von dir sagen, wenn du einmal tot bist?* Ich wollte dich nur nicht behelligen, ehe ich meiner Sache nicht sicher war«, fügte er hinzu.

»*Darling*«, sagte Sandra, einigermaßen beschämt, wie sie später Heather berichtete, daß sie den inneren Aufruhr ihres Mannes nicht wahrgenommen hatte.

Vorsichtshalber konsultierte sie indessen John Elderman. Sie besprachen die Frage, als wäre sie ein bräutliches Problem. Würde es zu anstrengend für ihn sein? Würde es ihn so mitnehmen, wie Paris ihn mitgenommen hatte? Es brachte viele Reisen mit sich, einsame Nächte in unerfreulichen nördlichen Gasthöfen. Ob John ganz sicher sei, daß Cassidy es körperlich verkraften könne? Nach einigen Bedenken gab John Elderman grünes Licht.

»Aber behalten Sie die alte Pumpe im Auge«, warnte er. »Das kleinste Zupfen, und Sie holen mich. Nicht vertuschen wollen, ja?«

»Er wird es vertuschen, wenn er irgend kann«, sagte Sandra, die ihren Aldo kannte.

»Dann behalten Sie *ihn* im Auge«, sagte John Elderman fest.

Von tiefstem Opfersinn beseelt, machten sie sich nun ernsthaft ans Werk. Als erstes mußte man sich für eine Partei entscheiden. Sandras Entschluß war gefaßt, Cassidy jedoch, mit seiner praktischeren Weltkenntnis, seinem legendären Verständnis für die menschlichen Schwächen der handeltreibenden Klassen, mußte noch zu einer endgültigen Entscheidung gelangen. Sandra fand es wesentlich, daß sie ihn in *keiner* Weise beeinflußte, daher beobachtete sie schweigend (wie sie ihm später sagte) den Dialog zwischen seinem Gewissen und seinem Geldbeutel.

»Ich komme einfach nicht damit zurecht, daß ich Sozialist bin und reich dazu«, sagte er. »Es scheint nicht zusammenzupassen.«

»*So* reich bist du doch auch wieder nicht«, tröstete Sandra ihn.

»Bin ich schon. Wenn der Markt hält.«

»Dann schenk es weg«, stichelte sie, »wenn *das* der Haken ist.«

Aber Cassidy fühlte, daß er es sich mit dem Wegschenken zu leicht machen würde.

»Entschuldige, Sandra, aber damit ist das Problem nicht gelöst. Ich kann nicht einfach davonlaufen. Ich muß als das dastehen, was ich *bin*«, sagte er beim Abendessen am Tag vor

Helens und Shamus' Ankunft zu ihr. »Nicht für das, was ich sein sollte. Die Politik spiegelt die *Wirklichkeit.*«

»Früher hast du gesagt, wir werden nach dem beurteilt, wonach wir suchen.«

»Nicht in der Politik«, sagte Cassidy schnell.

»Warum dann nicht die Liberalen? Es gibt *massenhaft* reiche Liberale, zum Beispiel die Niesthals.«

»Aber die Liberalen kommen nie ans Ruder«, wandte Cassidy ein. »Besser ein freier ›Independent‹ sein als ein gebundener Liberaler«, sagte er.

»Du willst sagen, du setzt dich nur für die Sieger ein?« fragte Sandra, die Hüterin von Cassidys Redlichkeit.

»Nein, das *nicht.* Nur... also, die Liberalen sprechen in zu vielen Zungen. Ich möchte eine Partei, die weiß, was sie will.«

»Also, was *mich* angeht«, sagte Sandra, »so kommen die Konservativen *keinesfalls* in Frage.«

Die Konservativen haßten die Armen, sagte sie, sie hatten *keinerlei* Gefühl für die sozial Schwachen. Die Konservativen seien *beschränkt,* ihr Vater sei einer gewesen, und falls Cassidy auch nur in die Nähe der Konservativen gehe, würde sie ihn *auf der Stelle* verlassen.

»Ich will verdammt sein, wenn ich die Frau eines Toryparlamentariers spiele«, sagte sie. »Ausgenommen in einem ländlichen Wahlkreis. Auf dem Lande ist es anders, mehr der Tradition verhaftet.«

Um sie zu besänftigen, erläuterte Cassidy seinen Feldzugsplan. Er tat es sehr geschickt, indem er sie Schritt für Schritt in ein komplexes und kniffeliges Geheimnis einweihte. Wolle sie *versprechen,* niemandem etwas zu verraten?

Sie wollte.

Ganz bestimmt?

Ganz bestimmt.

Er hatte nichts dagegen, daß sie es Heather und den Eldermans sagte und den Putzfrauen, denn sie alle würden es ohnehin herausfinden; ja, und den Niesthals, falls sie fragen sollten, sonst nicht.

Sie verstand.

Nun, im Büro habe er völlig reinen Tisch gemacht. Es sei die Saure-Gurken-Zeit, die Branche habe nach der Pariser Messe praktisch Feierabend gemacht, die Mehrzahl der Angestellten sei in Urlaub. Im Anschluß daran habe er mit den Gewerkschaften Verbindung aufgenommen –.

»Den *Gewerkschaften*?« echote Sandra aufs höchste erregt. »Du willst doch nicht sagen, du planst einen Beitritt zu...«

»Den Gewerkschaften«, wiederholte Cassidy geduldig und fegte leichthin sein Gewissen beiseite. »Läßt du mich jetzt *bitte* zu Ende sprechen?«

Sandra ließ ihn. Sie hatte nicht unterbrechen wollen.

Nun gut, es waren Unterredungen nötig gewesen. Erinnerte sie sich an den Mittwoch, als er nach Middlesborough mußte und Beth Elderman gesagt hatte, sie habe ihn bei *Harrods* gesehen.

Sandra erinnerte sich deutlich.

Das war zum Beispiel eine dieser Unterredungen gewesen.

Sandra war zerknirscht.

Als Ergebnis dieser Unterredungen, die sich über mehrere Wochen hinzogen, hatten die Gewerkschaften ihn nun aufgefordert, eine gründliche Prüfung der gesamten Organisation der Arbeiterbewegung vom geschäftlichen Blickpunkt aus zu unternehmen.

»O mein Gott«, hauchte Sandra, »aber das ist ja *Dynamit*!«

Tatsächlich (aber das war strengst vertraulich) eine Leistungsanalyse. Nach Abschluß seiner Recherchen würde er ein Papier vorlegen, und wenn er sie dann noch immer mochte und sie ihn noch immer mochten, nun, so könnte vielleicht ein sicherer Sitz in der Gewerkschaft gefunden werden...

»Sie könnten das Papier sogar veröffentlichen«, sagte Sandra noch immer sehr aufgeregt, als sie zu Bett gingen. »Dann wärest du auch ein *Schriftsteller*. Der Cassidy-Report... Wann fängst du an?«

»Der erste Spatenstich ist morgen«, sagte Cassidy und deckte endlich seine Karten auf.

»Und du läßt dich auf keine Kompromisse ein«, warnte Sandra ihn. »Rede ihnen keinesfalls nach dem Mund. Diese Gewerkschaften sind die *reine* Pest.«

»Ich will's versuchen«, sagte Cassidy.

»Viel Glück, Dad«, sagte Hugo.

»Laß dir's gesagt sein«, mahnte Sandra.

»Politik – mich laust der Affe«, sagte Old Hugo im Penthouse, als er Cassidys heimlichen Zweiwochenbesuch und seinen Zweiwochenscheck empfing. »Politik, daß ich nicht lache. Du hast nicht den Mumm dafür, wenn ich's dir sage. Wer heute in die Politik gehen will, muß den Mumm eines Löwen haben, Blue!«

Eine Mrs. Bluebridge wohnte im Hause, Old Hugos ständige Beraterin und eine der frühesten Mütter aus Cassidys Kindheit. Sie hatte auf dem Tisch im Salon eine Schreibmaschine untergebracht – ihre persönliche Methode, sich als anständige Frau auszuweisen – und ihren Schwammbeutel in einem getrennten Badezimmer. Cassidy hatte ihn gesehen, als er sich dort die Haare gebürstet hatte. »Wer ist Bluebridge?« fragte er in Abständen. »Ist sie deine Frau? Deine Schwester? Deine Sekretärin?« Einmal hatte er sie sogar, um ihr eine Falle zu stellen, auf französisch angesprochen, aber sie hatte zwar überrascht, jedoch nicht schuldig reagiert.

»Also, ich finde *wirklich*, Aldo...«, begann Bluebridge und schweifte dann ab zu dem Problem, wie man die Bedürfnisse junger Menschen in der heutigen Welt zu verstehen habe.

Ein schwacher schottischer Akzent unterschied sie von den übrigen Mitgliedern ihres Teams. Ihr Mund war mitten zwischen den gemalten Lippen, ein fransiger schwarzer Strich, der sich wie ein strapazierter Saum dehnte und schloß. Er schuldet ihr Geld, dachte Cassidy; statt dessen gibt er ihr Liebe. Bald würde sie zu ihm kommen, das taten sie immer. An einem Montagvormittag in der South Audley Street vorsprechen, nachdem sie es sich das ganze Wochenende hindurch überlegt hatten, sich in den tiefen Ledersessel neben Angie Mawdrays Kaffeetasse setzen, zwischen den Fingern alte Briefkuverts voller gebrochener Versprechen drehen. *Also ich will ja nichts gegen Ihren Vater sagen, Aldo. Ihr Vater ist in sehr vielem ein reizender Mensch...*

Den jungen Menschen galt noch immer ihre Sorge. Nachdem sie ihn in ihre Argumentation hatte Einblick nehmen lassen, kam sie zu ihrer Schlußfolgerung:

»Nur Sex, Sex, Sex und nochmals Sex, etwas anderes haben sie nicht im Kopf, glauben Sie's mir, Aldo. Politik oder kleine Mädchen, das ist genau das gleiche. Ich habe es mein ganzes Leben lang beobachtet und tue es noch.«

»Es ist kalter Aufschnitt«, rief Old Hugo höchst aufgekratzt und wies auf die fernen Konturen von Westminster. »Kalter Aufschnitt aus Laster, Gier und Macht, das ist die Politik, merk dir das. Und nimm dir Blues Worte zu Herzen, Aldo; die Frau kennt das Leben.«

»Siehst du es jetzt ein, Aldo, tief im Innern?« forschte der Saum.

»Und Hugo, Aldo kennt das Leben auch, er ist kein kleines Kind mehr.«

Als sie ihn hinausbegleitete, drückte sie seine Hand und wünschte ihm viel Glück.

»Ich freue mich so, daß Sie zu den Konservativen gehen«, flüsterte sie, »aber tun Sie's nicht auf Kosten ihres Vaters, nicht wahr, mein Lieber, so etwas ist nicht von Dauer.«

»War *er* denn ein Konservativer?« fragte Cassidy und meinte Old Hugo, und er lächelte noch bei dem Gedanken, ihnen beiden so gut gefallen zu haben.

»Schsch«, machte Blue, und ihr Atem roch nach Haferkuchen.

Auch im Büro in der South Audley Street war alles eitel Sonnenschein, alle waren zufrieden. Meale hatte drei Wochen Urlaub auf einmal genommen und sich in ein Kloster in Leeds zurückgezogen; Lemming war auf den Scillyinseln; Faulk hatte ein Landhaus in Selsey gemietet und lebte in vielbesprochener Glückseligkeit mit einem Polizisten aus der Metropole. Von seinem ganzen *cercle* war nur Miß Mawdray edelmütig zurückgeblieben, um dem Herrn Generaldirektor zu Diensten zu stehen. Ihre meiste Zeit verbrachte sie mit

Einkaufen. Wenn sie nicht gerade Prachtwerke über Revolution, Sanierung und den Gemeinsamen Markt bestellte (entweder zur Lieferung nach Abalone Crescent oder zum Schmuck des Klapptisches im Wartezimmer), kümmerte sie sich um zahlreiche kleine Annehmlichkeiten für die Protegés ihres Gebietes. Sie mobilisierte den Bücherdienst von *Harrods* und sorgte für Zeitungsabonnements bei einer Presseagentur; für Kredit bei einer Theaterkartenagentur auf Rechnung der Firma. Das alles auf Cassidys Anweisung, das alles mit größter Tüchtigkeit. Sie ließ Schreibpapier von *Henningham and Hollis* hinüberschicken und sorgte dafür, daß bei einer Agentur in Pimlico jederzeit eine Stenotypistin auf Abruf bereitstand.

Nachdem er Helen (außerhalb von Shamus' Hörweite) überredet hatte, eine kleine Überbrückungshilfe bis zum Erscheinen des neuen Buches anzunehmen, beschloß Cassidy, daß sie auch eine Kreditkarte haben sollte, und mit einigen Schwierigkeiten und viel physischer Ausdauer gelang es Angie Mawdray, Helens Aufnahme in die Kundenkartei eines der bedeutendsten Geldinstitute zu erwirken.

»Himmel«, sagte sie kichernd, »sie wird Sie ruinieren, ich würd's tun.«

Angie war nie großzügiger gewesen. Bisher hatte sie sich stets dagegen gewehrt, Sandra in Nebensächlichkeiten hinters Licht zu führen, zum Beispiel, ob er in London sei oder in Manchester, oder ob er noch immer in Paris sei. Jetzt waren ihre Skrupel verschwunden, und obgleich Cassidy ihr nichts über seine Gewerkschaftspläne anvertraute, wußte sie genug und erriet genug, um seine Interessen zu wahren, wenn es nötig wurde. Und ihre äußere Erscheinung kündete von reinstem Glück. Ihre häufig ungestützten Brüste blieben trotz der Sommerhitze stramm und spitz; ihre Sommerröcke, die noch nie lang gewesen waren, hatten sich zu ergötzlicher Knappheit verkürzt, und ihre Bewegungen schienen darauf berechnet, Cassidys Blick herauszufordern, statt in seine Schranken zu weisen. Einmal führte er sie, um sie für ihre Bemühungen zu belohnen, ins Kino, und sie hielt in stummer Ergebenheit seine Hand und blickte mehr auf Cassidy als auf die Leinwand, und ihr Gesichtchen tauchte auf und unter im blauen Feuerschein.

Seine Beziehung zu Helen und Shamus erweckte in Angie Mawdray weder Entrüstung noch Neugier.

»Wenn Ihnen die beiden gefallen, dann soll's mir recht sein«, sagte sie. »Und er ist ein famoser Schriftsteller, ehrlich. So gut wie Henry Miller, da können die Scheißkritiker sagen, was sie wollen.«

Schon wenige Tage nach ihrer Ankunft hatte sie die Stimmen am Telefon unterscheiden gelernt und verband ohne weitere Fragen. Einmal bat Shamus sie in seinem russischen Akzent, mit ihm zu schlafen. Er sei Hochwürden Rasputin, sagte er, und habe die Nase voll von den ewigen Prinzessinnen.

»Er würde es tun«, sagte Cassidy lachend, »wenn er die geringste Möglichkeit hätte.«

»Was gibt's da zu lachen?« fragte Angie pikiert.

Meistens jedoch sagte er, er sei Flaherty, ein irischer Fanatiker auf der Suche nach Mäßigkeit.

25

›Bei Hall‹, nannte Shamus es.

Ihr Ziel war der ›Zusammenstoß‹, es war sogar noch besser als Wasser. Sie gingen hin, um Enthaltsamkeit zu üben, es war Shamus' neueste Masche, um fit zu bleiben bis in ein schönes alttestamentarisches Alter hinein. Sie fuhren im Bus hin, auf den Vordersitzen des Verdecks, nach sechs Uhr, wenn die Wagen nach Osten zumeist leer waren. Zu einem verrußten Lagerhaus hinter der Cable Street, wo Taue von den Tragbalken baumelten und über dem Zementboden ein altes Trampolin gespannt und ein Boxring unter Bogenlampen mit Seilen und blutbeflecktem Segeltuch errichtet war. Cassidy trug ein Sporttrikot mit einem blauen Lorbeerblättchen auf der linken Brust, Shamus hingegen wollte nicht von seinem Leichenfrack lassen, er weigerte sich, für den ›Zusammenstoß‹ die Kleidung zu wechseln. Hall trug weiße Segeltuchhosen, die an den Aufschlägen ebenso weit waren wie am Bund, und ein Baumwolleibchen, in das auf den Schultern Kniffe gebügelt waren. Hall war ein kleiner, runder, zahnloser Mann mit flinken braunen Augen, blitzschnellen Fäusten und einer Gesichtshaut, die in Quadrate gesteppt war wie eine alte braune Bettdecke. Auf Cassidy wirkte er wie ein Schiffskaplan, er hatte die gleiche Seemannsphilosophie und eine fromme Art zu trinken, die gleiche Art, einem die Hand zu schütteln und dabei nach dem lieben Gott hinter einem zu schielen.

Er nannte Shamus ›Lovely‹.

Nicht ›my lovely‹, sondern einfach Lovely, als wäre es ein Hauptwort. Le *beau*, dachte Cassidy, als er es zum erstenmal hörte; Regence-Tradition. Vor dem ›Zusammenstoß‹ schauten sie dem Sparring von Halls weißen Hoffnungen zu, vergnügten sich auf dem Trampolin und fuhren auf dem Heimtrainer.

Nach dem ›Zusammenstoß‹ gingen sie hinauf zu ›Sal's Place‹, wie Hall seine Wohnung nannte. Sal war Halls ein und alles; er liebte sie mehr als sein Leben. Sie war neunzehn und ein schlichtes Gemüt, von Beruf Strichmädchen, zur Zeit jedoch auf Halls Betreiben im Ruhestand.

Aus diesem Grund erlaubte Hall ihr selten, das Haus zu verlassen, sondern bunkerte sie sicherheitshalber ein.

»Einbunkern?« fragte Cassidy.

Einbunkern sei Gefängnisjargon, erklärte Shamus stolz; Hall sei im Bau gewesen. Einbunkern bedeutete, die Zellentür am Abend zuschließen.

Deshalb ist Hall Prediger, dachte Cassidy und dachte an Old Hugo; er hat die Frömmigkeit granitener Mauern kennengelernt.

Für den ›Zusammenstoß‹ boxte Shamus mit Hall, wenn der Saal leer war bis auf Cassidy und einen Mann namens Ming, einen stocktauben Blutaufwischer.

Hall ließ sich nur herbei, wenn der Trainingsraum leer war; das war seine eiserne Regel, das waren sein Stolz und seine

Auffassung von dem, was sich in einer gutgeführten Sportschule gehörte, denn Shamus boxte völlig kunstlos und wollte es auch nicht besser lernen.

»Warte«, sagte Hall energisch und verriegelte die Türen. »Warte, Lovely, ich sag' dir's«, und tauchte dann flugs unter den Seilen durch in den Ring, ehe Shamus ihn erwischen konnte.

Der sportliche Einsatz bestand für Shamus aus dem Angriff. Er griff in jähen Hieben an, bewegte die Arme in seinem Leichenfrack wie Dreschflegel und brüllte: »Scheißkerl, Hundsfott, Prolet!« Und wenn er seinen Gegner zu fassen kriegte, umschlang er ihn, drückte ihm die Rippen ein und biß ihn, bis Hall sich genötigt sah, ihn wegzuschlagen. Manchmal bediente er sich des Freistils und versuchte, nach ihm zu treten, dann riß Hall seinen Fuß hoch und warf ihn auf den Rücken.

»Langsam, Lovely, langsam. Ich möchte Ihnen nicht weh tun müssen«, sagte Hall, der den Zweck dieser Kämpfe gänzlich mißverstand.

Sehr selten und nur, wenn er über jedes erträgliche Maß hinaus provoziert wurde, versetzte Hall ihm einen Schlag gegen die Wange, einen Streich mit dem Handrücken, um ihn vom Angriff abzubringen. Dann trat Shamus einen Schritt zurück, war sehr blaß, schmollte und lächelte zugleich über den Schmerz und rieb sich die Wange mit dem schwarzen Ärmel.

»Menschenskinder«, sagte er dann, »wau! He, geben Sie so einen mal Cassidy. Cassidy, das muß man *gespürt* haben, es ist fantastisch.«

»Ich kann mir's vorstellen«, erwiderte Cassidy darauf lachend. »Trotzdem vielen Dank, Hall.«

»Er könnte ein grandioser Boxer sein«, erklärte Hall droben in ›Sal's Place‹, während sie den Talisker aus Cassidys Diplomatenmappe tranken. »Nur seine Beinarbeit, da sitzt der Haken, die macht ihm zu schaffen, was, Lovely? Aber Sie sind schon ein Teufelskerl, was?«

»Ich finde ihn nett«, sagte Sal, die für ihr Alter sehr einfältig war und selten viel mehr sagte.

Hall genoß seinen Whisky unverdünnt aus einem hohen und so randvollen Glas, daß er wie helles Bier aussah.

»So sollten *wir* ihn auch trinken«, erklärte Shamus, als sie zu Helen zurückgingen. »Wenn ich nicht zu Höherem berufen wäre.«

»Ich muß sagen«, berichtete Sandra John Elderman. Heather war dabei gewesen und gab es an Cassidy weiter. »Ich muß sagen, er hält sich sehr fit. Er hat in einer Woche vier Pfund abgenommen.«

»Das kommt von dem Essen bei den Gewerkschaften«, sagte John Elderman, der seine niederen Klassen kannte.

»Er treibt jetzt auch Sport«, sagte Sandra mit einem (wie Heather berichtete) höchst ungewöhnlichen Lächeln.

Beobachten nannte es Helen.

Es war ihre Idee; sie brachte sie eines Morgens vor, während Cassidy am Fußende des blauen Bettes saß und ihren übriggebliebenen Toast von einem Michael-Truscott-Teller aß. Er war auf dem Weg zur South Audley Street schon sehr früh vorbeigekommen. Es war Urlaubszeit, und die Geschäftswelt stand so gut wie still.

Auch die Tassen waren *Truscott*: Keramik von hoher Eleganz, er hatte gedacht, die schlichte Form werde ihr gefallen.

»Ehrlich, Shamus«, sagte sie. »Er hat einfach nie gelebt, nicht wahr, Cassidy? Er hat sein ganzes Leben in London verbracht, und dabei kennt er es überhaupt nicht. Ehrlich, man fragt ihn, wo dies oder das sei oder wann es erbaut wurde oder... irgend etwas, und ich wette, er weiß es nicht. Cassidy, waren Sie jemals in der Tate Gallery? Hör gut zu, Shamus. Nun, Cassidy?«

So gingen sie noch am gleichen Nachmittag, während Shamus werkte, zur Tate Gallery. Unterwegs erwarben sie ein Paar vernünftige Schuhe für Helen. Als sie feststellten, daß die Galerie geschlossen war, gingen sie stattdessen zu Fortnum zum Tee, und danach bestand Helen darauf, die Kinderwagenabteilung zu besuchen und sich eines von Cassidys Modellen vorführen zu lassen. Der Verkäufer war ungemein höflich und pries, ohne zu wissen, daß Cassidy persönlich ihm zuhörte, die Vorzüglichkeit seiner Produkte. Außerdem setzte er voraus, daß Helen und Cassidy verheiratet seien und daß Helen ein Baby erwartete, und dies führte zu viel heimlichem Gelächter zwischen ihnen und zu Händedrukken und Verschwörerblicken. Dann sagte Helen, es könnten womöglich Zwillinge werden, es gebe auffallend viele Zwillinge in der Familie, besonders auf *ihrer* Seite.

»Mein Vater ist ein Zwilling *und* mein Großvater und mein Urgroßvater...«

Und Cassidy warf ein: »Führte zu gräßlichen Scherereien mit dem Titel, nicht wahr, Darling?«

Also zeigte der Verkäufer ihnen einen Cassidy-Zweispänner mit einem Cassidy-Banburn-Verdeck, und Helen schob ihn sehr feierlich auf dem Teppich hin und her, bis sie einen Kicheranfall erlitt und weggeführt werden mußte.

Im Zoo hielt Helen stracks auf die Aasgeier zu und studierte sie ernsthaft und ohne sichtliche Furcht. An Hugos Gibbons hatte sie besonderen Spaß und mußte laut über sie lachen. Nein, berichtigte Cassidy sie geduldig, sie paarten sich nicht im Galopp, was sich da unten anklammerte, war das Kleine, so trugen sie ihre Jungen herum, fast wie Känguruhs.

»Unsinn, Cassidy, seien Sie nicht so einfältig, natürlich tun sie...«

»Nein«, sagte Cassidy entschieden, »das tun sie nicht.«

Im Haus der Nachttiere beobachteten sie Dachse, die an einem Bau arbeiteten, und Fledermäuse, die sich die Ohren putzten, und kleine Nager, die an der Scheibe buddelten. Nein, sagte Cassidy auf die gleiche Frage, sie benutzten einander lediglich als Leiter. Im dunklen Korridor unter den Blicken einer undeutlich sichtbaren Kinderschar konnte Helen nicht umhin, Cassidy zum Dank für all das Wunderbare, was er für Shamus getan hatte, einen Kuß zu geben; und sie versicherte Cassidy, daß sie ihn auf ihre Weise ebenso treulich wie Shamus liebe und daß er immer bei ihnen ein Zuhause haben werde, ganz gleichgültig, wie düster die übrigen Seiten seines Lebens sein würden.

Und als sie endlich auf dem Wege über verschiedene Kneipen wieder im Wasserklo (wie Shamus die Wohnung nannte) angelangt waren und ihn noch immer an der Arbeit fanden, noch immer mit der Baskenmütze vor dem Flußfenster kauern sahen, erzählten sie ihm alles, was sie beobachtet hatten, und allen Spaß, den es ihnen gemacht hatte; genau gesagt alles, außer dem Kuß, denn der Kuß war privat gewesen und konnte, genau wie die Verhaltensweisen gewisser Tiere, nur allzuleicht fehlinterpretiert werden.

»Prächtig«, sagte Shamus nur, als er alles gehört hatte. »Prächtig«, und kehrte, nachdem er beide nacheinander herzlich umarmt hatte, zu seinem Schreibtisch zurück.

Ein paar Tage danach gingen die beiden Männer zum ›Zusammenstoß‹ hinüber zu Hall, und Shamus konnte einen schmerzhaften Schlag auf Halls Auge landen. Halls Gegenschlag traf ihn im Magen, hart, knapp unterhalb des Brustkorbs, an der Stelle, die Boxer das Mark nennen, und Shamus wurde weiß und von Übelkeit erfaßt und noch stiller als zuvor.

Da Shamus völlig in seiner Arbeit, in Enthaltsamkeit und Kontemplation aufging, war es unvermeidlich, daß Helen und Cassidy viel Zeit mit ihren eigenen Beobachtungen verbrachten. Stundenlang saß Shamus, bald in seinem Leichenfrack, bald pudelnackt am Fenster, die Baskenmütze wie einen Käfig bis über die dunklen Brauen gestülpt, und ließ gesenkten Kopfes die Feder über das Papier eilen. Nicht einmal an *Moon*, sagte Helen, habe er soviel Eifer, soviel Fleiß gewendet:

»Und dafür hat er *Ihnen* zu danken. *Lieber* Cassidy.«

»Ist es immer noch die *Überarbeitung*«, fragte Cassidy, als er mit ihr bei *Boulestin* lunchte. »Für mich sah es wie ein ganz neuer Roman aus.«

Helen sagte, nein, sie sei ganz sicher, daß es sich um die Überarbeitung handele. Er habe es Cassidy versprochen, er habe das gleiche Versprechen Dale gegeben: Shamus vergesse nie, nie ein Versprechen.

»Er bezahlt immer, was er schuldet. Ich habe nie einen Menschen mit ausgeprägterem Ehrgefühl gesehen.«

Sie sagte das völlig undramatisch, als eine Aussage über jemanden, den sie beide liebten; und Cassidy wußte, daß es stimmte, eine Tatsache, an der nicht zu rütteln war.

London war Helens Stadt.

Shamus war Paris. Der Kelte, der Nomade, der Träumer, der Praktiker: Sie alle trafen sich im unvorstellbar künstlerischen Ingenium von Paris. Aber Helen war London, und Cassidy liebte sie dafür. Sie liebte Londons Würdigkeit, seinen schäbigen Pomp und vulgären Schmutz. Und obgleich sie beide sich Shamus' Ausspruch anschlossen, wonach die Vergangenheit nicht der Rede wert sei, hatte Cassidy inzwischen genügend über Helen erfahren, um zu wissen, daß sie den größten Teil ihres Lebens in London zugebracht hatte.

Sie führte ihn.

Sie führte ihn Kaimauern entlang, vorbei an holländischen Lagerhäusern mit den unmöglichsten Aufschriften: Zuckerrohr-Importeure, Walfänger, Currymühlen. Sie führte ihn durch gefährliche Dickenssche Hintergassen mit Gasbeleuchtung und geisterhaft aufragenden Schiffspfählen, wo das Gefühl, jung und gut gekleidet und eine begehrenswerte Beute für Übeltäter zu sein, zum Nervenkitzel wurde. Sie zeigte ihm Altstadtkirchen mit gezackten Konturen; führte ihn in Synagogen und Moscheen, hielt seine Hand in Westminster Abbey, dort, wo Dichter begraben lagen. Sie zeigte ihm leere Märkte, wo braune Hunde beim Laternenschein Brüsseler Sprotten fraßen, und das Abbild Mussolinis im *Imperial War Museum*. Sie führte ihn zum Anchor und stellte ihn auf ein hölzernes Podest, von dem aus er die sonnenbeschienenen Konturen der St.-Pauls-Kathedrale jenseits des Wassers betrachten mußte; und sie bat ihn, Erster Bürgermeister zu werden, in Pelzwerk und Kette, damit sie ihn besuchen und bei Kerzenschimmer Roastbeef essen könne. Und Cassidy wußte, daß er nichts von alledem je zuvor gesehen hatte, nicht einmal den Tower oder Piccadilly Circus, nicht ehe Helen es ihm gezeigt hatte.

Als Gesprächsthema hatten sie Shamus: ihr Kind, ihre Familie, ihr Freund und ihr Schützling. Wie sie ihn mehr liebten als sich selber; er war das Band zwischen ihnen. Wie sein Talent ihre Verantwortung darstellte, ihr Geschenk an die Welt. Daß jeder Schaden, den man ihm zufügen würde, einem Vertrauensbruch gleichkomme.

Shamus hatte unterdessen seinen Bart unten viereckig zugestutzt, um wie ein Rabbi auszusehen.

»Toll fürs Alte Testament«, erklärte er und schrieb weiter.

In Abalone Crescent war Sandra von Cassidys Darstellung der Zustände in den Docks ungemein beeindruckt.

»Wann wird ihnen klarwerden, da es auf die *Qualität* des Lebens ankommt, nicht auf den Geldbetrag, den die Leute verdienen?« fragte sie.

»Himmel«, sagte Snaps. »Hört euch das an.«

»Trotzdem, Darling, Geld ist *angenehm*«, konterte Mrs. Groat, die seit neuestem den Arm in einer Schlinge trug mit der Begründung, daß er sie schmerze, wenn sie ihn herunterhängen lasse.

»Unsinn«, sagte Sandra. »Geld ist nur ein Stück Papier. Auf das Glücklichsein kommt es an, nicht wahr, Aldo?«

Um die Zeit während seiner verlängerten Abwesenheiten auszufüllen, hatte Sandra sich klugerweise einem neuen Interessengebiet zugewandt:

»Was tun die Dockarbeiter in puncto Geburtenkontrolle?« wollte sie wissen. Gab es Beratungsstellen für Ehefrauen? Wenn nicht, so würden sie und Heather *sofort* eine errichten. Oder – ein vernünftiger Gedanke – sollten sie ihre Entscheidung aufschieben, bis Cassidy seinen Posten haben würde?

»Ich glaube«, sagte Cassidy nach einigem Überlegen schlau, »es wird am besten sein, wenn ihr wartet, bis sich herausstellt, wo wir landen.«

Als die Veränderung bei Shamus eintrat, war sie zunächst kaum von einer durch anhaltende Überanstrengung bedingten Nervosität zu unterscheiden und nur lose mit äußeren Ereignissen verknüpft. Hall hatte erheblichen Anteil daran; dennoch war die Rolle, die er dabei spielte, im Grunde wahrscheinlich mehr beispielhaft als aktiv.

Seit mehreren Wochen hatten Helen und Cassidy und Shamus nun schon ein ganz ungewöhnlich glückliches Leben geführt. In dem Maße, wie Shamus Seite um Seite die vor ihm liegenden ordentlichen Papierstapel vergrößerte, wuchs, so schien es Cassidy, auch seine eigene Zufriedenheit in einem stetigen Crescendo vollendeter Kameradschaft. Cassidy kam meist nach dem Lunch, wenn Helen den Großteil ihrer häuslichen Pflichten hinter sich gebracht hatte. Manchmal war sie noch beim Abwasch – die Spülmaschine ging bei aller Einfachheit über ihre Kräfte –, und in diesem Fall trocknete Cassidy das Geschirr, während sie das Programm für den gemeinsamen Nachmittag ausarbeiteten. Häufig zogen sie Shamus zu Rate: glaube er, daß es regnen werde? Was halte er von einer Fahrt nach Hampton Court? Sollten sie den Bentley nehmen oder einen Wagen von *Harrods*? Und wenn sie zurückkamen, saßen sie Hand in Hand am Tisch und erzählten ihm bei einem schlichten Talisker oder einer Flasche Schampuh von all ihren vielen Abenteuern und Eindrücken.

Manchmal las Shamus ihnen dafür aus seinem Manuskript vor, und obgleich sich Cassidy bei diesen Gelegenheiten willentlich in eine Art Trance versetzte, die ihn nur einen allgemeinen Eindruck von Genialität wahrnehmen ließ, pflichtete er gern bei, daß es besser sei als Tolstoi, sogar besser als *Moon,* und daß Dale der glücklichste aller lebenden Verleger sei.

Manchmal sagte Shamus überhaupt nichts, sondern schaukelte nur auf seinem Stuhl hin und her und ließ an den komischen Stellen Keats an seiner Stelle aufkreischen.

Doch manchmal kam Cassidy, wenn er nicht praktisch die Nacht bei ihnen verbracht hatte, schon so früh, daß er noch ihr Frühstück in dem blaugeblümten Schlafzimmer teilen und in der Morgenfrische die Probleme der Welt mit ihnen durchsprechen konnte, oder besser gesagt, ihre eigenen Probleme. Es war eine Stunde äußerster Offenheit in allen Dingen, die ihre Dreisamkeit betrafen. Das Liebesleben von Helen und Shamus zum Beispiel war zwischen ihnen ein offenes Buch. Obwohl Paris nie zur Sprache kam – Cassidy fragte sich zuweilen bereits, ob sie jemals dort gewesen waren –, hatte Helen durchblicken lassen, sie kenne Shamus auch in *dieser* Verfassung, und Cassidy verberge nichts vor ihr, was ihren Stolz verletzen konnte. Auch war es in keiner Weise ungewöhnlich, daß Shamus und Helen auf ein kürzlich stattgehabtes Bettscharmützel zu sprechen kamen, oft mit humorigen Obertönen. »Herrje«, sagte sie einmal zu Cassidy, als sie von einem ausgedehnten Lunch im *Silver Grill* aufstanden, »er hat mir praktisch das Rückgrat gebrochen«, und vertraute ihm an, daß sie im *Kama Sutra* gelesen und einen der anspruchsvolleren Vorschläge nachvollzogen hatten. Aus anderen beiläufigen Bemerkungen, die im Rahmen des Gesprächs nebenbei geäußert wurden, erfuhr Cassidy, daß sie die Neigung hatten, zu besagtem Zweck Telefonzellen und andere öffentliche Einrichtungen zu benutzen; und daß sie ihre Meisterleistung auf einer abgestellten Lambretta in einem Gäßchen hinter dem Buckingham-Palast vollbracht hatten. Während er, was üblichere Verfahren betraf, nicht umhin konnte festzustellen (da er ziemlich oft im benachbarten Zimmer nächtigte), daß seine Freunde sich zumindest einen Meinungsaustausch pro Tag genehmigten, und nicht selten zwei oder drei.

Das erste Symptom für eine Flaute in dieser idyllischen Beziehung zeigte sich bei ihrem ersten Besuch in Greenwich. Da ein vollendet schöner Sommertag dem anderen folgte, war es nur natürlich, daß Helen und Cassidy ihre Suche nach Erbauung und Belehrung auf die weitere Umgebung ausdehnten. Anfangs begnügten sie sich mit den größeren Londoner Parks, wo sie Drachen und Segelflugzeuge steigen und Boote auf den Teichen schwimmen ließen. Doch die Parks waren voll von den Viel-zu-vielen und brünstigen Proleten in rosa Unterwäsche, und sie kamen überein, daß es Shamus lieber sei, wenn sie sich ein Plätzchen für sich suchten, auch wenn es längere Ausflüge bedingte. Daher fuhren sie mit dem Bentley nach Greenwich, und dort stießen sie auf die Jacht, mit der Sir Francis Chichester mutterseelenallein um die Welt gesegelt war. Sie lag nicht auf dem Wasser, sondern in Zement; für immer darin einbalsamiert, nur wenig vom Ufer entfernt.

Eine Weile sprach keiner von ihnen.

Cassidy etwa war sich in keiner Weise sicher, wie er reagieren sollte. Daß das Boot schnittig gebaut sei, mein Gott, sehen Sie sich diese Proportionen an? Daß es sinnlose Verschwendung sei, ein absolut seetüchtiges Boot aus dem Verkehr zu ziehen, ob Steuergelder darin steckten? Oder daß er sich wünschte, sie könnten damit hinausfahren, nur sie drei, möglichst auf eine einsame Insel.

»Ich habe noch nie etwas so Trauriges gesehen«, sagte Helen plötzlich.

»Ich auch nicht«, sagte Cassidy.

»Wenn ich denke, daß es einmal *frei* war... lebendig, wild...«

Cassidy griff das Argument sofort auf. Es sei in der Tat ein höchst tragischer und deprimierender Anblick, er werde an den Stadtrat von Groß-London schreiben, sobald er wieder in seinem Büro sei. Angetan von der Übereinstimmung ihrer unabhängig gefaßten Meinungen eilten sie nach Hause, um Shamus daran teilhaben zu lassen. »Wir wollen nächstens in der Nacht alle drei hinfahren«, schlug Cassidy vor, »mit Pikken, und die Jacht freilegen!«

»O ja, das tun wir«, sagte Helen.

»Zum Kotzen«, sagte Shamus und ging ins Badezimmer, unzweifelhaft um sich zu übergeben.

Später entschuldigte er sich. Ein unwürdiger Gedanke, sagte er, verzeih, Lover, verzeih. Er habe Visionen von Christopher Robin gehabt, alles falsch, alles falsch.

Doch als Cassidy sich auf den Heimweg machte und die Eisentreppe hinunterstieg, traf ihn ein Wasserschwall, der nur aus dem Schlafzimmerfenster kommen konnte; und er erinnerte sich an das Restaurant *Lipp* in Paris, an seine Taufe und an Shamus' Pein.

Es schien, als ob die Wolke vorübergezogen sei, bis eines Tages – eine, vielleicht zwei Wochen später – Halls Sportschule geschlossen war. Cassidy und Shamus gingen eines Montags hin und sahen sich vor der versperrten Eisentür, und in den unzerbrechlichen Fenstern brannte kein Licht.

»Ist zu einem Kampf gegangen«, sagte Shamus, und sie spielten statt dessen Fußball.

Am Donnerstag gingen sie abermals hin, und die Tür war noch immer verschlossen, jetzt mit einer Eisenstange und einem seltsam amtlich aussehenden Vorhängeschloß und einem Siegel auf dem Haken.

»In Urlaub gefahren«, sagte Cassidy und dachte an Angie Mawdray, die tags zuvor mit einem von der Firma gekauften Billett nach Griechenland abgereist war. Und sie machten einen Dauerlauf um den Battersea-Park und schaukelten auf der Wippe.

Als sie zum dritten Mal hingingen, fanden sie einen Zettel, auf dem ›Geschlossen‹ stand, und sie klingelten bei Sal, bis sie öffnete. Hall sei im Bau, sagte sie, sehr verschreckt, er habe einen amerikanischen Bootsmann verdroschen, der frech geworden sei, und sitze drei Monate in Wormwood Scrubs ab. Sie hatte ein blaues Auge und eine verbundene Hand und machte ihnen die Tür vor der Nase zu, sobald sie Auskunft gegeben hatte. Aber aus dem Wohnzimmer roch es nach Zigarren, und oben hörte man ein Radio spielen, und daraus schlossen sie, daß der amerikanische Bootsmann keinen unheilbaren Schaden davongetragen hatte.

Die Neuigkeit hatte auf Shamus eine seltsame Wirkung. Zuerst geriet er in Wut und machte wie der alte nicht reformierte Shamus ausschweifende Pläne für die Befreiung seines Freundes: den amerikanischen Botschafter kidnappen zum Beispiel oder das Schiff des Bootsmanns konfiszieren. Er legte ein Arsenal geheimer Waffen an: Drahtschlingen, Feilen und Stücke von Fahrradketten an Holzgriffen. Er plante einen Massenausbruch sämtlicher Gefängnisinsassen. Auf diese aggressive Stimmung folgte eine Anwandlung tiefster Melancholie und Enttäuschung. Warum hatte Hall sich einfangen lassen? Shamus würde ein Verbrechen begehen, um mit ihm zusammen zu sein. Das Gefängnis war der einzig richtige Ort zum Schreiben, und er kam wieder auf die altvertrauten Beispiele Dostojewskij und Voltaire zurück.

Doch als die Wochen vergingen und Hall noch immer nicht frei war, hörte Shamus allmählich auf, von ihm zu sprechen. Er schien sich statt dessen in eine private Traumwelt zurückgezogen zu haben, aus der die erregten Berichte seines Eheweibs über ihre Abenteuer mit Cassidy ihn nicht mehr aufscheuchten. Doch er entfernte sich nicht von Hall; im Gegenteil, er rückte ihm näher, er entwickelte auf eine Art, die Cassidy nicht ganz begreifen konnte, eine innere Partnerschaft mit Hall, ein geheimes Bündnis sozusagen; verzehrte sich mit ihm beim Warten auf einen bestimmten Tag.

Da er noch immer viele Stunden hintereinander im Gefängnis seines neuen Romans zubrachte, erwarb er sogar, wie Cassidys geschultes Auge feststellte, eine Art Gefängnisblässe und Gefängnishaltung, ein Füßeschleifen und Schulterhängen, hastiges Schlingen bei Tisch, eine dumpfe Unterwürfigkeit, wenn man ihn ansprach, und die Gewohnheit, ihnen mit ausdruckslosen, blicklosen Augen durchs ganze Zimmer zu folgen. Gelang es, ihn in eine Unterhaltung zu ziehen, so kam er ohne Zusammenhang auf Themen wie Sühne, Hybris und den Gesellschaftsvertrag zu sprechen oder auf die Treue zu selbstauferlegten Gesetzen. Und bei einer unseligen Gelegenheit ließ er einen höchst fatalen Vergleich zwischen der distinguierten Helen und Halls Vögelchen Sal fallen.

Es passierte spät abends.

Auf Cassidys Anregung hin waren sie im Kino gewesen – Shamus ging auch gern in ein richtiges Theater, hatte indes die Neigung, zu den Schauspielern hinaufzuschreien –, und sie hatten einen Western gesehen mit Paul Newman in der Hauptrolle, dessen Züge Helen unlängst mit denen Cassidys verglichen hatte. Auf dem Rückweg durch eine Anzahl Kneipen hatten sie einander wie gewöhnlich untergefaßt, Helen in der Mitte, als Shamus plötzlich Cassidys köstliche Wiedergabe der Schlüsselszene des Films mit einem Schrei unterbrach:

»He, seht mal, dort ist Sal!«

Seiner Blickrichtung folgend sahen sie auf der anderen Straßenseite eine Frau mittleren Alters allein an einer Ecke stehen, unter einer Laterne, in der klassischen Haltung einer Vorkriegsnutte. Sie war ärgerlich über das Aufsehen, warf ihnen einen bösen Blick zu, drehte sich um und trippelte ein paar lächerliche Schrittchen den Gehsteig entlang.

»Unsinn«, sagte Helen. »Sie ist viel zu alt.«

»Du vielleicht nicht, wie? Du hast auch deine Jährchen auf dem Buckel, oder?«

Eine Weile sprach niemand. Um Sal nachzublicken, hatten sie haltgemacht und standen nun, noch immer Arm in Arm, vor einem Gebäude, das vermutlich das Chelsea-Krankenhaus war. Die Fenster waren erleuchtet und ohne Gardinen. Ein Bündel bleicher Schatten strahlte von ihren Füßen aus. Cassidy fühlte, wie Helens Arm in dem seinen steif und ihre bloße Hand kalt wurde.

»Was, zum Teufel, soll das heißen?« fragte sie.

»O Gott«, murmelte Shamus. »O Gott.«

Er riß sich von ihnen los, lief in eine Seitenstraße und kehrte erst sehr spät und sehr blaß in die Wohnung zurück.

»Verzeih, Lover, verzeih«, flüsterte er, und nachdem er Cassidy einen Gutenachtkuß gegeben hatte, legte er den Arm um Helen und geleitete sie zärtlich, ehrerbietig ins Schlafzimmer.

Am nächsten Tag passierte die Sache beim Fußballspielen.

Sie war für beide Männer entscheidend. Shamus war überarbeitet; die Abstinenz war zu weit gegangen.

Als Ersatz für den ›Zusammenstoß‹ war Fußballspielen zu ihrem Lieblingssport geworden. Sie spielten zweimal in der Woche: dienstags und freitags. Es war eine feste Verabredung, immer um vier Uhr. Mit dem Glockenschlag rollte Cassidy die Hose bis zum Knie hoch, warf seine Jacke auf das blaue Bett, gab Helen einen Abschiedskuß und lief über die

Straße, um das Tor zu besetzen. Wenig später kam Shamus im Leichenfrack die Eisentreppe herunter und nahm nach ein paar Übungen an der Schaukel seinen Posten als Stürmer oder Torwart ein, je nach Stimmung. Eine strenge Punktwertung wurde aufgestellt, und Shamus verwahrte sämtliche Ergebnisse in einer Lade seines Schreibtisches, einschließlich Diagrammen von besonders gelungenen Manövern. Er sprach sogar davon, ein Buch über methodischen Fußball zu veröffentlichen; er wolle mit Dale darüber sprechen, diesem Hundsfott. Im allgemeinen war er im Angriff besser als in der Verteidigung. Seine Stöße hatten eine wilde, regellose Brillanz, die den Ball häufig weit über die Umzäunung hinwegtrug und einmal sogar in den Fluß, wofür er einen Preis forderte, einen nachmittäglichen Meinungsaustausch mit Helen. Als Torhüter neigte er dazu, sich auf eine Art Nervenkrieg zu verlegen, zu dem schrilles japanisches Schlachtengeschrei und viele exotische Obszönitäten über Cassidys Spießernatur gehörten.

An dem betreffenden Tag war Shamus als Stürmer an der Reihe. Er trug den Ball ganz nah vor die Toröffnung, grub ein Loch, legte den Ball hinein und schritt dann langsam rückwärts, um zu einem selbstgewährten Freistoß anzusetzen. Da der Ball nicht mehr als wenige Meter von ihm entfernt war und die Richtung von Shamus' Anlaufweg direkt auf Cassidys Kopf zu zielen schien, entschloß Cassidy sich zu einem Entlastungsangriff, der ihm ohne Schwierigkeiten gelang, indem er den Ball auf die andere Seite des Platzes beförderte, wo er von einem alten Mann abgefangen und zurückgeschlagen wurde. Ehe Cassidy es sich versah, hatte Shamus ihm einen kräftigen Hieb auf die Nase versetzt, ein warmer Blutstrom lief ihm über den Mund, und seine Augen tränten heftig.

»Aber es ist das *Spiel*«, protestierte Cassidy und tupfte sich das Blut ab. »So wird's gespielt, Himmelarschundzwirn!«

»Kauf dir deinen eigenen Scheißball!« brüllte Shamus ihn wütend an. »Und laß deine Scheißpfoten von dem meinen. Du Hurenficker.«

»Auf keine Spielregeln«, sagte Helen, als sie wieder im

›Wasserklo‹ waren, und beobachtete die beiden ruhig über ihren Talisker hinweg.

»Auf *meine* Spielregeln«, sagte Shamus ungerührt.

»Dann sag mir wenigstens, wie sie lauten«, sagte Cassidy, dem noch immer das Gesicht weh tat.

»Es ist das Buch«, versicherte Helen ihm, als er fortging. »Es ist bald soweit. Wenn es dem Ende zugeht, ist er immer so.«

»Ich finde dich absolut *wundervoll*«, sagte Sandra mit vor Erregung glänzenden Augen, als sie an jenem Abend die Wunde versorgte. »Du hast ihn doch nicht *schwer* verletzt?«

»Und wenn schon«, erwiderte Cassidy gereizt. »Wenn sie harte Politik wollen, von mir können Sie's haben.

Am nächsten Tag waren Helen und Shamus verschwunden.

26

Wieder das Warten.

Während seines Besuches in Birmingham, wo er mit der dortigen Liberalen Partei Fragen des Gemeinsamen Marktes diskutierte, führte Cassidy eine von griechischen Sonnen gereifte Angie Mawdray zum Dinner nach Soho.

»Wissen Sie, was ich von einer Frau verlange?« fragte er sie. »Aus dem vollen leben.«

»Mensch!« sagte Angie. »Wie?«

»Nie sich entschuldigen, nichts bereuen. Trinken, was das Leben spendet« – sie hatten reichlich Retsina getrunken, Angies Lieblingswein – »nehmen, was immer sich bietet, nicht nach dem Preis fragen.«

»Warum tun Sie's dann nicht?« fragte sie sanft.

»Ich möchte *teilen*«, eröffnete er Heather Ast bei *Quaglino* am folgenden Abend, einem Dienstag, als er über Hull aus Birmingham zurückkam. »Umsorgen, umsorgt werden? *Ja*«, gab er zu, »aber niemals... von meinem Zweitmagen leben wie eine Kuh. Ein paar Einblicke ins Unendliche, mehr verlange ich nicht. Dann will ich zufrieden sterben. Sie wissen, was die Italiener sagen: Ein Tag als Löwe ist mehr wert als das ganze Leben einer Maus.«

»Arme Sandra«, sagte Ast nur. »Das würde sie nie verstehen.«

»Tugend«, beharrte Cassidy. »Die einzige Tugend, die einzige Freiheit, das einzige Leben. Der *Wunsch* als Rechtfertigung. Für alles.«

»O Aldo«, sagte Ast und berührte sehnsüchtig seine Hand. »Es ist eine lange Reise, eine so lange *einsame* Reise.«

»Die gewöhnlichen Stunden reichen nicht aus«, erklärte Cassidy am Mittwoch Sandra, während sie von einem späten Dinner durch leere Straßen nach Hause fuhren. »Das ›Hinlängliche‹ hängt mir zum Hals heraus. Es hängt mir zum Hals heraus, das *Übliche* als Entschuldigungsgrund für Gelangweiltwerden zu akzeptieren.«

»Du meinst, du langweilst dich mit mir«, sagte Sandra.

»Herrgott, *natürlich* nicht!«

»Fluche nicht«, sagte sie.

»Er hat es nicht bös gemeint, Darling«, sagte ihre Mutter vom Rücksitz her. »Alle Männer fluchen.«

»Was bist du denn auf einmal so unleidlich?« murmelte Snaps, als sie, *ladys first*, in ihr Schlafzimmer hinaufging. »Du führst dich auf wie ein hitziges Hundevieh.«

»Wir sind wieder da«, sagte Helen, die ihn im Büro anrief. »Haben Sie uns vermißt?«

»Keine Spur«, sagte Cassidy. »Ich habe unbeschränkt Ersatz.«

»Lügner«, sagte Helen und küßte ihn durchs Telefon.

Hall war draußen. Das war der Anlaß. Nicht entsprungen, wie Shamus es sich gewünscht hätte, auch nicht gegen den amerikanischen Botschafter ausgetauscht, sondern draußen, ehrenvoll auf freien Fuß gesetzt mit voller Billigung der Instanzen von Wormword Scrubs, nachdem der Rest der Strafe wegen guter Führung ausgesetzt worden war. Seine Entlassung war fast auf den Tag mit Shamus' und Helens Rückkehr zusammengefallen: beides triftige Gründe zum Feiern.

Aber doch gewiß nicht im *Savoy*?

Im *Bag o'Nails*, ja. Im *Victoria Palace;* in einer der Schleppkneipen, die Helen so gern hatte, am anderen Flußufer, in Battersea oder Clapham. Aber keinesfalls – zumindest nach Cassidys Absicht –, keinesfalls aus solchem Anlaß in seinem geliebten *Savoy*.

War es Helens Idee gewesen? Cassidy bezweifelte es.

Helen hatte bei all ihrer Ursprünglichkeit beachtlichen Sinn für das Dekor.

Also Shamus? War es Shamus' Idee gewesen?

Der Finger wies entschieden in diese Richtung. Er war sehr animiert von seiner Reise aufs Land zurückgekommen – einem kleinen *Abstecher*, hatte Helen vage gesagt, das Buch setze ihm ein wenig zu, am besten nicht davon sprechen – und steckte voller Vorschläge, wie sie feiern sollten. Sein erster Vorschlag war ein Feuerwerk an den Docks, das größte, das London jemals sah, größer als bei der Weltausstellung; Cassidys ganzes Geld sollte darin aufgehen. Doch Cassidy behauptete, sich zu erinnern, daß er am Egg Wharf Öltanker gesehen habe, also ließ man das Feuerwerk fallen zugunsten eines *dancing*. Kein gewöhnliches *dancing*, sondern ein grandioses Ballett, das Shamus schreiben würde, um die Tugenden des Verbrechens aus Leidenschaft damit zu feiern. Jeder würde eine Rolle bekommen, sie würden die Albert Hall mieten und Gerrards Crossers den Zutritt verwehren.

Gegen diesen Plan hatte Helen die gravierendsten Einwände. Er solle den Mittelteil beenden, sagte sie, ehe er auch nur daran *denke*, irgend etwas anderes zu schreiben. Außerdem verstehe er nichts von Choreographie. Wenn Shamus unbedingt tanzen wolle, warum gingen sie nicht irgendwohin, wo ohnehin getanzt werde...? Und von diesem Gedanken ausgehend, landeten sie schließlich beim *Savoy*.

Es war daher höchstwahrscheinlich, wenn auch nicht bewiesen, daß Shamus den Zug in Bewegung gesetzt hatte und daß Cassidy und Helen, wie schon so oft, nur aufgesprungen waren.

Sobald die Sache entschieden war, beschäftigten sie sich vorwiegend, ja ausschließlich damit. Alle Vorbehalte, die Cassidy und Helen insgeheim geteilt haben mochten, wurden sogleich beiseite geschoben zugunsten der aufregenden Vorbereitungen. Sie planten für das Fest, sie lebten für das Fest. Während der naive Shamus seine Baskenmütze aufsetzte und sich wiederum nackt am offenen Fenster niederließ, schlug das sentimentalische Festkomitee sein Hauptquartier in der Küche auf und entwarf Speisefolgen und Tischkarten.

»O Cassidy, ich bin *so* gespannt! Wetten, daß es absolut *klasse* wird? Cassidy, können wir Kaviar haben? Sagen Sie, ja? O *Cassidy.*«

Eine Nachricht von Shamus' Agenten lieferte ihnen einen weiteren Grund zum Feiern: Er bot einen einträglichen, wenn auch ruhmlosen Kontrakt für einen dreiwöchentlichen Aufenthalt in Lowestoft, wo er für den Fremdenverkehrsverein einen Dokumentarfilm über die Schleppnetzfischer schreiben sollte. Der Fremdenverkehrsverein würde seine Ausgaben erstatten und ihm ein Honorar von zweihundert Pfund zahlen.

Helen war begeistert: Seeluft war genau das, was Shamus brauchte.

»Und Sie werden *kommen* und uns besuchen, nicht wahr, Cassidy?«

»Natürlich.«

Sie würden am Morgen nach der Party aufbrechen und sich über das Wochenende dort einrichten; Shamus würde am Montag mit seiner Arbeit beginnen. Shamus nannte es seine Stockfisch-Schreibe und überließ Helen die Vorbereitungen.

»Aber wird das nicht seinen Roman verzögern?« fragte Cassidy sehr verwundert.

Helen war seltsam gleichgültig.

»Nicht wahnsinnig«, sagte sie. »Außerdem möchte ich gern hin, und er wird mir ein einziges Mal verdammt was zuliebe tun können.«

Womit sie bei der elementaren Frage angelangt waren, was Helen anziehen solle.

»O Gott, ich leihe mir etwas von Mummy aus, was spielt das denn für eine *Rolle*?«

»Helen.«

»Cassidy, *bitte*...«

Also gingen sie eines Nachmittags, während Shamus noch immer an der Arbeit saß, wieder einmal zu Fortnum, wo es, in gewissem Sinne, begonnen hatte. Die Wahl war lächerlich, denn an ihr bekam alles sofort Chic.

»*Sie* müssen entscheiden, Cassidy, Sie kaufen es schließlich.«

»Das Weiße«, sagte Cassidy prompt, »mit dem Rückenausschnitt.«

»Aber Cassidy, es kostet ein –.«

»*Bitte*«, sagte Cassidy ungeduldig.

»Das hat *mir auch am besten gefallen*«, sagte Helen.

Von Picadilly aus gingen sie zum *Savoy*, wählten einen Tisch für fünf Personen und bestellten einen Spezialkuchen mit ›Willkommen Hall‹ in Zuckerglasur darauf, einen Königskuchen, weil Helen sagte, Königskuchen halte sich, was nicht gegessen werde, könnten sie mit nach Hause nehmen. Als sie wieder im Taxi saßen, wurde Helen plötzlich sehr ernst. »Shamus darf es nicht erfahren«, sagte sie, »im ganzen Leben nicht. Ehrenwort, Cassidy?«

»Was nicht erfahren?«

»Heute nachmittag. Das Kleid. Alles, was wir gemacht haben, den Spaß, den es uns gemacht hat, wie wir lachten, und wie gut Sie zu mir waren. Ehrenwort!«

»Du lieber Gott«, protestierte er, »wir, das sind doch wir *drei*, das ist unsere Freundschaft. Sie hätten beide dabeisein können oder nur Shamus und ich oder...«

»Trotzdem«, sagte Helen; und Cassidy beugte sich ihrer höheren Einsicht und gab sein Ehrenwort.

»Aber wie wollen Sie das Kleid erklären?«

Helen lachte. »Mein Gott, glauben Sie etwa, er führt Buch?«

»Natürlich nicht«, sagte Cassidy und schämte sich seiner eigenen Gewöhnlichkeit.

27

Plötzlich war Freitag, und sie fuhren im Bentley zum Eingang auf der Flußseite. Die Nacht war so warm wie in Paris; brennende Kerzen warteten auf dem Tisch; das Ufer war mit weißen Edelsteinen behängt, die sich bleich im steifen schwarzen Wasser spiegelten.

»Sieh nur, Shamus«, hauchte Cassidy ihm ins Ohr. »Erinnerst du dich?«

»Miiau«, sagte Shamus.

Keine Erfüllung, so sagt man, komme der Erregung der Vorfreude gleich; doch als Cassidy seinen Platz an Helens linker Seite einnahm, übrigens den besten Platz, um die Blumen zu bewundern, die er ihr am Vormittag geschickt, und das Parfüm, das er ihr tags zuvor gekauft hatte, um mit brüderlicher Ehrerbietung die lange Neigung ihres Halses und die zarte Schwellung ihrer weißen Brüste zu bewundern; um nach einer geringfügigen Kopfwendung das scharfe und schöne Profil seines geliebten Shamus zu bewundern, erfüllte ihn wieder jene unirdische Freude, jene erlesene, obzwar notwendig kurzlebige Ekstase, die seit Haverdown zum Zweck und gelegentlich zum Lohn all seines Strebens geworden war. Das ist der Augenblick, dachte er; jetzt ist alles hier beisammen, unter dem gleichen Zauber vereint, das war's, was in Paris gefehlt hat. Sal schien ungern gekommen zu sein. Sie hielt sich dicht an Hall und zitterte, während sie aß. Ihre Wahl war auf Blaßgrün gefallen und auf einen Silberring am kleinen Finger. Wenn jemand außer Hall sie anredete, faßte sie an den

Ring und drehte ihn beschwörend, aber er brachte ihr nicht viel Glück.

»Na, Sal. Wollen Sie nicht auf Hall trinken?« fragte Cassidy, der mit den einfachen Leuten umzugehen wußte, in scherzendem Ton. Sie zuckte die Achseln und trank ihrem Macker zu; aber sie hob die Augen nicht.

Hall indes betete sie an. Er saß voll Besitzerstolz neben ihr, hielt Messer und Gabel wie die Griffe des Trainingsfahrrades und lächelte, sooft er sie ansah. Der Smoking störte ihn nicht. Hall war Boxer; er war ein Boxer im Gefängnis gewesen, jetzt war er ein Boxer im Smoking; nur ein winziges Zwinkern in jedem halbverdeckten Auge deutete an, daß er zur Zeit außer Dienst war.

»Alles in Ordnung, Hall?«

Aus einer geballten Faust schoß der gelenklose Daumen hoch.

»Alles in Ordnung, Boy«, sagte Hall und blinzelte.

Für Shamus war der Abend keinen Augenblick zu früh gekommen. Die Anspannung wegen der bevorstehenden Abreise, der Unterbrechung, und sei es auch nur für ein paar Wochen, seiner Arbeit am Roman, hatte seine Stimmung wieder einmal stark beeinträchtigt. Sein Benehmen war zwar gutartig, aber gespannt und abgelenkt; Halls Entlassung interessierte ihn, nun, da sie stattgefunden hatte, überhaupt nicht mehr. Er fing Cassidys Blick ab und starrte ihn ausdruckslos an, ehe er sein Glas hob.

»Famose Party, Lover«, murmelte er mit plötzlichem liebevollem Lächeln. »Küßchen, Küßchen. Gottes Segen über dich, Lover.«

»Gottes Segen über dich«, sagte Cassidy.

Trotz allem konnte er nicht umhin zu wünschen, daß Shamus einen Smoking angezogen hätte. Er hatte ihn sogar tags zuvor beiseite genommen und angeboten, ihm einen zu kaufen, aber Shamus hatte abgelehnt.

»Muß die Uniform tragen, Lover«, beharrte er. »Kann das Regiment nicht im Stich lassen.«

Die Uniform war der Leichenfrack und ein verschwenderisch geschnittenes Schmetterlingsjabot aus irgend etwas Altem, vielleicht dem Gürtel eines alten schwarzen Kleides von Helen. Er trug sie schweigend, Gewehr bei Fuß.

Die Last der Unterhaltung fiel daher Helen und Cassidy zu; sie trugen sie mit Würde. Helen, die Oliven herumreichte und den stets achtsamen Kellnern zulächelte, plauderte brillant über das Theater.

»Ich meine, wie kann es leben? Wie viele Leute *verstehen* Pinter; wie *viele*?«

»Ich nicht«, sagte Cassidy kühn. »Ich geh' rein, ich setz' mich hin, ich warte, daß der Vorhang aufgeht und denke bloß: Lieber Gott, ob ich wohl mitkommen werde?«

»Wenn sie nur *verständlicher* sein wollten«, klagte Helen – alles nur, um Hall und Sal einzubeziehen – »ich meine, *Shakespeare* hat zu den Massen gesprochen, warum können sie's nicht? Und schließlich, seien wir doch ehrlich, gehören wir alle zu den Massen, was die Kunst betrifft. Ich meine, wenn etwas gut sein soll, so *muß* es Universalität besitzen. Warum also können sie nicht, nun, *universal* sein?«

»Zum Beispiel *Moon*«, sagte Cassidy. »*Moon* war universal.«

Da es auf diesen Schleichpfaden nicht gelang, Shamus oder ihre Ehrengäste ins Gespräch zu ziehen, wechselte Helen klug das Thema.

»Erzählen Sie uns von Ihrem *größten* Kampf«, sagte sie beim Räucherlachs zu Hall. »Über den Kampf, an den sich Ihr Publikum Ihrer Meinung nach am besten erinnern sollte.«

»Ja, also«, sagte Hall. »Ich weiß nicht.«

»Wie er Sals Höschen auf die Bretter schickte«, schlug Shamus vor. Und zum Weinkellner, dessen Aufmerksamkeiten ihn schon seit einer Weile ärgerten: »Stellen Sie einfach jedem eine Flasche hin und scheren Sie sich zum Teufel.«

»Auf Hall und Sal«, sagte Helen schnell und hob ihr Sektglas.

»Auf Hall und Sal«, sagten sie.

»Shanus, trink auf Sal.«

Gehorsam leerte Shamus sein Glas. Die Kapelle spielte etwas Flottes, um den Abend anzuwärmen.

»Ist er in Ordnung«, fragte Cassidy, als Hall sie gerade nicht hörte.
»Dale hat angerufen«, sagte Helen.
»Du lieber Gott. Doch nicht wegen der Überarbeitung?«
»Sie ist noch immer nicht vulgär genug.«
»Ich hasse diesen Menschen«, sagte Cassidy. »Ich hasse ihn aufrichtig.«
»Lieber Cassidy. Sie sind so loyal.«
»Und was ist mit *Ihnen*, um Gottes willen?«
Shamus und Sal tanzten. Sal tanzte sehr aufrecht, so, wie die Leute auf Schiffen tanzen, weit von ihm weg, und sie beobachtete die anderen Leute, als wollte sie es ihnen nachtun. Shamus hingegen zeigte eine Art Ausdruckstanz eigener Schöpfung. Nachdem er sich in die Mitte des Parketts geschoben hatte, machte er sich daran, seine Position auszubauen, indem er eine Anzahl weiter wölfischer Kreisbahnen zog, während Sal geduldig auf seine Rückkehr wartete.
»Er hat seinen Grund-und-Boden-Anfall«, erklärte Helen. »Er sehnt sich nach Land. Einmal hat er ein Feld drunten in Dorset gekauft. Wenn es ihm schlechtging, fuhren wir hin und marschierten darüber.«
»Was ist daraus geworden?«
»Ich weiß nicht.« Die Frage schien sie zu verwirren, denn sie runzelte die Stirn und blickte zur Seite. »Wird wohl noch da sein.«
Cassidy wartete, er wußte, daß es noch nicht alles war. »Es war eine Hütte darauf. Wir wollten sie ausbauen. Weiter nichts.«
»Helen.«
»Ja.«
»Möchten Sie nicht das Chalet benutzen? Dort meine Gäste sein? Sie würden mir eine Freude bereiten.«
Ihr Lächeln war so müde.
»Hören Sie«, fuhr er fort, »ich *leihe* ihm das Reisegeld, er kann es ja von der Stockfisch-Schreibe zurückzahlen, wenn er seinen Scheck bekommt...«
»Alles schon verpfändet«, sagte sie. »Alles schon ausgegeben.«

»Helen, *bitte*. Es würde Ihnen so guttun. Die Berge würden Ihnen sehr gefallen.«

Die Musik hatte aufgehört, doch Sal und Shamus standen noch eng umschlungen unterm Scheinwerferlicht. Sal leistete weder Widerstand noch einen eigenen Beitrag, Shamus küßte ihren Nacken in einem langen weidenden Kuß, der die Aufmerksamkeit der Kapelle gefangennahm und Cassidy an die Suche nach Mrs. Oedipus erinnerte.

»Sal tanzt gern«, sagte Hall, als sie endlich zurückkamen.

Halls Gesichtsausdruck war nicht zu entnehmen, ob es ihm recht war oder nicht; sein Gesicht lag schon seit Jahren in den gleichen Falten, und das Gefängnis hatte es nicht offener gemacht.

»Ich auch«, sagte Cassidy.

Die Musik setzte wieder ein. Sofort führte Helen ihn wieder auf die Tanzfläche.

»Sollte ich nicht mit Sal tanzen?« fragte er.

»Sie gehört Hall«, sagte Helen und blickte ihn nicht an; und Cassidy dachte mit einem kleinen Schauder an den amerikanischen Bootsmann.

»Shamus wirkt aber bedeutend munterer«, sagte er, doch Helen reagierte ausnahmsweise nicht auf seinen optimistischen Ton. Mit Shamus' Frau tanzte er weit besser, als er mit Shamus in Paris getanzt hatte, und war weniger Kritik ausgesetzt. So hatte er sie in Haverdown in den Armen gehalten, als sie im Rauch des Holzfeuers zu ihm gelaufen war; ihn ohne Musik gehalten hatte; und er erinnerte sich, wie ihre Brüste sich an seine Hemdbrust geschmiegt hatten und wie er ihr Nacktsein durch den Hausmantel gefühlt hatte.

»Sie haben mir *eigentlich* nie wirklich von Paris erzählt, nicht wahr?« sagte Helen. »Warum nicht?«

»Ich dachte, ich überlasse das lieber Shamus.«

Helen lächelte ein wenig traurig. »Ich wußte, daß Sie das sagen würden«, sagte sie. »Sie haben die Spielregeln *gründlich* gelernt, nicht wahr, Cassidy?«

Sie zog ihn näher an sich, in reifer, schwesterlicher Umarmung. *»Lover«*, sagte sie. »So nennt er Sie. Wir wollen Lover anrufen. Sie sind so zuverlässig. Ein Fels.«

Behutsam vollführte er eine Wendung. Cassidy hatte noch nie so gut getanzt. Er wußte, daß er ein schlechter Tänzer war; es bedurfte dazu nicht erst der Vorhaltungen durch die Engel von Kensal Rise; er wußte, daß er nicht musikalisch war und daß er sich schwerfällig bewegte; insgeheim war er auch überzeugt, an einer seltenen Deformation des Beckens zu leiden, die sogar die elementarsten Schritte praktisch unmöglich machte; Helen jedoch verlieh ihm zu seinem eigenen Erstaunen die Sicherheit eines Experten. Er chassierte vor und zurück, er drehte sich, und sie zuckte nicht zusammen, schrie nicht auf, sondern folgte ihm mit einer gekonnten Fügsamkeit, so daß er sich über seine eigene Geschicklichkeit wundern mußte.

»Wie können wir Ihnen jemals danken?« rätselte sie. »*Lieber* Cassidy.«

»Sie sind das bezauberndste Wesen im ganzen Saal«, sagte Cassidy, der oberflächlich Vergleiche angestellt hatte.

»Wissen Sie, was ich mir wünsche?« sagte Helen. »Raten Sie.«

Cassidy versuchte es, erriet es aber nicht.

»Daß wir Sie *wirklich* glücklich machen könnten. Sie sind so einsam. Manchmal schauen wir Sie an und... und wissen, daß es Dinge gibt, die wir nie erreichen können. Es sind nur Muskeln«, sagte sie und berührte seine Wange, »nur Muskeln halten dieses Lächeln aufrecht. Cassidy.«

»Ja.«

»Wie geht es mit der Leitkuh?«

»Grau in Grau«, gestand Cassidy in einem Ton, der mehr verbarg, als er zugeben wollte.

»Das ist das schlimmste«, sagte Helen. »Das Grau. Dagegen hat Shamus sein ganzes Leben lang angekämpft.«

»Sie auch«, erinnerte Cassidy sie.

»Wirklich?« Sie lächelte, als sei ihr eigenes Befinden Erinnerung, nicht Gegenwart. »Shamus sagt, Sie fürchteten sich vor ihr.«

»Käse«, sagte Cassidy scharf.

»Das habe ich ihm auch gesagt. Cassidy, hat Shamus...« Wieder vollführten sie eine Wendung, diesmal unter Helens

Führung, aber sie führte so sanft, so unmerklich, so ganz anders als Sandra, daß Cassidy nicht das geringste dagegen hatte. »Hat Shamus«, begann sie von neuem, »eine *Menge* Frauen in Paris gehabt?«

»Mein Gott, *Helen*...«

Wieder lächelte sie, sichtlich erfreut darüber, an den festen Wall dieser Männerfreundschaft gestoßen zu sein. »Lieber Cassidy«, wiederholte sie und hielt ihn weit von sich weg, ließ jedoch die behandschuhten Hände auf der stärksten Stelle seiner Arme ruhen. »Sie müssen nicht antworten. Ich hoffe nur, daß sie ihn glücklich gemacht haben, weiter nichts.« Sie kam zu ihm zurück und legte die Wange an seine Hemdbrust. »Ist Hall nicht prima?« fragte sie verträumt und blickte über ihn hinweg zum Tisch.

»Prima«, pflichtete Cassidy bei.

Aber Hall war nirgendwo zu sehen. Shamus saß allein zwischen den Flaschen. Er lehnte tief in Cassidys Stuhl, eine Zigarre im Mund, und die schwarze Baskenmütze war tief über die Augen gezogen, umhüllte Ohren und Nase, so daß er in völliger Dunkelheit sitzen mußte. Seine Füße lagen auf dem Tisch, und der Zigarrenrauch stieg von ihm auf, als stünde er in Flammen.

»Ich glaube, wir gehen besser zurück«, sagte Cassidy.

»Hei«, sagte Cassidy.

»Wer ist da?« sagte Shamus.

»Dein Lover«, sagte Helen schmeichelnd.

»Herein«, sagte Shamus und lüpfte die Mütze. »Netter Tanz?«

»Famos. Wo sind sie hin?«

»Pinkel-Pause«, sagte Shamus vage.

»Jetzt tanzt *du* mit ihr«, sagte Cassidy.

»Danke«, sagte Shamus. »Herzlichen Dank.« Und zog die Mütze wieder übers Gesicht.

Sie warteten noch eine Weile, ob er wieder hervorkommen werde, was er jedoch nicht tat, und so tanzten sie wieder, schließlich sollte es ein Fest sein.

»Ziemlich lange Pause«, sagte Cassidy mißtrauisch, und er fragte sich, ob er hinausgehen und sie suchen sollte. »Glauben Sie, sie haben...«

»Sie haben was?«

»Na ja, es ist vielleicht ein *bißchen* mühsam für sie...«

»Unsinn«, sagte Helen. »Sie genießen jeden Augenblick«, und sie drückte seine Hand. »Und auch wenn sie's nicht tun...«

Etwas sehr Hartes erschien in ihrem Gesicht. Bei Sandra wäre es Ärger gewesen, aber Helen war über Ärger erhaben. Bei Sandra wäre es Entschlossenheit gewesen, ein plötzlicher Wunsch, sich gegen eine bedrückende und dabei teilnahmslose Welt zu behaupten; doch Helen war, das wußte er, im Frieden mit der Welt.

Er wollte gerade die Gründe für diesen unerwarteten Stimmungswechsel genauer untersuchen – fast schon ein Ausbruch, im Vergleich zu der strahlenden Zufriedenheit, die ihm vorausgegangen war –, als die Musik mitten im Takt aufhörte und sie Shamus aufkreischen hörten.

Als er sich nach ihm umblickte, fand Cassidy sich Seite an Seite mit den Niesthals. Die alte Dame trug etwas Schwarzes, eine Mantilla vielleicht. Sie hielt den Arm ihres Mannes, und beide reckten die Hälse, um zu sehen, woher der Schrei kam. Und beide trugen den traurigen, wissenden Ausdruck von Menschen, die zu ihrer Zeit viele Schreie gehört hatten.

»Schau«, sagte Mrs. Niesthal, als sie Cassidy sah. »Da ist Aldo, der die musikalische Frau hat.«

»Hallo«, sagte Cassidy.

»Mein Gott, der arme Mensch«, sagte der alte Herr, und er meinte Shamus.

Er stand an einem Tisch am anderen Ende des Saales, nicht auf ihrem eigenen, sondern auf einem fremden Tisch; den Rock hatte er fortgeschleudert. Er trug ein Stück roten Stoff über dem kurzärmeligen Tennishemd, vermutlich einen Kummerbund, schräg von der Schulter zur Taille wie ein Schulterriemen, und er vollführte einen Schwertertanz zwischen den Messern und Gabeln, besser gesagt auf ihnen.

»O Gott«, sagte Helen erschrocken.

Das Tischtuch hatte sich um einen Fuß gewickelt, und er sah aus, als wollte er jeden Moment hinstürzen. Sein Gesicht war scharlachrot, und er klatschte die Hände über dem Kopf zusammen. Bis Cassidy den Tisch erreichte, waren mehrere Kellner dort zusammengeströmt, und weder Hall noch Sal waren zurückgekommen.

»Shamus!« rief Cassidy vom Tischrand nach oben. »He Lover!« Shamus hörte auf zu tanzen. Seine Augen hatten die hoffnungslose Wildheit, die Casidy von *Lipp* her kannte.

»Jetzt bin *ich* dran«, sagte Cassidy.

»Was soll das?«, sagte Shamus.

Jetzt blickten alle auf Cassidy, und irgendwie wußten sie, daß Cassidy den Schlüssel besaß. Sogar die Kellner betrachteten ihn ehrerbietig.

»Ich möchte einen Schwertertanz aufführen«, sagte Cassidy.

»Du kannst den Scheißschwertertanz nicht«, erwiderte Shamus und schüttelte den Kopf. »Du würdest von dem Scheißtisch fallen.«

»Ich will es versuchen.«

Mit einem plötzlichen, reizenden Lächeln beugte Shamus sich vor und warf die Arme um Cassidys Hals.

»Dann versuch's. Gott, versuch's. Bitte, Lover, bitte.«

»Nichts zu bitten«, sagte Cassidy und hob ihn sacht vom Tisch. Jemand trat vor, der alte Niesthal, der mit Katastrophen vertraut war; jemand reichte Helen den Leichenfrack.

»Suchen Sie Ihre Sachen zusammen«, flüsterte Cassidy Helen zu. »Wir treffen uns an der Tür.«

Wieder einmal bekam er Shamus' große Körperkraft zu spüren. Er trug ihn mehr, als er ihn führte, und schaffte ihn so in die Halle. »Ich brauche eine Nutte«, sagte Shamus.

»Gute Idee«, sagte Cassidy. Und zu Helen. »Nehmen Sie den Kopf.«

Der bleiche Empfangschef brachte sie im Lift nach oben. Im vierzehnten Stock, sagte er; zufällig etwas frei. Cassidy kannte ihn gut und hatte ihm einmal das Chalet angeboten. Er war ein sanfter, geduldiger Mensch, der gelernt hatte, daß die Reichen sehr demütig waren in ihren Nöten.

»Möchten Sie einen Arzt?« fragte er und schloß eine Tür auf.

»Er hält nichts von ihnen«, flüsterte Helen, falls er es vergessen haben sollte.

»Nein, vielen Dank«, erwiderte Cassidy. »Ich auch nicht«, fügte er hinzu, weil er an John Elderman dachte und nicht wußte, warum.

»Du verlogener Hund«, flüsterte Shamus. »Du willst den Schwertertanz gar nicht tanzen.«

Die Suite lag auf der Flußseite; die Obstschale enthielt auch Pfirsiche und blaue Trauben, aber kein Kärtchen für *Monsieur et Madame;* Telefon im Badezimmer. Shamus wollte sich nicht ins Bett bringen lassen, also legten sie ihn aufs Sofa und kleideten ihn gemeinsam aus, Shamus, ihrer beider Kind. Im Schlafzimmer fand Cassidy eine Daunendecke und legte sie über den zitternden Körper. Er kippte das Obst heraus und stellte die Schale auf den Boden, falls Shamus sich übergeben sollte. Helen kauerte sich in einen Sessel und beobachtete ihn.

»Ich friere«, sagte sie.

Also suchte er auch für sie eine Decke und legte sie ihr um die Schultern. Sie saß zusammengekrümmt, als hätte sie Magenschmerzen. Er holte ein feuchtes Handtuch aus dem Badezimmer und wischte Shamus das Gesicht ab, dann hielt er seine Hand.

»Wo ist Helen?«

»Hier.«

»Herrgott«, flüsterte er. »O Herrgott.«

Das Telefon klingelte; es war Niesthal. Er habe einen Arzt aufgestöbert, einen verdammt guten Freund, alten Bekannten, praktiziere nicht mehr, äußerst verschwiegen, hören Sie, sollten sie hinaufkommen?

»Das ist sehr freundlich von Ihnen«, sagte Cassidy. »Aber es geht ihm schon wieder besser.« *Ich bin in Bristol,* hätte er noch sagen wollen, aber er hatte nicht den Nerv. Muß ihn morgen früh anrufen, vielleicht zum Lunch einladen.

»Kann ich einen Drink haben?« sagte Helen, die sich noch immer nicht regte.

Cassidy bestellte zwei Whiskys, ja, große, vielen Dank. Aus irgendeinem Grund hielt er es für klüger, Shamus einzubeziehen, und klingelte zurück. Bringen Sie drei.

»Haben Sie fünf Shilling?« fragte er Helen.

»Nein.«

Er gab dem Kellner ein Pfund und brachte ihn zur Tür.

»Wasser?«

»Nein.«

»Eis?«

»Nein.«

Sie schlürften den Whisky und beobachteten Shamus. Er lag noch genauso da, wie sie ihn hingelegt hatten, einen nackten Arm quer über der safrangelben Decke, den Kopf herausgereckt, Augen geschlossen.

»Er schläft«, sagte Cassidy.

Helen sagte nichts, trank nur ihren Whisky in kleinen Schlückchen, wobei sie in das Glas tauchte wie ein Vogel. Sie war noch immer in voller Montur; eher wie zum Ausgehen, hätte man denken können, als zum Nachhausekommen.

Cassidy knipste das Deckenlicht aus. Mit dem Dunkel kam Stille. Shamus lag so friedlich, so jung zum Sterben; nur seine Brust hob und senkte sich im Takt mit seinem kurzen raschen Atem.

»So war er in Paris auch, nicht wahr?« sagte Helen.

»Manchmal.«

»Kein Wunder, daß er Sie liebt«, bemerkte sie dumpf. »Es war sein größter Spaß. Die Hölle schaffen, nannte er es. Nicht die Hölle *loslassen,* sondern *schaffen.* Man schafft den Himmel. Man schafft die Hölle. Schafft sie manchmal am gleichen Ort. Zur gleichen Zeit. Hauptsache, man *schafft* etwas. Einmal habe ich mir gewünscht, er würde eine Weile gar nichts schaffen. Ich muß allmählich in die Jahre kommen.«

»Wenn er nicht die Hölle schaffen würde, würde er auch keine Bücher schaffen«, sagte Cassidy loyal.

»Andere bringen es fertig.«

»Ja, aber sehen Sie sich doch an, was sie schreiben.«

»Sie *wissen* nicht, was sie schreiben, Cassidy. Sie lesen nicht, sowenig wie ich. Sie und ich, wir wissen nur, daß es Hunderte von Schriftstellern gibt, alle mit Kind und Kegel, die prima Bücher aus Zitronenlimonade keltern. Soviel *wir* wissen.«

»Na, na«, sagte Cassidy milde. »Das meinen Sie nicht ernst.«

Auf dem Fluß ließ ein einsamer Schleppkahn sein Nebelhorn tuten. »Ach ja«, sagte Helen, »da hat er sein verdammtes Wasser wieder«, und beide lachten erleichtert.

»Warum?« sagte sie unvermittelt.

»Warum was?«

»Warum hat er getutet? Es ist nicht nebelig. Warum tutet ein Schlepper um halb zwölf in einer schönen Sommernacht?«

»Ich weiß nicht«, sagte Cassidy.

Sie nahm ihr Glas, ging damit zum Fenster und blickte hinaus. Ihre nackten Schultern hoben sich klar und schwarz vor der Londoner Nacht ab.

»Kann ihn nicht mal sehen. Herrgott«, wieder blickte sie hinaus. »Luft tut ihm nicht gut. Luft ist zu weich für ihn, Sie wissen ja, nicht wahr? Nicht genügend Schwung.«

»Wie das Neue Testament«, sagte Cassidy.

»Genau wie das Neue Testament. Masochistisch, schuldkomplexbeladen und...«

»Und von Ghostwritern geschrieben«, ergänzte Cassidy Shamus' Urteilsspruch stellvertretend für sie.

»Einer seiner Helden ging herum und badete im Springbrunnen.

»Hat er Ihnen davon erzählt?«

»Erinnere mich nicht«, sagte Cassidy.

»Ein deutscher Dichter. Spink oder Krump oder so was. Der Zusammenstoß bestätigt die Form, sagt er, oder Shamus, ich weiß nicht wer. Glauben Sie, daß er diese Leute erfindet?«

»Es spielt eigentlich keine Rolle, nicht wahr. Zu mir hat er einmal gesagt, er habe *mich* erfunden.«

»Es hat wieder getutet«, sagte Helen anklagend.

»Vielleicht war es eine Eule«, meinte Cassidy.

»Oder eine Nachtigall«, sagte Helen, wie immer mit einer literarischen Anspielung flink bei der Hand.

»Krump«, sagte Cassidy, um sie aus ihrer Träumerei zu wecken. »Sie sprachen über Krump.«

»*Der Zusammenstoß bestätigt die Form.* Deshalb müssen wir dauernd mit etwas zusammenstoßen. Um unsere Form zu bestätigen. Um unsere Außenkanten zu *spüren.*« Sie trank. »Der *Haken* dabei ist, wenn der Stoß zu heftig ist, verliert man seine Form völlig. Haut sie in Trümmer. Bis nichts mehr da ist, was bestätigt werden könnte.«

»Das wird ihm nicht passieren«, sagte Cassidy fest. »Nicht, solange wir um ihn sind.«

»Nein«, stimmte Helen nach langem Überlegen zu. »Nein. Es darf nicht passieren, nicht wahr? Wenn Sie nur singen könnten. Ich möchte so gern mit Ihnen singen. Mit Lover singen.«

»Ich kann's aber nicht«, sagte Cassidy.

Wie ein Schwimmer hob sie die Arme in Schulterhöhe, zuerst nach vorn, dann seitwärts, dann stellte sie sich auf die Zehenspitzen, als setzte sie zum Kopfsprung durchs Fenster an.

»Komisch, wenn man denkt, daß sie jetzt da drunten tanzen«, sagte sie. »Schlafen, während andere tanzen. Das haben wir früher nicht getan, Shamus und ich.«

Ohne Warnung veränderte sich ihre Stimme. »Cassidy, warum fühle ich mich so elend?«

»Die Reaktion«, meinte Cassidy. »Der Schock.«

»Ich fühle mich nämlich verdammt elend. Wie eine elende, weinerliche alte Kuh.«

Sie stieß die Luft aus, schnupperte dann ihren Atem ein, ob er nach Alkohol rieche.

»Elend, weinerlich, alt und besoffen«, bestätigte sie. »Mein Gott, was für eine Närrin!«

»Helen –.«

Sie redete zu laut, jedenfalls laut genug, um ihn aufzuwekken.

»Da sitze ich im piekfeinen Savoy-Hotel in einem piekfeinen weißen Kleid, und was tue ich?«

»Helen«, sagte Cassidy beschwörend, aber zu spät; sie zog bereits die Schuhe aus.

»Alles, weil mein *verdammter* Ehemann verrückt spielt. Tanzen Sie mit mir.«

»Helen, bitte, wir werden ihn aufwecken...«

Ihre Arme lagen bereits um ihn, suchten seine Hand, lenkten seine Schulter. Ein wenig zögernd folgten die beiden Jünger, die Augen noch immer auf die hingestreckte Gestalt des schlafenden Propheten geheftet, dem fernen Rhythmus der Kapelle. Der Teppich war sehr tief und machte kein Geräusch.

»O Cassidy«, flüsterte sie, »wie *blöde* ich war.«

Ihre Wange lag an der seinen, ihr Har war in seinen Augen, und ihr Körper wiegte sich und bebte dicht an dem seinen, genau wie der seine.

»Schließlich«, sagte sie, »würde *er* genau das wollen, wenn er wach wäre.«

Irgendwie – wie, das war keineswegs klar – trug sie ein gemeinsamer Wille, keiner von beiden übernahm das Steuer – irgendwie standen sie im Schlafzimmer. Die Verbindungstür war vermutlich offen: Cassidy hatte die Augen geschlossen, er konnte es nicht sagen; und als er sozusagen erwachte und den Engel Helen in seinen Armen fand und das bedenklich breite (der safranfarbenen Daunendecke entkleidete) Bett hinter ihr, sah er, daß auch ihre Augen geschlossen waren. Hier mußte ein blindes Fatum walten: keine menschliche Initiative.

»Treibgut«, verkündete Helen. »Sind *Sie* das, Cassidy?« Und um die Identifizierung zu sichern, hielt sie ihm die Hand übers Gesicht wie einen Maulkorb.

»Bellen«, sagte sie.

»Ich kann nicht«, sagte Cassidy.

Sie richtete sich noch bequemer in seinen Armen ein,

packte ihn liebevoll an beiden Ohren und rubbelte sie zwischen Zeigefinger und Daumen.

»*Lieber* Cassidy. Was für ein weiches Fell. Küß mich.«

»Nein«, sagte Cassidy.

»Verführe mich.«

»Nein«, sagte Cassidy. »Kommt nicht in Frage«, und schloß die Augen aufs neue.

Der Kuß schien von fern her zu kommen. Er begann weit flußauf, zwischen den schwarzen Stahlwäldern des East India Dock, tippte an die straff gespannten Brücken des Embankment, streifte über die glatte Fläche der Flut, während er noch breiter, heller und kühner erglühte; bis er, teils Hitze, teils Flüssigkeit, teils Licht, die vierzehn starren Stockwerke des *Savoy* erklomm und schließlich vor Anker ging in den entflammten Binnenbereichen von Aldo Cassidy und seines Nächsten Weib.

»Cassidy«, sagte Helen ernst, »loslassen«, und schob ihn weg, widmete sich der häuslichen Aufgabe, das Bett in Ordnung zu bringen, während Cassidy ins Badezimmer ging, für den Fall, daß er Lippenstift abbekommen hätte.

»Ich möchte wirklich eine Hure sein«, bemerkte sie und klopfte die Kissen zurecht. »Ich würde verdammt bessere Arbeit leisten als Sal, wetten. Warum *kann* ich keine Hure sein? Mir gefällt dieses Hotel, Cassidy. Mir gefällt das Essen, mir gefällt der Drink und mir gefallen die Leute. *Sehr* sogar. Und ich habe einen prima Körper. Kräftig, geschickt, beweglich. Warum also nicht?«

»Weil Sie ihn lieben«, sagte Cassidy.

»Hindert *ihn* nicht, wie? Er hurt herum. *Er* verführt die Leute, *er* sext sich durch ganz Europa. Warum also nicht ich?«

»Ich seh' mal nach, wie es ihm geht«, sagte Cassidy. »Dann können wir vielleicht heimgehen.«

Er war wieder im Schlafzimmer, aber strikt auf der Durchreise, strebte auf den Salon und den sicheren Hort zu, als Helen zu seinem Entsetzen plötzlich einen Luftsprung tat und mit allen vieren auf dem Bett landete.

»Scheiß auf ihn«, erklärte sie mit äußerster Erbitterung und zog sich die Haare über die Augen, »ich, Helen, scheiß auf Shamus. Scheiß, scheiß, scheiß. Er ist ein Reaktionär, merkt ihr das nicht? Ein viktorianischer Sabbergreis. Zweierlei Gesetz: eins für ihn, eins für uns. Shamus hat uns *geneppt*, Cassidy. Shamus hat die größte Schau abgezogen seit... seit der letzten größten Schau, die jemand abgezogen hat. Shamus *haßt* Konventionen. So lautet die Botschaft. Aber wir dürfen's nicht. O nein. Wir müssen uns daran halten. Ich bin hungrig«, fügte sie hinzu und strich ihr Haar glatt. »Unser Dinner hat er auch verdorben. *Unser* Dinner, Cassidy, und ist noch darauf herumgetrampelt.«

»Shamus«, keuchte Cassidy, der vor der Leiche auf den Knien lag, »wach auf. Bitte wach auf.« Und schüttelte ihn, außerhalb ihrer Reichweite, aus Leibeskräften.

»Die Schuppen«, verkündete Helen aus dem Schlafzimmer, »sind mir von den Augen gefallen. Aufstand einer einzelnen Person, das bin ich. Seine Freiheit für die meine, egal, was danach kommt.«

»Shamus«, flehte Cassidy, »um Gottes willen. Wir brauchen dich.« Doch Shamus wollte nicht aufwachen. Er lag auf dem Bauch und war für die Welt gestorben. Die Decke war zu Boden gefallen, und sein nackter Rücken war glitschig vor Schweiß.

»Cassidy«, rief Helen. »Stimmt das? Treiben es die schlimmen Damen *wirklich* mit den Zimmerkellnern? Legen sich einfach hin, wenn ihre Horlicks hereinkommen, und lassen ihre Reize durch spinnwebdünne Nachtgewänder schimmern?«

»Geben Sie mir ein Handtuch«, sagte Cassidy. »Und hören Sie auf. *Lover, hör doch, wir müssen unbedingt gehen.*«

Ein feuchtes Handtuch klatschte zu seinen Füßen auf den Boden.

»Höre, ich habe alles für dich getan... alles Mögliche. Ich habe dich aus dem Rinnstein gezogen, oder? Dich ausgekleidet, dich eingekleidet, gefüttert, deine Kotze aufgewischt... Ich glaube an dich. Shamus, du bist es mir *schuldig*... Wach auf!«

»Kühn«, sagte Helen noch immer aus dem Schlafzimmer. »Das waren Sie heute abend. Kühn, schneidig und resolut. *Tapfer,* Cassidy. Sie haben die Situation *gemeistert.* Ich bewundere einen Mann, der Situationen meistert. *Guten Abend«*, sprach sie ins Telefon weiter. »Hier ist Suite vierzehn achtunddreißig. Wäre es wohl möglich, daß Sie etwas zu essen heraufschicken, irgendeinen kleinen Imbiß? Zwei Filetsteaks, eine Flasche...« Es ging endlos so weiter, genug, um eine Woche lang durchzuhalten.

»Bestellen Sie nichts für mich«, rief Cassidy. »Ich möchte nichts. *Shamus.*« Er drehte ihn um, legte ihm das kalte Handtuch aufs Gesicht und preßte es kräftig auf die Stirn, auf die Wangen.

»Sie haben nicht zufällig ein paar *Frösche,* wie?« erkundigte Helen sich. »Nicht zum Essen, zum Knallen...«

Er hörte das Knistern ihres Kleides, als sie sich bequemer auf dem Bett zurechtsetzte.

»Sind Sie braun, Cassidy? Ich stelle Sie mir immer goldbraun vor. Nur einen säuberlich weißen Po, und alles übrige golden.« Weiteres Rascheln aus dem Bett. »Ich bin in einem Schlitten«, erläuterte sie. »In Bärenfelle gehüllt. *Wischwisch.* Und sibirische Wölfe rundherum.« Ein Wolfsgeheul: »Ouuu-uu. Das ist das wahre Leben hier draußen. Cassidy.«

»Ja.«

»*Sie* würden mich beschützen, nicht wahr, Cassidy. Ein Blick auf Sie, und jeder Wolf...« Sie verlor den Faden. »Und jedem Wolf fällt...« Sie verlor den Faden. »Wolffeld«, wiederholte sie. »Klingt wie eine Bahnstation, Cassidy, was wäre Ihnen lieber, von Kosaken vergewaltigt werden oder von Wölfen in Stücke gerissen?«

»Keines von beidem«, sagte Cassidy.

»Mir auch«, pflichtete Helen verbindlich bei. »Wissen Sie, Gorillas vergewaltigen Frauen. Ich hätte das nicht gern. Cassidy.«

»Ja.«

»Haben Sie Haare auf der Brust? Ein Zeichen für Männlichkeit, oder?«

»Angeblich.«

»Wissen Sie, schon ganz kleine Jungen haben Erektionen. Sogar Babys, ganz erstaunlich. Cassidy.«

»Ja.«

»Ich fühle mich sehr naiv. Sie nicht?« Schweigen. »Oder nur sentimentalisch?«

»Hallo, Lover«, sagte Shamus und schlug die Augen auf.

Cassidy packte ihn bei den Schultern und ging daran, ihm die Wangen zu klopfen, ihn aufzusetzen, und er versuchte, sich zu erinnern, was die Sekundanten bei Boxkämpfen taten, um ihre Champions in den Ring zurückzubringen.

»Shamus, hör zu, hör mir zu. Shamus, sie sinnt auf Mord, bring sie weg, wir *müssen* sie...«

»Wo ist Hall?« sagte Shamus.

»Verschwunden. He, wie wär's, wenn wir uns aufmachten und ihn suchten? In der Cable Street, wie wär's damit? Uns besaufen, uns herumprügeln, den Mond vom Himmel schießen, warum nicht? Cable Street! Das ist das Richtige für uns, nicht wie hier, alles hygienisch und blitzblank.«

»Warum hat er mich nicht geschlagen?«

»Warum sollte er? Er liebt dich. Er ist dein Freund, genau wie ich. Freunde schlägt man nicht, man schlägt nur Feinde.«

»Sie hat's ihm gesagt«, berichtete Shamus in plötzlich klarer Erinnerung. »Sitzt da und sagt's ihm ins Gesicht. ›Hall, Shamus hat mir einen Fünfer angeboten, wenn ich's mit ihm mache, und ich will nach Hause.‹ Er hat mich nur angesehen. Warum hat er das getan, Lover? Herrgott, er hätte mich mit der Hand erschlagen können. Denk nur, was er mit dem Bootsmann gemacht hat, der Junge ist fürs Leben ein Krüppel. Was stimmt nicht mit mir? Ich meine, ein *Boxer*! Wenn ein Boxer mich nicht schlagen will, wer, zum Teufel, dann?«

Da er keine Antwort erhielt, dafür aber vielleicht Cassidys frisches, mit Seife geschrubbtes Gesicht sah, zielte er mit der Faust nach ihm und schlug daneben.

»Himmel!« brüllte er. »Will denn *keiner* mich schlagen.« Und fiel wie ein Stein aufs Kissen zurück, wo er vor Schmerz die Augen schloß.

»Cassidy«, rief Helen.

»Ja.«
»Haben Sie mich nicht gehört?«
»Ich weiß nicht. Nein.«
»Ich bin jetzt keine Hure mehr.«
»Gut so.«
Shamus runzelte die Stirn. »Das klang wie Helen«, sagte er.
»War es. Sie nimmt ein Bad.«
Cassidy lauschte und hörte das Wasser auf dem Mond rinnen und einzelne Klänge von Tanzmusik aus einem kosmischen Radio, im Stil Frank Sinatras.

»Was, zum Teufel, hat Helen in Paristown zu suchen?« wollte Shamus gereizt wissen.
»Wir sind nicht in Paris. Wir sind in London.«
Und das ist der Haken, dachte Cassidy. In Paris wäre das alles noch einigermaßen entschuldbar. In London leider nicht; nicht einmal einigermaßen.
Das Wasserrauschen hörte auf.
»Cassidy«, rief Helen wieder.
»Ja.«
»Einfach nur Cassidy«, sagte sie mit der tiefen Zufriedenheit eines Menschen, der nackt in einem warmen Bad liegt. »Einfach nur ein hübscher Name, weiter nichts. Cassidy. Ich sage es einfach gern. Weil es ein hübscher Name ist.«
»Fein«, sagte Cassidy.
»Menge Weiber hier, Junge«, sagte Shamus, drehte sich um und schlief ein.
»Cassidy«, sagte Helen. »Cassidy. Cassidy. Cassidy?«

In Sherborne, Shamus, nannten wir es hunzen.
Wir hatten vielleicht keine sehr hohe Meinung von uns *selber* – das wäre Hybris gewesen und sollte nicht gefördert werden –, aber jeder hatte, wie ich glaube, Achtung vor dem anderen. Jedenfalls die Anständigeren von uns. Das, Shamus, ist, wie ich meine, die Definition eines anständigen Menschen. Es ist ihm egal, was du ihm antust, aber es ist ihm nicht egal, was du anderen Leuten antust. Entschuldige, daß

ich mich nicht klarer ausdrücke, aber langsam werde ich schon hinkommen. Ich bin ein lahmer Gaul, in manchen Dingen; kein Renner wie du, tut mir leid, Shamus.

Setz dich doch bitte.

Ich muß dir ein paar Dinge erklären, denn ich sehe, du bist hier neu und nicht ganz von unserem Schlag. Ein *Hunzer* ist einer, der auf Schwächeren herumhackt. Nicht unbedingt auf körperlich Schwächeren. Ein Hunzer verübt Brutalitäten an solchen, die nicht zurückschlagen können. Unser Kodex mag keine Hunzer. Die Regimentsfahnen in der Abtei zum Beispiel wurden nicht in unfairen Schlachten zerfetzt, unsere Vorfahren stürmten keine offenen Städte auf ihren Eroberungszügen. Nun ja, gelegentlich vielleicht, aber nicht oft. *Heute* jedenfalls würden sie es nicht mehr tun.

So leid es mir tut, Shamus, wir sind hier also geteilter Meinung. Sal mag eine Schlampe sein. Zugegeben. Aber Hall war dein Freund. Er hat dich geliebt, und er hat Sal geliebt, und deshalb hat er dich nicht geschlagen.

Vielleicht hat er auch Helen geliebt, auf seine Art.

»Cassidy«, sagte Helen. Sie probierte verschiedene Aussprachen durch. »Cassidii«, sagte sie in unbewußter Nachahmung Elises.

»Cassidy«, gurrte sie in tiefen langgezogenen Sinatratönen. »Leder*maus*, komm aus dem *Haus*. Was macht der Patient?«

»Macht sich«, sagte Cassidy.

»Wird er durchkommen?«

»Möglich.«

Hall, verstehst du, Shamus, kam hierher, zwiefach geschirmt. Du hast doch *Macbeth* gelesen, oder? Englische Literatur für die Unterstufe? Hall war dein Vetter und dein Untertan, oder wie immer es dort heißt. Du hast ihn zu den Wenigen erhoben, auch wenn er kein aktives Mitglied war; auch dann, wenn die Wenigen ihrer Natur nach selbst ernannt sind. Du hast ihm Flügel gegeben und ihn dann abgeschossen. Was dich ziemlich klein und häßlich macht, meinst du nicht?

Deshalb verdienst du Schläge, so leid's mir tut; deshalb wirst du in wenigen Augenblicken ersucht werden, deinen schönen schwarzen Kopf ins dritte Waschbecken von links zu beugen, dich fest an die Wasserhähne zu klammern und mir und meinen Klassenkameraden ein widerstandsloses Ziel bieten. Verstehst du? Möchtest du etwas zu deiner Verteidigung vorbringen?

Denn mir liegt in der Tat zu diesem bestimmten Zeitpunkt sehr daran, dich zu hassen.

Ja, Lover, sagte Shamus, aber nicht laut. Natürlich habe ich etwas zu sagen. Jede Menge sogar.

Fertig? Feder in Gift getaucht?

Shamus, der große Guru, spricht:

Nie bereuen, nie sich entschuldigen. Das sind die oberen Zehntausend. Wir wollen das Alte Testament leben, Lover, das Alte Testament ist für die oberen Zehntausend, das Neue Testament ist für die kleinen Geister.

Leben, ohne die Folgen zu bedenken; alles für das Heute geben und keinen Deut für Morgen: Das sind die oberen Zehntausend. Ein Tag als Löwe übertrifft ein Leben als Maus: Das sind die oberen Zehntausend.

Nie bereuen, nie sich entschuldigen.

Geh und such eine neue Unschuld, Lover, die alte ist verbraucht.

Wer die Welt liebt, der nimmt sie; wer sich fürchtet, schafft Regeln. Alle Beziehung muß bis ans Ende verfolgt werden. Dort wächst die blaue Blume.

Immoralität, Lover, ist eine notwendige Bedingung, um neue Werte zu schaffen... Wer drauf scheißt, ist dagegen. Wer schläft, ist dafür. Nichts übrig für Motive, Lover, nie gehabt. Erst handeln, dann nach dem Grund suchen, ist meine Devise.

Taten sind Wahrheiten, Lover. Der Rest ist Schund.

Und schließlich, Lover, bist du der größte verdammteste Lügner in der ganzen Bande, du behandelst dein Eheweib mit saumäßiger Gleichgültigkeit und bist der letzte, der irgend jemanden schlagen dürfte, siehe mein Porträt von dir nach Haverdown. Guten Morgen.

»Ich bin nicht *braun*«, sagte Helen aus dem Badezimmer. »Ich bin weiß.«

»Ich weiß«, sagte Cassidy, der noch immer bei Shamus weilte.

»Ich hab's in Haverdown gesehen. Habe mich die ganze Zeit gefragt, wo das warme Wasser herkam.«

»Kessel«, erklärte Helen. »Wir hatten das Bad schon fertig, aber bis wir mit unserer Nummer fertig waren, war es wieder kalt geworden. Also mußten wir es nochmals wärmen. Deshalb brannte das Feuer noch, als Sie kamen.«

»Aha.«

»Es gibt für alles eine Erklärung, man muß sie einfach nur suchen.«

Cassidy ergriff Shamus' Hand und legte den Mund nah an sein Ohr. »*Shamus*. Lover, wach auf!«

Shamus, du bist der letzte Dreck, aber du bist unser Priester, und wenn du nicht aufpaßt, dann wirst du uns trauen.

Shamus, ich liebe dich und du liebst mich, ich sehe es dir an, auch dann, wenn du mich haßt, sehnst du dich nach mir. Lebend oder tot, Shamus, nackt oder in deinem Leichenfrack, bei den Huren im grünen Bordell oder unter den Kerzen in Sacré-Cœur, bist du unser Genius, unser Vater, unser Schöpfer. Daher, wenn du mich liebst, wach auf und erlöse mich aus dieser unwirklichen Situation. »Shamus, wach auf!«

Ich bin nicht wie du, Shamus, ich bin kein Gefühlsmensch, ich bin kein Draufgänger. Ich bin der Sohn eines Hoteliers. Das und nicht mehr. Ich bin Verstandesmensch, und mir sind die Dinge recht so, wie sie sind, solange sie meiner Sache nützen. Ich bin kein Menschenfreund, sondern ein Freund von Kompromissen und orthodoxen Meinungen. Du kannst mich mit Recht als das archetypische Opfer des Knopfspiels bezeichnen. Ich bin ein Jaguarfahrer, ein Gerrards Crosser, ein Doktor und recht häufig ein Bischof auf Seelenfang. Ich halte sehr viel auf die Vergangenheit, und wenn ich wüßte, woher ich komme, würde ich wie ein Pfeil dorthin zurückkehren. Und ich bin auch, du hast ganz recht, ein Scheißkerl.

Und jetzt, Shamus, nachdem du mir das alles nachgewiesen hast, völlig schlüssig nachgewiesen, sei so freundlich, wach auf und hilf mir hier raus!

»Cassidy? *Ici parle Hélène. Bonjour.*«

»*Bonjour*«, sagte Cassidy höflich.

Er hätte mich bei Lipp nicht mit Wasser übergießen sollen.

Er hätte mich nicht beim Fußballspielen verletzen sollen.

Er hätte Sal keinen unsittlichen Antrag machen sollen, nur weil er einen Zuammenprall wollte.

»Verzeih, Lover, verzeih. Bitte verzeih.«

Ohne die Augen zu öffnen, zog Shamus Cassidys Hand ins Bett und hielt sie an seine heiße Wange.

»Es gibt nichts zu verzeihen«, flüsterte Cassidy. »Alles in Ordnung. Sag, wie wär's mit ein bißchen mehr Formaldehyd?«

Er stand auf und wollte das Deckenlicht anknipsen, als Shamus aufs neue sprach, diesmal mit recht kräftiger Stimme.

»Jede Menge, Lover. Jede Menge zu verzeihen.«

»Was denn?«

»Hab' Hall den Bentley geliehen. Weißt du, er war besoffen. Und ich konnte ihn doch nicht im Taxi wegfahren lassen, oder? Mußte stilvoll scheiden. Nicht böse, Lover?«

»Warum sollte ich?«

»Schlägst du mich nicht?«

»Schlaf jetzt«, sagte Cassidy.

»*Je m'appelle Hélène*«, verkündete Helen, noch immer aus dem Badezimmer. Sie nahm seit kurzem Französisch-Unterricht in einem Sprachinstitut in der Chester Street.

»*Hélène est mon nom. Hurrah pour Hélène. Hélène est beau. Belle.* Scheiße. Beau-belle, bobell, bobell, bel! bell!«

Er saß im Dunkeln. Er hatte die Lampe neben dem Sofa ausgeknipst, so daß das einzige Licht aus dem Schlafzimmer kam und, indirekt, durch die offene Tür des Badezimmers.

»Cassidy, ich weiß, daß Sie mir zuhören.«

Ein Glück, daß ich damals das Hotel gekauft habe, wirklich. Jetzt, da ich darin leben muß. Die Grundelemente des Lebens, sagte Old Hugo. Essen, Trinken und jetzt dies. Ein Glück, daß der Markt in die andere Richtung tendierte.

»Haben Sie in Paris viele Frauen gehabt?« fragte Helen über das sanfte Wasserplätschern hinweg.

»Nein.«

»Nicht mal eine oder zwei?«

»Nein.«

»Warum nicht?«

»Ich weiß nicht.«

»Ich würd's tun, wenn ich ein Mann wär'. Ich würde mir alle von uns nehmen, peng, peng, peng. Wir sind so *schön*. Ich würde nicht fragen, ich würde mich nicht entschuldigen, ich würde mir nichts denken. Dem Sieger die Beute. Scheiße!« – Sie mußte sich irgendwo angestoßen haben – »Warum macht man Türklinken an die Türen?«

»Schlamperei«, sagte Cassidy.

»Ich meine, nehmen Sie Sal. Schwachsinnig. Komplett. Warum also *nicht* eine Nutte sein? Bringt Spaß, bringt Geld. Ich meine, es ist nett, *eine* Sache richtig machen, finden Sie nicht, Cassidy?«

Sie stieg jetzt heraus, ein Bein, zwei Beine; er konnte das Rubbeln des Handtuchs hören.

»Ja.«

»Was begehren Sie am meisten auf der Welt?«

Dich vielleicht, dachte Cassidy; vielleicht auch nicht.

»Sie«, sagte er.

Es klopfte. Der Etagenkellner fuhr den Servierwagen herein. Ein Mann in mittleren Jahren und sehr höflich.

»Hier herein, Sir?« fragte er und übersah die Gestalt auf dem Sofa. »Oder nebenan?«

»Hier herein, bitte.«

Er stellte den Wagen parallel zu Shamus wie ein Verbandswägelchen, das auf den Chirurgen wartet. Cassidy zeichnete die Rechnung ab und gab dem Ober eine Fünf-Pfund-Note.

»Stimmt so. Das gilt für alles, was wir vielleicht sonst noch brauchen. Als Trinkgeld, meine ich.«

Der Kellner schien nicht glücklich.

»Ich habe Wechselgeld bei mir, Sir.«

»Schön, dann geben Sie mir drei Pfund zurück.« Transaktion.

»Wird drunten immer noch getanzt?«

»O ja, Sir.«

»Um welche Zeit machen Sie Schluß?«

»Um sieben Uhr, Sir. Ich bin der Nachtkellner, Sir.«

»Nicht angenehm für Ihre Frau«, sagte Cassidy.

»Sie hat sich daran gewöhnt, Sir.«

»Haben Sie Kinder?«

»Eine Tochter, Sir.«

»Was macht sie?«

»Sie ist in Oxford droben.«

»Fein. Großartig. War ich auch. Welches College?«

»Sommerville, Sir. Sie studiert Zoologie.«

Einen Augenblick lang war Cassidy drauf und dran, ihn zum Bleiben aufzufordern; sich mit ihm zu einem langen, zeremoniösen Dinner zu setzen, den Wein mit ihm zu teilen und das Steak zu essen und mit ihm über ihre respektiven Familien zu plaudern und über die Feinheiten des Hotelgewerbes. Er wollte ihm von Hugos Bein erzählen und von Sandras Klavierspiel und seine Ansicht über den freitragenden Anbau hören. Er wollte ihn nach *Old* Hugo und nach Blue fragen; ob er Gerüchte gehört habe, ob *Old* Hugo noch immer ein bekannter Name sei.

»Soll ich die Flasche öffnen, Sir? Oder wollen Sie es selber tun?«

»Sie haben nicht zufällig eine Zahnbürste, Cassidy?« rief Helen aus dem Badezimmer. »Man sollte meinen, das Hotel würde sie liefern, nicht wahr, für Leute wie uns?«

»Lassen Sie den Korkenzieher hier«, sagte Cassidy und hielt dem Kellner nochmals die Tür auf.

»Der Portier wird eine Zahnbürste haben, Sir; wenn Sie es wünschen, kann ich eine heraufschicken.«

»Schon in Ordnung«, sagte Cassidy. »Nicht nötig.«

Die Weltbevölkerung wächst um siebzig Millionen, Lover. Eine

Menge Leute, denen man Trinkgeld geben muß, eine ganze Menge.

»Ist Ihres zäh?« fragte Helen.

»Nein, sehr gut. Und Ihres?«

»Sehr gut.«

Sie saßen auf den gegenüberliegenden Bettkanten und aßen ihre Steaks, Helen in einem Badetuch und Cassidy im Smoking. Das Badetuch war sehr lang, blaßgrün, mollig und wollig. Sie hatte ihr Haar ausgekämmt. Es fiel in glatten rotbraunen Zöpfen über ihren nackten weißen Rücken. Ohne das Make-up wirkte sie sehr kindlich; ihre Haut hatte die strahlende Unschuld, die bei manchen Frauen sichtbar wird, wenn sie gerade nackt gewesen sind. Sie roch nach einer würzigen Männerseife, wie Sandra sie in seinen Weihnachtsstrumpf steckte; und sie saß genauso da, wie sie in Haverdown dagesessen hatte, auf dem Sofa in der Morgendämmerung.

»Wenn Sie sagen ›begehren‹, meinen Sie ›lieben‹?«

»Ich weiß nicht«, sagte Cassidy. »Es war Ihre Frage, nicht meine.«

»Was sind die Symptome?« fuhr Helen, das Thema einkreisend, fort. »Abgesehen von der Lust, die, wie wir wissen, zwar köstlich ist, indes nicht den ganzen Drink über anhält, oder?«

Cassidy goß Wein nach.

»Ist das Bordeaux?« fragte sie. »Oder Burgunder?«

»Burgunder. Kennt man an der Form der Flasche. Breitschultrige sind Bordeaux, die abfallenden sind Burgunder. Helen, Sie sind das einzige, was ich begehre. Sie sind klug und schön und verständnisvoll... und Sie mögen Männer am liebsten.«

»Sie meinen, das haben wir gemeinsam?« forschte Helen.

Er wünschte von Herzen, Shamus möge ihm zu Hilfe kommen und das Ganze nochmals sagen. Helen ist unsere Kraft; an diese Stelle erinnerte er sich, an diese Stelle glaubte er: Helen wird immer dorthin gehen, wo ihr Herz ist, sie kennt keine andere Wahrheit. Helen ist unser Festland; Helen ist... Außerdem gab es eine Formel. Shamus hatte sie ihm auf der Tapete aufgeschrieben, bei einer Sauftour in Pimlico, in der gleichen Nacht, in der er ihm vom Steppenwolf erzählt hatte, der aus den Weiten seiner wölfischen Einsamkeit die Sicherheit kleinbürgerlichen Lebens ersehnt. Die Formel enthielt einen Bruch; warum konnte er sich nicht daran erinnern, er, Cassidy, der Erfinder von technischem Zubehör, von Patentbremsen und Kupplungen? *Cassidy geteilt durch Shamus ist gleich Helen.* Oder war es umgekehrt? *Helen plus Cassidy ist gleich Shamus?* Oder noch anders. *Helen hoch Cassidy...*

Irgendwo in Shamus' Gesetz von der menschlichen Kräftelehre war seine Liebe zu ihr eine Konstante. Aber wo?

»Cassidy, Sie lieben Shamus noch immer, nicht wahr? Verstehen Sie, ich versuche nur eine *Diagnose*. Keine Therapie.«

»Ja. Ich liebe ihn, ich auch!«

»Sie sind nicht abgesprungen?«

»Nein.«

»Was bedeutet«, bemerkte sie mit Genugtuung, »daß wir ihn *beide* lieben. *Aus*gezeichnet. Dafür verdienen wir eine Eins. Wissen Sie, Cassidy, ich habe außer Shamus nie einen Liebhaber gehabt. Und Sie auch nicht, oder?«

»Nein.«

»Folglich halte ich ein gewisses *Maß* an Voraussicht für ratsam. Ist das Kaffee?«

Er goß ihn ihr ein, auch Sahne, aber keinen Zucker. Er goß die Sahne so ein, wie Sandra es machte, über den umgekehrten Löffel, damit sie nicht zu tief einsank.

»Halten Sie folgenden Test für fair: Was würden wir aufgeben?« schlug Helen vor. »Würde ich zum Beispiel Shamus aufgeben wollen? Würden Sie die Leitkuh und die beiden Kälbchen aufgeben? Sie sehen, Cassidy, hier geht es um Verlieren, nicht nur um Verlieben.«

Cassidy wurde sich unvermittelt, wenn auch mit aller Vorsicht, eines tiefen Beschützerdranges bewußt. Ebenso hätte ein Kind über die Weltwirtschaft sprechen können wie Helen über Verlieren; denn sie vermittelte ihm einen Frieden, der wie ein Waffenstillstand nach langem Kriege war. Er entdeckte, fühlte vielleicht in ihr eine Möglichkeit zu ehrlicher Kameradschaft, die ihm bislang auf all seinen einsamen Wegen, in all seinen Versuchen, allein zu leben, unmöglich erschienen war. Das Lachen, das er mit Shamus geteilt hatte, war nicht verhallt; denn in Helen konnte er es besitzen, ihm vertrauen, es seiner Gewalttätigkeit entkleiden. Sie lächelte ihm zu, und er wußte, daß er zurücklächelte. Als er sie ansah, wußte er auch, daß der Verlust hinter ihm lag, nicht vor ihm: Und er sah die leeren Herbststädte, die geteerten Lagerhäuser, die öde Straße vor der Kühlerhaube seines Wagens, und wußte jetzt, daß sie nichts anderes waren als Orte, an denen er vergeblich nach Helen gesucht hatte. »Ich liebe Sie«, sagte Cassidy.

»Fein«, sagte Helen munter. »Mir geht es ebenso.«

Der Servierwagen quietschte, als sie ihn hinausschob. Sie wickelte das Handtuch fester um sich und dirigierte die schwierigen Räder geschickt durch die offene Tür in den Salon.

Während er allein auf dem Bett saß und auf ihre Rückkehr wartete, wurde Cassidy von den widerstrebendsten Empfindungen heimgesucht; in der Mehrzahl jedoch strebten sie in die Richtung nackter Furcht.

Zunächst wandte Old Hugo sich an seinen göttlichen Arbeitgeber.

Good morning, Lord, sagte er munter auf seiner Fichtenkanzel irgendwo in England und hielt die riesigen Hände in sportlicher Frömmigkeit gefaltet: *Wie geht es Dir? Hier sprechen Hugo Cassidy und seine Herde zu Dir vom Zion-Tempel in East Grinstead, Sussex, wir bringen Dir die Gebete unserer Herzen dar an diesem schönen Freitag um Mitternacht. Blicke herab in Deiner Güte auf den jungen Aldo hier, bitte, o Herr. Eben jetzt schwankt er bedenklich zwischen Sünde und Tugend. Nach meiner Meinung, so unmaßgeblich sie ist, Herr, hat er sich gründlich in die Nesseln gesetzt, doch nur* DU, *o* HERR, *in Deiner Weisheit kannst du eine endgültige Entscheidung treffen. Amen.*

Noch war es nicht zu spät. Wenn er seine Karten richtig ausspielte, hinhaltend plauderte, vielleicht eine kleine Krankheit vorschützte, Kopfschmerzen oder eine gastrische Störung, konnte er sich noch immer aus der Affäre ziehen. Zunächst vielleicht ein kleines Wortgeplänkel – nun, das war seine Stärke –, ein bißchen Küssen und Kosen und dann sich anziehen, verabschieden und später darüber lachen wie über eine Eselei, die sie beide beinah gemacht hätten.

Niemals bereuen, nie erklären, nie sich entschuldigen...

Würde sie kommen? Eine jähe Hoffnung flößte ihm Mut ein. Sie hat sich aus dem Staub gemacht. Hat Shamus angesehen, ein schlechtes Gewissen gekriegt und die Flucht ergriffen...

In einem Badetuch?

Die Logik ist mein Feind, dachte Cassidy; ich hätte nie studieren sollen.

Er hörte, wie die Tür sich leise schloß und der Riegel davorglitt; er hörte, wie sie wieder ins Badezimmer ging, und er wußte, daß sie das Handtuch aufhängte, denn sie war ordnungsliebend. Plötzlich sah er in seiner Panik die totale Pleite vor sich. Er sah einen zweiten Cassidy, der sich wand, abrakkerte, abrückte, sich mit seiner nicht entstandenen Männlichkeit herumschlug; er hörte Shamus' Gelächter durch die Wand schallen und Helens, Sandras unterdrücktes Zornesknurren über seine Unzulänglichkeit.

Die großen Entscheidungen werden uns abgenommen; ich habe keinen Teil daran. Ich schwimme, ich kann den Strom nicht lenken.

Das Licht im Badezimmer war ausgegangen; sie hatte das Licht im Badezimmer gelöscht. Er sah das bleiche Rechteck vor sich an der Wand ersterben. Sparen. Herrje, glaubt sie, ich zahle hier auch die Stromrechnung? Ehrlich gestanden, ich habe das Hotel nicht wirklich gekauft.

Äh, Sandra, Helen, oder wie immer du heißt, ich muß dich leider noch auf etwas aufmerksam machen: Ich bin keineswegs Experte. Wenn du glaubst, ich könnte dir irgend etwas bieten, was Shamus nicht kann, nun (wie Sandra sagen würde), ich kann den Satz nicht beenden. Ich weiß nicht, wie du bist: das ist des Pudels Kern. Ich weiß nicht, wie ihr seid. Ich habe absolut keine Vorstellung davon, wie ihr beschaffen seid oder was euch befriedigt. Wenn ich auf diesen Punkt besonders hinweisen dürfte.

Sie war im Bett. Cassidy hatte sich nicht bewegt, nicht aufgeblickt; er bereitete eine Rede für die zwanglose Jahresversammlung vor.

»Nun sind viele von Ihnen mit hohen Erwartungen hierhergekommen. Das weiß ich. Vor vielen Jahren habe ich selber ähnliche Erwartungen in das gleiche Ereignis gesetzt. Indessen gibt es einiges, was Sie wissen sollten, und um Ihnen unnötige Zeit und Mühe zu ersparen, will ich ganz offen sein. In der Liebe ist Ihr Vorsitzender ein *Nicht-Starter*. Tut mir leid, aber so ist es. Seine sexuellen Begegnungen mit seiner Ehefrau haben sich immer im wesentlichen in den Grenzen der Konvention gehalten, sich auf das beschränkt, was in Fachkreisen als ›der Missionar‹ bekannt ist. Und viele dieser Begegnungen blieben sozusagen in der Planung stecken. Ihr Vorsitzender ist sich im klaren darüber, daß es eine bestimmte Strecke zu bewältigen und von einem bestimmten Ansatzpunkt auszugehen gilt. Und desgleichen, daß jeder Versuch überhalb oder unterhalb dieses Punktes Anlaß zu Mißhelligkeiten und Kritik geben muß. Die Praxis hat nichts dazu getan, sein Wissen zu erweitern; ja, Sie sollen sogar erfahren, daß Ihr Vorsitzender nach fünfzehn Jahren sporadischer Zusammenkünfte noch immer Mrs. Cassidy ganz sinnlosen Schmerz zuzufügen vermag, indem er einen falschen Kanal wählt, und es ist nicht selten vorgekommen, daß sie einen Schrei der Entrüstung ausstieß und sich mit feindseliger Beflissenheit zurechtrückte; und danach keinen Ton mehr von sich gab, sondern die Tölpelhaftigkeit Ihres Vorsitzenden über sich ergehen ließ als das Los aller Frauen, die in die Branche geheiratet haben.«

Pause. Der vertrauliche Tonfall.

»Nun bin ich mir dieser Mängel durchaus bewußt. Anfangs las ich Bücher, studierte Fotografien, fertigte aus Telefonblocks Zeichnungen an, besuchte während meiner Wehrdienstzeit einschlägige Vorträge; ich habe sogar in den seltenen Augenblicken völliger Vertrautheit mit Mrs. Cassidy zu wiederholten Malen eigenhändig und mit viel Fingerspitzengefühl das verwirrende Terrain sondiert. Doch trotz alledem war und blieb die Topografie für mich ein Irrgarten. Ich stelle sie mir bildhaft vor wie Schlingen und Schleifen von Fingerabdrücken: Es gibt bekanntlich keine zwei völlig identische Exemplare. Ich bin mir durchaus bewußt, daß an dieser Stelle ein Kreuzfeuer psychologischer Interpretationen einsetzen könnte – Dr. Elderman, unser ärztlicher Betreuer, wird Ihnen gern ein Handbuch zu diesem Thema empfehlen. – Und ich habe *all die Jahre*, zusammen mit Ihren übrigen Vorstandsmitgliedern, unermüdlich um eine klarere Orientierung gerungen. Vergebens. Sie können nun sehr wohl zu dem Schluß kommen, ein jüngerer, weniger – ich glaube, man nennt das verunsichert, nicht wahr, Mr. Meale? – verunsicherter Mann würde Ihre Interessen besser wahrnehmen. Wenn dem so ist, nun, so darf ich Ihnen versichern, daß Sie der vollsten und aufrichtigsten Unterstützung des gesamten Vorstands gewiß sein dürfen, und daß keinerlei Ressentiments unsere *gesunde*, unsere *befriedigende* ...«

Noch immer stand er vor einem ebenso aufmerksamen wie nicht vorhandenen Publikum – um die Breite eines Vorlegers von der Kante des Doppelbettes getrennt –, als er ihren Blick auf sich ruhen fühlte und das Schweigen ihrer Betrachtungen an sein Ohr drang.

»Sie sind nicht besonders gut darin, nicht wahr, Cassidy?« sagte Helen ruhig.

»Nein.«

»Dann werden wir uns eben viel Mühe geben müssen, ja?«

»Ja, das werden wir wohl.«

»Im Smoking geht es überhaupt nicht«, sagte sie.

Er zog sich aus.

»Und jetzt die nächste Übung: einen Kuß.«

Er küßte sie, wobei er sich quer über sie beugte, so daß ihre Lippen sich im rechten Winkel trafen.

»Ich fürchte, Sie werden ein wenig näher kommen müssen«, sagte sie. Und, als hätte sie eine Erleuchtung: »He, wie wär's, wenn Sie zu mir ins Bett kämen?«

Er kam in das Bett.

»Das nennt man Vorspiel«, erklärte sie. »Dann kommt der Coitus« – etwa in dem Ton, in dem sie das Essen bestellt hatte – »und dann das Nachspiel.«

Schwedisch.

Nur eine schwedische Episode. Sie macht sich wahrscheinlich gar nicht klar, daß sie nackt ist, heutzutage ist für viele Leute das Nacktsein nichts Besonderes, wissen kaum noch, ob sie etwas anhaben oder nicht. Übrigens gefiel ihm gerade das an den Filmen im Cinephone besonders gut; man sah sie in ihrem *Urzustand*. Könnte eigentlich morgen mal vorbeischauen; sehen, was gerade lief. Eigentlich.

Tastend, noch immer auf Geräusche von nebenan lauschend, nahm er die erste Rekognoszierung vor. Ihre Haut besaß, wie er feststellte, eine seltsam nachgiebige Textur, fühlte sich mürbe, fast flüssig an, was er plötzlich abstoßend fand. Besonders ihre Brüste, die in Ruhestellung der erforderlichen Form Genüge taten – und bekleidet äußerst elegant wirkten –, gaben unter seiner Hand allzu bereitwillig nach und ließen den harten Knochen darunter spüren. Auch war sie zu weiß, kein strahlendes Weiß wie von blühenden Pflanzen, sondern eher das Weiß einer Pflanze, die unter der Erde wächst, nichts worauf er Appetit hatte. Abgestoßen von der schattenlosen, obszönen und weißen Nacktheit dieses Körpers rückte er von ihr ab und machte sich an der Nachttischlampe zu schaffen, während er sich überlegte, was er sagen könnte.

»Sie wollen sie doch nicht *ausmachen*?« fragte Helen scharf, im gleichen Ton, der ihn vorhin an Sandra erinnert hatte.

»Natürlich nicht.«

Es ist ihre Reinheit, sagte er sich; es ist das Gefühl, das man hat, wenn man mit einer totalen Frau schläft.

»Sie denken nach, nicht wahr?« sagte Helen mitfühlend.

»Ja.«

»Worüber?«

»Die Liebe, das Leben... *uns* vermutlich«, antwortete Cassidy vorsichtig und ließ mit einem halbunterdrückten Seufzer den Kopf aufs Kissen sinken. »Shamus«, fügte er hinzu und hoffte im stillen immer noch, sie möge in sich gehen.

»Würden Sie sich freier fühlen, wenn Sie ihn haßten?« fragte sie.

»Nun ja, es würde mehr Altes Testament sein, nicht wahr?«

»Das ist *seine* Meinung. Was ist Ihre?«

»Nun ja... nein.«

»Sie haben ein schlechtes Gewissen, nicht wahr, Cassidy? Weil er Ihr Freund ist und mein Mann?«

Cassidy verstand vielleicht nicht alles, aber er wußte, moralische Skrupel waren zwischen Shamus und Helen kein Argument, das als mildernder Umstand gewertet würde.

»Natürlich nicht.«

»Also was dann? Fassen Sie mich an.«

»Das habe ich schon.«

»Fassen Sie mich nochmals an.«

»Ich fasse Sie ja an.«

»Nur Ihre Hand.«

»Ich liebe Sie, Helen«, sagte Cassidy, und sein Tonfall sollte den Eindruck erwecken, daß es sich hierbei nur um die eine Seite einer Aussage handele.

»Aber Sie begehren mich nicht«, erwiderte Helen. »Sie haben es sich anders überlegt. Ich muß schon sagen, ein verdammt passender Zeitpunkt.«

Cassidy grinste. »Ach Gott, wenn sie wüßten«, sagte er mit einem armseligen Versuch zur Weltmüdigkeit.

»Ist es wirklich so schwer zu begreifen?« fragte Helen, »nach all den Unterrichtsstunden, die wir absolviert haben?«

Da sie keine Antwort erhielt, beschloß sie offenbar, auf die Initiative zu verzichten, und sie lagen eine ganze Weile schweigend da, während Cassidy sich bei seinen Nächsten Rat holte.

»Dad.«

»Ja, Hug?«

»Weißt du, *Dad*.«

»Was weiß ich, Hug?«

»Ich mag die Dame.«

»Großartig.«

»Aber so nett wie Heather ist sie nicht, oder?«

»Heather kennst du nur besser, und Heather kennt auch uns besser.«

»Heather ist nicht so *kraß*, Dad.«

»Ja, Hug.«

»Angie mag ich auch lieber, *Dad*.«

»Ja, Hug.«

»Hat Angie Mawdray dein Schwänzchen gesehen?«

»Nein. Warum in aller *Welt* sollte sie es gesehen haben?«

»Mummy schon.«

»Das ist etwas anderes.«

»Und Snaps?«

»Nein.«

»Mummy ist *süß*«, sagte Hugo. »Gute Nacht.«

»Gute Nacht, Hug.«

»Viele Leute tun's«, sagte Sandra, die unter der Tür stand und im Dunkeln seufzte, um ihn aufzuwecken. »Und es ist *völlig* natürlich. Nur weil es dir keinen Spaß macht, darf es auch sonst niemandem Spaß machen, nun ja!«

»Ich weiß.«

»Dann wollen wir's beibehalten.«

»Aber ich bin doch impotent.«

»*Unsinn*, du bist faul, und du ißt zuviel. Es kommt von diesen *lächerlichen* Dinners bei den Konservativen. Kein Wunder, daß du aufgedunsen bist. Bei den Sozialisten gibt's *keine* Dinners. Nur Tee und belegte Brötchen.«

»Außerdem glaube ich, daß ich schwul bin.«

»Absoluter Unsinn. Als wir jung waren, machten wir's genauso gut wie andere Leute und hatten allergrößten Spaß dabei. Es kann nur daran liegen, daß ich eine langweilige Person bin. Tut mir leid, aber *daran* kann ich nichts ändern.«

»Sandra, ich liebe dich.«
Langes Schweigen.
»Ich dich auch«, sagte sie. »Nun ja.«

Jeder Narr kann geben, Lover. Nur was wir uns vom Leben nehmen, zählt.

»Soll ich rübergehen und nach ihm sehen?« schlug Cassidy vor.

»Um seinen Segen einzuholen?«

»Er ist bestimmt wach.«

»Mein Gott«, sagte Helen und setzte sich kerzengerade und in hellem Zorn auf. »Was für ein widerlicher Einfall. Wenn er es wüßte, würde er Sie umbringen, ist Ihnen das nicht klar? Er wird *viel* schlimmer mit Ihnen umspringen als Hall mit diesem armen Amerikaner.«

»Ja, das würde er vermutlich tun.«

»Wenn er wüßte, daß Sie und ich hier im Bett sind, *nackt, ein Liebespaar ...*« Ihre Entrüstung fand keine Worte mehr. »Herrgott!« rief sie abschließend und ließ sich mit einem Plumps zurückfallen. »Aber wir sind kein Liebespaar, nicht wahr?« fragte Cassidy vorsichtig. »Noch nicht.« Und meinte: Imissio hat noch nicht stattgefunden, mein Anwalt könnte mich noch immer rauspauken, sie hat mich reingelegt.

»Glauben Sie, er schert sich drum, was wir *tun*? Nur was wir *möchten*, das zählt.« Fast verzweifelt wandte sie sich ihm zu.

»Und wir *möchten* doch, nicht wahr, Cassidy? Nicht wahr? Cassidy, ich habe alles aufs Spiel gesetzt. Was, zum Teufel, soll Ihr Einsatz sein?«

»Alles«, sagte er, und nachdem er alles, was ihn glücklich machte, kurz hatte Revue passieren lassen: Hugo, Mark, den Bentley, das Haus der Nachttiere und Sandra an guten Tagen: »Alles, was ich je geliebt habe.«

Und plötzlich küßte er sie, nahm sie; beherrschte sie, wirkte Wunder in ihr und über ihr; und Helen, seine flinke, flatternde, ersterbende Helen, eine strahlende Synthese aller seiner Träume. Ihre Berührung nahm nichts; sie führte und tanzte, lag regungslos, ritt über ihm; und doch gab sie nur, und die ganze Zeit schien sie ihm nur zu folgen, ihm ja und nein von den Augen abzulesen, die Grenzen dessen, was er ihr zubilligte, abzuschätzen, durch ihr Gehorchen ihm eine wachsende Verpflichtung zu schaffen, sie wieder zu lieben.

»Natürliche Pause«, flüsterte sie und lag neben ihm, die Augen auf ihn geheftet.

»Kühner Lover«, sagte sie.

»Jetzt muß ich aber lachen«, sagte Cassidy.

»Ich werde es dem Vorstand berichten«, flüsterte sie, und die Leidenschaft bebte in ihrem Lächeln.

»Ich liebe dich«, sagte Cassidy.

»Weitermachen«, sagte Helen.

Elise und Mrs. Bluebridge schwebten Hand in Hand und intonierten süße Weisen aus Old Hugos Bibel; respektvolle Kellner beklatschten ihn in rhythmischem Unisono; Sünder und Streber auf dem steilen Weg zu Gottes Hügel drehten sich um und beobachteten ihn lobend. Der Chor verstärkte sich. Ja, Burgess, ja. *Ça te fait plaisir? Beaucoup de plaisir, Elise.* In Kensal Rise blinkten die grünen Lichter erregt, während die Kapelle ein Lied aus Sherborne sang: *»Vivat rex Edwardus Sextus! Vivat!«* Die Mädchen schauten zu, sie hatten aufgehört zu tanzen und studierten respektvoll des Meisters mühelose Technik. Nun erschienen Mütter mit Kinderwagen in der Menge, sie winkten, dankten ihm, sie verdankten ihm ihre Babys.

»Sandra!« rief er freudig überrascht.

Sie hatte ihre Wermutbrüder mitgebracht: in Zweierreihen, zum Kirchgang gekleidet, frisch rasiert.

»He, Kumpels!« rief er ihnen zu und hielt einen Augenblick inne. »Schaut mal hierher, wird euch Spaß machen, macht andere Menschen aus euch!«

»Es würde ihnen eine Lehre sein«, stimmte Sandra zu und seufzte, wie sie seufzte, wenn er seine schmutzige Wäsche in den falschen Korb steckte.

Wachse, du kleines Unkraut, wachse.

O Christus, *ja*, ich wachse. Glaub mir, Lover, ich bin gewachsen, ich wachse immer noch, du hast mich den Zorn gelehrt, mich in Brand gesteckt, mich zutiefst entflammt; das Feuer geht von den Wurzeln aus; ein laufendes, rasendes Feuer, Wasser hilft da nicht mehr, mein Lover, ich bin hier oben mit dem Besten, was du besitzest, durchnäßt und immer noch im Bade; mehr als das Beste; koche an deiner Statt, in deiner Höhle, deinem Ofen; wach auf, wenn du willst. Um Himmels willen, Lover, wie kannst du schlafen, wo ein Mord geschieht?

Jetzt sagte sie zu ihm: »Cassidy, du bist der beste, o Gott, Cassidy, o Liebster!«

Lichter brachen in seinen Augen; die Bewegung in seinem Rücken war klein und am Ersterben. Sie rief Gott und Cassidy an, Shamus und ihren Vater. Ihre Beine waren weit geöffnet wie die eines Buddha, sie bewegte sich in langsamer Trance, schaukelte ihn zwischen ihren angewinkelten Knien von einer Seite zur anderen. Captain, schlaft Ihr denn dort drunten? Am liebsten würde ich eigentlich jetzt bei dir sein, Shamus; sie ist zu ihrem eigenen dunklen Volk eingegangen, ist weit draußen bei den tief Empfindenden. Wirklich, Shamus, wenn du nur wieder da wärest.

Es war vollbracht. Ein Räkeln des Rückens, zwei Katzen auf einem Bügelbrett. Es war vollbracht. He hoch, und Sprung auf! Ein erfreulicher Abschluß des Wartens, ein Zurechtrükken von Stühlen und Spiegeln im Mondlicht, eine Klärung, Entleerung des Geistes, als sie ihn in sich ersterben ließ und ihren Körper noch immer zum Trinken darbot. Er blieb, höflich wie er war, und wartete, bis die Jahre vorbeigezogen und der Knabe aus dem Wasser gestiegen wäre. Dachte an den Bentley: hatte er ihn krachen hören? Dachte an Shamus: spionierte er durch die Tür? Dachte: Wenn er Christus wäre, gefangen zwischen den zwei Schächern; ein Schächer wäre, gefangen zwischen Christus und Christus; ein Kind, das bei seinen Eltern schlief, ein Vater, der bei seinen Kindern schlief; daß es drei sein mußten, und an Angie Mawdrays Tierkreiszeichen; ›Sieben und drei‹, sagte sie, ›sind die Glückszahlen.‹

An biafranische Kinder, die auf dem Klavier schrien, und das neue Rettungsboot in der fast fertigen Halle, wenn man hereinkam rechts, auf dem D-förmigen Sheratontisch aus Satinholz, mit dem heruntergeklappten Flügel, sechshundert Guineas. Ein Rettungsboot aus Pappe, ausgegeben von der Rettungsgesellschaft, mit einem kleinen Schlitz für die Münzen; Sandra hatte eine neue Schwäche für die Schiffbrüchigen entdeckt.

Warum können wir nicht eine einzige Person sein? fragte er sich. Warum müssen wir so viele sein, in einem einzigen Mutterleib gedrängt?

Nachdem er sich von ihr gelöst hatte und nun, getreu der Vaterpflicht, ihre Hand hielt, weil sie weinte, richtete Cassidy zum letzten Mal in seiner Amtszeit als Vorsitzender das Wort an den Vorstand: Richten Sie, meine Herren, Ihr Augenmerk auf die arithmetische Seite dieser ungewöhnlichen Situation. (Miß Mawdray, vielleicht noch einen Schluck Kaffee für Mr. Meale, er wirkt ein bißchen müde.) Sie haben natürlich alle Nietzsche gelesen; und wer von Ihnen ihn nicht gelesen hat, erinnert sich zweifellos des deutschen Dichters Dingsda. Diese Männer, meine Herren, haben bemerkenswerte Erklärungen für unser menschliches Verhalten aufgestellt. Sie ordnen uns an wie Sterne in einem Horoskop. Nun, nehmen Sie uns. Die vollendete Anordnung unserer drei parallelen Körper mag als Beispiel dienen. So werden wir schließlich bei unserer mystischen Himmelfahrt unsere Plätze am Firmament finden. In Reih und Glied, die Füße nach Osten weisend.

Hier liegt, des Smokings entkleidet, in seinem eigenen Hotel, ein Bourgeois, der sein Leben hingab auf der Suche nach einem Traum. Ich will ihn heute abend, nach der im Michelin üblichen Einstufung, einen Zwei-Sterne-Liebhaber nennen; gut, aber nicht unbedingt eine Reise wert. Zu meiner Linken, von mir durch sein Eheweib und eine dankenswerterweise schalldichte Wand getrennt, liegt ein Künstler, zerbrochen auf dem Rade seines Genies; eine wenn auch unorganisierte Galaxie von einem Menschen.

Und zwischen uns, Lover, zwischen uns liegt die Wahrheit. Nackt und ein bißchen erschöpft, und sie weint wie ein Kind.

Er ließ sie schlafen, schloß die Tür auf und kroch zurück in den Salon. Die Decke war zu Boden gefallen. Er lag noch nackter als Helen, noch kindlicher, jünger. Waren seine Augen offen oder geschlossen? Nicht zu sehen, es war nicht hell genug. Cassidy beugte sich über ihn und legte sein Ohr, so nah er sich getraute, an die nackte Brust und horchte auf den ruhelosen unregelmäßigen Schlag des Herzens.

Ziehe die Decke über ihn, aber nur bis zum Hals. Setz dich in den Sessel und blicke unverwandt auf ihn, Jonathan, meinen Freund. Hol das Handtuch und wische ihn ab.

Wer hat das geschrieben? Mein Buch oder seines?

Schlaf.

Vor dem Fenster brannte ein Stern, doch weder Elise noch ein anderes Gespenst war da, um ihn zu begrüßen. Von Kensal Rise bis Abalone Crescent, von der South Audley Street bis zum Fluß, wo er Pimlico passiert, gab es keinen, der nicht an die Morgendämmerung dachte.

Lieber Cassidy.

Der Umschlag war vollgeklebt mit grünen Briefmarken, die Palmen und Affen zeigten. Er war vor mehreren Monaten abgestempelt. Cassidy mußte ihn eingesteckt und zu öffnen vergessen haben. Die Schrift war wie Sandras Schrift infantil, aber ausgeprägt.

Lieber Cassidy, las er, während er sich im Badezimmer anzog.

Ihren monatlichen Scheck dankend in Händen. Meine Tochter berichtet mir, Sie hätten sich für die Laufbahn eines Politikus entschieden und liebäugelten mit der Linken einschließlich Kommunisten und Radaumacherei in den Docks. Hände weg. Ihre Pflicht ist es, allezeit aufmerksam und ritterlich zu Weib und Kindern zu sein und nicht mit rosaroten Marxisten aus Balliol zu paktieren und Ihre Schwiegermutter wie eine verdammte Närrin zu behandeln. Ich bin in dieser Angelegenheit in ständiger Verbindung mit Mrs. Groat und erwarte von einer allgemeinen Besserung der Lage zu hören, rücksichtlich darauf, daß sie stockblind ist.

Der Brief schloß altmodisch. *P. Groat, Brigadegeneral (a. D.)* und ermahnte Cassidy in einem PS, nach dem Tennis-Rakkett zu sehen:

Und überzeugen Sie sich, daß der verdammte Rahmen fest schließt. P. G. (Brig. a. D.).

Der Bentley stand in der Parkbucht, wo er ihn abgestellt hatte. Nein, sagte der Wächter und übergab ihm jovial die Schlüssel, natürlich hatte ihn niemand benutzt; nicht ohne Mr. Cassidys Genehmigung; natürlich nicht.

London 3

28

Ein Kaltwettereinbruch mit Regen und unzeitigen Stürmen traf mit Cassidys Abstieg in den Hades zusammen. Zu Hause über das Wochenende sprach er kaum; obgleich er zärtlich zu seinem Kind und zuvorkommend zu seiner Frau war, blieb sein äußerliches Verhalten geistesabwesend, entrückt.

»Hat Ärger gegeben mit dem Papier«, erklärte er Sandra. »Die Gewerkschaften sind sauer.«

Besorgt begleitete sie ihn zum Wagen.

»Wenn ich irgend etwas für dich tun kann, dann laß es mich wissen. Manchmal brauchen sie eine weibliche Hand.«

»Sehr gern«, sagte Cassidy und küßte sie herzlich, wenn auch zerstreut.

Das kriminelle Subjekt kreuzte allein in seinem Bentley durch die Straßen Londons, mied die Hauptverkehrsadern und die Blicke wachsamer Polizisten. Er fuhr unkonzentriert, blickte haßerfüllt auf die Augen seines Verfolgers im Rückspiegel, die rotgerändert waren, umschattet von Ausschweifungen. Aldo Cassidy, fünfzigtausend Pfund Belohnung, Verbrechen: Unschuld. Ich hätte es besser gezeichnet, dachte er, ich hätte mich viel verabscheuungswürdiger gemacht.

»Wir bekommen bald einen Anruf, nicht wahr?« hatte Helen auf der Schwelle gesagt und in ihn und über ihn hinweggeblickt. »Cassidy.«

»Kann nicht bald genug sein, Lover«, flüsterte Shamus, der vor ihnen die Eisentreppe hinaufschlurfte. »Komm zum Fußballspielen.«

»Gern.«

»Wie wär's jetzt?«

»Muß mich rechtzeitig bei der Leitkuh zurückmelden.«

»Wetten, daß solche harschen Damen *großartig* im Bett sind«, sagte Shamus und schloß die Küchentür auf. »Helen lächelt zuviel. Zu glücklich. He, Helen, vielleicht sollte es uns für ein Weilchen dreckig gehen.«

»Wiedersehen, Cassidy«, sagte Helen lächelnd.

»Viel Glück mit der Stockfisch-Schreibe«, sagte Cassidy.

»Wir werden fleißig schreiben«, sagte Helen.

Shamus wirbelte zu ihr herum. »Ach nein? Du kannst das? Vielleicht könntest du auch die Stockfisch-Schreibe übernehmen?«

»Ich meinte Briefe«, sagte Helen, »nicht Drehbücher.«

Cassidy kleidete sich um und ließ Helen seinen Smoking zum Aufbügeln zurück.

Ein Flughafen zog ihn an, möglicherweise Heathrow. Der widerliche Sünder parkte auf einem Abstellplatz und beobachtete, wie große Jets sich in den Nebel, in die Sicherheit abhoben. Wenn er nur seinen Paß bei sich hätte. Im Büro anrufen, Mawdray kann ihn im Taxi bringen. Eine Weile fuhr er an Tankstellen und Motels vorbei und suchte nach einer abgelegenen Telefonzelle, dann gab er es auf. Ich würde nicht damit durchkommen, sie würden das Gespräch abfangen, mich an der Sperre schnappen. *Ehebrecher aus West End macht Fluchtversuch per Flugzeug.*

Windsor, wo die Flagge des heiligen Georg naß über dem historischen Gemäuer schlappte. Der geile Bock kam in all seiner Scham unbemerkt vorbei, glotzte nach den Kauflustigen und neidete ihnen ihre Banalität. Tradition; was hatte Cassidy je von der Tradition gehabt? Wo war Cromwell Cassidy hingekommen, der wackere puritanische Streiter? Im Savoy-Hotel, vielen Dank, zehn Pfund extra für das Personal, und schicken Sie die Rechnung an die Firma, schlief er mit der Frau seines besten Freundes.

Warum traf ihn kein Blitzstrahl? Dieser Lastwagen, der über die schmale Brücke rumpelte: Warum rammte der Gelenkanhänger nicht seine protzige Kühlerhaube, zerschmetterte nicht das Glas seiner unnatürlichen Geborgenheit? Vielleicht sollte er jemanden überfahren; das wäre eine Lösung. Einen einsamen Radfahrer zum Beispiel, der zu ehrlicher Arbeit auf den Feldern ausfuhr, eben diese Steigung am Ende eines langen Werktages erklomm und in seinen schlichten Gedanken bereits bei Herd und Familie weilte?

Cassidy setzte sich bequemer auf seinem Sitz zurecht und gestattete seiner willigen Fantasie, die Katastrophe zu Ende zu führen: die graue Steinkirche, das dürftige Grab, das Trauergefolge, des Regens nicht achtend. Die Witwe verhält am Eisentor. Cassidy, verhärmt und unrasiert, legt ihr die Hand auf den Arm:

»Schicken Sie die Kinder nach Harrow«, bittet er sie, *»ich habe einigen Einfluß bei der Direktion. Ich möchte für sie sorgen wie für meine eigenen.«*

Sie weint nicht, schüttelt nur den Kopf:

»Geben Sie mir meinen Harry zurück«, flüstert sie. *»Mehr will ich nicht.«*

Natürlich würde er sich nie mehr davon erholen. Das Leben, so wie er es vordem gelebt hatte, würde für ihn zu Ende sein. Nichts Dramatisches oder Forciertes; nur ein stufenweises Sichzurückziehen von allem, was ihm bis dato teuer gewesen war. Seine Aktien verkaufen, seinen Wagen, seine Bilder, sich von den *Nondescripts* trennen, einen Freund, zwei vielleicht, aufsuchen, gewisse private Zuwendungen machen und Dispositionen treffen, dann in aller Stille verschwinden und ein Wohlfahrtsheim für Jungen leiten oder eine Bücherei in Botswana eröffnen. Auch seine äußere Erscheinung würde sich verändern; unweigerlich und unaufhaltsam. Er würde seine Kleidung vernachlässigen, seine Anzüge an entlassene Strafgefangene verschenken. Von nun an mußte er mit leichtem Gepäck reisen, immer in Bewegung, niemals in Sicherheit, ruhelos auf der Suche nach Sühne. In wenigen Monaten würden seine Haare grau gesprenkelt sein, seine Schultern gebeugt, und sein hübsches Gesicht würde die leidgeprüften, gereiften Züge eines um zwanzig Jahre älteren Mannes tragen. Nur hier und da würde er zufällig in fernen Landen gesehen und halb erkannt werden, und dann würde man daheim in mitfühlendem Ton von ihm sprechen: »Er hat es nie überwunden, wissen Sie. Er muß vierzehn Kilo abgenommen haben.« Oder sogar: »Es war sein Glück.«

Mein Unglück ist: Ich fahre zu vorsichtig.

In Aylesbury, einem netten Marktflecken, der gewöhnlich nicht von Ehebrechern frequentiert wird, kaufte der reuige Lüstling seiner Frau eine Krokohandtasche und entwarf bei einer Tasse Kaffee in einer Raststätte einen Abschiedsbrief an seinen früheren Freund Shamus, den bekannten Propheten.

Du gabst mir die Kraft zu lieben, und ich habe Deine Gabe gröblich mißbraucht, sie in die Waffe des Verrats gegen Dich verkehrt. Worte können meine Qual nicht schildern; so hoch Du mich erhoben hast, so tief bin ich gefallen. Anbei ein Scheck über fünftausend Pfund zur Abgeltung sämtlicher Ansprüche.

Bitte behalte meinen Smoking und sämtliche kleineren Gegenstände aus meinem Besitz, die sich in der Wohnung befinden.

Die Miete läuft über meine Bank.

Dein einstiger Freund
und ewiger Bewunderer
A. Cassidy

Nach einigem Überlegen fügte er diesem Brief vorsichtshalber ein Postskriptum an:

Ich hätte Dir längst sagen sollen, daß ich an epileptischen Anfällen leide. Sie nehmen ganz ungewöhnliche Formen an. Unter ihrer Einwirkung verliere ich jede Widerstandskraft und jedes Verantwortungsgefühl. Wenn Du mir nicht glaubst, so kannst Du jederzeit Dr. John Elderman in Abalone Crescent konsultieren, den ich ermächtige, Dir jede gewünschte Auskunft zu erteilen. Nur er und Sandra haben bisher um mein geheimes Übel gewußt. Ich bitte Dich, diese Mitteilung unter allen Umständen streng vertraulich zu behandeln.

Nachdem er den Brief verschlossen, mit einer Marke beklebt und in die Tasche gesteckt hatte, bestellte er eine weitere Portion heißer Teekuchen und aß sie in tiefer Verzweiflung. Jetzt weißt du alles, dachte er; mach mit mir, was du willst.

Er verließ das Café und warf den Brief in einen öffentlichen Müllkasten. Vergiß es, sagte er zu sich selber. Nur nichts Schriftliches. Es ist nie passiert.

Die beiden haben nie existiert, sagte er sich. Ich habe sie mir ausgedacht. Na hör doch, sag doch selbst, hätte mir das so lange Zeit durchgehen können?

Er fuhr zum *Transport House*, dem Hauptquartier der Gewerkschaften, und erkundigte sich bei der Auskunft, wie er sich um eine Kandidatur bewerben müsse. Das Mädchen wußte es nicht, versprach aber, nachzufragen.

»Sie sagten doch *Labour*, nicht wahr?« fragte sie zweifelnd und blickte an ihm vorbei auf den frisch gespritzten Bentley.

»Ja, bitte«, sagte Cassidy und hinterließ seine Karte.

Es ist nie passiert. Vergiß es.

Shamus ist tot.
Helen ist tot.
Sie haben nie existiert.
Ich habe sie geträumt.
Ins Nichts.

Und doch, aus der Tiefe seiner Qual, aus dem Elend von Schuld, Reue, Täuschung und Bedauern, wuchs auch – wie Shamus es gewünscht hatte – das kleine Unkraut. Denn seine Todesqual war auch durchzogen von einem drängenden Willen zum Leben – das Geschenk gewisser, nicht genannter Freunde, deren Einfluß auf ihn nichts von ihrer Kraft verloren hatte. Als er anderntags von einer Nachtdebatte im Hauptquartier der Docker zurückkehrte, kam er einer Verpflichtung an der Eldermanschen Tafel nach und erwarb sich dort die Achtung aller, die ihn hörten. Nun ja, sagte er, der Report sei streng vertraulich; er sei wirklich außerstande, viel darüber zu sagen. Ja, er werde Cassidy-Report heißen. *Umfang?* Umfaßte so ziemlich alles von den Aufnahmeformalitäten im *Transport House* bis zur Schaffung von Freizeitgestaltungsmöglichkeiten in den Lagerhäusern der Cable Street. Etwa die gleichen wie sie in der Presse zitiert waren (gute Idee – keiner wollte eingestehen, daß er die Artikel nicht gelesen hatte), mit einigen Ergänzungen, auf denen er zu seinem eigenen Schutz bestanden habe.

Im Bett, ausgerüstet mit einer von äußerster Angst zustande gebrachten Männlichkeit – und vielleicht stimuliert von gewissen nicht näher bezeichneten Erinnerungen an nicht stattgehabte Ereignisse –, erstaunte er seine Ehefrau mit einer Serie sexueller Glanzleistungen. »Und schaff uns deine Mutter vom Hals«, gebot er. »Ich will sie nicht länger im Haus haben.«

»Gern«, sagte Sandra.

»Ich will dich ganz für mich haben«, sagte er.

»Und das allein zählt«, pflichtete Sandra bei. *»Lieber Pailthorpe.«*

Wuchs, knospte und, o Wunder, blühte sogar.

Und empfand, unter vielen anderen widersprüchlichen Gefühlen – zum Beispiel Schrecken, zum Beispiel Haß auf die scharlachne Hure Helen, zum Beispiel tiefe Sympathie für den extrem rechten Flügel der Konservativen Partei, der die Besitzenden vor den gemeinen Attacken schäbiger Schriftsteller und ihrer unmoralischen Ehefrauen schützt –, empfand jene besondere Überlegenheit, die nur einer empfindet, der Auge in Auge mit dem Schicksal lebt: Alpinisten, Todkranke und die vielen Helden des Krieges, den er verpaßt hatte. Endlich gehörte das Unkraut der Bruderschaft an; der Elite. Er begriff, warum Helen und Shamus soviel vom Sterben gesprochen hatten. Der Tod ist der Besitz der Lebenden; sie sollten ihn zu jeder Stunde im Auge behalten.

Auch schlief das Unkraut weniger; aß weniger; arbeitete besser und flotter. Und da er im Verlauf dieser vierzehn Tage feststellte, daß er sich weder den Aussatz zugezogen hatte noch von der Polizei verhaftet wurde und daß auch keiner der stets bedrohlichen Bescheide der Steuerbehörde oder der Handelskammer zugestellt worden war; und da er nichts von

Helen oder Shamus gehört und keine Anstalten gemacht hatte, sie von sich aus zu erreichen; und da er sie deshalb zunächst vermißt und später tot wähnte, beschloß er, daß es ungefährlich sei, in aller Stille seine neue aufregende Politik des Nehmens ein Stückchen weiter voranzutreiben.

»Weißt du...«, begann Sandra eines Nachts dankbar.

»Was soll ich wissen?«

»Selbst wenn alles gelogen wäre, die ganze Geschichte, das Papier, die Partei, der sichere Sitz... ich würde dich trotzdem lieben. Ich würde dich trotzdem bewundern. Wie immer die Wahrheit lautete.« Doch Cassidy war eingeschlafen, sie erkannte es an seinem Atem. »Die Wahrheit bist *du*«, flüsterte sie. »Nicht das, was du sagst. *Du.*«

29

Zeit außerhalb der Zeit; geborgte Zeit; ungelebte, allzulang geträumte Vergangenheit, die zu spät Wirklichkeit wurde; ein Abkassieren vor der Schlußabrechnung; ein Aufsteigen auf der emotionalen Skala; eine Forderung seiner gerechten Ansprüche; erneute Suche nach der blauen Blume: Wer will das wissen? Cassidy zog sich aus, stellte sich in den Brunnen und spürte die Kanten seiner Existenz.

»Weißt du, was ich mir wünsche, Aldo?«

»Was wünscht du dir?«

»Ich wünsche mir, daß alle Sterne Menschen und alle Menschen Sterne wären.«

»Was wäre damit gewonnen?«

»Dann würden unsere Gesichter immer von einem Strahlen erhellt. Wir würden einander zublinken und uns nie mehr elend fühlen.«

»Ich fühle mich nicht elend«, sagte Cassidy fest. »Ich bin glücklich.«

»Und alle Leute, die wir nicht leiden können, würden meilenweit weg sein, nicht wahr, denn sie wären ja am Himmel statt der Sterne.«

»Wir haben die ganze Nacht vor uns«, sagte Cassidy. »Ich bin nicht müde oder so. Ich bin nur glücklich.«

»Ich liebe dich so sehr«, sagte Angie. »Grins doch ein bißchen.«

»Bring mich dazu«, sagte Cassidy.

»Ich kann nicht. Ich bin nicht klug genug.« Sie küßte ihn mit gelassener, kennerischer Sinnlichkeit. »Werde ich nie sein.«

Er grinste. »Wie ist das?«

»Gut«, sagte sie. »Sehr gut für einen Anfänger.«

Sie rochen nach den Knoblauchschnecken im *Epikur*, lagen, bewacht von einem weißen Hund namens Lettice, in nackter Zweisamkeit auf dem dünnen, knochenharten Bett ihrer Mansarde in Kensington, nah bei den Sternen. Lettice sei im Zeichen des Schützen geboren, sagte sie, und Schütze sei so sexy wie kein anderes Gestirn.

»Bedeutet Schwanz«, erklärte sie. »Hat mir Julie gesagt. Im Grund ist alles phallisch, nicht wahr?«

»Vermutlich ja«, sagte Cassidy.

Ein Che-Guevara-Poster hing an der Wand neben einem von kretischen Wilden gewebten Gobelin.

»Lettice liebt dich auch«, sagte Angie.

»Und ich mag ihn.«

»Sie«, sagte Angie, »Dummer.«

Gestern wußte er nichts von ihr; heute alles.

Sie glaubte an den Geist und trug geheimnisvolle Perlenschnüre über ihrem bloßen und ungewöhnlich schönen Busen. Sie glaubte an Gott und haßte, wie Shamus, den beschissenen Klerus mehr als alles andere auf der Welt; sie war Vegetarierin, fand jedoch, Schnecken seien zulässig, weil sie kein Gefühl hatten und die Vögel sie ohnehin fraßen; sie hatte Cassidy seit ihrem ersten Tag in der Firma geliebt. Sie liebte ihn, wie sie keinen anderen Menschen liebte; Meale war ein blöder Hund. Sie hatte die Sterne, in denen Cassidys Geschick beschlossen war, deutlich identifiziert und blickte endlose Nächte hindurch zu ihnen auf. Sie hatte breite harte Schenkel, und ihr Vlies wuchs vom oberen Ansatz an sehr adrett nach unten, sie nannte es ihren Vollbart und mochte es gern, wenn er die Hand darauflegte, sie konnte nicht genug bekommen. Ihre rechte Brust war erogen, Abtreibungen mißbilligte sie. Sie liebte Kinder wahnsinnig und haßte ihren Scheißvater. Im allgemeinen mochte Cassidy es nicht, wenn Frauen fluchten, und er hatte gehofft, es Helen bei passender Gelegenheit abzugewöhnen. Doch Angies Obszönitäten hatten eine kühne Vertraulichkeit, eine erhabene Bezugslosigkeit, die sie entschärfte.

Sie war dreiundzwanzig. Sie verehrte Castro, aber ihr größtes Bedauern galt der Tatsache, daß sie nicht mit Che Guevara geschlafen hatte, ehe er starb; aus diesem Grunde hatte sie ihn so nah an ihrem Bett. Griechenland war sagenhaft, und eines Tages, wenn sie einen Haufen Geld haben würde, wollte sie dorthin ziehen und dort leben und einen Haufen Kinder haben: »Ganz für mich allein, Aldo, kleine braune Dinger, die nackt im Sand spielen.«

Er wußte auch, daß sie nackt sehr schön war und weder schüchtern noch ängstlich; und es erstaunte ihn über alle Worte und alles Begreifen hinaus, daß sie so lange voll bekleidet in seiner Reichweite hatte sein können und er nicht die Hand ausgestreckt und ihren Reißverschluß aufgezogen hatte.

»Hörst du zu?«

»Ja«, sagte Cassidy. »Nur nicht nachlassen.«

»Fische. Zwei Fische, verbunden durch die astronomische Nabelschnur, einer schwimmt stromauf und der andere stromab.«

»Wie wir«, flocht Cassidy bescheiden ein.

»Nicht *wir; ich,* Dummer. Ich habe eine doppelte Persönlichkeit. Zwei ganze und ganz verschiedene Persönlichkeiten in einem einzigen Kopf. Ich bin nicht ein Fisch, ich bin zwei Fische, das ist das Gelbe vom Ei.« Sie las weiter. »Entscheidende Ereignisse erwarten Sie in dieser Woche. Ihr größter Wunsch könnte Wirklichkeit werden. Zögern Sie nicht. Ergreifen Sie die Gelegenheit, jedoch nur vor dem neunten oder nach dem fünfzehnten. Herrje, welchen haben wir heute?«

Ich liebe dich, dachte er. Ich liebe deine Ohren, die durch dein langes braunes Haar spitzen; ich liebe deine Direktheit, den Schwung und die Leichtigkeit deines jungen Körpers, ich möchte dich heiraten und den Griechenstrand mit deinen Babys teilen.

»Den dreizehnten«, sagte er, nachdem er auf den Datumsschlitz seiner goldenen Armbanduhr geschaut hatte.

»Ist mir egal«, sagte Angie resolut. »Immer haben sie auch nicht recht, also zum Teufel damit.«

Sie lag flach auf dem Rücken und betrachtete nachdenklich Che Guevara.

»Ist mir egal, ist mir egal, *ist mir scheißegal*«, wiederholte sie hitzig und starrte dem großen Revolutionär ins Auge. »Es ist eine Wolke. Eines Tages wird der Wind kommen und sie wegblasen, und auch dann noch ist es mir egal. Machst du es oft, Aldo? Schläfst du mit vielen Mädchen?«

»Es ist mir so bestimmt«, sagte Cassidy, und sein Seufzer eines müden Wanderers wies auf die einsame Straße und den langen Weg und die seltenen Augenblicke des Trostes.

»Faß dich nur wieder, Garbo«, sagte Angie.

Immer noch nackt, kochte sie Kakao für ihn, klapperte wie eine fluchende Göttin in der winzigen Kochnische mit dem Geschirr; ein Kind, von hinten durch das orangefarbene Licht vom Fenster beleuchtet, das einen heimlichen Schmaus im Schlafsaal bereitet. Und danach versprach sie ihm, würden sie es wieder machen. Ihre Brüste bewegten sich mit ihr, nicht ein Zittern; ihr langer Oberkörper besaß die Hoheit einer Statue. Sie setzte sich rittlings mit gespreizten Knien auf ihn und baute eine Sandburg. Beugte sich vor und küßte ihn, während sie ihn langsam in das tiefe Becken ihrer Hüften lockte.

»Er war so ein Widerling, mein Dad«, sagte sie später, immer noch schreckerfüllt, ihre runde Wange preßte sich dankbar an seine Schulter, und ihre Hand hielt ihn leicht. »Aber deine Kinder lieben dich *wirklich*, nicht wahr, Aldo?«

»Ich liebe *dich*«, sagte Cassidy, und fand es ausnahmsweise nicht schwierig, diese Worte auszusprechen.

Ast, eine ältere Dame, gute drei Jahre älter als Cassidy, aber noch nicht ausgesprochen gebrechlich, lebte dem Erdboden näher, aber bei größerer Fülle. Im Bett war sie riesig, etwa das Doppelte ihres angekleideten Gewichts, schätzte er, und dachte flüchtig an Cassius Clay; und wenn sie sich seitwärts drehte, um mit ihm zu sprechen, nagelte ihr schwerer Ellbogen ihn an die Matratze.

Die Wände von Asts Wohnung hingen voll mit ungerahmten Bildern erst noch zu entdeckender Künstler; ihre Fenster lagen einem Museum gegenüber, und ihr Interesse an Cassidy war nach der ersten Runde im wesentlichen historischer Natur.

»Wann hast du's *gewußt*?« fragte sie, in einem Ton, der erkennen ließ, daß Liebe auf dem Forschungsweg beweisbar sei. »*Aufrichtig*, Aldo. Wann ist es dir gedämmert?«

Aufrichtig, dachte Cassidy, überhaupt nie.

»War es«, schlug sie vor, um seinem Gedächtnis nachzuhelfen, »an dem Abend bei den Niesthals, beim Cembalo-Konzert? Du hast mich angesehen, zweimal. Wahrscheinlich erinnerst du dich gar nicht mehr.«

»Aber gewiß doch, natürlich«, sagte Cassidy höflich.

»Oktober. Im goldenen Oktober.« Sie seufzte. »Mein Gott, man redet soviel schmalziges Zeug, wenn man verliebt ist. Ich dachte, du wärst nur ein langweiliger... geiler... Geschäftsmann.«

Cassidy teilte ihre Erheiterung über dieses lächerliche Fehlurteil. »Wie falsch. Wie völlig falsch ich dich einschätzte.«

Langes, bedeutungsleeres Schweigen.

»Du *liebst* Musik, nicht wahr, Aldo?«

»Wüßte nicht, was mir lieber wäre«, sagte Cassidy.

»Ich wußte es. Aldo. Warum führst du *Sandra* nicht in Konzerte? Sie bemüht sich so verzweifelt, den Geist zu *verstehen*. Du mußt ihr helfen, verstehst du. Ohne dich ist sie nichts. Nichts.« Die Bedeutung ihrer Worte ging ihr plötzlich mit Schrecken auf. »O Gott, was habe ich gesagt! Verzeih mir, sag, daß du mir verzeihst.«

»Schon in Ordnung«, beruhigte Cassidy sie.

»Mein *Gott*, was habe ich gesagt?« – Sie rollte sich an ihn –. »Aldo, bitte, speis mich nicht ab, bitte. *Ich verzeihe dir*. Sag: *Ich verzeihe dir*.«

»Ich verzeihe dir«, sagte Cassidy.

Der Friede kehrte wieder.

»Und dann unterhieltest du dich mit mir bei den Eldermans. Ich konnte es kaum glauben. Seit Monaten hatte niemand so zu mir gesprochen. Du warst so beredt... so *sicher*. Ich fühlte mich wie ein Kind. Wie ein kleines Mädchen.« Sie lachte bei der angenehmen Erinnerung. »Alles, was wir dummen Weiber tun konnten, war gekränkt dreinschauen, während du uns belehrtest. Mein Mund wurde trocken, und mein Herz zog sich zusammen, und ich dachte: Er hat recht. Er *sorgt* sich um den Künstler. *Verleger*«, schnaubte sie. »Was *verstehen* sie davon?«

»Nichts«, sagte Cassidy und dachte an Dale.

»Und die Blumen... Aldo, ich habe nie im Leben so viele Blumen bekommen. Cassidy?«

»Ja.«

»Was hat dich *bewogen*, die Blumen zu schicken?«

»Paris«, sagte Cassidy gewandt. »Plötzlich... vermißte ich dich. Ich suchte überall... aber du warst nicht da.«

Er muß bei Nacht und Nebel ausgerückt sein, dachte Cassidy und lugte zu wiederholten Malen nach den Restbeständen, dem stummen Diener für seine Anzüge, dem lederbezogenen Lehnsessel zum Ablehnen der Manuskripte. Ein Meisterstück. Wie hat er es gemacht? Geschrieben oder telefoniert? Oder hat er, dieser Herkules, es ihr *gesagt*?

Still lagen sie nebeneinander, und zwischen ihnen klaffte ein kleiner Abgrund von einigen tausend Meilen Breite.

Der neue Sims war an Ort und Stelle, aber in einer Ecke bedeckten noch immer weiße Staubplanen den Boden, und ein starker Geruch nach Leinöl haftete den Bettlaken an.

»Es wird wirklich entzückend sein, wenn es fertig ist«, sagte Cassidy. »Wie ein Palast oder so ähnlich.«

»Du solltest ihm zusehen«, sagte Sandra und meinte Mr.

Monk, den Maurer, »er arbeitet so verlässig. So loyal und anständig. Er war im Krieg bei den Pionieren.«

»Die Pioniere waren ein feiner Haufen«, bemerkte Cassidy gerissen, ihr Experte in militärischen Fragen.

»Er glaubt, er erinnert sich an Daddy. Er weiß es nicht sicher, aber er glaubt. Eine Zeitlang hat er beim Brückenbau gearbeitet in Bolton. Anno neununddreißig.«

»Ich weiß nicht mehr, welche Einheit in Bolton stationiert war«, sagte Cassidy, als überlegte er fieberhaft. Sie hatten vor kurzem *Patton, Lust for Glory* gesehen, und Cassidy erfreute sich noch immer eines gewissen reflektierten Prestiges.

»Und er hält Ordnung unter seinen Männern«, sagte Sandra lobend. »Einer von ihnen hat Snaps schöne Augen gemacht.«

»So etwas dulde ich nicht«, sagte Cassidy scharf.

»Schsch«, sagte Sandra mit verschwörerischem Stirnrunzeln und blickte zur Decke empor.

»Nein, wirklich, ich meine, wie sie herumhurt...«

»Aldo!« – sie beruhigte ihn mit kleinen Küssen – »*Grizzly* Pailthorpe... *Aldo*... es ist ihr Alter. *Sie wird* drüber wegkommen... außerdem hat sie einen neuen Freund, einen Werbefritzen namens Mel.«

Sie kicherten beide.

»Herrje«, sagte Cassidy. »Brauchen wir Werbefritzen?«

Weitere Küsse. »Wie hat Oma es aufgenommen?«

»Wen interessiert das?«

Sie lagen still und lauschten auf den langsamen Paarungsrhythmus von Snaps Musik.

»Er ist doch nicht dort oben, wie?« fragte Cassidy, einem plötzlichen Impuls gehorchend.

»Natürlich nicht«, sagte sie verweisend.

Besänftigt legte er sich wieder zurück, noch immer der Wächter gewisser moralischer Normen.

Ein paar Tage danach dinierten Mr. und Mrs. Cassidy, um die gute Nachricht zu feiern, im *White Tower*. Angie hatte den Tisch bestellt, zwei Personen, acht Uhr.

Die Ente schmeckte ihnen am besten.

Sie aßen sie knusprig mit einem schweren Burgunder, an den Cassidy sich zu erinnern gelernt hatte, und unter dem Einfluß von Wein und Braten erneuerten sie für kurze Zeit die Illusion ihrer Liebe. Zuerst saßen sie wie gute Freunde beisammen und tauschten Berichte aus ihren verschiedenen Welten aus. Sandra sagte, Mark wolle eine neue Violine: Der Musiklehrer habe geschrieben, der Junge glänze nicht im Geigenspiel, aber ganz bestimmt sei die jetzige zu klein. Dieses Gespräch war bei all seiner Vertrautheit für Cassidy insgeheim verwirrend, denn seit kurzem hatte er wieder einmal jedes Zeitgefühl verloren. Mark war am vergangenen Wochenende zu Hause gewesen, aber ob er von der Schule oder einem anderen Aufenthalt gekommen war, konnte Cassidy nicht genau sagen.

»Gehen wir also auf die nächste Größe über«, schlug er vor, und Sandra lächelte Zustimmung.

»Vielleicht ist es eine Ermutigung für ihn«, sagte sie auf Grund ihrer jüngsten Erfahrung mit dem Klavier. »Jedes Instrument ist zu Anfang eine mühsame Sache.«

»Wäre prima, wenn ihr beide zusammen spielen könntet«, sagte Cassidy. »Und Hugo dazu«, ergänzte er, und vor seinem Geist tauchte die Vision eines Salons auf, dessen Mauerlöcher sämtlich gefüllt waren und wo Sandra an einem bedeutend kleineren Flügel saß, während ihre jungen Haydns für Papa fiedelten und bliesen.

»Ich könnte mich für Musik bestimmt erwärmen«, sagte er.

»Du müßtest nur mehr hören. Kein Mensch ist *wirklich* unmusikalisch, John hat es gesagt.«

Als nächstes auf der unverbindlichen Tagesordnung des Vorsitzenden stand die lang geplante Erweiterung des Hauses. Da die augenblickliche Phase der Restaurierung fast abgeschlossen war, wurde es Zeit zu überlegen, was sie als nächstes unternehmen sollten. Eine Erweiterung war die natürliche Lösung, vor allem, wenn Heather wirklich für immer bei ihnen wohnen würde. Cassidy war für einen Seitenanbau, der den Garten unberührt ließe. Sandra sagte, dort würde zuviel Schatten sein.

»Was nützen Betten«, sagte sie, »wenn die Sonne niemals hinkommt?«

Als Alternativlösung konnten sie ihren ursprünglichen Plan des Kellerumbaus wiederaufnehmen.

»Wie wär's mit einer Sauna?« schlug Cassidy vor.

Es war keine glückliche Inspiration. Saunas seien eine Spielerei für reiche Leute, sagte Sandra streng, Saunas sollten Enthaltsamkeit und körperliche Bewegung ersetzen. Sie kamen überein, den Anbau ins Auge zu fassen.

»Natürlich könnten wir darunter ein Schwimmbad einrichten«, sagte Sandra nachdenklich, »wenn wir noch Kinder hätten.«

»Kinder müssen geplant werden«, sagte Cassidy schnell, und machte sich damit Sandras neuesten Abstecher in die Familienplanung zunutze. Eine kleine Flaute folgte auf diesen Einwand.

Jetzt ein ernster Punkt, die Eltern beraten sich. Marks letztes Zeugnis: Sollten sie es wichtig nehmen, müßte er bestraft werden? Das war ein gefährlicher Boden. Sandra glaubte an Bestrafung, wie sie an die Hölle glaubte; Cassidy hatte bis vor kurzem an beidem seine Zweifel gehabt.

»Ich *verstehe* eigentlich nicht mehr, was er falsch macht«, begann Cassidy vorsichtig.

»Er drückt sich«, erwiderte Sandra und schloß energisch den Mund. Aber dieser Abend gehörte dem Zusammensein, und Cassidy wollte sich auf nichts einlassen.

»Geben wir ihm noch ein halbes Jahr, daß er sich fangen kann«, schlug er leichthin vor, und um sie abzulenken, berichtete er ihr das Neueste aus der South Audley Street.

»Ich habe beschlossen, Ihnen Dampf zu machen.«

»Höchste Zeit.«

»Seit Paris sind sie außer Rand und Band. Kein Eifer mehr, kein... wie soll ich sagen? Kein Pflichtgefühl und keine... Loyalität. Gott weiß, sie sind am Gewinn beteiligt: Warum beteiligen sie sich nicht auch an der Arbeit? Mehr verlange ich nicht: nur Gewissenhaftigkeit.«

»Du solltest dieses Flittchen am Empfang rauswerfen,

wenn du schon einmal dabei bist«, sagte Sandra und bediente sich von der Platte mit den *crudités*.

»*Hast* du was gegen sie?« fragte Cassidy scharf.

»Entschuldige.«

Sie lächelte schelmisch, legte die Karotte wieder hin und faßte nach seiner Hand, um den Ärger zu spüren.

Die Sonnenseite. Trotz der Anzeichen von Apathie war er überzeugt, daß die Exportanstrengungen die Mühe wert waren, ja richtiggehend Wellen geschlagen hatten. Paris hatte sich entgegen seinen ursprünglichen Befürchtungen hübsch bezahlt gemacht. Außerdem war es eine ausgezeichnete Methode, um sein Personal weltoffener zu machen; außerdem benötigte die britische Wirtschaft jeden Penny.

»Sie sollten weniger für Waffen ausgeben«, warf Sandra ein.

Da er argwöhnte, daß sie diese Diskussion bereits früher geführt hatten, und die Aussicht auf eine weitere Debatte über die britische Verteidigungspolitik ihm Schrecken einjagte, kehrte Cassidy schleunigst zu den leichter abgrenzbaren Problemen der Menschenführung im Betrieb zurück.

Faulk wurde allmählich unverschämt, er drohte ständig, zu kündigen oder sich die Pulsadern zu öffnen, eine richtige tragische Heroine.

»Du darfst Homosexuelle nicht diskriminieren«, sagte Sandra.

»Tue ich doch nicht.«

»Es ist völlig natürlich.«

»Ich weiß.«

Auch Meale war eine Nervensäge. Launisch, glänzend, unmöglich; was sollte man mit ihm nur anfangen? »Ich habe nie einen so eigenartigen Menschen gesehen. Weißt du, daß er seinen Urlaub in einem *Kloster* verbracht hat?«

»Du hast doch nichts einzuwenden, daß er *religiös* ist, wie?«

Noch immer grollend aß Sandra einen Bissen Ente.

»Nicht, wenn es ihn glücklich macht. Aber das tut es nicht. Es ist nachher schlimmer mit ihm gewesen als vorher.«

»Wahrscheinlich macht ihm deine Sekretärin da die Hölle heiß. Die Liebe geht seltsame Wege, weißt du.«

»Unsinn«, sagte Cassidy knapp und kehrte zu den friedlichen Gefilden der Politik zurück.

Harold Wilson habe ihm imponiert, sagte er. Die Bürde seines jüngst übernommenen Amtes habe ihn gewiß älter gemacht, wie uns alle; aber sie habe seinen Intellekt nicht getrübt. Kurz, Cassidy finde ihn intelligent, aufrichtig und gut informiert, auch wenn er ein bißchen Gerrards Cross sei. Wilson habe, dachte er, ähnliche Achtung für Cassidy gezeigt: Sie seien gut miteinander ausgekommen.

»Gerrards Cross?« warf Sandra ein und runzelte amüsiert die Stirn über ihrem Glas. »Ein sehr komischer Ausdruck. Wo hast du den nur *her*?«

»Wird viel in *Transport House* gebraucht. Es bedeutet eine Art... wohlhabender Bourgeoisie.«

»Wie wir?«

»Nein.«

»Das sollte ein Witz sein.«

»Entschuldige.«

Nun zu Barber, Barber war hingegen ein Typ, den Cassidy sehr schwierig zu behandeln fand: ungeheuer liebenswürdig, aber ist einfach nicht zu fassen, was zweifellos eine vernünftige Methode war, mit PF's umzugehen (womit er parlamentarische Fragen meinte), aber weniger passend bei nicht protokollierten, unverbindlichen Round-table-Zusammenkünften.

»Dann mußt du ihn zwingen, sich zu stellen.«

»Ich weiß. Nur, er ist so...«

»Er kann schließlich nicht lügen.«

»Das tut er auch nicht nur, er verpaßt einem diese zuckersüßen, aalglatten Antworten, bei denen man nicht einhaken kann.«

Und dann, beim *Baklave*, verließ sie ihn auf geheimnisvolle Weise.

Er rannte ihr nach, gab sein Bestes, doch sie glitt immer weiter von ihm weg. Ein schattiges Schweigen legte sich von innen über sie und ließ ihre Züge plötzlich alt und traurig werden, wobei ihre Augen sich nach links wendeten und ihre Hände unter den Manschetten einander umklammerten wie Freunde in der Not.

Er warb um ihr Lachen; er gab seine Stimmen-Imitationen zum besten; er bevölkerte *Transport House* mit einem Maskenzug exotischer Persönlichkeiten, der alte So-und-so war eine Art Carnaby-Street-Hemingway, spielte den harten Mann und wohnte den Entbindungen seiner Frau bei, aber tief innen war er nur eine hohle Nuß, Cassidy hatte ihn in zehn Minuten durchschaut. Wieder ein anderer klaute ständig Tee in der Kantine; die Sekretärinnen wandelten in der Furcht des Herrn So-und-so, er war ein Kneifer und fiel aus Türnischen über sie her. Er versuchte, ihre Besorgnis zu wecken; sehr wenige wußten, wie ernst unsere wirtschaftliche Lage wirklich war. Was sollte die Regierung uns *wissen* lassen? Es kam ein Zeitpunkt, an dem das Aussprechen der Wahrheit diese Wahrheit noch realer und furchtbarer machte: »Ich meine, lieber Gott, wir alle kennen dieses Problem.«

»Ja«, sagte Sandra, noch immer aus ihrem eigenen dunklen Bereich, »wir kennen es.«

»Und wie steht es mit den Leuten, weiter weg?« fragte sie noch immer zerstreut. »Droben im Norden oder wo immer du sonst gewesen bist? Wie waren sie? Auch lauter Narren und Schurken?«

»Oh, die Gewerkschaftsbarone. Nun, die sind *wirklich* harte Burschen. Die öffnen einem die Augen. Ich meine, wenn du für Realismus bist, dann können diese Jungens dir eine ordentliche Dosis verpassen.«

»Ich freue mich, daß jemand es tut«, sagte Sandra und blickte noch immer von ihm weg.

Nur Versprechen blieben ihm noch.

»Schau«, sagte er. »Es ist geschafft, fertig –.«

»Was?«

»Der Report. Ich bin ihn los. Habe ich dir gesagt. Deshalb sind wir hier.«

»Ich weiß. Ja, ich weiß. Du hast es mir gesagt.«

»Ich habe gedacht, wir könnten Urlaub machen. Ab durch die Mitte. Die Jungens bringen wir zu John und Beth« – ausnahmsweise fiel ihm ihr Name ein –, »und nichts wie weg. Wohin du willst. Solange wir noch jung sind.«

In seinen eigenen Ohren klang es wie das Fernsehen. Wie klang es für sie? Er wußte es nicht.

»Nur du und ich«, sagte er.

Und holte sie zurück.

Vielleicht nicht ganz, aber doch ein gutes Stück. Langsam, nicht auf einmal, zogen die Schatten sich aus ihrem Gesicht zurück, und ein boshaftes, ziemlich herausforderndes Lächeln ergriff von ihren beweglichen Zügen Besitz. Ein Lachen entschlüpfte ihr, das sich nur über sie selber lustig machte, und sie nahm seine Hand, ließ die Spitzen zweier sehr hübscher Finger den Handrücken entlanggleiten.

»Wir könnten ein Traumschloß mieten«, schlug sie vor. Und dann fügte sie zu seiner nicht geringen Bestürzung, denn er war an diesem Abend keineswegs in der Stimmung für gewichtige Fragen, hinzu: »Du bist der liebe Gott, nicht wahr, Aldo? Schließlich, wenn wir nicht an dich glauben, woran glauben wir dann?«

»Hör zu. Als erstes geben wir eine Party. Sobald der Salon fertig ist. Dann verreisen wir. Tags darauf. Raus hier. Also, für wann ist der Salon versprochen?«

Jetzt Details, Details schufen Realität. Wen sie einladen würden: Nur Leute, die sie gern mochten, niemand Offiziellen, schon gar nicht Handel und Politik. Vielleicht ein paar von Heathers Freunden, um es lustiger zu machen. John und Beth natürlich, die Kinder vielleicht in einem eigenen Zimmer... Ja, sagte Sandra, es würde lustig sein, wenn gleichzeitig nebenan eine Kinderparty stattfände.

Und jetzt wegen des Urlaubs. Problem Nummer eins:

Wohin? Schön, wenn sie mit Tito nichts zu tun haben wollte, wie wär's dann mit den Bahamas, er werde sogar die Kosten für eine Reise nach den Bermudas verkraften.

Sehr behutsam zählte Sandra ihre eisernen Vorsätze auf; und brach sie, einen nach dem anderen.

Cassidy hatte noch etwas auf dem Herzen: Sie sollten mehr gemeinsam *tun*.

»Vielleicht könnten wir darüber unter anderem während des Urlaubs nachdenken.«

Tatsächlich habe er erst gestern mit Lacon und Ollier, seiner Theateragentur, darüber gesprochen.

»Ich dachte, gestern seist du in Leeds gewesen«, sagte Sandra, fast so, als dächte sie an etwas anderes.

Am Telefon. Er hatte eigentlich über Reisen mit ihnen gesprochen, und sie waren danach aufs Theater gekommen, gab es in West End zur Zeit *irgend etwas* Sehenswertes?

»Was ich eigentlich sagen wollte –.«

»Entschuldige«, sagte Sandra.

»Weshalb?«

»Weil ich an deinem Wort gezweifelt habe.«

Verwirrt blickte Cassidy sie an, um sicherzugehen, daß sie es ernst meinte, doch ihr Gesicht verriet weder Ironie noch irgendeine andere Form der Auflehnung: nur die gleiche innere Traurigkeit, wie wenn ein groß gewordenes Kind in die leeren Häuser seiner Jugend zurückkehrt.

»Was ich sagen wollte: Warum gehen wir nicht *automatisch* jede Woche einmal ins Theater, nur um uns eine Show zu Gemüte zu führen, sozusagen. Zumindest würden wir Gesprächsstoff haben.«

Sie einigten sich auf Mittwoch.

»Und ich möchte auch wieder in die Kirche gehen.«

»Mir zuliebe?«

»Nun, dir und den Kindern zuliebe. Selbst, wenn sie es später aufgeben, so ist es doch jetzt gut für sie.«

»Ja«, sagte Sandra, wiederum sehr nachdenklich. »Es wird immer ein Teil ihres Lebens bleiben, ob sie es aufgeben oder nicht. Schließlich –« er dachte, sie sei fertig, sie war es aber nicht –, »schließlich, wenn man lange genug mit einem Traum lebt, *ist* er wirklich, nicht wahr?«

Verzweifelt durchwühlte er sein Hirn nach stärkeren Mitteln. Er hatte vom alten Niesthal gehört, daß bei *Christie's* nächste Woche eine fantastische Auktion stattfinden solle, und wegen der Feiertage würden keine Händler anwesend sein. Warum nicht hingehen?

»Es soll fantastisches Glas aus dem achtzehnten Jahrhundert dabeisein. Du hast dir immer alte Gläser gewünscht.«

»Ach?«

Er sprach von dem Chalet in Sainte-Angèle; vielleicht sollten sie auf dem Weg nach den Bermudas dort vorbeischauen und sich überzeugen, ob es noch stand; wie die Kinder vergangenen Winter dort glücklich gewesen seien, aber er fragte sich dennoch, ob man Weihnachten nicht besser zu Hause verbringe.

»Ganz wie du willst«, sagte sie. »Wir verbringen es dort, wo du sagst.«

Er wollte noch weitere schweizerische Themen anschneiden; er hatte eine Menge in Bereitschaft. Er wollte vorschlagen, daß sie dort ihren Alterssitz aufschlügen, daß es ein guter Ort zum Sterben sei, die Ewigkeit der Berge sei eine Art Trost; er wollte sie zu einer akademischen Erörterung verleiten: Existieren die Berge mehr in der *Zeit* als im *Raum*, wurde aus etwas sehr Massivem zwangsläufig etwas sehr Langlebiges? Doch statt dessen begann sie selber zu sprechen, holte Gedanken aus der Tiefe.

»Aldo.«

»Ja.«

»Du weißt, daß ich dich liebe, nicht wahr?«

»Ja, natürlich.«

»Ich meine es *ernst*«, wiederholte sie stirnrunzelnd. »Ich liebe dich wirklich und wahrhaftig. Es ist ein Zustand. Der sich nicht ändert, auch wenn ...«

Da sie keine redegewandte Person war, brachte sie den Satz nicht zu Ende, also stand sie auf und ging zur Toilette.

Cassidy bezahlte die Rechnung und rief ein Taxi. In dieser Nacht liebten sie sich. Aus Gründen, die nur sie kannte, war Sandra sehr langsam. Endlich schrie sie auf, irgendwo im Dunkeln; doch ob vor Schmerz oder vor Lust, wußte er nicht mehr zu sagen.

Am Morgen weinte sie wieder, und er wagte nicht zu fragen, warum.

30

»Sie ist hier«, sagte Angie Mawdray mit Grabesstimme, vielleicht am nächsten Tag; vielleicht auch im Herbst, die Zeit hatte viel von ihrer Zuverlässigkeit verloren.

Mehrere Möglichkeiten gingen Cassidy durch den Kopf; nur die Gewißheiten wurden ausgeschlossen; Heather Ast zum Beispiel, die auf dem Weg zum Friseur nur kurz guten Tag sagen wollte; Bluebridge, die Geld brauchte, die übliche Szene; Mrs. Groat, Snaps, in Sachen einer neuen Schwangerschaft. Wiederum Heather Ast, in einer speziellen Frage betreffs Sandras Wohltätigkeitsarbeiten.

»*Wer* ist hier?« fragte er mit nachsichtigem Lächeln.

Angies Gesicht, normalerweise ein Schatzkästchen voll reizenden Lächelns und Augenzwinkerns, war aschfahl.

»Sie haben mir nie gesagt, daß sie schön ist«, flüsterte sie.

Die Dame am Empfang, eine Freundin Lemmings, war ebenfalls beeindruckt, sie winkte Cassidy zu, als er auf dem Weg zum Besucherzimmer an ihr vorbeiging, und Cassidy machte sich im Geist eine Notiz, sie in der Tat baldigst zu entlassen. Er entsann sich eines Vorkommnisses beim letzten alljährlichen Kricketmatch, für das die Vergeltung noch ausstand – eine Geschichte mit einer verschlossenen Umkleidekabine und einem unauffindbaren Schlagmann – und dieses Winken machte das Maß voll.

Die Tür des Besucherzimmers war weit offen. Sie saß im tiefsten Sessel, einem schwarzledernen Kippsessel, und sie hatte ihn weit zurückgekippt und die Knie nicht ganz geschlossen. Ihre Augen waren zu, und sie lächelte.

»Grunze wie ein Schwein«, befahl sie. »Wie spricht das Schwein?« Cassidy grunzte.

»Ein faules, telefonfaules, schreibfaules Dreckwühlschwein.«

Er grunzte nochmals.

»Lebensecht«, gab sie zu, dann öffnete sie die Augen, und sie küßten sich und gingen zum Tee zu Fortnum, weil sie nach dem Fußmarsch einen Wolfshunger hatte.

Sie ist hier.

Sie ist zu Fuß gegangen, registrierte er, als die Erinnerungen in einem Schwall zurückkehrten, der Spaß, das Lachen, die verbundenen Körper. Über die Landstraßen getippelt von *Lowestoft* bis zur South Audley Street in ihren stark mitgenommenen Anna-Karenina-Stiefeln. Per Anhalter, mit einem prächtigen Lastwagenfahrer namens Mason. Mason hatte angehalten, damit sie die blauen Blumen pflücken konnte, hatte ihr Tee gekauft, die blauen Blumen in den *Evening Standard* gewickelt – sie hielt sie noch immer auf dem Schoß, sie sollten heute nacht neben dem Bett stehen –, und Mason hatte vorgeschlagen, daß sie eine Nummer mit ihm abziehen solle. »Aber ich hab's nicht getan, Cassidy, Ehrenwort, nur einen Kuß und ein *vielen Dank, Mason, ich bin nicht diese Art Mädchen.*«

»Sehr lobenswert«, sagte Cassidy. »Musterhaft geradezu«, und bestellte ihr eine zweite Portion Eier.

»Lieber Lover, geht es dir gut? Darf ich dich küssen, oder werden sie die Sitte holen? So hat Mason sie genannt, Cassidy: Sitte. Für Polizei. Hast du das gewußt? Cassidy, ich liebe dich ungeheuer, das ist die erste wichtige Mitteilung, die ich dir zu machen habe. Volldeckung gewährleistet, nicht mal meine Zehen schauen raus. Cassidy. Lebendes und totes Inventar. Cassidy, du mich auch? Wirklich?«

»Wirklich.«

»Mein Gott, wie bin ich froh. Ich sagte zu Mason, wenn er mich versetzt, dann werden Sie mit mir schlafen *müssen*, ob's

Ihnen Spaß macht oder nicht, es ist ein katholischer Imperativ: Heißt es so? Wie Schiller. Um meinen Stolz wieder aufzurichten.«

Sie beugte sich vor, um weitere wichtige Informationen zu erteilen. »Cassidy, du hast mich erschlossen. Ist das primitiv? Ich war ein Weibchen, eine Sklavin, ein Heimchen am Herd. Du hast eine *Suffragette* aus mir gemacht, kein Witz. Cassidy, *sag*, daß du mich liebst.«

»Ich liebe dich.«

»Er liebt mich«, versicherte Helen der Kellnerin. »Er und mein Mann und ein Mensch namens Mason, ein Lastwagenfahrer.«

»Toll«, sagte die Kellnerin, und sie lachten alle drei.

»Cassidy, du bist ein *Wildschwein*, weil du mich nicht angerufen hast. Shamus war ganz *außer* sich. *Wo ist Lover geblieben? Warum ruft Lover nicht an?* So ging es Tag und Nacht, bis es mir entschieden zum Hals raushing. – ›Er ist dein Lover, nicht meiner‹, sagte ich zu ihm...«

»Helen, du hast doch nicht...«

»Und ich hielt *überall* Ausschau nach dem Bentley. Ich sagte zu Mason: ›Mason, wenn wir Cassidys Bentley sehen, müssen Sie die Notbremse ziehen, weil ich und Cassidy, wir sind ein Liebespaar, und...‹ Cassidy, küß mich, du bist ein *komplettes* Schwein.«

»Du hättest *mich* anrufen können«, erinnerte Cassidy sie, nachdem ihre Bedürfnisse vorübergehend gestillt waren.

»Cassidy, das tat ich. Ich habe das *ganze Wochenende* angerufen, und du hast es einfach klingeln lassen brrr-brrr und keinen Finger gerührt. Bloß dagesessen und die Hauspantoffel angeglotzt.«

»Am Wochenende?« wiederholte Cassidy, und Eisenklammern schlossen sich um seine Brust.

»Ja, aber ich habe jedesmal die Leitkuh erwischt, also hängte ich ab. Ich vermute wenigstens, daß es die Leitkuh war, sie war *schrecklich* grau in grau.« Sie zog ein Kuhgesicht. »Wenn Sie mir sagen wollten, wer Sie *sind*, dann *könnte* ich Ihnen vielleicht sagen, wo mein Mann ist«, sagte sie in beängstigend guter Sandra-Imitation.

»Ich dachte, ihr würdet im Büro anrufen«, sagte Cassidy. »Ich dachte, das hätten wir vereinbart.«

»Aber Cassidy, es war das *Wochenende.*«

»Wie geht's Shamus?« fragte er und schaute zu, wie sie den Räucherlachs verzehrte.

»Ausgesprochen *prima*, und ich liebe ihn, und die Stockfisch-Schreibe ging wie geschmiert. Ich sage dir, Cassidy, der Junge hat eine Glückssträhne. Eigentlich wir beide, nicht wahr? Und das *alles* verdanken wir dir.«

Was war mit ihr geschehen? Was hatte sie befreit? Habe *ich* das getan?

»Diese Fischer sind *sagenhaft*, Cassidy, du solltest sie einmal riechen.« Sie verfiel in einen, wie Cassidy vermutete, Lowestoftakzent. »›Bei dir würd' ich gleich anbeißen‹, hat einer zu mir gesagt. Ich mußte es ihm erklären, Cassidy. Bin schon besetzt, sagte ich. Ich habe einen reichen Lover, der die Scheibenbremse erfunden hat und mich bewacht wie ein *Lemur*. Läßt du dich gern mit einem *Lemur* vergleichen, Cassidy?« Ohne Atem zu holen, wandte sie sich wieder ihrem anderen Hauptthema zu. »Sie haben ihn sogar *bezahlt*, so gut ging die Stockfisch-Schreibe. Kein Überarbeiten, kein Dale, nichts. Offen gesagt« – ein wenig schuldbewußt wies sie auf ihren neuen Mantel – »trage ich das Honorar bereits. Keine Sorge, Cassidy« – sie beugte sich eifrig vor – »darunter bin ich *nackt*, Ehrenwort.«

»Helen. He, hör zu: Du bist völlig aus dem Häuschen. Was ist los mit dir. Du bist doch nicht blau, wie?«

»Man nennt es *Liebe*«, sagte Helen, ein wenig scharf. »Und es ist alkoholfrei.«

Ein Mannequin umkreiste sie langsam, ein mürrisches Gerippe ohne jeden Charme.

»Besser als die bin ich auf jeden Fall.«

»Viel«, stimmte Cassidy zu.

»Er spricht *endlos* von dir«, fuhr sie fort. »Und er vermißt dich *schrecklich*. Die ganze Zeit sagt er: ›Wie's ihm wohl geht? Solltest du ihn nicht anrufen?‹ Zu *mir*! Und wie er dein Vertrauen nicht enttäuschen darf, weil er dich liebt, und du hast ihm seines gegeben, und der Kreis darf nie durchbrochen werden.« Sie senkte die Stimme. »Und er schämt sich *schrecklich* wegen der Sache im *Savoy*, Cassidy.«

»O ja? Ich glaube, das ist wirklich nicht nötig.«

»Er ist wieder ganz asketisch geworden. Kein Suff, kein Puff, nichts... Oh, Cassidy, er hat dich *so* vermißt. Er wollte dich nur *sprechen* hören, Cassidy. Er wollte nur deine *Stimme* hören und deine schleimigen Tiraden, wenn du auf Sitzungssaal machst.« Sie blickte um sich, falls jemand lauschte. »Er hat es sich zusammengereimt, Cassidy. Die ganze Geschichte. Genau als hätte er uns erwischt. Cassidy, diese Blumen sind *blau*.«

»Ich habe die Pointe begriffen«, sagte Cassidy und ging zum Telefon.

Der Arbeitsminister, sagte er zu Sandra. Eine höchst geheimnisvolle Vorladung aus dem Privatbüro; er frage sich, ob es das sei, worauf sie schon die ganze Zeit warteten; er habe gehört, in einem der ostenglischen Wahlkreise sei ein Sitz vakant.

»Wird die ganze Nacht dauern, nehme ich an«, sagte Sandra.

»Sieht so aus«, räumte er ein. »Wir treffen uns in Lowestoft. Ich fahre in ein paar Minuten los.«

»Was meinst du damit?« fragte er Helen, als sie das Embankment entlangschlenderten. »Die ganze Geschichte *zusammengereimt*. Und welche *ganze Geschichte*?«

»Dich und mich als Liebespaar, und er als mein Mann. Es ist das Thema seines neuen Buches, und es ist *fabelhaft*, Cassidy, im Ernst, *meilenweit* besser als das letzte, du solltest es lesen. Es ist so *gewalttätig*, Cassidy. Im Ernst.«

»Das ist ja wunderbar«, sagte Cassidy herzlich. »Übrigens, was ist aus der Überarbeitung geworden?«

»Ach, abgelegt unter der Aufschrift *Fragmente*. Du wirst es seinen nachgelassenen Schriften einverleiben müssen. Er sagt, du wirst ihn um *Jahrzehnte* überleben. Wirst du auch, nicht wahr, Cassidy, weil du so gerissen bist, Dale hat eine Stinkwut.«

»Kann ich mir denken.«

»Es ist so gut wie geschrieben. Er hat einen vollständigen Entwurf gemacht, alle Bauteile fertig. Er muß sie jetzt nur noch zusammensetzen. Ich meine, ich könnte es *fast* auch für ihn tun, aber du weißt, wie er ist... Ein Abstecher nach der Schweiz, die flüchtige Vision festhalten, zurück nach England im Triumph. Das ist der Plan. Oh, übrigens, wir werden nun dein Chalet benötigen. Shamus sagt, Berge werden *genau* das Rechte sein. Ich soll dir den Schlüssel herauslocken.«

»Ach so?«

»Nun, im Ernst, Cassidy, er nimmt nicht an, daß ich den ganzen Weg nach London marschiere und mich nicht mit Lover treffe, oder?« Wieder senkte sie die Stimme.

»Was steht in dem Buch?« fragte Cassidy. Der Inhalt hatte ihn bisher nicht interessiert; war eher ein Hindernis gewesen für den reinen himmlischen Genuß von Shamus' ungelesenen Werken; doch jetzt entdeckte er, aus Gründen, die ihm noch zu nahe lagen, als daß er sie hätte im einzelnen unterscheiden können – vielleicht Helens Erregung, das baldige Nahen des gewissen Todes-Zeichens, und wollte sie deutlich sehen.

»Cassidy, es endet mit einem *fantastischen* Mord, alles in Dublin. Shamus kauft ein Gewehr und dreht durch und alles *mögliche*, es ist wirklich prima...« Sie kicherte, als sie seinen Gesichtsausdruck sah. »Alles in *Ordnung*«, tröstete sie ihn. »Du wirst Shamus töten, keine Sorge. Cassidy, ich bin *glücklich*, du nicht?«

»Aber natürlich«, sagte Cassidy.

»Wie geht's der Leitkuh?«

»Bestens.«

»Keine Hintergedanken?«

»Wer?«

»Die Leitkuh.«

»Nein. Nein, natürlich nicht.«

»Ich möchte, daß *alle Menschen* glücklich sind, Cassidy.

Shamus, die Leitkuh, die Kälbchen, die ganze Gesellschaft. Ich möchte, daß sie unsere Liebe teilen, und...«

Cassidy mußte plötzlich lachen.

»Himmel«, sagte er, »das wird der Tag der Tage sein.«

Doch als sie ihn umarmte – sie standen mitten auf dem Bürgersteig, nicht weit von *Cleopatra's Needle* –, war er dennoch froh, keinen Bekannten zu sehen, nicht einmal die Niesthals.

»Und nachdem du ihn getötet hast«, nahm Helen ihren Bericht wieder auf, während sie im Taxi seinen Arm mit beiden Händen hielt, »kommst du lebenslänglich in ein irisches Gefängnis, und du schreibst einen bedeutenden Roman, Tausende von Seiten lang. *Seinen* Roman. Wie sind die irischen Gefängnisse, Cassidy?«

»Bierselig, stelle ich mir vor.«

»Und *sehr* schlecht gesichert. Hör mal, *du* müßtest mich doch in einem herumführen können, nicht wahr? Zentralgefängnis von Dublin, das hat er für dich im Auge. Ich werde *alle* Kleinarbeit für ihn erledigen, ich hab's versprochen, und es wird *vollständig* authentisch sein. Er hat mir eine prima Widmung geschrieben, Cassidy. Eigentlich uns beiden.«

»Wunderbar.«

»Es ist nur *Fantasie*, Cassidy«, sagte sie und küßte ihn überschwenglich. »Ich habe keine Silbe verraten von dem, was *wirklich* passiert ist, Ehrenwort. Cassidy, das warst doch *du*, nicht wahr, es war kein Kellner? Ich weiß nicht mehr, ob wir's im Dunkeln machten oder bei Licht.«

»Wir haben das Licht brennen lassen«, sagte Cassidy.

»Und ich war unten?«

»Zweifellos.«

»Verstehst du, du mußt *ihn erschießen*, wenn du überleben sollst, so hat er sich's ausgedacht. Du mußt ihn erschießen, um deine Souveränität zu wahren. Er ist das Original, und du bist die Imitation, so argumentiert er; und wenn du ihn erschießt, wirst du selber ein Original, es ist äußerst *klassisch*. Dann wird dein Genie befreit sein, aber im Gefängnis eingesperrt, damit du es nicht versaufen kannst, und die ganze heilsame Disziplin, die du dort genießt, wird noch unterstützt durch...«

»Ich habe *keinerlei* Genie. Ich bin ein Possenreißer. Ich habe große Hände und große Füße und...«

»Macht nichts, Shamus gibt dir von seinem ab. Schließlich, wer mit mir schläft, *muß* einfach ein Genie sein, nicht wahr? Zumindest in Shamus' Roman. Ich meine, es kann nicht einfach schmutzig und banal sein, sonst ist es keine Kunst. He Cassidy, ich habe dir einen Brief geschrieben.«

Sie öffnete ihr Täschchen, gab ihm den Brief und wartete, während er ihn las. Auf dem Umschlag stand: *An Lover*. Das Blatt war liniert, von Shamus' Schreibblock abgerissen.

In einer Nacht hast du mir mehr gegeben als alle anderen im ganzen Leben.

»Helen –.«

»Ich finde, es hat Rhythmus«, erklärte sie und beobachtete ihn beim Lesen. »Ich hab' lange daran gearbeitet. Ich wollte es eigentlich mit Shamus besprechen, habe es dann aber doch gelassen. Schließlich bin ich nicht seine Sklavin, nicht?«

»Lieber Gott, nein«, rief Cassidy lachend. »Es verhält sich eher umgekehrt, würde ich sagen.«

»Cassidy. Du sollst ihn nicht schlagen.«

»Tue ich ja nicht.«

»Nein, tu's nicht. Er ist dein Freund.«

»Helen –.«

»Wir müssen ihn beschützen, mit allen unseren Kräften. Denn wenn er je dahinterkommt, wird es sein Ende sein. Bestimmt.«

Der Fußballplatz war leer; die Kinder waren fort. Es war auch auf dem Fluß ein stiller Tag, vielleicht ein Feiertag oder ein Gebetstag.

Nichts hatte sich verändert, doch der Ort gehörte bereits der Vergangenheit an. Sein Smoking hing noch immer im Gästezimmer. Leichter Staub menschlicher oder mineralischer Herkunft lag grau auf den Schultern. Die Küche roch nach Gemüse; sie hatte vergessen, den Abfalleimer zu leeren; das Panoramafenster war mit bräunlichem Schmutz überzogen.

Der Schreibtisch war genauso, wie der große Autor ihn verlassen hatte, nur das Papier war vergilbt und von der Sonne aufgerollt, und der Staub so dick, daß man darauf zeichnen konnte. Keats lag auf dem Fließpapier. Die Baskenmütze hing über der Stuhlkante. Sie umarmten sich, küßten sich; küßten sich im getrübten Tageslicht, mit den Lippen, den Zungen; Cassidy streichelte sie, vor allem ihren Rücken, er strich das Rückgrat entlang bis zum Ende und fragte sich, ob sie etwas dagegen hätte, wenn er weitermachte. Lippenstift schmeckt bei Tag anders, dachte er: warm und schmuddelig. »Cassidy«, flüsterte sie. »Oh, Cassidy.«

Sie nahm seine Finger und küßte sie und legte sie auf ihre Brust und blickte zuerst auf die Schlafzimmertür und dann wieder auf Cassidy, dann seufzte sie.

»Cassidy«, sagte sie.

Sie hatten es ungemacht zurückgelassen, die Laken zum Lüften aufgeschlagen, die Kopfkissen in der Mitte gehäuft wie für eine Person. Die Bettdecke lag auf dem Boden, hastig beiseite geworfen, und die Gardinen waren halb zugezogen, auf der Seite, die von den Nachbarn eingesehen wurde. Im dürftigen Licht war das Blau sehr dunkel, mehr schwarz oder grün als blau, und die geblümte Tapete wirkte zerzaust, herbstlich, was im Kinderzimmer nie der Fall gewesen war. Cassidy stieg über die Bettdecke hinweg, trat ans Fenster und zog die Gardinen zu.

»Ich hätte jemanden zum Saubermachen herschicken sollen«, sagte er. »Wie dumm von mir.«

Als er sie liebte, roch Cassidy den vertrauten Geruch von Shamus' Schweiß und hörte das Teppichklopfen im Hof des weißen Hotels.

Danach tranken sie Talisker im Wohnzimmer, und Helen fing grundlos an zu schaudern wie Sandra zuweilen, wenn er zu ihr über Politik sprach.

»Du hast kein *zweites* Liebesnest, nicht wahr?« fragte sie.

Beim Lunch im *Boulestin* faßten sie mit ausgeruhten Köpfen einen wunderbaren Plan. Sie würden nur frivole Absteigen aufsuchen, wie ein echtes heimliches Liebespaar.

Das Adastras-Hotel in der Nähe des Bahnhofes Paddington, schrieb Cassidy in seinen geheimen Baedeker, *könnte man mit einem gewissen weißen Hotel in Paris vergleichen, das Ihre Chronisten erst ausfindig machen müssen... Es hat die gleiche altmodische, unauffällige Eleganz und viele schöne alte Pflanzen, die von der Direktion seit langem gehegt wurden. Bahnhofsbubis finden hier einen sicheren Hafen; die Schlafzimmer gehen direkt auf die Rangierschuppen und bieten einen ganznächtigen, ungehinderten Einblick in einen wenig bekannten Aspekt des britischen Verkehrswesens. Das Hotel wird vorwiegend von heimlichen Liebespaaren frequentiert: Seine schönen, rauchverzehrten Simse aus dem neunzehnten Jahrhundert, die mit vergilbtem Zeitungspapier ausgestopften marmorierten Kamine, ganz zu schweigen von den maßlos unverschämten Kellnern, die sich darum kümmern, daß die Laufkundschaft ihre sexuellen Bedürfnisse verrichten kann, daß alles ergibt einen Hintergrund desolater Ungereimtheit, wie er für Höchstleistungen besonders förderlich ist.*

»Shamus hat mir einen Komplex verpaßt. Er hat eine solche *Pute* aus mir gemacht. *Beobachten.* Wer, zum Teufel, will schon beobachten. Er ist kein Schulmeister, und ich bin nicht seine Schülerin. Das ist jetzt vorbei, dieser ganze Schmus, und er wird sich damit abfinden müssen. *Basta.*«

»Basta.«

»Pa!«

»Pa!«

»Miiau.«

»Miiau.«

»Du bist ein Bär, Cassidy. Ein großer Brummbär. Ich möchte vergewaltigt werden.«

Ein *Pailthorpe*-Bär, dachte Cassidy.

Guten Rutsch, hatte der Hausdiener gesagt, als er sie zu ihrem Zimmer brachte, hoffentlich ist es den Preis wert.

Schlafen Bahnhöfe nie? fragte er sich. Kleng, kleng, kleng. Du mußt tanzen, aber ich muß schlafen.

Heute nacht muß du ein Löwe sein, Lover; Mäusezeit ist bald genug.

»Ich liebe dich.«

»Cassidy.«

»Ja.«

»Ich liebe dich.«

»Ich liebe dich.«

»Wirklich?«

»Wirklich.«

»Ich könnte dich zum glücklichsten Mann der Welt machen.«

»Bin ich schon.«

»Weiter, Cassidy.«

»Ich *kann* nicht. Das war das ganze Menu. Im *Ernst.*«

»Unsinn. Streng dich an, dann kannst du alles. Du leidest an einem gänzlich unrealisierten Kräftepotential.«

Der Lautsprecher rief den Schlafwagenzug nach Penzane aus. Fährt um Mitternacht, dachte Cassidy; ein bißchen später; seine Lider waren sehr schwer. Helle Streifen von Eisenbahnlicht lagen wirr an der tapezierten Zimmerdecke.

»Ehrenwort?«, fragte Helen.

»Ehrenwort.«

»Für immer und ewig und ewig und ewig?«

»Und ewig.«

»Ich gebe mein Ehrenwort?«

»Ich gebe mein Ehrenwort.«

Es war kein Blut zur Hand, also nahmen sie Talisker.

»Was steht sonst noch in dem Buch?«

»Ich hab's dir gesagt. Du schreibst im Gefängnis den großen Roman.«

»Aber wie kommt er dahinter?«

»Wohinter?«

»Daß sie ein Liebespaar sind, du und ich.«

»Er hat mir die Stelle vorgelesen«, sagte Helen ernst. »Es war sehr spektral.«

»Was heißt das?«

»Es war nicht wirklich *dargestellt.* Es war eben.«

»Wie?«.

»Im Buch heißt er Balog. Shamus nämlich. *Langsam argwöhnte Balog, was er bereits wußte. Daß seine Kraft in seinen Freund übergegangen war und daß sein Freund Sandra zur Geliebten an Stelle seines Lover genommen hatte.*«

Cassidy entdeckte ein physisches Reservoir in sich, das er längst leer geglaubt hatte, er fuhr im Bett steil in die Höhe.

»*Sandra?*« wiederholte er.

»Der Name *gefällt* ihm. Er findet, er paßt zu mir.«

»Aber das ist absolut widerlich. Ich meine, jeder wird ...« Er beherrschte sich. Darüber sprach er am besten mit Shamus selbst. Das ist wirklich zuviel. Ich meine, ich nehme den Menschen mit nach Paris, ich bekleide ihn, bezahle seine Miete, und ihm fällt nichts Besseres ein, als meine Frau an die große Glocke zu hängen, dem öffentlichen Gespött preiszugeben. »Außerdem«, sagte er in spöttischem, belehrendem Ton, »wie kann man etwas argwöhnen, was man schon weiß?«

Langes Schweigen. »Wenn es etwas gibt, was Shamus *wirklich* versteht, dann ist es der Aufbau eines Romans«, sagte Helen fest.

»Also ich finde es lächerlich. *Dich* mit Sandra vergleichen. Eine Beleidigung.«

»Das ist Kunst«, sagte Helen, drehte ihm den Rücken und legte sich weit von ihm weg.

»Glaubst du nicht, daß du in Lowestoft anrufen solltest?« schlug Cassidy vor. »Falls er zurück ist?«

»Was sollten wir tun, wenn er zurück wäre?« fragte Helen böse. »Ihn zu uns hierher einladen? Cassidy, du *fürchtest* dich doch nicht vor ihm, wie?«

»Ich bin besorgt um ihn, wenn du's genau wissen willst. Zufällig liebe ich ihn.«

»Das tun wir beide.«

Sanft begann sie, ihn zu küssen. »Brummer«, flüsterte sie. »Grizzlybär, Höllenbraten.«

Oxford, sagte der Lautsprecher. Letzte Möglichkeit zum Einsteigen. Doch in diesem Augenblick hatte sie beschlossen, daß sie der letzten Tröstung bedürftig sei.

Der Tag dämmerte sehr langsam, eine Dämmerung hinter gelbem Staub, der langsam heller wurde unter den rußigen Kuppeln des Bahnhofsdaches. Cassidy, der durchs Fenster blickte, hielt sie zunächst für den Dampf der Lokomotiven. Dann fiel ihm ein, daß Lokomotiven nicht mehr dampften, und er erkannte, daß es Nebel war, dicker, giftiger Nebel. Helen schlief, getrennt von ihm durch jenen inneren Frieden, der mit dem Glauben kommt. Keine Qual, kein Schrei, kein ärgerliches Flüstern gegen den Höllenhund Dale: eine tiefe Ruhe, Lohn der Kraft.

Helen ist unsere Kraft; Helen ist ewig.

Helen kann schlafen.

Sie standen spät auf, und verbrachten den Tag mit dem Aufsuchen ihrer Lieblingsstätten, aber die Gibbons fanden den Nebel nicht lustig, und die Mussolinibüste war zum Reinigen entfernt worden. »Wahrscheinlich geklaut von Faschisten aus Gerrards Cross.«

»Wahrscheinlich«, pflichtete Cassidy bei.

Sie fuhren nicht nach Greenwich.

Nachmittags sahen sie einen französischen Film, den sie beide fabelhaft fanden, und als die Vorstellung aus war, gingen sie zurück ins *Adastras* zu einem weiteren Meinungsaustausch.

Danach, in der Intimität gemeinsamen Ausruhens, erzählte sie ihm, ohne sich lang bitten zu lassen, wie sie und Shamus sich getrennt hatten.

»Es war so *leicht*, herrje. Ich habe nur gesagt, ich glaube, ich gehe in die Stadt und mache Besorgungen und schaue nach Sal und mache die Wohnung sauber und suche Dale auf und treffe mich mit Cassidy, und er sagte, gut, geh nur. Ich meine, *er* tut es, warum sollte ich nicht? Außerdem war er völlig glücklich. Ich sagte, ich würde ihn anrufen, und er sagte, nicht nötig, wie lange ich bleiben werde? Ich sagte eine Woche, und er sagte gut. Na ja, das war doch ganz in Ordnung, oder?«

»In Ordnung«, sagte Cassidy. »Natürlich. Absolut in Ordnung. Hast du das schon früher gemacht?«

»Was gemacht?« fragte Helen scharf.

»Besorgungen. In London. Sal und so weiter aufgesucht. Allein.«

Sie dachte lange nach, ehe sie sprach.

»Cassidy, du mußt versuchen zu verstehen. Es gibt mich in einer Ausgabe, in einer einzigen. Sie gehört dir. Ein Teil von mir gehört Shamus, das stimmt. Aber nicht dein Teil. Noch Fragen?«

»Nein.«

Ihm zuliebe telefonierte sie dann doch nach Lowestoft, aber es meldete sich niemand.

Sandra hingegen war sofort am Apparat.

»Sie haben mir Lowestoft angeboten«, sagte er.

»Oh.«

»Freust du dich nicht?«

»Natürlich. Sehr.«

»Was machen die Einladungen?«

Für die Party; die Feier. Was immer wir auch feiern.

»Hundert verschickt, bisher zwanzig Antworten«, sagte Sandra, und: »Wir hoffen sehr, daß es dir möglich sein wird, zu kommen.«

»Vielen Dank«, sagte Cassidy und machte einen Scherz daraus. »Das hoffe ich auch.«

31

Während dieser anstrengenden Periode in Cassidys Leben ereignete sich – am nächsten Morgen vielleicht, am übernächsten – einer jener kleinen Zwischenfälle, die im Prinzip das Schicksal des großen Liebhabers kaum beeinflußten, desungeachtet jedoch das Gefühl nahender Abrechnung, das sich langsam seiner bemächtigte, mit unangenehmem Nachdruck verdeutlichte. Als er gegen Mittag im Büro eintraf, zu einer seiner seltenen Stippvisiten von der größeren Bühne, auf der zu wirken er sich entschlossen hatte, herabgestiegen war – eine Verabredung, die er um jeden Preis einhalten müsse, hatte er Helen gesagt, eine politische Besprechung auf ziemlich hoher Ebene –, sah er sich dem unverschämten Glotzen der Empfangsdame sowie einem lila Briefumschlag gegenüber, der in Angie Mawdrays Handschrift an ihn adressiert war.

Er fand sie im Bett, mit hohem Fieber, Lettice auf ihrem Schoß und Che Guevara an der Wand.

»*Wieso* weißt du es?« drängte er, während er ihre Hand hielt.

»Weil ich es fühle, das ist alles.«

»Aber was fühlst du, Angie?«

»Ich fühle, wie es in meinem Bauch wächst. Ein Gefühl, als müßte man aufs Klo. Ich kann sein Herzklopfen fühlen, wenn ich ganz still liege.«

»Hör zu, Angie, Liebes, warst du beim Arzt?«

»Kommt nicht in Frage«, sagte sie.

»Nur zum Nachsehen, weiter nichts.«

»Fühlen ist Wissen. Das hast du gesagt. Wenn man etwas fühlt, dann ist es wahr. In meinem Horoskop steht es auch. Daß ich mein Herz einem Fremden gebe. Nun, wenn ich ein Baby bekomme, dann *schenke* ich ihm ein Herz, oder, also basta.«

»Hör zu«, sagte Cassidy, jetzt eindringlich. »War dir übel?«

»Nein.«

»Hast du...?« Er versuchte, sich an die entsprechenden Euphemismen zu erinnern... »Ist der Chinese dagewesen?«

»Ich weiß nicht.«

»Natürlich weißt du es!«

»Manchmal kommt er fast gar nicht.« Sie kicherte und zog seine Hand unter die Bettdecke. »Er klopft nur an und geht weiter. Aldo, ist sie *wirklich* deine Mätresse? Ehrlich, Aldo?«

»Sei nicht albern«, sagte Cassidy.

»Höher«, flüsterte sie. »Ja, da... jetzt... es ist nur, weil ich dich liebe. Aldo, und ich will nicht, daß du mit anderen Damen schläfst.«

»Ich weiß«, sagte Cassidy. »Das würde ich nie tun.«

»Es ist mir egal, daß du mit deiner Frau schläfst, wenn es sein muß, aber nicht mit einer Schönheit wie sie, das ist nicht fair.«

»Angie, glaub mir.«

Nach langem Hin und Her überredete er sie – einen Tag später? zwei Tage? –, eine Urinprobe an ein Labor einzuschicken, das auf der letzten Seite von Sandras *New Statesman* inserierte. Sie wollte nicht viel schicken, ein Minifläschchen, mehr nicht, und sie wollte ihm nicht sagen, wie sie die Flüssigkeit hineingebracht hatte. Er schickte eine Anweisung über sieben Shilling Sixpence und einen frankierten Umschlag an sich selber, die Büroadresse. Der Umschlag kam nie zurück. Vielleicht hatten sie nicht genügend geschickt oder vielleicht – eine gräßliche Vorstellung – war das Fläschchen auf der Post zerbrochen. Eine Zeitlang sorgte ein Teil seiner Person sich um nichts anderes; durchstöberte die Firmenpost nach seiner eigenen Handschrift, sobald sie eintraf, rumorte im Paketraum herum unter dem Vorwand, seine Uhr verloren zu haben. Mit der Zeit schien die Gefahr zu weichen.

»Sie geben nur Bescheid, wenn es positiv ist«, erklärte er ihr, und sie kamen überein, daß sie wohl doch nicht schwanger war.

Dann und wann überraschte er sich nur, während seiner Augenblicke großer Leidenschaft andernorts, unversehens bei der Vorstellung von Angies pathetischer Opfergabe, die langsam auf dem Regal irgendeines Winkellaboratoriums trübe wurde oder noch immer mit ihrem Bitter-Lemon-Etikett aufs offene Meer hinaustanzte, vorbei an der Yacht des Herzogs von Edinburgh.

32

»Wirf einen letzten Blick auf alle die schönen Dinge«, verkündete Helen, »jede Stunde.«

»Warum? Was ist passiert?«

Sie machten Einkäufe in Bond Street; Helen brauchte Handschuhe.

»Shamus hat angerufen.«

»Angerufen? Wo angerufen? Wie hat er dich erreicht?«

Eine Freundin, sagte sie vage; er habe in der Wohnung der Freundin angerufen, und sie sei zufällig gerade dort gewesen.

»Einfach so?«

»Cassidy«, sagte sie müde. »Ich bin keine russische Spionin.«

»Wo ist er?«

»In Marseille. Material sammeln. Er reist dann nach Sainte-Angèle weiter. Ich soll ihn am Wochenende dort treffen.«

»Aber du hast gesagt, er sei in Lowestoft!«

»Jemand hat ihn mitgenommen.«

»Nach Marseille? Zum Lachen!«

Verärgert über sein Dazwischenreden wandte Helen ihr Interesse einem Schaufenster zu.

»Entschuldige«, sagte Cassidy. »Und weiter?«

»Er hatte beschlossen, das Buch in Afrika zu beenden; er wollte per Schiff direkt hinüber. Er hat es sich anders überlegt. Er will statt dessen das Chalet benutzen.«

Im Laden nahm eine Verkäuferin Maß von Helens unvergleichlicher Hand.

»Hat er von mir gesprochen?«

»Läßt dich herzlich grüßen«, sagte sie und legte den Handschuh gegen ihre Handfläche.

»Wie klang er?«

»Gesammelt. Nüchtern, würde ich sagen.«

Vorsichtig ließ sie die Finger in die schwarze Öffnung gleiten.

»Na, das ist ja fein. Er schreibt sicher tüchtig. Und weiter?«

»Er sagte, bitte kauf ihm einen Schlafrock, schwarz mit roten Paspeln am Kragen. Das können wir jetzt gleich tun, nicht wahr?«

»Wir nehmen sie«, sagte Cassidy zu dem Mädchen und gab ihr seine Kreditkarte.

Als sie wieder auf der Straße waren, sagte sie nicht mehr viel. Nein, gewöhnlich verreise er nicht, ohne es ihr zu sagen; aber schließlich sei er kein sehr gewöhnlicher Mensch, nicht wahr? Nein, er habe nichts gesagt, was vermuten ließe, daß er Verdacht geschöpft habe; er betonte immer wieder, sie solle sich in London gut amüsieren; aber die Woche sei vorbei, und sie solle zu ihm kommen.

»Fast als wäre das meine Ration von dir. Es gibt ein Geschäft namens *Alderton,* wenn's dir recht ist; in der Jermyn Street. Du hast deine Investition nicht storniert, nicht wahr, Cassidy?« fragte sie im Taxi.

»Worin?«

»In mich.«

»Natürlich nicht. Warum?«

»Ich möchte dich so schrecklich gern umarmen. Darum.«

Bei *Alderton* suchten sie, beide sehr schweigsam, einen Schlafrock aus, und Cassidy war einverstanden, ihn anzuprobieren.

»Dürfen wir?« fragte Helen. »Er hat *genau* die Größe meines Mannes.«

Zusammen gingen sie eine eiserne Wendeltreppe hinauf. Die Kabine war geradeaus hinter einem Vorhang, sie sah aus wie ein Wohnzimmer. Ein verblaßtes Porträt Eduards VII. hing neben einem Fuchsschwanz. Sie nahm ihn sanft in die Arme, stand gesenkten Kopfes nah bei ihm, so wie er sich an sie in Haverdown erinnerte, im *Savoy,* so wie er vor vielen Jahren mit Sandra in Oxford getanzt hatte. Durch den Mohair des Schlafrocks fühlte ihr Körper sich plötzlich sehr schwach an, und ihre Leidenschaft war nicht mehr sein Feind. Sie nahm seine Hände und faltete sie vor ihrer Brust, und endlich küßte sie ihn lange mit geschlossenen Lippen. Sie hörten die Schritte des Verkäufers die Eisentreppe heraufkommen, und Cassidy fiel wieder das Gefängnis ein und nichts anderes zu sagen als: Wir haben noch fünf Minuten Zeit.

»Habe ich ihn dir gegeben, Cassidy?« fragte sie am Flugplatz.

»Was?«

»Glauben.«

»Du hast mir Liebe gegeben.«

»Aber hast du daran geglaubt?« fragte sie und weinte in seinen Armen. »Hör auf, mich zu tätscheln, ich bin kein Hund. *Sag mir's.*« Sie hielt ihn von sich weg. »Sag mir: Hast du daran geglaubt? Was soll ich ihm sagen, wenn er fragt?«

»Ja, ich habe daran geglaubt. Ich tu's noch immer.«

Die Stewardeß brachte sie zum Flugsteig. Sie benötigte beide Hände, ihr rechter Arm lag um Helens Rücken, um sie zu führen, ihr linker Arm war angewinkelt und hielt sie aufrecht. Als sie an der Sperre waren, winkte Helen nicht und drehte sich nicht um; trat nur zu der Menge und ließ sich von ihr mitnehmen.

Die Party verlief in zerfahrener Stille. Als wäre die Königin gestorben, dachte Cassidy; ein Stück Nationaltrauer. Im Oberstock spielte Snaps in demonstrativ unfestlicher Kleidung hinter verschlossenen Türen schwüle Platten vor auserwählten Freunden. Sie ließ sich selten blicken, und wenn, dann nur, um weitere Sektflaschen zu holen und wortlos zu ihren unsichtbaren Vergnügungen zurückzukehren. In der Küche bereiteten Sandra und Heather Ast, die vor lauter Arbeit nicht anwesend sein konnten, heiße Canapés, die keine Abnehmer fanden; während die Kinder, für die teure Musikinstrumente im Souterrain aufgestellt worden waren, keinen Ton von sich gaben.

»Man muß sie nur *sich selber überlassen*«, beschwor Ast ihn mit einer Einsicht, die den Kinderlosen vorbehalten ist, »dann ist alles in Ordnung, ihr werdet sehen.«

Die Eldermans waren weggeblieben. Große Partys waren gegen ihre Grundsätze, sie verhinderten jedes menschliche Gespräch.

Die Gäste, die gekommen waren, drängten sich in den mittleren Stockwerken zusammen wie die Opfer eines stekkengebliebenen Lifts, die blöde warteten, bis sie hinaus oder hinunter könnten. »Du hast ihnen zu früh zu viel zu trinken gegeben«, zischte Sandra ihm zu, als sie mit einem Turm von Pastetchen auf einem Kaffeetablett an ihm vorbeistürmte. »Wie *immer*. Sie sind *betrunken*, schau sie nur an.«

Über die Schulter hinweg sandte Heather ihm ein nachdrückliches Lächeln.

»Alles geht *prachtvoll*«, versicherte sie ihm, als Sandra weg war, und tippte mit den Fingern an seinen Ellbogen. »Prachtvoll«, wiederholte sie.

Mehrere von Heathers Freunden waren anwesend; zumeist Männer und zumeist aus dem Verlagsgeschäft; sie zeichneten sich durch die Buntheit ihrer Kleidung aus, und sie hatten das Kinderzimmer besetzt, wo sie Hugos Gemälde bewunderten. Heather erklärte bei ihren Blitzbesuchen den Hintergrund. Ja, Hugo sei erstaunlich für sein Alter; nun, Mark eigentlich auch, sie seien gleichwertig. Sie freue sich schon schrecklich darauf, die beiden für sich zu haben, wenn Sandra und Aldo Urlaub machten. Während sie sprach, schlängelte sich ihr Anwalt, der ihre Scheidung betrieben hatte, an ihn heran. Sein Name war ausgerechnet Pitt, und Oxford hatte ihn berühmt gemacht.

»Sie sind ein Glückspilz«, sagte er, »weil Sie Heather haben.«

Die größte Gruppe hatte sich jedoch um Mrs. Groat geschart, die sich an Bitter Lemon total betrunken hatte. Die vertrauten roten Flecke waren unten auf ihren Wangen erschienen, und ihre Augen schwammen wild hinter den blauen Gläsern. Sie lag in Backfischhaltung in einem niedrigen Empiresessel, die Hände um ein angehobenes Knie geschlungen, und sie sprach zu dem neuen Sims, mit dem sie bereits herzhaft kokettierte. Ein schwarzer Spazierstock lehnte an ihrem Sessel, und ein Fuß war gegen den Krampf bandagiert. Ihr Thema war die Geilheit aller Männer und die Angriffe, die sie gegen Mrs. Groats wunderbar eiserne Tugend geführt hatten. Der schlimmste war Colly gewesen, ein Freund aus Kindertagen, mit dem sie unlängst ein Wochenende verbracht hatte:

»Also, Colly hatte seinen Hillman Minx dabei, warum er einen Hillman gekauft hat, werde ich *nie* verstehen, aber natürlich, euer Vater hatte einen Hillman, und Colly war schon immer *versessen* darauf, es ihm gleichzutun.« Ihr Dialog war an ihre Töchter gerichtet, obgleich keine von beiden in der Nähe war. »Nicht, daß euer Vater sehr nachahmenswert gewesen wäre, nun ja. Also jedenfalls verbrachten wir ein ganz gewöhnliches nettes Wochenende in Faulkland Saint Mary, nichts Berühmtes, aber was kann man schon erwarten, er war als Kind immer mit seiner Mutter dort gewesen oder so ähnlich, nur ein Wirtshaus mit Zimmern natürlich, nun ja. Und Colly war absolut vernünftig, langweilig, aber recht *nett*, und wir hatten ein *recht* nettes Dinner, nicht das Claridge natürlich, nun ja, und was sage ich, ich war in meinem Zimmer und schrieb an Snaps, da walzt Colly herein und fragt, ob ich's warm genug hätte, und grinst übers ganze Gesicht. Ich in, nun ja, nur in einer Hülle. Schon ausgezogen zum Insbettgehen. Aber Colly natürlich trägt den *maulbeerfarbenen* Schlafrock, bis auf die Füße, sieht *genau* aus wie euer Vater oder Noel Coward oder sonst wer, aber verlegener. ›Was soll das *heißen,* warm genug‹, sagte ich. ›Es ist Hochsommer und ausgesprochen schwül.‹ Er weiß, daß ich die Hitze hasse. Und da steht er also, schwankend und keuchend. ›Nun ja, *warm* genug‹, sagte er, ›du weißt schon‹, und meine Lieben, er *deutet* darauf, durch den Schlafrock, wie ein gemeiner Soldat oder ein Landstreicher oder so was. ›*Warm* genug‹, sagte er. ›Da unten.‹ Und meine Lieben, er war *völlig* betrunken. Ich konnte es sehen an seinem lüsternen Grinsen, obwohl ich überhaupt nichts sehe, nun ja. Ich hätte nichts gesagt, wenn wirklich was dahinter gewesen wäre, das ist etwas ganz anderes, darin stimme ich *völlig* mit der jungen Generation überein, bestimmt sogar. Nicht in allem, aber darin bestimmt.«

Die unwahrscheinliche Offenheit dieser Erzählung animierte niemanden; nur Storm, Cassidys Buchhalter, sah sich zu einem Kommentar bemüßigt.

»Was für eine *wundervolle* Frau«, flüsterte er. »Wie die Dietrich. Besser.«

»Ja«, sagte Cassidy.

»Cassidy, mein lieber Junge, wie geht es Ihrem armen Freund?«

Es war der alte Niesthal. Seine Frau, in entzückendem Schwarz, nickte über seine Schulter hinweg. Sein langes freundliches Gesicht war in besorgte Falten gelegt.

»Nein, Liebes«, sagte Mrs. Groat in Vorwegnahme von Sandras Zurechtweisung. »Ich habe ihnen nur von Colly erzählt. Ich bin kein Wesen im weißen Gewand, was immer man glauben mag, ich bin aus Fleisch und Blut, meine Liebe, es ist nur billig, ich habe mein eigenes Leben, und ich führe es, höchste Zeit, daß du es weißt. Darling, sie sind nicht besonders *warm*, oder kommt es von den Treppen? Ich habe ja nie viel von warmen Platten gehalten, nicht wahr? Colly hat mir einen Antrag gemacht, jawohl. Er wollte, daß ich deinen Vater verlasse und mit ihm weglaufe.« Sie wandte sich an die Gesellschaft. »Aber das konnte ich natürlich nicht, nicht wahr? Nicht mit Snaps und Sandra auf dem Hals.«

»Der arme Junge, Cassidy, wir machen uns *Sorgen, große Sorgen*.« Seine Frau schloß sich der Besorgnis an. »Er benahm sich wie ein Wilder«, sie wandte sich zu Sandra und nahm sich ein Pastetchen. »Tanzte auf dem Tisch«, berichtete sie, und ihre Augen baten um Mitgefühl. »Schrie, brüllte, als sollte er *umgebracht* werden, und die Kellner wußten nicht, wie sie an ihn herankommen sollten. Und Ihr Mann war so *tapfer*, wie ein Polizist hat er...«

»Telefon«, sagte Ast.

»Danke«, sagte Cassidy.

»Menschenskind, Lover«, sagte Shamus, ohne jeden Akzent, nur mit seiner eigenen behexenden Stimme, »du stellst kaum Ansprüche an eine Freundschaft.«

Nebenan hatten die Kinder angefangen, die Trommeln zu schlagen.

Sainte-Angèle

33

Die Tresorverlegung eines Teils von Aldo Cassidys Identität – ganz zu schweigen von dem Teil seines Vermögens, der aus kantonalen Festverzinslichen illegal steuerfreie vier Prozent abwarf – in das entlegene, aber fashionable Schweizer Dorf Sainte-Angèle war eine Sache, über die er sich in anderen weniger turbulenten Zeiten freimütig verbreitet haben würde. »Es ist mein Stückchen Alleinsein«, pflegte er mit weltmüdem Lächeln zu sagen. »Mein *privates* Eckchen.« Und dann malte er ein rührendes Bild des Vorsitzenden und Generaldirektors – war er auch noch immer Präsident? Er wußte es nicht mehr –, von Cassidy jedenfalls, in rauhem alpinen Tweed auf harter Wanderfahrt von Tal zu Tal, mit Schafhirten Gespräche pflegend, mit Bergführern in den Bazaren tuschelnd, während er immer noch tiefer ins Herz des unerforschten Europa vorstieß auf seiner einsamen Suche nach Abgeschlossenheit vor dem Tumult des Big Business. »Dort verwahre ich meine Bücher«, fügte er hinzu und erweckte in seinen Gesprächspartnern eine Vision von verstreuten Almhütten und einem rohgezimmerten Berghaus, wo Cassidy, der Scholar *manqué,* seine griechischen Philosophen auffrischte.

Helen gegenüber, an deren Seite er im schwelgerischen Komfort des Hotels *Adastras* ausgestreckt lag, hatte er besonders den kulturellen und historischen Aspekt der von ihm gewählten Alpensektion hervorgehoben. Die Schönheit von Sainte-Angèle ist bereits *legendär,* sagte er, und zitierte eine Broschüre, die er unlängst gelesen hatte, zum Lobe seiner Anlage. Kein Dichter, kein Angehöriger der Wenigen, dessen künstlerischer Genius nicht zutiefst angerührt worden sei bei der Betrachtung der unvergleichlichen Gipfel, der schwindelerregenden Wasserfälle, der edlen, wenn auch schlichten einheimischen Architektur. Bryon, Tennyson, Carlyle und Goethe, um nur ein paar zu nennen, hatten alle hier in atemlosem Staunen verweilt, um den apokalpytischen Felsen und der kompromißlosen Steilheit der Talhänge ihre Bewunderung zu singen: Shamus würde keine Ausnahme sein.

»Aber ist es *gefährlich,* Cassidy?«

»Nicht, wenn man sich auskennt. Natürlich müßt ihr euch Kletterbeine anschaffen.«

»Sollten wir vielleicht radfahren oder dergleichen?«

Was die Übel des Fortschritts betraf, so hatten sie, versicherte er ihr, dem Ort wenig anhaben können. Sainte-Angèle schwebte hoch auf den oberen Lagen des mächtigen Gebirgsstocks und war nur mit einer einspurigen Bahn zu erreichen. Es gibt keine Autostraße. Jaguars, sogar Bentleys, mußten an der Talstation zurückbleiben.

»Es ist gewissermaßen symbolisch. Man läßt seine Sorgen im Tal zurück. Wenn man einmal droben ist, ist man allein. Die Welt zählt nicht mehr.«

»Und das alles willst du *uns* leihen«, hauchte Helen und erinnerte ihn daran, daß er den Eldermanns absagen mußte, anderenfalls würden sie zusammentreffen. »Aber ich meine, wie machen wir es mit... Essen und so? Ich nehme an, wir bringen uns einfach mit Käse über die Runden.«

»Frau Anni wird für euch sorgen«, erwiderte Cassidy fröhlich und vergaß bei der Nennung der treuen ausländischen Arbeitskraft zu erwähnen, daß ein Dutzend Lebensmittelläden existierten, um die fünfzig Hotels und zahllose Touristen zu beliefern, die sich in den vier Wintermonaten in den feenhaft beleuchteten Straßen drängten, auf der Suche nach in den großen Städten unbekannten Andenken.

In weniger romantischen Augenblicken – zum Beispiel, wenn er allein aß oder einer geheimen Besorgung nachging – pflegte Cassidy konkretere Gründe für seine Bindung zu diesem Ort einzugestehen. Er erinnerte sich dann, wie der alte Outhwaite aus der Mount Street, W., zufällig, genau einen Tag nachdem Cassidy einen großen Coup an der Börse gelandet hatte, erwähnte, daß er und Grimble zur Zeit einen Schweizer Besitz für einen ausländischen Kunden an der Hand hätten, einmalige Gelegeneit, fünfundzwanzig Mille, Hypothek könne beschafft werden; wie Cassidy innerhalb von Minuten seine Bank angerufen und kurzfristige Dollars zu einem Agio von achtzehn Prozent aufgenommen hatte, das eine Woche später auf vierzig kletterte. Während er sich an diesen Erinnerungen erwärmte, erlebte er noch einmal seine Ankunft im Dorf, wo er seine Erwerbung besichtigen wollte; erlebte er den mühsamen Aufstieg den verschneiten Hügeln hinan, den magischen Augenblick, als er zum erstenmal sein eigenes Haus erblickte, das sich vor dem Angelhorn erhob, mit seinen Giebelsparren, die vollendet mit den Konturen des dahinter aufragenden Gipfels harmonierten; und wie er auf dem Balkon saß, zu den gewaltigen Zinnen und Sätteln der Alpen hinaufblickte und zum erstenmal gewahr wurde, daß eine gewisse Fremdheit ihm das Gefühl des Geborgenseins gab, und sich schließlich fragte, ob es in seinem Herzen nicht am Ende schon immer einen fremdländischen Winkel gegeben habe und ob seine Mutter vielleicht Schweizerin gewesen sei. Die Berge von Saint-Angèle waren selbst an einem wunderschönen Nachmittag furchteinflößend; doch sie waren auch ein Schild, ein Stück Natur, das zwischen ihm und seinen Mitmenschen aufragte und ihn an die weitergespannten Bindungen seines Herzens gemahnte.

Die Gespräche, die er anderntags mit einheimischen Fachleuten führte, Bankdirektoren, Anwälten und so weiter, eröffneten ihm eine weitere außerordentliche Eigenschaft der Bergwelt. Die Schweizer *verehrten* wirtschaftlichen Erfolg! Sie bewunderte ihn; betrachteten ihn als wichtigstes Attribut eines Gentleman; ja, seltsamer noch, sie hielten Reichtum nicht nur für verzeihlich, sondern für erstrebenswert, sogar für moralisch. In ihrem klar blickenden Auge war der Erwerb von Reichtum eine soziale Verpflichtung gegenüber einer unterkapitalisierten Welt. Für die Schweizer war ein reicher Cassidy entschieden bewundernswerter als ein armer Cassidy, eine Ansicht, die in seinen eigenen englischen Kreisen wenig Sympathie und viel Spott erntete.

Verdutzt beschloß er, unter dem Vorwand aufgetretener Komplikationen, noch das Wochenende zu bleiben. Er mietete Zimmer im *Angèle-Kulm*, da das Chalet noch nicht bezugsfertig war. Und machte bei seinem Alleingang weitere aufregende Entdeckungen. Daß sein Vater keine Hotels in Sainte-Angèle besaß und keinen Penthouseadlerhorst hoch über der Eisstockbahn. Daß es in Sainte-Angèle keine Wermutbrüder gab, die einem reichen Mann im Magen lagen, daß der Wohnraum des Chalets nicht groß genug für einen Flügel war. Daß ein Mann in Sainte-Angèle um seinen sozialen Status weiter nicht besorgt zu sein brauchte, solange er seine Rechnungen bezahlte und dem Lieferjungen Trinkgelder gab; denn von Stund an kannte, grüßte und begrüßte man ihn als einen Menschen, der die Tradition des englischen Touristen hochhielt, als einen Schutzpatron der Alpen, der Bartlettdrucke sammelte und an die Zeiten des weltweiten Empire erinnerte.

Daher vermietete Cassidy das Haus nicht, wie er ursprünglich beabsichtigt hatte – ein kleines steuerfreies Einkommen auf dem Kontinent konnte nie schaden –, sondern ließ es leer. Bis er am Dienstag wieder abreiste, hatte er fleißige Zimmerleute angewiesen, süßduftende Fichtenschränke in den Schlafzimmern einzubauen; hatte Möbel aus Bern und Leinen aus Interlaken gekauft; eine Haushälterin engagiert und Namensschilder an den Türen angebracht, hier Marks Zimmer, dort Hugos. Und von diesem Tag an hatte er jeden Winter und jeden Frühling, wenn Sandra es erlaubte, seine Familie hierhergebracht und war mit den Kindern beim Abendcorso die Hauptstraße entlangspaziert und hatte ihnen Pelzstiefel und *fondue* gekauft. Sandra war zuerst nicht gern mitgegangen; die Schweiz sei ein Spielplatz für Millionäre, die Frauen hätten kein Stimmrecht. Doch langsam hatten sie auf dem neutralen Boden ein Abkommen zu vorübergehender Koexistenz geschlossen. Er stellte fest, daß in Sainte-Angèle, wo sie ihn weitgehend für sich allein hatte, das Leid der Welt für Sandra entschieden weniger drückend war; außerdem verschönte die Kälte ihr Gesicht, sie konnte es im Spiegel sehen.

Im Grunde – Cassidy hatte allerdings ein paar Jahre gebraucht, um es zu entdecken – war Sainte-Angèle englisch. Von einer englischen Exilregierung verwaltet. Mit einem englischen Kabinett, das sich hauptsächilch aus der Gegend um Gerrards Cross rekrutierte, einer Regierung, die sowohl Legislative wie Exekutive umfaßte und sich täglich an einem reservierten Tisch im populärsten Lokal traf, sich als Club bezeichnete und über die Unhöflichkeit der Eingeborenen und den steigenden Kurswert des Franken lamentierte. Dem Geist nach war es eine Militärregierung, kolonialistisch, imperialistisch, selbst ernannt. Ihre Veteranen trugen Kriegsauszeichnungen und Verdienstkreuze; die Jüngeren Uniformpullover englischer Regimenter. Diese Leute trafen Entscheidungen von immenser Tragweite. Gewiß, die Regierten waren sich nicht immer des Vorhandenseins ihrer Regierung bewußt; gewiß, die guten Schweizer gingen weiterhin ihrem Tagewerk nach in der süßen Illusion, daß sie ihre Gemeinde selber verwalteten und daß die Engländer nur Touristen seien wie alle anderen, nur ein bißchen lauter und weniger begütert. Doch die Geschichte hatte es bereits aufgeschrieben, für alle, die Augen hatten, es zu sehen: Die Geschicklichkeit und Macht, die einst ganz Indien, Afrika und Nordamerika zu einem einzigen Weltreich vereinte, hatte eine letzte Enklave in diesem kleinen und schönen Felsennest gefunden. Das Dorf Sainte-Angèle war der letzte Markstein der administrativen Größe Englands, der Herrenrasse von Verwaltern und Kaufleuten. Sie kamen jedes Jahr hierher, um es zu besitzen und falsch auszusprechen; und Zug um Zug hatten sie Cassidy ihren Reihen einverleibt. Nicht auf einmal und niemals laut. Cassidys Sehnsucht nach Stille, seine unenglische Achtung vor den Ortsbewohnern, sein offenkundiger Wunsch, Kontroversen zu vermeiden, dies alles erforderte, daß seine Funktion untergeordneter Art sei; und das war sie auch. Auf den gedruckten Listen der Amtsträger, bei der Bekanntgabe der jährlichen Auszeichnungen und Ehrenpreise erschien sein Name entweder überhaupt nicht oder eingeschränkt durch modifizierende Ergänzungen: *stellvertretend, amtierend, ehrenhalber*. Bei den Senatsabenden am

Dienstag, den Ratsabenden am Mittwoch, den Präsidialsitzungen am Donnerstag, den Zusammenkünften am Samstag, in der Anglikanischen Kirche am Sonntag, blieb sein Einfluß weitgehend unbemerkt. Nur wenn eine wichtige Entscheidung anstand – die Anwerbung eines neuen Mitglieds, die Erhöhung des Annoncenanteils in der Clubzeitschrift oder der Erwerb eines neuen Möbelstückes für den elegant vergammelnden Klubraum –, wand sich, der Kälte wegen dick eingemummelt, ein kleines nächtliches Trüppchen von Kabinettsministern nebst Gefolge den schmalen Pfad hinan zum Cassidyschen Chalet, an die Quelle von Punsch und Erleuchtung.

»Er ist so schrecklich großzügig«, sagten sie, »und ein so *gutes* Ausschußmitglied.« Viele waren Damen. »Er ist so *reich*«, sagten sie und sprachen von hohen Beiträgen in Schweizer Franken.

In den Tea-rooms und Nachmittagstanzdielen, in der kleinen Gruppe, die sich nach einem Skilauftag um die englische Angschlagtafel drängte, wurde seine alpinistische Kühnheit ehrfürchtig bewundert. Ein Renaissancemensch sagten sie; ein *homo universalis* aller Arten von Bergsport; er hatte das Matterhorn im Winter bestiegen; er hatte in Val d'Isère das *Quatre Pistes* gewonnen; er hatte den Bob-sleigh-Rekord in Sankt Moritz eingestellt, im Smoking an einem Nachtspringen teilgenommen und sämtliche Schweizer geschlagen. Diese Taten waren nicht offiziell registriert, und Cassidy selber war zu bescheiden, um sie einzugestehen. Doch Bescheidenheit hin und her, im Lauf der Jahre war er zu einem kleinen Denkmal ihrer kollektiven Größe geworden. Und wenn er den Sockel nicht aus eigenem Antrieb bestiegen hatte, so sah er auch bislang keinen Grund, wieder herabzusteigen.

So also war es bis dato um Cassidys Hafen im fremden Land bestellt. Die leichte Luft der Berge konservierte auf großen Höhen und bei niedrigen Temperaturen viele der harmlosen Visionen, die seine aufwärtsstrebende englische Seele barg; ein Extraleben, seinem englischen Pedant nicht unähnlich, aber unschuldig geworden durch die Weite der Landschaft, die es umschloß. Und doch fand Cassidy, im letzten Abteil des Schmalspurbähnchens zusammengekauert, an jenem kalten leeren Morgen eines namenlosen, sonnenlosen Monats, in der Aussicht, sein höheres Ich zu besuchen, weder Freude noch Trost.

Draußen war die Landschaft weiß und fad. Was nicht weiß war, war schwarz oder von Wolken und Wehen sandartigen Schnees gekalkt, der gegen das undichte Fenster neben ihm peitschte. Der Nebel hatte alle Farbe aus den Bergen gesogen; und etwas hatte auch Cassidy ausgesogen, blaß gemacht, den Rest von Optimismus angegriffen, der sich in seinen Zügen noch immer gehalten hatte. Er stieg bergan, weil er getragen wurde, aber sein Körper war bewegungslos, in komplementären Grautönen vor die hohe weiße Wüste des Himmels und der Hügel hingeworfen. Von Zeit zu Zeit intonierte er, als gehorchte er einem unhörbaren Befehl, ein paar Takte und senkte die Augen, runzelte die Stirn, wenn er sich dabei ertappte. Er trug Handschuhe; sein Eisenbahnbillett steckte in der linken Handfläche, eine alte Gewohnheit, die er von einer seiner Mütter bei Busfahrten in Küstenstädten übernommen hatte. Er hatte sich schon früh rasiert, wahrscheinlich kurz vor Bern, und er fand, daß er nach den Viel-zu-vielen anderen Leuten rieche, die den gleichen Nachtzug aus Ostende benutzt hatten.

34

Wo war er gewesen, für wie lange, wann?

Diese Fragen hatten ihn während der ganzen Reise immer wieder beschäftigt. Sie waren keine fixe Idee, doch vieles blieb zu entwirren, und Cassidy hatte das häßliche Gefühl, besonders kurz vor den Mahlzeiten, daß er vielleicht schon tot sein könne. Auf der weißen Mattscheibe des Fensters zog, während er gleichgültig emporgetragen wurde, ein ungeordnetes Aufgebot von Visionen vor seinem weitgehend unkritischen Auge vorbei. Diese Bilder waren sein Denken; das Gedächtnis war ihm keine Hilfe mehr, es hatte sich seinen Ängsten zugesellt. Ich lebe außerhalb meiner eigenen Erfahrung, dachte er; ich beobachte sie durch dieses Fenster. Ein Waggon namens Cassidy, von leeren Sitzen bevölkert. Draußen liegt die Wüste, mein Schicksal. Aufgepaßt. Ha!

Er setzt sich ruckartig auf. Wer ist das? Marks Schuldirektor, er trägt ein Gewehr Kaliber vier, wasserdichte Militärstiefel über seinem gräßlichen Anzug, eine russische Kosakenmütze über das hohlwangige Gesicht geklappt, watschelt durch den eisigen Nebel. Die Regentropfen rinnen an ihm herab wie an einem Kriegerdenkmal, umkreisen seine Zelotenaugen und waschen hellere Streifen in die Haut des Bronzekämpfers. Du hast auch mich schon unterrichtet, schrie Cassidy, und schon damals warst du nicht einen Tag jünger!

»Die Marazions sind ein zäher Haufen. Immer gewesen. Schade, daß Ihr Junge nicht spielt.«

»Er spielt sehr wohl«, sagte Cassidy, dem diese Verwechslungen vertraut waren. »Ich bin Cassidy, Marks Junge«, erklärte er. Vater, hatte er sagen wollen, er hatte sich nur versprochen.

Hier Schnee, dort Regen, Kampfregen, der in richtungslosen, eisigen Wolken über den Fußballplatz rollte, nicht fiel, sondern einhüllte. Nur die nächsten Spieler sind sichtbar, sie schwanken und tasten unter dem Gasangriff. Eine neunzehnhundertsechzehner Trillerpfeife schrillt; Gasmasken auf, die *boches* kommen über den Hügel; Hände auf die Schultern des Vordermannes, schnell, Jungens, und mir nach.

»*Denken, Saviours, denken!*« bellte der Schuldirektor. »Schaut euch diesen Idioten Meadows an. Meadows, du bist ein Idiot, ein Kretin, hörst du? Ein Dummkopf. *Sie* sind nicht Meadows, wie?« fragte der Schuldirektor.

»Nein«, sagte Cassidy. »Ich bin Cassidy. Marks Vater.«

Ein fettes Kind in einem dreckverkrusteten Hemd trat wild nach einem durchnäßten Fußball.

»Verzeihung, Sir«, flüsterte er und stirbt für seinen Oberst, bricht zusammen, Herzschuß.

»Halten«, brüllt der Schuldirektor in nicht geheuchelter

Raserei. »Du heiliger Strohsack, gütiger Gott, nicht schießen, halten! O mein Gott, mein Gott, o Gott.«

Von irgendwoher ertönte wieder der Gasalarm, und ein spärlicher Ausbruch von Applaus klatschte sich triefend tot.

»War es ein Tor?« fragte Cassidy und schraubte den Kopf herum, um Begeisterung zu zeigen, als ein Regenrinnsal über sein Schlüsselbein rann. »Es ist kaum zu sehen.«

Eine Weile war ein gequältes Keuchen die einzige Antwort.

»Ich sag's ihnen immer wieder«, flüstert der Schuldirektor und wendet sich ihm im Schmerz der Niederlage mit aufgerissenen Augen zu. »Sie begreifen es nicht, aber ich sage es ihnen immer wieder. Ohne Gott kann man nicht gewinnen. Schlußmann, Schiedsrichter, Ersatzspieler, ER ist alles zugleich. Natürlich begreifen sie das nicht. Aber eines Tages wird es ihnen aufgehen, ganz bestimmt. Glauben Sie nicht auch?«

»Ich glaubte Ihnen«, versicherte Cassidy ihm. »Damals sagten Sie das gleiche zu mir, und *ich* glaubte Ihnen. Hören Sie, ich bin Cassidy, Marks Vater, könnte ich wohl einen Augenblick mit Ihnen über meinen Sohn sprechen?«

Doch der Schulmeister zetert bereits wieder hoffnungslos um Gottes Beistand, als aus dem Nebel wiederum das unheilvolle Klatschen kalter nasser Hände kommt.

»Wer *war* das? Wer hat ihn direkt der Stürmerreihe vor die Füße geschickt? Wer *war* es?«

»Cassidy«, sagte jemand.

»Es kommt nur daher, daß er kleiner ist als die anderen«, sagte Cassidy. »Wenn er größer ist, wird er ihn richtig treten, ganz bestimmt. Hören Sie, ich verreise auf ein Weilchen, ob ich ihn wohl zum Tee mitnehmen dürfte?«

»*Hart* am Ball bleiben! Angreifen, *Saviours,* angreifen! Ihr Flaschen! Oh ihr *dummen* kleinen Affen.«

Wiederum wandten die tiefliegenden Augen sich Cassidy zu und forschten vergeblich an ihm nach göttlichen Zügen.

»Schicken Sie ihn nach Bryanstone«, riet er schließlich. »Erstklassig für Kinder aus gescheiterten Ehen, erstklassig.«

Und der Direktor kehrte ihm den hohen schmalen Rücken zu und verlor sich im Nebel.

Und wir Cassidys, das ist eine Maxime in unserer Familie, wir reisen *immer* erster Klasse. Jenseits des Fensters stieß plötzlich eine Gruppe Haverdownscher Nadelbäume aus dem Nebel; darunter stand eine trübselige Pagode, dunkelbraun lackiert und von altem Schnee bestäubt.

»Unterwald«, las er laut. Noch zwei Stationen.

Und betrachtete sich, wie er im Umkleideraum saß und rauchte, um den Geruch zu betäuben; betrachtete das alternde Gesicht eines Zehnjährigen am Ende eines langen Kampftages.

Mark.

Ein Junge mit kontinentalem Einschlag, dieser Cassidy, vertrauensvoll und leicht gerührt; faßte die Leute gern an, wenn er mit ihnen sprach; Mark, mein Lover.

»Wenn ich Torwart wäre«, murmelte Mark und knotete mit tauben Fingern seine Stiefel auf, »könnte ich Handschuhe tragen.«

»Du hast dich gut gehalten«, sagte Cassidy und half ihm.

Das Wiedersehen nach so langer Zeit zeigte Cassidy, wie klein der Junge war, wie zart seine Gelenke. Die anderen Jungen schauten verächtlich zu und versuchten, die Aussage des Verräters wörtlich mitzubekommen.

»Ich *hasse* Fußball. Warum muß ich unbedingt spielen, wenn ich es hasse? Warum kann ich nicht etwas Ruhigeres tun?«

»Ich hab's auch gehaßt«, sagte Cassidy, um ihn zu ermutigen, »immer, Ehrenwort. An jeder Schule, in die ich ging.«

»Warum läßt du es *mich* dann tun?«

Als er seinem nackten Sohn in den Duschraum folgte, dachte Cassidy: ›Nur der Geruch ist warm.‹ Der säuerliche Mief von Fußballtrikots und Somersetdreck und Drillichanzügen, die in der Sonne von morgen trocknen. Mark war viel dünner als die anderen Kinder, und seine Genitalien waren weniger entwickelt; kalt und verschrumpelt, ein sehr mattes Geschlecht. Die Jungen drängten sich, kahlrasierte Sträflinge, das ganze Team unter einem schäbigen Wasserstrahl.

»Mummy sagt, sie hat mir nicht genug Liebe gegeben«, sagte Mark beim Tee im *Spinnrad*.

»Das ist nur ein Unsinn, den sie von Heather hat«, sagte Cassidy. Der Junge aß schweigend.

»Ich fahre in die Schweiz«, sagte Cassidy.

»Mit Heather?«

»Allein.«

»Warum?«

»Ich dachte, ich will versuchen, ein Buch zu schreiben«, sagte Cassidy aufs Geratewohl.

»Wie lang bleibst du dort?«

»Paar Wochen.«

»Nach Mummy hab' ich nicht Zeitlang. Ich hab' nach dir Zeitlang.«

»Du hast nach uns beiden Zeitlang«, sagte Cassidy.

»Was soll's denn sein«, fragte Mark plötzlich, als ob er bereits wüßte, einen Verdacht hätte.

»Was?«

»Das Buch.«

»Es ist ein Roman.«

»Ist das eine Geschichte?«

»Ja.«

»Erzähl sie mir.«

»Du kannst sie lesen, wenn du groß bist.«

Im Teesalon gab es selbstgemachte Süßigkeiten, Zuckerwatte und Schokolade mit verschiedenen Füllungen. Cassidy gab ihm zehn Shilling, damit er sich selbst etwas kaufen könne. »Das ist *meilenweit* zuviel«, sagte Mark hoffnungslos und gab ihm fünf zurück.

Der Junge wartete am Tor, eine schmale, sich wiegende Gestalt, er schlug die Arme um den grauen Pullover, während er den warmen Bentley die Auffahrt entlang auf sich zugleiten sah. Cassidy ließ das elektrisch gesteuerte Fenster herab, und Mark küßte ihn, die dünnen Lippen lagen voll auf denen des Vaters, noch voller Krümel vom Teesalon und kalt vom Warten in der Abendluft.

»Ich bin einfach nicht geeignet für diese Art Erziehung«, erklärte Mark. »Ich bin kein harter Bursche, und davon, daß sie mich hunzen, wird's auch nicht besser.«

»Ich war auch nicht dafür geeignet.«

»Dann nimm mich weg von hier. Es hat keinen Sinn.«

Mark hat nur ein gewisses Maß an Mut, dachte er; ich brauche es auch für ihn, gebe es aus, ehe er alt genug ist, es selber auszugeben. »Da, nimm«, sagte er und gab ihm seinen goldenen Stift, sechzig Pfund bei Asprey, ein privater Luxus aus einem anderen Leben. »Womit willst *du* dann schreiben?«

»Ach, mit einer Feder oder so«, sagte Cassidy und ließ ihn am Tor stehen, wo er die Miene hinein- und herausspringen ließ, den blonden Kopf in tiefer Konzentration gesenkt.

Manchmal war es für mich viel zu schwer zu ertragen, dieses Gesicht, dachte Cassidy, während er auf ein totes Leben zurückblickte; es war zu langgezogen vom Kummer, zu vergilbt vom Schmerz und der Mühe des Verstehenwollens. Deshalb schenkte ich ihm Dinge, damit er sein Gesicht von mir abwandte: Gold oder Geld oder irgend etwas sehr Kleines, wonach er sich bücken mußte.

Oder vielleicht, dachte Cassidy beschwichtigend und wischte die Tränen vom Fenster, vielleicht war es überhaupt nicht Mark.

Vielleicht – denn Objektivität in kritischen Zeiten ist immer noch die größte Gabe des Firmenchefs –, vielleicht war das Kind Aldo, damals in Sherborne, an dem Tag, als Old Hugo mich auf seinem Weg nach Torquay besuchte; dem Tag, als er das große Rennen der Radamateure mitfuhr, blanke fünf Pfund für den Sieger und einen Zehner für den zweiten Platz.

Dieser einigermaßen zusammenhängenden, einigermaßen erdgebundenen Vision seines Abschieds fügte Cassidy, während er weiter bergan stieg, mehr fragmentarische und weniger nachprüfbare Einzelheiten hinzu; und dabei stellte er sich Fragen ziemlich metaphysischen Charakters.

War Weihnachten schon vorüber, zum Beispiel? Manchmal zog sich ein Schatten quer über das sterile weiße Fenster, lief wie ein Blutstropfen von der linken Ecke aus in sein Blickfeld, und er roch die früh einbrechenden Winterabende und erspähte die gespenstische Kontur einer vom Abendlicht erhellten Tanne, die auf der Windseite frostbezogen war wie die Tannen, die zu Weihnachten in den breiten Erkerfenstern Abalone Crescents wuchsen. In Unterwald brütete er noch immer über diese Frage, und er war daher nicht erstaunt, Oma Groats Gesicht vor sich auftauchen zu sehen, verzerrt und übernächtigt, und er nahm es als einen weiteren Beweis dafür, daß das Fest vorüber war: Denn nur Weihnachten konnte ihr so schwer zusetzen. Ihr Kopf war nicht in der Mitte des Rahmens – sie hatte ihn irgendwie verkehrt aufgesetzt –, und sie wartete störrisch auf der falschen Seite des Gleises, so daß er ihre Anwesenheit im Rücken spürte und sich umdrehen mußte, um sie zu erkennen. Ihre aufgerissenen, stumpfen Augen, doppelt und verwundbar, von den getönten Gläsern blau getüncht, waren strahlend und erschreckt, aber der Pelzbesatz auf ihrem Kragen und das Rot auf ihren Wangen besagten ganz klar, daß sie auf dem Weg zur Kirche war.

Auch trug sie einen Knallfrosch in der zuckenden Hand.

Aber für welche Feierlichkeit?

Trägt sie zum Beispiel Schwarz? Die Chinesen lassen bekanntlich für ihre Toten Knallfrösche los.

Der Zug ruckte an, Mrs. Groat war verschwunden.

Nun, es war nicht so unwahrscheinlich; er konnte sehr wohl tot sein; andere waren das auch. Eine solche Erklärung lag schon seit mehreren Tagen und noch mehr Nächten in der Luft. Eine Menge Leute sind tot, und es ist *völlig* natürlich. nun ja. Auch nach der Ursache mußte er nicht weit suchen. Angenommen, Old Hugos grüne Handgranate wäre entgegen Cassidys damaligem Eindruck doch losgegangen und hätte ihn in ein anderes Leben befördert?

In *dieses* Leben, also?

Und er führe statt nur nach Sainte-Angèle in den Himmel; und die Bahnbeamten wären Engel, daher der Name des Dorfes?

In dem Anflug von Optimismus, den dieser Hoffnungsschimmer des Nichtexistierens für den Augenblick bewirkte, schloß Cassidy die heißen Augen und berührte eine Hand mit der anderen und stellte ihre Konturen fest. Ein echter Forscher experimentiert am eigenen Leib, die Haldane-Tradition. Ich werde noch zum Ritter geschlagen. Dann lokalisierte er mit einer gleichzeitigen Aufwärtsbewegung beider Hände zum Gesicht – wie beim Waschen, solche Gesten werden oft von Menschen im Zustand großer Gemütsbewegung ausgeführt – verdrießlich seine Nase und die üppigen Brauen, Zungenspitze und jugendliche Stirnlocke; und fand bestätigt, wenn es seiner Bestätigung bedurfte, daß sein Gesicht zwar gen Himmel fahren mochte, jedoch noch immer an seine irdische Hülle gebunden war.

Und daß Old Hugos Handgranate, bei allen seinen lautstarken Behauptungen, genau wie sein übriges Arsenal, ein Blindgänger gewesen war.

Dieser Vorfall mit ärarischen Sprengkörpern wurde aus Sicherheitsgründen nicht auf der weißen Mattscheibe sichtbar, sondern Cassidy durch den vertrauten Geruch nassen Klees übermittelt, als er irgendwo in England im grünen Feld lag, Gesicht nach unten, und verzweifelt am Abzug fummelte. Auch könnte es – wohlgemerkt *könnte* – ein Traum gewesen sein; soviel will Ihr Herr Vorsitzender einräumen. Mr. Lemming, Sie können dies zu Protokoll nehmen. Rekonstruieren wir: Diese Granate ist ein Geschenk, noch mehr kann ein Vater nicht tun. Diese Granate, hatte Old Hugo ihm versichert und sie aus ihren öligen Lumpen gewickelt und zum hellsten Fenster des Penthouse getragen, diese schlecht gestrichene Granate, stumpfgrün, aber selbst unter Lumpen noch scharf, ist nicht nur ein Geschenk, ein wahrhaft wunderbares Geschenk, sie ist eine der besten Granaten, die je fabriziert wurden.

»Heute können sie eine solche Granate gar nicht mehr *herstellen,* da kannst du ganz London durchkämmen, glaub mir, Aldo: Eine solche Granate ist einfach nicht zu finden, stimmt's, Blue?«

Die Granate ist zudem der Höhepunkt der vielen väterlichen Zuwendungen an den Sohn:

»Ich habe dir die *letzte* Freiheit geschenkt, hörst du? Schau dir das an: Leben und Tod, *alles* verdankst du mir. Es ist das fantastischste Opfer, das ein Vater bringen kann, und ich bringe es, stimmt's, Blue?«

Doch hier liegt der Hund begraben, hier kommt der Fluch der Cassidys ins Spiel, alles gelingt ihnen, nur nicht die letzte Vollendung: Der Abzug ist festgerostet, der schwächliche Knabe kann ihn nicht lockern.

»Zieh! Himmelarschundzwirn, Blue, nach allem, was ich für ihn getan habe, nach den fantastischen Opfern, die ich für ihn gebracht habe, schau dir *das* an: *Er kann nicht mal den Scheißabzug rausziehen!«*

»Aber er ist kein Herkules, mein Lieber, nicht wahr, nicht wie *du*«, wiehert Bluebridge und reicht ihm die Flasche. »Machen Sie weiter, Aldo, Lieber«, fleht sie ihm *sotto voce* zu, dort wo er lag. »Versuchen Sie's, Aldo, Ihrem Daddy zuliebe, *bitte. Versuchen* Sie's.«

»Ich versuch's ja«, gibt Cassidy grob zurück, jedoch die Apokalypse findet nicht statt.

Zutiefst enttäuscht fährt die Familie mißgelaunt heim, keiner spricht ein Wort, bis sie das Penthouse erreichen.

Eine Weile dachte er zu seiner großen Erleichterung an gar nichts. Der Zug hielt an verschiedenen Zwischenstationen an, Namen wurden ausgerufen und nicht gehört. Diese Stationen lieferten keine Fahrgäste und erhielten dafür auch keine. Sie waren Etappen, Formalitäten frommen Fortschritts, auf der Pilgerfahrt des Bähnchens zu den weißen Höhen.

Als sie ein Plateau erreichten, verringerte die Lokomotive ihre Anstrengung, und ein Gefühl der Behaglichkeit ersetzte das wahnwitzige Geratter. Ich bin im Bentley, dachte Cassidy.

Der Bentley hat die klirrenden Kupplungen gebändigt und das geschäftliche Surren der Sprungfedern unter dem dünnen Samtbezug gedämpft; die englische Gelassenheit des Bentley hat die Hysterie der ausländischen Schaffner beschwichtigt.

Ich bin unverwundbar.

Kaum hatte er jedoch diesen angenehmen Gedanken formuliert, als sein Gefühl der Sicherheit durch das Eintreten Klein Hugos schwer erschüttert wurde, der, unbeirrt durch teuere Halterungen aus der väterlichen Fabrikation, die Tür aufgebrochen und sich auf den Platz neben dem Fahrer gesetzt hatte. Cassidy hob das Kind heraus und trug es zurück ins Haus.

Hugo, weiß, aber nicht weinend, umklammert eine Reisetasche der Pan Am mit den wenigen Dingen darin, die er benötigen würde: eine Grammophonplatte, eine neue Schnur für seinen Schlitten.

Hugo, glühend heiß unter den Armen, als sie sich an der Schwelle noch einmal küßten. Hug, weiß, aber noch immer nicht weinend.

»Komm mit, Hug«, sagt Mrs. Groat, »Mummy braucht dich.« Im vierten Stock, jetzt Sandras Etage, John Eldermans Silhouette; Valium für ein gebrochenes Herz.

Heather Ast hämmert an das Wagenfenster.

»Ich will Sie nicht hören«, versichert Cassidy ihr. »Ich will einfach nicht. Ich möchte Sie nie wiedersehen, Heather. So weit ist es schon.«

Das bruchsichere Glas ist zu dick, sie hört nichts.

»In zehn Jahren werden Sie eine Mrs. Groat sein; ihr alle werdet Groats sein. Staub zu Staub, Groat zu Groat, das Los jeder Frau, ein anderes hat sie nicht.«

Gott sei Dank ist er in einen Tunnel eingefahren, die Veränderung lenkt ihn ab. Am anderen Ende, fünf Minuten entfernt, liegt Oberwald. Nach Oberwald kommt Sainte-Angèle von den Gipfeln; dazwischen ist keine Station.

Mit dem Tunnel kommt kurzes Dunkel, ehe die Lampen

angehen. Holzpfähle, von den darüberhängenden Glühbirnen mit häßlichem Gelb bemalt, drängen sich im einstmals weißen Fenster, zucken in einer beängstigenden Kurve vorüber, streichen wie geschiente Finger einer zerquetschten Hand über sein passives Gesicht. In dieser langgestreckten Höhle werden alle Geräusche verstärkt. Geschichte, Geologie, ganz zu schweigen von zahllosen Oxforder Seminararbeiten über das Mittelalter, alle vertiefen und intensivieren das Grunderlebnis, Minotauren, Eremiten, Märtyrer, Bergleute, die seit Beginn der Bauarbeiten dort eingeschlossen sind, heulen und klirren mit ihren Ketten, denn dies ist der Schoß der Erde, in dem alte Männer nach Wissen, Gold und Tod buddeln. Vor ein paar Jahren hatte Cassidy einmal ganz plötzlich, während er durch das gleiche Fenster auf das gleiche langweilige Gehölz blickte, in die schwarzen, geduldigen Augen einer Gemse gestarrt, die sich an die Tunnelwand preßte. Sobald er im Dorf angekommen war, hatte er dem Stationsvorsteher im Interesse des einheimischen Wildbestands Meldung erstattet. Da könnte man nichts mehr machen, hatte der Beamte gesagt, nachdem er sich den Fall des guten Mannes sorgfältig angehört hatte, die Gemse sei bereits seit mehreren Tagen tot.

Diese gelben Lichter sind langweilig; sie schläfern mich ein.

Wie lange war es her, daß er zuletzt geschlafen hatte?

War irgendwo festgehalten, wie viele Nächte? Mr. Lemming, würden Sie bitte im Protokoll nachsehen.

Oder war es *eine* Nacht, die sich über verschiedene Betten und Stockwerke verteilte? Dieses Kreischen jetzt – juristisch gesehen –, wohin gehörte das Kreischen, als sie meinen Fuß nicht losließ, Sandra, meine langjährige Ehefrau, um mich im Schlafzimmer festzuhalten? Ihn an ihren Kopf hielt, in voller Länge auf dem geschmackvollen wolligen Wiltonteppich lag und Christi Knöchel mit ihren Tränen netzte? War das *ein* Vorfall aus einer ereignisreichen Nacht oder eine *ganze* Nacht für sich?

Wer hat die Uhr zerbrochen? Diese Großvateruhr. Wer *zerbrach sie?* Für vierhundert Pfund Einlegearbeit aus dem sechzehnten Jahrhundert in der Halle von der Konsole gekippt? *Heraus mit der Sprache! Es ist völlig natürlich, wenn man eine Uhr zerbricht, ich möchte lediglich wissen, wer es war. Ich zähle bis fünf, wenn der Schuldige sich nicht freiwillig meldet, werde ich den Satz nicht beenden.*

Eins...

Der erste Tatverdächtige (die soziale Klasse hat *viel* mit der Kriminalität zu tun) ist Snaps geiler Werbefritze, der über das Treppengeländer herab in seinem weinroten Cordanzug die freie Liebe predigt. Der gehässige Kerl hat der Uhr einen Stoß gegeben, es war seine Methode, die Kluft zwischen den Generationen zu schließen. Doch warte, Snaps hat ihren Bau verlassen und den Werbemenschen mitgenommen. Sich nach Bournemouth geflüchtet, Ursache Schwangerschaft, sie bekommt sie gern an der See, Wasser ist sogar noch besser als Luft.

Zwei...

Wer sonst? Schnell, wer sonst?

Oma Groat, mutmaßliche Schwiegermutter, ehemals Mutter der Angeklagten, stolpert durch dunkle Korridore, um Strom zu sparen: Sie hat's getan...

Nicht schuldig, tut mir leid. Entschiedene Handlungen sind nicht ihr Stil, auch nicht versehentlich.

Drei, ich warne euch...

Sehr gut: *Du* warst es! Sandra selber, naßgesabbert vom Weinen, keine Kraft mehr zum Schlafen; Sandra taumelte in höchster Erschöpfung gegen die Uhr, stieß sie um, ehe sie selber stürzte?

Nicht schuldig. Sie würde es eingestehen.

Vier...

Hilfe! Ich klage an Old Hugo, Satansanbeter, Hexenmeister, Besitzer des bösen Blicks!

Während er aus dem Fenster des Penthouse starrte, an einem Gläschen Brandy-Soda nippte, durchschnitt der alte Zauberer in voller Absicht die Luft mit einer vertrauten Handbewegung und schickte unheilbringende Wellen aus, die bis nach Abalone Crescent vorstießen und das Instrument der Zeit zerstörten!

»Vater, ich brauche ein Bett.«

»Dann geh heim, dort wartet eins auf dich, oder?«

»Vater, bring mich ins Bett. Bitte.«

»Geh heim! Du wirst kriminell werden, wenn du dieses Aas nicht wieder heiratest, raus, raus, raus!«

Der Tunnel war noch immer da, tanzend, nicht schlafend.

»Angie, ich brauche ein Bett.«

Angie Mawdray stand an ihrer Wohnungstür, sie war in ein leichtes Bettlaken gehüllt, das eine Seite ihres Körpers nicht bedeckte.

»Es hat keinen Sinn, Aldo«, sagte sie. »Ehrlich.«

»Aber Angie, ich will doch nur schlafen.«

»Dann geh in ein Hotel, Aldo, du kannst nicht hierherkommen, du weißt doch, *jetzt* nicht mehr.«

»Aber Angie.«

»Ich bin verheiratet«, erinnerte sie ihn ziemlich streng. »Du mußt es doch wissen, Aldo, du hast die Geldsammlung im Büro organisiert.«

»Natürlich«, sagte Cassidy. »Natürlich habe ich das, entschuldige. Guten Abend, Meale, wie geht's dann?«

Unter Che Guevaras kompromißlosem Blick nickte Meales blasses Gesicht seinem Herrn Gebieter respektvoll an. Er wäre bestimmt aufgestanden, doch seine Nacktheit war gegen ihn.

»Guten Abend, Mister Aldo, treten Sie näher. Entschuldigen Sie die Unordnung, Sir.«

»Komm nachmittags«, flüsterte Angie. »Ich arbeite nur morgens, nicht wahr, *Dummerchen*?«

Zu Kurt gegangen? Oder doch bei Angie geblieben? Sicher war, daß er eine Schlaffheit in den Lenden spürte, ein Gefühl von *nachher*, nicht *vorher*. Hatte er demnach doch noch die höchst fachmännischen Umarmungen von Miß Mawdray genossen, der bekannten Chefsekretärin, während Meales um Verzeihung heischendes Auge sich taktvoll abwendete, solange der Herr Vorsitzende verweilte? *Sie sind immer so gut zu uns, Mister Aldo, wir wissen wirklich nicht, wie wir Ihnen danken sollen.*

Nicht der Rede wert, sagte der alte Lebemann, der bequem zwischen den betauten Falten nistet. *Man muß euch jungen Leuten beim Start ins Leben behilflich sein.*

Ein Heulen der Lokomotive. Tagt es bald? Nicht in Kurts grauen unbequemen Räumen; sogar die Fenster sind gegen die Sonne rauchverhangen.

»Kurt, ich brauche ein Bett.«

Kurt hatte niemand in seiner Wohnung, nicht Angie Mawdray, nicht Lemming, nicht Snaps, nicht Blue, nicht Faulk, nicht einmal Meale. Er trug einen grauen Schweizer Morgenrock aus bester Schweizer Seide, und als Cassidy unsicher in dem stets aufnahmebereiten Gästezimmer verpackt lag, kam Kurt mit einer hohen weißen Tasse Schweizer Ovomaltine zu ihm.

»Nein, Kurt.«

»Aber Cassidy, lieber Junge, Sie wissen, daß Sie einer der unsrigen sind. Hören Sie. *Erstens,* Sie ziehen die Gesellschaft von Männern vor, stimmt's?«

»Stimmt, aber –.«

»*Zweitens,* Ihre physischen Begegnungen mit Frauen verlaufen gänzlich unbefriedigend. Cassidy, hören Sie, ich meine, lieber Gott, ich sehe es Ihnen *an*. Ich sehe es Ihren Augen an, jeder sieht es. *Drittens* –.«

»Kurt, ehrlich, ich würde es tun, wenn ich es wollte, Ehrenwort, ich schäme mich nicht mehr. Ich wollte es in der Schule, aber das kam nur daher, daß keine Mädchen da waren. Es ist die Wahrheit. Ich habe zuviel Sinn für Humor, Kurt, ich stelle mir vor, wie Sie daliegen, mit nichts an, und ihn halten, und ich kriege das Kichern. Ich meine, *wozu* ... verstehen Sie, was ich sagen will?«

»Gute Nacht, Cassidy.«

»Gute Nacht, Kurt. Und vielen Dank.«

»Und hören Sie, eines Tages besteigen wir den Eiger, ja?«

»Ja.«

Beim Eindösen hoffte er, Kurt werde zurückkommen: Erschöpfung untergräbt den moralischen Willen genauso wie den Sinn für Humor. Aber Kurt kam nicht zurück; und so lauschte Cassidy statt dessen auf den Verkehr draußen und fragte sich: Schläft er oder träumt er von mir?

Tageslicht, und ein weiterer Warnschrei aus der kleinen unverwüstlichen Lokomotive. Der Zug stockt. Die Türen zischen und schwingen auf. Der Schaffner ruft Sainte-Angèle.

Er rief es im *patois*, es hätte Michelangelo heißen können oder England. Er rief es laut, übertönte das Dreiklanggebimmel der Bergglocke; er jubilierte es für das vergangene oder bevorstehende Weihnachtsfest, mit einer männlich beherrschenden Stimme, die durch den leeren Bahnhof schallte. Er rief es direkt zu Cassidy, durch das verschmierte weiße Fenster seines Erste-Klasse-Wagens; und wenn Sie noch weiter wollen, müssen Sie umsteigen. Er rief es, als wäre es Cassidys Name, sein letzter Gang und seine letzte Haltestelle. Der Schaffner war ein bärtiger Mann und trug eine Dienstmarke an seinem Kittel. Seine Augen waren von schweren schwarzen Brauen maskiert und vom schwarzen Schatten seiner schwarzen Schildmütze. Dem Rufe folgend, stand Cassidy sofort auf, trat munter auf den leeren Bahnsteig und schwang die Reisetasche in der starken Hand.

»Morgen«, sagte der Schaffner tröstend, »gibt's *viel* Schnee.«

»Ah, aber morgen kommt nicht oft, nicht wahr?« erwiderte Cassidy, nie um das letzte Scherzwort verlegen.

Das Wetter, das Cassidy in Sainte-Angèle begrüßte, war wie eine meteorologische Fortsetzung der Wirrnis, die seit einiger Zeit von seinem Denken Besitz ergriffen hatte. Der beste aller denkbaren Ferienorte hat seine abartigen Jahreszeiten, und nicht einmal das wegen seines verlässigen und milden Charakters berühmte Sainte-Angèle ist von den unwandelbaren Gesetzen der Natur ausgenommen. In der Regel ist die schneebedeckte Dorfstraße im Winter ein jubelnder Karneval von Bommelmützen, Pferdeschlitten und glitzernden Schaufenstern, wo betuchte junge Schnösel aus allen Ländern sich an die Mädchen von Kensal Rise heranmachen und in den umliegenden Wäldern so mancher meineidige Liebesschwur geleistet wird. Im Sommer stapft die weniger ausgabenfreudige ältere Generation rüstig über die blühenden Hänge und erfrischt sich an Goethes brausenden Bächen, während Kinder in Nationaltracht uralte Weisen zum Lob von Reinheit und Rindvieh singen. Der Frühling ist eine jähe und köstliche Jahreszeit, ungeduldige Blumen brechen durch die zähe Schneedecke; während der Herbst, mit den ersten Schneefällen, zwischen dem Getöse zweier hektischer Saisons vergessene Stunden atemloser Kirchenstille zurückbringt.

Doch es gibt, wie jeder Alpengast wissen muß, auch Tage, an denen das gefällige Muster ohne ersichtlichen Grund heftig erschüttert wird; an denen die Jahreszeiten, als wären sie plötzlich ihres Platzes im Kreislauf der Natur müde, alle Waffen ihres Arsenals ins Treffen führen und eine wütende Schlacht liefern, bis zur eigenen Erschöpfung. Statt des Winterzaubers herrschen verdrossener Regen und mürrische Nachtkälte im Dorf, Donner wechselt mit matschigem Graupeln, und weder Stern noch Sonne vermag durch die wirbelnden Wolkenschwaden zu dringen. Schlimmer noch, ein Föhn kann aufkommen, jener morbide Südwind, der die Berge heimsucht wie eine Pest, gewaltige Schneebretter ablöst und die Gemüter sowohl der Dorfbewohner wie ihre Gäste vergiftet. Und wenn er sich schließlich verzieht, so liegen die braunen Flecken an den Hängen wie Tote da, der Himmel ist weiß und leer, und die Vögel sind verschwunden. Dieser Föhn ist der Fluch der Berge; kein Ort ist vor ihm sicher.

Die ersten Anzeichen sind äußerer Art: ein Wassertröpfeln, das keine Quelle hat, ein geheimnisvolles Entweichen von Luft und Farbe. Mit dieser Entleerung der Atmosphäre geht eine allmähliche Erschöpfung der menschlichen Energie einher, ein Gefühl moralischer Flauheit, eine Art seelischer Verstopfung, die sich Schritt für Schritt über die ganze psychische Person ausbreitet, bis sie sämtliche Ausgänge blokkiert hat. An solchen Tagen vor dem Sturm kann es vorkommen, daß ein Mann irgendwo auf der Dorfstraße eine Zigarre raucht und ihre Spur anderntags noch vorhanden ist, der Rauch und der Geruch sind genau an der Stelle stehengeblieben, an der er stand. Manchmal kommt überhaupt kein Sturm. Die Flaute endet, und die Kälte kehrt zurück. Oder ein Orkan bricht aus: eine schwarze tobende Walpurgisnacht mit Winden von sechzig bis siebzig Meilen pro Stunde. Die Hauptstraße ist übersät mit abgebrochenen Ästen, der Makadam schaut durch den Schnee, und man könnte glauben, im Dunkeln sei ein Fluß hindurchgebraust auf seinem Weg von den Gipfeln ins Tal.

Und jetzt herrschte der Föhn.

Der Tag erinnerte ihn an einen feuchten Tag in *Lord's Cricket Ground.* Die beiden Gepäckträger des Dorfes standen wie Schiedsrichter nebeneinander, preßten die Kittel an die Bäuche und fanden übereinstimmend, daß es unmöglich sei. Über ihm, aber sehr nah, hingen die erhabenen Zwillingsgipfel des Angelhorns wie schmutzige Wäsche vom grauen Himmel. Der Schnee war größtenteils verschwunden. Die Uhr zeigte fünfzehn, doch sie konnte schon vor Jahren stehengeblieben sein. Als er sich zum Restaurant begab, dachte er: *So werden wir sterben, allein und kalt und außer Atem, schwebend zwischen weißen Welten.*

»Hallo Lover«, sagte Shamus seelenruhig. »Wir suchen wohl jemanden, wie?«

»Hallo«, sagte Cassidy.

35

Holzrauch aus Haverdown lag in der dumpfen Luft, aus den braunen Wänden ragten Hirschgeweihe. Eine Gruppe dunkelgesichtiger Arbeiter saß beim Bier. Ein Stück weg saß an ihrem traurigen Katzentisch die Kellnerin, las in deutschen Illustrierten und keuchte leise vom Föhn wie Patienten im Wartezimmer eines Arztes.

Er saß nah an der Theke in einem Alkoven, ganz allein an einem großen runden Tisch, unter den gekreuzten Flinten des Jagdvereins von Sainte-Angèle. Eine seidene Fahne, von den Damen der Gemeinde gestickt, bekundete die Treue des Dorfes zu Wilhelm Tell. Der Alkoven lag gemütlich und vertrauenerweckend in flämischem Dunkel; die Pokale glänzten anheimelnd wie wohlverdiente Münze. Er trank *café crême*, und er war dünner geworden. Ein Streifen weißen Lichts vom Fenster lief den Leichenfrack entlang, wie von einem kürzlichen Schock. Er trug weder Hut noch Bart; sein Gesicht wirkte entblößt und verwundbar und sehr blaß. Cassidy glitt neben ihn, er hielt seine Reisetasche in den Armen wie Hugos Strandkrokodil, ließ sie dann die polierte Bank entlangschlittern und schließlich mit einem schlaffen Plumps zwischen ihnen auf den Boden fallen.

Als er sich setzte, sah er das Schießeisen.

Es lag auf Shamus' Knien wie ein glattes Schoßtier, der Lauf war auf Cassidy gerichtet. Es war der Bauart nach eine Armeepistole, vermutlich ein Offiziersmodell aus dem ersten Weltkrieg. Nur ein voll ausgewachsener Offizier konnte sie getragen haben, denn der Lauf war mehr als 30 Zentimeter lang. Oder es war vielleicht eine Zielpistole aus jenen Tagen, als man die Waffe auf den linken Vorderarm stützte und der Feldwebel »Guter Schuß, Sir« brüllte, wenn man ein mannsgroßes Ziel traf. Am Kolben war eine Schlaufe befestigt. Daran baumelte eine rosa Puderquaste.

In der Küche sendete der Rundspruch ein schweizerisches Pausenzeichen, ein sehr kriegerisches Signal.

Cassidy bestellte Kaffee, *café crême* wie der Herr. Der Kellner erinnerte sich gut an ihn. Cassidy, der Trinkgeldgeber. Er brachte ein gewürfeltes Tischtuch und breitete es liebevoll aus. Er deponierte Besteck, eine Maggiflasche und Zahnstocher in einem silbernen Behälter. Und die Kinder, erkundigte der Kellner sich, geht es ihnen gut?

Sehr gut.

Sie litten nicht zum Beispiel an der englischen Krankheit, kurze Hosen zu tragen?

Nicht nennenswert, sagte Cassidy.

Und sie jagten jetzt wohl den Fuchs und die Gemse?

Zur Zeit, sagte Cassidy, seien sie in der Schule.

Ah, sagte der Kellner und schürzte die Lippen, *Eton:* Er habe gehört, dort sei es auch nicht mehr wie früher.

»Sie wartet«, sagte Shamus.

Sie setzten sich bergan in Marsch.

Cassidy zog mit aller Kraft, und bald schnitt der Gurt in seine Schulter. Wenn er nicht seinen Kamelhaarmantel getragen hätte, würde er sich buchstäblich wundgescheuert haben. Der Gurt war aus Nylon, 1 Meter 80 lang und knallrot, er hielt ihn mit beiden Händen, eine an der Brust, die andere an der Taille, es war sein Pferdegeschirr, und er legte sich tüchtig hinein. Zweimal bat er Shamus, er möge zu Fuß gehen, erhielt jedoch keine brauchbare Antwort außer einem ungeduldigen Wedeln des Pistolenlaufes, und jetzt saß Shamus aufrecht, hatte Cassidys Reisetasche auf den Knien und warf hinaus, was ihm nicht gefiel. Die silberne Haarbürste war bereits dahin, sie war wie eine Hockeyscheibe den vereisten Pfad hinuntergeschlittert, über die halbgefrorenen Blasen aus Schnee und Eis getanzt und getrudelt. Er hatte geglaubt, fit zu sein: Squash im Lansdowne, Tennis im Queen's, ganz zu schweigen von den Treppen in Abalone Crescent. Aber bis sie von der Bahnlinie abbogen, war sein Flanellhemd durchnäßt, und sein Herz, das an den Höhenwechsel noch nicht gewöhnt war, hämmerte bereits bedrohlich. Fitness ist relativ, dachte er. Schließlich hat er mindestens mein Gewicht.

Sogar in Abwärtsrichtung war der Pfad zum Rodeln ungeeignet. Vom Chalet an wand er sich zunächst durch lichtes Gehölz, wo der Schnee kaum die Buckel bedeckte und grobzakkige Baumstümpfe den unachtsamen Steuermann erwarteten. Dann kreuzte er einen Lawinengraben, führte in zwei steilen Schleifen abwärts zu einer dürftig eingezäunten schrägen Auffahrt, die, da sie zumeist von Fußgängern benutzt wurde, mit Splitt bestreut war, der an den Kufen zerrte und sie aus der Bahn drehte. Andere verwegenere Kinder mochten diesen Gefahren trotzen; nicht so die Cassidyschen, denn es war einer seiner immer wiederkehrenden Alpträume, daß ihnen hier ein Unfall zustieß, daß Hugo unter einen Zug rodelte, Mark sich an einem Telegrafenmast den Schädel einschlug, und er hatte die Route von A bis Z vorgeschrieben und strenge Strafen für jede Abweichung angedroht. Bergan war der Pfad zwar zweifellos ungefährlicher, aber noch weniger attraktiv.

Shamus hatte Marks Schlitten gewählt, vermutlich der verrückten Gänseblümchen wegen, die an die Plastikteile geklebt waren. Es war in seiner Art ein guter Schlitten, ein Standardtyp, den ein Schweizer Geschäftspartner zur eventuellen Einführung auf dem englischen Markt geschickt hatte. Doch bald schleppte der breite Kiel schwer im Matsch, und Cassidy mußte sich weit in die Steigung vorbeugen, um genügend Zugkraft zu gewinnen. Seine Londoner Schuhe mit den Ledersohlen glitten bei jedem Schritt aus; manchmal rutschte er, wenn er sich in den Gurt legte, nach rückwärts und streifte mit den gefrorenen Fersen an die Plastikkante; sooft ihm das passierte, trieb Shamus ihn mit einem ärgerlichen Fluch weiter. Die Reisetasche war verschwunden. Sie hatte offenbar nichts enthalten, was er aufhebenswert fand, er hatte sie über Bord geworfen, um das nicht abgefederte Gewicht zu vermindern, und jetzt zielte er mit dem Schießeisen zerstreut auf alles, was sich anbot; einen Vogel auf dem Dach eines Hotels, einen vorbeikommenden Fußgänger, einen Hund.

»Mein lieber Mister Cassidy, wie *geht* es Ihnen?«

Vorstellung; Sherry am Sonntag, kommen Sie doch nach der Kirche vorbei. Shamus verbeugt sich und wedelt mit dem Schießeisen; Entzückensschreie. Eine Mrs. Horegrove oder Haregrave, Altsenatorin des Clubs.

»Was für eine *gefährlich* aussehende Ladung?«

»Gehört Hugo«, erklärte Cassidy und keuchte durch sein Lächeln. »War bei der Reparatur. Sie wissen, wie versessen er auf Pistolen ist.«

»Mein Lieber, was in aller *Welt* würde Sandra sagen?«

Über Shamus oder über die Pistole? wollte Cassidy fragen, denn ihre Augen wanderten mit wachsendem Erstaunen zwischen beiden hin und her.

»Weg da«, brüllte Shamus sie an; er hatte plötzlich die Geduld verloren, hob einen passenden Stock auf und schleuderte ihn ihr direkt vor die Füße. »Proletenweib. Weg da, oder ich schieße.«

Die Dame zog sich zurück. Ein Haufen Pferdeäppel lag ihrer Weiterfahrt im Wege. Cassidy wich links aus, auf die Böschung.

»Zieh, du Hund«, befahl Shamus noch immer zornig, »hüh, hüh, *zieh.*«

Im Wald ging es leichter. Unter den Bäumen war der festgetretene Schnee weder geschmolzen noch gefroren; manchmal ging es kurze Zeit sogar bergab, so daß Cassidy vorauslaufen mußte, um in der Schußlinie zu bleiben. In solchen Augenblicken wurde Shamus nervös und erließ widersprechende Befehle: Hände hoch, runter damit, links halten, rechts halten, und Cassidy führte sie alle aus, er dachte an nichts, nicht einmal an das Loch in seinem Rücken. Die Bäume teilten sich und gaben den Blick in das braune Tal und auf die Nebelbänke frei, die wie Ölrauch aus der engen Sohle aufstiegen. In einem Stück vollendeten Blaus sahen sie das Angelhorn, sein frischer Schnee glitzerte in der hohen Sonne.

Und sie hielten an.

»He, du«, sagte Shamus ruhig.

»Ja?«

»Gib uns einen Kuß.«

Die Hände noch immer über dem Kopf ging Cassidy zum Schlitten zurück, bückte sich und küßte Shamus auf die Wange.

»Weiter«, sagte Shamus. Und schließlich: »Ist schon *recht,* Lover, ist schon *recht*«, flüsterte er und wischte die Tränen weg. »Shamus kriegt's hin. Ehrenwort. Wir sind groß genug, Lover. Wir können es schaffen.«

»Natürlich können wir's«, sagte Cassidy.

»Geschichte machen«, sagte Shamus. »Ein großer Erneuerer sein, Lover. Wir schlagen das ganze verdammte System in Trümmer.«

»Wirst du jetzt absteigen?« fragte Cassidy nach weiteren atemlosen Umarmungen. »Ich bin nämlich ein bißchen müde.«

Shamus schüttelte den Kopf. »Lover, ich muß dich fit trimmen, dieses Rennen ist sehr hart, wirklich sehr hart. Erfordert eine starke Hand. Glauben, erinnerst du dich? Für uns beide?«

»Ich erinnere mich«, sagte Cassidy und hob den Gurt aus dem Schnee auf.

Die Wolken hüllten sie ein. Sie mußten den Baumbereich verlassen haben, ohne daß er es bemerkte, und blindlings in die Nebelfalle getappt sein. Cassidy sah nichts mehr, verlor das Gleichgewicht und stürzte hin. Nicht einmal mehr der Pfad war da, denn seine Ränder verloren sich im feuchten talwärts stürmenden Nebel, und seine Hände, die sich in den Abhang krallten, umklammerten einen unsichtbaren Feind. Wieder kämpfte er sich voran.

»Wo bist du?«

»Hier.«

»Zieh, Lover«, warnte Shamus, »zieh weiter, Lover, oder es macht peng-peng.«

So unvermittelt, wie sie eingefallen war, verzog die Wolke sich, und das Haus stand sauber und einladend auf seinem teuren schneebedeckten Privathügelchen, fünfzehn Pfund pro Quadratmeter, und ›Mr. and Mrs. Aldo Cassidy‹ in einem Rähmchen neben dem Klingelknopf, und Helen, Ehefrau von Shamus, auf den Balkon gemalt. Gemalt auf die grundierte weiße Leinwand des treibenden Nebels, in matten Halbtönen, eine Idee verschoben.

Groß, als sie von unten zu ihr hinaufblickten; sie trug eines von Sandras Kopftüchern; Hände weit voneinander auf das Geländer gestemmt, Gesicht scharf dem Pfad zugewandt, den sie nicht sah, doch sie hörte die Schritte im Matsch und vielleicht das Zickzackecho ihrer Stimmen.

»Cassidy?«

»Sie ist ein bißchen blaufleckig«, warnte Shamus in einem Flüstern, das neben ihm aufstieg. »Wo ich sie verdroschen habe. Tut mir leid, ich wollte die Einrichtung nicht beschädigen.«

»Cassidy?« wiederholte sie noch immer blindlings, nur nach dem Geräusch abschätzend.

Noch eine Weile starrte sie auf den Pfad und wußte nicht, daß die beiden unter ihr standen. Wartete, wie alle Frauen warten. Das Geräusch mit dem ganzen Körper einfangend. Wartete auf ein Schiff oder ein Kind oder einen Liebsten; aufrecht, gespannt, bebend.

»Wir sind hier unten«, sagte Cassidy.

Der blaue Fleck war unter ihrem Auge, dem linken Auge, stellte er fest; Shamus hatte sie mit der rechten Hand geschlagen, wahrscheinlich einen Haken; einen harten weiten von der Seite, nicht unähnlich Sals blauem Auge an jenem Abend, als sie sie in der Cable Street aufsuchten. Bis er die Tür geöffnet hatte, war sie in der Diele. Sie schloß die Augen lange, ehe er sie berührte, das Gute und das Böse, und er hörte sie flüstern »Cassidy«, als ihre Arme sich sanft um ihn legten; und er fühlte sie zittern wie im Fieber.

»Auf den *Mund*«, schrie Shamus von hinten. »Himmel. Was ist das hier? Ein Scheißkloster?«

Also küßte er sie auf den Mund; sie schmeckte nur ein kleines bißchen nach Blut, als habe sie einen Zahn verloren.

Der Wohnraum – sein eigener Entwurf – war lang und vielleicht zu schmal, um gemütlich zu sein. Der Balkon lief rundum und bot Aussicht nach drei Seiten auf das Tal, das Dorf und die Gebirgskette. An einem Ende neben der Küche war eine fichtengetäfelte Eßecke, und Helen hatte den Tisch für drei gedeckt, mit den besten Servietten und den echten Wachskerzen aus der linken oberen Schublade.

»Sie ist ein bißchen dünn«, erklärte Shamus. »Hab' sie nämlich eingesperrt, bis du kamst.«

»Das hast du mir gesagt«, sagte Cassidy.

»Nicht die Leute *kritisieren*, Lover? Prinzessinnen muß

man in Türme sperren, nicht wahr? Kann diese Weibsbilder nicht im ganzen Reich rumhuren lassen.«

Ob Helen nun dünner geworden war oder nicht, ihre Augen jedenfalls hatten einen herausfordernden Glanz, etwas vom Mut der Schwerkranken.

»Ich habe eine Ente aufgetrieben«, sagte sie. »Ich glaube mich zu erinnern, daß es Ihr Leibgericht ist.«

»Oh«, sagte Cassidy. »Oh, vielen Dank.«

»Sie mögen sie doch noch immer, nicht wahr?« fragte sie sehr ernsthaft und bot ihm Brezel von der Vorspeisenplatte an, die Sandra für Reistafeln benutzte.

»Doch«, sagte Cassidy.

»Ich dachte, vielleicht sind Sie davon abgekommen.«

»Nein, nein.«

»Nur eine tiefgekühlte. Ich versuchte, eine frische zu bekommen, aber sie...« Sie hielt inne und begann dann von neuem. »Es ist so schwierig übers Telefon, alles in einer fremden Sprache... Er wollte mich nicht aus dem Haus lassen, keinen Schritt. Er hat sogar meinen Paß verbrannt.«

»Ich weiß«, sagte Cassidy.

Sie weinte ein bißchen, und er führte sie in die Küche, stützte sie am Ellbogen. Sie lehnte sich an ihn, ließ ihren Kopf an seine Schulter sinken und holte tief Atem, füllte die Lungen mit der Stärke seiner Gegenwart.

»Hallo, Teufelsbraten.«

»Hei.«

»Er hat, er hat es... gewußt. Nicht geraten oder vermutet oder irgend etwas Gewöhnliches, *gewußt*. Wie nennt man das, wenn man es durch die Poren einsaugt?«

»Osmose.«

»Ja, das war es. Doppelte Osmose. Ich weine nur, weil ich müde bin. Ich bin nicht traurig, ich bin müde.«

»Ich weiß.«

»Sind Sie müde, Cassidy?«

»Ein bißchen.«

»Er wollte mich nicht hinlegen lassen. Ich mußte im Stehen schlafen. Wie ein Pferd.«

Sie weinte ausgiebig; er nahm an, daß sie schon seit Tagen

weinte, und jetzt war es zur Gewohnheit geworden, sie weinte, wenn der Wind umschlug und wenn der Wind aufhörte oder wieder einsetzte, und hier war der Föhn, er schlug dauernd um.

»Cassidy.«

»Ja.«

»Sie wären auf jeden Fall gekommen, nicht wahr? Auch wenn er es nicht gesagt hätte?«

»Natürlich.«

»Er hat gelacht. Jeden Tag, an dem Sie nicht kamen, hat er gelacht und gesagt, er kommt nie. Zwischendurch wurde er manchmal traurig. *Come on, Lover,* hat er gesagt, *bist jetzt ein großer Junge, wo bleibst du denn?* Dann war er liebevoll zu mir und sagte, ich solle für Sie beten.«

»Ich habe drüben auch allerhand zu tun gehabt.«

»Wie hat's die Leitkuh aufgenommen?«

Durch ihre Tränen hörte er Sandras Schreie das Treppenhaus auf- und niederhallen, wie Hugos magischen Springball zwischen dem schönen Sims und dem Plattenboden.

»Bestens. Kein Problem. Sie war froh, wirklich... als sie es wußte.«

»Hier war es auch leicht, wirklich... sobald er wußte, daß ich dich liebe.«

»Ich gehe jetzt lieber wieder«, sagte Cassidy.

»Ja. Ja, er braucht dich.«

Mit einem kleinen ermutigenden Klaps schickte sie ihn hinaus.

Shamus stand an dem hohen Fenster. Er hatte Cassidys Fernglas entdeckt und versuchte, es auf die Schlafzimmer eines entfernten Hotels einzustellen. Als ihm dies zu langweilig wurde, warf er das Glas zu Boden und schlenderte zu den Bücherregalen. Die Pistole steckte in seinem Hosenbund; die Puderquaste baumelte müßig von seinen Fingern.

»Jemand ist hier Ibsen-Fan«, bemerkte er zerstreut.

»Sandra.«

»Die Dame gefällt mir. Schon lange. Jedenfalls besser als Helen.« Während Helen kochte, spielten die beiden Männer

Marks Mäusespiel. Die Maus, ein Plastiktierchen, wurde durch einen Schlitz hineingesteckt. Nachdem sie herumgelaufen, über einen Graben gesprungen, durch mehrere kleine Löcher geschlüpft war, rutschte sie in einen engen Käfig und bewegte ein Glöckchen. Das Glöckchen läutete, die Tür schloß sich, die Maus saß in der Falle. Es war kein Wettspiel, denn man konnte dabei nicht verlieren und folglich auch nicht gewinnen, aber es war unter den gegebenen Umständen ein gutes Spiel, weil es Shamus ermöglichte, eine Hand an der Pistole zu lassen. Sie hatten jedoch noch nicht viele Runden gespielt, als Shamus unruhig wurde, den Schürhaken vom Kamin holte und den Deckel des Käfigs damit zerschlug. Danach entkam die Maus, und Shamus wurde wieder umgänglicher und lächelte sogar, klopfte Cassidy ermutigend auf die Schulter.

»Liebe dich, Lover.«

»Liebe dich«, sagte Cassidy.

»Shamus war in ganz Europa«, sagte Helen aufmunternd und tauchte mit einer Schüssel aus der Küche auf. »Nicht wahr, Shamus? In Marseille war er, in Mailand, Rom...« Sie zählte diese Städte auf, als feuerten die Namen ihn an, fast als sänge sie das Loblied ihres trotzigen Kindes, doch Shamus blieb verstockt. »Und sein Buch macht sich fabelhaft, er hat gearbeitet *bis zu dem Augenblick, als Sie ankamen*, nicht wahr, Shamus? Schreiben, schreiben, schreiben, von morgens bis nachts.«

»Hol die Scheißente«, sagte Shamus, »und halt den Schnabel.«

»Cassidy, *Wein*«, erinnerte Helen ihn mit diskretem Lächeln. »Wir sollten wohl roten trinken, nehme ich an, zu Geflügel.«

»Ich hole ihn«, sagte Cassidy und strebte zur Tür.

»Fang«, sagte Shamus und warf ihm einen großen Schlüsselbund zu. Ein harter Wurf, die Schlüssel knallten an das Holz neben seinem Kopf und knallten danach, ein zweites Mal, auf den Holzboden. Viele waren Duplikate, stellte Cassidy fest, als er sie aufhob. Er mußte sie zusammengetragen haben, als er Helen auf dem Dachboden eingeschlossen hatte.

Der Herd machte Schwierigkeiten. Er schien nicht zu heizen wie englische Herde, sagte Helen, es wurde innen nicht heiß, wenn man am Knopf drehte.

»Infrarot«, sagte Cassidy und zeigte ihr, wie es funktionierte.

»O je«, sagte Helen. »Ich stell' sie nochmals rein.«

Cassidy protestierte; Unsinn, Ente *mußte* blutig sein, so mochte er sie am liebsten.

Auch Shamus protestierte, aber aus anderen Gründen. Nein, das würde sie verdammt noch mal nicht tun. Wenn er Geschichte machen sollte, sagte er, konnte er sich nicht von einer ungebratenen Ente aufhalten lassen.

Wieder einmal oblag es daher Cassidy, dem Meister des rechten Tons zur rechten Zeit, das Tischgespräch zu führen. Auf gut Glück wählte er ein Thema – es war Jahre her, seit er zuletzt eine englische Zeitung zu Gesicht bekommen hatte – und hörte sich über die steigende Flut der Gewalttätigkeit in England dozieren und insbesondere über den unlängst verübten Bombenanschlag auf einen konservativen Minister. Für Nihilisten habe er nichts übrig, sagte er. Wenn jemand einen Groll hege, dann solle er es sagen, Cassidy sei der erste, der ihn anhören werde. Und wozu gab es schließlich das Parlament, wenn wir uns von jedem Tom, Dick oder Harry erpressen lassen müßten, der andere Ansichten vertrete als wir selber.

»Ich meine, was wollen sie damit bezwecken, um Gottes willen? Außer der Zerstörung der Gesellschaft. Diese eine Frage können sie nie beantworten. ›All right‹, sage ich dann zu ihnen, ›gut: Die Welt gehört euch. Jetzt sagt mir, was ihr mit ihr anzufangen gedenkt. Wie ihr die Kranken heilen und den Alten helfen und uns gegen diese Irren in China verteidigen wollt?‹ Nun, findet ihr nicht auch?« fragte er und überlegte, ob er den Rest seiner Ente liegenlassen solle.

Helen und Shamus waren aneinandergerückt, und Helen küßte und tröstete ihn, streichelte sein Haar und legte ihm die Hand auf die Stirn.

»Wir sind über die Vorgänge in England nicht mehr recht

auf dem laufenden«, sagte sie über seine Schulter hinweg. Sie schnitt ihm das Fleisch, damit er die Pistole nicht auslassen mußte. »Shamus hat Ihr Radio probiert, aber ich glaube, es ist leider kaputtgegangen, nicht wahr, Darling?«

»Macht nichts«, sagte Cassidy großzügig.

Er bot ihnen Kartoffelbrei an, aber sie lehnten ab.

»He, Cassidy«, sagte Shamus, der bei Helens Bemühungen auflebte, »wie findest du ihre Kochkünste?«

»Nun, hiernach zu urteilen, sind sie großartig«, sagte Cassidy. »Aber schließlich habe ich sie bereits in London genossen.«

»Kocht sie besser als die Leitkuh?«

»Viel«, log Cassidy herzlich.

Während Helen abservierte, tauchte Shamus in seine Rocktasche und brachte einen kleinen Lederband zum Vorschein, den er auf seinen Knien aufschlug. Er hatte das Format eines Tagebuchs, war aber dicker und hatte Goldschnittecken. Bei seiner Lektüre schien er auf besonders relevante Stellen zu stoßen, denn er strich sie mit dicker Tinte an, wobei er die Seiten mit der Pistole niederhielt.

»Sie ist geladen, nicht wahr?« fragte Cassidy und ließ seine Frage so beiläufig klingen, wie die Umstände es irgend erlaubten.

»*Natürlich* ist sie geladen«, rief Helen stolz aus der Küche. »Shamus hat nie im Leben eine Platzpatrone abgefeuert, nicht wahr, Darling?«

Der Wein, dachte Cassidy, er hat ihn dösig gemacht. Er hatte einen schweren Burgunder gewählt – die Flasche für achtundzwanzig Franken –, der berühmt war für seine einschläfernde Wirkung.

Während sie wiederum auf Helen warteten, gingen die beiden Männer hinaus auf den Balkon zum Zielschießen. Die Munition war kein Problem, denn die Taschen des Leichenfracks waren vollgestopft mit Patronen verschiedener Kaliber, und obwohl manche entschieden zu groß waren, schienen doch auch ziemlich viele zu passen.

Zunächst führte Cassidy auf Shamus' Verlangen die Sicherung vor. »Sie ist hier«, sagte er und deutete darauf. »Man schiebt sie von sich weg.«

»Löst sich ein Schuß?«

»Nicht, wenn sie gesichert ist, natürlich.«

»Ist sie jetzt gesichert?«

»Nein, andersherum.«

Shamus richtete die Pistole auf Cassidys Kopf und drückte ab, aber nichts passierte.

»Und wenn ich so mache –?«

»Dann schießt sie. Shamus, sollten wir nicht warten, bis sich der Nebel lichtet?«

Der Nebel war tatsächlich noch dicker geworden; dahinter, nicht weit entfernt, konnte er den Regen hören und das geheimnisvolle Brummen landwirtschaftlicher Maschinen, das in den seltenen stillen Zeiten immer das Tal zu erfüllen schien. Während sie dort standen, spurten zwei Skifahrer, vermummt wie gespenstige Äbte, in Richtung auf die Bahnstation die Piste hinunter und verschwanden wieder, ihre Skier raspelten in dem wäßrigen Schnee. Shamus, der bereits auf sie gezielt hatte, als sie verschwanden, senkte die Pistole mit einem Ausruf des Ärgers und lugte nach einem anderen Wild.

»Welche Reichweite hat das Ding da überhaupt?«

»Ungefähr 36 Meter, wenn der Schuß sitzen soll. Aber sie tötet noch auf dreihundert.«

»Es ist keine Schnellfeuerpistole, wie?«

»Nein.«

»Ich habe versucht, Dumdumgeschosse zu kriegen, aber sie hatten keine.« Er brachte die Pistole wieder in Anschlag, diesmal zielte er auf einen Schornstein jenseits des Weges. »Sie liebt dich saumäßig.«

»Ich weiß.«

»Und du bist genauso scharf auf sie. Du schmachtest nach ihr in jeder Minute, die du von ihr getrennt bist. Du kannst gar nicht schnell genug einschlafen, um von ihr zu träumen, und nicht schnell genug aufwachen, um zu kommen und sie mir abzujagen. Weib und Kinder, Bentley, ist alles nichts neben deiner überwältigenden, alles verzehrenden, alles rechtfertigenden Leidenschaft für sie?«

Er wandte den Kopf und blickte Cassidy über den Lauf der erhobenen Pistole an.

»Armer alter Lover, was hätten wir anderes tun können? Konnten dich nicht dort draußen verschimmeln lassen, oder, ganz allein in der Kälte? Nicht nachdem wir unser ganzes verschissenes Leben lang genau nach dem gesucht hatten, was du gefunden hast. Ich meine... welcher Mensch würde zwanzig Jahre nach Gold graben und es nicht nehmen, wenn er auf eine Ader stößt? He?«

»Keiner.«

Shamus' Blick war nicht von seinem Gesicht gewichen.

»Keiner«, wiederholte Cassidy.

»Heller Junge«, sagte Shamus und schenkte ihm ein plötzliches strahlendes Lächeln.

Er nahm seinen Arm und führte ihn in den Wohnraum zurück.

»Helen«, rief er und ließ Cassidys Arm nicht los, »mach dich fertig, du Kuh! *Mut*, Lover«, flüsterte er. »Jetzt heißt's tapfer sein, Soldat.«

Cassidy nickte.

»Sonst muß Papa dich totschießen.«

Wieder nickte er.

»Höchstens fünf Minuten«, rief Helen aus dem Schlafzimmer.

Gemeinsam trugen sie den Tisch in die Mitte des Zimmers.

»Wir brauchen *Zeugen*«, sagte Shamus aus der Küche. »Wie, verdammt noch mal, kann ich die Hebamme der Geschichte machen, wenn keine Zeugen anwesend sind?« Er kam mit einem Tischtuch zum Vorschein, einem weißen Damasttuch aus Sandras Aussteuer. »Herrje, *die* könnten eine Bürste vertragen, alles was recht ist«, sagte er und blickte kritisch auf Cassidys Schuhe, die vom Anmarsch beträchtlich gelitten hatten. »Und was ist mit diesen Linoleumhosen, was zum Teufel sollen die bedeuten?«

»Das ist Kavalleriedrell«, sagte Cassidy. »Das beste, was ich hier draußen bekommen konnte.«

Er hatte sie nach seinem Selbstmord gekauft; die anderen waren im Kleefeld ruiniert worden.

»Wenn wir nur *alle* die richtige Ausrüstung hätten«, sagte Shamus seufzend.

Helen trug ein neues graues Kostüm, das Sandra sich im vergangenen Jahr speziell für Club-Cocktail-Partys in Bern gekauft hatte; ein wenig altmodisch für manchen Geschmack, aber trotzdem sehr hübsch, mit grünen Applikationen am Kragen und einem dazu passenden Schal für ihren Hals. Sie kam sehr langsam herein, ihre Augen schimmerten; sie hatte Puder auf den blauen Fleck gelegt und trug ein Sträußchen Zyklamenblüten, die sie von dem Stock in der Küche abgeschnitten hatte. Ihr Mund war breit gezogen, wahrscheinlich ein Lächeln. Die Blumen zitterten, und sie war nervös.

»Das ist sie, nicht wahr?« fragte Shamus, als sei er plötzlich erblindet.

Er hatte ihnen den Rücken zugekehrt und schaute aus dem Fenster. Seine Schultern waren hochgezogen. Weder Helen noch Cassidy konnten sein Gesicht sehen, aber sie konnten ihn in leisen, dumpfen Tönen summen hören.

36

Shamus hatte die Farbe gewechselt.

Er war nicht errötet oder erblaßt, von Weiß zu Rot, von Rot zu Weiß, wie die willkürlichen Gesetze der mittelalterlichen Ballade es vorschreiben; seine ganze Gestalt schien einfach die dunkleren, stürmischen Tönungen seiner hitzigen Stimmung angenommen zu haben. Als er ihn beobachtete, erkannte Cassidy dumpf, was er immer gewußt, aber bisher nicht verstanden hatte: daß Shamus keine physische Konsistenz besaß; keinen Umriß, kein Profil, an dem man ihn erkennen könnte; daß er so wechselhaft war wie der Himmel draußen vor dem Fenster; genauso drohend, so still, so licht oder dunkel, so windgepeitscht oder ruhig; und daß Cassidy zuviel Denkarbeit darauf verschwendet hatte, ihn zu definieren, indem er seine Anwesenheit fälschlich als etwas Vertrautes hinnahm; und daß er ebensogut hätte versuchen können, den Wind zu lieben wie diesen Mann zahm zu machen für die Wohnzimmer, in denen Cassidy zu Hause war.

Er hatte einen Shamus gekannt, der 1 Meter 80 groß war und die Geschmeidigkeit eines Tänzers besaß; einen, der gedrungen und gewalttätig war, mit den geduckten Schultern eines Ringers; er hatte ihn männlich und weiblich gekannt, als Kind und Mann, als Liebhaber und Hunzer; doch als einen einzigen Menschen würde er ihn nie kennenlernen. Deshalb hat er Romane geschrieben, dachte Cassidy und setzte ihn bereits in die Vergangenheit; er mußte aus dieser ganzen Armee eine einzige Person machen. Deshalb war er so eifersüchtig auf Gott: Gott hat ein Reich und kann uns alle einbeziehen, Gott hat Wohlgefallen an der Vielheit seiner Abbilder, Gott hat Dome, um seine zahllosen Gleichnisse darin zu bergen; Shamus jedoch hat nur diesen einen Körper, und sich durch die Welt schleppen und so tun müssen, als wäre er eine Person, nie sich einem Ort oder einer Frau hingeben dürfen, das ist die Strafe, wenn man Shamus ist.

Shamus hatte außerdem Schwierigkeiten mit der Pistole.

Der neue schwarze Morgenrock, den Helen mitgebracht hatte, paßte ihm gut, doch der Gürtel war nicht fest genug, um das Gewicht einer so schweren Waffe zu tragen. Nachdem er erfolglos versucht hatte, die Pistole um seine Hüfte zu schnallen, befahl er Helen, sie ihm um die Achsel zu knoten. Doch das baumelnde Schießeisen störte ihn beim Lesen des goldgeränderten Buches, und schließlich schleuderte er es gereizt auf den Tisch zwischen den angezündeten Kerzen.

»Jetzt setzt euch«, kommandierte er und wies auf das Sofa. »Dicht nebeneinander. Händchen und Klappe halten, alle beide.« Er wollte fortfahren, als sein Blick Helens seliges Lächeln erhaschte, und jäher Zorn überfiel ihn.

»Schluß mit dem geilen Grinsen!« brüllte er sie an und fuchtelte mit der Pistole.

»Ich habe nicht gegrinst. Ich habe dich geliebt.«

Er legte die Pistole wieder hin und hüllte sich in das Damasttischtuch, das er der Länge nach faltete und sich um den Hals hängte, so daß die beiden Enden vorn herunterhingen wie eine Stola.

»Was, zum Teufel, ist das für ein Gerumpel?« murrte er und blickte zum Fenster.

»Die Zentralheizung. Stellt sich automatisch an und aus. Der Südwind bringt den Thermostat durcheinander.«

»Jetzt paßt auf«, sagte Shamus, »jetzt definiere ich die Liebe.«

Er hielt das Büchlein geschlossen in der linken Hand, mit den goldgeränderten Seiten nach außen.

»Die Liebe«, verkündete Shamus, nachdem sie nervös schwiegen, »die Liebe ist die Brücke zwischen dem, was wir *sind*, und dem, was wir *werden* können. Die Liebe ist der Maßstab« – Blick auf Helen – »unserer Möglichkeiten. Ich sagte, Schluß mit dem geilen Grinsen.«

»Es ist nur die Nervosität«, beharrte Helen pathetisch. »Bei *unserer* Hochzeit war ich genauso, das weißt du doch.«

»Shamus«, sagte Helen sanft, »Shamus.«

Sein Blick war auf das hohe Fenster gerichtet, von dem der Nebel jetzt alle Bilder gelöscht hatte. Regentropfen zerplatzten auf der Scheibe, als kochte es innerhalb des Glases, sie kamen von nirgendwoher und blieben, liefen nicht ab.

»Lover?« sagte er, und sein Kopf war noch immer mit der Aufmerksamkeit der Blinden von ihnen abgewandt.

»Ja.«

»Warum haben David und Jonathan sich verkracht?«

»Ich dachte, du wüßtest es.«

»Ich habe dir gesagt« – noch immer zum Fenster gewandt –, »ich habe dir gesagt, daß ich das Zeug nie gelesen habe.«

»Staatsräson, nehme ich an. Hat sie eben auseinandergebracht.«

»Einen Shilling weniger Einkommensteuer«, schlug Shamus vor.

»So etwas Ähnliches. Shamus?«

»Die Macht der Umstände?«

»Ja. Kurz gesagt, ja, ich glaube.«

»Kein Streit um eine fünftklassige Konkubine zum Beispiel?«

»Shamus, wenn du willst, können wir aufhören. Es ist keine Feier nötig.«

»Nicht nötig?«

»Ich meine nur, das Zeremoniell ist nicht nötig. Keiner von uns ist religiös, nicht sehr.«

Shamus schien ihn nicht zu hören, sein Blick war noch immer auf den Nebel gerichtet und auf die erstarrten Regentropfen, die ins Glas gefroren waren.

»Es *gibt* keine verdammten Umstände«, sagte er. »Es gibt nur Leute. Roizende Loite«, fuhr er im Tonfall einer Gastgeberin aus dem Mittelwesten fort. »Und wenn alle Leute so reizend wären, dann würde es keine Kriege mehr geben, nicht wahr, Darling? Ich hätte nicht im Traum geglaubt, daß du es schaffen würdest, Cassidy, so wahr ich hier stehe. Hätte nicht im Traum geglaubt, daß du's in dir hättest. Ich muß zynisch geworden sein. Bin froh, daß du mich gerettet hast, Lover; kein Grund zur Bitterkeit. Schließlich, wie oft begegnet sie uns, die wahre, totale Liebe? Einmal im Leben, wenn wir Glück haben. Zweimal, wenn wir Helen haben.«

Er drehte sich um und betrachtete sie von fern, doch seine Gestalt hob sich so schwarz vor dem Fenster ab, daß Cassidy, wenn er es nicht gewußt hätte, nicht hätte sagen können, ob Shamus ihnen zugewandt war oder nicht.

»Mein Gott«, sagte er in die ungewöhnliche Stille, »dein Auge da: verdammt widerlich. Kannst du nicht ein Stück rohes Fleisch dagegenhalten oder sonst was? Cassidy ekelt sich sehr leicht.«

In diesem Augenblick schlug die Türklingel an; eine Dreitonglocke, nicht unähnlich dem freudigen Geläut, das zur Kirche lädt.

»Gott sei's gedankt«, flüsterte Shamus, »Flaherty ist doch noch gekommen.«

Cassidy öffnete auf Befehl der Pistolenmündung die Tür – man beachte die tadellosen Verschlüsse, die handgesägten

Angeln, Präzisionsschlösser – und sah viele bekannte Gesichter, angefangen mit Mark und Hugo, die auf eigene Faust hergereist waren, und unbestimmt endend mit McKechnie von Bee-Line und dem Schweizer Polizeichef. Doch der Anblick der Eldermans, der wirklichen, nicht der eingebildeten, mit Paketen beladen, müde vom Aufstieg und um die Augenbrauen mit Reif behangen, überraschte ihn beträchtlich.

Ich weiß *bestimmt*, daß ich ihnen abgesagt habe, dachte er. Er hatte telefoniert: *John, alter Junge, akute Lebensschwierigkeiten, können Sie es vielleicht auf später verschieben, oder wird es den Kindern das Herz brechen?* Er hatte einen Brief geschrieben: *Höhere Gewalt, Chalet ein Raub der Flammen, tut niemanden annähernd so leid wie mir*. Er hatte gedrahtet: *Chalet von Lawine zerstört*. Offensichtlich hatte er indessen nichts von alledem getan, denn da standen sie vor der Tür, der ganze Clan mit identischen Wollmützen, wie eine Familie von Fußballfans, die vier kleinen Mädchen mit Schokolade überzogen und die Eltern mit dem Gepäck beladen. Sie standen da im Schein der Außenlampe und lächelten erwartungsvoll wie beim Fotografen, ihre zwölf Backen waren rot vor Kälte.

»Aldo, alter Junge«, rief John Elderman.

»Als wir das Licht sahen, wußten wir, daß Sie zu Hause sind«, sagte sein wieder namenlos gewordenes Eheweib. Und fügte, um sich mit den Männern auf gleichen Fuß zu stellen, eine ihrer ruppigen Redensarten hinzu: »Deshalb haben wir auf die Warze gedrückt.«

»Er hat ein Gewehr«, verkündete eines der Kinder, das Shamus im Hintergrund erblickt hatte. »Dürfen wir spielen, Mister?«

Sie standen noch immer auf der Schwelle, und ein Gastgeber hat seine Pflichten.

»Kommen Sie doch rein«, sagte Cassidy mit gespielter Herzlichkeit und schickte sich an, ihnen mit dem Gepäck zu helfen.

Hinter ihm stand, um einen Kopf größer geworden, Shamus auf der untersten Stufe in eine Ecke gedrückt und schwenkte langsam seinen Revolver von einem zum anderen, während er jede ihrer Bewegungen verfolgte.

»Wer sind sie?« fragte er, als sie sich aus der eisigen und feuchten Luft hereindrängten.

»Ein Doktor und seine Familie«, sagte Cassidy, der in seiner Verwirrung nicht an Shamus' tiefen Haß auf den ärztlichen Stand dachte. »Freunde.« Und nahm der Frau ein paar Gepäckstücke ab.

»Deine Freunde?«

»Sandras Freunde.«

»Hallo«, sagte Mrs. Elderman und lächelte ihm jovial durch die Diele zu, »was für ein *prächtiges* Schießeisen. Haben Sie hier gerade eine Kinderparty?« erkundigte sie sich, als sie auch noch den Schlafrock und die Damenstola erblickte. »Sie sehen genau aus wie der Dalai-Lama«, und ließ ein höchst sachkundiges Lachen hören.

»Geh zum Teufel«, sagte Shamus.

»Das ist Shamus«, erklärte Cassidy, »er wohnt zur Zeit auch hier.« Und beschäftigte sich mit verschnürten Schachteln und dem üblichen Gepäck der schäbigen Kunden.

»Hallo, alter Junge«, sagte John Elderman höchst fidel und pellte sich aus seinem Dufflecoat.

Mrs. Elderman starrte noch immer Shamus an, und keiner hatte sich von der Stelle bewegt.

»Im Moment sind wir ziemlich besetzt«, flüsterte Cassidy vertraulich ihrem Mann zu, den er beiseite genommen hatte. »Kolossaler Zulauf. Wenn es Ihnen nichts ausmacht, in den Oberstock zu ziehen, nur für diese Nacht... morgen werden wir dann weitersehen. Ja?«

Die sehr unemotionale Stimme von Mrs. Elderman schnitt ihre Unterhaltung ab.

»Darling«, sagte sie, »die Pistole ist echt«, und alle blickten Shamus an.

»Ja, ich fürchte, das ist sie«, sagte Cassidy.

Auch die Kinder, Experten in Handfeuerwaffen, hatten die Echtheit des Schießeisens bereits festgestellt. Sie standen in einer bewundernden Gruppe rundum; das kleinste spielte mit der Puderquaste. Mit einer angewiderten Bewegung scheuchte Shamus es zurück und stieg hastig noch eine Stufe weiter hinauf.

»Sie sind ekelhaft«, flüsterte er. »Sie sind absolut gräßlich.«

»Oh, ich weiß nicht«, sagte Cassidy verlegen.

»Sie werden uns alle umbringen, Lover. Himmel, Lover, wie kannst du mit ihnen sprechen?«

»Wir feiern gerade eine Art Trauung«, erklärte Cassidy seinen neuen Gästen. »Deshalb trägt er dieses Gewand.«

»Eine Trauung«, echote Mrs. Elderman, der die ganze Bürde der nächstliegenden Frage zufiel. *»Hier?* Um *diese* Tageszeit?« Und noch ehe er Zeit gehabt hätte zu antworten, falls er das gewünscht hätte. »Unsinn. Wessen Trauung?«

»Seine«, sagte Shamus und wies auf Cassidy. »Er heiratet meine Frau.«

John Elderman nahm die Pfeife aus dem Mund. Er verzerrte sein Kindergesicht zu einem faltenlosen Grinsen.

»Aber alter Junge«, wandte er nach ziemlich langem Schweigen ein, »der alte Cassidy ist bereits verheiratet, nicht wahr, Aldo?«

»Und überdies mit Sandra«, sagte Mrs. Elderman und blickte Shamus anklagend an. »Aldo, das ist doch nicht etwa ein bewaffneter Überfall, wie? Er kommt mir vor wie ein Irrer.«

»Hugo sagt, seine Mummy und sein Daddy sind *geschieden*«, verkündete eines der größeren Mädchen und bot Cassidy ein leicht angelutschtes Bonbon an.

»Sei still«, sagte ihre Mutter und holte zu einer Ohrfeige aus.

Wenn Shamus überhaupt Furcht kannte, hier war sie in Reinkultur, und diese Leute waren ihr Gegenstand. Er hatte eine äußerste Abwehrstellung ganz oben an der Treppe bezogen, wo er, blaß und müde, in den Schlafrock gewickelt, kauerte, die Damastdecke war um seinen Hals geschlungen wie ein Collegeschal. Alle blickten zu ihm auf, warteten auf seine Befehle, doch es dauerte geraume Zeit, ehe ihre Erwartung ihn zum Handeln veranlaßte. Er sprang auf – seine Beine unter dem Schlafrock waren nackt, Haverdownbeine, und keine Spur von Weiß zwischen den oberen Schatten – und schwang den Pistolenlauf lässig in Richtung auf die oberen Räume. »Gut. Hier herauf, die ganze Bande. Einer nach dem anderen, Hände auf den Kopf. Marsch, *du!*«

»Ich?« fragte John Elderman mit abscheulichem Grinsen.

»Weg mit der Scheißpfeife. Du wirst mir in der Kirche gefälligst nicht rauchen.«

Und so hatte er sie in wenigen Sekunden in den Wohnraum hinaufgescheucht, Eltern, Gepäck und Kinder. Sie gehorchten nicht nur dem Schießeisen; er schien sie gründlich zu kennen: zu wissen, wie man sie zum Gehorchen brachte, zum Schweigen brachte, was die Kinder essen sollten. In wenigen Minuten lag ihr Gepäck ordentlich gestapelt an der Treppenwand; waren die Kinder auf dem Klo, abgefüttert und ausgezogen; und die ganze Familie saß wie die Orgelpfeifen auf dem Sofa, im vordersten Kirchenstuhl direkt vor dem Altar.

»Das Ganze ist absolut widerwärtig«, sagte Mrs. Elderman und musterte Helen kritisch. »Du meine Güte, was ist mit ihrem Auge los? John –.«

»Klappe halten«, befahl Shamus ihr. »Kameltreiberschlauch! Jahu! Klappe halten! Du bist hier Zeuge und kein verdammter Schiedsrichter!«

John Elderman, der direkt in der Schußlinie saß, schien trotz des Flehens seiner Gattin gänzlich abgeneigt, den hippokratischen Eid zu erfüllen.

»Verdammt sonderbar«, war alles, was er äußern wollte, und das im Ton einer anthropologischen Untersuchung. »Das erklärt eine *ganze* Menge.«

Er hatte seine Pfeife in die Tasche gesteckt.

Helen, die sich selbst überlassen war, hatte inzwischen ihre Stellung nicht verändert. Sie saß dort, wo die Männer sie verlassen hatten, ein ungetrübt bräutliches Lächeln auf den Lippen, als betrachtete sie in dem welken Sträußchen aus Blütenköpfen, das sie noch immer in der Hand hielt, die süßen Stürme der Leidenschaft, die das Leben für sie bereithielt. Ihre andere Hand lag still und offen da und wartete auf die

Rückkehr des Bräutigams. Beim Eintreten der Eldermans war sie zerstreut aufgestanden, um sie zu begrüßen, doch ihr Sinn war ernst und Höherem zugewandt, wie es ihr an ihrem großen Tag geziemte.

»Ach ja«, sagte sie, als sie den Namen hörte. »Aldo hat von Ihnen gesprochen.«

Sie überließ die Ausarbeitung der Sitzordnung ihrem Mann. Nur die Kinder bewirkten eine Veränderung ihres Ausdrucks.

»Wie *reizend*«, bemerkte sie zu der Mutter. »Wie süß und reizend.«

37

Die Anwesenheit einer größeren Gemeinde hatte auf Shamus eine bemerkenswerte Wirkung. Welche Zweifel ihn auch immer bislang heimgesucht, welche Mysterien und Wirrungen seine Hand gelähmt haben mochten, der unerwartete Einfall seines Feindes, seines geschworenen Erzfeindes, hatte sie alle beiseite gefegt. Bis jetzt schienen seine priesterlichen Pflichten schwer auf ihm gelastet zu haben. Zuweilen wirkte er, als stellte er seinen eigenen Glauben in Frage; während seine sprunghaften Stilwandlungen und der häufige Griff nach dem Revolver die Wirkung seiner Worte sehr gemindert hatten. Vorbei. Jetzt überfiel ihn fieberhafte Tatkraft. Der Teufel war im Haus; Shamus benötigte duftende Kräuter und durchsuchte die Küche, bis er auf eine Dose Thymian stieß, den er freigebig über den improvisierten Altar verstreute. Kerzen, mehr Kerzen; der Fürst der Finsternis rückte an, Shamus benötigte Licht, um ihn in Schach zu halten.

Gefäße wurden in aller Eile herbeigeschafft, und während die Eldermans in dumpfem Staunen starrten, wurden überall Haushaltskerzen aus einer Schachtel – Sandras eiserne Ration für etwaigen Stromausfall – verteilt. Bald war der Raum vom Geruch brennenden Wachses erfüllt, war der Eßtisch ein lodernder Wall, hinter dem Shamus Schutz suchen konnte vor den Schrecknissen und bösen Kräften bürgerlicher Mittelmäßigkeit.

»Er ist verrückt«, sagte Beth Elderman.

»Ruhig, Darling«, sagte ihr Mann nervös. »Er ist vielleicht nur durchgedreht.«

»Stopf ihnen das Maul!« brüllte Shamus. »Du kennst ihre Sprache, bring es ihnen bei.«

»Bitte seien Sie still«, sagte Cassidy sehr höflich. »Es regt ihn auf.«

Draußen hatte der Nebel sich für kurze Zeit verzogen. Im dunkelnden Himmel funkelten die freien Gipfel des Angelhorns wie riesige Brillanten. Im Dorf gingen die ersten Lichter an; doch die Gipfel hatten noch ihre eigene Sonne und glänzten im eigensinnigen Tageslicht über der blinzelnden Dunkelheit des Tals.

Das dünne Bimmeln einer Tischglocke verkündete den Beginn der Zeremonie.

»Ehe wir *fortfahren*«, begann Shamus, »habe ich einige Ankündigungen zu machen. Stillsitzen!« gebot er einem kleinen Mädchen mit mahnendem Schwenken der Pistole. »Bleib sitzen und rutsch nicht herum.« Die Mutter zog das Kind heran, setzte es hastig zurecht und blickte Shamus wieder ins Gesicht, nachdem auch sie sich noch aufrechter hingesetzt hatte.

»Zuerst«, fuhr er in dem salbungsvollen, pseudo-intellektuellen Tonfall eines Modepredigers aus West End fort, »möchte ich Ihnen sagen, wie sehr ich mich *freue*, auch *Kinder* bei unserem Gottesdienst willkommen heißen zu können. Es gehört zu den erfreulichen Zeichen für die ungebrochene Kraft der Religion, daß Eltern« – hier ein duldsames Lächeln zu den Eldermans – »ihre Kleinen in *Sein Haus* bringen. Es macht den Kindern *und* den Eltern Ehre.«

Er warf einen Blick auf einen Zettel in seiner Hand. »Die nächste Ankündigung gilt denen unter uns, zu denen die tragische Nachricht noch nicht gelangt ist, die Nachricht von einem Massenmorden in der Gegend von Thailand. Vergangene Nacht wurden auf Grund eines strategischen Versehens in einer der amerikanischen Militärbasen vier Millionen Asiaten vernichtet.«

Er wartete, in der einen Hand den Teller, in der anderen die Pistole. Eine kurze ratlose Stille wurde durch das Klimpern einer Münze unterbrochen, als Mrs. Elderman ihre Handtasche öffnete und Kleingeld an die Mädchen verteilte.

»*Jede* Währung wird angenommen. *Vielen* Dank. *Vielen* Dank, meine Liebe. Sie *sind* doch Christin, hoffe ich?« flüsterte er Mrs. Elderman zu, als er ihre Gabe entgegennahm.

»Genau gesagt, bin ich Humanistin«, erwiderte sie. »Mein Mann und ich finden es leider unmöglich, die Existenz Gottes zu akzeptieren.« Und schob das Kinn vor. »Aus wissenschaftlichen *und* psychologischen Gründen«, fügte sie hinzu.

»Sie haben offenbar *moderne* Ansichten«, gab Shamus nachsichtig zurück.

»Nun, sie sind offenbar nicht so modern wie die Ihren«, sagte Mrs. Elderman schlagfertig.

»Wie lange kennen Sie den Bräutigam?«

»Oh, schon länger, als ich gern zugebe«, quäkte sie und machte damit einen nervösen Scherz über ihr Alter, nämlich dreißig.

»Gut, gut, gut, *gut*. Die zweite Ankündigung«, fuhr Shamus zum Brautpaar gewandt fort, »betrifft eure Hochzeitsreise. Der Zug um neun Uhr vierzig hat Anschluß an den Schlafwagenzug aus Spiez. Also verpaßt ihn verdammt nicht. Kapiert, Cassidy?«

»Ja, natürlich.«

»Bitte alles aufstehen.«

Helen und Cassidy teilten sich den Ledersessel, den Shamus in die Mitte des länglichen Raumes geschoben hatte, um für die Neuankömmlinge Platz zu schaffen. Helen saß auf der Lehne und Cassidy auf dem Sitz, doch der Höhenunterschied machte die Unterhaltung schwierig. Dieses Arrangement war Cassidy nicht unlieb gewesen. Die zusätzliche Dunkelheit, die Helens Körper ihm verschaffte, die Möglichkeit, sich vorzustellen, er sei anderswo, hatten ihm vorübergehend eine Geborgenheit gewährt, aus der Helens Hand, die ihn sanft auf die Füße zog, ihn aufscheuchte.

»Aldo«, sagte Shamus.

»Ja.«

»Helen?«

»Ja.«

»Ehe ich dich, Aldo, mit dir, Helen, im heiligen Bund der Ehe zusammengebe, obliegt mir die Pflicht, noch einige *all*gemeine Bemerkungen« – ein Lächeln zu den Eldermans – »über die Zeremonie vorzubringen, deren Zeugen Sie sein werden.«

In den schlichten Wendungen, die einer kurzen Ansprache angemessen waren, erklärte Shamus den Neuankömmlingen kurz den Unterschied zwischen einer *bürgerlichen* Ehe, also zum Beispiel der Eldermanschen Ehe, der idealen Formel für die Viel-zu-vielen, und der *wahren* Ehe, die etwas sehr Seltenes sei und nicht das geringste mit ihnen gemein habe. Er sprach zu ihnen von Flaherty und der selbstverliehenen Göttlichkeit und über den Unterschied zwischen dem Wunsch, miteinander zu *sterben*, der die neutestamentarische Ehe kennzeichne, und dem Wunsch, miteinander zu *leben*, dem Wesen des Alten Bundes. Danach sang er ein paar Takte aus dem *nunc dimittis* und verneigte sich mehrmals vor dem Bartlettdruck, der über dem Kamin hing.

»Die totale Leidenschaft«, verkündete er mit starker, irischer Stimme – ein Zitat aus Flahertys Schriften, wie Cassidy argwöhnte –, »erfordert das totale Opfer –.«

Er wollte fortfahren, wurde jedoch durch ein geflüstertes »Amen« von Beth Elderman unterbrochen, dem die helleren, gehorsamen Amens ihrer zahlreichen Töchter folgten.

»Klappe halten«, gebot er ihr in unterdrückter Wut. »Mund halten, oder ich erschieße euch. Himmel, Lover...«

»Sie hat es nicht bös gemeint«, sagte Cassidy.

Er nahm das Gebetbuch auf – es wurde durch das Gewicht der Pistole offen gehalten – und las laut vor:

»Und so frage ich euch beide und ermahne euch feierlich, so wie ihr werdet antworten am furchtbaren Tag des Gerichts, da die Geheimnisse aller Herzen offenbar werden – das ist nämlich *jetzt*, Lover. Nicht morgen, nicht anderntags, nicht im Christopher-Robin-Land, sondern jetzt – ja oder nein?«

»Ja«, sagte Helen.

»Ich spreche zu ihm. Deine Antwort kenne ich, du Hure, sei still, oder du kriegst noch eins verpaßt. *Ihn* meine ich, Cassidy. Unseren Lover. Bist du bereit oder nicht, diese Frau zu deinem dir ungesetzlich angetrauten Eheweib zu nehmen, ob sie krank sei, besoffen, verstümmelt, schwachsinnig und soviel sie auch herumhurt? Bist du bereit, alle anderen zu vergessen, auch die Leitkuh, die Kälbchen, den Bentley und –« er legte das Gebetbuch weg – »und mich, Lover«, sagte er sehr sanft, »denn darauf läuft es hinaus.«

Helens Hand hielt die seine gefaßt. Cassidy hörte hinter sich das lockere, hartnäckige Husten seiner französischen Mutter und das Knarren der Kirchenstühle von der gewölbten Decke widerhallen. Diese Kinder, dachte er; die Eldermans; warum *tun* sie nicht etwas? Sie sind meine Freunde, nicht seine.

»Lover.«

»Ja.«

»Diese Pistole ist zum Erschießen von Abtrünnigen, nicht von Lovern.«

»Ich weiß.«

»Wenn du *nein* sagst, dann erschieße ich dich todsicher, denn ich hasse dich nicht wenig. Das nennt man Eifersucht oder Emotion. Stimmt's? Aber wenn du ja sagst und du willst sie nicht, glaube mir, das *ist*... das ist *wirklich*... nicht höflich.«

Helen blickte ihn an, und er kannte ihren Blick, denn es war Sandras Blick, er umfaßte alles, den ganzen Vertrag über Leben und Sterben.

»Sache ist die, Lover, wenn du sie dann abgeschleppt hast in deine Höhle, wird Daddy nicht da sein, um dir zu helfen. Du kannst sie haben, wenn du willst. Aber von diesem Augenblick an wirst du dir deinen Grund zum Leben selber suchen müssen. Ich kann nichts mehr für dich tun, und du kannst nichts mehr für mich tun.«

»Nein.«

»Was, zum Teufel, meinst du mit: *nein?*« fragte Helen und ließ seine Hand los.

»Ich meine, er kann nichts mehr tun. Er hat recht.«

»Du siehst«, erklärte Shamus, »obwohl sie ein dummes kleines Miststück ist, liebe ich sie. Deshalb ist sie so frech. Sie hat uns beide hereingelegt. Also biete ich dir alles an, was ich habe, und alles, was ich möchte: Und natürlich werde ich erledigt sein, wenn du es ausschlägst. Aber du mußt entscheiden. Laß dich nicht von diesem Miststück gängeln. Liebe dich, Lover.«

»Liebe dich«, erwiderte Cassidy automatisch.

Die ganze Zeit hatte Shamus ihn durch die Kerzen hindurch mit angespannter Aufmerksamkeit beobachtet, und Schweiß hatte sich auf seinem Gesicht gebildet, der jetzt wie krumme Tränen über die rasierten Wangen lief; aber seine Augen waren schwarz und stetig, als hätte weder die Qual noch die Glut seiner Folter irgend etwas mit seinen Worten zu tun. An Cassidys linker Seite flüsterte Helen drängend und klagend, aber er hörte nur Shamus; seine ganze Aufmerksamkeit galt entschieden nur Shamus.

»Sagen Sie ja, Sie Idiot«, schrie Beth Elderman plötzlich von hinten, und Shamus hob die Pistole und hätte sie vielleicht ohne weiteres erschossen, wenn Helen sich nicht ins Mittel gelegt hätte. Nun schritt er um den Altar, nahm Cassidy am Arm und führte ihn in die entfernteste Ecke des Raumes, wo der Tisch gestanden hatte, ehe sie ihn wegschoben; in eine so dunkle Ecke, daß man sie kaum hören konnte.

»Sie frißt für drei, Junge«, murmelte er. »Futterrechnungen gehen ins Aschgraue. Kleider, Autos, sie wird alles wollen.«

»Cassidy«, rief Helen wütend.

»Sie kann alles haben, was sie will«, sagte Cassidy loyal.

»Warum gibst du ihr nicht einfach das Geld: Du mußt sie dir nicht auch noch auf den Hals laden. Mit fünftausend müßte sie durchkommen.«

Mit einem raschen Verschwörerblick nach der Gemeinde hatte Shamus Cassidy an sich gezogen, so daß Shamus' Lippen an Cassidys Ohr waren und Shamus' Wange sich an Cassidys Schläfe preßte. Als er ihm plötzlich so nahe war, roch Cassidy plötzlich wieder Paris und den Alkohol und die

Mülleimer auf den Straßen; roch den Holzrauch vom Kamin, der noch an seinem Schlafrock haftete, und den Schweiß, der immer an Shamus war. Und der Abstand, den er genommen hatte, war weg, denn dies war Shamus, der einst Cassidys Freiheit gewesen war; und ihn geliebt hatte; der ihn brauchte und sich auf ihn gestützt hatte; bei ihm ausgeruht auf seiner hoffnungslosen Suche; mit ihm gespielt am Flußufer.

»Um Gottes willen, Lover«, drängte Shamus. »Warum eine Freundschaft wie die unsrige hops gehen lassen für ein Stück Weiberfleisch?«

Seine Lippen blieben an Cassidys Ohr, der Atem vibrierte an den Membranen. Shamus' Kiefer preßten sich gegen seinen Kopf, und Shamus Hände waren um seinen Hals geschlungen. Schließlich schob er Cassidy sanft von sich weg und musterte ihn auf seine eigene vertraute Art, las (so schien es Cassidy) sein ganzes Leben von ihm ab, alle seine Paradoxe, seine Ausflüchte und unlösbaren Konflikte. Einen Augenblick lang erhellte sich für Cassidy der Himmel, und er sah die Spitze des Hügels, von der er den Flieger hatte segeln lassen. Und er dachte: *Wir müssen dorthin zurück. Von dem Hügel aus begreife ich alles.*

Dann lächelte Shamus: das breite, trügerische Lächeln des Siegers. »Nun?«

»Es hat keinen Sinn«, sagte Cassidy.

»Was meinst du? *Keinen Sinn?* Du bist hier, *weil* es einen Sinn *hat!* Es hat seinen gottverdammten Sinn! Ich habe *dich* gehabt, jetzt gebe ich dich *ihr.* Ich habe *sie* gehabt, jetzt gebe ich sie dir!«

»Ich meine, es hat keinen Sinn, es mir ausreden zu wollen, ich liebe sie.«

»Was war das?« sagte Shamus sehr ruhig.

»Ich sagte, ich liebte sie.«

»Und liebst sie noch immer?«

»Ja. Mehr als du.«

»Und du liebst sie auch mehr, als du mich liebst?«

»Ja, beides«, sagte Cassidy wie betäubt.

»Nochmals, sag es nochmals«, drängte Shamus und packte ihn.

»Ich liebe sie.«

»Schrei es laut heraus! Ihren Namen, alles.«

»Ich liebe *Helen.*«

»Aldo liebt Helen!«

»Ich, Aldo, liebe Helen. Ich, Aldo, liebe Helen. Ich, Aldo, liebe Helen.«

Plötzlich, ohne daß Cassidy verstand warum, erfaßte ihn der liturgische Charakter und der Rhythmus der Worte. Je lauter er schrie, je heller, um so erregter wurde Shamus' Lächeln: Je lauter er schrie, um so größer wurde der Raum, um so mehr füllte er sich und hallte wider. Shamus goß Wasser über ihm aus, wie bei *Lipp,* einen ganzen Krug voll, entsühnte ihn im Namen des Wenigen, Helen küßte ihn schluchzend und fragte, warum es so lange gedauert habe. Die Lautstärke wuchs; die Kinder klatschten, nur eines weinte, während Cassidy in seiner Fantasie den eigenen durchnäßten blöden Körper in einer Pfütze heiligen Wassers stehen sah und einer lachenden Welt die Liebe zurief.

»Ich, Aldo, liebe Helen! Hört ihr mich? Ich, Aldo, liebe Helen!«

John Elderman war aufgestanden und klatschte in die Hände; seine Frau hielt die Umhängehandschuhe ans Kinn und lachte und weinte zugleich.

»Das ist das Wahre«, schrie John Elderman. »Mein Gott, das ist der heilige Bund. Danach werde ich nie streben, niemals.«

»Wenn es nur mehr Leute sehen könnten«, sagte Mrs. Elderman. Aber sie können, rief Cassidy, sie können. Warum seht ihr euch nicht um, ihr Idioten? Sandras Familie drängte sich in den Kirchenstühlen hinter ihr. Mrs. Groat in Früchte und Blumen gekleidet, eskortiert von ihren zahlreichen Schwestern und Cousinen; Snaps in beigem Samt, der den Spalt zwischen ihren Brüsten unnötig entblößte. Vom anderen Seitenschiff kam das tränenreiche Husten der Verlassenen und das unverhohlene Weinen Old Hugos, der neben dem leergebliebenen Platz A. L. Rowses stand. Orgelklänge erfüllten den Raum, *So nimm denn meine Hände* und *So weidet, ihr Schafe, in Frieden.*

»Ich, Aldo, liebe Helen. Ich, Aldo, liebe Helen. Ich, Aldo, liebe Helen.«

»O Lieber, o Lieber«, schluchzte Helen; sie trocknete ihn mit einer Teeserviette; das blaue Auge strahlte wieder, dort, wo die Tränen den Puder weggewaschen hatten. »Und er stellte sich uns nicht in den Weg«, schluchzte sie. »Oh, Shamus, Darling.«

»Weißt du, Lover«, erklärte Shamus, »du bist der einzige, den ich je hatte. Ich meine, Christus hatte zwölf, nicht wahr, elf gute, einen schlechten. Aber ich hatte nur *dich*, also mußtest du in Ordnung sein, oder?«

Das Licht brannte wieder. Shamus reichte Talisker herum. Helen nahm, sehr stolz und gelassen, an Cassidys Arm die Glückwünsche der Gäste entgegen. Ja, sie hatten sich eigentlich in Westengland kennengelernt, sagte sie; vor etwa einem Jahr; und einander von Stund an geliebt und es nur Shamus zuliebe geheimgehalten. Die Ansprachen waren kurz und zur Sache, niemand wurde langweilig oder schweifte ab. Shamus, der mit hochroten Wangen herzhaft becherte, war die Zufriedenheit in Person: Wenn sie Kinder bekämen, müßten sie katholisch erzogen werden, sagte er, es sei die einzige Bedingung, die er gestellt habe.

»Er ist *Schriftsteller*«, informierte Beth Elderman die Mädchen, ihr Gesicht war rot vor Stolz. »Das sind Ausnahmemenschen, deshalb versteht er alles auf der Welt. Ihr dürft nie, niemals Kompromisse schließen, hört ihr? Sally, paß auf, was hat Mummy gesagt?«

»Ich sehe soviel davon«, sagte John Elderman über seine wiedererstandene Pfeife hinweg. »Jeden Tag, den der Teufel gibt, im Sprechzimmer, drei, vier Fälle. Sie würden sich wundern. So vieles könnte *vermieden* werden«, vertraute er Shamus an, »wenn sie nur *Hilfe* hätten.«

»Und natürlich, wie er es so lange mit der *anderen* ausgehalten hat«, sagte Beth Elderman zu jedem, der es hören wollte, »das weiß Gott allein. Ich meine, das *war* die Katastrophe.«

38

Die Gäste versammelten sich unter der Tür. Kinder vorn, Erwachsene dahinter. Der Brautschlitten stand bereit, wiederum Marks Rodel; John Elderman und Shamus hatten das Gepäck an den Bug geschnallt. Ein leichter scharfer Wind war von Norden aufgekommen. Der Nebel war endgültig weg, aus dem Regen war Schnee geworden, dünner körniger Schnee, der bereits auf den Fensterbrettern liegenblieb. Für die Hochzeitsreise trug die Braut einen gutsitzenden Schaffellmantel, den sie in Sandras Schrank gefunden hatte, und eine entzückende weiße Pelzmütze, die Mark als Mummys Hasenohren bezeichnete.

»Ist es nicht komisch«, sagte sie in ihrer Erregung, »wie gut mir alles paßt, ohne Änderung?«

Ihre Stiefel waren aus Seehundfell, obwohl sie gegen das Robbenmorden war. Sie küßte die Mädchen überschwenglich und ermahnte sie, lieb und gut zu sein und später einmal brave Ehefrauen zu werden.

»Was ihr bestimmt werdet«, sagte sie und weinte ein bißchen. »Ja, das *weiß* ich.«

Beth Elderman erteilte sie ein paar letzte Haushaltswinke. Mit der Ölheizung kenne sich kein Mensch aus, am besten gebe man ihr einen Tritt.

»Und im Kühlschrank ist noch kalte Ente, und die Milch steht auf dem Büfett. Kaufen Sie, um Gottes willen, keine Konsum-Butter, sie ist *nicht* billiger und völlig ranzig.«

»Wir glauben, Sie haben das richtige getan«, sagte Beth.

»Wir wissen es«, sagte ihr Mann.

»Bis dann«, sagte Shamus.

Er hatte sich bescheiden am Ende der Schlange postiert, im Schatten der anderen; er hielt eine Taschenlampe in der einen Hand und ein Glas in der anderen; er war barfuß, und die Schöße seines Schlafrockes hätten eine Gardine sein können, vom Fenster in die Diele entlehnt.

»Ist das alles, was du zu sagen hast?« sagte Helen schließlich.

»Bis dann?«

»Paßt auf die Kaninchenlöcher auf.«

»Ich möchte dich küssen«, sagte Helen.

»Heiße Küsse sind vergänglich«, sagte Shamus mit einem Somersetakzent, den Cassidy noch nicht gehört hatte, »warme Küche bleibt.«

Recht hoffnungslos wandte sie sich John Elderman zu.

»Keine Sorge«, sagte der große Psychiater. »Wir kriegen ihn schon wieder hin.«

Mit etwas linkischem Schürzen der Röcke und einem letzten Blick auf Shamus bestieg sie den Schlitten, setzte sich ganz nach vorn zum Gepäck, so daß Cassidy die verantwortliche Position auf dem Rücksitz einnehmen konnte.

»Wollt ihr euch scheiden lassen?« fragte ein kleines Mädchen.

»Sei still«, sagte Beth Elderman.

»Hugo sagt, er ist geschieden«, sagte das gleiche Mädchen.

»Aldo«, sagte Beth Elderman mit ihrem vegetarisch-mineralischen Lächeln. »Rufen Sie uns an. Wir stehen im Telefonbuch.« Sie küßte ihn, und er fing leichten Äthergeruch ein. »Denken Sie daran, Sie sind unser Freund *und* unser Patient«, fügte sie hinzu.

John Elderman verpaßte ihm einen männlichen Händedruck.

»Glückliche Reise, Aldo. Übertreiben Sie's nicht. Wir bewundern Sie.«

Als er sich von Shamus verabschieden wollte, schien Cassidy plötzlich etwas einzufallen.

»Du liebes bißchen«, sagte er wie ein Junge. »Sekunde noch.« Und schoß an ihnen vorüber ins Haus.

Hugos Zimmer war sehr kalt. Er faßte an den Heizkörper. Angestellt, aber eisig. Muß sich Luft in der Leitung gestaut haben. Seine Spielsachen waren aufgeräumt; nur ein roter Anorak, die Segelmode dieser Saison, hing wie ein Puppenmantel auf dem bunten Bügel.

Marks Zimmer war mit ausgeschnittenen Illustriertenbildern tapeziert, zumeist Reklamen. Das größte war ein Ausfaltfoto einer Großfamilie, die in die Kamera lächelte, während sie Angelzeug in einen Range-Rover luden. So würde er sich uns wünschen, dachte Cassidy beim Anblick der gebräunten, sorglosen Züge des Vaters. Mr. und Mrs. Britain, Aufbruch zum Wassersport.

»Etwas verloren?« fragte Shamus von der Tür her und bot ihm sein Whiskyglas an. Er war sehr entspannt. Die Pistole hing, geknickt wie ein abgeschossenes Gewehr, müßig über seinen Unterarm, und er hatte sich die Puderquaste hinters Ohr gesteckt wie eine Hawaiiblume.

»Ja, meine Uhr. Sie muß im Bad sein.« Er gab das leere Glas zurück.

»Lover.«

»Ja.«

»Hör mal, äh... Ich weiß, du wirst ihr den Lebensstil bieten wollen, den du gewohnt bist. Aber laß sie, äh... laß sie nicht an zuviel Geld ran. *Du* weißt es.«

Sie suchten in beiden Badezimmern, aber die Uhr war in keinem.

»Und äh... wegen der anderen Sache.«

»Welche andere Sache?«

»Die andere Sache, du weißt schon.« Er schob das Becken vor. »Was wir in Paris getan haben, du *weißt* doch. Nimm dich vor ihr in acht. Sie wird alles tun, um schwanger zu werden, rein alles. Einmal hatten wir in unserer Wohnung in Durham die Handwerker. Sie hat die ganze Bande durchexerziert, einfach so auf Verdacht. Tünchner, Stukkateure, Maurer, alle.«

Sie gingen wieder zur Haustür.

»Aber geschlagen hast du mich trotzdem nicht, oder?«

»Was wirst du machen?« fragte Cassidy nach ziemlich langem Schweigen. »Jetzt.«

»Mich besaufen. Mit den Elderberries einen heben.«

»Beeil dich!« rief Helen. »Um Himmels willen, wir verpassen den Zug.«

»Sie werden ihn nicht mehr ändern«, hörten sie Beth Elderman sagen. »Er war schon immer ein Schussel, und wird's immer bleiben. Er hat Sandra *verrückt* gemacht.«

»Deshalb ist Mark so verkorkst«, sagte das größte Mädchen.

»Famose Leute«, sagte Shamus. »Mag sie alle. Ehrlich, aufrichtig. Könnte sogar ›Hosenknopf‹ mit ihnen spielen. Es den Kindern beibringen.«

»Und das neue Buch macht sich?«

»Fertig«, sagte Shamus ausdruckslos. »Es handelt nämlich von dir. Und von der Unsterblichkeit. Das ewige Überleben Aldo Cassidys.«

»Ich freue mich, daß ich das Material liefern konnte.«

»Ich freue mich, daß *ich* es geliefert habe.«

»*Cassidy*«, rief Helen sehr ärgerlich.

»Muß jetzt gehen«, sagte Cassidy und übernahm Helens Argument, »oder wir verpassen den Zug.«

»Braver Junge. Sei tapfer.«

»Auf Wiedersehen.«

»Tschüs'chen, tschüs'chen«, sagte Shamus mit seiner Bubistimme. »Schönsten Gruß an den Bentley. Äh, Lover.«

»Ja.«

»Nicht, daß du den Zug verpaßt, aber erklär uns noch eines, ja? Diese Kellnerin drunten im Bahnhofsbüfett, die üppige.«

»Maria«, sagte Cassidy automatisch.

»Sag uns, ist sie zu haben, weißt du es? Ich hatte gestern das entschiedene Gefühl, daß sie in meiner Hand gefummelt hat, als ich ihr den Kaffee bezahlte?«

»Nun ja, es heißt, sie sei ein bißchen scharf.«

»Wieviel?«

»Fünfzig Franken. Vielleicht mehr.«

Shamus hatte bereits die Hand ausgestreckt.

»Für die Zeit, wenn ich mich allein behelfen muß. Ich werde ein bißchen Zerstreuung nötig haben.« Cassidy gab ihm hundert. »Vielen Dank, danke sehr. Zahl dir's zurück, Lover. Ehrenwort.«

»Schon in Ordnung.«

»Und – äh – was das Hauptthema anlangt.«

»Welches?« fragte Cassidy und dachte keinesfalls an den Zug, den er keinesfalls versäumen wolle, aber *keinesfalls*. Das

Hauptthema Gott vielleicht? Vereinigung der Seelen? Keats, der Tod, nehmen und nicht geben? Papierdrachen, Schiller, oder die gelbe Gefahr in der Kinderwagenbranche? Oder vielleicht etwas mehr Persönliches, etwa die langsame Auszehrung einer liebenden Seele, die bis auf einen kleinen Rest verschlissen wurde?

»Geld«, sagte Shamus.

Zuerst konnte Cassidy sein Lächeln nicht wiedererkennen. Es gehörte zu anderen Gesichtern; Gesichtern, die bislang in den Welten, die er und Shamus gemeinsam erforscht hatten, nicht vorhanden waren. Gesichtern, von Not, Mißerfolg und Abhängigkeit geschwächt. Es war ein Lächeln, das anklagte, noch während es flehte; das bei seinem Heraufdämmern bereits heimsuchte, das, ohne sich zu verändern, sowohl Unterwürfigkeit wie Verachtung ausdrückte; ein Lächeln vom Verlierer zum Sieger, nachdem beide das gleiche Rennen um Geld gelaufen waren. *Aldo, alter Junge,* sagte es; *Cassidy, alter Freund. Ein Tausender wäre mir willkommen.* Ein unstetes sandiges Lächeln, zu einem guten Anzug getragen, der an den Ärmeln abgestoßen war, und zu einem Seidenhemd mit ausgefranstem Kragen: *Schließlich, alter Junge, liefen wir einmal Kopf an Kopf, nicht wahr, ehe du den großen Dusel gehabt hast?*

»Was brauchst du?« fragte Cassidy. Bisher war seine Gewohnheit gewesen, das Minimum festzustellen und dann zu halbieren. »Wir müssen uns nämlich beeilen.«

»Paar tausend?« sagte Shamus, als wäre das für keinen von ihnen eine große Sache; eine Kleinigkeit, die Freunde unter sich erledigten und dann vergaßen.

»Sagen wir fünf«, sagte Cassidy und schrieb ihm einen Scheck aus, eilig, wegen des Zuges.

Er blickte Shamus nicht an, als er ihm den Scheck gab, er schämte sich zu sehr; und er erfuhr nie, was Shamus damit tat, ob er ihn nach Kurts Art wie ein sauberes Taschentuch faltete und wegsteckte oder nach dem Old-Hugo-Verfahren vom Datum bis zur Unterschrift las und dann die Rückseite, für alle Fälle. Aber er hörte ihn das eine Wort murmeln, das Cassidy sich um alles in der Welt hätte ersparen wollen:

»Danke.«

Und er wußte, daß er seinen ersten Toten gesehen hatte und daß er all das repräsentierte, was er je noch sehen würde; tote Träume, beendete Leben, Sinnlosigkeit.

»Komme schon«, rief er zu Helen hinaus.

»Zahl dir's eines Tages zurück, Lover.«

»Eilt nicht«, sagte Cassidy, obwohl in gewissem Sinne Eile geboten war, denn Schweizer Züge sind pünktlich.

Er kletterte auf den Schlitten.

»Sie ist an deinem Handgelenk«, rief Shamus ihm nach und meinte die Uhr.

Er konnte sie unmöglich gesehen haben, denn Cassidy hatte die Manschetten weit heruntergezogen, wie Christopher Robin.

»Was hast du denn die ganze Zeit gemacht?« fragte Helen. »Seit Stunden sitze ich hier und friere. Schau dir mein Haar an.«

Eines der Kinder hatte eine Tüte Reis gefunden und warf ihn mit vollen Händen nach dem Schlitten. Der Schnee fiel stetig, die Flocken waren jetzt dicker.

»Ich hatte meine Uhr verlegt«, sagte Cassidy.

»Ich würde meinen, einmal müßtest du auch ohne sie auskommen können«, sagte sie. »Wenn du siehst, daß wir ihretwegen den Zug verpassen.«

Im nächsten Augenblick schob ein Dutzend hilfreicher Hände sie hinein in die Dunkelheit, die fröhlichen »Viel-Glück«-Rufe der Kinder verhallten hinter ihnen, und das glückliche Paar sauste immer schneller hügelab, bereits geblendet von den eisigen Strömen peitschender Schneeflokken.

Der Bahnhof war leer und sehr kalt, und der Zug war unbestreitbar weg. Der nächste könnte Verspätung haben, sagte der Beamte, weit oben fiel eine Menge Schnee.

»Hier unten auch«, antwortete Cassidy, während er sich vom Schnee säuberte – und auch von der Schuld des Trödelns –, aber der Beamte hatte für Scherze offenbar nichts übrig und gehörte auch nicht zur Sorte der Trinkgeldempfänger. Er war ein stattlicher, derber Mensch, nicht unähnlich Alastair vor tausend Jahren, aber sein steinernes Gesicht war gegen allen Übermut gefeit.

»So frag ihn doch, *wieviel* Verspätung«, gebot Helen ihm.

Der Beamte machte keine Miene, die Frage zu beantworten oder die Antwort zu verweigern. Er starrte Helen nur eine ganze Weile an, legte den Riegel vor und sicherte ihn von innen.

»Wieviel Verspätung?« schrie Helen und hämmerte an die kleine Tür. »Dieser *Hund*, sieh dir das an.«

Auf der Abfahrt hatten sie mehrere Stürze getan; Cassidy errechnete fünf. Beim ersten Mal fanden sie es beide lustig; beim zweiten Mal öffnete sich der Koffer, und Cassidy mußte wie ein Arktisforscher durch den fallenden Schnee tappen und Sandras Kleider zusammensuchen. Danach waren die Stürze gar nicht mehr lustig. Helen sagte, es sei ein lausiger Schlitten, und Cassidy sagte, man könne ihm wirklich nicht die Schuld geben. Helen sagte, sie habe geglaubt, er könne ihn fahren, andernfalls wäre sie niemals aufgestiegen; sie wäre zu Fuß gegangen und wenigstens trocken geblieben. *Richtige* Rodelschlitten seien aus Holz, sagte sie, als Kind habe sie einen gehabt. Wieder hämmerte sie an die Tür, rief »Scheißkerl« durch den Spalt, also schlug Cassidy vor, daß sie etwas trinken und in ein paar Minuten wiederkommen wollten. »Wir können immer noch nach Bristol gehen«, sagte er.

»Wohin?«

»Es war ein Scherz«, sagte Cassidy.

»So herumtrödeln«, sagte Helen verächtlich. »Wenn du mit mir hättest wegfahren *wollen*, dann hättest du *niemals* herumgetrödelt.«

Nun ja.

Im Bahnhofsbüfett saß eine Gruppe englischer Damen in blaugestreiften Pullovern am Englischen Tisch. Als sie Helen und Cassidy eintreten sahen, bat eine schöne schlanke Dame mit einem Hörgerät sie herüber.

»Sie alter *Sünder*«, sagte sie fröhlich zu Cassidy und nahm sein Gelenk in ihre dünne trockene Hand. »Sie haben uns nie gesagt, daß Sie kommen würden. Sie sind ein *alter Sünder*«, wiederholte sie, als wäre er taub, nicht sie. »Hallo Sandra, meine Liebe, Sie sehen völlig erfroren aus.« Aber Männer waren ihr lieber. »Darling«, fragte sie ihn vertraulich, »haben Sie *gehört*, was Arnie mit den Meisterschaften vorhat?«

Kochend vor Wut nahm Helen ein Glas Glühwein entgegen und trank es sehr langsam, den Blick starr auf die Uhr gerichtet.

»Er will einen Riesenslalom in Murren veranstalten, mein Lieber, können Sie sich das vorstellen. Nun, ich meine, Sie wissen, was das letzte Mal passiert ist, als wir nach Murren gingen...«

Endlich konnte Cassidy sich losreißen und ging zum Schalterraum zurück. Er war noch immer geschlossen, niemand war in Sicht, und der Schnee fiel noch dichter, er verhüllte die Lichter des Dorfes und warf tiefe Stille über die ganze weiße Welt.

»Angeblich eine halbe Stunde«, berichtete er Helen, die an einen freien Tisch umgezogen war. Es schien nicht angebracht, ihr eine schlechte Nachricht zu bringen, also hatte er einen Hoffnungsstrahl erfunden. »Sie schuften, was sie können, aber im Augenblick ist der Schnee ihnen über.«

Er bestellte nochmals Glühwein.

»Du hast doch deinen Paß?« fragte er in dem Versuch, sie abzulenken.

»Natürlich nicht. Shamus hat ihn verbrannt.«

»Oh.«

»Was meinst du mit: *oh*. Man kann ein Duplikat ausstellen lassen. Jedes Konsulat oder jede Botschaft kann das erledigen. Wir können nach Bern fahren. Sobald der Zug kommt, falls er je kommt.«

»Wir werden morgen einen besorgen«, versprach Cassidy ihr.

»Und ich brauch' auch neue Sachen. Dieses ganze Zeug ist *patschnaß*.«

Sie fing an, in die gefalteten Hände zu weinen.

»O nein«, flüsterte Cassidy. »Oh, Helen, bitte.«
»Was sollen wir tun, Cassidy, was sollen wir tun?«
»Tun?« sagte er beherzt. »Wir tun genau das, was wir uns vorgenommen haben. Wir machen wunderschöne Ferien, dann gehe ich in die Politik, und du wirst die Frau eines Parlamentariers und ...«
Vom Englischen Tisch blickte die schöne Dame mit tiefem Mitgefühl herüber. »Bekommt sie ein Baby?« rief sie munter, »da werden sie oft komisch.«
Cassidy schenkte ihr keine Beachtung.
»Es ist die Reaktion«, versicherte Cassidy ihr, hielt ihre Hand und kämpfte um ihr Lächeln. »Tut mir so leid ... Aber du bist doch nicht traurig.«
»*Entschuldige* dich nicht«, sagte Helen und stampfte mit dem Fuß auf. »*Du* kannst nichts dafür.«
»Doch, gewissermaßen«, beharrte Cassidy. »Und ich habe dich in diese Lage gebracht.«
»Nein. Niemand kann für die Liebe. Sie passiert einfach. Und wenn es soweit ist, dann muß man tun, was sie befiehlt. Es gibt Gewinner und Verlierer. Wie bei allem anderen. Wir sind die Gewinner, das ist alles. Obwohl wir den Zug verpaßt haben.«
»Ich weiß«, stimmte Cassidy zu. »Wir haben Glück gehabt.« Und drückte ihr sein Taschentuch in die Hand.
»Es ist auch nicht Glück.«
»Was ist es dann?« fragte Cassidy.
»Wie soll ich es wissen? Warum hast du so lange gebraucht?«
»Wofür?«
»Zum Jasagen. Es war genau, wie wenn man den Zug verpaßt. Da standen sie allesamt und warteten, und du bist der stürmische Liebhaber und Gott weiß das, und Shamus ist so entgegenkommend, und du kannst nichts als herumtrödeln, während ich dasitze und wie ein kompletter Idiot aussehe, ausgerechnet vor einem Arzt und seiner vortrefflichen Gattin. Warum mußt du solche Eierköpfe kennen?«
Sie trocknete sich die Augen und sah den Beamten an einem Tisch neben der Tür bei Schnaps und Kaffee sitzen.

»Was zum Teufel hat *der* hier zu suchen?« fragte sie. »Er soll doch auf den Zug warten.«

Außer Dienst war der Beamte ein völlig anderer Mensch. »Hallo«, rief er und hob sein Glas. »Hallo. Cheerio. Hallo. *Ja, bonjour.*«

»Cheers«, sagte Cassidy. »Sie sprechen englisch, ja? Sehr gut. Très bon.«

»Kein Zug«, sagte der Beamte mit großer Befriedigung und trank. »Zuviel Schnee.«

Wieder trank er, als könne ein weiteres Schlückchen vom gleichen Stoff ihm nicht schaden. Während er trank, trat er zu ihnen, zu einer Unterhaltung aufgelegt; er ragte sehr groß und sehr betrunken vor ihnen auf, und seine Augen sahen nur Helen, nicht Cassidy, so daß es fast eine Erleichterung war, als der Pistolenschuß knallte.

Weit und breit gab es kein anderes Geräusch. Es handelte sich keineswegs darum, diesen Knall von anderen Tönen zu unterscheiden: von einer Tür, die zufiel, einer Fehlzündung, einer Schindel vom Bahnhofsdach. Der Schnee hatte eine Decke über alles geworfen; nur Pistolen waren ausgenommen. Außerdem fiel der Schuß in der Nähe. Natürlich nicht im Bahnhofsbüfett; aber nicht weit entfernt, und darauf folgte markerschütterndes Geheul, halbwegs zwischen Schmerz und Wut; ein langgezogenes Hundegeheul von der Art, wie es traditionsgemäß über öde Marschen geistert und schließlich (genau wie dieses Geheul) mit einem würgenden, gequälten Schluchzen endet, verendet; ein Geheul, das einem das Blut in den Adern gefrieren und betrunkene Eisenbahner mitten in der Bewegung anhalten ließ.

»Mein Gott«, bemerkte er mit der Betonung auf dem Possessivpronomen, »ich glaube, sie haben die Ziege erschossen.«

Er lachte noch immer über diesen geistreichen Doppelsinn, als Cassidy an ihm vorbei auf den Bahnhofsvorplatz rannte.

Der russische Schnee wirbelte wie irre durch die Strahlen der Streckenlaternen hinab. Das Gleis war zugedeckt. Eine

Straße, ein Pfad, ein Zaun, ein Haus, und schon wurden sie unter einer neuen Generation begraben. Ich bin Troja. Sieben beschissene Kulturen liegen in mir begraben, eine immer noch verrotteter als die andere. Sogar die nächstgelegenen Gebäude sanken in sich zusammen. Der Zeitungskiosk lag auf den Knien; die Augen des Angelhorn-Hotels waren geschlossen und blutig; auf der Dorfstraße war kein Laden, kein Gotteshaus und kein Eispalast, an dessen Tür nicht der gnadenlose Schnee polterte, Dächer auslöschte, sich auf den Vorplätzen tummelte. Cassidy hielt die Hand vor die Augen und blickte wild um sich. Fußspuren, dachte er; nach Fußspuren suchen. Nur seine eigenen waren zu sehen.

»Shamus!« rief er laut. Und noch einmal »Shamus!«

Zu spät strengte er seinen Verstand an, blickte zurück zum Büfettfenster und versuchte sich zu erinnern, von woher der Knall gekommen war, als sie drinnen saßen. Helen taumelte auf ihn zu, in den Schafspelz gewickelt. Herrgott, dachte er, sie hat ihn doch tatsächlich angezogen, ehe sie herauskam, um nach ihm zu sehen. Hinter ihr lugte der uniformierte Eisenbahner, der sich nicht so weit vorwagte, durch die Tür; er hielt noch immer das Glas in der Hand. »Such du dort drüben«, gebot er ihr und wies auf einen Holzhof, wo ein sehr alter Jeep langsam im Boden versank. »Such nach Fußspuren, ruf seinen Namen.«

»Was hat er getan?« flüsterte sie. »Cassidy, was hat er getan?«

»Stimmt etwas nicht?« fragte eine englische Dame, die hinter dem Bahnbeamten stand. »Mir war, als hätte ich einen Knall gehört.«

»Sagen Sie«, sagte eine andere, »haben Sie dieses Geräusch gehört?«

Helen rührte sich nicht. Sie preßte den Mantel eng an den Körper. »Geh und suche!« schrie er.

O Herrgott, sie ist starr vor Schreck; deshalb hat sie den Mantel angezogen, sie wollte Zeit gewinnen. Er packte sie bei den Schultern und schüttelte sie; ihr Kopf fiel blöde von einer Seite zur anderen.

»Er schlägt sie«, sagte eine Engländerin.

»Armes Ding, sie ist in anderen Umständen«, sagte die taube Dame, während sie alle in den Schnee herauskamen.

»Wir haben ihn getötet«, flüsterte Helen.

Er ließ sie stehen, rannte in den Holzhof und rief Shamus' Namen. Er rannte jetzt direkt in das Schneetreiben, er mußte den Kopf senken, um überhaupt etwas zu sehen.

Er war in eine Schneewehe geraten, der Schnee war in seiner Hose, seinem Nacken, kälter als Wasser, kälter als Furcht; seine Füße waren gefühllos. Er watete bis zu einem Haufen Bohlen, die an ein Blechdach gelehnt waren, der Schnee war abgekratzt, wo jemand hinaufgeklettert war. Zuerst hielt er die Abdrücke für Fingerspuren, gespreizte Finger, und er hatte die verrückte Vision eines Shamus, der Handstand machte, während er versuchte, sich kopfunter zu erschießen. Dann erinnerte er sich, daß Shamus barfuß war und daß er den Zusammenstoß brauchte und ein bißchen Schmerz; und dann sah er ihn rittlings auf dem Bahnhofsdach sitzen und die Turmuhr umarmen, als wäre sie sein letzter Freund, und sehr überlegt auf Cassidy zielen, einen schwierigen abwärtsgerichteten Schuß abfeuern, der gnädig danebenging.

»Schussipeng!« sagte Shamus.

»Schussipeng!« pflichtete Cassidy bei.

»Ich habe einen Schuß gehört! Noch einen Schuß, einen zweiten!« schrie Helen und zerrte an seinem Arm. »Um Gottes willen, Cassidy, hol jemanden, der irgend etwas *tun* kann!«

»Er ist dort droben«, erklärte Cassidy und deutete hinauf, »und schießt auf mich.«

Die Kugel war ganz nah vorbeigestrichen; er hatte den Luftzug oder so etwas gespürt, aber der Schnee machte es ziemlich unwirklich, er fror, und alles war ihm egal.

Der Schaffner war aus der Tür getreten und brüllte in mütterlichem Französisch. Das Schießen auf dem Bahnhofsgelände sei strengstens verboten, sagte er; und doppelt verboten für Ausländer.

»Passen Sie auf«, sagte eine Engländerin zu dem Beamten, »sonst erschießt er Sie auch noch.«

Helen kletterte den Holzstapel hinauf.

»Komm, laß dir helfen«, sagte er automatisch und bot ihr die Hand, aber Shamus kam bereits herunter. Er hatte den Schlafrock um die Taille gewickelt und rutschte auf dem blanken Hintern.

In geschlossener Formation flohen die englischen Damen.

»Entschuldige, Lover, hab' vergessen, wie sie heißt, die mit dem Vorbau.«

»Maria«, sagte Cassidy.

»Stimmt, Maria. Ich muß eine Hure haben, verstehst du?«

»Ich verstehe«, sagte Cassidy.

Der Schaffner brüllte noch immer. Erzürnt feuerte Shamus eine Salve vor seine Füße, und er rannte zum Büfett und schloß sich Cassidys an der Tür stehenden Müttern an.

Nun standen sie alle drei auf dem Bahnhofsvorplatz, Shamus zitterte in seinem Schlafrock, aber der Schnee war so dicht, daß sie überall hätten sein können; in Paris, in Haverdown oder hier.

»Muß ein anderes Mal Weltgeschichte machen«, sagte Shamus.

»Stimmt.«

»Was meinst du?« fragte Helen. »Was sagst du da?«

Cassidy fühlte sich verpflichtet, es zu erklären.

»Es ist gar nichts, Helen: Nur daß die Hauptsache zwischen euch beiden verläuft. Ich bin nur...« Er setzte von neuem an. »Vielleicht läuft sie auch zwischen uns beiden, ihm und mir. Nur... Shamus«, sagte er hoffnungslos.

»Ja, Lover.«

»Ich kann es nicht sagen, ich kenne die Wörter nicht. Du bist der Schriftsteller, sag du's ihr.«

»Tut mir leid, Lover. Deine Welt: Du mußt es aussprechen.«

»Du meinst, du liebst mich nicht«, sagte Helen.

»Nein«, sagte Cassidy, »das ist es auch nicht...«

»Du liebst die Leitkuh.«

»Nein. Nein, es ist auch keine Frage der Wahl.«

»Er liebt *mich* nicht«, erklärte Shamus sehr schlicht. »Er hat mich verlassen, und mit dir allein kann er nichts anfangen.« Er zerriß den Scheck und streute die Fetzen über den Schnee. »Geldfrage«, erklärte er. »Er ist mit weit geschlossenen Augen hineingelaufen. Ich könnte ihn erschießen, wenn du möchtest«, schlug er Helen galant vor.

»Mir ist es egal«, sagte Cassidy. »Deine Sache.«

»Ihm ist es egal«, sagte Shamus.

»Cassidy!« rief Helen.

»Der Kampf ist abgeblasen«, sagte Shamus, »also hör auf zu schnüffeln, oder du fängst dir eine. Ich mache mir Vorwürfe, Lover. Ich wollte euch wirklich ziehen lassen. Ich hatte mir alles ausgedacht. Ich wollte auf Doktor studieren, weißt du. Elderberry wollte mir beibringen, wie das geht. Dann sagt dieser Hund, daß es zehn Jahre dauert. Lover, ich *hab'* keine zehn Jahre Zeit. Oder?«

»Nein, ich glaube nicht.«

»Schwafelt die ganze Zeit über die Leitkuh, und was für ein Biest sie ist. Der ist das letzte, dieser Elderberry, ein Strolch.«

»Ich habe ihn auch nie gemocht.«

»Und seine Alte ist ein Haufen Dreck. Ich kann diese Kläfferinnen nicht ausstehen. Quack, quack, quack und so weiter. Wie die Schweizer Eisenbahnschaffner.«

Cassidy nickte. »Ich habe einmal so eine gehabt.«

»Hier«, sagte Shamus und gab ihm den Revolver. »Souvenir. Kannst ihn vielleicht mal brauchen.«

»Danke«, sagte Cassidy.

Shamus blickte hinab zu seinen bloßen Füßen, die im Schnee verschwanden. Er trug eine weiße Krone; ein weißer Rand lag auf seinen schwarzen Brauen.

»Himmel«, flüsterte er, »wir sind weit weg von zu Hause.«

»Ja, das sind wir.«

»Entschuldige, Lover«, sagte Shamus nochmals. »Fast hättest du's geschafft. Komm, du Miststück«, sagte er zu Helen und schüttelte sie lieblos. »Ich habe kalte Füße.«

»Du kannst nichts dafür«, sagte Cassidy zu Helen. »Bitte, laß dir's nicht zu nah gehen. Alles meine Schuld, nicht deine.«

»Ruhig, Lover. Ruhig. Zeit jetzt, ins Bett zu gehen.«

Shamus trat zu ihm und küßte ihn ein letztes Mal. Als der Kuß vorbei war, wandte Shamus sich ab. Helen hielt Cassidy noch immer fest. Dann rannte Shamus mit Macht los und zerrte sie nach, wohin immer sie gehen sollte, und sie waren tatsächlich bereits auf dem Weg den Hügel hinauf, ehe sie sprach.

»Eine Weile«, sagte sie, und setzte nochmals an, weil sie weinte, »eine Weile war es dir *nicht* egal gewesen.«

»Natürlich nicht. Niemals.«

»Nicht was mit mir passiert, du Narr. Mit dir. Du hast Wert auf dich gelegt.«

»Helen, bitte, weine nicht.«

»Halt den Mund und hör zu! Du hast Wert auf *dich* gelegt«, wiederholte sie. »Das hattest du früher nie getan.« Shamus zog sie weiter; sie stürzte und rappelte sich halb wieder hoch. »Um Gottes willen, tu's *nochmals*«, schrie sie. »Suche dir jemand anders. Geh nicht zurück in dieses gräßliche Dunkel.«

»Immer weiter versuchen, Lover«, stimmte Shamus mit einem letzten gleichgültigen Winken bei. »Niemals bereuen, nie sich entschuldigen.«

Der Schnee hatte sie beinahe zugedeckt. Manchmal sah er sie, manchmal war alles leer; man konnte es nicht mehr unterscheiden. Einmal machte er bei einem kurzen Aufhellen in einer Art Lichtung zwei aufrechte Gestalten aus, die eine gerade und die andere krumm, und sie waren entweder Zaunpfähle oder zwei Menschen, die sich aneinanderklammerten, während sie sich durch den sehr tiefen Schnee kämpften. Doch als sie endgültig in das Nichts verschwanden, das jenseits des Schneesturms lag, glaubte er, etwas gehört zu haben – genau wußte er es nie –, glaubte, glaubte Helen sagen zu hören »Auf Wiedersehen, Cassidy«, wie ein vorbeiziehendes Flüstern, als sagte sie auf Wiedersehen zum alten Jahr, einem Jahrzehnt oder einem Leben, und erst dann füllten seine Augen sich endlich mit Tränen, und er senkte den Kopf. Gleichzeitig schienen sie unterzutauchen, beide zusammen, wie zwei Fußgänger im Regen, vor der Kühlerhaube seines Luxuswagens.

Epilog

Das Ausscheiden Mr. Aldo Cassidys, des Gründers, Vorstandsvorsitzenden, Generaldirektors und Hauptaktionärs von *Cassidy's Universal Fastenings* aus dem aktiven Geschäftsleben wurde in den Wirtschaftsblättern mit Interesse zur Kenntnis genommen, auch mit einer gewissen Bewunderung. Ein schönes Beispiel, hieß es, eines erfolgreichen jungen Geschäftsmannes, der eine Menge in die Wirtschaft gesteckt und eine Menge herausgeholt habe und sich nun zurückziehe, um die Früchte zu genießen. Würde der Zauber des *big business* ihn wieder zurücklocken? Würde das einstige Wunderkind der ländlichen Reize überdrüssig werden? Nur die Geschichte könnte das entscheiden, sagten sie.

Diejenigen, die ihn am besten kannten, sprachen innig von seiner Liebe zum Lande.

»Ein Perfektionist«, bezeugte ein bekannter Immobilienmakler aus West End. »Wir haben ihm stets nur das Beste geboten, was in England zum Verkauf steht.«

Es war bekannt, daß er schon lange ein Auge auf das Herrenhaus Haverdown in Somerset geworfen hatte, nicht zuletzt aus Gründen der Familientradition; ein Vorfahr Mr. Cassidys hatte dort mit einer Schwadron von Cromwells Reiterei geweilt: »Wir Cassidys sind immer Kämpfer gewesen«, erinnerte der Vorsitzende unter Lachen und Applaus, als er den Aktionären seine Entscheidung erläuterte; und mit Tränen in den Augen den hübschen Silberkasten entgegennahm, der von privaten Spenden gekauft worden war.

Die Fusion mit *Bee-Line Accessories* lag schon seit langem in der Luft: Wirtschaftsredakteure vertrauten darauf, daß die unvermeidliche Anpassung an die jüngste Entwicklung auf lange Sicht gesehen im Interesse der Aktionäre liege. Für den neuen Vorsitzenden Meale nichts als Lob: Ein typisches Produkt der harten Cassidy-Schule, sagten sie; ein Mann, den man im Auge behalten müsse.

Der Verkauf des Hauses in Abalone Crescent wurde ebenfalls im Immobilienteil kommentiert. *Ein unvollendeter Traum*, lautete die Überschrift. Sachverständige nannten einen Preis von zweiundvierzigtausend Pfund.

Wie lebten sie nun dort, Sandra und Aldo, für den Rest ihrer Tage? Gedieh die Ehe? Zunächst sprachen sie über ihr Problem mit großer Offenheit. Doktor Elderman und seine Frau waren unschätzbar, sie kamen häufig und blieben lang. Sandra nahm hin, daß Cassidy einen geistigen Tod erlitten hatte, aber um der Kinder willen war sie bereit, darüber hinwegzusehen.

»Er hätte niemals Geld haben dürfen«, schloß sie. »Wenn er arm gewesen wäre, hätte er sich Untreue nicht *leisten* können.«

Zur Gesellschaft lud sie Heather ein, ihren dauernden Wohnsitz in Haverdown aufzuschlagen, und Heather willigte schließlich ein – obwohl sie Zweifel hatte, ob es nicht nur eine freundliche Geste der Cassidys war –, in einen leeren Flügel zu ziehen. Wenn Sandra Essigfrüchte einlegte, legte Heather ebenfalls Essigfrüchte ein. Wenn sie Leberhaschee bereitete, bereitete Heather es mit ihr; wenn sie zu Auktionen über Land fuhr, half Heather ihr, kühlen Kopf zu bewahren; und wenn sie allein nach London ging, um nachzusehen, was die Anstalt machte, gingen Heather und Cassidy zusammen ins Bett und besprachen die Grenzen von Sandras Möglichkeiten. Sandra wußte nichts von diesem Brauch, und wenn sie es gewußt hätte, wäre sie außerordentlich böse geworden.

Zum Zeitvertreib schnüffelte Cassidy in der Gemeindebibliothek herum, wo junge Mädchen nach der Schule Dienst taten; oder er fuhr unter irgendeinem Vorwand nach Bristol und besuchte ein schmutziges Kino an einer Eisenbahnunterführung, wo heiße Filme für bedürftige Landbewohner gezeigt wurden. Zu Anfang pflegte er, fasziniert vom Anschein beiderseitigen Glücks, zuweilen mit einem Ehepaar zu flirten. Der Hilfspfarrer hatte vor kurzem eine stämmige Braut aus dem Norden importiert; zwei ehemalige Etonboys eröffneten einen Antiquitätenladen. Doch aus diesen Annäherungsversuchen wurde nicht viel, und mit der Zeit gab er sie auf.

Alle drei politischen Parteien zogen ihn für den Gemeinderat in Erwägung, aber konkrete Angebote wurden ihm nie gemacht.

Er wurde Laienprediger, aber seine Gottesdienste hatten wenig Zuspruch, obgleich man anerkannte, daß er eine gute Stimme und eine sympathische Frömmigkeit besitze.

Palaminos wurden gekauft, aber die Jungen mochten sie nicht, und eines Nachts wurden sie an einen Zigeuner verkauft.

Dann und wann versuchte Cassidy sich in den Mußestunden in seiner Bibliothek im Schreiben. Die Spionagewelle war damals auf ihrem Höhepunkt, und er dachte, er könne vielleicht ins Geschäft kommen. Eine Weile arbeitete er sogar an einer recht guten Sache – ein professioneller Mörder wurde eingefroren und später auf die Führer eines neuen Zeitalters losgelassen –, doch nach und nach starb die Idee an Auszehrung, und er legte sie ad acta. Außerdem hatte der Vorgang des Schreibens noch etwas anderes an sich, was ihn störte. Seine Gedanken trugen ihn dabei in unerwünschte Richtungen: zurück zu gewissen Ereignissen, zum Beispiel, die er notgedrungen aus seiner bewußten Erinnerung verbannt hatte; oder schlimmer noch, vorwärts zu Möglichkeiten, die man nicht ausspinnen sollte. Es wurde ihm auch klar, was für ein einsames Geschäft das Schreiben war, wie scheinbar simpel und doch wie mühsam hinzukriegen; und dann legte er die Feder nieder und ging in die Küche, wo Sandra Marmelade einkochte. Geräuschlos umarmte er sie, gewöhnlich von hinten.

»Was ist los mit dir?« fragte sie dann, als hätte er einen Schnupfen.

»Nichts«, sagte er. »Ich habe dich nur vermißt, sonst nichts.«

Sandra schlief viel, oft zwölf Stunden pro Nacht.

Es war ein offenes Geheimnis, daß die Bauarbeiten in Haverdown ewig dauern würden. Noch Monate nach ihrer Ankunft war das Haus in das vertraute Stahlkorsett von Abalone Crescent geschnürt, und die Ziegelleger hielten das Dach besetzt. Was nicht zu reparieren war, mußte abgerissen und neu gebaut werden. Manchmal sagten die Cassidys, sie hätten eine Verpflichtung der Vergangenheit gegenüber, manchmal der Zukunft gegenüber; von der Gegenwart war nicht die Rede. Ein Landschaftsgärtner, der aus Cheltenham herbeigerufen wurde, um den Boden zu begutachten, erklärte ihn für sauer und verordnete Süßes. Ein zweiter erklärte ihn für süß und ein dritter für lehmig. Es gab eine Menge aufzugraben.

Old Hugos Begräbnis fand mit allen parlamentarischen Ehren statt; ein Baptistengeistlicher sprach des langen und breiten von einem erfüllten, im Dienste Gottes gelebten Leben. Doch Cassidy war nicht überzeugt, und ein paar Jahre später hörte er, daß Old Hugo in der Inverness Road ein neues Hotel eröffnet habe, das den Namen *Ideal Star* trage und von einer Mrs. Bluebridge geleitet werde.

Von Cassidy selber war bekannt, daß er eine große Abneigung gegen Schnee hegte. Vom Haus in der Schweiz wurde nicht gesprochen; es war vermutlich verkauft worden.

Mark und Hugo wuchsen heran und wurden immer verschiedener. Zu gegebener Zeit verliebten sie sich und erregten Anstoß.

Dachte Cassidy jemals an Helen und Shamus? Speziell und mit Namen?

Anfangs erreichten ihn Bruchstücke von Nachrichten, obgleich er sich nie danach drängte. Von Angie Meale, *née* Mawdray, der er gelegentlich beilag, unter dem Vorwand, einen Herzspezialisten aufzusuchen, erfuhr er, daß von Shamus ein Avantgardestück am Royal Court Theatre aufgeführt wurde; indes blieb eine Bestätigung aus. Das Stück wurde weder besprochen noch angezeigt. Um die gleiche Zeit traf eine Kiste Champagner in Haverdown ein, zusammen mit einem Exemplar eines Romans, betitelt *Three for the Road*. Beides schien von Shamus zu stammen. Cassidy las den Roman nie, und zu Weihnachten schickte er den Champagner der Polizeistation als kleine Versicherung gegen strafrechtliche Verfolgungen.

»Kennen Sie den jungen Cassidy von Haverdown?« hörte man den Hauptwachtmeister in der Grafschaft. »Bemerkenswerter Bursche. Blühende Firma in London, gibt alles auf und zieht hier heraus und schickt uns allen Schampus zu Weihnachten...«

Und im Winter, wenn das Feuer träge auf dem wohlvertrauten Kaminrost brannte, saß er beim Abendessen, von Sandra und Heather durch das schöne Silber und alte Worcester getrennt, und stellte sich vor, daß Helen mit ihren Anna-Karenina-Stiefeln in der Kastanienallee stehe, die Baumreihe entlangstarre auf die beleuchteten Fenster des Hauses. Oder Sandra spielte auf dem Flügel Beethoven – sie spielte zu jener Zeit nichts anderes –, und er entsann sich in den Gängen seines unmusikalischen Gehörs des Transistorradios in der Tasche ihres Hausmantels, als sie sich an jenem Morgen die Treppe heruntergestohlen hatte, um ihm sein Frühstück ans Sofa zu bringen. Nach solchen Augenblicken des Erinnerns befielen ihn zuweilen Alpträume: eine Reitpeitsche pfiff über seinen Schädel; er wurde gezwungen, Superbenzin zu trinken. Oder die Straßen von Paris hatten sich aufgetan, und der Hades spie seinen Brodem aus. Solche Visionen, von denen er niemandem erzählte, waren durch Alkohol nicht zu zerstreuen; und es half ihm nichts, daß er hartnäckig seine Unschuld an den Verbrechen beteuerte, deren sein Gewissen ihn anklagte.

Soviel über Helen.

Shamus vergaß Cassidy mit der Zeit völlig.

Ihn vergessen wurde zuerst zu einer Übung, dann zur Fertigkeit.

Shamus existierte nicht.

Nicht einmal auf den einsamen Heimfahrten über das Moor, wenn Nebelschwaden die lange Kühlerhaube des Bentley entlang auf ihn zutrieben; auch nicht, wenn sein Name bei den Dinners kunstbeflissener Provinzdamen direkt erwähnt wurde, gab Cassidy zu, Shamus zu kennen, den Nehmer und Herausforderer des Lebens.

Denn auf dieser Welt, auf diesem Rest von Welt, der noch bewohnbar geblieben war, wagte Cassidy nicht mehr an die Liebe zu denken.